문예창작의 방법과 실제

문예창작의 방법과 실제

2006년 8월 31일 1판 1쇄 발행
2016년 2월 29일 2판 1쇄 발행

지은이 송하섭 외 / 펴낸이 임은주
펴낸곳 도서출판 청동거울 / 출판등록 1998년 5월 14일 제13-532호
주소 (10881) 경기도 파주시 문발로 115 (파주출판도시) 세종출판벤처타운 103호
전화 02)584-9886~7 / 팩스 02)584-9882 / 전자우편 cheong21@freechal.com

ISBN 978-89-5749-182-9 (93810)

문예창작의
방법과 실제

송하섭 외 지음

청동거울

최근 전국의 여러 대학에 문예창작학과가 개설되면서, 문예창작의 방법론에 대한 관심과 필요성이 제기되고 있다. 그동안 우리의 학문적 풍토에서 창작방법론은 작가의 개인적 체험의 영역으로 취급해 왔던 것이 사실이다. 그렇지만 대학을 비롯한 각종 교육 현장에서 문예창작과 관련된 다양한 강의가 이루어지고 있다는 점을 고려하자면, 창작방법론에 대한 접근은 보다 논리적이고 체계적인 측면에서 이루어져야 할 것이다.

바로 여기에 이 책의 첫 번째 목표가 있다. 이 책의 필자들은 문예창작 및 그와 관련된 각종 전공의 연구자들로, 교육 현장에서 학생들을 지도했던 내용과 자신들의 창작 활동을 바탕으로 여기에 수록된 논문들을 준비했다. 그러므로 이 책에 실린 논문들은 문예창작방법론의 이론적 정비를 위한 초석이 될 수 있으리라고 기대된다.

물론 지금까지 문예창작방법론에 대한 저술 및 연구 활동이 이루어지지 않았던 것은 아니다. 그러나 그 대부분이 문학예술의 세부 장르에 대한 각론(各論)의 형태를 갖추고 있기 때문에, 문예창작을 시작하려 하는 초심자들에게는 적합하지 않았던 부분이 많았다. 이 책은 특정 장르에 한정되지 않고 문예창작 전반에 걸친 내용을 광범위하게 다루었다. 여기에 이 책의 두 번째 목표를 두고자 한다.

우리의 창작교육 현실에서, 그리고 문예창작의 현실에서 특정 장르에 대한 창작만이 아닌 '장르 넘나들기'가 한편으로 성행하고 있다. 시인이 동화나 소설을 쓰는 경우는 물론이고, 소설가가 희곡이나 시나리오를, 극작가가 비평을 겸하는 경우가 그것이다. 또한 각 대학 문예창작과의 커리큘럼은 학생들이 다양한 장르를 섭렵한 후에 자신의 주력 장르를 선택할 것을 권장하고 있다. 이는 입시 위주 교육제도를 거쳐야 했던 학생들이 자신의 재능에 대한 깊이 있는 고찰을 할 기회가 현저하게 부족했기 때문이다. 문예창작과에 진학한 학생 중 적지 않은 수는 문예창작 혹은 해당 장르에 대한 막연한 동경만을 가지고 있다.

이들에게 올바른 창작교육을 실시하기 위해서는 문예창작과 관련된 다양한 방향을 제시하고 창작현실에 대한 이해가 선행되어야 할 것이다. 이 책이 그러한 역할을 수행할 수 있을 것으로 기대된다.

문단에서 문예창작과 졸업생들의 약진이 두드러짐에 따라, 그 기대와 함께 우려의 목소리 또한 높아지고 있다. 새로운 감수성의 출현과 훈련된 창작기법으로 인한 일정 수준 이상의 작품이 발표되고 있다는 점은 기대되는 부분이라 한다면, 그에 비해 작가의 세계관이나 사상은 일천해지거나 앞선 세대가 제시했던 내용에서 크게 벗어나지 않는다는 점은 우려되는 부분이라고 하겠다. 이는 곧 문학작품의 넓이와 깊이 문제라고 할 수 있을 것이다. 문예창작에 있어서 이 두 가지는 어느 하나 소홀할 수 없다는 것은 분명한 사실이다.

이 책은 문학의 넓이와 깊이를 모두 고려하여 집필되었다. 물론 단 한 권의 책이 문학작품의 모든 영역을 포괄할 수는 없을 것이다. 그러나 이 책을 통독함으로써 문예창작을 지망하는 사람들이 갖추어야 할 기본적인 자세와 추후 학습방향을 확인할 수 있을 것으로 기대한다.

이 책은 단국대학교 문예창작과 송하섭(宋夏燮) 교수의 정년퇴임을 기념하기 위한 논총으로 기획 간행되었다. 본래는 정년 기념 논문집으로 출발하였으나, 선생께서 떠나는 사람을 기념하기보다 후학들에게 도움이 될 연구서를 남기고 싶다는 뜻을 강력히 피력하시어 그 뜻을 받들어『문예창작의 방법과 실제』로 간행하게 된 것이다.

이 책이 계기가 되어 지난 40여 년 동안 문학교육과 문예창작 교육에 바치셨던 선생의 정열이 후학들에게 면면히 계승되기를 희망한다.

2006년 여름
일송 송하섭 교수 정년기념논총간행위원회

차례

8

제3부 문학 너머의 문학

제4부 창작을 말한다

제1부 문학의 깊이와 넓이

문예창작과 서정성

송하섭

(전 단국대학교 부총장)

1. 감정(感情)

비유컨대 '감정'은 대지요, '정서'는 나무며, '서정'은 꽃이나 잎이라고 생각한다. 그러니까 감정이라는 대지 위에 정서라는 나무가 자라면서 서정이라는 잎이나 꽃이 핀다는 뜻이다. 따라서 문예창작과 서정을 설명하기 위해서는 먼저 감정과 정서를 살펴보지 않을 수 없다.

그렇지만 실제로 이들 '감정'과 '정서'와 '서정'이라는 말은 혼용하거나 섞어서 쓰는 경우가 많고 학문적으로 엄격하게 구분해서 쓰질 않고 있기 때문에 정의 내리기가 쉽지 않다. 또 이를 반드시 구분해야 할 이유를 발견하기도 어려운 것이 현실이다. 그렇지만 이들 용어가 각기 존재하고 있고 이미지 상으로는 차이를 느끼고 있는 것도 사실이기 때문에 문학 이론이나 창작을 이야기할 경우 구분해 볼 필요를 느낀다. 가령 서정 소설이나 작품의 서정성을 말하기 위해서는 서정이 감정,

정서와 어떤 차이를 가지는 것인가를 이해하지 않고서는 설명이 모호해지게 되는 것이다. 그렇다고 영어의 Feeling, Emotion, Lyrical의 번역과 우리가 실제로 사용하는 이들 용어의 의미가 정확하게 일치하는 것도 아니다. 여기서는 경험을 중심으로 그 차이를 설명해보고자 하며 그것을 통한 문학 작품 창작의 의미를 밝혀보고자 하는 것이다.

우리는 "사람은 감정의 동물이다"라는 말을 흔히 하고 또 듣는다. 그렇다. 인간은 감정의 동물이다. 그런데 감정은 인간만 가지고 있는 것이 아니라 정도의 차이는 있지만 모든 동물들이 모두 감정을 가지고 있는 것은 아닐까. 오히려 모든 동물들은 감정을 가지고 있는데, 그래서 감정이 이는 대로 행동을 하는데, 인간만은 감정대로 행동해서는 안 된다는 사회 규범이나 도덕률이 있어서 감정을 자제하도록 하고 있기 때문에 감정적으로 참을 수 없는 경우를 만나면 인간들은 스스로 "나도 감정의 동물이다"라고 항변을 하는 것이 아닌가.

이런 의미에서 감정은 생명의 근본을 이루는 하나의 요소라고 할 수 있을 것이다. 즉 살아 있는 것은 모두 감정을 가진다고 볼 수 있고 역으로 감정이 없으면 죽은 것이나 마찬가지가 될 것이다. 말하자면 동물에 있어서, 특히 인간에게 있어서 감정은 생래적인 것이라고 할 수 있다. 태어나면서 감정을 가지는 것이고 숨을 부지하고 있는 한에는 감정을 소유하게 되는 것이며 언제 어디서나 오감이 활동하는 동안에는 수많은 감정이 생성되고 보관되고 소멸되는 것이다.

또 감정의 세계는 얼마나 복잡한가. 잠깐 생성되었다 곧바로 사라지는 감정이 있는가 하면 평생토록 지속되는 감정이 있고, 수많은 감정들이 헤아릴 수 없는 관계 속에서 사람의 이성으로는 도저히 분석할 수 없는 미묘한 상태를 이루고 있다. 그리고 감정은 사람마다 다 각기 다르다. 똑같은 사물과 일을 만나도 사람마다 그 감정은 천차만별로 다르게 형성된다.

의학적으로는 감정을 어떻게 설명하는지 모르지만 사람마다의 감정은 다분히 선천적이며 여기에 후천적으로 감정의 폭과 넓이가 깊어지고 넓어진다고 할 수 있다.

막 태어난 어린아이도 감정을 표현할 뿐만 아니라 어린이마다 그 표현의 정도가 다른 것을 볼 때 감정은 선천적인 것 같으며 태어난 후 어떤 환경에서 어떤 경험을 하느냐에 따라 감정의 정도가 각기 다른 것을 볼 때 인간의 감정 형성에 환경은 중요한 의미를 가진다고 할 수 있다. 그리고 환경에 대응하면서 생성되는 감정 역시 사람마다 다른데다가 환경의 변화에 따라 감정은 쌓여간다고 할 수 있다.

감정은 개인차를 가진다. 그래서 우리는 감정이 풍부한 사람과 그렇지 못한 사람을 구분하여 설명하는 경우가 많다. 그리고 감정이 풍부한 사람을 예술적 소질을 가지는 사람으로 평가하기도 한다. 이처럼 감정은 개인차를 가지고 있지만 어떤 사물이나 일에 대하여 집단적으로 공감을 하는 경우가 있는가 하면 집단 감정과는 달리 현저하게 개인차를 가지는 경우도 있다. 뿐만 아니라 동일한 사물을 놓고 지역에 따라 달리 감정적 반응을 일으키는 경우도 있다. 가령 '고양이'라는 동물에 대해 호감을 가지지 않는 것이 일반적이지만 특별한 사람의 경우에는 친근감을 느끼는 사람이 있고 지구촌에는 지역에 따라 달리 반응하는 경우가 있다.

이 모든 것을 포함해서 문학에 있어서는 풍부한 감정을 중요시하지 않을 수 없다. 문학의 기능은 인간의 감성에 호소하는 작업이라 할 수 있기 때문이다. 모든 예술은 매재를 통한 감동을 가장 중요한 기능으로 한다. 이같이 복잡 미묘한 감정에서 '문학적인 감정'으로 '정서'를 설명하게 된다.

2. 정서(情緖)

정서를 한자로 '情緖'라 쓴다. '정(情)'이란 '뜻'을 의미하고 '서(緖)'는 '실마리', '실끝'이라는 뜻이다. 그러니까 정서는 '뜻의 실마리'라는 뜻이 된다. '감정'이 '뜻의 느낌'이라면 '정서'는 그 느낌에서 뜻을 이끌어 낸다는 의미가 될 것이다. 한자 사전적 의미로는 '뜻의 중심'이라는 풀이도 있다.

정서란 한 없이 넓고 다양한 감정의 바다에서 어느 특정한 분야의 감정을 선택해서 그렇게 이름지은 것이라 할 수 있다. 다양한 감정 가운데에서 아름다움을 느끼고 표현하는 실마리를 모아서 미적 정서라고 한다면 우리를 슬프게 하는 감정의 실마리를 모아서 비극적 정서라고 할 것이며 쾌락적 감정의 실마리를 모으면 쾌락적 정서라 할 것이다. 그러면서도 실제적으로는 감정과 정서를 혼용하는 경우가 많다. 미적 정서라는 말을 쓰기도 하지만 미적 감정이라는 말도 예사롭게 쓰고 있는 것이다.

흔히 문학의 요소로 정서, 상상, 사상 등을 이야기한다. 문학의 창조성은 상상력을 통하여, 문학의 위대성은 사상을 통하여 발현된다고 한다면 ,정서는 문학의 기본적 요소라고 설명한다. 말하자면 문학의 가장 기본이 되는 요소가 곧 정서라는 것이다. 그런 의미에서 구인환이 그의 문학 개론에서 "정서는 희(喜), 노(怒), 애(哀), 락(樂), 애(愛), 오(惡), 욕(欲)과 같은 순화된 인간의 감정을 말한다"는 표현은 매우 적절하며, 이것이 "문학을 문학답게 해주는 근본적 요소가 된다"는 논리도 타당한 설명이라 할 수 있다.

우리는 사물을 만날 때 자극을 받게 되고 이어서 어떤 느낌을 가지게 되면서 그에 대한 감정이 생성된다. 그 감정은 곧바로 기분이 좋거나 나쁘거나 슬프거나 사랑스럽거나 하는 등의 정서를 가지게 되는 것이다. 바로 정서가 문학을 문학답게 하는 기본이 된다는 이야기이다.

인간은 감정을 가지는 동시에 이성을 가진다. 감정이 보다 본원적이라면 이성은 후천적이라 할 수 있다. 인간은 풍부하고 건강한 감정을 가지는 동시에 냉철한 이성을 가지고 감정을 조정해 나갈 때 건전한 삶을 살아갈 수 있다. 순화된 감정, 즉 정서야말로 인간을 인간답게 하는 필수 요소라 할 수 있다. 그리고 문학은 바로 이 정서의 건강한 성장에 기여하는 기능을 가지는 것이다.

만일 인간이 사물을 만나고, 사건을 만나고, 사회를 만나서 아무런 감정을 가지지 않는다면 그를 살아 있는 인간이라고 할 수 있겠는가. 나아가서 감정을 가진다고 하더라도 그 감정이 정상적이어야 하지 잘못된 감정을 일으켜서 잘못된 행동으로 옮겨진다면 어떻게 되겠는가. 문학은 이같이 중요한 감정 정서를 풍부하게 하고 건강하게 하는데 크게 기여하는 것이다.

인간의 감정 정서를 조정하는 것은 이성과 지성이라고 할 수 있다. 슬픔과 분노와 증오 같은 감정을 억제하고 조정하도록 하는 것은 이성적인 판단과 지성적인 사고를 통하여 가능하지만 문학을 포함한 예술은 감정 자체를 순화하는 기능이 있다. 따라서 문학이야말로 인간의 본성 속에 들어가서 인간다운 삶을 영위해 나갈 수 있도록 감정을 순화시키는 것이다.

학자들은 작가 자신에게도 복잡한 감정들을 가지고 있기 때문에 그 감정을 순화하는 수단의 하나로 글을 쓰게 된다고 주장하기도 한다. 이른바 카타르시스 이론이 여기에 해당한다. 응축된 감정은 질병을 일으키기도 하는데 이를 작품으로 표현하여 풀어냄으로 해소할 수 있다는 것이다. 어떤 의미에서 글을 쓴다는 것은 감정을 정서화하는 작업이라고 말할 수도 있을 것이다. 그래서 우리는 "감정적으로 대한다"고 하면 다분히 신사답지 않은 대응을 할 때 사용하고 정서적인 해석이라고 하면 인간적인 해석으로 인식하는 경우가 많다. 복잡하고 격정적인 감정을 순화해서 정서적으로 표현하는 작업, 그것이 바로 문학의 기본적인 요소라고 설명해도 지나친 말이 아닐 것이다.

그렇다면 글을 쓰는 작가는 풍부한 감정을 가지는 것과 더불어 이 원초적인 감정을 그냥 그대로 표현하는 것이 아니라 순화하는 기술이 필요하며 그 기술의 수련이 글쓰기의 기본이 되어야 한다는 뜻도 될 것이다. 이미 인간의 8대 정서로 사랑, 존경, 찬탄, 기쁨과 이에 대응하는 미움, 분노, 공포, 슬픔을 든 학자도 있지만 이것들이 독자적으로 내재하는 경우는 드물고 복잡하게 혼재되고 있는 것이 사실이다. 따라서 작가는 이들 정서를 표현하는 기술이 중요하다 할 것이다.

3. 서정(抒情)

서정은 한자로 '抒情'이라 쓴다. '서(抒)'자의 의미는 '뽑아낸다'는 뜻이다. 글자풀이대로만 한다면 "정서를 뽑아낸다", "뜻을 뽑아낸다"는 뜻이 될 것이다. 감정의 바다에서 느낌의 분야에 따라 정서가 형성되면 그 가운데에서 그 정서를 보다 정제시킨 것이 서정이 된다고 할 수 있을 것이다. 순화된 감정을 정서라 한다면 정제된 정서를 서정이라 할 수 있을 것이다.

흔히 서정시는 시문학으로 서사시는 소설문학으로 발전해 왔다고 말한다. 이것은 문학의 장르를 설명하기 위한 분류이고 근본적으로 문학은 모두가 서정을 바탕으로 한다고 보아야 한다. 우리 인간에게 있어서 서정은 인간을 인간답게 하는 필수 요건이라고 할 수 있다.

서정은 인정(人情)을 기본 정서로 한다. 사람을 이해하고 사랑하고 아끼고 보호하는 감정에서 서정은 출발한다. 그러나 그 감정을 그대로 표현하면 서정이 되지 않는다. 그 감정을 순화하고 정제했을 때 서정적이 된다. 더러는 이러한 인정이 동물이나 식물까지도 발전하는 것을 볼 수 있다. 같은 사랑이라도 이해타산이 작용하고 세속적인 욕망이 같이하는 사랑이 아니라 지고지순한 사랑을 서정적인 정서라 할 수 있다. 황순원의 「소나기」나 이효석의 「메밀꽃 필 무렵」이나 오 헨리의 「마지막 잎새」, 「크리스마스 선물」에 나타나는 사랑은 확실히 서정적인 사랑이라 할 것이다. 그런 의미에서 시문학은 소설문학에 비하여 훨씬 서정적이라 하지 않을 수 없다. 아니 시문학은 서정을 떠나서 창작 자체가 불가능하다 하겠다. 비단 주지시라 할지라도 그 기본이 되는 정서는 서정이라고 보아야 한다.

또한 서정은 진실을 바탕으로 한다. 위의 작품들에서도 진실한 사랑, 진실한 삶, 진실한 인간관계에서 서정이 이루어지고 있음을 발견한다. 인간의 본성에 대한 진실한 접근을 통하여 이루어지는 감정이 순화의 과정을 통하여 우리를 감동시키고 있는 것이다. 이러한 진실은 자연히 선(善)함을 동반하게 된다. 소년 소녀의 순진무구한 사랑, 장돌뱅이 영감의 유일했던 애틋한 사랑, 가난한 사람이 자기가 가진 가장 소중한 것을 팔아서 사랑하는 사람에게 선물하는 인정, 이런 정서는 지극히 진실하고 선량하다.

그리고 서정은 궁극적으로 아름다움을 지향한다. 미적 정서는 서정의 요체라 할 수 있다. 아름다운 인간관계, 아름다운 사랑, 아름다운 삶이 서정의 출발이요 중요한 의미라고 보는 것이다. 궁극적으로 서정은 진, 선, 미의 세계라고 할 수 있고 문학을 비롯한 예술이 추구하는 지향점도 거기라 할 것이다.

왜 쓰는가. 왜 저항하는가. 왜 고발하는가. 왜 영혼의 세계를 그리려 하는가. 왜 순수를 찾으려 하는가. 인간의 진실하고 선량하고 아름다움을 찾아내고 그것을 지키고 발전시켜서 사람이 행복하게 사는 사회를 생각하자는 것이 아닌가. 바로 여기에 문학의 서정성이 가지는 참 의미가 있는 것이다.

4. 감정 영역의 확충

위에서 살펴본 바와 같이 인간의 정서와 서정은 감정을 바탕으로 하고 있다. 따라서 서정의 확충은 감정의 확충에서 가능하다고 할 수 있다. 감정이 풍부한 사람에게서 정서를 찾을 수 있고 서정을 기대할 수 있다.

그렇다면 감정은 탄생할 때부터 선천적으로 결정되는 것일까. 그렇지 않다는 데에서 교육의 가능성을 찾을 수 있다. 감정은 후천적으로 얼마든지 확충되고 변화할 수 있다고 본다. 환경과 경험에 따라서 감정의 폭이 넓어지고 깊어진다. 개인차가 있긴 하겠지만 어떤 환경과 경험을 부여하는가에 따라 감정의 영역을 확충할 수 있고 정서화와 서정화가 가능한 것이다. 여기에서 글쓰기 교육이 가능하다고 할 것이다.

이 글을 쓰기 시작하던 날, TV에 이른바 국민 가수라는 사람 둘이 나와서 토크쇼를 하고 있었다. 두 사람의 살아온 과정을 들으니 참으로 눈물겹기까지 했다. 학창 시절에 집에서는 밥을 먹기가 어려워서 친구네 집에 가서 끼니를 때우던 기억을 하면서 울먹이는가 하면, 학교에 납부금을 내지 못해서 제대로 고등학교를 졸업하지 못했던 아픔을 이야기한다. 이 눈물겨운 이야기를 하면서 오늘날 자기들이 이처럼 많은 사람들로부터 사랑을 받는 노래를 부를 수 있게 된 것은 이러한 절절한 감정이 노래에 배어 있기 때문이라는 것이었다. 물론 피나는 노력이 같이 했기에 가능한 것이지만 자기들의 노래에는 서민들과 함께하는 감정이 깃들어 있다는 이야기였다.

이처럼 사람이 살아온 경험을 통하여 감정은 변화할 수 있다. 사람의 감정과 생각을 표현하는 문학을 포함한 모든 예술의 경우 작가는 먼저 감정의 확충을 위한 노력을 하지 않으면 안 된다. 아니 기본이 되는 요건이라 할 수 있다. 문예 창작 교육의 출발은 감정 교육, 그러니까 풍부한 감정을 가지기 위한 노력과 그 감정을 순화시켜서 정서화 하고 가능하다면 서정적으로 까지 발전시킬 수 있도록 힘써야 한다고 본다.

그렇다면 어떻게 할 것인가.

먼저 많은 경험을 쌓도록 노력해야 한다. 발로 쓰는 작가와 머리로 쓰는 작가라는 말을 하는데 발로 체험하는 것만큼 정확한 것은 없다. 직접 체험하는 것이야말로 감정을 풍부하게 하는 왕도라고 할 수 있다. 엄밀한 의미에서 작가의 작품은 체험을 통한 자기의 이야기가 기본이 된다고 할 수 있다. 가령 수영에 대한 감정은 직접 수영을 해 봄으로써 정확하게 인식할 수 있고 그에 따른 상상력도 배가 시킬 수 있다. 가능하다면 여러 가지 일을 체험할 필요가 있다. 사회의 구석구석을 찾아볼 일이요, 가능한 많은 사람을 만날 일이다. 경우에 따라서는 신문기자가 기사를 위해서 1일 노숙자가 되어 보는 것처럼 보다 깊이 있게 사회를 이해하기 위하여 직접 체험하도록 노력할 일이다. 이 때 중요한 것은 정확한 관찰, 심도 있는 이해가 필요하다.

이렇게 이야기하면 도박도 하고 절도도 하고 방화도 하는 등 범법하는 행동도 하라는 이야기로 오해할지도 모른다. 그런 뜻이 아니라 자기가 쓰고자 하는 주제와 관련이 되는 일이라면 이런 경험을 가지는 사람들을 찾아가 만나기라도 해야 된다. 시장도 가보고, 농촌도 가보고, 어촌도 가볼 일이며, 각종 직업의 현장도 가볼 일이다.

찾아가되 개성 있는 눈으로 보려는 훈련이 필요하다. 지나가는 관찰이 아니라 꿰뚫어 보는 관찰이어야 한다. 모든 느낌을 메모하는 것이 중요하며 다른 경우와도 비교하는 것이 필요하다. 항상 감정을 넓히기 위하여 체험한다는 것을 잊지 말 일이다. 사실 우리는 매일매일, 매시간 매시간이 중요한 인생의 체험이다. 어제의 통학 버스 안이 오늘의 통학 버스가 아니다. 만나는 사람이 다르고 기후가 다르고 느낌이 다르다. 관심을 가지고 체험하는 것이 중요하다. 많은 사람들이 사과의 낙과를 보았지만 뉴턴의 눈에는 만유인력의 법칙이 보인 것이다.

다음은 많이 읽을 일이다. 우리 인간의 능력으로는 모든 것을 직접 체험할 수는 없다. 직접 체험이 불가능한 것은 간접 체험으로 얼마든지 감정을 확충할 수 있다. 경우에 따라서는 독서를 통한 체험이 실제로 체험하는 것보다도 더욱 절실할 수가 있다. 책을 쓴 사람의 감정 까지를 복합적으로 체험할 수 있기 때문이다. 좋은 작품을 남긴 작가들의 고백을 들어보면 대부분이 많이 읽었다는 것이며 남다른 인생의 체험을 경험했다는 것을 알 수 있다. 많은 체험과 독서를 자산으로 한 사람에게 많은 글의 자료가 축적되면서 많은 감정을 가질 수 있고 그 감정들을 정화할 수 있는 능력이 주어진다.

이런 체험과 독서에서 느껴지는 감정들은 노트에 기록할 것을 권한다. 우리들의 감정은 끊임없이 생성되고 소멸되며 변화한다. 그리고 다시 살려낼 수도 있다. 우리가 글을 쓰기 위하여 필요한 감정 정서는 이들 노트 속에서 다시 살려내는 것이 중요하다. 해묵은 감정이지만 노트를 보면서 다시 한 번 실감할 수 있고 또 다른 상상력에 의하여 세련시킬 수 있는 것이다.

우리의 오감으로 오는 모든 느낌, 상상을 범상히 지나치지 말라. 친구와 나눈 대화 한마디, 교정에 피어나는 한 송이 꽃, 멀리서 아스라이 피어나는 안개 하나까지라도 관심을 가지고 듣고 볼 일이다. 창작에 필요한 감정, 정서, 서정은 거기에서 얻게 될 것이다.

한국 현대문학과 지형

김수복

(시인, 단국대학교 교수)

1. 문학의 공간, 공간의 문학

독일의 비평가 레싱(G. E. Lessing)은 그의 저서 『라오콘(*Laokoon*)』에서 문학은 시간의 지배를 받는 예술이라고 분류했다. 공간적이고 동시적인 속성을 가지고 있는 조형예술에 비해서, 문학은 시간적이고 연속적인 속성을 가지고 있다는 것이다.[1]

그러나 문학이 인간의 삶을 대상으로 한다는 사실이 변하지 않았다

---

[1] 『라오콘(*Laokoon : oder über die Grenzen der Malerei und Poesie*)』은 1766년에 발표된 평론으로, "회화와 시의 한계에 관해서(Laocoon; or, On the Limits of Painting and Poetry)"라는 부제가 붙어 있다. 이 글에서 레싱은 조형미술과 문학의 한계를 명백히 하면서, 조형미술은 공간 사이의 물체의 형태를 표현하고, 문학은 시간 사이의 행동의 형태를 표현했다고 설명했다. 이러한 논리는 개념의 구별을 명확히 하고, 가치판단의 기준을 밝히려고 노력하던 계몽사상(啓蒙思想)의 영향을 받은 것이며, 이후 독일 근대 예술이론의 기초가 되었다. G. 헤르더(Johann Gottfried von Herder)를 비롯하여, 괴테(Johann Wolfgang von Goethe)와 실러(Johann Christoph Friedrich von Schiller)의 미학적 견해의 형성에 영향을 주었다고 알려져 있다.

면, 이러한 분류는 극단적인 이분법에 지나지 않는다. 시간과 공간은 모두 인간의 삶을 이루는 중요한 요소들이기 때문에, 두 가지 중에서 어느 한쪽만이 강조될 수는 없는 일이다.

현대 예술비평은 레싱 이후의 전통적 논리와는 다른 방향에서 예술작품의 시간과 공간 개념을 설명하고 있다. 즉, 공간예술인 회화에서 공간적 매체에 내재한 한계들을 극복할 수 있는 방법으로 시간성의 개념이 활발하게 도입되고 있는 것을 예로 들면서, 여타 예술 분야에서도 시간과 공간이 역사적으로나 절대적으로 구분되지 않고 함께 공존하고 있다는 주장이 제기되고 있다.[2]

우리의 문학사에서 공간에 대한 논의는 활발하게 이루어지지 못했다. 그 동안의 논의에서 작품에 내포된 역사인식과 현실비판인식을 지나치게 강조해왔기 때문이다. 이는 우리 현대사의 특수성에 기인하는 것으로 일제강점기와 분단현실, 그리고 권력집단에 의해 강압적으로 진행된 산업화에 대한 대응수단으로 문학이 인식되어 왔다. 물론 이러한 인식 자체에 문제가 있는 것은 아니다. 다만 역사인식과 현실비판의식이 강조되다보니, 작품의 형식이나 구조에 대한 접근보다는 내용적인 측면이 부각될 수밖에 없었고, 이에 따라 역사의 시간적 속성이 문학에 대한 이해에도 그대로 반영되어, 작품의 서사성만이 집중적으로 부각되었다는 사실이 문제이다.

로만 잉가르덴(R. Ingarden)이 그의 주저 『문학예술작품』에서 지적한 것처럼 문학작품에 나타난 공간은 현실적 공간이나 기하학적 공간이 아니다. 인간의 감각기관과 지각기제의 도움으로 내재화된 공간, 즉 체험된 공간이다.[3] 이러한 견해를 염두에 둔다면, 문학작품에 내포된

2) Jeoraldean McClain, "Time in the visual arts : Lessing and Modern Criticism", The Journal of Aesthetics, fall 1985, vol.XLIV. no.1, p.42.

공간은 작가의 세계관과 현실인식이 반영되는 주요한 구성요소 중의 하나로 파악되어야만 한다. 여기에 우리가 문학공간에 관심을 기울여야 할 이유가 있다. 문학 공간에 대한 관심은 작품 자체를 뛰어넘어 문학이 생산되는 현장 그 자체를 체험하는 작업이다. 또한 그것은 창조적인 예술가인 작가의 내면세계를 탐구하는 작업이며, 나아가 인류가 보편적으로 가지고 있는 원초적인 생명공간을 확인하는 작업이 될 것이다.

'지형도'라는 개념은 본래 지리학과 지구과학 분야에서 제시된 것이다. 지구과학에서는 우리가 살아가는 지구의 표면 형태를 조사하고 그 형성과정과 지역적 분포를 정리하여 지형을 계통적이며 체계적으로 이해하고자 하는 연구 활동을 '지형학(地形學 : Geomorphology)'이라고 한다. 이러한 연구결과를 지도 위에 도식화한 것이 지리학에서 사용하고 있는 '지형도(地形圖 : topographic map)'이다.

문학에 있어서 이런 개념이 적용되지 않았던 것은 아니다. 1945년 조셉 프랑크(Joseph Frank)가 근대 문학의 주요한 패러다임으로 '공간 형식(Spatial Form)'이라는 개념을 제기한 이후로, 다양한 관점에서 문학의 공간에 대한 논의[4]가 이루어졌는데, 그 중에서도 특히 미첼(W. J. T. Mitchell)의 논의가 주목된다. 그는 텍스트의 공간형식을 인쇄 공간, 텍스트 안에 재현·모방된 의미 공간, 구조 공간, 주제 공간 등으로 구분하고 있다. 이 중에서 문학지형학에서 주목하는 것은 의미 공간, 즉

---

3) Roman Ingarden, 이동승 역, 『문학예술작품(Das Literarische Kunstwerk. Mit einem Anhang von den Funktionen der Sprache im Rheaterspiel, Dritte, durchgesehene Auflage, Max Niemeyer Verlag, Tügen)』, 민음사, 1989, pp.249~289(제7장. 표시된 대상성들의 층). 참고.

4) 프랑크는 '공간적 형식(spatial form)'이라는 술어로 모더니즘의 특질을 규명하고자 했지만, 오세영은 『문학과 그 이해』(국학자료원, 2003)에서 프랑크의 '공간적 형식' 소위 모더니즘으로 불리는 현대문학 사조는 여러 경험을 내포하고 있어서 한마디로 그 내용을 개념화하거나 정의하기 힘들다고 하면서 문학과 공간에 대한 논의를 전개했다.

작가가 체험한 실제 공간을 작품 속에 어떤 형식으로 재현했는가 하는 점이다.[5]

이에 대해서는 각 작가별·공간별로 다양한 논의가 이루어질 수 있겠지만, 여기서는 가장 일반적인 개념으로 도시 지형학적 상상력의 문학과 자연 지형학적 상상력의 문학으로 나누어 개괄적으로 살펴보고자 한다.

2. 도시 지형학적 상상력의 문학

최근 우리 문학의 두드러진 경향 중의 하나는 도시 공간을 다루고 있는 작품이 증가했다는 점이다. 이제 도시야말로 오늘날의 가장 문제적인 공간이며, 가장 강한 영향력을 행사하는 공간이 되었다.

우리의 문학사에서 '도시'라는 공간이 제기되기 시작한 것은, 이른바 '모더니즘'이라 불리는 1930년대 일군의 작품들부터이다. 김기림, 정지용, 김광균, 장만영 등의 시 작품, 그리고 이상과 박태원 등의 소설 작품이 그것이다. 그러나 이러한 작품들은 문학공간으로서 도시의 가능성을 제시하기는 했지만, 그것이 내포하고 있는 의미를 깊이 있게 파고들지는 못했다. 이는 그 작가들이 갖춘 역량의 문제라기보다는 공간 자체의 문제이다. 아직 도시라는 공간이 충분히 성장하지 못했던 것이다.

이러한 공간과 작품의 상관관계는 1950년대의 김경린, 김수영, 박인환 등의 시 작품들에서도 찾아볼 수 있다. 그들은 1930년대 시인들에

---

5) W. J. T. Mitchell, 임산 역, 『아이코놀로지(이미지, 텍스트, 이데올로기)』, 시지락, 2005. 제4장. 공간과 시간 : 레싱의 『라오콘』과 장르의 정치학. 참고.

비해 훨씬 문제적인 시각에서 도시를 바라보았으나, 그들이 그렸던 도시는 전쟁으로 폐허가 된 공간 이상의 의미를 가질 수 없었다.

그러므로 본질적인 의미에서 도시 공간이 제기되는 것은 1960년대 이후, 다시 말해 우리 사회가 산업화시대에 접어든 이후부터라고 하겠다. 이러한 도시화 경향, 그리고 도시문학의 징후를 잡아낸 대표적인 작품으로 김광섭의 시 「성북동 비둘기」를 들 수 있다.

성북동 메마른 골짜기에는
조용히 앉아 콩알 하나 찍어 먹을 널찍한 마당은커녕
가는 데마다 채석장 포성이 메아리 쳐서
피난하듯 지붕에 올라 앉아
아침 구공탄 연기에서 향수를 느끼다가
산 1번지 채석장에 도로 가서
금방 따낸 돌 온기에 입을 닦는다[6]

그러나 '마당'과 '채석장'으로 대표되는 이 작품의 공간은 지나치게 소박하다. 이 정도의 현실 인식으로는 도시 공간의 특징을 명확하게 드러낼 수 없다. 그에 비해 소설의 경우는 그 장르적 특성상 도시의 특징과 분위기가 보다 구체적으로 표현될 수 있었다. 대표적인 예로 김승옥의 소설 「서울, 1964년 겨울」을 들 수 있는데, 특히 다음과 같은 진술이 주목된다.

---

6) 김광섭, 「성북동 비둘기」, 『성북동 비둘기』, 미래사, 1990, p.92.

거리는 영화 광고에서 본 식민지의 거리처럼 춥고 한산했고, 그러나 여전히 소주 광고는 부지런히, 약 광고는 게으름을 피우며 반짝이고 있었고, 전봇대의 아가씨는 '그저 그래요'라고 웃고 있었다.

"이제 어디로 갈까?" 하고 아저씨가 말했다.

"어디로 갈까?" 안이 말하고,

"어디로 갈까?" 라고, 나도 그들의 말을 흉내냈다.

아무 데도 갈 데가 없었다. 방금 우리가 나온 중국집 곁에 양품점의 쇼윈도가 있었다. 사내가 그쪽을 가리키며 우리를 끌어당겼다. 우리는 양품점 안으로 들어갔다.[7]

김승옥의 작품에는 도시의 대중문화적 특성이 잘 반영되어 있다. 인용 부분에 제시된 '영화', '광고', '쇼윈도' 등이 그러한 예이다. 하지만 이 역시 감상적인 인식을 떨쳐내지 못했다. 도시는 좀 더 파괴적이고 악마적인 이미지를 가진 공간이며, 삶의 치열한 쟁투가 이루어지는 장소이다. 특히 산업화가 본격적으로 진행되면서 이러한 도시의 속성 역시 더욱 심화되었다. 조세희의 소설 「난장이가 쏘아올린 작은 공」과 최승호의 시 「발걸음」은 이러한 경향을 잘 대변하고 있다.

우리의 생활은 회색이다. 집을 나온 다음에야 나는 밖에서 우리의 집을 들여다 볼 수 있었다. 회색에 감싸인 집과 식구들은 축소된 모습을 나에게 드러냈다. 식구들은 이마를 맞댄 채 식사하고, 이마를 맞대고 이야기했다. 작은 목소리라 나는 알아들을 수 없었다. 아버지의 실제 모습보다도 작게 축소된 어머니가 부엌으로 들어가다 말고 하늘을 쳐다보았다. 하

---

7) 김승옥, 「서울, 1964년 겨울」, 『무진기행』 김승옥소설전집 1권, 문학동네, 1995, p.275.

늘까지 회색이다. 나는 나 자신의 독립을 꿈꾸고 집을 뛰쳐나온 것이 아니다. 집을 나온다고 내가 자유로워질 수는 없었다. 밖에서 나는 우리 집을 들여다볼 수 있었다. 끔찍했다.[8]

> 긴장한 고압선들 사이에
> 신호기가 서 있고
> 철도원이 깃발을 흔들어대고 있었다
> 떠밀리면서 개찰구를
> 빠져나오면서 저무는 광장
> 노란 줄이 선명한 아스팔트가 보이고
> 넓적하게 깔린 쥐가죽
> 그 위로 육중한 타이어들이 굴러갔다.
> 봄비는 분주한 발걸음들[9]

이와 같은 도시의 속성은 노동자들의 문제를 다루는 경우에 보다 심각한 사회문제로 가시화(可視化)된다. 황석영의 소설 「삼포 가는 길」은 이른바 '뿌리 뽑힌 자들'의 문제를 다루고 있는데, 이들은 산업화로 인해 고향을 잃어버리고 도시로 흘러든 사람들이다. 산업화 시대에 진행되었던 고향 파괴의 문제를 심도 있게 다루었다는 점에서 이 작품은 일종의 대표성을 가진다.

"동네는 그대루 있을까요?"
"그대루가 뭐요. 맨 천지에 공사판 사람들에다 장까지 들어섰는걸."

---

8) 조세희, 「난장이가 쏘아올린 작은 공」, 『난장이가 쏘아올린 작은 공』, 이성과힘, 2000, p.109.
9) 최승호, 「발걸음」, 『달맞이꽃 명상』, 아침바다, 2004.

"그럼 나룻배도 없어졌겠네요."

"바다 위로 신작로가 났는데, 나룻배는 뭐에 쓰오. 허허, 사람이 많아지니 변고지. 사람이 많아지면 하늘을 잊는 법이거든."

작정하고 벼르다가 찾아가는 고향이었으나, 정씨에게는 풍문마저 낯설었다. (…중략…) 정씨는 발걸음이 내키질 않았다. 그는 마음의 정처를 방금 잃어버렸던 때문이다. 어느 결에 정씨는 영달이와 똑같은 입장이 되어버렸다.[10]

도시로 몰려든 '뿌리 뽑힌 자들'은 그대로 빈민 계층을 형성하게 되었다. 이들은 애초부터 기반이 없었으니 자신의 노동력을 팔아 생활을 영유할 수밖에 없었다. 그러나 산업화 시대의 노동 환경은 극도로 열악했고, 노동자들은 항상 위험과 인접할 수밖에 없었다. 박노해의 시 「손무덤」에서 제시된 상황은 당시의 도시 공간이 가진 파괴적 이미지를 극명하게 제시하고 있다.

내 품속의 정형 손은

싸늘히 식어 푸르뎅뎅하고

우리는 손을 소주에 씻어들고

양지바른 공장 담벼락 밑에 묻는다

노동자의 피땀 위에서

번영의 조국을 향락하는 누런 착취의 손들을

일 안하고 놀고 먹는 하얀 손들을

묻는다[11]

---

10) 황석영, 「삼포 가는 길」, 『삼포가는 길』 황석영 중단편전집 2권, 창작과비평사, 2003, p.225.
11) 박노해, 「손무덤」, 『노동의 새벽』, 풀빛, 1984, pp.87~88.

도시의 노동자 빈민 계층이 처한 위험은 단순히 신체의 문제에 국한되지 않고, 생계의 문제로까지 확산된다. 열악한 노동환경에서 벗어나 또 다른 생계수단을 찾으려는 노력은 크게 두 가지 경향으로 전개된다. 하나는 자신의 성(性)을 파는 것으로, 최인호의 「별들의 고향」과 조선작의 「영자의 전성시대」 등의 소설에 등장하는 여성인물들이 여기에 속한다. 다른 하나는 물질적 가치만을 극단적으로 숭상하는 것으로, 박완서의 「옥상의 민들레꽃」, 윤흥길의 「아홉 켤레의 구두로 남은 사내」 등의 소설에 등장하는 인물들이 여기에 속한다. 이런 경향은 모두 도덕적 파괴를 전제로 하고 있다는 점에서 특징적이다. 자신의 성을 상품화하는 호스티스들도, 출세를 위해 수단과 방법을 가리지 않는 한 탕주의자들도 역시 산업화의 피해자이다. 이들의 문제는 산업화를 토대로 성장한 도시 환경에 기인하고 있기 때문이다.

1980년대 후반 이후, 우리가 흔히 고도산업사회라고 부르는 단계로 접어든 이후의 문학작품들은 앞선 작품들과는 전혀 다른 양상을 보이고 있다. 그들의 공간 인식 역시 앞선 세대의 그것에서 크게 벗어나는 것은 아니지만, 그 대응방법은 현저한 차이를 보인다. 앞선 세대의 작품들이 도시라는 공간 자체를 거부하면서 비판했다면, 최근의 작가들은 비판을 계속하되 도시라는 공간과 그 공간이 만들어낸 문화를 향유하고 있다. 그들의 작품에서 각종 대중문화, 광고문구, 상품적 이미지를 과감히 채용되는 이유도 같은 맥락에서 이해될 수 있다.

압구정동은 체제가 만들어낸 욕망의 통조림 공장이다
국화빵 기계다 지하철 자동 개찰구다
(…중략…)

세 겹 주름바지와, 니트, 주윤발 코트, 장군의 아들 중절모, 목걸이 등

의 의류 엑세서리 등을 구비할 것 그 다음

미장원과 강력 무쓰를 이용한 소방차나 맥가이버 헤어스타일로 무장할

것 그걸로 끝났냐? 천만에, 스쿠프나 엑셀 GLSi의 핸들을 잡아야 그때

화룡점정이 이루어진다

그 국화빵 통과 제의를 거쳐야만 비로소 압구정동 통조림통 속으로 풍

덩

편입할 수 있게 되는 것이다

이것 어디를 둘러보라 차림새의 빈부 격차가 있는지 압구정동 현대아

파트는 욕망의 평등 사회다 패션의 사회주의 낙원이다[12]

이처럼 작품 속에 날것에 가까운 형태로 제시되고 있는 상품 이미지
는 도시 지향의 문학이 가진 경박성으로 지적되어 왔다. 구사된 언어
가 경박하고 선택된 소재들이 천박하다는 것이다. 그러나 이들이 제시
하는 것들 역시 도시 문명이 내포하고 있는 현상 중의 하나라는 것은
분명한 사실이다. 이런 점에서 이러한 경향의 작품은 현실의 구체성을
확보하고 일상성을 회복했다는 긍정적인 평가를 받기도 한다.[13]

도시 지향적인 문학작품들이 다루는 인간관계도 피상적으로 나열되
는 상품이미지와 다르지 않다. 아래의 작품에 나타난 것처럼, 도시에
서 이루어지는 만남은 지극히 피상적이며 가볍다. 그들에게 감정이나
타인에 대한 배려는 중요하지 않다. 그들의 만남을 결정하는 것은 오
직 순간적인 인상뿐이다.

12) 유하, 「바람 부는 날이면 압구정동에 가야 한다 2—욕망의 통조림 또는 묘지」, 『바람 부는 날
이면 압구정동에 가야 한다』, 문학과지성사, 1991, pp.60~61.
13) 김준오, 『도시시와 해체시』, 문학과비평사, 1992, p.18.

그녀에겐 애인이 있어요
매일 수염 자라나는 스무 살의 남자가,
어느날 종로를 걸어가는데
그가 다가와 한 마디 한 거예요.
이것 봐 하룻밤 놀지 않겠어?
그리고 척, 담배를 피워 물었지요.

그것뿐이에요
요사이는 구질구질하지 않거든요[14]

이러한 도시 문명의 특색은 인간을 기호화하고, 계량단위를 통해 관계를 규정하는 기계 문명적인 성향을 보이기도 한다. 이를 잘 반영한 예로 하일지의 소설 「경마장 가는 길」을 들 수 있는데, 'R'과 'J' 등의 이니셜로 표현된 인물 설명은 도시의 익명성과 몰개성성을 반영하고 있다.

2월 16일, R이 돌아왔다. 어쩌면 2월 15일 또는 17일이었는지도 모른다. 지구를 반 바퀴 돌아왔기 때문에 막상 도착했을 때 그는 곧 시간의 혼동 속으로 빠져들고 만 것이다. 도착하면 몇월 며칠 몇시가 되는가 하는데 대해서는 미리 충분히 계산해 두었어야 옳았을 것이다. 그러나 20여 시간의 비행기 여행 동안 줄곧 심한 두통과 불면, 그리고 알 수 없는 불안에 시달리느라고 그런 것에 대하여 전혀 생각하지 못했다. 그러나 중요한 일이 아니다. 시간이라는 것은 어떤 식으로든지 이미 그에게 주어졌다.[15]

---

14) 장정일, 「그녀」, 『햄버거에 대한 명상』, 민음사, 1987, pp.71~72.
15) 하일지, 『경마장 가는 길』, 민음사, 1990, p.9.

도시 공간을 다루고 있는 작품에서 또 하나 두드러지게 제시되는 문화 현상은 컴퓨터와 인터넷을 통해 구현된 가상공간(cyber space)에 대한 것이다. 하재봉의 시 「비디오/퍼스널 컴퓨터」는 이러한 현상을 다룬 초기 작품이라고 할 수 있는데, 최근 들어 컴퓨터 사용에 능숙한 젊은 시인들을 중심으로 이런 현상에 대한 시적 차용이 활발하게 이루어지고 있다.

> 내 개인적 삶의 흔적은
> 컴퓨터 파일 「삭제」키를 누르기만 하면 사라진다
> 나의 하루는 컴퓨터 스위치를 올리는 것
> 그리고 끊임없이 기록하고 기억을 저장시키는 것
> 세계는, 손 안에 있다
> 나는 컴퓨터 단말기를 통하여 지상의 모든 도시와
> 땅 밑의 태양 그리고 미래의 태아들까지 연결된다[16]

그러나 최근 작품들의 현실인식은 하재봉이 제시한 1980년대 후반의 그것과 크게 달라지지 않았다. 시대는 엄청난 속도로 변화하고 있는데, 작가의 인식은 이를 따라가지 못하고 있는 것이다. 앞으로 이러한 경향이 단순한 유행이 아닌 시대에 대한 성찰로 발전하기 위해서는 보다 깊이 있는 성찰과 반성이 필요할 것이다.

지금까지 살펴본 것처럼, 우리의 현대 문학에 표현된 도시 공간은 주로 물신적(物神的) 산업이미지로 팽배한 일상성의 공간, 현실이 아닌 가상공간 속에서의 교류만이 이루어지는 닫힌 공간으로 나타났다. 이

---

16) 하재봉, 「비디오/퍼스널 컴퓨터」, 『비디오/퍼스널 컴퓨터』, 문학과지성사, 1995, p.13.

경향의 작품들이 해체 혹은 포스터모더니즘적인 특징을 가지고 있는 것도 이러한 특징이 반영된 것이라 하겠다.

3. 자연 지형학적 상상력의 문학

앞서 살펴보았던 도시 지형학적 상상력의 작품들이 최근 들어 활발하게 나타나고 있다면, 자연 지형학적 상상력의 작품들은 전통적으로 제시되어왔다. 특히 동양적인 세계관에서 '자연'은 이상향의 모델이었으며, '무위자연(無爲自然)', '물아일체(物我一體)' 등의 어휘에서 나타나는 것처럼 조화와 안위의 공간으로 표현되었다. 이러한 견해는 서양에서도 나타나는데, 인간과 자연 사이의 균형을 발견한 시대에는 자연을 모방하는 구상적 양식이 주로 나타난다는 보링어(Wilhelm Worringer)의 견해[17]가 대표적이다.

그러나 우리의 현대 문학에서 자연지향적인 작품들은 앞선 시대에서 나타난 것처럼 은둔과 무위의 공간이 아니다. 오히려 도시 문명의 거센 영향력에 떠밀려 낙오된 사람들의 공간, 파괴되기 직전의 위태로운 공간으로 표현된다.

일이 끝나 저물어
스스로 깊어가는 강을 보며
쭈그려 앉아 담배나 피우고
나는 돌아갈 뿐이다

---

17) Wilhelm Worringer, *Abstraktion und Einfuhlung : Ein Beitrag zur Stilpsychologie*, Munchen, 1959.

삽자루에 맡긴 한 생애가

이렇게 저물고 저물어서

샛강 바다 섞은 물에

달이 뜨는구나

우리가 저와 같아서

흐르는 물에 삽을 씻고

먹을 것 없는 사람들의 마을로

다시 어두워 돌아가야 한다.[18]

우리 문학작품에서 '자연'의 이미지는 '고향' 이미지와 겹쳐지는 경우가 많은데, 이런 인식이 나타나는 작품에서도 변화와 소멸에 대한 위기감이 표현되었다. 고향을 작품화한 대표적인 예는 이문구의 소설 『관촌수필』 연작이라고 하겠는데, 이 작품의 고향은 주로 회고(回顧)의 공간으로 기능하고 있다. 고향이 더 이상 현재적 의미를 가지지 못하고 추억의 대상이 되어버렸다는 사실이야말로, 자연 지향적 작품들에서 공통적으로 발견되는 위기감의 원인이라 하겠다.

내가 뛰놀며 성장했던 옛 터전을 두루 살피되, 그 시절의 정경과 오늘에 이른 안부를 알고 싶은 순수한 충동을 주체하지 못한 것이 계기였다. 비단 엉뚱하고 생경하게 변해버려 옛 정경, 그 태깔은 찾을 길이 없다더라도 나는 반드시 둘러보고, 변했으면 변한 모양새만이라도 다시 한 번 눈여겨둠으로써, 몸은 비록 타관을 떠돌며 세월할지라도 마음만은 고향 잃은 설움을 갖고 싶지 않았던 것인지도 모른다.[19]

---

18) 정희성, 「저문 강에 삽을 씻고」, 『저문 강에 삽을 씻고』, 창작과비평사, 1978, p.22.
19) 이문구, 「일락서산(日落西山)」, 『관촌수필』, 문학과지성사, 1995, p.11.

그러나 이러한 공간인식이 그대로 절망으로 이어지는 것은 아니다. 현실상황은 분명히 비관적이지만, 작가들은 바로 그러한 공간에서 또 다른 에너지를 발견하고 있다. 그것은 1970년대 이후 이른바 '민중문학'이라고 명명되었던 일군의 작품에서 지속적으로 추구하고 있는 민중의 힘, 다시 말해 어울림을 통해 만들어지는 흥겨움이다.

> 못난 놈들은 서로 얼굴만 봐도 흥겹다
> 이발서 앞에 서서 참외를 깎고
> 목로에 앉아 막걸리를 들이키면
> 모두들 한결같이 친구 같을 얼굴들
> 호남의 가뭄 얘기 조합 빚 얘기
> 약장사 기타 소리에 발장단을 치다 보면
> 왜 이렇게 자꾸만 서울이 그리워지나
> 어디를 들어가 섰다라도 벌일까
> 주머니를 털어 색시집에라도 갈까[20]

이처럼 흥겨운 어울림이 이루어지는 것은 주로 도시의 대척적인 공간인 농촌이라고 할 수 있다. 도시에 살고 있는 인물들의 만남이 찰나적인 것에 비해서, 농촌에 살고 있는 인물들의 만남은 지속성을 바탕으로 이루어진다. 그들은 서로의 사연을 알고 거기에 공감하면서 동질화된다. 즉, 도시에서의 만남이 개인적인 감정에 국한되는 것이라면, 농촌에서의 만남은 집단적인 정서로 확산되는 것이다.

---

20) 신경림, 「파장(罷場)」, 『농무』, 창작과비평사, 1975, p.14.

자연은 이처럼 생활의 공간이 되기도 하지만, 즉 사물 그 자체의 공간으로 표현되기도 한다. 여행을 떠나거나, 홀로 숲 속으로 들어가는 행위, 바다를 바라보는 행위 등은 모두 사물 자체로의 자연 공간을 대면하는 것이다. 이러한 공간은 작가에게 반성의 기회를 제공한다.

나는 저녁 구천동 길을 간다. 새들이 숲속으로 사라지고 무량의 시간들도 사라진다 돌아보면 길섶에서 모습을 감추던 기억도 이 시간에는 옷자락을 끌며 어디론지 사라진다 나는 발밑에서 고요가 부서지는 소리 듣는다 사물들이 제각각의 소리로 중얼거리고 얼비치며 떠나간다 나는 고요의 깊은 속으로 들어간다.[21]

자연 속에도 고립이 이루어진다. 그러나 이 때의 고립은 도시 공간에서 보였던 것처럼 타인과의 결별이나 자아분열을 의미하는 것이 아니다. 자연 속에서의 고립은 스스로를 되돌아보기 위한 반성이며, 궁극적으로는 타인에게 되돌아가기 위해 거쳐야 하는 통과의례가 된다. 여행이 삶의 공간을 떠나 깨달음을 얻고 다시 삶의 공간으로 돌아오는 행위인 것처럼, 자연 속에서 고립되는 것은 삶을 떠나 반성하고 다시 삶으로 돌아가는 일련의 행동이라고 하겠다.

반도 채 열지 못한 문짝 사이로 펼쳐진 설국의 세계가 시선에 들어오는 순간, 우리는 말을 잊어버리고 말았다. 전혀 예상할 수 없었던 많은 눈이 내리고 있었다. 태어나서 그토록 많은 눈은 경험한 적이 없었다. 어머니는 등 뒤에 있는 내 손을 더듬어 꼭 쥐었다. 높낮이가 삽시간에 소멸되어

---

21) 최하림, 「구천동 시론」, 『굴참나무숲에서 아이들이 온다』, 문학과지성사, 1998.

버린 은세계에 망연자실로 바라보고 있는 어머니의 눈에 눈물이 고여 있었다. 바깥의 찬 기운 때문이기도 하였지만, 어머니의 오랜 경험에서도 문밖의 설국은 너무나 충격적이었다.[22]

　김주영의 소설 『홍어』에 제시된 이 장면에는 자연 속의 고립이 가진 의미가 표현되어 있다. 인용 부분에서 주목되는 부분은 고립이 이루어진 계절이 겨울이라는 사실이다. 바슐라르(G. Bachelard)가 지적했던 것처럼, "겨울은 추억 속에 연륜을 넣는" 시간이고, 이러한 계절을 견뎌냄으로써 사람들은 "겨울을 통해 집은 저장된 내밀함과 정묘한 내밀함"을 얻는다.[23] 그러므로 자연 속에 위치한 사람은 고립되어 있으나 홀로 있는 것이 아니다. 그는 다른 사람들과의 관계를 유지하려 하고 추억을 공유하려 하며 나아가 의사소통을 회복하기 위해 노력한다.
　이처럼 자연 지향적 상상력을 가진 일련의 작품에 나타나는 고립의 정서는 도시 지향적 상상력의 작품에 나타난 그것과 분명하게 구분된다. 도시에서의 고립이 타인과의 소통이 이루어지지 못하는 닫힌 공간을 확인하는 것이라면, 자연에서의 고립은 타인 혹은 주위의 사물과 끊임없는 소통이 이루어지는 열린 공간을 확인하는 것이 된다.

4. 문예창작에 있어 공간 상상력의 가치

　지금까지 살펴본 것처럼 도시와 자연은 서로 대척적인 위치에 놓인

---

22) 김주영, 『홍어』, 문이당, 1998, p.11.
23) Gaston Bachelard, 곽광수 역, 『공간의 시학(La Poétique de L'espace)』, 민음사, 1990, p.160.

공간이며, 이들이 만들어낸 문학적 의미도 상대적이었다. 그러나 주의해야 하는 것은 이들은 서로 다르지만 또한 상호관계를 유지하면서 영향을 주고받고 있다는 점이다. 인생의 가장 극단적인 대칭인 삶과 죽음이 그러한 것처럼, 도시와 자연은 서로 다른 공간이지만 이웃한 공간이다.

이와 같은 사실은 문학작품을 창작하려는 사람들에게 다음과 같은 두 가지 측면에서 중요한 의미를 시사한다.

먼저 문예창작의 원재료라 할 수 있는 경험의 측면을 들 수 있다. 앞선 설명에서 알 수 있는 것처럼, 각각의 공간은 모두 나름의 의미를 가진다. 그러므로 가능한 많은 공간을 경험하는 일은 우리가 살아가는 세상이 가진 총체성을 습득하는 훈련이 된다. 이러한 훈련이 이루어질 때 좋은 작품을 창작할 수 있는 가능성이 높아진다고 하겠다. 많은 작가들이 공간 경험을 토대로 작품을 창작했다. 베트남전쟁의 참전 경험을 토대로 창작된 박영한의 소설 「머나먼 쏭바강」, 중앙아시아 일대를 답사했던 체험을 작품화한 윤후명의 소설 「하얀 배」, 그리고 호주 이민생활의 경험을 다룬 작품들을 발표하여 주목받고 있는 해이수의 소설집 『캥거루가 있는 사막』 등이 대표적인 예라 할 것이다.

다음으로 지적할 수 있는 것은 창작방법론의 측면이다. 문학작품을 창작하는 데 있어 그 작품의 배경이 되는 공간을 미리 설정하는 방법은, 작품의 구체성과 의미구조를 분명하게 하는데 도움을 준다. 문학작품은 시간과 공간의 조합으로 이루어져 있다. 그러나 작품의 창작단계에서 선행되는 것은 시간보다는 공간인 경우가 많다. 황동규의 「미시령 큰 바람」과 정호승의 「첨성대」 등의 시 작품, 김원일의 「마당 깊은 집」과 양귀자의 「원미동 사람들」 등과 같은 소설 작품, 그리고 이 외의 많은 작품들이 특정 공간에서 느꼈던 감회를 다루었다는 사실이

이를 증명한다.

현시간대에 존재하고 있는 모든 공간을 주체가 직접 경험한다는 것은 매우 힘든 일이다. 그 공간들에 내재된 의미를 파악하는 것은 더더욱 지난한 일이다. 그러나 문학작품에 반영된 공간의 의미를 분석하는 작업을 통해 그러한 수고를 줄일 수 있다. 최소한 우리가 살고 있는 이 땅의 공간적 의미만이라도 체계적으로 정리된다면 그 역시 간접 경험의 폭을 넓힐 수 있다. 앞으로 이에 대한 보다 다양하고 심도 있는 논의가 진행될 때, 문학지형학은 보다 분명한 의미망을 형성할 수 있으리라고 판단된다. 특히 여러 공간에 대한 구체적인 논의가 진행되고, 그 결과가 집적된 후에야 한국 현대문학의 지형도가 완성될 수 있을 것이다.

참고문헌

김광섭, 『성북동 비둘기』, 미래사, 1990.

김승옥, 『무진기행』 김승옥소설전집 1권, 문학동네, 1995.

김주영, 『홍어』, 문이당, 1998.

박노해, 『노동의 새벽』, 풀빛, 1984.

신경림, 『농무』, 창작과비평사, 1975.

오세영, 『문학과 그 이해』, 국학자료원, 2003.

유 하, 『바람부는 날이면 압구정동에 가야 한다』, 문학과지성사, 1991.

이문구, 『관촌수필』, 문학과지성사, 1995.

장정일, 『햄버거에 대한 명상』, 민음사, 1987.

정희성, 『저문 강에 삽을 씻고』, 창작과비평사, 1978.

조세희, 『난장이가 쏘아올린 작은 공』, 이성과힘, 2000.

최승호, 『달맞이꽃 명상』, 아침바다, 2004.

최하림, 『굴참나무숲에서 아이들이 온다』, 문학과지성사, 1998.

하일지, 『경마장 가는 길』, 민음사, 1990.

하재봉, 『비디오/퍼스널 컴퓨터』, 문학과지성사, 1995.

황석영, 『삼포 가는 길』 황석영 중단편전집 2권, 창작과비평사, 2003.

Bachelard, G., 곽광수 역, 『공간의 시학(*La Poétique de L'espace*)』, 민음사, 1990.

Ingarden, R., 『문학예술작품』, 민음사, 1989.

Lessing, G. E., *Laocoon : An Essay on the Limits of Painting and Poetry*, Johns Hopkinw University Press, 1984.

McClain, J., "Time in the visual arts : Lessing and Modern Criticism", *The Journal of Aesthetics*, fall 1985, vol.XLIV. no.1, p.42.

Mitchell, W. J. T., 임산 역, 『아이코놀로지(이미지, 텍스트, 이데올로기)』, 시지락, 2005.

Worringer, W., *Abstraktion und Einfuhlung : Ein Beitrag zur Stilpsychologie*, Munchen, 1959.

문예창작과 시대의식

— 박경리의 『토지』를 중심으로

김명준
(단국대학교 강의교수)

1. 작가정신과 시대인식

문학예술이란 "삶이 아니라 삶에 관한 것"[1]이다. 그러므로 문학예술은 정치·경제·사회·문화·종교·철학·역사·사회문제 등 모든 것을 포용한다. 다른 학문도 마찬가지이다. 철학이나 경제·역사 모두는 삶을 기초로 논리를 세우고 제도를 만들며 진실이나 혹은 사실을 기록한다. 따라서 모든 학문은 삶의 현장이며 삶은 모든 학문의 기초가 된다. 그러나 삶의 총괄적인 것을 다루어야 하는 "문학은 어떠한 부분, 어떠한 분야도 수용해야 하지만 그것은 실체가 아니라는 점, 그러면서도 진실을 추구하지 않으면 안 된다는 사실, 해서 소설문학을 창작"[2]이라고 한다. 일반적으로 문학예술을 "형상적 세계"[3]라고 부르는 것도 이

---

1) 권택영, 「카니발의 의미」, 김욱동 편, 『바흐친과 대화주의』, 나남, 1990, p.269.
2) 박경리, 『문학을 지망하는 젊은이들에게』, 현대문학, 1997, pp.12~13 참조.

때문이다.

그런데 작가는 왜 이와 같은 형상적 세계를 창조하려 하는가? 그 진정한 이유는 무엇인가? 그것은 인간의 삶에 관한 치열한 작가정신과 관련된다. 작가는 인간과 인간의 삶에 대한 탐구와 역사적 현실을 투시하여 오늘의 인간이 어떻게 살아가야 하는가를 보여주어야 한다. 그것이 인간 존재의 의미를 제시해 주려는 구원한 작가정신의 발현이다. 그런 점에서 "인간 존재의 해명", "고발과 지향", "미의식을 추구하는 장인정신"이 바로 작가정신의 모토라 할 수 있다.

모름지기 작가는 인간의 탐구와 인생의 창조를 통해서 바람직한 인간상을 형상화시킴으로써 인간이 어떻게 존재해야 하는가를 해명해야 한다. 그리고 현실의 부정과 모순에 대해서는 이를 과감히 비판하고 고발함으로써 인간의 이상세계 건설에 앞장서야 한다. 또한 삶의 진실을 꾸준히 추구함으로써 진실은 아름답고 정당하다는 영원한 인류의 명제를 구현시키려는 자세로 창작에 임해야 한다. 여기에 인간의 발전과 이상을 향한 욕구에 방해가 되는 사회현실의 부정적인 측면을 과감히 드러내어 고발하고 증언하는 작가정신이 필요한 것이다. 작가에게 역사의식과 냉철한 시대인식이 필요한 것도 이 때문이다.

그러나 이 같은 작가정신은 현실의 맹목적인 파괴가 아니라 미래 지향의 새로운 긍정이며 건설이다. 현실을 멀리서 바라보기만 하는 피안의 문학, 현실과 타협하여 안주하려는 명철보신의 문학은 생명이 없다. '구제의 문학'이라는 말은 이래서 가능한 것이다.[4]

---

3) 철학이나 과학이 논리적인 사유를 중심으로 이루어진다면 예술은 미적인 사유 속에서 부드럽게 움직이는 상상적 지각이나 정서를 통해 독특한 영역을 구축한다. 예술은 자신의 성좌 안에서 미학적이면서 실존적인 우주를 창조하고 운행한다는 점에서 문학예술은 형상적 세계라고 할 수 있다. 신범순·조영복, 『깨어진 거울의 눈』, 현암사, 2000, p.22 참조.
4) 조건상, 『소설쓰기의 이론과 실제』, 집문당, 1998, pp.16~17.

또한 작가정신은 영원한 미의식을 추구하는 장인의 기질로서 발휘되어야 한다. 소설이란 주제나 사상이나 이야기의 구성만으로 완성되는 것이 아니기 때문에 작가는 정화된 언어예술의 구현에 혼신의 노력을 기울여야 함은 두말할 필요가 없다. 그것이 아무리 위대하고 훌륭한 사상일지라도 그것을 소설로 형상화시킴에 있어서는 언어나 문체나 기법 등이 완벽하게 동원되어야만 사상이 살아나고 소설이 소설로서 숨을 쉬게 되는 것이기 때문이다.

그런데 여기에서 주목할 필요가 있는 것은 인간성 탐구와 인생을 창조하는 개인의식의 발현, 사회의 부정과 모순을 고발하여 이상을 향한 지향성을 보여 주는 사회의식의 확장, 또는 소설 구성의 완결성과 기법의 미적 추구에 골몰하는 장인정신의 발로에 있어서 이것들은 상호 균형과 조화를 이루고 짜여야 하는데 만일 이 같은 작가정신이 어느 일방에 극단적인 편향성을 띠고 나타난다면 그 소설은 편협한 소설로 떨어져버릴 소지가 많다는 사실이다.

예를 들면 지나치게 개인의식의 발현에만 골몰한 나머지 그 시대가 안고 있는 역사적 상황을 전혀 도외시한다면 그 소설은 현실 도피의 문학이니 역사성 부재의 소설이니 하는 비난을 면치 못할 것이고, 반면에 지나치게 현실의 한가운데 뛰어들어 그 주제나 사상을 표면화하다 보면 목적문학이나 설교적 계몽문학이라는 낙인을 찍힐 수밖에 없는 것이다. 또한 심오한 인간 구제의 소설도 아니고 뚜렷한 사상도 없이 오직 기교에만 전념한다면 그 소설의 가치는 오락성의 흥미밖에는 유발시키지 못할 것이기 때문이다.

그러므로 작가정신은 투철한 사회의식을 바탕으로 구원한 인간성의 탐구와 인생의 창조를 목표로 하되 미의식의 추구가 부단히 이루어져야만 할 것이다.

어쨌든 소설가는 현재 눈앞에 전개되고 있는 "있는 현실"을 부단히 변용하고 굴절시켜 "있어야 하는 현실"로 재창조하는 장인정신의 구현자이다. 소설가가 모든 인간 가운데 가장 신을 닮았다는 말은 이래서 또한 가능한 것이다.[5]

흔히 소설이라 하면 리얼리즘에 바탕을 둔 것이라고 생각하기 쉬우나 그것은 소설의 한 면만을 강조한 것에 지나지 않는다. 소설을 가공적 진실이라고 말하는 것부터가, 소설 속의 인물이나 사건이 현실적으로 존재하는 인물이나 사건이 아니요, 작가의 상상력에 의해 창조된 인물이요 사건이라는 것을 의미한다. 작가의 자유로운 상상력에 의해 창조된 소설은 그 창작의 기법이나 표현의 양식이 어떠냐에 따라서 리얼리즘이 될 수 있고 슈르리얼리즘이 될 수도 있으며 그와는 전혀 다른 로맨티시즘이 될 수도 있다.

작가가 창조해낸 소설 속의 인물들은 의식적이건 무의식적이건 작가가 알고 있는 실제 인물의 영향을 받는다. 소설 속의 사건들 역시 작가의 체험을 기초로 하여 재창조한 것임을 부인할 수가 없다. 아무리 소설의 배경과 인물이 작가의 상상력 안에서 창조되었다 하더라도 그 상상력의 본거지는 작가의 체험이기 때문이다. 따라서 소설의 기본적인 틀이든 세부적인 도구든 중대한 생각들은 작가의 모습을 보이는 자서전적인 것일 수밖에 없다는 말이다.[6]

역사를 배경으로 한 소설은 소재를 과거에서 가져오는 것일 뿐, 현대를 배경으로 하는 소설과 다를 바 없다. 너무 객관적으로 선명하게 드러나 있는 시대 배경이나 인물, 사건을 대상으로 했을 때 작가가 받는 상상력의 제한과 위축을 생각한다면 도리어 역사의 뒤편, 묻혀 있는

---

5) 조건상, 『소설쓰기의 이론과 실제』, 집문당, 1998, pp.18~19.
6) 이향아, 『창작의 아름다움』, 학문사, 2000, pp.297~298 참조.

대상에 대한 관심이 작가에게는 더 유리할 수 있다. 예컨대, 역사적으로 선명하게 드러나 있는 인물을 부인물로 설정하고, 그 주변 인물에 초점을 맞추어 주요 인물의 역할을 수행시키는 게 운신의 폭을 넓히는 방법이 될 것이다.[7]

결국 어느 시대, 어느 인물과 사건이 문제가 아니라 그 대상을 바라보는 작가의 시각이 중요한 것이다. 그리고 선택된 대상이 다시 살아나 생명을 갖는 일이다. 과거로의 도피가 아니라 어둠에 묻혀 있는 그 과거에 생명과 호흡을 주어 다시 살아나게 하는 일이 작가에게 부여된 책무일 터이다.

문학의 영원한 테마는 삶과 죽음 그리고 사랑이라 할 수 있다. 시공간의 양상의 외적 변화와는 별개로 인간의 삶의 양상은 이러한 것으로부터 벗어날 수 없다. 소설이 인간을 떠날 수 없고 인간의 삶에 관해 끊임없이 질문하는 형식이라면 이러한 유형의 반복일 수밖에 없다. 그런 의미 소외와 억압이 존재하는 시대나 공간에서는 시공을 초월하여 거기 실존하는 인간들의 기존 세력에 대한 저항은 언제고 재현될 수 있는 것이다.[8]

소설을 쓰는 작가의 입장에서는 자기가 창조하는 세계에 대한 확고한 시대 인식과 역사의 편린이 재창조되는 과정에서 새로운 생명으로 살아날 수 있도록 치밀한 장치에 더 많은 노력을 기울여야 할 것이다.

문학을 한다는 것은 인생을 창조적으로 살아가는 일임을 방증해 주기도 한다. 그런데 어떤 지성이나 의지가 창조적 삶을 살게 한다는 것은 아니다. 박경리의 지적처럼 창조적 삶이란 "자연 그대로 어떤 논리나 이론이 아닌 감성"을 의미한다. 창조는 순수한 감성이 그 바탕이 되

---

7) 유금호, 「역사소설의 시대정신」, 『현대소설의 이해』, 문학사상사, 1996, pp.215~216 참고.
8) 유금호, 「역사소설의 시대정신」, 『현대소설의 이해』, 문학사상사, 1996, p.217.

어야 한다. 예컨대 옛말에 부모 잃은 어린 자식들을 보고 "눈먼 구렁이 같밭에 든다"라는 말이 있다. 부모 잃은 불쌍한 자식들 정경을 우리 옛 사람들은 이렇게 표현하였던 것이다. 그것들은 그 비극을 심장으로 뜨겁게 받지 않았다면 표현될 수 없는 내용이다. 어느 고명한 학자, 명성 드높은 문인들이 그 같은 말을 만들어 내지 않았다. 그것은 민초 속에서 만들어진 것이다. 인생의 슬픔을 전신으로 끌어안고 살아온 민초, 그것을 감성의 소산인 것이다.[9]

문학예술은 인간의 삶을 다루면서 인간에 대한 이해를 궁극의 가치로 삼는다.[10] 따라서 인간이 살아가는 사회현실과 무관하지 않다. 모든 문학작품들은 "무의식적인 것이긴 하지만 그것들을 읽는 사회에 의해 다시 씌어진다"[11]는 테리 이글턴(Terry Eagleton)의 말을 참고하지 않더라도 동시대 사회적 진실과 시대의식과 밀접하게 관련되어 있는 것이다. "문학예술은 동시대의 사회적 진실을 객관적으로 반영한다"는 고전적 명제가 의미를 갖는 것도 이점 때문이다.

우리는 사회현실과 시대인식을 바탕으로 작품을 읽어낸다. 그렇기 때문에 이글턴의 지적처럼, "한 작품을 읽는다는 것은 어느 경우에나 다시 쓰는 일"이기도 한 것이다.[12] 이는 문학예술이 시대정신과 무관하지 않음을 보여주는 예라 할 것이다.

이와 같은 관점에서 작가 정신과 시대인식을 극명하게 보여준 박경리의 『토지』를 살펴보고자 한다.

---

9) 박경리, 『문학을 지망하는 젊은이들에게』, 현대문학, 1997, pp.31~32 참조.
10) 김명준, 『한국의 분단소설』, 청운, 2003, p.212.
11) 테리 이글턴, 김현수 옮김, 『문학이론입문』, 인간사랑, 2001, p.34.
12) 앞의 책, p.34.

2. 시대를 읽어내는 눈

우리가 문학을 분석하고 평가하여 문학사에 자리매김하는 하는 것은
의미의 재생산이라는 능동적인 독서를 통할 때만이 가능하다. 능동적
인 독서는 영혼의 울림을 가능케 하는 주인공의 삶을 철저하게 탐색하
여 의미를 부여하는 작업이다. 그럼으로 어떻게 읽었는가는 매우 중요
하다. 텍스트 내에 함유된 가치관이나 인생관 세계관 등은 시대마다
달리 이해될 수 있는 지체의 가변성으로 말미암아 명쾌한 해석을 얻기
란 다소 유보적일 수밖에 없다. 이러한 의미에서 문학연구는 하나의
선택의 문제이자 의미부여라고 할 수 있다.

사회현실에서 의미를 만들거나 생산해내는 주체는 시대일 수 있고,
독자일 수 있고, 텍스트 자체일 수도 있다. 하지만 사회를 냉철하게 분
석하여 여러 가지 제재로 작품에 의미화[13]시키는 사람은 작가이다. 작
가가 소설의 의미화 과정에서 즐겨 다루는 제재는 세계내의 모순과 갈
등이다. 따라서 소설에서 다루어진 주인공의 삶은 대개 모순을 내재한
세계 속에서의 삶이라고 할 수 있다. 이들은 이러한 세계내의 모순에
직면하여 '머무름'과 '넘어섬'이란 두 영역의 경계에서 갈등을 일으킨
다.

좀더 일반화시킨다면 인간은 상황속의 존재이면서도 그 속에서 부여
하는 어떠한 구속도 원하지 않는다. 때때로 인간은 자신이 살고 있는
삶과 자신이 지향하고자 하는 삶 속에서 거리가 있다는 사실을 발견하

---

13) 작가의 상상력에 의해 창조된 허구적 현실은 소설이라는 독특한 예술양식의 규제를 받게 되지
만 사회와 의식의 변화에 따라 바뀌기도 한다. 때문에 가치관이라든지 세계관, 이념 등의 사회
적 요소로 인하여 사회적 현실과 허구적 현실은 제약을 받게 된다. 이것들은 대게 체제유지적
인 것들이며, 체제파괴적인 것을 감추려 하기 때문에 소설은 사회 구조 뒤에 숨어 있는 눈에
보이지 않는 현실의 구조를 밝혀야 한다. 이러한 작업을 문학사회학에서는 '의미화'라고 한다.
김치수, 『문학사회학을 위하여』, 문학과지성사, 1988, p.14 참조.

면 그 거리를 좁히려고 부단히 노력한다. 그리고 그 거리가 크면 클수록 삶을 비극적인 것으로 인식하기도 한다. 이렇게 주어진 삶과 거기에서 벗어나고자 하는 욕망의 '경계선'에 있는 인물이 바로 소설의 주인공들이다. 바흐찐(Bakhtin, Mikhail Mikhailovich)에 의하면 경계선에는 항상 '위기의 순간'만이 존재한다. 운명의 예기치 않은 급변이 벌어지고 금단의 경계선이 무너지고 갱생이 이루어지거나 소멸당하기도 한다.[14] 소설의 주인공은 이러한 경계선에 서 있는 인물들인 것이다. 이들은 주어진 삶이 모순된 것으로 인식될 때 스스로의 구속 욕망을 인식하고 그것을 깨뜨리는 폭력자로 변신한다. 여기에서 우리는 극도의 긴장감과 미적 감동을 만나게 된다.

문학이 감추어진 현실의 구조적인 모순을 담고자 할 때 이에 대응하는 길은 "정신의 구조적 측면에서 힘이 지배하는 정신의 풍토를 눈에 보이지 않게 깨뜨리는 것"일 것이다.[15] '깨뜨림'이란 단순히 파괴와 그로인한 소멸을 의미하는 것은 아니다. 그것은 또 다른 생성이요 발전이며 보다 나은 삶의 세계에 접근하려는 의지의 표현이다. 문학에서 보여주는 정신적인 질서의 깨뜨림을 통하여 우리는 긴장을 넘어선 '영혼의 울림'을 경험하게 된다. 기존질서에 대한 반항의식은 그만큼 구속의 틀에서 벗어나고자 하는 인간의 심미적 속성의 한 반영인 것이다.

---

14) 바흐찐은 도스토예프스키의 소설 「죄와 벌」의 주인공 라스콜리니코프의 위치를 '문턱 이미지'로 분석한다. 즉, 주인공은 위기, 급격한 교체, 운명의 예기치 않은 급변이 벌어지고, 여러 결정이 내려지고 금단의 경계선이 무너지고 갱생이 이루어지거나 소멸당하기도 하는 위기의 '점(點)들'로 상징되는 계단 꼭대기, 계단 아래, 계단, 문턱, 현관, 층계참 등의 공간에 서 있다는 것이다. 바흐찐. M., 김근식 옮김,『도스또예프스끼 詩學』, 정음사, 1989, pp.247~248.
윤홍로도 이광수를 "위기에 선 경계선의 작가"로 보고 경계선(Borderline)을 "변방의 경계선", "위기의 한가운데", "보수와 진보라는 양면의 중간지점", "이상과 현실의 양 틈 속에서 방황" 등 여러 가지 용어로 사용하고 있다. 윤홍로,「이광수론―위기에 선 경계선의 작가」,『한국문학작가론』, 현대문학, 1991, pp.1031~1036 참조.
15) 김치수, 앞의 책, p.22.

박경리의 『토지』는 1970년대 '시민의식의 구현'이라는 시대인식과 결부하여 구한말과 일제강점기를 '현대의 전사'로 파악하고 재난과 비극적인 상황으로 점철된 한국 근대사의 변천을 드러내주는 대하소설로 평가받고 있다. 그러나 무엇보다도 『토지』가 선 자리는 주인공들의 삶에 대한 의지적인 욕망이 역사적·사회적 의미를 함유하고 우리의 삶의 모습을 의미 있게 숙고하도록 하는 영혼의 울림 때문이다. 극적 긴장감과 흥미를 갖게 하는 『토지』의 울림은 당대 사회현실의 구조적이고 정신적인 풍토를 철저히 깨뜨리는 경계선상의 여성인물들의 움직임에서 잘 포착할 수 있다. 즉, 이들 여성들은 매대 신분이 낮은 남성과의 일탈된 만남을 경험하고, 여기에서 필연적으로 수반되는 전통적 유교 윤리관과 신분제도와 상호 모순·충돌의 위기에 직면하여 다양한 시대적 가치를 표출해내고 있기 때문이다.

따라서 이 연구는 『토지』의 다양한 인물들 가운데에서 최씨가문의 '여성 삼대'[16]를 중심으로 이들 여성을 경계선상의 인물로 보고, 박경리는 소설의 배경이 된 시대를 어떻게 읽어내어 어떠한 형식으로 의미화 시켰는가를 살펴보고자 한다. 의미의 재생산을 통하여 본 이들에 대한 연구는 허구의 현실 속에 의미된 삶의 비전과 시대정신을 발견할 수 있으리라고 본다.

---

16) 엄격한 의미에서 가부장적 사회에는 '여성 삼대'라는 말이 없다. 이 글에서는 '각 세대를 대표하는 여성'이라는 의미로 사용하고자 한다.

3. 소멸과 생성의 시대인식—박경리의 『토지』

1) 위기의 여성 삼대

『토지』는 최씨가문의 삼대에 걸쳐 진행되는 이야기 중심에서 여성이 차지하는 비중이 크다. 수많은 등장인물 가운데에서도 주된 인물이 여성이라는 점과 최씨가문의 흥망성쇠가 성씨가 다른 여성 삼대에 의해서 하나의 이야기가 매듭 되고 있다. 이러한 사실이 삼대를 다룬 여느 서사문학과는 다른 구조적 특성을 띤다. 특히 최씨가문의 여성 삼대는 전통사회를 유지하는 질서의 근간이 된 혈연제도, 혼인제도, 신분제도와 마찰할 뿐만 아니라 이러한 양상이 사회현실의 변모과정과 밀접하게 관련되어 나타나고 있다.

우리의 역사에서 이조 오백년 동안 유교의 정신적 풍토를 한마디로 요약해보면 '행위의 제약'으로 특징지을 수 있다. 남성의 권위를 높이기 위하여 상대적으로 여성을 비하시키고, 여성을 통제하는 수단으로 "여자의 지조는 곧 정조"라는 정절 이데올로기가 공통적 가치관으로 인식되던 전통적 가부장적 사회이기 때문이다.[17] 특히 조선의 유교의 윤리관 속에서 여성의 삶이 "자유와 인권을 저당 잡히고서 아내로서의 존엄성을 얻게 된 삶"이라고 할 때 이러한 제약 속의 삶은 분명 닫힌 세계 속의 비극적인 삶임에 틀림이 없다.

이와 같은 삶의 풍토는 구한말과 일제강점기에도 정신적인 가치로 작용하여 여성의 역할에 많은 제약을 가져온다. 그러나 이에 대한 반작용은 오히려 열린 시대로 전이되는 한 현상으로써 여성의 욕망을 분

---

17) 박명희, 『고소설의 여성중심적 시각연구』, 이화여대 박사학위논문, 1990, pp.21~28 참조.

출시키는 계기가 되기도 한다. 말하자면 안주할 수 없는 유교 세계의 정신적 풍토는 때때로 여성의 삶을 위기로 몰아가지만 이에 대응하는 동시대 여성들은 순응보다도 맞서는 개성적인 인물로 부각되는 것이다. 즉, 구한말을 전후로 하여 면면히 흘러온 유교의 정신적 가치가 자본주의사회로 진전되는 가운데 또 다른 정신적 가치와 충돌을 일으킨다는 사실이다. 생생한 세계내의 흐름에서 정신적 가치의 체계가 인간 개인의 의지적인 욕망과 마찰을 일으킬 때 그것은 이미 사회적 의미를 획득하였다고 볼 수 있다. 그것은 인간의 본능과 의지적인 욕망이 "힘이 지배하는 정신의 풍토에 어떻게 대응해 가는가?"라는 인간의 삶의 본질과 결부되어 있기 때문이다.

따라서 새로운 가치질서의 도래와 더불어 남성 위주의 전통적인 가부장적 체제의 변화는 필연일 수밖에 없고 상대적으로 여성의 역할에 변화를 가져오기 마련이다. 이러한 변화의 징조는 전통사회의 유교관습 및 제도 등의 붕괴로 드러나며, 『토지』에서는 봉건질서의 가치체제에 도전하는 여성 인물들이 금기를 깨뜨리는 모티프로 나타난다.

하지만 이들의 행위에는 항상 위험이 따른다는 데에 문제가 있다. 강압으로 인한 겁탈과 수태로 정절을 잃은 죄의식에 사로잡힌 1대의 윤씨부인은 자신의 과거 때문에 여성을 혐오하는 아들 치수와 자신에게 원한을 품고 들어온 사생아 환이 사이에서 더도 덜도 줄 수 없는 모성의 회한에 빠진다. 2대의 별당아씨는 남편 치수의 여성 혐오와 그로부터 박탈당한 애정이 그녀로 하여금 쉽사리 머슴 구천(환)이와 사랑에 빠지게 되나 환란과 도피의 기로에 서게 된다. 3대의 서희는 어머니의 도주와 어린 나이에 겹겹이 들이닥치는 가문의 비극을 경험하면서 가문의 재건을 위해 하인 길상을 배우자로 선택하나 그녀의 의식세계에 남아 있는 주종의식과 상호 마찰하게 된다.

현실 원리를 따른 제도 속의 삶이 안정과 균형을 이룬 삶이라고 볼 때 이들 여성 주인공들은 이러한 삶에서 동떨어져 위기의 순간을 맞이하고 있는 것이다. 이들은 전통사회가 인정하는 남성의 역할인 부의 축적과 재산관리를 대리하면서 자신들을 에워싸고 있는 사회제도 곧, 금기시하는 정신적 풍토에서 신분이 낮은 남성과 일탈된 만남을 경험함으로써 스스로 위기에 직면하고 이로부터 다양한 욕망을 보이게 된다. 말하자면 제도라는 사회적 금기의 경계선에 서 있는 위기의 여인들인 셈이다.

2) 모성의 절망과 회한 — 윤씨부인

1대 윤씨부인은 양반지주계급의 몰락과 개화, 외세의 침투 및 민중봉기로 점철된 한말세대의 여인이다. 이 여인의 삶의 언저리에는 동시대 제도로부터 일탈된 삶에서 연유하는 내적 갈등과 불행한 두 아들과의 '거리'가 있다. 그것은 곧 '모성의 결핍'을 노정하고 결국에는 두 아이에게 모성결핍에서 오는 여성혐오와 비극적인 삶의 동인이 되고 있다.

20여 년 전 남편과 일찍 사별한 윤씨부인은 자식의 수명장수를 빌러 절에 간다. 그곳에서 사회체제에 반항심이 많은 중인 출신이자 동학장수인 김개주에게 겁탈을 당하고, 이후 사생아 환이를 출산하나 절에 남기고 돌아온다. 이로부터 윤씨부인은 정절을 잃은 죄의식과 버린 자식에게 어미로서의 자격과 권리를 버린 모성의 회한을 가슴에 않은 채 고통속의 삶을 남몰래 살아온다.

문제는 죄의식에 사로잡힌 윤씨부인이 두 아들에 대한 사랑을 일정한 거리를 두고 유지한다는 점이다. 그녀가 적자인 치수를 가까이 하지 못한 것은 물론 죄의식에서 기인하는 것이지만, 그보다도 젖꼭지 한 번 물리지 않고 버린 자식에 대한 연민 때문이다. 환이를 돌보지 못한 일 역시 치수에 대한 어머니로서의 의무와 애정 탓이었다. 이와 같이 두 아들에 대한 일정한 거리두기가 윤씨부인의 내밀한 모성에서 기인한다는 사실에 가정적, 시대적인 비극이 있다.

김환의 경우, 동학 난 실패 후에 쫓겨 다니다가 최참판댁 머슴으로 들어갈 때만 해도 부친을 위한 보복의 일념에 사로잡혀 있었다. 윤씨부인을 갈기갈기 찢어 놓으리라는 억하심정은 전주 감영에서 효수된 부친의 최후가 윤씨부인 때문이라는 판단에서이다. 또한 그 심정 속에는 최참판댁 '마님'이라는 신분에 대한 증오심과 최치수의 어머니로서 결코 자신의 어머니가 될 수 없었던 여인에 대한 원한도 있었다.

윤씨부인은 이러한 환이의 등장을 "인과의 업보에 의한 필연"으로 받아들인다. 윤씨부인이 예기치 않은 일탈된 만남에 의해 탄생한 환이를 자식으로 받아들인 행위는 동학과 관련지어 볼 때, 새로운 가치질서를 긍정적으로 수용한 것으로 의미를 부여할 수도 있다. 그러나 무엇보다도 그녀의 행위에는 버렸던 환이로 인한 어떠한 고초도 감내하겠다는 내밀한 모성이 깃들어 있다. 환이가 형수인 별당아씨와 사랑에 빠졌을 때, 윤씨부인의 심중에는 충격은 물론 자신의 죄업에 대한 무상감도 있었을 것이나 치수 몰래 별당아씨와 환(구천)이를 도주시킨 행위도 자기의 가문과 권위에 손상을 입은 최치수의 노기로부터 환이를 보호하려는 윤씨부인의 모성 때문이다. 그리고 며느리와 머슴 구천을 도주시킴으로써 이들로 인해 최씨가문이 덮어 쓸 불명예와 치수가 겪게 될 모욕을 가장 작게 만든 것도 적자인 치수에게 사랑을 주지 못했던 모성의 연민에서 연유한다.

이런 점에서 도주한 "불륜의 연놈"에 대해 노기를 띠고 인간사냥을 준비하는 적자 치수와 윤씨부인의 다음과 같은 갈등은 그녀의 정신적 면모를 짐작케 하는 한 예라 할 수 있다.

　'이미 공양(供養)으로 바쳐진 몸, 어찌 이다지도 세월이 길단 말이요? 내게 아직도 갚음이 남아 있단 말씀이요?'

　(…중략…)

　'내 마음에 죄가 있소. 내 마음은 사악하오. 세상에서의 갚음보다 더 큰 형벌을 받고 싶은 거요. 나는 죽어야 할 사람이요. 지옥에 떨어져서 도현(倒懸)의 고통을 받아야 할 사람이요.'[18]

　'말씀하십시오. 어머님의 비밀을 말씀하십시오.'

　'이놈! 생지옥에 떨어진 어미 꼴이 그렇게도 보고 싶으냐?'

　"꼭히 가야 하겠느냐?"

　"예."

　치수 입가에 싸늘한 미소가 번졌다.

　"살생은 죄악이니라."

　윤씨부인은 눈을 감았다.[19]

　인용에서 보듯 20여 년간 감추어진 모성의 절망과 모친에 대한 증오로 가득 찬 아들 치수와의 거리에서 비극적 긴장미를 느끼게 된다. 두 자식 간의 쫓고 쫓기는 행위는 골육 간에 피 뿌리는 참상을 원하지 않는 그녀에겐 찢어지는 아픔이요, 적악(積惡)이 아닐 수 없다. 윤씨부인에게 있어서 치수와 환이는 다 같이 소중한 아들이다. 그러기에 그녀

18) 『토지』 제1권, pp.257~258.
19) 『토지』 제1권, p.342.

는 자신의 사랑이 어느 쪽에도 기울 수 없는 '저울의 추'가 되어 버린다. 그녀는 두 아들 사이에서 "뻗쳐 줄 어미의 손길을 결박당한 채" 긴 세월의 인고(忍苦)를 운명으로 감내하여 왔던 것이다. 말하자면 윤씨부인의 두 아들에 대한 사랑은 철저히 경계선상에 머물고 있다.

> 치수도 자식이며 환이도 자식이다. 서로가 불운한 형제는 윤씨부인에게 있어 무서운 고문의 도구요 끊지 못할 혈육이요 가슴에 사무치게 사랑하는 아들이다. 십년 이십년 세월 동안 윤씨부인은 저울의 추였으며, 어느 편에도 기울 수 없는 양켠 먼 거리에 두 아들은 존재하고 있었다.[20]

감정을 삭임으로써 나타내어지는 윤씨부인의 갈등을 통해서 볼 때 두 아들에 대한 윤씨 부인의 모성은 참으로 역설적이며 비극적이다. 윤씨부인의 모성은 내밀한 가운데에서 발로된 것이나 그것은 유교의 정절 이데올로기라는 사회적 금기로 말미암아 감추어진 것이었다. 그 것이 감추어진 모정이기에 더욱 비극적이고 두 아들에게는 원망과 증오를 노정케 한 원인이 되었던 것이다. 이와 같이 윤씨부인의 비극적 삶과 두 아들과의 거리는 정절 이데올로기로 인한 모순된 사회현실의 한 단면을 보여주는 것이라 하겠다.

이러한 상황에서 치수가 탐욕꾼에 의해 교살(絞殺) 당하자 윤씨부인은 엄청난 충격을 받는다. 절대적인 권위의 상징이었던 최씨집안의 마지막 남은 사내 치수의 죽음은 남계의 혈통이 끊긴 것이자 최씨가문의 몰락을 의미한다. 반면에 윤씨부인에게는 치죄자(治罪者)이자 형리(刑吏)를 잃은 것이 된다. 생전에 최치수는 윤씨부인의 아들이라기보다는

---

20) 위의 책, p.344.

가혹한 형리였다. 그것을 윤씨부인이 원했고 그렇게 만든 사람 또한 그녀였다. 작가의 설명으로 이야기 되듯이 최치수는 "윤씨부인을 치죄(治罪)하기 위해 쌓아 올린 제단에 바쳐진 한 마리의 여윈 염소"[21]였던 것이다.

한편, 윤씨부인의 삶에서 뗄 수 없는 존재가 김개주이다. "폭풍과 불덩어리 같았고 냉혹한 양반의 화신"이었던 그는 20여 년 넘은 세월 동안 윤씨부인의 가슴에 자리를 잡고 있는 인물이다. 동학의 무리를 이끌고 피에 주린 이리떼 같이 양반에 대하여 추호의 용서가 없었던 사나이였지만 그의 비극적 죽음은 윤씨부인의 가슴에 "삼줄과 같은 질긴 거미줄을 쳐놓"았던 장본인이다.[22] 그러나 김개주가 살아 있을 적에 윤씨부인은 그에게 애정을 표시한 장면은 한 번도 나타나지 않는다. 다만 20여 년이 지나 처음이자 마지막으로 만나는 기회가 있었다. 동학란이 천지를 뒤엎듯이 몰려왔었던 그해 윤씨부인은 일가의 몰살을 각오하고 안방에 앉은 채 사태를 기다리고 있었다. 그러나 김개주는 갖은 죄악의 행위로 부와 토지를 소유한 최씨가문에 원한과 증오가 없을 리 없으나, 인근의 관아를 습격하여 상하 관원, 토호, 관에 빌붙은 향반들을 살해하고 군물(軍物)을 탈취 하였지만 최씨가문에 아무 피해를 입히지 않고 지나간다. 그것은 "윤씨부인에 대한 사랑이 그 증오와 적개심을 덮기 때문"[23]이라고 볼 수 있다. 이러한 사실은 전날 밤 그가 안채의 윤씨부인과 20여 년 만에 처음이자 마지막 상봉 장면에서 확인된다.

윤씨부인에게 나타난 사십대의 장대한 김개주는 마치 수성(獸性)과

---

21) 『토지』, 제2권, pp.194~195.
22) 『토지』, 제2권, p.195.
23) 김정숙, 「경험현실과 허구의 현실」, 《조선일보》, 1985. 1. 8.

신성(神性)을 지닌 신비로운 모습이었다.

　"부인?"

　"……"

　"나를 한번 쳐다 보시요."

　"김개주요."

　순간 등잔불 밑에서도 윤씨 부인의 낯 색이 변하는 것을 볼 수 있었다.

　"나를 용서하시요. 살아주어서 고맙소."

　윤씨부인의 눈길이 사나이에게로 갔다. 사나이는 소년 같은 미소를 머금었다. 장대한 몸집이 부드럽게, 아니 가냘프게까지 흔들리고 있는 것 같았다.

　"환이가, 부인의 아들이 헌연장부가 되었소."

　사나이의 목소리는 잠시 잠겼다.

　"그 말을 내 입으로 전해드리고 싶어서 이렇게 왔소."[24]

　김개주의 말속에는 당시의 유교정절 이데올로기를 극복해줘서 고맙다는 뜻과 신분이 다른 이단의 핏줄인 환이가 동학에 관련하고 있음을 알게 해준다. 이러한 점에서 윤씨부인은 금기의 계율을 깨뜨리고 새로운 생명을 역사의 터로 내보내는 터 밭 역할의 상징성을 지닌 인물이다. 그러나 그것보다 우선한 것은 20여 년 만의 재회를 통해 뜸뜨지만 서로에 대해 내밀한 애정을 갖고 있었다는 사실이다. 윤씨부인과 김개주의 재회가 갖는 의미도 이에 대한 연장선에서 해석이 가능한 것이다.

---

24) 『토지』, 제1권, pp.344～345.

윤씨부인에게 있어서 형장의 이슬로 사라진 김개주는 그녀의 정결한 육체에 "죄악의 정열을 침독(侵毒)"시킴으로 해서 윤씨부인으로 하여금 '부정(不淨)의 여인'이며, "아내와 어미의 자격을 잃은 육체적인 낙인이 빚은 절망과 핏덩이를 낳아서 팽개치고 온 뼈저린 모성의 절망"을 느끼게 하여 도현의 고초를 겪게 한 장본인이다. 그럼에도 불구하고 그녀가 김개주의 비극적 종말을 슬퍼하고 더불어 20여 년 넘은 고통의 세월을 감내하고 살아온 것은 그만큼 그에 대한 "끈질기고 무서운 사랑의 이기심"이 그녀의 심층에 도사리고 있었기 때문이다.[25] 윤씨부인이 김개주가 전주감영에서 효수 당했다는 소식을 듣고 비통을 금치 못하는 이유도 그에 대한 내밀한 애정의 결과로 볼 수 있다.

여성 스스로가 자신의 운명을 체념하고 죄인같이 근신하는 몸가짐을 한 것이 이 시대의 과부이다. 이러한 시기에 반가(班家)의 법도(法道)는 과부가 겁탈을 당하면 자살하는 것이 당연하다. 곧 정절은 덕목이며 필히 지켜야 할 금기이기 때문이다. 그럼에도 불구하고 씨 다른 아이를 출산하고 사생아를 자식으로 받아들인다는 사실은 전통적 유교의 정절 이데올로기라는 금기를 깨뜨린 것이 된다. 윤씨부인의 이러한 행위에서 동시대의 새로운 가치질서가 도래하는 조짐을 읽을 수 있다. 반면에 스스로 '부정의 여인'이라 못 박고, 20여 년 간 도현의 고통속의 삶을 택했던 윤씨부인의 내면의식은 "정절은 곧 여성의 생명"이라고 여기는 전통적인 문화와 질서를 고수하려는 의식의 편린을 보여준다. 이러한 윤씨부인의 삶은 당시 봉건 양반계급의 일반적인 존재조건이었다는 점에서 현실감을 획득하고 있다. 즉, 그녀로부터 한국인의 전통적 여인상을 발견하게 된다. 결국 윤씨부인은 구질서와 신질서,

---

25) 『토지』, 제2권, p.195.

보수와 개혁이라는 양 자력의 경계선상의 여인인 것이다.

3) 별당(別堂), 그 폐쇄와 해방 — 별당아씨

시기적으로 개화기에 걸쳐 있으면서 머슴 구천(김환)이와 도주로 표현되고 있는 2대의 별당아씨는 구체적인 삶의 행적이 잘 나타나지 않는다. 때문에 그녀의 삶의 궤적은 치수와 환이의 행적을 통하여 유추해석을 할 수밖에 없다.

별당아씨와 치수와의 관계는 "금실이 좋지 않았다"라는 마을 아낙의 한마디 말로 대변된다. 치수와 별당아씨와의 관계가 원만하지 못한 것은 근본적으로 윤씨부인의 과거와 밀접한 관계에 놓여 있다.

치수가 열두 살이 되던 해 자애롭던 어머니는 절에 갔다 온 후 다시 백일기도를 드리러 절로 떠난다. 그립던 어머니는 이듬해 2월에 돌아온다. 하지만 치수가 꿈에 그려 보던 자애로운 어머니의 모습이 아니었다. 이로부터 모자 사이에는 '보이지 않는 강'이 흐르기 시작하였고, 허약하여 본시부터 신경질적인 치수의 성격은 차츰 잔인하게 변하였으며 방약무인의 젊은이로 성장한다. 치수는 열세 살적에 첫째 부인 조씨와 혼인하지만 혈육 없이 사별하고, 십여 세 차이가 나는 별당아씨와 재혼하여 딸(서희)을 둔다. 그러나 감춰진 모친의 비밀을 눈치 채고부터 여성을 혐오하고 폐인을 방불케 하는 생활을 하게 된다. 이때는 어머니인 윤씨부인에게 냉담한 아들일 뿐만 아니라 별당아씨와도 애정이 없는 관계가 되고 만다.

다음 치수는 다시 준구를 제물포까지 끌고가서 청인(淸人)들을 상대한다는 천기방에서 욕을 보였다. 치수의 그런 식으로 준구를 괴롭히는 행동은 상당히 집요하고 잔인했다. 그런데 자신은 그런 여자를 서슴없이 상대하면서 조금도 쾌락을 느끼는 것 같지는 않았다. 그런 행위는 무엇을 향한 투쟁인 것처럼 광폭했고 파괴적인 것이었다. 어쩌면 그는 속 밑바닥에서부터 여자에 대한 혐오로 가득 차 있는 것같이 보였다. (…중략…) 서울에 머문 지 반년 가량, 치수의 몸은 망가졌다. 허깨비가 되어 마을로 돌아온 그를, 목숨이나마 건져 준 사람은 문의원이었다. 그러나 문의원은 윤씨부인에게 다시 자손을 볼 수 없으리라는 선언을 했다.[26]

어머니의 모성을 그토록 갈망했음에도 어머니로부터 소외받고 자라난 가정환경은 치수로 하여금 여성에 대하여 강한 혐오를 느끼게 하고 급기야 생식불능의 원인이 되고 만다. 여성을 혐오하고 생식불능인 것만으로도 치수와 별당아씨의 삶은 이미 문제를 지니고 있다. 별당아씨에게는 주어진 운명이 감옥 속의 삶과 다름이 없는 것이다.

이들의 관계에서 머슴으로 등장한 김환의 존재는 최씨가문이 몰락하는 도화선이 될 뿐만 아니라, 겁탈당한 윤씨부인의 모성의 회한이 빚은 필연의 결과이다. 환이는 본래 주어진 삶이 유교의 정절 이데올로기로 인한 신분의 희생이었고, 이로 인한 강한 증오심이 그로 하여금 머슴의 운명을 거부하게 한다. 뿐만 아니라 형수인 별당 아씨를 사랑함으로써 "기성도덕의 규범에 대하여 반항"하게 된다. 하지만 별당아씨의 입장에서는 남편과의 애정 결핍에서 오는 고독한 삶에서 자상한 머슴 구천(환)의 호의를 진한 사랑의 감정으로 받아들이게 된다.

그러나 양반집 아녀자와 머슴과의 사랑, 상전인 아녀자가 머슴을 사랑한다는 사실은 당시 사회에서는 있을 수 없는 일탈행위요 유교윤리

---

26) 앞의 책, pp.183~184.

관을 깨뜨린 파격적인 행위이다. 비록 이들의 행동방식이 신분제도가 철폐된 갑오개혁[27] 뒤 현상이라고 하나 뿌리 깊게 내려온 가슴이 하루아침에 없어질 리가 없다. 이때까지만 해도 동시대 사회의 풍토가 두 남녀의 일탈행위를 받아들일 수 없기 때문에 이들의 애정 행각은 제도의 금기를 넘어선 '불륜'으로 표면화된다. 뿐만 아니라 그만큼 절망과 고통이 따르고, 끊임없는 추적과 도피의 기로에 서게 된다.

딸 서희에 대한 모성의 의무와 권리를 버리고 머슴과 달아난 별당아씨의 행위는 인륜(人倫)으로 보면 비판의 대상이 된다. 그러나 비련의 여인으로 비판 받아야 마땅함에도 불구하고 별당아씨는 역사적 의미를 획득하고 있다. 머슴과 달아난 별당아씨의 행위는 근본적으로 부부 애정을 박탈당한 감옥 속의 삶으로부터 해방을 의미한다. 감옥은 "통제된 사회와 시대적 상황의 이미지"인 동시에 아울러 "열림과 자유에 대한 몽상의 상징적인 기반"이기도 하다.[28] '별당'이라는 폐쇄적 공간 상황의 '갇힌 존재'로 인식되는 별당아씨는 구천과의 만남 이전의 애정이 없는 결혼생활은 곧 감옥 속의 삶이자 전통적 유교제도에 구속된 삶에 다름 아니다. 그러므로 '별당'이라는 공간은 역사의 모순과 사회적인 그늘이 반영된 제도의 경계선인 셈이다. 주어진 삶을 비극적인 것으로 인식한 별당아씨의 의지적인 욕망은 제도의 경계선에 더 이상 머무를 수 없는 것이다.

결국, 별당아씨와 머슴 구천과의 만남은 애정을 박탈당한 생과부의 삶으로부터 해방을 의미하는 것이자, 제도라는 금기의 경계를 넘어선 것이 된다. 별당아씨는 신분이 낮은 구천과의 만남을 통하여 스스로

---

27) 갑오개혁은 문벌과 양반 상놈의 계급제도 타파, 과거제 폐지와 능력에 의한 인재등용, 문무존비의 폐지, 과부의 재가 허용, 공사노비법의 폐지, 연좌법의 폐지, 조혼의 금지 등 사회면의 개혁이 주가 되었다. 강만길, 『한국근대사』, 창작과 비평사, 1990. pp. 198~199 참조.
28) 이재선, 『한국문학 주제론』, 서강대 출판부, 1989, p.144.

신분의 질곡으로부터 해방된 것이라고 할 수 있다.

4) 경계의 무화(無化)－서희

일제강점기를 사회적 활동배경으로 하고 '집념의 덩어리'로 묘사되는 3대 서희 역시 모정의 결핍과 빼앗김의 연속에서 성장한다. 그만큼 그녀에게 주어진 상황이 그녀로 하여금 쉽사리 안주할 수 있는 여건을 주지 않기 때문에 서희의 지향과 갈등은 더욱 비극적이며, 개성적이고 복잡한 양상을 보인다.

서희의 성장에서 김환은 최씨가문의 몰락의 단초를 마련한 사람으로 그녀의 개인적인 비극의 원인이 된다. 그로 인한 모정 결핍은 서희의 성격을 괴팍하고 포악스럽게 만들며 외로움과 슬픔을 노정시킨다. 또한 외척인 조준구는 변화하는 시대에 재빨리 편승하는 기회주의적인 친일파로 최씨가문 재산 전체를 탈취하고 그동안 최씨가문의 정신적인 유대관계를 맺고 있던 평온한 평사리 마을의 일상사를 뒤흔들어 놓는다. 때문에 그는 서희에게 증오와 원한으로 맺힌 복수심을 갖게 한다.

서희에게 주어진 평온이 없는 평사리는 모정의 결핍에서 오는 외로움과 슬픔을 노정하는 공간이자 조준구에게 재산을 빼앗김으로 인한 증오와 복수심으로 지배된 공간이다. 비극적인 공간에서 안주할 수가 없는 것이 서희의 현실이자 그녀의 인식이다. 서희는 가문의 재산을 되찾기 위하여 힘의 축적이 필요했고 그 현실적 공간으로 국운의 비애로 상징화되는 간도를 선택하게 된다.

서희의 간도 생활은 무엇보다도 신분적인 질곡을 깨뜨려 버린다는 점에서 의미가 있다. 서희는 공노인 같은 상인과 신분이 다른 길상이와의 협조 관계 속에서 두류를 매점하고 땅투기에 종사하여 큰 재산을 모은다. 반가의 법도에서는 있을 수 없는 행위이지만 이미 시대는 변하고 있고, 서희는 그 변화의 중심축에 서 있는 것이다. 그러나 서희가 당시 양반계급 여성에게 기대되던 행동규범을 과감히 깨뜨리면서 친일파가 세우는 절에 적지 않은 금액을 희사하면서도 독립운동가의 군자금 요청을 거절한 행위는 오로지 잃어버린 가문을 되찾는 데에 있다. 가문을 되찾기 위해서 그녀는 시대의 변화에 능동적으로 대처하는 철저한 현실주의적 태도를 보이는 것이다.

이 같은 서희의 극단적 이기심과 현실적인 태도는 애정문제에서도 나타난다. 그녀는 자신의 남편으로 양반집 자제인 이상현보다 신분이 낮은 길상이를 선택하는 것이다. 한때 윤씨부인이 서희의 배필로 욕심을 낸 적이 있던 이상현은 성깔과 자부심이 강하고 명분을 중요시하는 양반집의 자제이다. 서희와 상현은 서로의 특유한 성격 때문에 곧잘 싸우기도 하지만 함께 간도로 올 무렵부터 사랑이 싹트고 있었다. 그러나 서희가 사모한 상현은 당시의 조혼풍습으로 인해 마음에도 없는 여자를 맞이한 기혼자의 입장이다. 이들은 어쩔 수 없는 윤리와 도덕의 강을 사이에 두고 맴을 돌면서 서로의 가슴에 생채기를 입히며 서로의 애정을 학대 하는 등 갈등을 겪는다. 그런데 명분을 중요시하는 상현은 실리만을 추구하는 서희가 아버지 이동진이 요구하는 군자금을 거절하자 모멸감이 극에 달한다.

"통감부 파출소의 서기질하는 최가놈이 후원하여 짓는 절에 아무리 공으로 얻은 값없는 돈이기로 그럴 수 있습니까?"
"공으로 얻은 값없는 돈이라구요?"
"그렇소."

"그 값없는 돈을 내어놓으라시던 분은 뉘시던가요?"[29]

이상현과 서희의 갈등은 결국 서희가 옹졸한 상현에게 결의 남매를 제의하고 길상을 지아비로 맞이하겠다는 말로 모욕을 심어주면서 절정에 달한다. 상현도 "필경엔 종놈 계집이 될 최서희! 그 어미에 그 딸"이라는 모욕적인 말을 던지고 떠나버린다. 이것으로써 서희는 상현과의 갈등을 마감하게 된다. 서희에게 있어서 나약한 상현은 그녀의 빼앗긴 가문을 되찾아줄 적임자가 되지 못한다. 서희에게는 자신에게 충직한 인물이 필요했던 것이다. 사생아요 신분적으로 하인이면서도 인간적이며 당당한 야망을 가진 길상이가 바로 그러한 인물이었기 때문에 그녀는 그를 자신의 배우자로 선택하였던 것이다. 결국 그녀의 현실적이며 극단적인 이기심은 이성간의 애정마저도 빼앗긴 가문을 되찾기 위한 수단의 형태로 변모하는 것이다.

그러나 길상이와 서희 사이에 깊게 드리워진 주종의식은 끊임없는 갈등을 야기 시킨다. 길상은 서희의 권위적이고 오만한 태도와 그녀의 막대한 재산과 끝없는 복수에의 정열에 혐오를 느끼던 터다. 복수심에 불탄 서희의 삶은 길상이 자신의 삶과는 무관한 것이다. 때문에 이리 저리 맴돌듯 겉도는 길상이의 태도에 서희는 화가 나는 것이다.

'내 천길 낭떠러지를 뛰어내리듯 너를 택하려 하기는 했으되 어찌 감히 너 스스로가 생심을 품을 수 있단 말이냐? 하늘의 별을 따지, 어림 반푼이나 있는 일이겠느냐! 언감생심, 나를 여자로 보아? 양반이 아직은 썩은 무우말랭이가 되진 않았어! 감히 하인의 신분으로서!'

---

29) 『토지』, 제4권, p.40.

(…중략…)

'아아, 나를, 이 나를 모두가 덤벼서 떡을 치는구나. 더러운 떡메로 나를 치는구나. 아아아 미치겠구나!'[30]

주종의식에서 벌어지는 서희의 갈등은 근본적으로 신분계급을 유지할 것인가 아니면 버릴 것인가 하는 두 경계선상의 갈등이다. 그러나 이러한 갈등이 두 사람의 결혼으로 해소된다는 사실은 큰 의미가 있다. 신분이 다른 두 사람의 결혼이 의미를 갖는 것은 신분적 규범으로부터의 전환을 의미하는 것으로, 누대로 내려온 신분제도의 경계를 무화(無化)시켰다는 데에 있다. 비록 서희가 호적을 바꾸어 최서희를 김서희로, 김길상을 최길상으로 하여 두 아들에게 최씨 성을 가지게 함으로써 혈통은 다르지만 최씨 가문의 맥을 유지케 한 행위는 봉건적 가부장적 사회의 재건이라는 점에서 비판의 대상이 된다. 하지만 이러한 사실은 새로운 혈통의 가계의 재생이라는 점에서 또 다른 새로운 생성과 발전을 의미하기도 한다. 그녀는 최씨가문의 남성세대 단절에도 불구하고 두 아이에게 최씨 성을 갖게 함으로써 끊임없이 가계의 재생을 위한 마지막 '터 밭의 역할'의 의미를 지닌다.

이에 대한 서희의 가치관에 의한 판단을 작가는 "이조 오백 년 동안 구축해 놓은 반가의 독선이 빚은 뿌리 깊은 정신구조"[31]라고 하면서 이율배반적으로 "서희는 과감하게 껍데기를 찢어발기고 핵을 보존키 위해 오히려 양반의 율법에 반역"[32]했다고 말한다.

이처럼 그녀의 행위는 신분적 규범으로부터 전환된 현실을 보여주어

---

30) 『토지』, 제4권, p.189.
31) 『토지』, 제7권, p.172.
32) 위의 책, p.173.

변화하는 역사와 조응하는 인물로 부각된다. 즉 신분적인 제도의 경계를 무화시킨 인물이라고 할 수 있다. 하지만 그녀의 정신적 지향이 '봉건지배계급의 권위에의 복고'에 그 맥이 닿고 있기 때문에 그녀는 이율배반적으로 행위와 지향의 경계를 흐리게 한 이중성의 인물이라고도 하겠다.

4. 확대된 삶의 지평

문학예술은 하나의 대상에 각기 다르게 접근해 가는 기호학적 축제이다. 우리는 문학예술이 단지 드러난 사실을 확인하거나 그에 대한 작가의 인상을 감상하는 것으로 그치게 해서는 안 된다. 문학예술은 대상을 사실적으로 얼마나 잘 묘사하는가가 중요한 기능이 되는 사진과는 근본적으로 다르다. 문학예술은 어떤 훈련된 습관에 의해 우리가 깊이 들어가면 갈수록 더 많은 보물을 숨기고 있는 창조적 우주이기 때문이다.[33]

의미의 재생산을 통하여 우리가 보거나 느끼는 모든 것, 곧 이미지나 감각은 우리들의 기억 속에 자주 형태가 바뀌어 나타나기도 한다. 그러므로 책읽기에서 중요한 것은 체험한 사실 자체가 아니라 오히려 우리들이 그것을 어떻게 보고 어떻게 느꼈는가 하는 것이다. 이 연구는 수많은 인물들의 일상사를 조명하고 있는 『토지』의 이야기 중에서 최씨가문의 여성 삼대를 중심으로 살펴보았다. 그리고 이들 여성들의 삶을 통하여 사회제도의 모순과 갈등을 볼 수 있었다. 『토지』에서 보이는

---

33) 신범순·조영복, 『깨어진 거울의 눈』, 현암사, 2000, p.21.

모순 된 세계와 그로 인한 갈등의 요인은 전통적 유교 윤리관과 신분질서라는 '제도의 문제'이다. 이러한 사회적 모순은 혈연·혼인·신분제도에서 구체적으로 나타나게 되고, 그것은 결국 모성의 결핍과 절망을 노정함으로써 주인공으로 하여금 경계의 벽을 허무는 폭력자로 변하게 한 동인이 된 것이다.

1대 윤씨부인의 갈등은 모순된 집착인습이 빚은 경계선상의 갈등이다. 작가는 그녀의 개인적 비극을 통하여 오랜 세월 동안 여성 자신들까지도 정절이데올로기를 자발적으로 수용해 오던 당시의 풍토를 보여주고 있다.

'별당'이라는 폐쇄적 공간 상황의 '갇힌 존재'로 인식되는 2대 별당아씨의 머슴과의 애정 행각은 당시대 금기의 경계를 과감히 뛰어 넘은것으로, 이는 불합리한 가부장적 사회의 단면과 정절 이데올로기에 의한 폐습이 점점 허물어져 가는 조짐을 상징적으로 보여준 것이라고 하겠다.

3대의 서희가 하인 신분인 길상을 지아비로 선택하게 되고 사회에서이러한 행위를 묵시적으로 인정받게 되는 것은 그만큼 사회현실이 개방화되었음을 의미하는 동시에 신분적 규범으로부터 전환된 현실을 보여준 것이라고 하겠다. 곧 제도의 경계를 무화시킨 것이라 할 수 있다.

최씨가문의 여성을 중심으로 본 『토지』는 사회적·역사적 진전에따라 가계 내에서만 존재하던 여성의 역할이 점점 커짐을 함축적으로드러내고 있으며, 여성들에게 전통사회가 구축했던 행위의 제약이 새로운 삶과의 모색과정에서 노정하는 경계를 깨뜨림으로써 여성의 삶의 지평을 확대시키고 있다. 이것은 역사의 발전이요 비전이라 할 수있다.

여기에서 우리는 동시대 사회제도를 바라보는 박경리의 통찰을 읽을 수 있다. 박경리는 힘이 지배하는 정신의 풍토를 불합리한 사회제도에서 찾아 이를 작품 속에 의미화 하였고, 우리는 의미의 재생산을 통하여 이것을 확인하게 된 셈이다. 박경리의 『토지』는 오늘을 살아가는 우리들에게 이러한 시대정신을 계속 제시해 주고 있는 것이다.

이제 리얼리즘은 한때 좁혀서 제창되었던 비판적 사실주의나 사회적·민중적 사실주의의 범주에서 벗어났다. '모방'이나 '재현'처럼 초창기 리얼리즘의 특징을 나타내던 개념들은 점차 중심 위치에서 물러나게 되었다. 예술이 다가가야 할 대상적 진리로서 현실이라는 것이 확실한 실체로 예술가 앞에 존재하며, 그것에 올바르게 다가가야 한다는 인식론적 태도도 많이 흐려졌다. '분명한 실체', '도달해야할 실체'로서 현실이란 존재하지 않게 되었다. 흔히 이전에 생각했듯이 객관적으로 존재하는 현실의 법칙을 어떻게 인식할 것인가 하는 고전적인 명제보다는 어떠한 관점으로 현실을 구성하고 또 그 노력이 상대적인 것에 불과함을 보여줄 것인가 하는 점이 문제로 대두된 것이다.[34] 그것은 문학과 현실의 관계를 바라보는 여러 개념이 변화되었음을 의미하는 것이며, 이러한 변화를 통해 문학에 대한 관점을 새롭게 제시할 수 있다.

---

34) 신범순·조영복, 『깨어진 거울의 눈』, 현암사, 2000, p.205.

참고문헌

1. 기본자료
박경리, 『토지』, 삼성출판사, 1988.

2. 논저

강만길, 『한국근대사』, 창작과 비평사, 1990.
권택영, 「카니발의 의미」, 김욱동 편, 『바흐친과 대화주의』, 나남, 1990.
김명준, 『한국의 분단소설』, 청운, 2003.
김정숙, 「경험현실과 허구의 현실」, 《조선일보》, 1985.1.8.
김치수, 『문학사회학을 위하여』, 문학과지성사, 1988.
박경리, 『문학을 지망하는 젊은이들에게』, 현대문학, 1997.
박명희, 『고소설의 여성중심적 시각연구』, 이화여대 박사학위논문, 1990.
신범순·조영복, 『깨어진 거울의 눈』, 현암사, 2000.
유금호, 『현대소설의 이해』, 문학사상사, 1996.
윤홍로, 『한국문학작가론』, 현대문학, 1991.
이재선, 『한국문학주제론』, 서강대출판부, 1989.
이향아, 『창작의 아름다움』, 학문사, 2000.
조건상, 『소설쓰기의 이론과 실제』, 집문당, 1998.
바흐찐. M., 김근식 역, 『도스토예프스키 시학』, 정음사, 1989.
테리 이글턴, 김현수 역, 『문학이론입문』, 인간사랑, 2001.

문예창작과 심리학

양은창
(시인, 단국대학교 교수)

1. 문학과 심리학

1) 문학과 심리학의 관계

문학은 인간 정신의 산물이다. 언어는 그 자체로서 상징적이기 때문에 인간의 사고와 관계가 있으며, 문학은 인간의 내면적인 정신세계를 언어로 담아내는 형식을 취하므로 인간의 심리와 밀접한 관련이 있다. 그러나 무엇보다 인간의 감정을 환기시킬 수 있기 때문에 문학은 중요시된다. 언어를 통해 심리적인 변화를 가져올 수 있으며 아울러 언어를 통해 감정을 생성하거나 나아가 조절할 수 있는 기능적인 측면을 지니고 있기 때문이다. 이것은 문학뿐만 아니라 모든 재현예술이 지닌 공통적인 특성으로 언어라는 재료만 달리하면 예술 그 자체와 심리는 동일한 관계를 형성한다. 아래는 그 단적인 면을 설명하는 것이다.

몇 해 전의 일이다. 세간의 입에 자주 오르내리기에 '타이타닉'이란 영화를 보러 간 일이 있었다. 이 시대 사랑의 결정체란 수식어에 맞게 감동을 받기에 부족함이 없는 영화였다. 그런데 정작 필자는 엉뚱한 생각을 하고 있었다. 바로 내 앞자리에 두 젊은 남녀가 서로 머리를 맞대고 영화를 관람하고 있었는데, 영화의 말미에서 주인공인 디카프리오가 차가운 바닷물 속으로 미끄러져 가는 이 영화의 절정인 대목이 이르자 격한 슬픔을 이기지 못한 채 울고 있는 것이었다. 그 남녀들의 다정함에 시샘이 났는지 나는 이렇게 물어보고 싶었다.

"왜 웁니까?"

이렇게 물어보면 당연히 "슬프니까 울지요!"라고 말 할 것이 분명했다. 그렇다면 이번에는 이렇게 또 물어 보고 싶었다.

"왜 슬픕니까? 혹시 저기에 나오는 주인공과 특별한 관계가 있습니까? 아니면 친척이라도 됩니까?"

물론 실제로 이렇게 물어 보았다면 격분한 남녀에게 곤혹을 치렀을 것이 뻔하다. 서양인인 디카프리오나 케이트 윈슬렛이 그들의 친척일 리 만무하다. 만약에 백인의 조상과 우리조상이 까마득한 과거에 한 핏줄이라면 친척이 될 수도 있을 것이나 지금 이 상황에서 그런 대답을 구한다는 것은 무리다.

지극히 평범한 이성의 탈을 쓴 존재이기에 이러한 생각만을 했을 뿐 실제로 물어보지 못했다. 만약 우리에게 이러한 물음이 던져진다면 어떤 대답을 할 것인가? 한낱 빛의 그림자에 불과한 스크린 속에서 일어나는 일들이 실제 존재자인 우리와 어떤 관계가 있기에 영화관이란 공간에만 들어서면 자신과 하등의 관계가 없는 일들에 함몰되어 람보처럼 날뛰며 좋아하고 부루스 윌리스처럼 수없이 총을 맞고도 무사 하는 초인이 되어 버리는 것일까? 때로는 「테스」에서 비련의 여주인공인 나타샤 킨스키가 되어 버리는 것일까?

　결론은 착각이다. 착각도 이만저만한 착각이 아니라 지독한 착각이다. 우리는 결코 부루스 윌리스가 되지 못하며 나타샤 킨스키가 되지 못한다. 천만 번 죽었다가 깨어나도 우리는 현실에서 그들이 될 수가 없는 이유는 외모 때문도 아니며 어설픈 연기 때문도 아니다. 왜냐하면 영화의 스크린은 현실의 세계가 아니라 비현실의 세계이기 때문이다. 아무리 실제로 일어났던 일을 완벽하게 꾸며낸다고 해도 재현은 현실 그 자체가 되지 못한다. 모든 재현 예술에서 볼 수 있는 이러한 모방은 실제 같지만 실제가 아닌 허구에 불과하다. 그런데 허구인 비현실의 세계를 우리는 현실인 양 착각을 일으켜 우리와 아무런 관계가 없는 영화 속 주인공들이 겪는 일을 우리 자신이 경험하듯이 착각을 일으킨다. 흔히 이것을 동일시화(Identification)라고 한다. 이러한 착각을 일으키는 원리는 이미 아리스토텔레스가 말한 대로 개연성의 논리에 있다. "반드시 그렇게 될 수밖에 없는 일" 또는 "충분히 그럴 수 있으리라"는 추측 때문에 우리는 남의 일이 아닌 자신의 일로 여겨 빛의 그림자에 불과한 영상 속으로 빨려 들어간다. 따라서 무시무시한 공포 영화를 관람할 때, 두려움과 공포로 휩싸인 우리가 실제로 그 위기로부터 탈출할 수 있는 방법은 "저 무시무시한 괴물"로부터, 또는 '절체절명의 상황'은 나와 아무런 관계가 없으며, 저 괴물은 스크린 밖으로 뛰어나와 내 머리칼 한 올도 다치게 할 수 없다는 생각을 하면 가능하다. 두려움이 싹 가신다. 물론 재미도 없게 된다.

　이처럼 공감대의 형성은 타자의 주체를 자아의 주체로 환원시키는 심리적인 행위이다. 보잘것 없어 보이는 비현실에 불과한 허구가 오히려 그토록 중요하게 여기는 현실 세계를 이끌고 계도하는 것이다. 이것은 위대한 작가들이 남긴 작품을 통해 확인할 수가 있다. 전적으로 그렇다고 할 수는 없으나 톨스토이나 뚜르게네프의 작품이 러시아의 농노해방에 영향을 미친 것이나 루소나 볼테르의 작품이 프랑스 혁명에 기인한 영향력을 상기하면 이해가 된다. 또한 스토우 부인의 『엉클 톰스 케빈』이 남북전쟁에 영향을 미친 것과 입센의 『인형의 집』이 근대 여성 운동과 밀접한 관련 하에서 이해된다면 이러한 물음은 수긍이 간다. 그러나 비현실적인 예술의 영향력은 이러한 긍정적인 관점으로만 이해될 수 없다. '미적 허무주의'로 예술이 지닌 '미의 덧없음', 즉, 미의 취약성을 주장한 베커(O. Becker)는 예술가들이 영원히 현재에 산다는 극히 찰나적인 즉흥성에 대해 경고한 바가 있다.

그도 그럴 것이 예술적 능력이나 문학의 효능이 인간의 일생을 온통 지배할 수 있다면 우리 인간들은 일생을 통해 단 한 편의 작품만 경험하면 족하다. 그러나 그 한 편으로 부족하기 때문에, 그리고 너무나 쉽게 잊어버리기에 우리는 일생을 통해 한 편의 작품으로는 현실의 중압감을 감당해 낼 수가 없는 것이다. 그러므로 예술에 대한 비관론도 성립이 가능하다.

그러나 여전히 우리는 영화를 보고, 책을 읽고, 그림을 보면서 허구적인 세계에 몰입한다. 현실에서 자신이 이루지 못한 꿈이나 대리만족을 위해 끝없는 착각의 세계로 자신을 데려 간다. 그 착각의 세계에 놓인 순간만큼은 스스로가 행복하고 자신이 원하는 세계에서 살게 되므로 유아독존의 존재가 된다. 가장 이상적이고 완벽한 세계가 있다면 허구의 세계에 존재하는 순간이며, 흔히 꿈을 꾸는 것같이도 자아를 도취시킬 때이다.

이처럼 문학은 인간의 정서를 변화시킬 수 있기 때문에 우리 곁에 존재하고 또 위대한 양식이 될 수 있다. 그러므로 문학은 인간의 심리가 총체적으로 얽혀있는 장이며, 그 역학관계를 통해 모든 문학적 요소가 실험되고 완성되는 장이므로 창작에서 심리학은 필수적인 조건이 된다.

2) 창작과 심리학

문학과 심리학이 밀접한 관련이 있다면 당연히 창작에서도 심리학은 중요한 요소가 된다. 문학을 생산하는 목적이 읽혀진다는 것을 전제로 할 때, 창작심리와 수용심리가 복합적으로 얽히기 때문이다. 그러나 아무리 읽혀진다는 것이 목적이라도 창작자 자신의 순수한 감정을 배제할 수 없다. 즉, 창작은 인간의 내면에서 일어나는 작가의 욕구를 실현하는 장이다. 이러한 욕구는 앞서 이야기 한 바대로 독자에게 그대로 전달되어 효과를 일으키게 되는데, 아래는 인간의 심리가 실현되는 원리와 그 예를 설명한 글이다.

우리가 살고 있는 현실이란 무엇인가? 한마디로 말하자면 좌절과 한계로 가득 찬 불만족의 세계이다. 문학에서 대리만족을 얻는다는 것은 곧 위안을 얻는다는 것이다. 인간은 불행하고 오욕과 경기로 까무러칠 듯한 현실의 중압감을 벗어나기 위해 평화와 행복한 현실을 꿈꾸게 된다. 그런데 현실에서 자신은 늘 불행하다고 느끼며, 불만으로 점철된 세계를 살고 있다. 그래서 우리는 존재의 화합을 꿈꾸며, 더 나은 세계로 가기를 열망한다.

향단아 그넷줄을 밀어라
머언 바다로
배를 내어 밀듯이
향단아.

이 다소곳이 흔들리는 수양버들나무와
베갯모에 놓이듯한 풀꽃더미로부터,
자잘한 나비새끼 꾀꼬리들로부터,
아주 내어 밀듯이, 향단아.

산호(珊瑚)도 섬도 없는 저 하늘로
나를 올려다오.
채색한 구름같이 나를 올려 다오.
이 울렁이는 가슴을 밀어 올려 다오!

서(西)로 가는 달 같이는
나는 아무래도 갈 수가 없다.

바람이 파도(波濤)를 밀어 올리듯이
그렇게 나를 밀어 올려 다오.
향단아.

— 서정주, 「추천사(鞦韆詞)」 전문

위의 시에서 춘향의 행동과 말을 살펴보면 묘한 아이러니를 느낄 수
있다. 왜 춘향은 불쌍한 종인 향단에게 부질없는 요구를 하는 것일까?
특히 '서로 가는 달 같이는 갈 수가 없을 것'이란 스스로의 진단에도
불구하고 밀어달라고 하는 것일까? 오히려 종인 향단에게 애걸하다시
피 밀어달라고 하는 것일까? 우리가 잘 알다시피 향단이 게을러서 춘
향이 원하는 만큼 충분하게 밀지 않는다는 뜻일까? 아닐 것이다. 그것

은 그네라는 사물이 지닌 특성을 이해하면 문제는 쉽게 풀린다. 그네는 매여 있기 때문에 일정한 왕복운동을 하는 한계를 지녔다. 그런데 춘향은 이 그네가 지닌 한계를 넘어서서 그 밖의 '어떤 곳'으로 가기를 원한다. 춘향이 비록 예수와 같은 박해를 받지 않은 존재라고 할지라도 수난을 받는 인물이다. 서울로 간 이도령에 대한 그리움, 변학도의 억압으로부터 자신은 벗어나고 싶은 심리에 지배되고 있다. 그런데 그네는 매여 있으니, 아무리 향단이 세게 밀어도 원래의 자리로 다시 되돌아오기에, 답답하기만 한 것이다. 그렇다면 그네가 닿지 못하는 영역은 '이상적 세계'나 '초월적 세계'라는 내가 가고 싶은 '그 어떤 세계'가 된다.

욕망은 인간에게 필수적인 요인이다. 우리는 우리가 지닌 한계에서 벗어나기 위해 꿈을 꾸며, 금지된 것이나 이루기 힘든 것일수록 더 매달리게 된다. 이러한 인간의 꿈과 욕망이 인류사회를 발전시켜왔다는 사실을 부정할 수가 없다. 따라서 우리 인간들이 좌절과 한계로부터 완전하게 자유로울 수 있다면 향단의 고된 종살이도 끝을 맺을 것이다. 그러나 우리가 욕망을 포기하지 않는 한 향단은 부단히 춘향의 요구대로 그네를 밀 수밖에 없으므로 지금도 향단은 춘향이라는 인간이 탄 그네를 밀고 있는 것이다. 그래서 인간의 한계를 벗어나려는 욕망을 지닌 주체를 받드는 직업인 종은 슬프다.

그런데 인간의 욕망이 단적으로 드러나는 것이 문학인가? 아니다. 반드시 그렇지는 않다. 때로는 격렬하게 자신의 심정을 직설적으로 드러내는 경우도 있지만 은밀하게 암시만 하는 경우도 있다.

아내는 내게서 무슨 말인가를 듣고자 원했을 것이다. 하지만 나는 아무 말도 할 수가 없었다. 다시 말더듬이가 되어 아내가 가까스로 입을 열었다.

"어딜 가려구요?"

"그래, 어디로든 가려고 해."

"거기가 어딘 데요?"

"몰라. 그냥 곧장 가보는 거지……."

"그럼 굳이 어디 갈 곳이 있는 것도 아니잖아요."

아내의 목소리는 마침내 쇠북처럼 떨리고 있었다.

"아니, 갈 곳이 있지. 그게 어딘지는 몰라. 하지만 가야만 하는 거지."

모든 것이 포함된 하나의 장소…… 라고 말하려다 나는 입을 다물어 버렸다. 어쩔 수 없었을 것이다. 아내는 아이를 안고 체념한 죄수처럼 조용히 안방으로 들어가 버렸다.

나는 소리 없이 대문을 열고 나와 문 앞에서 잠시 사위를 두리번거린 다음, 도대체 어디라고 할 것도 없이 낮게낮게 발굽 소리를 퉁기며 내닫기 시작했다.

— 윤대녕, 「말발굽 소리를 듣는다」 중에서

여기에서 작가는 어딘지 모르고 내닫는 것, 가야하는 곳이 정해져 있지 않지만 가야만 할 것 같은 강박 관념에 사로잡힌다. 굳이 '그것이 무엇이다'라고 답을 단다는 이 작품이 지닌 미학적 원리는 감소된다. 그러나 분명한 것은 꿈꾸는 인간의 존재적 원리가 여기에 있음은 두말할 나위가 없다.

인간에게 꿈꾸는 본능을 제외하면 무엇이 남겠는가? 꿈은 인간을 인간이게 하는 원리다. 비록 그것이 금지된 욕망에 대한 꿈일지라도 인간은 불가능한 꿈에서부터 실현 가능한 꿈에 이르기까지 꿈을 통해 자신을 확인하고 존재에 대한 안위를 믿는다. 그러므로 문학은 꿈 그 자체이며, 그 이상도 이하도 아니다.

꿈이 인간의 전부라고 할 수 있다면 좀더 본질적으로 꿈에 대한 해석이 필요하다. 그리고 꿈을 이해하기 위해서는 인간이 지닌 본원론적 의식과 무의식의 세계를 다루지 않으면 안 된다.

일찍이 프로이트(Freud, Sigmund)는 인간의 무의식 세계에 대한 장을 열었다. 그런데 프로이트는 무의식의 세계가 흡사 남극에 떠다니는 빙산과도 같이 은밀하면서도 광대하다고 생각했다. 그런데 중요한 것은 의식의 세계가 무의식을 이끄는 것이 아니라 오히려 무의식이 의식의 조건이 된다고 생각했던 데에 있다.

우리 인간의 정신은 의식의 세계 즉 이성과 초이성이 지배하는 영역이 있으며, 이들 아래에 무의식의 세계가 있다 그런데 이 무의식의 세계에는 이드(Id)의 세계가 있으며, 이 이드의 세계 저변을 차지하는 리비도(Libido)가 있다고 믿었다. 그런데 프로이트는 인간의 정신세계를 성적인 충동으로 해석하였기 때문에 윤리성이나 도덕, 관습, 법률의 조건들인 이성으로부터 검열을 당한다고 보았다. 그런데 이 검열은 철저한 것이어서 성적인 충동은 이 검열을 피하기 위해 변장이나 위장을 통하여 외부로 탈출을 시도한다는 것이다. 따라서 이성적인 의식의 세계에서 일어나는 총체는 성적 충동의 변형으로 본 것이다. 즉, 성적인 충동들의 변형들이 문화의 총계라고 본 것이다. 가령 예를 들면 스포츠나 예술이 가장 대표적인 형태들이다.

우리가 사는 인간 세계는 기쁨으로 충만해 있기보다 슬픔이 많은 세계이다. 그리고 인간은 기쁨보다 슬픔에 더욱 민감하다. 따라서 기쁨은 커도 작게 보이며, 슬픔은 작아도 크게 느껴지는 것이다. 그런데 인간은 오래 전에 잃어버린 꿈에 의지한다. 생물학적으로는 자웅동체에 대한 완전합일이나 고통이 없는 세계에의 동경, 또는 의지의 실현 등이 세상은 이룰 수 없는 것으로 가득 차 있으므로 불가능한 현실은 꿈을 통해 실현한다.

「어린 왕자」가 2차 세계대전으로 실의에 가득 찬 프랑스 국민들에게 희망을 안겨다 준 것은 꿈을 실현하는 의지의 소산이었던 것이다. 비단 이 작품을 논리적으로 해석하지 않은 채, 그리고 사실주의니 상징주의니 등의 구구한 설명을 하지 않고 인간의 잃어버린 꿈에 대한 의지의 표현이라 해도 가능할 것이다.

> 에스트라공 : 어디로 갈까?
>
> 블라디미르 : 아무 데나 가까운 곳으로.
>
> 에스트라공 : 아니냐, 여기서 멀리 떨어진 곳으로 가버리자구.
>
> 블라디미르 : 그럴 수 없어.
>
> 에스트라공 : 왜?
>
> 블라디미르 : 내일 다시 와야 되니까.
>
> 에스트라공 : 어째서?
>
> 블라디미르 : 고도를 기다리려고.
>
> 에스트라공 : 참 그렇군. (잠시 후) 오늘 안 왔던가?
>
> 블라디미르 : 아니.
>
> 에스트라공 : 이젠 시간이 너무 늦었는 걸.
>
> 블라디미르 : 그래 밤이거든.
>
> 에스트라공 : 우리가 그를 팽개쳐 둔다면? (잠시 후) 우리가 그를 팽개쳐 둔다면?
>
> 블라디미르 : 그렇게 되면 그는 우릴 벌 줄 거야. (침묵. 그는 나무를 쳐다본다) 나무는 혼자서 사는데.
>
> — S. 베케트(Samuel Beckett), 「고도를 기다리며」 중에서

여기에서 블라디미르와 에스트라공은 고도의 실체가 무엇인지도 모른 채, 무작정 기다린다. 급기야 오늘 고도가 오지 않는다는 소식을 듣고 버드나무 가지에 목을 매기로 하지만 그들의 바지 혁대가 낡아 끊어지는 바람에 실패한다. 그래서 떠나기로 결심하지만 움직이지 못한 채 그 자리에 서 있게 된다. 지극히 단순한 극이지만 여기에서 고도의 실체는 자유이거나 행복 또는 평화의 구원자 등, 인간의 꿈꾸는 실체로 대변된다. 오늘 오지 않으면 내일 올 것이라는 믿음을 버리지 못한 인간의 존재적 고민이 여기에 담겨져 있다.

결국 문학은 인간이 근본적으로 추구하는 꿈의 실체와 다를 바가 없다. 그래서 문학은 인간이며, 인간의 내면적인 심리 세계를 보여주기에 자신 그 자체를 의미하는 것이기도 하다.

2. 문예창작과 심리의 두 가지 층위

1) 대상과 자아

문학 작품을 대하다 보면 그 작품이 다루고 있는 내용이 다름 아닌 우리 인간세계의 일을 그려내고 있다는 사실을 발견하게 된다. 이 때 대상과 심리적인 자아가 조우하게 된다. 따라서 대상은 자아 그 자체이며 자아와의 다양한 관계를 형성하는 복합체이다. 그도 그럴 것이 문학 작품은 우리 인간이 만들어 낸 창조품이며, 읽혀지는 대상 역시 인간이기 때문이다. 따라서 자연히 문학은 인간 세계를 위한 것이며, 그러기에 인간의 모습을 담는다. 그러나 인간의 삶을 한낱 언어나 기호로 그려낼 수 있을 것인가에 대하여는 의문의 여지가 있다.

나무의자 밑에는 버려진 책들이 가득하였다
은백양의 숲은 깊고 아름다웠지만
그곳에서는 나뭇잎조차도 무기로 사용되었다
그 아름다운 숲에 이르면 청년들은 각오한 듯
눈을 감고 지나갔다, 돌층계 위에서
나는 플라톤을 읽었다, 그때마다 총성이 울렸다
목련철이 오면 친구들은 감옥과 군대로 흩어졌고
시를 쓰던 후배는 자신이 기관원이라고 털어놓았다
존경하는 교수가 있었으나 그 분은 원체 말이 없었다
몇 번의 겨울이 지나자 나는 외톨이가 되었다
그리고 졸업이었다, 대학을 떠나기가 두려웠다

— 기형도, 「대학시절」 전문

위의 시는 1989년 어느 극장에서 극적인 생을 마친 젊은 시인의 시다. 이 시인의 죽음을 두고 문단에서는 젊고 장래가 촉망되는 시인을 잃었다고 하여 아쉬워했으며, 더욱이 그의 죽음 자체가 극적인 것이었기에 세간에 알려져 화제가 되었다. 또한 그의 죽음은 80년대 어두운 역사의 터널을 양식 있는 지식인으로 살아야 했던 젊은이의 양심이나, 고뇌와 절망을 대변하였다는 점에서 더욱 가슴 아픈 사건으로 여겼고, 혹자는 의문사라는 억측을 불러 일으켰던 사건이었다. 그러나 그의 죽음이 가져온 의문이나 슬픔보다도 80년대를 살아야 했던 지식인으로서 현실을 담아내려던 시인이었기에 그의 작품은 곧 80년대라는 현실과 일치한다는 점에서 고려해볼 가치가 있다.

한국인 모두가 주지하다시피 80년대는 격동의 시간대이다. 다수의 군중들이 군사독재에 대해 항거하는 시간이었고, 민주화의 열기로 점철된 역사적 공간이었다. 위의 시에서 언급했듯이 '나무의자 밑에는 버려진 책들이 가득하고', '나뭇잎도 무기로 사용되던' 시간대이다. 그리고 그것은 꾸며진 허구가 아니라 실제였고, 현실이었다. 그렇다면 군중들의 데모는 실제로 있었던 평범한 사건이다. 물론 데모가 특별한 경우가 될 수 있으나 문학은 있는 사실을 그대로 기술한다는 기사와는 다르다. 즉, 데모는 특별한 사건이었지만 이 시에서는 특별한 것이 되지 못한다. 특별함이란 우리가 인지하지 못한 것, 또는 아직 깨닫지 못한 충격이 있어야 가능한 것이지만 80년대의 데모는 늘 있어왔고, 누구나 접하던 것이기에 특별함의 의미를 상실한다. 특히 실제의 사실을 기록한다는 측면과 다른 관점에서 이해되는 문학에서 데모는 있는 그대로를 기술한다고 해서 힘을 얻는 것은 아니다. 그러므로 80년대의 데모를 다루고 있는 것은 위의 시에서는 어떤 주어진 상황 외에는 아무런 의미가 없다.

그렇다면 특별함이란 무엇인가? 그것은 데모를 바라보는 화자의 시각이며, 그것을 해석해 내는 당사자의 안목이다. 단순히 학생들이 시대의식을 지니고 군사 독재에 항거했다는 것이 아니라 자신은 그들과 호흡하지 못하는 나약함 지식인이라는 자의식을 통해 더욱 강한 시대정신을 요구한다는 점이다. 그리고 그 상황을 타개할 수 있는 어떤 요령을 지시하는 것이 아닌 자신의 나약함을 솔직하게 그려내고 있다는 것과, 데모 그 자체에 대한 정보의 전달이 아니라 정서적인 힘을 제시함으로써 현실을 재구성하고 있다.

그러나 문학은 무엇보다도 현실 그 자체로 받아들이는 것이 아닌 정서적인 힘을 통해 재구성됨으로써 특별함이 있다. 그 특별함은 반드시 희망으로 나타나지는 않는다. 절망적인 몸부림에서도 그 특별함은 찾아질 수 있으며, 절망 그 자체가 힘을 갖는 것은 문학이기에 가능하다.

절망도 때로는 우리 인간의 삶에서 찾아질 수 있는 것이기에 설득력이 있다. 현실이 절망적인 양상을 지니고 있는 한 문학은 그 절망에서 완전히 자유로울 수 없는 것이며, 그 절망을 통해 희망을 확인하는 것이다. 그렇다면 절망은 우리 인간의 삶에서 문학이 선택하는 희망의 한 조건이 된다. 그러므로 현실은 문학이다. 문학은 그 현실을 통해 특별한 무엇을 제시하는 것이며, 그 특별함에 거는 기대와 절망을 확인할 수 있는 장소이기도 하다.

인간의 현존재를 부정할 수 없다면 현재의 인간들에게 일어나는 일들은 문학으로 담겨질 수 있게 된다. 그것이 현실적인 내용을 담는 것이든 아니면 인간의 심리에서 진행되는 미학적인 것이든, 인간의 존재에 영향을 미친다는 사실은 현재를 살고 있는 인간과 무관할 수 없다.

이와 같은 사실을 고려하면 창작은 어떤 대상을 선택하고 그 대상에 자신의 심리적 상태를 결합하는 것이 된다. 심리적 상태와 대상이 잘 결합되려면 우선적으로 논리적인 설득력을 갖추어야 하며, 무엇보다 대상이 갖는 위상이나 특징과도 관련된다. 그러므로 창작에서 1차적인 성패는 심리적인 상태를 대변해 줄 대상을 찾는 것으로 이해할 수 있다.

2) 자아 투영으로서의 언어

"놓친 기차는 아름답다"라고 말한다. 그러나 이 단순한 한 문장 속에는 인간의 번뜩이는 욕망이 도사리고 있다. 모든 인간은 자신이 이루지 못한 것에 대해서는 미련을 갖기 마련이며, 이 미련은 인간이 지속적인 삶을 꾸려 나가는 데 원동력이 된다. 그리고 이루지 못한 것이 무엇이든지 이루기 위한 인간의 욕망은 끝이 없다. 따라서 인간의 삶이 끝없는 욕망의 몸짓이라면 그 본원적인 행동의 기저에 문학이 가로 놓여 있게 마련이다.

그러므로 창작 역시 인간의 본원론적인 욕망과 밀접한 관련을 지닌다. 인간의 가장 내밀한 욕망이 드러나는 장이 문학이며, 결국은 언어로 마감된다는 점에서 문학에서의 언어는 인간의 내면과 조우하는 구심점이 된다.

> 킬리만자로는 높이 19,710피트, 눈에 뒤덮인 산으로 아프리카 대륙의 최고봉이라 한다. 서쪽 봉우리는 마사이어로 '누가예 누가이', 즉, 신의 집이라 불린다. 이 서쪽 봉우리 가까이엔 바짝 말라 얼어붙은 표범의 시체가 하나 놓여 있다. 도대체 그 높은 곳에서 표범은 무엇을 찾고 있었던지, 아무도 설명해 주는 사람이 없었다.
> — 헤밍웨이(Ernest Hemingway), 「킬리만자로의 눈」 중에서

헤밍웨이의 단편 걸작 가운데 한편으로 꼽히는 「킬리만자로의 눈」에 나오는 서두이다. 헤밍웨이는 미국인들이 같은 국민이라는 이유 하나만으로도 긍지를 느낀다는 세계적인 문호이다. 그런데 헤밍웨이가 쓴 이 작품 속에 이런 대목이 등장하는 이유는 무엇일까? 물론 이유야 다양한 결론으로 유도될 수 있지만 그것은 힘에 대한 의지이며, 경외심의 한 단면을 이 글귀가 드러내고 있다는 사실에서 그 의미를 되새겨 볼 필요가 있다. 즉, 그가 내성적이며, 자신의 심약함을 숨기기 위한 행동이었다는 사실은 잘 알려져 있다. 절대적인 힘에의 동경 때문에 사냥을 즐겼고, 전쟁에 참가하였으며, 모험과 탐험을 일부러 조장하였다는 사실은 자신이 이루지 못한, 또는 지니지 못한 것에 대한 동경이라고 이해된다. 그러므로 문학이란 자신이 이루지 못한 미련에 대한 표현이며, 동경이다. 인간이 이루지 못하는 높은 이상이나 가야 할 세

계가 그곳에 놓여 있기에 작가는 그 높은 곳을 포기할 수 없다.

흔히 우리는 나이가 중년이 되어서 젊은 날에 못 다한 사랑을 꿈꾼다. 자신이 못 다한 사랑에 대한 미련이 그대로 드러나는 대목이다. 그래서 문학은 못 다한 사랑이 된다. 낭만적인 꿈을 꾸고 그 낭만의 달디단 마약에 취해서 영화관에 들러 대리만족을 하는 것이며, 지고지순을 다룬 애정 소설을 탐닉하게 된다.

위의 작품에서 헤밍웨이는 킬리만자로 산이란 숭고함의 대상을 설정하고 먹이가 없는 높은 산정까지 올라가 죽은 표범을 이야기하고 있다. 그 이유를 아무도 알 수 없다는 단정에서 알 수 있는 바와 같이 그것은 인간의 보잘것없는 인식으로는 도달할 수 없는 세계이며, 동경의 대상이기에 문학이 된다. 왜냐하면 인간이란 자신이 갖고 있는 것보다 가지지 못한 것에 대한 미련이 많은 존재이기 때문이다.

흔히 인간을 동물과 대조할 때, 동물은 자신의 생존 조건 이상의 것을 추구하지 않는다고 한다. 그래서 동물의 행동 양상은 항상 생존의 조건에서 행동 양식이 규정되어 왔으며, 그러기에 무위의 자연이 지닌 한 가지 속에 편입시킨다. 그러나 인간의 행동 양식은 생존의 조건 외적인 곳에서도 인식이 가능하기 때문에 생존의 조건으로는 규정되지 않는다. 그것을 단적으로 말해 주는 것이 욕망이다. 인간의 욕망은 생존의 조건에서만 결정되는 것이 아니라 생존의 충족을 만족시키는 범위에 머무르지 않으며, 그 이상을 추구한다. 인간이 자연의 한 조건으로만 설명되지 않는 이유도 여기에 있다.

그렇다면 욕망이란 무엇일까? 욕망은 그것이 물질적이든 비물질적이든 간에 한계가 존재하지 않는다는 데에 특징이 있다. 한없이 무한한 것, 아무리 채워도 채워지지 않는 무엇이 바로 욕망이라면, 그리고 오직 죽음만이 욕망을 채울 수 있다면 그것은 존재하지 않는 것이나 다름없다.

우리가 살아 숨 쉬고 있는 존재의 시간 위에서 우리들 삶의 양식을 결정짓는 현존재의 한 테마를 포스트모더니즘이라 한다. 그 포스트모더니즘의 한가운데에 라캉이라는 철학자가 있다. 그는 이러한 인간의 욕망을 아무 것도 없는 텅 빈 것이며, 허구 그 자체라고 설명한다. 그는 특히 성적인 욕망을 빗대어서 채워도 채울 수 없는 허구라는 점을 강조했다. 성적인 욕망처럼 채웠다고 생각하는 순간 그 성적 욕망은 살아나고 또 그 부족함을 채우는 순간 다시 살아나는 것이기에 흡사 밑 빠진 독처럼 인간은 그 욕망의 세계를 채울 수 없다는 비관적인 이론을 내세웠다. 그리고 욕망이 존재하지 않는다는 것은 욕망을 채웠다는 증거가 된다. 그런데 인간의 욕망을 채울 수 있는 유일한 것은 죽음 밖에 없다. 따라서 욕망은 허구의 것이며, 우리가 사는 현실 그 자체가 허구라는 논리가 성립된다. 그렇다면 욕망에 휩싸인 채 살 수밖에 없는 인간이란 나약한 약점을 지니게 되는데, 그 욕망의 세계를 벗어날 수 있는 길은 없는 것일까? 결론부터 내리자면 결코 나약한 인간은 그 욕망으로부터 헤어날 수 없다고 한다. 그것이 삶이며, 현실이기 때문이다.

그럼 다시 본질적인 문제로 회귀하여 이야기를 하자. 그 욕망의 존재가 인간이라면 욕망은 아직 이루지 못한 미래이며, 우리가 그토록 가고자 하는 세계일 수밖에 없다. 그러므로 '놓친 기차는 아름답다'가 성립되는 것이다. 따라서 문학은 못 다한 사랑이 되며, 그 사랑의 욕망은 우리를 현실에 안주시키지 못하고 서로를 괴롭히는 것이다.

그래서 우리는 지나간 사랑을 이야기하고 못 다한 사랑에 한을 품은 것처럼 말한다. 못 다한 사랑이기에 잡지 못한 것은 더욱 미화되고 때로는 고난임에도 불구하고 그 고통이 달콤한 것인 양 인내하기를 주저하지 않는다. 따라서 '설령 이것이 이 세상 마지막 인사가 될지라도'

사랑하기를 멈추지 않는 것이다. 비단 사랑 뿐 만이 아니라 인간의 욕망이 모두 그러하다. 아무리 완벽한 주체를 지닌 인간도 부러움의 시선을 갖는다. 부러움이란 무엇인가? 부러움이란 보는 기능에서 생겨난다. '부러움'이란 단어가 '본다'(videre)라는 동사에서 유래한 것처럼 인간이 바라보는 응시에는 항상 욕망이 존재한다. 즉, 욕망으로 우리는 어떤 대상을 바라본다. 그리고 이러한 욕망에게서 인간은 완벽하게 자유로울 수 없다.

흔히 우리 주위에서 자신의 어린 시절에 지녔던 꿈을 이루어낸 성공한 사람들을 보게 된다. 그런데 그 성공의 중심에는 그 인간이 지닌 욕망의 강도가 어떠했는가를 짐작할 수 있게 된다. 그토록 욕망에 집착한 결과 얻어낸 대가가 그 인간의 꿈이라는 사실을 발견하면 우리는 차라리 어린 시절로부터 눈을 돌려버리고 싶어진다. 왜냐하면 어머니의 포근한 품에 안겨 젖을 먹고 있는 아우를 형은 갈기갈기 찢어 죽을 듯한 욕망의 시선으로 바라보기 때문이다.

이렇게 우리를 사로잡고 있는 것이 욕망이라면 문학은 욕망 그 자체가 아니고 무엇이겠는가? 그래서 문학은 못 다한 사랑이 된다. 왜냐하면 문학은 먼 우주에서 존재하는 누군가가, 아니면 우리들이 절대자라고 믿는 신이 만들어 가져다주는 것이 아니라 바로 우리 인간 자신들이 만들고 꾸며내는 것이기에 그러하다. 문학이 욕망 그 자체라면 믿고 싶지 않을 만큼 잔인하고 포악한 인간의 단면을 그려내는 것이기에 필요악에 가깝다. 이러한 부정적인 의문을 가질 수밖에 없지만 그러나 그렇지는 않다.

헤밍웨이의 대표작 중 하나인 「노인과 바다」는 인생의 황혼기에 접어든 노인이 먼 바다로 나아가 큰 물고기와 사투를 벌인다는 과정이 담겨 있다. 그런데 큰 물고기를 잡은 후 노인이 보여주는 생각은 지금까지 우리가 지녔던 의문에 대하여 해결의 실마리를 제공한다. 즉, 큰 물고기와의 사투 끝에 그 물고기를 끌고 오다 상어 떼를 만나 자신이 낚은 물고기를 다 빼앗겨버리고 뼈만 끌고 돌아온다. 그런데 그 상어들의 공격을 막아내던 노인의 행동을 보면 왜 문학이 인간의 욕망을 다루면서도 부정적이지 않은지를 잘 보여 준다.

　　그러나 그 많은 사람들이 저것을 먹을 가치가 있을까? 없다. 이것은 두 말할 여지가 없는 것이다. 저 당당하게 행동하는 모습, 저 위엄, 저 놈을 먹을 만한 가치가 있는 사람은 하나도 없을 것이다.

　　　　　　　　　　　　── 헤밍웨이(Ernest Hemingway), 「노인과 바다」 중에서

　물고기를 잡아야 한다는 욕심은 인간의 욕구이다. 그리고 그 물고기를 상어들에게 빼앗기지 않아야 한다는 것도 인간의 욕심이다. 물론 이 욕심은 생존과도 직결된다. 그러나 노인은 저 고기를 먹을 가치를 지닌 자는 오직 상어들뿐이라는 사실을 인정한다. 그것은 인간의 욕망이 제어되는 꼭짓점이 있음을 의미한다. 인간이 먹어야 하는 가치가 아니라 상어가 먹어야 하는 가치를 우선한다는 것은 바로 인간의 욕망이 제거되고 타자의 욕망을 중요시한다는 뜻이다. 우리는 타자의 욕망을 인정함으로써 비로소 자신의 욕망이 지닌 함정에서 벗어날 수가 있다. 여기에 패자의 미학이 있다. 헤밍웨이는 왜 노인으로 하여금 상어 떼의 공격에 저항을 포기하고 물고기를 내어 주었을까? 그것은 바로 자신의 힘이 약했기 때문에 내어 준 것이 아니라 상어의 욕망에 대한 외경심을 느꼈기 때문이다. 상어의 저돌적이고 당당한 모습 앞에 자신의 존재적 힘이 지닌 가치의 왜소함을 발견했기 때문이다. 그러기에 노인은 지친 몸을 이끌고 자신의 집으로 돌아와 힘과 용맹성의 상징인

사자 꿈을 꾼다. 패자의 미학이 바로 그것이다. 패했기 때문에 다시 이겨야 하는 목적이 생기고 그 목적은 또 인간의 욕망을 낳기에, 끝없이 가야 하는 삶의 원동력이 생기는 것이다. 그러므로 이와 같은 삶의 원리에서 문학 역시 멀어질 수 없다. 즉, 자아 세계를 투영하는 장소가 곧 언어의 세계이며, 문학의 장이다.

3. 창작방법과 심리학

1) 감성과 언어

이 세상을 움직이는 중심은 무엇일까? 어릴 때, 이런 질문을 한 번씩 가져보지 않은 사람이 있을까. 정말 이 세상을 움직이는 절대적인 그 무언가의 힘이 존재한다면 자신이 하고 싶은 모든 것들을 위해 내 몸을 의탁해 보고 싶은 적이 한 번씩은 있었을 것이다. 그래서 우리는 하늘에 있을 것이라고 짐작되는 절대적인 힘에게 남 몰래 빌기도 하고, 경우에 따라서는 간절하게 찾아보기도 한다. 그러나 분명한 것은 그 누구도 내 의지를 받아들여 내가 꿈꾸는 그 무엇을 그냥 가져다 준 적은 없었다. 이루어진 것은 알고 보면 내가 그만큼 노력했기 때문이며, 노력이 부족해도 이루어질 수 있었던 것은 이루어질 수밖에 없는 상황이었다는 사실을 나중에서야 깨닫게 된다.

종교가 없는 무신론자들도 한번은 하늘에 자기의 소원을 빌다가 포기하기도 하고 괜히 하늘을 원망하기도 한다. 따라서 이 세상을 움직이는 거대한 힘 따위는 애초에 존재하지 않는지도 모른다. 불가능하기에 또는 자신의 미약한 힘에 의지한다는 자체가 이미 희박한 가능성을 내포한 것이므로 우리는 자신의 힘이 아닌 절대자에게 그토록 간절하게 소원했던 것이다. 결국 남은 것은 자신의 초라한 존재 밖에 없음을 깨달을 때, 우리는 실존의 의미를 되새기며, 입술을 깨물게 된다. 따라서 이 세상을 움직이는 거대한 힘 따위는 존재하지 않는다는 것이 실존주의자들의 생각이었고, 그들은 절대자를 부정함으로써 자신을 우주의 중심에 세울 수 있었다. 그렇다면 이 우주를 움직이는 주체는 다름 아닌 자신이 된다.

우리 인간은 본질적으로 자기중심적인 사고를 지니고 있다. 어떠한 상황에 처하게 되면 모든 상황에 대한 해석을 자신의 의지에 맡긴다. 물론 지식의 폭에 의해 타인의 의사를 곁들이기도 하지만 결정적인 것은 타인의 지식마저도 자신의 것으로 간주하기에 이 우주의 중심은 자신이 되고 만다. 그래서 인간은 망종과 만용을 부리기도 하고, 중대한 과오를 저질러 사회에 물의를 일으키기도 한다. 그러나 객관을 지닌다는 것은 인간의 자기중심적 사고로 인하여 균형을 잃을 가능성이 짙다.

문학을 이해하는 독자의 입장도 이와 다를 것이 없다. 문학을 대하는 독자들은 남을 위해 작품을 읽는 경우는 드물다. 오직 자신의 순수한 감정과 감흥을 위해 작품을 손에 든다. 그러므로 그 작품이 손에 들려지는 순간부터 그 작품은 작가의 것이 아니라 독자 자신의 것이 되고 만다. 독자가 작품에 몰입해 있을 때, 독자는 주인공이 되어 허구의 세계를 활보하는 가상적인 인물로 변하게 된다. 따라서 그 작품의 상황이 아무리 자신과 다른 영향권을 지닌 것이라고 해도 자신의 것으로 만들어 버림으로써 작가가 쓴 작품이 아닌 또 다른 작품을 만드는 것이다.

해석한다는 것, 또는 이해한다는 것은 자신이 지닌 인식의 수준이 지닌 범위를 넘지 못한다. 그러므로 손에 들려진 작품은 어떤 경우라도 자의적인 요소가 개입되지 않을 수 없다. 자기 나름대로 작품을 해석한다는 뜻이다. 그러나 그것이 완전한 오해에서 비롯되었든 아니면 객관성을 지닌 것이든 간에 독자에 의해 읽혀진 작품은 독자의 자의적 해석을 통해 비로소 재생산된다. 이러한 독자들의 자의적 해석이 틀렸다고 말할 수 있는 것은 극히 한정된 경우에만 가능하다. 모든 작품은 독자들에게 열려 있고, 그 열려진 세계는 일방적인 것이 아니라 다양한 문을 통해 열려 있음으로 서로 다른 체계나 방법으로도 얼마든지 해석될 수 있기 때문이다. 이것을 수용론이라 하며, 독자들이 작품의 영향을 받아 어떤 효과를 일으키게 되면 효용론적 방법이라 일컫는다.

　그렇다면 독자들의 개별적인 반응을 일으킬 수 있는 요소를 문학이 지니고 있다는 뜻이 되며, 문학은 여러 갈래로 해석될 수밖에 없는 특성을 지닌 것이 된다. 흔히 문학에서는 이를 다의성이라 한다. 즉, 여러 가지 의미로 해석될 수 있다는 뜻인데, 만약 이것이 가능하다면 문학은 매우 혼돈스러울 수밖에 없다. 대상은 하나인데, 둘 다 될 수 있다는 논리적 모순이 따르기 때문이다. 그러나 이것은 앞서 언급한 바와 같이 둘 다 인정하는 길 밖에는 대안이 없다. 오히려 다양한 의미가 중첩될수록 많은 의미를 포괄하기 때문에 문학 언어는 더 효과적인 기능을 발휘한다. 즉, 이렇듯 많은 의미를 한 어휘가 동시에 가짐으로 인해 짧은 시 한 편에 우주가 담길 수 있는 것이다. 한 단어가 한 가지의 의미만을 포유한다면 시에 담겨지는 의미는 훨씬 감쇄될 것이며, 시의 묘미는 줄어들 것이다. 그 대상이 구체적으로 지시되지 않기에 시를 바라보는 독자들의 자의성은 더욱 강해진다. 자의성이 강하다는 것은 자의적으로 해석될 수 있는 소지가 많음을 의미한다. 그러므로 독자들은 작가가 의도하지 않은 영역까지도 해석의 방향을 여는 셈이 되어, 시는 또 다른 세계를 만드는 역할을 하게 된다.

　따라서 다의성이 짙은 언어가 쓰임으로써 자의성은 강해지고, 독자들이 해석할 수 있는 영역이 넓어진다. 흔히 난해하다는 시는 일반적이고 보편적인 어휘들의 쓰임이 아닌 개인의 언어가 주종을 이루는 경우가 대부분이며, 보편적인 인식의 틀에서 지정되는 어휘의 쓰임이 아니므로 해석하는 데에도 논란이 된다. 시에서 사용되는 언어가 얼마나 자의적 해석의 길을 열어 놓고 있느냐는 독자들의 상상력을 자극하는 결과로 나타난다. 그러므로 독자들 역시 수동적인 입장에서 그냥 작가가 주는 대로 받아들이는 존재가 아니라 끊임없이 의미를 생산하는 새로운 주체이다. 그리고 그 자의적 해석이 완전하게 하나의 의미로 독립되지 않는 한 독자가 나름대로 생산한 의미는 잘못된 오류가 아니라 완성된 하나의 진리가 된다.

> 누이는 개 짖는 밤이면
> 갈밭으로 나갔다.
> 바람을 등에 업은 갈대 잎들이 온 마을을 쏘다니고
> 바람벽을 밤새도록 할퀴던 손으로
> 흙 묻은 무명옷을 안고
> 나는 까무러칠 때까지 섬돌에 이마를 찧곤 하였다.
>
> ― 양은창, 「전설」 전문

위의 시에서도 마찬가지이다. 정확하게 어떤 것을 지정하지 않음으로써 의미의 혼란스러움을 가져다준다. 가령 누이가 개 짖는 밤에 나갔고, 바람에 갈대 잎들이 흔들렸으며, 그런데 나는 밤새도록 바람벽을 할퀴는 고통스러운 밤을 보내다 흙 묻은 무명옷을 안고 섬돌에 이마를 찧어댔다는 내용이 전부이다. 그렇다면 누이가 왜 나갔는지, 그리고 흙 묻은 무명옷은 누구의 것이었는지 또 왜 섬돌에 이마를 찧어

댔는지 알 수가 없다. 그럼에도 불구하고 이것이 시가 될 수 있는 것은 이렇듯 정확하게 무엇인지를 지정해주지 않는 묘미에서 오히려 시적 기능을 찾을 수 있기 때문이다.

물론 이러한 작품의 묘미 뒤에는 당연히 작가의 의도가 숨어 있을 수밖에 없다. 능숙한 작가란 독자의 심리적 의도를 읽어내고 심리적 호응도를 움직일 수 있는 능력을 소유하고 있다. 일반적으로 습작기를 거쳐 숙련된 작가가 되기란 쉽지 않음을 누구나 인정한다. 그리고 그 습작기나 글쓰기의 오랜 훈련은 자신이 독자를 움직일 수 있는 능력을 배양하는 데 있다고 해도 과언이 아니다. 독자를 떠난 작가란 있을 수 없으며, 또한 작가란 독자라는 자양분이 없이는 작품을 생산할 수가 없다. 따라서 현대문학에서의 독자는 문학의 중심이자, 문학을 성립시키는 가장 큰 기둥이 된다. 그러므로 극히 주관적인 정서를 독자에게 전달하는 목표가 문학의 정점이 된다. 그리고 그 정점에는 심리학이 가로 놓여 있다.

2) 심층심리학과 언어 구조

현대철학의 중심에는 언어가 있다. 인간의 모든 조건이 결정되는 과정에 언어가 개입된다는 사실에서 현대 철학은 언어를 중심적인 개념으로 다룬다. 이는 인간의 내면세계인 심리학과 불가분의 관계를 형성하는 것이기도 하다. 그러므로 언어는 인간 사고의 중심이 된다.

언어가 사고의 중심이라면 문학은 언어의 한 축이므로 창작 방법론에서 중요한 관계도가 형성된다. 의식하거나 아니면 의식하지 않아도 문학의 세계는 인간의 내면적인 세계를 반영한다는 뜻이다. 따라서 무의식의 내면세계를 이해한다는 것은 문학의 심층적인 구조를 엿보는 통로가 된다는 뜻이기도 하다. 그 이유는 인간의 내면세계가 그렇게 조직되어 있기 때문이며, 어쩔 수 없는 인간이란 유기체가 지니는 한계이기 때문이다. 즉, 오이디푸스 콤플렉스가 지니는 보편성, 인간이란 욕망과의 동일시, 성과 에로스가 지니는 영속성과 같은 요소들에 의해 인간은 존재한다는 뜻이다. 그리고 인간의 무의식이나 의식 세계의 근저는 창작 방법론에서 결정적인 요인이 된다.

인간의 정신세계를 종합하여 언어적인 조건이나 욕망으로 파악하고 정신분석학적 측면에서 접근한 학자는 라캉이다. 라캉의 욕망에 대한 시론을 가시화한 방법론으로 제시한 학자가 멜라드(James M. Mellard)로 그는 욕망에 대한 개념을 이해하기 쉽게 도식화했다.

멜라드의 정신분석에 사용된 욕망의 개념은 언어학에서 소쉬르(Ferdinand de Saussure)가 사용한 랑그와 파롤에 무의식과 의식의 세계를 대입한 것이다. 어린아이의 정신세계로 비유되는 거울단계는 상상계적인 동일시가 일어나는 세계이므로 실제의 행동 양상에서는 오이디푸스 콤플렉스가 작동되는 공간이다. 오이디푸스 콤플렉스는 대상인 어머니(mother)를 추구하기 때문에 맹목적인 대상을 추구하는 절대적인 주체인 '나(I)'가 상정된다. 이때 인간의 의식 세계에서 반드시 오이디푸스 콤플렉스만을 추구하는 것이 아니기 때문에 어머니가 아닌 대상을 추구하는 욕망의 경우 어머니 대신 대상(other) 또는 타자(other)가 위치한다. 그러므로 모두를 포함하는 개념으로서 mother는 주체자가 욕망하는 모든 대상을 의미한다. 또한 이때의 주체인 '나(I)'의 세계는 객관화가 되지 않은 세계이므로 일반적 의미의 laws, father, speech가 되며, 무의식의 세계에서 객관화가 되면 이들 개념들은 Language, The Father, The Law가 된다. 이는 상상계적 세계에서 상징계의 세계로 변화되는 구체화된 개념을 보여주는 관계이다.

즉, 말의 세계에서 언어의 세계로 전환되며, 오이디푸스 콤플렉스의 단계에서 아버지의 이름으로부터 거세 콤플렉스가 일어난 상태의 아버지로 환치되는 개념이다. 바꾸어 말하면 객관화되지 못한 질서에서 객관화된 질서로의 전환을 뜻한다. 따라서 상징계적 세계에서의 대타자(Other)와 상상계에서의 소타자(other)는 주체적인 대상이 지닌 상태를 구분한 것으로 상상계와 상징계의 변별성과 같은 맥락으로 이해할 수 있다. 즉 객관화가 일어난 세계에서의 대상(Other)과 객관화가 일어나지 않는 대상(other)이 지닌 차이이다.

또한 상상계적 동일시(Imaginary Identifications)와 상징계적 투사(Symbolic Projection)는 언제나 고정된 개념이 아니라 서로가 역동적으로 위치를 바꾸는 관계로 설명된다. 상상계와 상징계가 뫼비우스의 띠처럼 연결되어 변증법적으로 순환하는 원리와 같이 지속적으로 반복되는 정신의 여정을 설명한다. 그런데 이러한 정신의 여정을 제시한 외부에 항상 실재계(real)가 존재한다. 라캉은 인간의 실제 세계는 과학적인 증명이 불가능하다고 단언한다. 합리적이라는 개념은 증명의 대상이 존재하기 때문에 실상이라고 단언하지만 실체는 욕망에 의해 왜곡되어 있기 때문에 실체 자체가 있다고 믿는 것은 잘못이라고 규정한다. 라캉이 프로이트나 프로이트주의와 변별성을 지니는 측면도 여기에 있다. 실제 가능한 대상이 있다고 믿는다는 것 자체가 잘못이라는 것은 의식적이든 무의식적이든지 간에 인간의 의식이 오인의 상상계로부터 출발하기 때문에 주체를 완벽하게 조정하는 자신이 존재하지 않음을 의미한다. 따라서 실재계는 설명이 불가능한 세계이다. 그리고 아버지가 존재하는 실재(Real)는 사회성이 개재된 거세가 일어난 질서로서의 실재계를 의미한다.

한편 욕망과 관련된 관계도에서 중심적인 개념이 욕망과 같은 축을 이루거나 상대적인 위치에 존재하는 축이다. 즉, 욕망(DESIRE)의 축에 닿아 있는 상상계적 동일시(Imaginary Identifications)는 에로스(EROS)의 축과 연장선상에 놓여 있다. 이는 욕망이 인간의 본질적인 속성이면서 삶의 본능인 에로스와 관련되기 때문이다. 또한 욕망이 존재하는 측면에서 에로스가 성립되며, 욕망과 에로스는 주체의 함몰을 야기하는 데 직접적으로 기여한다. 반면에 욕망과 상대되는 질서로서의 축(LAW)은 욕망을 견제하고 삶의 본능과 반대되는 죽음의 본능(THANATOS)과 연장선상에 놓인다. 그런데 라캉이 중요한 과정으로 인식했던 것은 완전한 타아, 즉, 자신의 주체적인 욕망을 완전하게 제어할 수 있는 조건은 죽음이라고 규정한 것이다. 죽음으로써 비로소 인간은 욕망에서 해방되기 때문이다. 멜라드는 라캉의 이러한 의도를 죽음의 본능(THANATOS)에 대타자(Other)를 대입시킴으로써 죽음만이 유일하게 욕망에서 벗어날 수 있다는 의미로 도식화하였다.

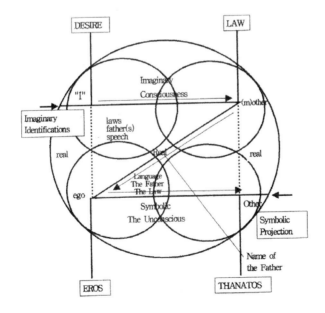

위와 같은 인간 내면의 세계와 언어 구조가 동일하다는 것이 현대 언어철학의 구심점이다. 인간의 정신이 지속적으로 순환하는 것이거나 대상에 가 닿지 못하고 미끄러지는 것이 곧 언어의 구조에서 환유나 은유라고 보았기 때문이다. 절대적인 주체인 대상에 가 닿지 못하고 끊임없이 허위적인 주체인 주인공의 삶이나 윤리적인 주체를 문학에서 만난다는 사실도 이와 유관하다. 즉, 인간의 삶이 환유와 같이 미끄러진다면 끝없는 주체의 욕망에 사로잡힌 인간이 되기 때문이다. 아울러 이러한 나약한 인간의 심층 심리를 이해한다면 비로소 인간의 아집과 독선으로부터 해방될 수 있다.

그러므로 문학에서 흔히 인물 유형론이나 정신세계의 내면과 관련된 창작 방법론은 인간을 지배하는 근본 원리나 언어와 정신, 그리고 독자와 작가간의 소통 등과 유관하다. 심리학이나 정신분석학적인 차원이 창작 방법론에 기여하는 바도 과학적이고 인식이 가능한 틀에서 인간을 해부함으로써 더욱 정교하게 진행될 수 있다. 현대문학, 특히 서사문학에서 창작 방법론이 영감보다는 설계에 가까운 이유도 여기에 있다.

재미의 원리를 활용한 시 창작방법

공광규
(시인, 한성디지털대학교 강사)

1. 서론

필자는 최근 현재 문학의 위기를 극복할 작은 해법의 하나로 시에 재미를 적극 도입해 보자는 '재미의 시학[1]'을 제안하였다. 재미는 한자 '자미(滋味)'에서 온 말인데, 아기자기한 즐거운 기분이나 흥취를 말한다. 시에서 재미의 문제는 연원이 오래된 비평적 관심이었다.[2] 서사의 긴장과 충돌, 반전을 통한 극적 구성 등 산문에서 재미를 산출하는 방법[3]이 있듯이, 시 창작에서 재미를 산출하는 방법이 있을 것이다. 이를테면 해학(유머), 풍자(새타이어), 풍유(알레고리), 역설(패러독스), 풍자적 개작(패러디), 언어유희(펀), 기지(위트), 농담(조크), 축소와 과장, 자기 비하와 폭로 등이다.

---

1) 공광규, 「재미의 시학」, 《시와정신》, 2006 봄, pp.26~41 참조.

우리는 이미 '재미의 시학'을 위한 준비된 근원과 시적 전통을 풍부하게 가지고 있다. 그것은 민중의 감정이 스민 민요, 신화와 설화, 향가, 고려가요, 한시, 시조와 사설시조, 판소리와 민속극에서부터 우스갯소리를 수용한 현대의 시에서 쉽게 확인할 수 있다. 아무튼 재미는 우리의 전통적 문학자질 가운데 중요한 요소였으며, 이는 현대시에도 중요한 방법으로 활용되고 있다.

그런데 문학의 귀족주의자나 엄숙주의자, 숭문주의자들은 재미의 시학, 재미의 문학이 휴식문학, 여가문학이지 본격문학이 아니지 않느냐는 이의를 제기할 수 있다. 그러나 문학 작품의 생명력은 상당수 재미를 통해 유지된다는 사실이다. 딱히 시는 아니지만 계속하여 시의 제재로 복제되는 처용설화와 함께 전하는 「처용가」에서부터 민요, 「춘향전」등 연희문화나 폭소를 자아내게 하는 박지원의 소설류 등이 그러한 사례이다. 서구의 『아라비안 나이트』나 『오딧세이』, 『이솝우화』 등도 재미 때문에 살아남은 세계적인 걸작이다.

여기서는 해학과 풍자, 희언의 방법을 활용한 민요나 시가와 현대시

---

2) 중국 남조시대 문학이론가인 종영(서기 466?~518)은 시가평론집인 『시품(詩品)』의 서(序)에서 자미를 언급하여 "5언시가 문학에 있어 중요한 위치를 차지하는 까닭은 많은 작품들이 자미를 갖추고 있기 때문이다.(五言居文詞之要 是衆作之有滋味者也)"라고 하였다. 종영은 자미를 기준으로 영가(진나라 회제 연호, 서기 307~312) 시기에 한때 유행한 현언시(玄言詩)가 "이치가 문사를 넘어섰고 담담하여 맛이 부족(理過其辭 淡乎寡味)"하다고 비판하였다. 현언시는 현리(玄理)를 드러내기에 골몰해서 정작 시의 형상이나 의경은 소홀히 했으며 추론만 중시해 격운은 결핍되어 있었다. 이 때문에 현언시의 전반적인 병폐는 독자들에게 정서적으로 호소할 수 있는 힘을 찾을 수 없다는 것이었다. 그는 "풍력을 근간으로 삼아 단청과 채색으로 윤색하면 이를 맛보는 사람이 다함이 없을 것이고 듣는 사람의 가슴은 진동할 것이다.(之以風力 潤之以丹彩 使味之者無極 聞之者動心)"라고 시맛의 창조 문제로 풍력과 단채의 결합을 주장하였다. 종영은 자미설로 시를 논하는 표준으로 삼았다. 임종욱, 『중국의 문예인식』, 이회, 2001, pp.167~171 참조.

3) 일반 서사에서 재미를 산출하는 핵심은 다중구조와 복선, 긴장의 축적과 반전, 창작자와 독자의 공유경험일 것이다. 이현비, 『재미의 경계』, 지성사, 2004. 참조. 재미에 관한 일반이론을 작품 분석이나 창작 방법에 적용하는 연구방법도 가치가 있을 것 같다. 이는 다음 기회로 미루기로 한다.

를 검토하고 필요할 경우 필자의 창작 경험을 제시해볼 것이다. 풍자가 대상을 공격하고 비판하고 폭로를 통한 재미를 준다면, 해학은 대상의 은근한 접근을 통해 악의가 없는 재미를 주며, 희언은 언어의 다양한 사용을 통해 재미를 준다는 입장을 가지고 접근해보도록 한다.

2. 재미의 원리와 활용

1) 해학의 방법

골계는 우리말로 익살이다. 익살은 남을 웃기기 위하여 일부러 하는 재미있고 우스운 말이나 짓이다. 익살은 해학과 풍자를 포함하는 말이다. 해학은 영어의 유머[4]에 해당하며, 웃음으로 독자에게 우행과 악덕에서 벗어나도록 하는 것이며, 감정을 부드럽게 만들어주고, 호탕한 웃음과 함께 고된 현실로부터의 도피와 해방, 방어, 슬픔, 상처, 비밀 폭로와 수치감을 주기도 한다.[5]

민요는 해학의 보고이다. 청양 지역에서 모내기할 때 부르는 민요를 하나 보자. 이것은 일종의 시의 대상인 식물의 생태와 인간의 생태를 병렬시킨 말재롱이다.

유자 탱자는 의가 좋아
한 꼭지에 둘이 여네

---

4) 유머에는 긍정적 유머와 부정적 유머가 있는 데, 긍정적 유머는 타인과 함께 웃고 긴장을 풀 수 있는 유머이고, 부정적 유머는 누군가를 난처하게 만들거나 비꼼으로써 웃음을 유발하게 하는 것이다. 《주간동아》, 2006. 1. 31~2. 7, pp.30~33 참조.
5) 이주열, 『한국현대시에 나타난 해학성과 정신』, 푸른사상, 2005, pp.13~25 참조.

처자 총각은 의가 좋아
한 벼게에 잠이드네[6)]

창자는 처음에는 한 꼭지에 두 개가 열리는 식물의 생태를 말한 다음, 한 '벼게'에 남녀가 잔다는 인간의 행위를 통사구조의 반복과 병렬 구성을 통하여 재미를 준다. 이러한 방법은 민요에 흔히 나타나는 재미의 전략이다. 결혼한 부부도 아니고 신랑 각시도 아닌, 미혼의 처자와 총각이 한 '벼게'에 든다는 상황은 더 극적 재미를 준다.

한국문학에서 해학의 전통은 대단하다. 이미 『삼국유사』에 설화와 함께 전하는 향가인 「처용가」에서 그 싹을 보여주고 있다.

동경 밝은 달에
밤들어 노닐다가
들어와 자리를 보니
다리 가랑이 넷일러라
둘은 내해이고
둘은 뉘해인고
본디 내해지만
빼앗겼으니 어찌할꼬[7)]

처용설화에 대한 여러 가지 해석이 있지만 다리가 네 개 가운데 두 개는 내 것인데 나머지 두 개는 누구의 것인가라는 표현방식이 재미있다. 이 시는 설화문학은 개성미가 적고 예술성이 낮다는 비판이 있을

---

6) 청양문화원, 「이앙요」, 『청양의 구비문학』, 2001, p.34.
7) 일연·이민수 역, 『삼국유사』, 을유문화사, 1983, p.139 참조.

수 있으나 꼭 그렇지만은 않다. 설화를 전거로 현대의 서정주나 김춘
수는 시를 재미있게 썼다는 증거가 있다. 뿐만 아니라 많은 시인들이
설화를 시의 제재로 채용하여 성공을 거두고 있다. 이들은 설화로부터
서정적 충동을 받아 시에 설화를 수용했던 것이다. 처용설화를 수용하
여 재미있게 재구한 서정주의 「처용훈」을 보자.

> 달빛은
> 꽃가지가 휘이게 밝고
> 어쩌고 하여
> 여편네가 샛서방을 안고 누운게 보인다고서
> 칼질은 하여서 무얼하노?
> 고소는 하여서 무엇에 쓰노?
> 두 눈 지그시 감고
> 핑동그르르 한바퀴 맴돌며
> 마후래기 춤이나 추어보는 것이리라.
> 피식! 그렇게 한바탕 웃으며
> "잡신아! 잡신아!
> 만년 묵은 이무기 지독스런 잡신아!
> 어느 구렁에 가 혼자 자빠졌지 못하고
> 또 살아서 질척질척 지르르척
> 우리집까정 빼지 않고 찾아 들어왔느냐?"
> 위로 옛 말씀이라도 한 마디 얹어 주는 것이리라.
> 이것이 그래도 그 중 나은 것이리라.

 결혼한 여자를 낮추어 부르는 '여편네', "무얼하노?", "무엇에 쓰

노?" 하는 경상도 방언의 의문문, "잡신아!" 하고 부르는 호격 등 활달한 어휘로 처용설화의 장면을 재미있게 구술하고 있다. 이 시의 화자는 창작자 자신이다. 그러나 원래 설화에서 화자는 처용이다. 대화 방식의 서술도 독특하다. 처용설화를 채용할 경우 거의가 처용을 화자로 삼았지만 여기서는 창작자가 처용에게 말하는 형식이다.

유교주의로 잘 무장된 우리의 점잖고 근엄한 유학자들은 해학을 좋아해서 해학집을 책으로 묶어 돌려보기도 했다. 조선 초기에 오랫동안 문단을 장악했던 서거정 같은 경우가 대표적이다. 서거정은 40여 년간 『경국대전』, 『동국여지승람』, 『동국통감』 저술 참여와 『동문선』의 편찬 과정에서 조선의 치교와 빛나는 문장을 전부 정리한 사람임에도 『골계전』[8]을 지었다. 그는 자신이 해학을 좋아한다고 직접 말하였다. 그는 세상의 인정을 받고 명성을 얻거나 나라를 다스리는 데 필요한 글은 힘든 글이어서 마음을 피로하게 한다고 하였다. 그래서 세상 근심과 무료함을 없애기 위해서 '휴식의 문학'으로 이 전을 지은 것이다. 이러한 골계담이 서거정만의 것이 아니라 강희맹, 송세주, 성현 등의 저작들에서도 적지 않은 비중을 차지하며, 이러한 것들은 민중문학의 전통과 연결되고 있다.[9]

김삿갓의 시 역시 재미의 원리를 창작 방법으로 채택한 시인이다. 그는 발상 전환을 통해 해학이 넘치는 시를 창작하였다.

    네다리 소반 위에 멀건 죽 한 그릇

---

8) 서거정이 조선 성종 8년인 1477년에 지은 설화집이다. 원래 이름은 『태평한화골계전』으로 모두 4권이다. 내용은 고려 말과 조선 초에 걸쳐 고관, 문인, 승도들 사이에 떠돌던 기발하고도 익살스러운 이야기를 모은 것이다. 한국 소설이 비롯되기 이전의 설화문학의 양상이 어떠한 것인지 관찰하는데 귀중한 자료가 된다. 『대세계백과사전 — 문학』, 태극출판사, 1981(개정중판), p.463 참조.
9) 조동일, 『한국문학사상사시론』, 지식산업사, 1982(3판), pp.125~127 참조.

하늘에 뜬 구름 자취 그 속에 함께 떠도네
주인이여 그러나 미안해하지 마오
물 속에 비치는 청산을 나는 좋아 한다오

—「무제」 전문

화자가 외딴집에서 죽 한 그릇 얻어먹으면서도 민중의 어려움을 배려하는 모습이 보인다. 빈궁한 살림이라서 멀건 죽으로 손님을 대접하며 미안해하는 주인에게 시인은 죽 그릇에 떠 있는 청산을 더 좋아한다고 한다. 주인은 시인의 말에 웃으며 더욱더 친밀감을 나타냈을 것이다.[10]

세상에 떠도는 재담에서 소재를 채취한 오탁번의 「굴비」라는 시를 보자.[11]

수수밭 김매던 계집이 솔개그늘에서 쉬고 있었다
마침 굴비장수가 지나갔다
— 굴비사려, 굴비! 아주머니 굴비사요
— 사고 싶어도 돈이 없어요
메기수염을 한 굴비장수는
뙤약볕 들녘을 휘 돌아보았다
— 그거 한 번 하면 한 마리 주겠소
가난한 계집은 잠시 생각에 잠겼다
품 팔러 간 사내의 얼굴이 떠올랐다

10) 김규동, 『김삿갓과 한하운 시의 대비적 고찰—방랑시를 중심으로』, 창원대학교 대학원 국어국문학과 석사학위논문, 2004. pp.40~41 참조.
11) 《시와사람》, 2004 봄, pp.154~155.

저녁 밥상에 굴비 한 마리가 올랐다
― 웬 굴비여?
계집은 수수밭 고랑에서 굴비 잡은 이야기를 했다
사내는 굴비를 맛있게 먹고 나서 말했다
― 앞으로는 절대 하지마!
수수밭 이랑에는 수수 이삭 패지도 않았지만
소쩍새가 목이 쉬는 새벽녘까지
사내와 계집은
풍년을 기원하며 수수방아를 찧었다

며칠 후 굴비장수가 다시 마을에 나타났다
그날 저녁 밥상에 굴비 한 마리가 또 올랐다
― 또 웬 굴비여?
계집이 굴비를 발러주며 말했다
― 앞으로는 안 했어요
사내는 계집을 끌어안고 목이 메었다
개똥벌레들이 밤새도록
사랑의 등 깜박이며 날아다니고
베짱이들도 밤이슬 마시며 노래 불렀다

　시중에 떠도는 우스갯소리를 채용한 시이다. 처음에 웃음이 나오다
가 나중에 아내가 성을 팔아서 사온 조기를 먹어야 하는 가난한 가장
의 슬픔 때문에 울컥해지는 시이다. 창작자는 옛날 시점의 우스갯소리
를 재구성하는 방법을 사용하였다. 아마 창작자는 이 우스갯소리를 들

거나 읽었을 것이다. 그러나 시의 내용과 우스갯소리의 내용은 일치하지 않는다. 이는 우스갯소리가 시정에서 입에서 입으로 돌아다니며 첨삭되거나, 시인이 우스갯소리를 시로 재구성하면서 내용을 변형시켰기 때문이다. 우스갯소리의 내용과 시의 내용이 일치한다면 시 쓰기는 실패할 것이다. 시가 내용의 요약에 불과하기 때문이다.

요즘 시대로 상상력을 확대해보면, 이를테면 실직으로 원하던 원치 않던 아내를 노래방 도우미를 보내는 경우도 있을 것이다. 아내가 어디에서 일하는지 알면서도 생계 때문에 아내의 밤일을 묵인하는 남편, 또 가정경제의 파탄과 이혼 등 가정파괴로 인해 생계 때문에 몸일을 해야 하는 경우도 없다고만은 볼 수 없다. 이런 문제도 시의 제재로 채용하여 쓸 수 있을 것이다.

2) 풍자의 방법

해학이 은근하고 악의가 없는 웃음을 주는 것이라면, 풍자는 추악한 대상을 매질하여 보복의 달콤함을 대리경험하게 하기 때문에 대상을 불쾌하게 하며, 현실을 폭로하고 반항적인 태도를 취하는 방법이다.[12] 인간의 우행과 위선, 사회의 악덕과 부조리를 폭로하는 데 주력하지만, 그것의 궁극적 목적은 부정적 대상과 가치를 개선하고 도덕적 이상을 실현하는 데 있다. 풍자는 현상과 본질의 대립구도를 즐겨 사용하며 목적을 달성하기 위해 위트, 아이러니, 야유, 욕설, 패러디, 역설, 부풀리기, 깎아내리기 등의 기교나 어조를 사용하여 풍자의 효과를 달성한다.[13] 풍자는 대상에 따라 개인공격의 저급한 풍자, 정치권력을 비

---

12) 이주열, 앞의 책.
13) 이순욱, 『한국의 현대시와 웃음시학』, 청동거울, 2004, pp.29~30 참조.

판하는 정치적 풍자, 인류 전체를 조소하는 고급풍자, 자기가 자기를 해부하고 비판하고 욕하는 자기풍자[14]가 있으나 정치 풍자, 세태 풍자, 성적 풍자로 유형화 할 수도 있다.

청양 지역의 민요 가운데 「범벅타령」이라는 것이 있다. 이것은 여성의 바람기를 풍자한다.

어리여 둥둥 범벅이야 둥글둥글 범벅이야
누가 잡술 범벅인가 김도령 잡술 범벅이야
이도령은 멥쌀범벅 김도령은 찹쌀범벅
이도령은 본 낭군이요 김도령은 후낭군이요
이도령이 나간 뒤에 계집년의 거동 봐라
김도령을 기다려서 마중 나와 얼싸 안고
안방으로 들어가서 홍공단이불 뒤집어쓰고
굼실굼실 잘도돈다 이리굼실 저리굼실
이월에는 시래기범벅 삼월에는 쑥범벅
사월에는 느티범벅 오월에는 수리치범벅
유월에는 밀범벅 칠월에는 수수범벅
팔월에는 꿀범벅 어화둥둥 범벅이로다[15]

이 노래의 주인공은 여성이다. 여성이 자기 남편인 이도령에게 만족하지 못하고 다른 남자인 김도령과 바람을 피우는 내용이다. 요즘에도 충분히 있을 만한 이야기다. 아내는 자기 남편에게는 맛이 없고 질이 떨어지는 멥쌀 범벅을, 애인에게는 찹쌀 범벅을 해준다. 거기다 남편

---

14) 홍문표, 『시창작 원리』, 창조문학사, 2002(5판 개정), p.443.
15) 청양문화원, 앞의 책, pp.59~62 필자가 재구성.

이 나간 사이에 애인에게 열두 달 열두 가지 범벅을 모두 해준다. 그리고 애인을 방에 끌어들여 홍공단 이불 속에서 '굼실굼실' 성행위를 한다. 이불 속에서 하는 남녀의 성행위를 맛있는 범벅을 만드는 것으로 비유하고 있다. 남녀가 몸을 뒤섞는 것을 범벅을 통해 암시하는 것이다. 이 시는 '계집년'이라는 욕설이 해학의 경계를 넘는 풍자라고 할 수 있다. 창자는 자신의 도덕적 표준을 넘어서는 행위를 '계집년'이라고 욕함으로써 다른 남자와 놀아나는 시적 주인공을 '교정'하려고 하기 때문이다.

풍자는 대상을 비하, 격하시키기도 한다. 욕망을 억압하는 윤리집단인 종교는 오래전부터 민중들의 풍자와 조롱의 대상이 되어왔다. 욕망의 억제와 윤리적 삶의 표상인 승려들이 스스로 일탈 행위를 해왔기 때문이다.

중놈도 사람인체 하여
자고 가니 그립더군
중의 송낙 나 베고
내 족두리 중이 베고
중의 장삼 나 덮고
자다가 깨달으니
둘의 사랑이
송낙으로 하나 족두리로 하나
이튿날 하던 일 생각하니
흥뚱항뚱해지누나

조선 말 창작자를 알 수 없는 사설시조이다. 억불정책으로 승려들의 도성 출입을 막았던 조선말에는 승려들이 사람취급을 받지 못했다. 이 시에서도 "중놈도 사람인체하여"라는 표현을 통하여 승려를 비하하고 있다. 승려계급에 대한 풍자는 오래된 민중시의 전통이다. 더구나 여기서는 정책적으로 억압받는 성직자를 성의 타락을 통해 더욱 비하하고 있다. 이 시는 중과 성행위를 한 여성 화자를 통해 당대의 보편화된 승려계급의 타락과 당시에 풍미했을 수도 있는 여염집 아낙의 성적 일탈을 고발하는 기능도 하고 있다. 요즘 시대에도 성직자와 부녀의 성적 일탈 행위는 충분히 가능한 일이다.

황지우는 신문기사와 낙서에서 소재를 채용하여 비속한 일상을 풍자한다. 수사법상 인유의 방법이다.

길중은 밤늦게 돌아온 숙자
에게 핀잔을 주는데, 숙자는
하루종일 고생한 수고도 몰
라 주는 남편이 야속해 화가
났다. 혜옥은 조카 창연이
은미를 따르는 것을 보고 명
섭과 자연스럽게 이야기를 나
누게 된다. 이모는 명섭과
은미의 초라한 생활이 안스
러워

어느날 나는 친구 집에 놀러
갔는데 친구는 없고 친구 누
나가 낮잠을 자고 있었다.

친구 누나의 벌어진 가랑이
를 보자 나는 자지가 꼴렸다.
그래서 나는
— 황지우, 「숙자는 남편이 야속해 KBS 2TV, 산유화(하오 9시 45분)」 전문

기존 시 형식을 파괴한 낯설게 하기와 비속한 내용의 드러냄이 독자에게 재미를 준다. 사람들의 관습적이고 저속한 일상성을 드러내기 위해 1연은 텔레비전 연속극을, 2연은 공중화장실의 낙서를 소재로 채용하였다. 텔레비전 연속극과 낙서가 시가 될 수 있다는 데서 의외성과 재미를 준다. 특히 2연은 저급하고 비속한 낙서가 시에 수용되면서 창작자와 독자의 공유된 경험으로 재미를 주게 된다.

김영승은 대중적인 농담을 채용하여 현대 사회에 범람하고 있는 은폐된 성의 일탈 풍자를 하고 있다.

당신 섹스 파트너는 솔직히
몇 명이었소?
킥킥.

한 부부가 염라대왕 앞에 갔단다
염라대왕이 부부를 각각 따로따로 떼어놓고
자신이 몇 번 간음을 했는가 절대
비밀로 할테니 말하라고 했고
그리고 간음 한 번에 팔뚝에 한 땀씩
바느질을 하는 벌을 주기로 했다

남편은 딱 두 번이라고 고백하고
아얏! 두 번 꼬맸다

다 꼬매고 남편이 아내는 왜 아직 안 오나 몰래 보니
아내는 들들들 재봉틀로 누비를 당하고 있었다나

—김영승, 「반성 810」 부분

　　이 시는 보편화된 드러나지 않는 은폐된 성의 일탈을 드러내고 있다.
이 시를 읽는 독자는 이미 다 알고 있는 사실을 드러낸 시를 읽으면서
공감을 통해 재미를 느낄 것이다. 김영승은 다른 시에서도 시에 비시
적 담론을 과감하게 채용하여 재미를 주고 있다. 현실의 세속성에 대
한 세속주의적 시적 대응인 것이다.

친구들은 기독교 신자인 나를
도덕교과서라고 부른다. 그러나
회사 접대 술을 마실 때면 항상
여자를 옆에 앉히는 버릇을 가졌던 나는,
생일날 친구네 식구들을 초청하여
술을 마시다가 나 자신도 모르게,
친구 아내의 사타구니에 그만
손을 넣는 바람에 대판 싸우고
뜻하지 않게 친구까지 잃었다.
"애새끼들만 아니면 네 놈하고 안 살아!"
아내는 울고불고하다가
지갑을 압수하고 신용카드란 카드는

모두 가위로 잘라버렸다.

"쌍놈! 신용 지랄하네!

그놈의 물건도 그냥 잘라버릴쳐!!"

— 졸시, 「우리집에서 생긴 일」 전문

위 시는 풍자적 음성이 일인칭 화자인 '나'를 솔직하게 말하는 직접적 풍자이다. 시에서 겉으로 드러나는 화자는 자기풍자가 분명하지만 내용은 타자 풍자이다. 타인의 악덕과 약점을 조소하기 위해 자신을 비판하는 기법에서 자연스럽게 재미를 드러낸다. 창작자는 화자를 일인칭화 하여 교회에서 도덕을 강조하는 기독교신자이면서도 도덕불감증에 걸린 '나'를 솔직하게 고백해버린다. 상업자본주의 삶에서 흔히 일어나는 신앙과 생활의 불일치이다. 창작자의 생활이 실제로 그렇든 아니든, 위선적 종교를 가지고 있던 아니든 상관없다. 생계를 위한 회사원으로서 화자의 습관화된 부도덕성을 고백하여, 불특정 독자에게 한바탕 웃음과 도덕적 위의성을 갖게 하여 재미를 주려는 것이다. 독자는 시를 읽으면서 생계를 유지하기 위한 자신의 삶을 돌아볼 것이다.

3) 희언의 방법

희언법은 언어유희로 말놀이, 말재롱을 통하여 시성을 획득하는 창작 기법이다. 희언법은 여러 유형이 있으며, 아이러니의 한 형식으로 말을 통해 재미를 주는 반어적 수법[16]이기도 하다. 영어로 펀(Fun)인

---

16) 홍문표, 위의 책, p.451.

말재롱은 소리는 같거나 유사하지만 뜻이 전혀 다른 말이나 두 개의
뜻을 가진 단어표기만 다를 뿐 발음과 듯이 유사한 단어를 사용한다.
송욱은 「하여지향(何如之鄕) 5」에서 "치정같은 정치", "현금이 실현하
는 현실" 등의 언어유희로 부조리한 사회현실을 실랄하게 비판[17]하기
도 하지만, 꼭 현실 풍자를 하는 것만은 아니다. 말놀이를 통한 재미의
방법을 먼 곳에서 찾을 필요도 없다. 우선 어려서 듣고 부른 자신의 고
향 민요를 생각해보자.

이게 무엇이요
옷이요
네, 옵니다

이게 무엇이요
잣이요
네, 먹습니다

이게 무엇이요
갓이요
네, 갑니다[18]

필자의 고향인 충남 청양에서 불리던 민요이다. '옷이요'와 '옵니
다', '잣이요'와 '먹습니다', '갓이요'와 '갑니다'는 발음이 유사하지만

---

17) 김준오, 『시론』, 1982, p.180 참조.
18) 「자음요 1」, 『청양의 구비문화』, 청양문화원, pp.23~24.

전혀 다른 의미의 말로 받는다. 유사음 잇기이며, 수사법상 희언법이다. 대답이 예상을 뒤엎고, 기대를 배반하여 재미를 준다.

이규보는 신라 이래 오랜 인습을 지켜온 문벌 귀족의 권력을 공격하고 특권의식, 사대의식, 형식주의, 보수적 문학관을 청산하기 위해 실천한 문인이다. 스스로 자신을 시마(시의 마귀)에 걸린 광객(미친 손님)이라고 했다. 이규보는 술 마시고 시를 짓는 것을 좋아했는데, 이인로를 중심으로 하는 불투명하고 위선적인 지식인인 죽림칠현을 공격하였다. 죽림칠현은 지금으로 말하면 최고의 가문에다 공부를 잘하던 보수적 엘리트 그룹이었다. 그들은 실제로는 관직을 바라면서도 그러지 않은 척 술을 마시고 시를 짓고 기생과 놀고 방약무인하여 민중들로부터 지탄을 받았다. 벼슬살이와 시 창작을 적극적으로 한 이규보의 재미있는 시 한 편을 보자.

모란함로진주과(牡丹含露眞珠顆)	진주 이슬 머금은 모란꽃을
미인절득창전과(美人折得窓前過)	미인이 꺾어들고 창 앞을 지나며
함소문단랑(含笑問檀郎)	살짝 웃음띠고 낭군에게 물었다
화강첩모강(花强妾貌强)	"꽃이 예뻐요, 제가 예뻐요?"
단랑고상희(檀郎故相戲)	낭군이 짐짓 장난을 섞어서 말했다
강도화지호(强道花枝好)	"꽃이 당신보다 더 예쁘구려."
미인투화승(美人妬花勝)	미인은 그 말 듣고 토라져서
답파화지도(踏破花枝道)	꽃을 밟아 뭉개며 말했다
화약승어첩(花若勝於妾)	"꽃이 저보다 더 예쁘시거든
금소화동숙(今宵花同宿)	오늘밤은 꽃을 안고 주무세요."

— 「절화행(折花行) : 꽃을 꺾어들고 가면서」 전문

여성 주인공의 기지가 엿보이는 시이다. 남자가 여자보다 꽃이 더 예쁘다는 말을 했다가다가 낭패를 보고 있다. 이규보가 쓴 이 재미있는 대화체의 시를 읽으면서 독자들은 웃음을 터뜨릴 것이다. 이것이 상당히 진취적이고 혁신적인, 유교는 물론이고 불교경전까지 외울 정도로 두루두루 공부를 많이 한 이규보라는 선비의 시인 것이다. 이규보는 시가 자기만족을 위한 것이 아니라 자신이 흥을 느껴 들뜨고, 다른 사람도 들뜨게 만드는 것이라고 하였다.

절간의 스님들이 사용하는 선시도 비약과 파격을 통해 재미를 준다. 선시적 표현기법의 모범은 아무래도 최근에 성철 스님이 남긴 오도송인 "산은 산이요, 물은 물이다"일 것이다. 싱겁기 짝이 없는 어법이다. 선시의 수사법은 역설과 유사하다. 언어당착적인 모순어법을 사용하여 깨달음의 세계를 글로 표시하는 것이다.[19]

뙤약볕 속 찬 서리 구슬을 맺고
쇠 나무에 핀 꽃 광명을 자랑한다
진흙소 포효소리 바다 속 달리고
바람에 우는 나무 말, 도의 길을 가득 채운다

17세기에 살았던 허백 명조라는 스님의 선시이다. 뙤약볕 속에서 찬

---

19) 송준영은 이 시가 선시 표현방법론에서 중시되는 반상합도의 표현법을 극명하게 보여주는 시로 보고 있다. 정상이 아닌 기이한 사물과 상호 충돌적인 이미지를 등장시켜 독자를 황당하게 한다는 것이다. "뙤약볕 속 서리"와 "쇠나무에 핀 꽃"이 그것이며, 진흙소가 큰 울음을 울고, 진흙소가 바다에 든다, 바람에 우는 나무말, 길을 메운 그 소리 등이 독자를 황당무계한 속으로 밀어 넣고, 독자에게 충격적 당황감을 경험하게 하며, 독자가 현실적인 기본질서나 정상으로 인정하는 기본 바탕을 고의적으로 깨어버린다고 한다. 송준영, 「선시와 아방가르드 시」, 『선과 아방가르드』, 2006년 시와세계시학회 창립기념 제1회 학술세미나 자료, 2006. 1. 14, p.15 참조.

서리가 내릴 리 없고, 쇠가 나무가 될 수도 없으며, 꽃이 필 리가 없다. 또 진흙으로 만든 소가 어떻게 울겠는가. 거기다 진흙으로 만든 소가 바다 속으로 들어가기란 불가능하다. 진흙은 물속에서 금방 녹아버린다. 또 나무로 만든 말은 울 수가 없을 것이다. 이처럼 선시는 불가능한 사실의 열거를 통해 초월적 은유를 하는 것이다. 모순어법이 재미를 준다. 모순어법이라는 것은 언어당착이다. 모순된 표현으로 서로 다른 두 세계를 동질화시키는 것이다. 시적 대상에 상상력의 자유와 초월적 인식을 보여주고 있다.

　다음 시는 성을 제재로 한 시가 아니어도 재미가 가능하다는 것을 보여준다. 제재를 어떻게 요리하느냐 하는 방법에 따라 다른 것이다. 대화체를 사용하였다.

　　마부가 말했다.

　　지금 마차는 사십 오세 역을 지나고 있습니다.

　　나는 마부에게 항의했다.

　　왜 이렇게 빨리 지나는 거요, 이건 내가 원하는 속도가 아니오.

　　마부는 말했다.

　　이봐요, 손님. 속도는 당신 주민등록증에 써 있소. 쫑을 까보시오.

　　나는 쫑을 쥔 손을 부르르 떨며 마부에게 떼를 썼다.

　　억울해요, 좀 천천히 가거나 마차를 멈춰주시오.

　　마부는 근엄하게 말했다.

　　이 마차는 속도를 늦추는 법이 없소. 내리면 다시 탈수도 없구요.

　　나는 더욱 놀라서 마부에게 졸랐다.

　　그렇다면 시간을 파는 가계를 찾아주시오. 돈은 얼마든지 있어요. 몸과 영혼과 시간을 다 바쳐서 번 돈 말이오. 시간을 살 수만 있다면 모든 걸 당신에게 주겠어요.

마부는 심각하게 말했다.

글쎄요, 이 마부조차 시간을 파는 가게가 있다는 얘기를 아직까지 들어본 적이 없소. 그러나 당신의 용기가 가상하니 찾아보죠.

마부는 채찍을 마구 휘둘러대고, 마차는 더욱 빠른 속도로 시간을 파는 가게를 찾아서 달리고 달렸다. 마차의 속도는 갈수록 더 빨라졌고, 시간을 파는 가게는 나타나지 않았다. 나중에는 너무 빠른 나머지 나는 겁이 나서 마부에게 소리쳤다.

여기서라도 당장 내려주시오, 어서! 제발·

마부는 냉정하게 말했다.

그러죠, 늙은이. 이 마차에서 내리는 순간 당신은 꽥이요.

— 졸시, 「시간의 마차 위에서」 전문

'쭝'은 주민등록증의 줄임말 강조이다. 술집에서 찻집에서 서로 주민등록증을 보여주면서 나이를 확인할 때 "쭝을 까볼까?" 제안을 하는 현대 유행 속어이다. 자립명사인 주민등록증의 음절수를 언어의 경제적 효과를 위해 줄이면서 '증'이라는 비자립 명사가 되자, 그 음절 보상을 위해 경음화하여 강조하는 것이다. 연극 대사 같은 빠른 대화법과 '쭝', '늙은이', '꽥이요' 등의 상말을 사용하여 재미있게 구성하려고 하였다. 독자는 이 시를 읽어가다 웃음 뒤에 숨어있는 인생의 시간을 환기할 수 있을 것이다. 창작자는 웃음의 주요한 소재인 성을 이야기하지 않고도 재미있고 의미 있는 시 쓰기를 할 수 있다는 것을 보여주려고 하였나.

3. 결론

시의 대중화와 문학의 위기를 극복하는 하나의 대안으로 현대시에 재미를 수용해보자는 '재미의 시학'을 어설프게나마 제안하고 민요와 한시, 선시, 시조에서 몇 가지 재미의 원리와 방법을 추출하여 보았다. 재미의 원리는 우리의 전통 구비문학이나 기록문학, 연희문화에서 빈번하게 발견된다. 서민문학이 주류화 된 조선후기의 사설시조와 판소리, 민속극에서는 더욱 많이 발견된다.

인용한 구전 민요와 전래 동요에서는 해학과 성적 일탈 욕구에 대한 구체적이고 솔직한 표현과 말놀이를, 이규보의 한시에서는 대화법을 통한 시적 주인공의 기지와 반전, 김삿갓의 한시에서는 해학적 상상, 선시에서는 언어당착적 모순어법 등을 창작 원리로 하고 있음을 살펴보았다. 이러한 방법은 독자에게 놀라움과 웃음을 통해 재미를 준다.

그리고 현대시에서 서정주, 오탁번, 황지우, 김영승의 시를 실례로 살펴보았다. 또한 필자가 직접 창작한 졸시를 가지고 재미의 원리를 살펴보았다. 그러나 좀더 문학의 전체 양식을 사례로 분석하여 재미의 원리를 추출하거나, 추출된 원리와 같은 유형의 현대 시들을 인용하여 분석하지 않은 것이 한계이다.

필자의 졸시를 인용한 것은 부끄러운 일이나, 다분히 '재미의 시학'을 필자가 창작으로 실천해보았다는 도전적 의미로 이해하였으면 한다. 그러나 이 글을 쓰면서 재미에만 치중하여 지나치게 무정치, 탈사회적인 시만 생산해서는 안 되겠다는 주문도 해본다.

필자는 이 땅의 문예 창작자들이 재미의 원리와 방법을 통하여 재미있는 문학, 재미있는 시, 그러면서도 개인과 사회에 모두 도움이 되는 의미 있는 문장들을 많이 생산하기를 주문해본다.

참고문헌

『세계대백과사전─문학』, 태극출판사, 1981(개정증판).

공광규, 「재미의 시학」, 《시와정신》, 2006 봄.
김규동, 『김삿갓과 한하운시의 대비적 고찰─방랑시를 중심으로』, 창원대학교 대학원
     석사학위논문, 2004.
김종길·이어령 감수, 『우리의 명시』, 동아출판사, 1990.
송준영, 「선시와 아방가르드 시」, 『선과 아방가르드』, 2006년 시외세계시학회 창립기
     념 제1회 학술세미나 자료.
이주열, 『한국현대시에 나타난 해학성과 정신』, 푸른사상, 2005.
임종욱, 『중국의 문예인식』, 이회, 2001.
조동일, 『한국문학사상사시론』, 지식산업사, 1982(3판).
청양문화원, 『청양의 구비문학』, 2001.

문학에서의 리얼리즘

— 아동문학을 중심으로

노경수

(동화작가, 한서대학교 겸임교수)

1. 들어가며

창작은 현실의 모방에서부터 시작된다. 모방을 의미하는 미메시스 (mimesis)는 미무스(mimus)에서 나온 말인데 '모방' 혹은 '제스추어, 행위와 말 등을 통한 인물의 표현' 등으로 해석하고 일부에서는 '표현', '외화'로서도 해석을 하나 보편적으로는 '모방'으로 해석한다. 미메시스 즉, 현실의 모방은 문학을 예술의 한 형태로 파악하고 그 기원을 설명하는 가장 오래되고 전통적인 견해로서 최초의 모방이란 용어가 나타난 것은 플라톤(Platon)의 『공화국(The Republic)』에서이다. 그는 모방론을 전제로 하여 시인추방론을 내세웠는데 그에 의하면 시(문학)는 진실과 동떨어진 허상에 지나지 않으며 모방은 단순히 눈에 보이는 사물을 대상으로 한 것으로써 진리나 정의와 무관하다. 문학에 대한 이러한 플라톤의 부정적 입장은 아리스토텔레스(Aristoteles)에 의해 극복된다. 아리스토텔레스는 모방을 인간이 지닌 근본적인 성정의 하나로 보고 모방을 통해 즐거움을 얻는다고 보았다. 즉 문학은 인간의 본래적인 모방본능이 작용하여 발생하였고 이 모방을 통해 즐거움을 얻는데 이때의 모방은 현실의 단순한 모사가 아닌 반영의 개념으로써의 모방이라는 것이다. 이러한 논리는 인간의 본성은 모방충동과 모방의 결과에서 기쁨을 느끼게 된다는 것으로 모방을 단순히 실용적 차원이 아닌 심미적 차원에서 이해하고 현실을 반영하고 있음을 보여준다. 플라톤이 단지 사물의 외형을 모사한다는 이유에서 문학의 무용론을 주장한 데 반해 아리스토텔레스는 시(문학)를 단순한 모사가 아닌 보편 타당성을 바탕으로 한 모방, 현실을 반영한 재현으로써 시(문학)도 이념(진실성, Reality)의 세계에 도달할 수 있다는 것이다. 이를 위해서는 삶과 사물을 지배하는 공통의 법칙, 즉 "사물이 그렇게 되어야 하는 상태"로서의 개연성을 발견하는 것이 진리에 이르는 길임을 주장한다.[1]

아동문학 100년의 역사[2]를 가지고 있는 한국 아동문학에서도 현실 모방에 대한 논쟁은 치열했는데, 이는 현실을 반영했는가 안 했는가, 했다면 어떻게 반영하였는가에 따른 리얼리즘에 대한 논쟁이었다. 이를 이해하기 위해서 본고에서는 리얼리즘에 대한 철학적 배경과 개념을 정리해보고 동화창작에서 현실은 어떻게 반영되어야하는가를 작품을 통하여 연구해보려고 한다.

---

1) 조태일 외, 『문학의 이해』, 한울아카데미, 2003.
2) 1908년 《소년》지를 아동문학의 출발로 보았다.

2. 아리스토텔레스적인 미메시스와 리얼리즘

리얼리즘[3] 예술의 창조에 있어서 개연성은 아리스토텔레스의 견해
로 오늘날 리얼리즘 행위의 개연성에 비추어 볼 때 거의 일치한다. 최

---

3) 19세기 중엽에 —이 단어가 널리 상용되기 시작했던 시기— 이 단어가 주로 상종한 상대들은
매우 호전적인 유물론자들이어서 이 단어의 오늘날의 성격에도 그 자취를 남기기는 하였지만
이 단어는 원래는 관념적인 것으로 보편관념(정의, 선 등등)이 현실적으로 존재한다는 스콜라
철학류의 이론을 기술하는 데에 사용되었다. 이 단어는 관념론(보편개념은 정신 속에만 존재한
다고 주장한 생각)과 유명론(보편개념의 존재를 전적으로 부인한 주장 : 그것들은 단지 이름에
불과하다고 주장했음)에 대항하는 용도로 사용되었다. 그러나 이 단계에 있어서조차 변형이 거
론되었는데 '극단적 리얼리즘'이라든가 '완화된 리얼리즘'이라든가 하는 용어가 쓰였음은 이 개
념 중에도 강조점의 변종이 있음을 시사했었다. 문헌과 비평용어 속에서 나온 리얼리즘의 종류
는 알파벳 순으로 비판적 리얼리즘, 지속적 리얼리즘, 역동적 리얼리즘, 외면적 리얼리즘, 몽상
적 리얼리즘, 형식적 리얼리즘, 관념적 리얼리즘 등등 무려 26가지나 된다. 18세기 Thomas
Reid의 소위 '상식학파'에 이르러 리얼리즘이란 단어는 철학에서 명백하게 다른 뜻을 지니게
되어 문인, 비평가, 문학이론가들에게 대하여 매력을 지니기에 이르렀다. 이 단어는 지각의 대
상은 어디까지나 객체이고 이를 인식하는 정신 밖에 있는 현실적 존재라고 주장하였고 이러한
이념은 모든 형태의 관념론과 대립되는 것으로 발전하였다. 오늘날 우리에게는 '현실'이라는 명
사나 '현실적'이라는 형용사를 사용하는 방법이 애매하다. Bernard Bergonzi는 심포지엄에서
"오늘날 우리가 Tolstoy와 같은 글을 쓸 수 없는 까닭은 우리에게 현실에 대한 공통된 감각이
없기 때문이다. 우리에게는 각종의 상대주의적 의식구조가 부과되어 있다. 우리는 의심할 여지
없이 Tolstoy가 믿었던 것처럼 '저 세상에' 하나의 현실이 존재한다고 믿지 않고 있다"고 하였
다.(「리얼리즘, 현실, 그리고 소설」, Park Honan이 기록한 심포지엄, 《소설 Ⅱ》(novel Ⅱ),
1969, p.200) 현대작가들은 마치 본능에 의한 것처럼 하나의 체계적인 현실비판을 행한다. 그
들에게 현실이란 단순히 당연지사로 받아들이는 대상이 아니라 획득되어야 할 어떤 대상이다.
진리란 무엇이냐, 라는 질문에 대해서 철학은 여러 개의 상이한 답을 할 뿐 아니라 이 문제에 대
한 상이한 접근법을 나타내는 여러 종류의 해답을 제시한다. 그런데 이들 접근법은 서로 대조적
이고 상호 보완적인 두 개의 그룹으로 나눌 수 있다. 진리는 과학적이거나 아니면 시적으로 볼
수 있다는 것이다. 즉 지각하는 과정을 통하여 발견되거나 아니면 만드는 과정으로 창조되는데
학술용어로 전자는 대응이론이고 후자는 통일이론이라 불린다.
대응이론은 경험론적이고 또 인식론적이다. 이것은 외부세계의 존재에 대한 소박하고도 상식적
인 리얼리스트의 신념을 내포하는 것이며, 관찰과 비교에 의하여 우리는 그 세계를 알게 되리라
고 상정한다. 이 이론이 제시하는 진리는 단절된 현실에 대응하고 접근하는 것이며 이를 충실하
고 정확하게 나타내는 것이다.
통일이론은 인식과정이 직관적 이해에 의하여 가속화되거나 단축, 생략된다. 진리란 기록에 의
하여 실증하고 분석함에 의하여 도달되는 것이 아니라 '진실하다는 확신'인 확신에 의하여 新造
되는 기성품적인 종합명제로 통용된다.
대응이론의 경우에 진리는 무엇인가에 대해서 진실하지만 통일이론의 경우에는 어떤 선이나 칼
날이 곧고 결함이 없을 때에 진실하다 말할 수 있는 의미에서의 진리이다. 이 경우 단순히 진리
를 나타내거나 암시하는 것뿐만 아니라 진리를 내포하고 있는 것이다. 전자의 경우는 현실이 마
치 진리라는 복병의 습격을 받고 체포된 형국이지만 후자의 경우 진리는 지각행동 바로 그 속에
서 발견되고 어느 의미에서는 창조되는 것이다.

근에 와서 예술작품에 대한 아리스토텔레스의 견해, 자신의 존재 방식은 실례와 규범 사이에서 발견되며 이러한 중간적 위치에서 아리스토텔레스적인 미메시스에 리얼리즘이란 이름을 명명할 수 있다는 견해가 지배적이다.

예술작품으로서 아리스토텔레스의 미메시스는 모사가 아니라 "해석적인 입장으로부터 형상화된 구조"를 추구하며 그러한 형상화에서 경험적인 것과 사변적인 작업이 함께 하기 때문에 예술작품은 현실에 대한 인식을 전달하고, 인식은 문학의 구조 내에서 발생한다.

아리스토텔레스가 그의 『시학』에서 정초한 제 인식은 오랫동안 예술

리얼리즘의 대응론적 이론은 문학의 양심이라고 부를 수 있는 것의 표현이며 이 양심은 문학이 외부세계의 현실을 등한시하거나 깔볼 때에 항의하고 유독 자유분방한 상상력으로부터만 자양을 얻어내고 그 상상력만을 위해서 존재하는 양심이다. 리얼리즘의 정신으로 문학은 현실세계에 몸을 의탁하고 지시를 내리고 군마에게 순순히 문을 열어준다. 어지러운 상상력에다 진실이라는 무거운 돌을 넣어 안정시키고 그 형식, 관례적 수법 및 신성한 태도 등을 정화작용 하는 사실의 환희에 바친다. 문학의 양심으로서의 리얼리즘은 현실세계에 대해 모종의 의무, 모종의 보상의무를 지고 있다.
반면에 리얼리즘의 통일이론은 문학의 의식이다. 즉, 문학의 자각, 문학의 존재론적 지위에 대한 자기 인식이다. 이 경우 리얼리즘은 모방에 의하여 성취되는 것이 아니라 창조에 의하여 성취된다. 인생의 소재를 다루되 그 소재를 상상력의 중개에 의하여 단순한 사실성의 영역으로부터 보다 고차적인 질서로 변화시키는 창조이론이다. 사실과 진실, 이 양자를 두 개의 동의어가 아니라 두 개의 택일적인 대안으로 제시한다. 의식적인 리얼리스트에게는 현실이란 '선재적'인 것이 아니다. "예술가의 감각 속의 현실은 언제나 창조된 그 어떤 것이다. 그것은 선험적으로 존재하는 것이 아니다."(A.A. Mendilow, 《시간과 소설》(Time and the Novel), 런던, 1952, p.36). 따라서 예술가는 현실에 대해서 어떤 봉사를 해줄 의무가 없고 상응해야 할 아무 대상도 없다. Ernest Renan은 "옛부터 숭상해 온 꿈 없이 어찌 우리가 행복하고 가치 있는 인생의 토대를 재건할 것인지 나는 상상할 수 없다"고 하였다. 우리가 현실이라고 부르는 것은 하나의 사적 굴절이며 예술가가 인생을 묘사하기 위하여 채택하는 의지적 '관점'과 비교할 수 있는 무의지적 '관점'에 불과하다. 예이츠는 "인간은 진실을 구현할 수는 있지만 알지는 못한다. 현실은 알 수 없는 것, 이것은 상응될 수도 없고, 모방할 수도 없고, 조소하거나 이해할 수도 없다"고 하였다. 작가는 예술 속에서 진실을 구체화한다. 따라서 이것은 일종의 '앎'이 아니라 새롭게 창조하는 종류의 '앎'이다. 리얼리즘은 ─현실에 접근하려는 예술의 노력, 그 의지적인 경향─은 단일한 경향이 아니라 대응이론과 통일이론, 이 두 개의 경향이며 이 양자가 궁극적으로 화해된다 힐지라도 실체적으로는 대립되어 있다는 사실은 분명하다. 사실상 이 대립은 문학논쟁에서 너무나도 생생하게 극화되어 왔는데 어떤 소설은 '허위'이고 어떤 소설은 '진실'하다는 식으로 간단히 처리될 문제는 아니다. 이 주장은 여러 소설가들이 각기 다른 진실판단의 기준을 가지고 있다는 이해로 수정되어야 함이 마땅하다. Damian Grant, 김종운역, 『리얼리즘』, 서울대출판부, 1987.

의 리얼리즘 이론에 대한 유일한 기여로써 남아 있다. 경험적 현실로부터 출발하면서 미메시스는 현실의 의미 있는 구조화를 수행하여야 하며 따라서 예술은 그 자신의 고유한 세계를 창조한다는 견해, 그러한 종류의 미메시스적 예술에서 교육과 즐거움이 발견되며 예술은 스스로 고유의 인식적 가치를 소유한다는 견해이다. 그러나 리얼리즘에 대한 개념의 혼란은 이러한 본질에 대한 이해를 자의적인 해석으로 말미암아 일어난다. 대표적인 예로써 '자연주의'와 '리얼리즘'의 개념적 혼동과 '사회주의 리얼리즘'이 진정한 리얼리즘이 될 수 있느냐 하는 문제, 그 밖에도 일부 모더니즘 계열의 작품조차도 리얼리즘으로 이해되고 있는 실정이다.

3. 아동문학에서의 리얼리즘

인간의 본성에 대한 탐구는 맹자의 성선설을 비롯하여 순자의 성악설, 존로크의 백지설 등 관점에 따라 다양하게 연구되었다. 이들 연구를 살펴보면 관점에 따라 다른 주장을 하고 있지만 인간은 태어나서 후천적인 환경의 영향을 받으면서 변화한다는 점에는 합일을 이룬다. 실제로 인간은 태어나면서부터 성인이 되기까지 많은 변화의 과정을 겪는다.

아동문학은 가장 많은 변화의 시기에 있는 아동들을 주요대상으로 하는 문학이다. 그러므로 아동문학은 아동 발달[4]에 대한 이해를 전제로 해야 한다. 발달 단계[5]에 따라 이성을 갖춰가는 시기에 있는 아동들이 세계를 인식하는 방법은 다양하다. 아동들은 감각적이어서 눈에 보이는 세계만 믿는다. 이러한 아동들에게 '지구는 둥글다'고 하면 아동들은 나름대로 둥글다는 것에 대하여 원반모형으로 받아드리거나, 하늘에 또 하나의 지구가 떠 있다고 생각한다.

루소는 『에밀』에서 아이가 이성을 갖추기 이전에 '도덕적 존재'에 대한 관념을 가지는 것은 불가능하다고 말한다. 또한 '선과 악'을 아는 것이나, 인간은 왜 여러 의무를 지켜야하는지 등의 문제는 아이들이 이해할 영역이 아니기 때문에 아이들에게 어른의 도덕률을 강요하지 말 것을 주장한다. 그렇다고 아이에게는 도덕성이 없는 것은 아니다. 아이들도 나름대로의 논리적, 합목적인 사고를 하고 있다. 다만 어른

---

4) 여기에서 발달(development)이란 성장(growth)과 성숙(maturation)과 경험(experience)에 의해 나타난다. 성장이란 키나 몸무게가 증가하듯이 발달과정에 따른 양적인 변화를 말하고 성숙은 생리적 요인에 의한 점진적인 신체적, 심리적 변화로서 뇌기능의 분화 또는 사춘기의 변성이나 초경과 같이 미리 짜인 유전인자의 프로그램에 의해 나타나는 변화들을 뜻한다. 이와는 달리 경험이란 아동과 환경과의 만남을 의미한다. 즉 영양섭취, 약물복용, 가족생활, 교육, 사회생활, 대중매체 등 아동이 접하는 모든 심리적 물리적 환경과의 상호작용이 바로 경험이다. 인간에게 이 세 가지 과정이 독립적으로 존재할 수는 없다. 경험 없이 성장과 성숙이 이루어지지 않으며, 성장 없이 경험과 성숙이 일어나지 않는다. 또한 성숙이 이루어지지 않은 상태에서 성장과 경험은 의미가 없다. 발달은 이 세 가지 과정이 공존할 때 비로고 이루어지는데 생명이 시작되면서부터 일생 동안 인간이 성장과 성숙과 경험을 통해 갖게 되는 변화과정, 이것이 바로 발달이다. 김광웅·방은령, 『아동발달』, 형설출판사, 2001, p. 5.
5) 플라톤은 『국가론』에서 인간발달에는 세 가지 국면이 있는데 그것은 욕망, 정신, 그리고 이성이라고 하였다. 플라톤에 의하면 최고의 국면인 이성은 아동기에는 발달되지 않고 청년기에 가서야 비로소 나타나기 시작하는데, 아동기에는 이성이 성숙되지 않기 때문에 아동교육은 주로 음악이나 스포츠 등에 중점을 두고 이성적 하고를 할 수 있는 청년기가 되면 교육과정을 과학이나 수학으로 대체하는 것이 좋다고 하였다.
루소의 유명한 저서 『에밀(Emile)』에 나타난 교육철학은 중세의 교육사조에 커다란 이의를 제기했는데 그는 중세에 만연했던 성인의 축소판으로서의 아동이나 청년을 보려는 시각에서 벗어나 그들 특유의 감정과 사고방식을 지닌 개체로 보아야한다고 주장한다.
인간발달 학자들은 한 개인의 전 생애를 통해서 일어나는 발달 변화에는 영속성이 있다고 본다. 왜냐하면 한 개인의 발달은 과거에 이미 형성되었던 구조 속에 현재의 경험이 복합되어 융화되어가기 때문이다. 예를 들어 청년기에 있는 대학생은 유아기, 아동기에 지녔던 여러 가지의 경험 속에서 현재에 이르고 있고, 현재의 생활경험, 가치관 등은 미래의 생활유형, 태도 등에 영향을 미친다고 본다. 그러므로 평생발달적 접근의 인간발달 학자들은 발달이란 평생에 걸쳐 일어날 뿐 아니라 성인기의 변화는 개인 역사의 산물로 간주하고 있다. 인간발달은 인간의 전 과정을 설명하는 미시적인 심리학적 접근뿐 아니라 사회학적, 생물학적, 인류학적, 문화학적으로 접근한다.
이러한 발달의 단계를 프로이드는 성적으로 발달단계로 구분하였고 피아젯과 콜베르크는 도덕성으로 발달단계를 연구하였고, 에릭슨은 인성의 발달을 생물학적 차원, 사회적 차원, 개인적 차원 등 세 가지의 상호작용의 결과로 보았다. 조복희·정옥분·유가호, 『인간발달』, 교문사, 1997, pp. 306~318.

들이 보는 견지에서 그것이 기성의 가치체계와 맞지 않을 뿐이다. 루소가 『에밀』에서 아이들에게 이성적인 태도를 요구하지 말고, 도덕적인 관념을 주입시키지 말라고 했을 때의 '이성'과 '도덕'이란 기성의 편향적이고 불완전한 도덕으로 탐욕이나 불안 허영심 따위가 결부된 것을 가리키는 것이다. 루소가 '자연으로 돌아가라'고 주장한 자연이란 원초적, 본질적 도덕성이 발현되는 공간을 가리킨다. 이때의 도덕성은 종적으로도 횡적으로도 시대나, 문화권에 여향을 받지 않는 보편성을 가진다. 이에 비해 어른들이 아이들에게 강요하는 도덕이란 세속적인 이해관계와 힘의 역학 관계로 점철된 도덕에 불과하다. 그러므로 아동문학을 창작하는데 있어서 어른의 가치 기준이나 이성의 잣대로 아이에게 접근하는 것은 많은 부작용이 따른다.

아동문학의 핵심은 아이의 눈높이에 맞은 현실성을 확보하는 문제일 것이다. 아이들이 자신의 생활 체험에 근거한 상황이나 사례를 통하여 스스로 이성적 사고와 도덕적 판단에 접근하게 할 수 있다면 그것은 동화로써 바람직하다 할 수 있을 것이다.

아동문학에서 현실반영에 대한 인식의 방법은 아이들의 눈높이로 맞춰져야 한다. 동화를 향유하는 주요 독자가 아동이고, 아동들은 발달 단계에 따라 현실에 대한 인식이 변화하기 때문에 동화는 이를 고려하여 창작되어야 한다. 아이들의 세계란 현실에 대한 이성적 통찰력이 부족하여 본성에 의지하게 되는데, 아이들의 본성이란 자연의 상태와 이어지고 자연이란 하늘의 순리, 즉 천심에 닿는 것이다. 그러므로 시대에 따라 만들어진 어른들의 가치관이나 도덕률로 어린이들의 인식을 재단할 수는 없으며, 그들의 가치관이나 도덕률을 강요해서도 안 된다.

아동들은 태어나면서 물활론적 사고를 한다. 이때의 물활론적 사고는 단순히 무생물이 생물처럼 살아있다고 생각하는 것만이 아니라 인식대상은 인식주체와 동일한 감정, 동일한 사고를 한다고 생각하는 것이다. 이러한 물활론적 사고에서 벗어나기 시작하면 아이들은 인식 대상이 인식주체와 다르다는 것을 조금씩 받아들이기 시작한다. 이렇듯 인식주체에 이성의 발달, 도덕성의 발달, 사회성의 발달은 대상을 인식하는데도 변화를 가져오기 때문에 동화창작에서 현실을 어떻게 담아낼 것인가의 문제는 발달단계에 따른 주인공들의 인식체계를 올바로 이해하는 데서 출발해야 할 것이다.

4. 작품 속에 나타나는 아동의 현실 인식

사람들은 모두 행복하기를 원한다. 아니 살아 있는 모든 것들은 행복해지기 위하여 안간힘을 쓴다. 그럼에도 불구하고 행복하다는 사람은 많지 않다. 행복하니까 웃는 게 아니라 웃으니까 행복하다는 말이 있다. 그 말 속에는 행복을 찾을 수 있는 쉬운 길이 숨어 있다. 그런데도 사람들은 무지개를 찾아 떠나는 소년처럼, 파랑새를 찾아 떠나는 소년처럼 행복을 찾아 멀고 지루한 길떠남을 시도한다.

아이들이 있는 집안에는 웃음이 그치질 않는다. 그것은 아이들이 가진 순진성 때문인데 순진성은 사실을 사실대로 받아드리지 않고 상상으로 재구성하여 받아들인다. 아이들이 가진 이러한 상상력은 외계의 사물에 얽매이지 않고 스스로 창조한다. 이때의 창조는 단순한 허구의 세계가 아니라 실제를 변화시키는 힘을 가지고 있다. 이러한 힘은 어른들이 이미 잃어버린 순진성의 세계를 회복시켜주어 웃음과 행복으로 인도한다.

1) 〈인생은 아름다워〉, 『나의 라임 오렌지 나무』

로베르토 베니니의 영화 〈인생은 아름다워〉에서 전쟁을 겪는 다섯 살 아이는 사실성의 세계에 대한 주체적인 사고를 하지 못한다. 처참했던 2차 대전에서 독일의 유태인 말살 정책에 따라 주인공인 아버지 귀도와 아들 조슈아는 모두 수용소로 끌려간다. 억압받고 고통스러운 현실을 어린 아들 조슈아에게 보여주기 싫었던 아버지는 1000점을 얻으면 탱크를 상으로 주겠다는 거짓말로 조슈아를 몰래 숨겨두고 보호한다. 어려운 현실 속에서도 아버지는 어린 아들을 위해 희망을 버리지 않고 수용소 생활을 한다. 아버지의 보호 속에서 수용소 생활을 하는 어린 조슈아에게 참담했던 전쟁은 단지 놀이일 뿐이었다. 그것은 아버지를 통해 여과된 세상이었다. 아버지의 보호 속에서 전쟁의 참상을 모르는 채 천진난만하게 1000점을 얻기 위해 노력했던 아이는 아빠와의 게임에서 규칙을 지킴으로써 유태인 말살정책에도 살아남을 수 있었고 후세에 증언할 수 있었다.

J. M 바르콘셀로스의 『나의 라임 오렌지 나무』의 이야기도 그렇다. 다섯 살인 주인공 제제가 인식하는 현실과 이성적인 인간이 인식하는 실제적인 현실은 다르다. 암울한 현실 속에서 순수한 어린이는 자기가 사랑하는 라임 오렌지나무와 뽀르뚜까 아저씨를 통해 사랑으로 충만한 현실을 구성한다. 사랑하는 대상을 여과해서 만들어가는 현실은 환상과 꿈의 세계로 이어진다. 그 세계에서 제제는 뽀르뚜까 아저씨와 밍기뉴라고 부르는 라임오렌지나무에게 마음을 고백하면서 사랑을 키워나간다.

나는 밍기뉴를 사랑스런 눈으로 쳐다보았다. 그리고 내가 사랑을 준 것만큼 언제나 사랑을 되받고 있다는 것을 깨달았다.

"있잖아, 밍기뉴. 난 애를 열두 명 낳을 거야. 거기다 열두 명을 또 낳을 거야. 알겠니? 우선 첫 번째 열두 명은 모두 꼬마로 그냥 있게 할 거고 절대 안 때릴래. 그리고 다음 열두 명은 어른으로 키울 거야. 그리고 애들한테 이렇게 물어 봐야지. 넌 이다음에 커서 뭐가 될래? 나무꾼? 그럼, 좋아. 여기 도끼하고 체크무늬 셔츠가 있다, 넌 서커스단의 조련사가 되고 싶다고? 알겠다. 여기 채찍과 제복이 있다⋯⋯."[6]

제제는 사랑하는 대상―그것이 라임오렌지나무일지라도―을 통해 현실을 새롭게 구성한다. 사실성의 세계가 아무리 참담할지라도 아이들의 상상력을 여과하면 그 현실은 꿈과 사랑으로 충만할 수 있다. 그것은 제제나 죠수아 같은 다섯 살 아이들에게나 가능한 세계로써 순진성과 창의성을 바탕으로 재구성하여 받아들이는 보편적인 현실이다.

2) 『내가 나인 것』, 『빨간머리 앤』, 『소녀 폴리아나』

야마나카 히사시의 창작동화 『내가 나인 것』(사계절, 2003)은 인식 주체와 대상 사이의 거리 차이를 극명하게 보여주는 작품이다. 엄마가 바라보는 아들은 악동이고 말썽꾸러기이다. 그러나 아이의 내면을 들여다보면 엄마가 아들의 사고체계를 모를 뿐, 아들은 나름대로 합리적인 사고를 하며 나름대로의 도덕과 이성도 가지고 있다. 다만 주인공(6학년 남자아이)이 가지고 있는 도덕성과 이성은 어른인 엄마가 가지고 있는 도덕성, 이성과 다를 뿐이다. 그러나 엄마는 그것을 이해하려들

---

6) 바로콘셀로스, 박동원 옮김, 『나의 라임 오렌지 나무』, 동녘, 2003, p. 254.

지 않는다. 엄마의 생각에 동의하고 엄마의 요구에 복종해야한다는, 스스로의 구조화된 욕망의 틀에 갇힌 엄마는 그것이 자녀된 도리라고 생각한다. 반면 6학년인 아들은 나는 왜 주체로서 행동하면 안 되고, 엄마가 원하는 대로 해야만 하는가를 이해하지 못하여 엄마와 부딪히다가 말썽꾸러기 아들, 속만 썩이는 아들이 된다.

주인공은 엄마가 시키는 대로 말 잘 듣고 공부 잘 하는 형들과 다르다. 그래서 번민도 하고 반항도 하고 가출도 한다. 아이는 성장하면서 배운 정의나 사랑에 위배되는 것과 능동적으로 맞서—상대가 엄마일지라도—는 것이다. 그것은 아이에게 주어진 나름대로의 자기 사랑법이다. 주체적으로 행동하는 아이는 나름대로 갖춘 도덕과 이성을 토대로 사물을 판단하는데 그런 아이는 자기를 존중하고 사랑할 줄 안다. 또한 타인에 대한 배려도 할 줄 알고 나아가 주변의 사람들을 변화시킨다. 『내가 나인 것』에서도 엄마와 맞서던 주인공은 결국에는 말 잘 듣고 공부 잘하던 형이 나쁜 길로 빠져 힘들어할 때 바른 길로 돌아서게 만들고, 소유욕으로 가득했던 엄마로 하여금 아이들에 대한 집착에서 벗어나 진정으로 자기를 사랑할 줄 아는 한 인간으로 변화되게 한다.

결과적으로 보면 부모의 강요에 순종하던 아이도, 반항하던 아이도 나름대로 도덕과 이성을 가지고 있었다. 그러나 부모의 요구대로 순종하던 아이는 속으로 반항심을 키우면서 부모가 보이지 않는 곳에서 부정적인 행동을 하였고, 능동적으로 자기의 주장을 펼쳐나갔던 아이는 부모가 보이든 보이지 않든지 나름대로의 가치관을 가지고 일관된 행동을 보였다. 부모가 시키는 대로 하는 아이는 결과에 대한 책임도 부모에게 있다고 믿었고, 주체적으로 행동한 아이는 그것에 따른 결과도 스스로 책임질 줄 아는 아이였다.

몽고메리의 『빨간머리 앤』에 나오는 앤도 상상력에 의해 현실을 새롭게 구성해나간다. 스펜서 부인을 따라 입양되기 위해 기차와 배를 타고 섬에 온 초라한 앤은 오는 동안 내내 아름다운 상상을 한다. 엷은 하늘 빛 실크 드레스를 입고 있고, 꽃이나 하늘거리는 깃털 장식이 달린 큰 모자를 쓰고 금시계를 차고 가죽으로 만든 장갑과 구두를 신고 있다고 상상만으로도 앤은 행복해진다. 그런데 남자 아이를 원하는 집에 실수로 들어가게 된 빨간 머리의 앤은 다시 고아원으로 돌아갈 처지에 놓인다. 주어진 현실이 더 이상 불행해질 수 없는 극한 상황인데도 불구하고 앤은 또다시 불행한 현실에 새로운 의미를 부여하며 행복해지는 연습을 한다. 평범한 가로수 길을 '환희의 새 하얀 길'이라 부른다거나 집 근처에 있는 연못을 '빛나는 호수'라 부르기도 하고, 벚나무에 '눈의 여왕'이라 이름을 붙이기도 한다. 앤이 가진 이러한 상상력은 마슈와 마리라 남매에게 행복을 선사하고 그 집에 머물 수 있는 기회를 부여받는다. 결국 앤이 시도한 행복해지는 연습은 불행한 현실을 행복한 현실로 바꿔놓고 마는 것이다. 그것은 11살짜리 어린 꼬마아이가 가진 순진성과 천진성, 그리고 불행한 현실에 부여할 수 있는 상상력의 힘이었다.

에레나 호그먼 포터의 『소녀 폴리아나』의 주인공 폴리아나는 하루에 한 가지씩 행복찾기를 시도한다. 부모를 잃어 고아가 된 폴리아나는 이모 폴리 해링턴의 집으로 옮겨가 다락방에 살게 된다. 폴리이모는 엄격한 성격의 소유자로 아이들을 좋아하지 않을 뿐 아니라 조카인 폴리아나조차 싫어한다. 폴리아나에게 주어진 현실은 빨간머리 앤에게 주어진 현실 못지않게 불행하다. 이모가 차갑게 대할 때마다 폴리아나는 다락방에 누워 목사였던 아빠에게서 크리스마스날에 배운 '행복찾기 놀이'를 하면서 불행한 현실을 극복한다. 폴이아나의 '행복찾기 놀이'의 시도는 폴리아나 자신을 행복하게 만드는 것은 물론 웃을 줄 모르고 무뚝뚝한 이모마저 변화시켜 사랑받는 여자로 바꾸어 놓는다. 동화 『소녀 폴리아나』는 후에 '폴이아나의 시도'라는 심리학 용어로도 차용되어 사용되고 있는데 불행한 현실을 상상력에 의지하여 행복한 현실로 바꿔놓는 방법이다.

3) 『몽실언니』, 『오늘이 역사다』

권정생의 『몽실언니』는 한국전쟁이 배경인 소년소설이다. 이 소설 속의 주인공 몽실이는 전쟁의 와중에 아버지는 전쟁터로 끌려가고 새어머니인 북촌댁과 함께 산다. 그런데 북촌댁은 아기를 낳다가 죽는다. 몽실은 새어머니가 남기고 간 간난 아기 난남이에게 암죽을 끓여 먹이며 엄마노릇을 한다. 그러는 중에도 전쟁은 계속되고 몽실이 사는 마을은 인민군들이 점령한다.

"몽실아, 국기 달아라. 높이높이 달아야 한다."
어느 날 남주네 아버지 박씨가 집집마다 다니면서 알려주었고, 박씨 아저씨는 인민군 대장이 시키는 대로 일하느라 하루 종일 바빴다. 아이들은 동네 창고에서 배운 인민애국가를 부르고 다녔다. 몽실은 기를 끄집어내었다. 그건 지난번 삼일절에 내다 걸었던 빛바랜 태극기였다. (…중략…) 그때 비탈길로 누가 달려오는 기척이 났다. 헐떡거리며 뛰어오는 사람은 인민군 청년이었다. 청년은 방금 몽실이 달아놓은 태극기가 걸린 장대를 낚아채듯이 쓰러뜨렸다.
"아저씨……"
몽실이 질겁을 하면서 인민군 청년을 부르는데 청년은 들은 척 만 척했다. 장대 끝에 달린 태극기를 잡아떼더니 그대로 북북 찢어버린다.

"그건 박씨 아저씨가 달라고 한 거여요. 찢으면 안돼요!"[7]

제시문에서와 같이 10살 아이인 몽실이는 전쟁의 원인을 모른다. 인민군이 이기면 어떻게 되고 국군이 이기면 어떻게 되는지, 왜 싸우는지 알 필요도 느끼지 못하고 관심도 없다. 그저 엄마를 잃은 갓난아기를 아빠가 돌아올 때까지 암죽을 끓여 먹이면서 키워야 하는 것이 가장 큰 문제이다. 그때 국기를 달라고 하는 박씨의 말에 아무런 망설임 없이 태극기를 꺼내 단다. 몽실이가 국기로 인식하는 것은 태극기뿐인 것이다. 10살의 주인공은 남북전쟁의 현실에 대한 이성적 판단을 내릴 능력이 없었고 오로지 아버지가 전쟁터에서 돌아올 때까지 새어머니가 남긴 갓난아기를 돌보아야하는 일만 중요한 것이었다.

춘천에서 서울로 가는 피란길은 지름길을 택한다며 소로로만 갔다. 청평 호수까지 갔던 피란길의 아름다운 자연은 지금도 눈앞에 가득히 떠오른다. 산길 들길에 가득 피어 짙은 향기를 뿜어내는 야생화의 아름다움에 눈뜬 것은 피란길에서였다. 넘실대는 맑은 강물과 푸른 하늘, 짙푸른 녹음의 유월은 나를 매혹시켰다. 다리가 아프다고 떼를 쓰다가도 누군가 예쁜 들꽃 한 송이를 꺾어주면 손에 들고 좋아라고 내달렸다. 어른들의 근심과 고통은 아랑곳없이 우리는 소풍가듯 피란을 갔다. (…중략…) 며칠을 쉬었는지는 기억이 안 난다. 가지고 있던 금붙이로 쌀과 닭을 사서 푸짐하게 일행을 먹인 아버지는 배를 한 척 세내었다. 더는 어린애들을 이끌고 걸어갈 수 없으니 배로 북한강을 거슬러 오르겠다는 계획이었다. 배

---

7) 권정생, 『몽실언니』, 창작과 비평사, 2002, p. 95.

한쪽 끝에 우리 가족이 타고 다른 쪽에도 가족끼리 옹기종기 모여 앉았는데 아마 스무 명이 넘었던 것 같다. 배는 솔이 마을을 출발해 청평 호수 한가운데로 나아갔다. 뱃사공도 우리도 말이 없었다. 모두 피곤에 지치고 마음이 무거워서였을 것이다. 앞날에 대한 두려움이 얼마나 컸을까 짐작이 간다.

배가 호수 한복판쯤 이르렀을 때였다. 아버지는 나를 보고 두 살배기 갓난 동생을 데려오라고 손짓했다. 나는 어머니가 안고 있는 동생을 아버지에게 안겨다 드렸다. 어머니는 방금 빼낸 동생의 기저귀를 뱃전에 기대 물에 헹구고 있었다. 그때 네 살, 여섯 살 두 동생이 "아빠! 나두 나두"하며 아버지한테 달려들었다. 아버지는 "그래, 둘 안자. 셋 안자."하면서 동생들을 안아 올렸고 나는 맏이답게 그 광경을 바라보고만 있었다. 그 순간 갑자기 아버지의 몸이 옆으로 기우뚱하더니 한 덩어리가 된 아버지와 동생들이 강물로 빠져드는 것이 아닌가? 나는 소스라쳐 "엄마!"하고 소리쳤고 그 소리에 놀라 돌아본 어머니의 눈길에 잡힌 건 둘째 동생의 분홍 치맛자락뿐이었다고 한다. 일행이 사건의 진상을 알아차린 건 어머니가 갑자기 나를 끌어안고 강물로 뛰어들려고 할 때였다. 나는 순간 죽음의 공포에 떨며 "살려 달라" 악을 쓰며 어머니의 품속에서 빠져나오려고 안간힘을 썼다. 이내 어머니는 기절하고 말았다.[8]

위 글은 동화가 아닌 서울대 역사학과 정옥자 교수의 『오늘이 역사다』라는 산문집에서 발췌한 글이다. 저자의 유년의 뜰에는 9살 소녀가 참혹했던 한국전쟁 당시 피난길에 보았던 들꽃의 아름다움이 생생하게 나타나 있다. 9살 소녀였던 저자는 그 피난길이 소풍길인 줄 알았다

---

8) 정옥자, 『오늘이 역사다』, 현암사, 2004, pp. 20~22.

고 말한다. 그러나 그는 고향으로 돌아오는 길에서 아버지와 두 살, 네살, 여섯 살의 세 동생의 죽음을 목격한다. 아버지는 스스로 걸어서 살아갈 수 있다고 판단된 큰딸(저자)과 아내만 남겨놓고 스스로 생존할 능력이 없는 나머지 어린 아이들을 안고 청평호수로 뛰어든다. 뱃전에서 기저귀를 빨며 바라보았던 엄마는 저자를 데리고 함께 죽으려고 하지만 9살 아이는 살려 달라, 소리친다. 아버지와 동생들이 다 죽어가는 마당에서, 엄마가 실신하여 정신을 잃는 현장에서 죽음의 공포로, 혹은 생의 욕망으로 몸부림치는 아이는 아버지가 왜 동생들을 데리고 청평호수로 뛰어들었는지 알 수 없었고, 엄마가 왜 자기를 데리고 그 뒤를 따르려했는지 알지 못한다. 그것이 바로 이성적 인간과 어린아이들의 참혹했던 한국전쟁의 현실에 대한 인식의 차이이다.

5. 나가며

이상과 같이 작품 속에서 발달단계에 따른 아이들은 현실을 어떻게 받아들이는가, 살펴보았다. 시대나 문화에 크게 상관없이 아동들은 일정한 발달 단계에 따라 변화한다. 그 변화는 아이의 성장과 성숙과 경험에 영향을 받는다. 듣는 문학에서 읽는 문학으로 변화되는 시기 어린이들은 현실을 부모의 통해서 여과되고 걸러진다. 그러니까 유아들의 세계는 현실이 부모를 비롯한 선생님이나 사랑하는 대상에 의해 여과되고 아이들의 상상력으로 새롭게 구성되며 아홉 살이나 열 살의 아이들은 그늘 나름대로 현실에 적응하기 위해 새롭게 구성하는 것을 알수 있었다.

또한 자신이 불행함에도 불구하고 그 불행을 의식하지 않은 채 처음

만난 사람에게 자신을 다 드러낼 수 있는 아이들의 순진성과 개방성은 자연스럽게 상대의 마음을 열게 한다. 『내가 나인 것』에서 자기중심적 소유욕에 빠져있는 엄마를 변화시키고, 『빨간머리 앤』에서는 무뚝뚝하고 말이 없는 메슈나 엄격한 마릴라를 변화시키고, 『소녀 폴리아나』에서는 엄격한 노처녀 폴리이모를 사랑받는 여자로 변화시키는 것을 알 수 있었다.

또한 『몽실언니』에서의 몽실이나 『오늘이 역사다』에서의 9살 소녀는 『인생은 아름다워』의 조슈아나 『나의 라임오렌지 나무』의 제제 같은 주인공들과 현실인식에 있어 차이가 있음도 살펴보았다. 이성과 도덕성은 다섯 살 아이가 갖출 수 있는 정도와 열 살 아이가 갖출 수 있는 정도가 다르고 그에 따른 현실에 대한 인식방법도 달라진다.

아이들의 세계에서 '진실하다'는 것은 어른들의 세계에서 '거짓'이나 '허무맹랑'일 수 있으며, 어른들의 세계에서 '진실하다'는 것은 아이들의 세계에서 받아드릴 수 없는 '황당무계한' 것일 수 있음이다. 이렇듯 성장과 성숙과 경험을 토대로 아이들은 발달하며 그에 따라 현실을 다르게 받아들이기 때문에 아이들 앞에 펼쳐지는 현실은 그것이 어른이 바라보는 사실과 같을 수 없다. 그러나 다르다고 하여서 진실하지 않은 것은 아니다. '진실하다'는 것은 대상을 바라보는 인식주체로서의 아동의 발달, 아동들이 가진 순진성과 천진성이라는 특수한 점을 염두하고 설정하여야 한다.

참고문헌

권정생, 『몽실언니』, 창작과 비평사, 2002.

김광웅·방은령, 『아동발달』, 형설출판사, 2001.

정옥자, 『오늘이 역사다』, 현암사, 2004.

조복희·정옥분·유가호, 『인간발달』, 교문사, 1997.

조태일 외, 『문학의 이해』, 한울아카데미, 2003.

Damian Grant, 김종운 역, 『리얼리즘』, 서울대출판부, 1987.

Jean-Jacgues Russeau, 민희식 옮김, 『에밀』, 육문사, 2005.

J.M 바스콘셀로스, 박동원 옮김, 『나의 라임오렌지 나무』, 동녘, 2003.

엘레너 포터, 한대석 옮김, 『소녀 폴리아나』, 동아출판사, 1992.

Lucy M 몽고메리, 이창록 옮김, 『빨간머리 앤』, 동아출판사, 1992.

니시모토 게이스케, 『동화창작법』, 미래 M&B, 1997.

야마나카 히사시, 햇살과 나무꾼 역, 『내가 나인 것』, 사계절, 2003.

문학의 환상성에 대하여

— 시를 중심으로

김중일
(시인)

1. 환상성에 대하여

'환상성'이란 정확히 어떤 의미로 파악될 수 있을까. 그것은 우선 '환상'과 대척점에서 길항하고, 줄다리기 해 줄 수 있는 '현실'이라는 최소한의 경계가 설정되었을 때 발생하는 가변적인 의미의 어휘라고 할 수 있겠다. 따라서 '환상'이라는 말의 진폭은 매우 다양하며 크다. '환상'은 시대나 공간, 환경과 문화의 영향 또한 받으며, 온전히 같은 상황에서도 개인의 입장이나 감각에 따라 바뀌어 설정될 수 있다. 어떤 이의 '환상'은 어떤 이에겐 '현실'이며, 마찬가지로 어떤 이의 '현실'은 어떤 이에겐 '환상'으로 다가올 수 있다.

문학의 무한 생산성은 어쩌면 상당부분 그 거대하고 매혹적인 주제인 환상성에서 기인한다고 해도 크게 틀리지 않다. 환성성은 창작자들의 내면의 잠재된 욕망과 그를 표출하는 상상력이 맺는 관계 속에서 발생하는데, 이는 타자(독자)로부터 어떤 가치를 정확하게 정의되는 것을 거부하는 지점에서 존재하는 경우가 많다. 그것은 글 쓰는 자아의 '무한자유'와 '현실도피적인 특성' 속에서 있는 것처럼 보인다. 환상성은 생물과 무생물, 삶과 죽음, 시공간의 통일성을 거부하고 저항한다. 이러한 저항은 나라와 나라 사이의 국경처럼 명확히 정해지고 구분되는 것이 아니라 창작자의 개별적인 '차이'로 존재한다. 따라서 '환상'의 영역을 섣불리 범주화하거나 도식화, 이론화 하는 것은 '환상'을 단순한 하나의 쾌락원칙으로밖에 정의될 수 없는 불합리를 낳게 될 것이다.

그렇다고 간과하지 말아야 할 것은, 문학적 환상물 역시 사회적 맥락 안에서 생산되고 사회적 맥락에 의해 결정된다는 점이다. 비록 환상이 사회적 맥락의 한계들에 대한 투쟁이며, 자주 그 투쟁으로 인해 분명하게 구별된다할지라도, 그것은 사회적 맥락으로부터 분리된 채 이해될 수 없다.[1] 즉 문학작품에서의 환상은 초자연적인 영역을 창조하는 것이 아니라 '낯선' 어떤 것, '다른' 어떤 것을 통해 현실을 전복함으로써 현실을 드러내는 특성을 갖는다. 전통적으로 비평가들은 환상적인 것을 '실재적인' 것과의 관계 속에서 정의해 왔다. 이는 환상적인 것이 사실주의와의 관계 속에서 이해되었음을 의미한다. 환상성은 현실의 실존적인 불안 및 불편함과 관련 있다는 것은 일반적으로 동의되어온 사실이다.[2]

---

[1] 선험주의 비평가들은 환상문학이 현실을 '초월하고' 인간의 조건으로부터 '벗어나' 보다 우월한 대안적 '이차' 세계를 형성한다고 주장해왔다. 환상문학을 '보다 나은' 그리고 보다 완전하고 통합된 현실에 대한 욕망을 충족시키는 것으로 간주하는 인식은 오든, 루이스 그리고 톨킨에게서 비롯되었는데, 이러한 인식은 환상문학을 대리 만족을 제공하는 예술 형식으로 규정하면서 '환상적인 것(the fantastic)'에 대한 독해를 지배해왔다. 이러한 선험주의적 접근은, 루이스, 톨킨, 화이트를 비롯하여 그 밖의 현대 우화작가들에서처럼 환상물을 통해 잃어버린 도덕적 사회적 위계를 되돌아봄으로써 그것들을 복원하고 부활시키고자 하는 지점에 있다. 로지 잭슨, 『환상성—전복의 문학』, 문학동네, 2001, pp.10~11.

80년대의 거대담론의 시기를 넘어 90년에 다다르자, 이전까지 인간이란 존재에 대한 실존적 물음에 대해 제시되어 온 해답이 더 이상 유효하지 않게 되었다. 이른바 상실의 시대 속에서 공허해지고 불확실해진 개별적인 인간 내면의 정체성을 찾아나선 작가 군들이 등장하게 된다. 신경숙, 윤대녕 등에서 촉발되고 주목받기 시작한 이런 변화는 그 주제적인 측면 뿐 아니라, 윤대녕의 「은어낚시통신」에서 나타난 것처럼 부분적으로나마 환상적 코드가 도입되기 시작했다. 이와 같은 소설의 '환상적' 행보는 2000년대에 들어와서 좀더 과감해지고 적극적으로 나타가기 시작한다. 로봇과 사랑에 빠진 어떤 여자의 이야기인 「첼로」를 비롯해 지금껏 하위문화장르라 인식되던 SF 판타지적 형식을 도입해 인간존재에 대해 묻고 있는 듀나의 소설집『태평양 횡단 특급』의 환상성은 문학적 엄숙주의를 가볍게 넘어서고 있다. 마찬가지로 2006년에 발간된 김중혁의 『펭귄뉴스』의 표제작 「펭귄뉴스」 또한 근미래의 전시(戰時)를 가상공간으로 도입, 소설속의 인물들이 '비트'라는 코드로 암호화된 인간의 개별성과 정체성을 찾고 사수하는 과정을 그린 이야기이다.

　이와 같이 소설에서의 환상성은 그 나름의 가공된 인과관계 속에서 전개되고 창작되며, 읽히고 이해되는 경우가 많다. 반면 시의 경우 문학 장르적 특성으로 기인해, 소설에 비해 상대적으로 시간과 공간의 제약에서 좀더 자유로운 편이며, 그로 인해 '현실'과 '환상'의 경계가 더 모호한 편이다. 주목해야 할 것은, 2000년대 중반을 넘어서면서 발표되고 있는 많은 '환상'적 형식을 띠고 있는 시들은 '현실'과의 오래

---

2) 위의 책. p.41.

되고 습관적이며 반성 없는 관계를 과감하게 이별한다. 이에 따라 이들의 시를 이야기 할 때, 더 이상 '환상'이라는 용어를 사용하는 것조차 무의미한 지점에 이르게 된다. 이들에게 '환상'은 곧 또 다른 '현실'이며, 상상속의 가상공간(시뮬라크르)은 '현실' 속에서 쉴 곳을 찾지 못하고 부유하는 '정체성'의 안식처이다. 앞으로 이 글에서는 2000년대 양산된 시에 나타나는 경향을 개괄하고, 그 중 기존의 '현실'과의 길항점에서의 '환상'을 넘어선 새로운 '환상'의 징후를 짚어보고자 한다. 또한 이러한 진화·변종된 '환상성'의 모습이 뚜렷하게 구현되고 있는 두 권의 시집을 독해해 보면서 앞으로 우리 '환상' 문학이 나아가야 길에 대해 생각해 보고자 한다.

2. 현대시의 세 가지 방향

어느 날 밤 문득 중력의 힘이 사라져 버린다면, 이른바 무중력의 밤이 된다면 우리는 그에 따라 발생하는 모든 자연스러운 현상을 받아드릴 수 있을까. 중력에 단련된 근육의 힘은 불필요해질 것이다. 모든 수치화된 질량을 상실되며, 하늘의 달에서부터 보이지 않는 먼지에 이르기까지 더 이상 지구 주위를 배회하지 않게 될 것이다. 또한 밤을 아름답게 점점이 수놓던 비와 눈도 내리지 않을 것이며, 지상의 모든 물과 공기와 생기가 증발해 버릴 것이다. 우리는 이 모든 아름답고 매우 환상적인 장면을 지켜보면서, 사라져갈 것이다.

하지만 이 모든 것을 현실의 경험세계에서는 불가능하다. 적어도 아직까지는, 일어난 적이 없으며 일어나지 않은 일이므로, 이러한 무중력의 밤을 우리는 '환상적'이라고 표현할 수 있을 것이다. 쉽게 말해 현실에서 있을 수 없는 일을 있는 것처럼 상상하는 일이 환상이고, 현실에서는 존재하지 않는 것이 존재하는 것처럼 보이는 형상이 환상이다.

'환상적'이라는 말에는 상상의 달콤함과 호기심을 내포하고 있다. 상상력을 근원 동력으로 삼는 예술의 영역에서 환상은 이미 매우 자연스러운 것이 되었다. 하지만 과연, 일어날 수 없는 일과 존재하지 않는 것이, 어느 날 실제로 불쑥 일어나거나 눈앞에 나타난다면 우리는 과연 환상적인 불꽃놀이를 바라보듯 오로지 즐거울 수 있을까? 이미 그것은 우리에게 더 이상 환상이 아닌 현실이며, 재앙이다. 이처럼 모든 일상의 중력을 전복하는 환상은 자유롭고 달콤하며, 근원적으로 두려운 것이다. 20세기 판타지 소설의 문을 연 톨킨의 『반지의 제왕』에서 그렇듯, 진지한 환상을 단지 '환상'적인 것이 아니라 때론 공포스럽다.

우선 지금의 한국의 현대시를 세 가지로 구분해보고자 한다.[3] ① 현실 재현의 시, ②현실의 환상적 재현의 시, ③ 환상의 현실적 재현의 시가 그것이다.[4] 거칠게 말하자면, ①은 흔히 말하는 전통적인 동일성의 서정시, 삶의 일상적 범주를 명명백백하게 형상화하는 시들에 해당한다. ②는 현실과 환상이 서로를 떠받치고 있거나, 팽팽하게 길항하는 형태의 시들이다. 즉 환상적 장치나 언어로 현실을 형상화하는 경우에 해당한다. ③은 방법론적으로 ②와 유사하지만, 이미 형상화할

---

3) 《창작과비평》 2005 가을호에서 김수이는, 현재의 시에 나타나는 세 가지 길에 대해 정리하고 있다. 첫째의 길은 환상과 가상의 이미지로 현실을 교정하려는 시들(김혜순, 박상순, 이수명, 권혁웅 등), 둘째 길은 새로운 노동시(김신용, 이기인)와 반자본주의적 생태시(이문재, 최승호, 김기택 등)와 자기 앞의 현실과 싸우는 시들(유홍준, 이덕규, 박진성 등), 셋째의 길에 최근 번창하는 환상 이상의 환상시(김언, 정재학, 황병승, 이민하, 김민정, 유형진 등)들이 각각의 가능성을 타진하고 있다고 말하고 있다.
4) ①에서 ③의 순으로든 혹은, 그 반대로든 어떤 시의 진보&발전의 순으로 판단할 수 없다. 이것은 단지 '차이'의 문제이다.

현실의 자리를 환상이 대신하는 경우이다. 이러한 제③의 시인들은 더 이상 현실에게서 어떠한 매혹을 발견하는 더듬이를 소유하지 못한 종(種)들에 해당한다. 처음부터 그런 것이 아니라, 아주 오랫동안 사용하지 않아 진화론적으로 사라져 버린 이들의 감각기관은 의도적으로 든 그렇지 않든 중력의 영향을 받는 현실에 철저히 무감각 무관심하게 반응한다. 이미 그들에게 '환상'은 그들에게 너무나 '현실'적이어서 이렇게 슬쩍 바꿔 써도 그들은 분명 눈치재지 못할지도 모른다.

'환상'이라는 현실에서 살고 있는 제③의 시인들에겐, 어쩌면 '현실'은 더욱 그로테스크하고 두려운 예감으로 가득한 공간일 수 있다. 2000년대의 새로운 시적 지형도를 그리고 있는 그들에겐 오히려 '현실'은 비상식적인 공포로 가득한 공간이다. '환상'이 현실의 중력과 의식의 무중력 사이, 그 틈에서 발생하는 것이라고 한다면, 그들에겐 '환상'은 없다. 그들의 환상은, 이런 '반쪽짜리 환상'을 비추고 있는 '거울 속의 환상'을 지향하고 있으며, 그곳은 완전하게 중력으로부터 자유로운(결국 다다를 수 없는) 공간이다. 그들이 탄생시킨 시속의 마을은, 현실이라는 어머니와 환상이라는 아버지 사이에서 태어난 불완전한 반요(半妖)가 발 부칠 수 있는 공간이 아니다. 그 곳은 완전한 요괴의 피가 몸속에 흐르는 자만이 살아남아 끊임없이 중얼거리고 있는 곳이다. 매우 수다스럽게 혹은 고독하게.

거리에서 나는 구체관절인형처럼 우울하다. 거리에서 나는 전염병 환자처럼 우울하다. 거리에서 나는 바퀴벌레처럼 우울하다. 나는 벌레처럼 기어서 허름한 나만의 아파트로 돌아온다. 나는 문을 삼그는 것을 잊지 않는다.

— 장이지, 「권야(倦夜)—차이밍량 감독의 영화 〈구멍〉(1998)에 부쳐」 부분

장이지가 스스로의 정체성을 '구체관절인형', '전염병 환자', '바퀴벌레'에 비유했듯, 앞으로 언급될 이제 막 첫 시집을 낸 김민정과 김근역시 공통적으로, 중력이 지배하는 어두운 거리에서 그처럼 우울한 자의식에 시달리며 사는 자들이다. 이들은 지금까지의 '환상'에서 그나마 남아있던 일말의 중력까지도 거세하려고 한다. 말하자면, '거울 속의 환상'을 끊임없이 수혈 받아야 살아갈 수 있는 자들이다.

3. 하위 문화적 환상성
― 김민정 시집, 『날으는 고슴도치 아가씨』

환상은 이미 오래전에 문학을 비롯한 예술을 표현하는 언어였다. 단순히 '환상'이라는 키워드로 김민정의 시집을 읽는 것은 따라서 무의미하고 무책임한 일일 것이다. 전통적인 서정시 역시 시적 환상의 산물임은 말할 것도 없다. 다만, 90년대 이후 세기말과 여성성의 시류를 따라 김혜순, 유하 등의 시인들이 더욱 환상의 기법을 적극적으로 활용했으며, 한국 현대시의 한 징후를 만들었다. 그러나 그들의 환상은 반대편에 존재하는 현실을 끊임없이 환기시키는 환상이었다면, 김민정을 비롯한 최근의 시에서 보이는 환상은 이러한 특징에서 거의 완전히 자유롭다. 이를 두고 김경수는 "환상을 환상이 아닌 현실"로 체험한다고 표현하기도 했다. "시뮬라크르가 오히려 더 진짜 같고, 진짜 또는 현실과 전혀 구분되지 않는 세상에 살고 있는 이 시인들에게는 환상이 훨씬 더 리얼한 것은 아닐까?"[5]

---

5) 이경수, 「우리 시단의 한랭전선에 대한 우울한 보고서」, 《리토피아》, 여름, pp.28~29.

기괴한 이미지들로 가득한 김민정의 "날으는 고슴도치 아가씨"는 이런 요괴의 마을에서 태어난 적자이다, 라고 쓴 문장을 보자. 이 글을 전개시키며 소통시키기 위해 이미, 불가피하게 '기괴한 이미지들로 가득한'이라고 그의 시집을 수식하고 있다. 하지만, 우리는 김민정의 시집을 읽어가다 보면 위와 같은 관성화 된 수식이 순간 무의미해지는 지점을 감지할 수 있다. 이미 그가 꾀하는 것은 낯설고 기괴한 이미지를 만들기 위한 단계가 아니다. 그는 다만, 우리와 다른 언어로 '평범하게' 말하고 있을 뿐이다. 그를 이상한 눈으로 바라보는 우리를, 역시 이상하게 바라보면서.

거북이들이 졸라 빠르게 기어오고 있어 졸라 빠르게 기는 건 내 거북이 아냐 필시 저것들은 거북 껍질을 뒤집어쓴 토끼 일당일걸?

— 「거북 속의 내 거북이」 부분

이런 씨발, 아니, 아니라잖아. 참다 못한 내가 그녀의 알주머니를 싹둑 싹둑 가위질하자 김말이 속 당면처럼 빼곡이 들어찬 그녀들이 잘린 입 밖으로 일제히 폭소를 터뜨렸다.

— 「고등어 부인의 윙크」 부분

대머리 물미역 장수가 물미역이 둘둘 감긴 제 성기로 내 치마 속을 쑤시고 들어온다 아니 아니 쉿내 나게 상했다고 했잖아요 나는 호주머니에서 연필을 꺼내 대머리 물미역 장수의 성기를 꾸욱 하고 찍어 버린다 구멍난 성기를 면도칼로 짤라 신주머니에 넣으며 매일매일 나는 학교에 갔다

— 「엄마, 학교 다녀오겠습니다—나는 안 닮고 나를 닮은 검은 나나들 3」 부분

지하에 계신 음부(淫父)와 음모(淫母)가 침봉으로 내 얼굴에 난 털을 빗긴다 나는야 털북숭이 라푼젤, 짜다 푼 목도리의 털실같이 꼬불꼬불한 털을 발끝까지 내려뜨린 채 울고 있다 울음을 짜보지만 눈물은 흐르자마자 냄새나게 덩어리지는 냉(冷)일 뿐, 에이 더러운 년 킁킁거리며 내 얼굴을 냄새맡던 음부(淫父)가 빨간 포대기같이 늘어진 혀로 내 털 한 가닥 한가닥을 싸매 핥는다 조스바를 빨던 입처럼 음부(淫父)의 혀끝에서 검은 색소가 뚝뚝 떨어진다

— 「날으는 고슴도치 아가씨」 부분

《문예중앙》 2005 겨울호에서 신예 평론가 조강석이 분석한 김민정 시의 방법론적 특징[6]을 참고로 해도 알 수 있듯, 최근 김민정의 시집에 대해 여러 평론가들 사이에 논의, 정리되는 몇 가지 특징은 대략 다음과 같다. 먼저, 엽기적이고 그로테스크한 하위문화적 상상력, 남발되는 비속어, 이미지의 연쇄 자체가 불가능할 정도로의 비가공성이 그것이다. 그의 시에서 '나'는 혹은 '나의 가족'은 전부 타락과 폭력으로 얼

---

[6] 시인이 꾀하는 것은 낯설고 기괴한 이미지 만들기가 아니며 그가 보여주려는 것은 지각의 광상곡이 아니다. 그가 택하는 것은 관념이나 지각한 쪽이 승하는 것이 아닌 제3의 길, 감각의 길 즉, 실재와 주체의 맨살의 접촉 부면에서 형성되는 초기화된 감각에 의해 포착된 실재의 편린들을 태내어 보는 것이다. 그런데 시인 스스로도 이 결과를 미리 틀어쥐고 있는 것은 아니다. 이 이미지들은 계산된 사유에 의해 모자이크된 것이 아니다. 모핑의 결과물은 시작 단계에선 미망의 것이다. 즉 이 변형은 정형화된 산출물을 배출하는 일정한 툴(tool)에 의존하는 것이 아니라 그때그때, 감각에 의해 즉감되는 '사실 관계'의 형국에 따라 산출되는 것이며, 때문에 시인 역시 이 변형의 결과를 미리 장악하고 있는 것은 아니다. 그렇기 때문에 기존의 가시적 현실을 흔들어 보고 흔들리는 것은 모두 변형시켜보는 이 악동과 같은 화자 역시 붙박힌 사유의 주체가 아니다. 그 역시 흔들린다. "퍼즐조각처럼 갈가리 쪼개진" '나'의 모습은 흔들리는 화자의 불안을 반영한다. 이 불안은 김민정의 시집 『날으는 고슴도치 아가씨』의 주제를 이루는데 아무래도 이 시집에서 우리의 관심을 끄는 것은 불안이 매순간 몸을 바꾸며 파생되어 나오는 양태들이며 이미지들이 감각적으로, 그리고 입체적으로 드러내보이는 실재의 부면들이다. 저 무단횡단하는 이미지들은 우리가 내장하고 있는 해독의 계열을 가볍게 무시하고 있지만 시집 전체는 세계와 접촉하는 감각이 일러주는 새로운 계열의 날이미지들을 파생시키고 있다. 조강석, 「말하라 그대들이 본 것이 무엇인가를」, 《문예중앙》, 2005 겨울.

룩져 있는, 성을 매개로 한 폭력과 살해에 대한 말의 난장이다.[7] 시집 해설에서 이장욱은, 이런 김민정의 시를 두고 어떤 "경제적인 시적 함축이 없으며, 시적 전복의 의지조차 보이지 않는다. 어떤 의미에서 이 시집은 '반시적 매혹'까지 거부하는 것 같다. 시에는 별다른 관심이 없다는 듯, 화자들은 외계(外界)의 언어를 구사한다. 외계, 즉 장르의 바깥 말이다"[8]라고 말하고 있다. 여기서 장르의 바깥, 외계의 공간이 김민정의 시가 존재하는 중요한 지점이라 할 수 있다. 최근《문학수첩》에서 마련된 대담 내용 중 김진수의 말을 인용해 보자.

기존의 언어와 의미로는 더 이상 소통되지 못하는 세계에 살고 있는 것이 아닌가 합니다. 주체 바깥의 세계라는 것은 이미 소통이 부재하는 단절된 세계인 것 같습니다. 김민정의 세계는 최소한 그 의미가 부재하지 않는, 어쩌면 의미가 전도된 어떤 세계를 전제하고 있는듯합니다. 그러므로 김민정의 시들은 이 전도된 세계를 거꾸로 읽을 수밖에 없는 상황에 처하게 된 것이지요. 제가 보기에 김민정은 세계를 거꾸로 읽습니다. 다시 말해 의미가 전도되어 이해할 수 없게 된 세계에 대해 전도된 의미의 세계로 대응한다는 것이지요. 아까 우리가 공동체적 언어에 대한 얘기를 했습니다만, 공동체적 언어의 첫 번째이자 궁극적 목표는 아마도 의사소통일 것입니다. 그런데 모든 의사소통적 언어는 사실상 어떤 완고한 질서와 문법을, 말하자면 말의 위계질서를 전제합니다. 김민정의 시들이 이해하기 어렵다면, 아마도 이 말의 위계질서를 전복하고자 하는 어떤 불온한 욕망 같은 것이 난장을 형성하고 있기 때문은 아닐까 생각합니다. 이 전

7) 유성호, 「오늘의 한국문학, 어디까지 와 있는가」,《문학수첩》, 2005, 겨울호, p. 278.
8) 이장욱, 「그 여자의 악몽」, 김민정, 『날으는 고슴도치 아가씨』 해설, 열림원, 2005, p.154, 밑줄 부분 인용자 강조.

복적 욕망이 또한 그로테스크하거나 유희적인 하위문화적 상상력을 자극한 것은 아닐는지요. 제가 보기에, 그것을 여성성이라고 할 수 있을지는 모르겠습니다만, 어떤 정체성 같은 것은 분명 상정되어 있는 것 같습니다. 다만 그것마저도 전복하려는 욕망이 워낙 강하긴 하지만 말입니다.[9]

김진수의 김민정 분석은 여전히 조금은 의미를 유보하는 조심스러운 자세를 취하고 있지만, 개괄적으로 적절하게 정리하고 있다. 특히, 우리는 김진수가 마지막에 조심스럽게, "어떤 정체성 같은 것은 분명 상정되어" 있는 것 같다고 말한 부분을 주목할 필요가 있다. 시집을 일독해 보면, 희미하지만 일말의 어떤 관계와 성에 대한 정체성이, 끊임없는 쌍욕이 날아다니는 잔혹극을 이끌어가고 구성해가는 동력의 역할을 한다는 것을 발견할 수 있다.

전통적인 서정시의 범주에 드는 시와 김민정의 시는 말할 것도 없이 유전자 자체가 다르며, 이른바 '反詩的 매혹'의 시와도 차원이 다르다. 그는, 이장욱이 말한 '장르의 바깥, 외계의 공간' 속에서 시의 마을 터를 잡고, 집을 짓고, 학교를 만들고, 병원과 지하철과 버스를 만들고, 모든 필요한 것들을 만들고, 스스로의 언어를 만들고('외계의 언어'), 자신만의 삶을 살고 있다. 이런 김민정의 공간은 스스로 끊임없이 증식되고 확장되어, 그 공간속에서의 이른바 나름의 자의식과 정체성이 상정되기에 이른 것이다. 한편, 이러한 김민정 시 마을에서 제대로 혼효되지 못하는 듯 보이기도 하는, 관계와 성에 대한 정체성의 편린들을, 그의 내밀한 곳에 세이브 되어 있는 어떤 중력이 지배하던 공간의 기억이나 습관, 혹은 '전생의 기억'의 흔적일 수도 있지 않을까 혹시

---

9) 김진수, 「최근 젊은 시인들의 시세계를 점검한다」, 《문학수첩》, 2005, 겨울, p.278.

생각한다면, 역시 나만의 오산일까.

태양은 어둡고 달빛은 홍어무침보다 빨개서/눈을 감아야만 보이는 곳이 있지/열린 동공으로는 감지할 수 없어 그 나라의/빛이란 내 이가 웃고 있을 때완 다르거든/치석이라면 또 모를까, 게선 냄새가 나/머리칼과 머리칼, 거웃과 거웃끼리/ 뒤엉켜 흘리는 우윳빛 밤꽃 냄새/……그게 그리워 일부러 눈 안 뜰 때가 있어 (…중략…) 나는 삼 일 전에 구운 바게트처럼/딱딱하고 거칠거칠한 내 양 팔다리를/우걱우걱 씹는다 주사위처럼 몸통만 남아/나는 다리 두 개 잘린 무당벌레처럼 기우뚱/기우뚱 네 등 위로 올라탄다/가자 가자 네가 사는 곳/십삼월, 삼십이일, 팔요일마다 축제가 열리는/그곳으로 어서 가자

— 「나의 '완전한' 나를 찾아서」 부분

다카하시 루미코의 애니메이션 〈이누야샤〉의 이누야샤는 요괴와 인간 사이에서 태어난 불완전한 반요로서, 신비한 '사혼의 구슬조각'을 모아 완전한 요괴가 되기 위해 대장정을 떠난다. 더 큰 힘을 얻기 위한 요괴들의 구슬조각을 둘러싼 온갖 추악한 암투를 헤쳐 나가면서 이누야샤와 그 일행들의 목적은 어느덧, 인간인 산적 오니구모가 자신의 추잡한 욕망과 사악한 요괴가 결합하여 태어난, 역시 반요인 '나라쿠'의 손에서 쓰이는 것을 막기 위한 여장으로 변해 있다. 어떤 커다랗고 신비한 힘은 한 개인을 위한 전유물이 되어서는 곤란하며, 이를 바꿔 말해 재능 있는 한 시인의 시적 공간은 종국엔 우리 모두가 뛰어놓을 수 있는 놀이터가 마련되어야 하지 않을까. 당장은 우리의 눈이 흐려 그곳을 발견하지 못하더라도 말이다. 당장은 시인만이 자신의 내부에 그러한 곳이 있는지를 알 것이다.

그믐날이면 인간으로 변할 수밖에 없다는 반요의 피로부터, 그리움으로부터 김민정도 자유롭지 못하다. 하지만 아직은, 김민정의 그리움의 지향점은 인간의 세계에 있지는 않는 듯하다. 이른바 외계의 공간, 어떤 그리움도 없는 곳, "십삼월, 삼십이일, 팔요일 마다 축제가 열리는", 마지막 사혼의 구슬조각이 숨겨져 있는 그곳으로 가 온전하고 새로운 구슬(정체성)을 얻고 완전한 어떤 감정으로부터도 자유로운 요괴가 되고 싶은 건 아닐까. 우리는 첫 시집을 낸 김민정의 시에 대해 적어도, "그래서 그것이 도대체 무슨 의미가 있다는 말인가?"라는 인간 세계의 존재론적인 질문은 당분간은 유예하도록 하자. 돌아오는 대답은 너무나 명명백백할 테니. 그의 대장정은 지금 겨우 시작이다.

4. 안과 밖의 공간, 그리고 환상의 국경지대
─ 김근 시집, 『뱀소년의 외출』

김민정이 무엇이 튀어나올지 모르는 미로 같은 자신의 무의식 속에서 시적 공간을 세우고, 모든 사물의 역할과 관계를 모조리 재구성고 불완전하지만 나름의 역할을 부여하는 데까지 이르렀다면, 김근의 경우는 어떨까. 자신만의 가상의 공간과 무중력의 세계에 대한 욕망 혹은 예감은 김근에게서도 나타난다. 우선, 김민정에 비해 노골적으로 무중력의 세계로 뛰어들지는 못하고 있는 용기 없는 혹은 자의식 강한 이 시인은 현재 '어두운 술집들의 거리'에서 방황하며 '안'과 '밖' 사이에서 외줄타기를 하고 있다. 역시 이 시인에게도 실재적 세상은 자신의 자의식 '안'과 '밖' 사이, '경계'에 얇게 존재하는 희미한 공간에 불과하지만 말이다. 김근의 시집은 '안'과 '밖'의 공간에 대한 길항 관계로 이루어져 있으며, 그는 아직 그 어느 곳으로도 완전히 넘어가지 못하고 괴로워하고 있다. 하지만 이 안과 밖은 굳이 서로 대립한다고 말할 수 없으며, 그렇다고 혼효되는 것도 아니다. 이 현실을 가운데 두고 서로 마주보고 있는 두 개의 거울처럼 '안과 밖'은 각자 존재하며, 무한히 복제됨으로써 깊어진다.

저편에 오래 저녁이 머물러 있었네 어제의 난쟁이들이 시든 성기를 뽑아 촛불을 만들었네 촛불 위에 저녁은 오래 굳은 말들을 떨어뜨렸네 말들은 촛농처럼 녹아내리고 이내 더 오래 굳은 발들이 되어갔네 어떤 날엔 비가 내렸네 또 어떤 날엔 눈이 내렸네 붉은 구름들은 언제나 같은 자리를 떠다녔네//날마다 죽은 새가 저편에서 이편으로 날아들었네 (…중략…) 이편의 태양이 너무 뜨겁게 타오르는 날이었네 남극과 북극이 바뀌고 모든 나침반들은 재빨리 폐기처분 되었네 (…중략…) 깡마른 바람이 불자 이편과 저편의 경계가 물렁물렁해졌네 오오오 어디가 이편이고 어디가 저편인지 어디가 죽음이고 어디가 삶인지 물렁물렁해졌네 무덤에서 나와 나는 젤리 같은 경계를 헤치고 저편으로 건너가네

—「거울」 부분

그는 안과 밖, 이곳과 저곳 사이에서 방황하는 자이다. 아직 그는 어디가 안인지 어디가 밖인지조차 결정하지 못하고 있다. 그렇다. 그것은 그가 결정할 일이다. 어쩌면 그는, 그러한 결정자체가 무의미한 것이라고 이미 생각하고 있는 듯하다. 중요한건 두 개의 세계가 존재한다는 것이고, 이 안과 밖이 시인의 자의식속에서 점점 그 영토를 넓혀감에 따라, 그 사이 경계에 낀 현실 공간속의 사물들은 마치 종잇장처럼 얇게, 가볍고 후미지며 당장이라도 꺼져버릴 창문의 불빛처럼 쓸쓸

한 어떤 것으로 표현되고 있다.

지하도 주둥이를 빠져나오자/얇은 여자 하나 나를 가로막았다/ 여자의
텅 빈 눈은/아무것도 비추지 않았고,// 저랑 얘기 좀 하실래요?/아뇨 그럴
생각 없어요/그저 잠시만 함께 있으면?/같이 자는 건 어때요? // 외눈박이
가로등이 몇 번인가/노란 눈을 껌벅거렸다/자세히 보니 여자는/그림자를
달고 있지 않았다 // 왜 하필 저죠?/이곳엔 당신 말곤 아무도 없으니까요/
비좁은 계단으로 여자는/나를 데려갔다 내가 어두워지자/모서리가 너덜
너덜해진 손으로/여자가 내 팔목을 잡았다 // 저…… 도에 대해 들어본 적
있어요? // 잽싸게 나는 여자를 구겨/후미진 골목에 버렸다/적어도 나는
그 얇은 여자를/찢어버리진 않은 것이다

— 「종점 근처」 전문[10]

시집에 몇 편 되지 않는 안과 밖 사이의 '경계'의 일상이 비교적 구체
적으로 제시된 시 중 하나이다. 경계에서 시인은 언제나 불안해하고
빨리 안이나 밖으로 벗어나고 싶어한다. 어쩌면 이미 그는 그 어느 곳
으로 가든 '경계'를 벗어날 수 없게 된지도 모른다. 그것은 안과 밖의
공간이 각각 존재하며, 안에서 밖으로 가든, 밖에서 안으로 가든 항상
경계를 통과해가야만 하기 때문이다. 그 경계에서 시인은 다른 사람은
다 사라지고 혼자만 거리를 유령처럼 부유하고 있다는 조바심에 매순
간 시달린다. "그림자를 달고 있지 않은 여자"에게 나름대로 저항하던
그가 "이곳엔 당신 말곤 아무도 없으니까요"라고 말 한마디에 더 이상
저항을 포기하고 팔목을 잡혀버린 것은 경계를 통과해야 하는 자의 어

---

10) 밑줄 부분 인용자 강조.

떤 공포 때문이었을 것이다. 그는 현실에서 그가 느끼는 공포를 그 누구에게 들키기 싫은 것이다. 지하도 입구에서 어느 저녁 그는, 자신이 갖고 있는 '경계에 대한 공포'를 알아 챈 것 같은 여자 만난다. 하지만 그 여자의 뜻밖의 우스꽝스러운 혹은 조롱하는 듯한 말에 대해, 안도와 허탈감과 강한 배신감을 동시에 느낀다. 하지만, 그는 끝내 적어도 경계의 "그 얇은 여자를/찢어버리진" 않는다. 앞에서 언급했듯 경계가 사라지면, '안과 밖'의 세계가 충돌할 것이며, 결국 사라지게 때문이다. 따라서 그의 시집에는 이런 경계(실재)의 자의식이 최대한 얇게, 하지만 뚜렷하게 존재한다. 이런 특징이 그가 김민정과 변별되는 한 지점이다.

　사내는 천천히 눈을 떴다 나는 어디에 있는 것일까 종로경찰서 맞은편 가로수 아래 새벽 공기에 파장을 일으키며 차들은 도로를 질주한다 도로를 벗어나는 차는 없다 사내는 가방을 읽어버렸다 그의 의식은 보도 위에 방치되었다 지갑과 읽다 만 책 푸른색 노트 한권이 가방 안에는 들어 있었다 순식간에, 사내가 중얼거린다 사라져버렸군 육교가 사라진 탓이야 이곳에 육교가 있었다는 걸 사람들은 기억할까 (…중략…) 비로소 사내는 전화를 건다 바깥이야 안이라구? 아니 바깥이야 사내는 다시 전화를 건다 너도 바깥이니? 수화기를 떨어뜨리고 사내는 길을 건너간다 육교가 사라진 탓이야 차들이 빠르게 그의 곁을 지나간다 도로를 벗어나는 차는 없다 도로 한가운데서 사내는 길 건너를 본다 순식간이야 육교가 사라진 건 <u>여기 전혀 다른 세계야 바깥이야</u> 사내는 천천히 눈을 감는다 나는 가방을 잃어버렸어 새벽 풍경이 한 빈 갸우뚱거린다 길 건너는 너무 멀다.
　　　　　　　　　　　　　　　　　　　　　　　　—「바깥1」 부분[11]

위의 시는, 경계에 대한 갈등이 최고조를 이루고 있다 급기야 의식이 '바깥'으로 진입하기까지의 과정이 담겨 있다. 이와 같은 갈등구조는, 「바깥 2」, 「공중전화부스 살인사건」, 「담벼락 사내」, 「모래바람 속」의 시편들에서 나타난다. 그렇다면 그가 이런 천신만고 끝에 도달한 '밖'의 세계는 과연 어떤 모습으로 나타날까. 따뜻할까 추울까. 그곳은, 얼마나 먼 곳에 존재하는 것일까. 시인은 그곳이 익숙한 거리의 어느 곳에나 이미 오래전부터 존재해 왔었다고 말하고 있다. 다만, 우리가 그곳을 인지하지 못하고 투명하게 통과해 갔기 때문에 발견하지 못했을 뿐.

그 거리는 어둠의 딱딱한 껍질에 둘러싸여 있어 그게 벽인 줄 알고 사람들은 그만 지나치고 말지 일단 어둠을 밀고 들어서는 자에게 어둠은 스펀지처럼 편안해 그 거리에선 과거나 미래 따위는 중요하지 않아 단지 자신이 영원히 현재인 것만 증명하면 되지 그러자면 몸에 붙은 기억들을 모조리 떼어내야 해 이따금 그 거리에선 기억을 떼어내 버린 소년들이 발에 차여

그곳의 술집들은 모두 눈알을 술값으로 받지 사실 술을 파는 것은 눈속임에 불과해 은밀하게 눈알을 사고파는 거래가 이루어진다는 걸 사람들은 모두 알고 있어 푸르고 단단한 웃음을 지으며 사람들은 자신의 눈알이 팔리기만 기다리지 그러므로 술에 취하는 건 용납되지 않아 술에 취하는 건 아직 과거나 미래 따위가 떨어져나가지 않았다는 뜻이거든

(…중략…) 그 거리는 어디에든 있어 어둠은 모두 그런 거리를 하나씩 잉태하고 있거든 도시의 골목 한 귀퉁이를 지나다 미끈하고 딱딱한 어둠

---

11) 밑줄 부분 인용자 강조.

을 만나게 되면 네 온몸을 밀어 넣어봐 틀림없이 그 거리로 들어가게 될
거야 기꺼이 네 눈알을 빼낼 용기만 있다면 말이지

— 「어두운, 술집들의 거리」 부분

이밖에 '밖'의 시편들이라고 한다면, 「저녁」, 「잘 접어 만든 종이인형
처럼」, 「봄밤」 등이 있고, 이를 완전한 '밖'의 공간에서 신화적 상상력
으로까지 밀고 나간 경우는 「늙은 왕」, 「검은 손톱」, 「거울」, 「입을 다
물 수 없는 노래」 등이 있다.

김근의 '안'의 시는, 신화적 상상력을 통해 자신의 유년시절의 공간
을 변형시키고, 나아가 — 그가 현재 가장 주력하는 부분으로 보이는
— 무의식의 세계를 강한 파토스를 느낄 수 있는 선이 굵은 리듬으로
재가공 시킨 가상의 '신화적 공간'으로 타나난다.

앞에서 완전히 '밖'으로 나아가기 위한 몇 편의 디딤돌의 역할을 한
시편들이 있었듯, 역시 완전히 '안'으로 나아가기 위해 유년시절의 공간
이 투사된, 신화적으로 변형, 가공된 몇 편의 시편들을 찾아 짚어보자.

아침마다 물안개 끓여올리는 강물에 대고 속으로만 죽고 싶어, 라고 말
하는 아이가 살았어 날 흐리고 바람이 아주 늦게 불어오던 날 아이는 습
자지 구겨지는 소리로 또 죽고 싶어, 라고 말했대 (…중략…) 몇 개의 해
와 달이 지고 뜨는 밤과 낮 구렁이가 아이의 몸을 파먹기 시작했어 몸이
가벼워진 아이는 죽고 싶어, 죽고 싶어, 죽고 싶어, 라고 연거푸 외쳐댔지
(…중략…)/아이가 물었어/구렁아 너는 뭐니?/구렁이가 대답했지/나는
길이야 (…중략…) 아이가 물었어/구렁아 그럼 나는 뭐니?/구렁이가 대
답했지/뒤집어진 길이야

— 「오래된 아이」 부분

김덕룡씨가 발견되기 이틀 전 밤은 무섭고 무거워 밤의 무게를 못 이긴 나무들 휘어진 가지에서 바람은 생것인 이파리들을 모조리 뜯어내었다 마당에 비 퍼붓고 비는 거대한 물기둥을 세워 밤의 몸뚱이에 커다란 구멍을 뚫어놓았다 퍼붓는 빗줄기 사이로 김덕룡씨의 꽃시절 설핏 스치고 육십 평생 비만 내리나 빗속에서 무슨 꽃 피나 마당가에는 일 년 내내 꽃만 토하는 징그러운 꽃나무// 그 밤 하늘에서 수천 마리 물고기들이 쏟아지는 걸 김덕룡씨는 목격했다

—「흰 꽃」 부분

　대표적으로 위의 두 편의 시들에서 나타나는 "아침마다 물안개 끊여 올리는 강물"과 시인의 먼 친척 어른인 김덕룡 씨가 나뭇가지에 목을 매고 자살한 마당의 공간은 우선 과거의 실재적 공간이며, 시인의 유년의 기억을 바탕으로 한다. 이밖에 비슷한 색깔의 시들로「江, 꿈」, 「벌써 오래 전, 지금」, 「바리데기」, 「할미는 하루 종일 꽃뱀과 논다」 등이 있다.

　그렇다면, 이러한 유년의 감수성과 무의식 사이에서 태어난 '안'의 세계를 노래하고 있는 시편들로는 표제작이기도 한「뱀소년의 외출」, 「헤헤 헤헤헤헤」, 「오래된 자궁」, 「우물」을 들 수 있다. 주목할 것은, 「뱀소년의 외출」을 살펴보면 앞에서 말한 '밖'의 세계를 형성하는 시편들과 마찬가지로 여전히 경계에 대한 강력한 자의식을 그 시적 전개의 동력으로 하고 있다는 점이다.

　태를 묻지 못했으니 고향도 없다/몇 차례 허물을 벗었는지는 잊었다/허물을 벗어도 허물 안의 기억은/허물 바깥에서 사라지지 않는다/어느 것이 허물 안의 기억인지/어느 것이 허물 바깥의 기억인지/알 수 없다 나는 안

인가 바깥인가/몇 차례 허물을 태우면서/한때 번들거렸으나 이제 푸석해
진/한 生이 지글지글 타는 냄새를 맡으면서/나는 삶인가 죽음인가/이승
인가 저승인가

— 「뱀소년의 외출」 부분

5. 다시, 환상성에 대하여

2000년대 전후로 등단했거나 한두 권의 시집을 낸 신예 시인들을 중
심으로, 시의 새로운 감성지도가 그려지고 있다. 그들은 무의식과 느
낌, 환상, 분열적 내면 풍경을 어떠한 여과장치 없이 쏟아내고 있다.
이들을 두고 비판과 반론이 팽팽히 맞서고 있다. 한 쪽은, 문학의 본령
은 문자언어를 통한 소통이다. 무의식/환상적 내면 풍경에만 철저히
의존하며 리얼리티 없이 느낌만을 암호에 가까운 자의적 기호들로 풀
어놓는다고 비판하고 한쪽은, 이제 감성이 달라졌고 그에 따라 시도
변했을 뿐이고, 이러한 새 현상은 주류 언어감각으로 해결되는 것이
아니며, 가까운 미래에 우리시의 대안이 될 것이라고 말하고 있다.[12]

최근 문예지 특집란을 중심으로 이러한 화두의 논의가 활발하게 이
루어지고 있다. 박형준은 김수이가 "환상계로 통하는 문은 발견하는
것이라기보다는 '발명'해야 할 대상"이라고 한 것을 언급하면서 "서정
시가 일상적으로 흘러가는 시간 속에서 기억과 현실을 결합할 수 있는
정지된, 그래서 영속화된 이미지를 '발견'하는 데 주력한다면, 젊은 시
인들의 시에 나타나는 환상계란 매일 밤 새로운 이야기를 꾸며내야만

---

12) 「〈시의 날〉특집 — 요즘 시 어떻습니까」, 《한국일보》, 11. 1.

목숨을 보장받는 아라비안나이트의 세헤라자데의 운명과 비슷하다고 말하고 있다. 환상시란 애당초 본질이 존재하지 않으며 미래만이 계속되는, 그 미래조차도 영토화가 되려는 순간 '발명해야 할 대상'인 가능성의 영역으로 미끄러지는 차연의 세계"라고 말하고 있다. 또한 "지금 우리의 젊은 시는 환상이라는 무한한 바깥과 조우하고 있다. 하지만 환상이 현재와 미래가 결여된 '배치와 기획'에 한정될 때, 이데올로기의 도구가 되어버린 지난 연대의 리얼리즘 시가 저지른 잘못처럼 또 다른 의미의 배타적인 영역이 되어버린다. 자칫하면 환상이 범람하는 사회에서 내면의 나르시시즘적인 새로움은 금세 대기 속에 녹아버리고 가짜 이미지만이 끊임없이 그 모습을 바꾸며 실재를 대신할 것"이라고 말하고 있다.[13]

이러한 입장의 대척점에서 시인이자 평론가 권혁웅은 "최근의 젊은 시인들은 중언부언을 중요한 발화의 방식으로 만들었다. 단형의 틀에 우겨 넣기에는 시의 전언이 너무 풍부하다. 그들은 음악을 위해서 전언을 포기하지 않는다. 이미지가 풍요롭다. 그들은 여러 화자를 무대에 올린다. 사회와 역사에 대한 통찰은 존재론적인 통찰에 자리를 물려줄 때가 되었다. 추(醜)와 불협화음은 처음부터 미의 범주였다 미적 형질의 변화를 그들은 비평이 정식화하기에 앞서 실현하고 있었다고 해야 한다. (…중략…) 새로운 세대가 생산하는 시들은 결코 요령부득의 장광설이거나 경박한 유희의 산물이 아니다. 그들에게서도 시는 여전히 생생한 체험의 소산이며, 감각적 현실의 표명이며, 진지한 고민의 토로다. 세대가 바뀌면 그 세대에 통용되던 미학과 세계관이 바뀐다"라고 말하고 있다.[14]

---

13) 박형준, 「환상과 실제」, 《창작과비평》, 2005, 가을.
14) 권혁웅, 「미래파—2005년, 젊은 시인들」, 《문예중앙》, 2005, 봄.

어쩌면 상기 두 가지 입장의 궁극적인 차이는 존재하지 않을지도 모른다. 단지, 현상을 바라보는 시각의 차이가 있을 뿐이다. 전자든 후자든 각각, 스스로의 입장이 갖고 있는 맹점을 인식해야 한다. 전자는 시가 안일해지고 긴장감 없이 낡은 서정의 틀 안에서의 안주를, 후자는 방법론적인 새로움을 꾀하되, 분열증적 무의식의 무의미하고 이유 없는 배설이 아닌, 존재의 구토가 되어 쏟아져 내려야 할 것을 염두에 두어야 한다.

덧붙여, 후자의 시의 경우 이경수가 말한 '공통감각'[15]의 부재에서 오는 단절의 문제를 해결해야 할 과제를 갖고 있으며, 최소한 '견뎌내야' 한다. 새로운 시를 쓴다는 것은, 예전이나 지금이나 여전히 '온몸으로 밀고 나가는 것'이며 '견뎌내는' 어떤 행위이다. 그들의 시의 방식이 다만, 스스로에게 최선이며 스스로에게 부끄럽지 않고 스스로의 게으름으로, 독자의 '불편'을 사지 않으며, 성공적으로 견뎌낼 때 우리 문학은 '환상 문학'의 한 영토를 개척할 수 있을 것이다.

---

15) 이경수, 「우리 시단의 한랭전선에 대한 우울한 보고서」, 《리토피아》, 여름, pp. 27~29.

참고문헌

1. 단행본

김　근, 『뱀소년의 외출』, 문학동네, 2005.

김민정, 『날으는 고슴도치 아가씨』, 열림원, 2005.

로지 잭슨·서강여성문학연구회 옮김, 『환상성―전복의 문학』, 문학동네, 2001.

2. 평문

강계숙, 「코끼리를 냉장고에 넣은 검은 나나」, 《실천문학》, 2005 가을.

권혁웅, 「미래파―2005년, 젊은 시인들」, 《문예중앙》, 2005 봄.

───, 「상사(相似)의 놀이들」, 《문예중앙》, 2005 가을.

김동원, 「파이프 오르간의 선율에서 화산의 폭발까지」, 《문학 판》, 2005 가을.

김수이, 「자연의 매트릭스와 현실의 사막―자연의 매트릭스에 갇힌 서정시2」, 《창작과
　　　비평》, 2005 가을.

김영찬, 「2000년대, 한국문학을 위한 비판적 단상」, 《창작과비평》, 2005 가을.

김진수 외, 「최근 젊은 시인들의 시세계를 점검한다」, 《문학수첩》, 2005 겨울.

남진우, 「세속과 열반의 만남」, 《문학동네》, 2006 봄.

박수연, 「균열과 봉합의 비평을 넘어」, 《창작과 비평》, 2005 가을.

박현수, 「포스트 아방가르드의 문법―잔혹시」, 《현대시학》, 2005. 11.

박형준, 「환상과 실재」, 《창작과 비평》, 2005 가을.

오생근, 「서정시의 해체 혹은 새로운 서정의 탐구」, 《문학과 사회》, 2005 여름.

이경수, 「우리 시단의 한랭전선에 대한 우울한 보고서―우리 시의 몇 가지 낯선 징후
　　　들」, 《리토피아》, 2005 여름.

이장욱, 「꽃들은 세상을 버리고―다른 서정들」, 《창작과 비평》, 2005 여름.

이장욱, 「외계인 인터뷰」, 《문예중앙》, 2005 가을.

조강석, 「말하라 그대들이 본 것이 무엇인가를」, 《문예중앙》, 2005 겨울.

최윤필, 「요즘 시 어떻습니까」, 《한국일보》, 2005. 11. 1.

허윤진, 「프쉬케로스Psycheros, 시간의 미로에서 영원히 길을 잃/잊다」, 《문학과 사
　　　회》, 2005 겨울.

허혜정, 「너는 죽을 것이다, 시인이 아니기 때문에」, 《시작》, 2005 봄.

제2부 창작의 중심을 찾아서

시 창작 과정의 절차와 단계

— 습작자들을 위한 몇 가지 제언(提言)[1]

이은봉

(시인, 광주대학교 교수)

1. 머리말—시적 형상의 핵심 요소로서의 이미지

시를 가리켜 흔히 상상의 산물이라고 한다. 상상은 이미지를 단위로 하는 사유의 한 형식이다. 물론 이때의 이미지는 시적 밀도를 높이기 위해 늘 정서나 이야기 등의 요소와 함께 하기 마련이다. 그렇다고 하더라도 이미지가 시의 형상을 이루는 가장 중요한 자질 가운데 하나라는 것만은 부인할 수 없는 사실이다.

이미지를 내포로 한다는 점에서는 공상도 상상과 크게 다르지 않다. 공상 역시 이미지를 자질로 하는 사유의 한 형식, 즉 정신의 한 형태이기 때문이다. 따라서 상상과 공상의 차이는 이미지의 내포 여부와는

---

1) 이 글은 목포에서 간행되고 있는 미등단 습작자들 중심의 동인지인《살아있는 시》제4집과 관련한 몇 가지 고언(苦言)을 담고 있다. 이 글에서 고언을 위해 인용하고 있는 작품들은 물론 이 동인지 제4집에 실려 있는 것들이다.

무관하다고 하지 않을 수 없다. 이미지를 내포한다는 점에서는 무의식의 구체적인 발현 형태인 꿈도 마찬가지이다.

상상과 공상이 변별되는 점은 그것이 현실의 경험에 뿌리를 내리고 있느냐, 그렇지 않느냐 하는 데 있다. 상상은 현실의 경험에 기반하고 있는 데 비해 공상은 그렇지 않다. 시적 인식의 방식은 당연히 현실의 경험과 관련한 상상에 기반하기 마련이다. 삶의 실제와 무관한 공상은 시적 인식의 내포가 되지 못하는 경우가 거의 대부분이다. 그렇다고는 하더라도 모든 시가 공상과 무관한 채 창작된다고 할 수는 없다. 때로는 공상 역시 시의 형상을 이루는 중요한 인식의 한 방법으로 존재한다.

공상의 영역은 환상의 영역과 본질적으로 겹쳐질 수밖에 없다. 공상과 환상은 공히 현실의 경험과 무관한 이미지 사유이기 때문이다. 실제로는 환상적 이미지를 기초로 하는 시도 적잖게 발견되고 있다. 그것이 제대로 심미적 감동을 수반하는지는 미지수이지만 말이다.

환상적 이미지는 특히 동시에서 많이 찾아볼 수 있다. 이러한 사실은 결국 비현실적 이미지를 기초로 하는 시들 역시 소홀히 취급할 수 없다는 뜻이 된다. 최근에 들어서는 현대시의 한계를 극복하기 위한 방법의 하나로 공상과 환상 역시 우리 시의 중요한 인식 방식이 되어 가고 있기 때문이다.

이러한 사실을 충분히 인정한다고 하더라도 아직까지 시적 인식의 기초는 상상에 중심을 두고 있다고 해야 옳을 듯싶다. 기본적으로 시적 인식은 시인의 체험적 현실, 즉 경험적 사실에 기반하고 있거니와, 이때의 시적 인식이 상상과 결코 다르지 않기 때문이다.

상상의 언어가 이미지의 언어를 기초로 한다는 것은 앞에서도 이미 말한 바 있다. 이미지의 언어가 시적 형상을 구성하는 가장 핵심적인 요소라고 하는 것도 실제로는 여기에서 연유한다. 습작자가 유독 이미지의 언어에 집착하는 것도 대부분은 이와 같은 이유이다. 요컨대 이미지의 언어야말로 이야기·정서의 언어와 함께 시적 형상을 구성하는 가장 중요한 자질 중의 하나라는 것이다.

시의 언어는 본래 형상을 추구하는 데 그 특징이 있다. 형상은 항용 학술의 언어가 개념을 추구하는 하는 것과 대비되어 논의되고 있다. 이와 관련하여 필자는 이미 여러 차례 시적 형상을 이루는 주요 자질이 이미지, 이야기, 정서라고 강조해온 바 있다.[2] 물론 '이야기'는 창작의 실제에서 작품의 제재나 대상을 이루는 경우가 많다. 따라서 '이야기'는 시의 기법이나 방법의 차원에서 논의되기 어려울 수밖에 없다. 이미지나 정서와는 달리 '이야기'는 창작의 절차와 단계를 논의하는 자리에서는 거론하기에 적당치 않다는 뜻이다.

이들 각각의 형상의 자질은 기본적으로 유의미한 의식지향을 내포한다. 형상 자체가 그렇듯이 형상의 주요 자질인 이들 이미지, 이야기, 정서 역시 그 나름의 유의미한 의식지향을 갖는다는 얘기이다. 물론 이 때의 의식지향은 형상의 자질들이 거느리고 있는 의미, 다시 말해 작품 속에 담겨 있는 진실(진리)을 목표로 한다.

구체적인 시작품 속에서 이미지, 이야기, 정서는 언제나 상호 침투하기 마련이다. 이미지는 정서와 이야기의 산출에, 정서는 이미지와 이야기의 산출에, 이야기는 이미지와 정서의 산출에 상호 관여하고 있다는 뜻이다. 그렇다면 이미지, 이야기, 정서는 언제나 상호 적층되는 가운데 존재한다고 할 수 있다. 항용 이들 중 어느 하나가 전경화 되거나 후경화 되어 드러나는 것도 이 때문이다. 기존의 시가 정서 중심의 작품(낭만주의 시), 이야기 중심의 작품(리얼리즘 시), 이미지 중심의 작품

---

2) 이은봉, 「리얼리즘 시의 세계관과 창작방법에 대하여」, 『실사구시의 시학』, 새미, 1994, pp. 56~57 참조.

(이미지즘 시) 등으로 나누어지는 것도 이와 무관하지 않다.

따라서 시를 가리켜 형상의 언어라는 것은 상상의 언어라는 것과 다르지 않다는 것을 알 수 있다.[3] 상상의 내포를 이루고 있는 이미지가 언제나 정서나 이야기 등과 함께 하기 때문이다. 이 글에서 일단 상상 혹은 형상의 가장 중요한 자질 중의 하나인 이미지를 앞세워 시창작의 절차와 단계를 논의하려고 하는 것도 실제로는 이에서 기인한다. 또한 그러한 다음에 정서를 산출하는 요소들과 더불어 시창작의 절차와 단계를 논의하게 될 것이다.

2. 시창작 과정의 절차와 단계

1) 묘사와 형상어

일차적으로 이미지는 묘사로부터 발생한다. 묘사는 축자적인 언술체계를 따르는 이미지의 생산방식을 가리킨다. 이미지를 산출하는 가장 원초적인, 그리고 가장 근원적인 방식이 묘사라고 할 수 있다. 시 쓰기의 능력과 관련하여 가장 먼저 묘사의 능력을 평가의 대상으로 삼는 까닭도 바로 여기에 있다. 그렇다. 뛰어난 묘사력을 지니지 않고서는 제대로 된 시인으로 성장하기 어렵다.

묘사는 대상에 대한 시인의 절제된 감정을 바탕으로 한다. 들뜬 감정이 앞설 경우 대상에 대한 제대로 된 묘사는 이루어지지 않는다. 이처

---

3) 상상은 콜리지의 낭만주의 미학에서 구체화된 용어이고, 형상은 벨렌스키의 리얼리즘 미학에서 구체화된 용어이다. 시를 바라보는 시각에는 다소 차이가 있지만 이들 용어가 보여주는 궁극적인 내포는 크게 다르지 않다는 것이 필자의 견해이다.

럼 묘사는 시인의 객관적인 정신을 토대로 하여 이루어지기 마련이다. 주관이 배제된 객관적인 대상이 하나의 화폭으로 현현될 때 묘사라고 할 수 있기 때문이다. 이를테면 대상과의 심미적인 거리를 확보할 수 있는 이지적인 인식능력을 전제로 하는 것이 묘사라고 할 수 있다.

이미지를 생산하기 위한 묘사로서의 언술의 방식은 일단 어휘의 차원에서부터 출발한다.[4] 상대적으로 이미지의 밀도가 높은 어휘는 보편적이고 일반적인 관념어나 추상어라기보다는 구체적이고 개별적인 구상어나 구체어라고 할 수 있다. 다시 말해 물질어나 사물어가 상대적으로 이미지의 밀도가 높다는 것인데, 본래 이들 어휘는 나날의 일상 속에, 생활 속에 존재하기 마련이다. 표준어나 문화어보다는 방언이나 토착어, 인공어나 학술어보다는 자연어나 생활어 등이 묘사로서 이미지의 생산에 좀 더 실질적으로 기여를 하는 것도 이러한 이유와 무관하지 않다. 외국어나 외래어보다 고유어나 토착어가 묘사로서의 이미지의 밀도가 높은 것도 마찬가지의 이유에서이다.

많은 습작자들이 시 창작에 끌려 들어가게 되는 계기는 무엇보다 시가 심미적인 언어를 바탕으로 하고 있기 때문이다. 시의 언어가 지니고 있는 독특하고 강력한 심미적 정서의 충격이 그들로 하여금 단순한 독자의 차원에 머물지 않고 창작의 길로 나서게 한다는 뜻이다. 이들이 일상의 구체적인 삶으로부터 심미적 충격을 경험했을 때 그에 합당한 심미적 언어, 즉 시의 언어를 찾아 나서게 되는 것은 너무도 당연한

---

4) 본고를 구상하는 데 결정적인 도움을 준 것은 아주 오래 전에 읽은 죠지 오웰(George Orwell)의 작은 에세이 「왜 나는 글을 쓰는가」이다. 이 글에서 그는 16세 때에 "순전히 말에서 오는 기쁨, 즉 말들이 지니고 있는 음향과 그것들의 관계를 문득 발견하게 되었다"라고 밝히고 있다. 시 창작을 지도하다 보니 대부분의 학생들이 죠지 오웰과 마찬가지의 경험을 하고 있다는 것을 알 수 있었다. 필자가 지도하는 학생들 또한 "순전히 말에서 오는 기쁨, 즉 말들이 지니고 있는 음향과 그것들의 관계"를 발견하면서 시창작의 세계로 넘어오는 경우가 적잖았다는 뜻이다. George Orwell, 김종관 역, 「왜 나는 글을 쓰는가」, 《창과 벽》 제4집, 창학사, 1982, p.109.

일이다.

따라서 습작자들이 가장 먼저 집착하는 것은 시의 어휘, 다시 말해 형상어라고 할 수 있다. 맨 처음 시창작의 세계로 들어오는 사람들에게는 심미적 형상어가 주는 매력만큼 독특한 것은 없다. 선택된 형상어들이 평면적으로 배열되는 가운데 축자적으로 태어나는 것이 정작의 묘사적 이미지라는 것을 간과해서는 안 된다. 형상어의 평면적 선택과 배열의 과정에 자연스럽게 축조되는 것이 실제의 묘사적 이미지라는 뜻이다.

어휘에 집착하는 단계를 거치게 되면 자연스럽게 묘사에 빠져들게 되는 것이 보통이다. 묘사에 빠져든다고 했지만 실제에 있어서 묘사의 능력은 심미적 글쓰기의 가장 원초적이고도 근원적인 능력이라고 해야 마땅하다. 따라서 묘사의 능력은 시창작의 절차와 단계의 차원으로부터 조금 비켜 서 있다고 할 수 있다. 그러나 묘사 역시 어휘의 선택과 배열의 과정에 의해 구체화되는 것은 분명한 사실이다. 시의 이미지와 관련하여 선택되고 배열되는 낱낱의 어휘 그 자체가 더없이 중요한 것은 이러한 이유에서이기도 하다.

물론 이 때의 시의 어휘, 즉 형상어가 단지 외적인 이미지만을 거느리는 것은 아니다. 습작자들이 자신의 심적 에너지를 다양한 내적 형상어, 즉 독특하고 유별난 부사나 형용사, 명사 등으로 표현하는 경우도 상당하기 때문이다. 사실 습작자들이 이처럼 내외적 이미지를 지니고 있는 독특하고 유별난 어휘에 집착하는 것은 아주 자연스러운 일이다. 대부분의 습작자들이 이러한 과정을 거치면서 시라는 것이 심미적 언어의식의 산물임을 사각하게 되고, 나아가 제대로 된 시인으로 성숙하게 된다는 점을 유의할 필요가 있다.

이번《살아있는 시》제4집의 여러 작품들에서도 내외적 이미지를 함유하고 있는 독특하고 유별난 어휘에 집착하고 있는 예가 적잖이 발견되고 있다. 이처럼 어휘에 집착하는 차원에 머물러 있다는 것은《살아있는 시》의 동인들의 경우 이제 막 습작과정의 초입에 들어서 있는 사람들이 적잖다는 증표이기도 하다.

① 거센 파도에 휩쓸려 올라온 조가비들이

　　늦가을 여린 햇볕을 쪼이며

　　　　　　　　　　　　　　　— 곽송순, 「10월, 변산 해수욕장에서」 부분

② 해 뜨는 바위

　　꽃 속의 심본(心本)이 살갑게

　　미소짓는다

　　　　　　　　　　　　　　　— 이근보, 「심본(心本)」 부분

③ 간짓대에 낫을 달아

　　감이나 따 볼거나

　　　　　　　　　　　　　　　— 김영찬, 「변산」 부분

④ 무슨 사연

　　하도 많아

　　　　　　　　　　　　　　　— 이수남, 「별들의 노래」 부분

⑤ 길섶 한쪽

　　새초롬이 앉아 있던 수줍은 진달래

　　　　　　　　　　　　　　　— 김광자, 「오후의 산책」 부분

①의 시에서는 우선 창작자가 '조가비'라는 어휘에 집착하고 있음을 알 수 있다. 그가 조개라는 일상의 평범한 어휘 대신 굳이 '조가비'라는 좀더 예쁘고 아름다운 어휘를 선택하고 있다는 점이 이를 증명해준다.

②의 시에서 가장 주목이 되는 어휘는 '심본(心本)'이라는 한자어이다. 각주까지 달아 출전을 밝히고 있지만 정작 창작자의 마음을 사로잡고 있는 것은 '심본'이라는 어휘 그 자체라고 생각되기 때문이다. 물론 이에는 '심본'이라는 어휘가 "마음의 근본"이라는 의미를 갖는다는 것도 상당한 작용을 했을 것이다.

③의 시에서 창작자가 집착하고 있는 어휘는 '간짓대'라고 할 수 있다. 생활의 습속이 바뀌어 이제는 효용가치 자체가 소멸되어 버린 '간짓대'라는 말이 불러일으키는 이미지는 그 자체만으로도 충만한 심미적 정서를 내포하고 있는 것으로 보인다.

④의 시에서는 창작자가 '하도'라는 일상적 부사어에 깊이 경도되어 있음을 알 수 있다. 정상적 어법으로 보면 구문상 '그리' 정도의 부사어가 와야 마땅할 것으로 파악된다. 그럼에도 불구하고 창작자는 어휘자체가 갖는 어쩔 수 없는 매력 때문에 굳이 여기서 '하도'라는 말을 고집하고 있는 것이다.

⑤의 시에 드러나 있는 '새초롬이'와 같은 부사도 어휘 자체가 갖는 매력 때문에 선택된 것으로 이해된다. 모음들이 어울려 드러나는 '새초롬이'나 '함초롬이' 등과 같은 어휘가 지니고 있는 화음상의 즐거움에 대해서는 새삼스럽게 여기서 강조를 할 필요가 없다.

시창작의 과정에 들어서면 누구나 다 이러한 절차와 단계를 거치게 된다. 《살아있는 시》의 동인들의 경우 아직도 몇몇 사람들은 이러한 정도의 차원에 머물러 있는 것이 사실이다. 하지만 이들 모두 자신의 정서를 극대화하기 위해 억지로 조어를 만드는 단계는 벗어나 있는 것이 분명하다. 이제 막 시창작의 세계로 들어온 사람들은 대부분 '어설픈'이란 말을 줄여 '설픈'이라고 쓴다든지, '서글픈'이라는 말을 줄여 '글픈'이라고 쓰는 등의 조어에 집착하는 단계를 보여주기 때문이다.

물론 조어를 만드는 단계에 이르러 있다는 것만으로도 충분히 시어에 내재해 있는 심미의식을 깨닫고 있다고 평가를 할 수 있기는 하다. 적어도 그는 심미적 언어의식을 바탕으로 하는 것이 시라는 사실만은 터득하고 있다는 뜻이 되는데, 그렇다면 이 때의 창작자 역시 이미 시의 영역에 들어온 것만은 확실하다고 하지 않을 수 없다.

2) 비유와 이미지

이처럼 형상적 어휘, 즉 묘사적 이미지를 낳는 어휘에 집착하는 단계를 지나게 되면 대부분의 습작자들은 이들 어휘를 결합해 비유적 이미지를 만드는 단계에 이르게 된다. 기본적으로 모든 비유는 원관념과 보조관념을 겹고 트는 가운데 독특하고 새로운 이미지를 만드는 언술 방식이라고 할 수 있다. 이러한 점에서 생각하면 비유는 결국 겹고 트는 일종의 언어관계, 즉 언어체계라고 보아야 마땅하다. 본래 비유체계는 원관념과 보조관념이 문면에 드러나든 드러나지 않던 각각의 어휘들이 지니고 있는 내포를 충돌시켜 새로운 이미지를 만드는 언술관계의 형식이라고 이해해야 한다는 뜻이다. 물론 그것은 상징이나 알레고리, 나아가 환유나 제유처럼 원관념은 숨어 있고 보조관념만 문면에 드러나는 경우라고 하더라도 마찬가지이다.

시 창작 역시 하나의 생산 행위라는 점에서 보면 새로운 이미지를 만들어내는 것만큼 의미 있고 중요한 일은 없다. 심지어는 작품의 문면에 하나 이상의 새로운 이미지가 표현되어 있을 때 비로소 새로운 시로 취급되어야 한다는 주장조차 있을 정도이다. 따라서 새로운 시를 쓰고자 하는 습작자가 우선 새로운 이미지의 창조, 즉 새로운 비유체계의 창조에 깊이 몰두하는 것은 매우 자연스러운 일이다. 비유체계에 의해 탄생되는 새로운 이미지만으로 시가 완성되는 것은 물론 아니지만 말이다.

어휘의 결합을 통해 비유를 만들고, 나아가 새로운 이미지를 만드는 일에 집착하고 있는 것은 《살아있는 시》 동인들의 경우에도 마찬가지이다. 습작자로서는 삼빡하고 신선한 이미지를 창조해내는 것만큼 즐겁고 유쾌한 일은 없다고 할 것이다.

① 곰소항에 와서
　파랑을 키우고 있는
　내 안의 갈등 몇 마리

— 남석희, 「곰소항에 와서」 부분

② 내 안의 사랑이
　터질 듯한 심장 박동 소리를 내며
　열꽃을 피운다

— 전경란, 「설악 단풍」 부분

③ 바람의 검에 절단 당한
　선홍빛 엽신 하나
　내 가슴에 비수로 꽂히던 날

— 남석희, 「편지」 부분

④ 얇아졌다 두꺼워졌다 하는 그의 몸 위

　병 뚜껑처럼 얹혀진 머리에 희끗희끗 세월이 바래지고 있다

　　　　　　　　　　　　　　　— 이종숙, 「하모니카 부는 남자」 부분

⑤ 잠자리 은박지처럼

　사락이는 꽃이파리

　　　　　　　　　　　　　　　— 남석희, 「함박눈」 부분

⑥ 강물은 솜사탕처럼 녹아드는 눈꽃을

　말없이 혀끝으로 받아먹고

　　　　　　　　　　　　　　　— 나명호, 「풍경」 부분

⑦ 바킹 닳아진 수도꼭지처럼

　턱 끝에서 똑똑 떨어지는 땀방울을

　　　　　　　　　　　　　　　— 김광덕, 「수도 검침원」 부분

⑧ 연안부두 어시장

　고무함지에 즐비하게 담긴 바다

　　　　　　　　　　　　　　　— 박승미, 「1999년 8월 18일 인천」 부분

⑨ 나는 너에게

　한 장의 편지이고 싶다

　　　　　　　　　— 최승자, 「당신은 나를 더 좋은 여자가 되고 싶게 하는……」 부분

⑩ 희망으로 부풀어오른 봉선화 꽃씨를

환하게 엄마의 가슴에 터트려 본다.

— 박창복, 「달빛 아래서」 부분

⑪ 한길가에 개나리가 피었네
차로 달리니
개나리는
줄줄이 강강수월래

— 안효순, 「개나리」 부분

주지하다시피 비유체계는 미지의 것을 기지의 것으로 대치하는 가운데 인식의 영역을 넓혀가는 언어작용을 가리킨다. 그렇다면 모든 비유체계는 원관념을 보조관념으로 전이시키는 가운데 의미의 범주를 새롭게 확장시켜 가는 언술구조의 형태라고 할 수 있다. 이때 비교·대조되는 두 관념은 기본적으로 유사성을 지니면서도 차별성을 지닌다.

시의 긴장감은 아무래도 비유체계의 원관념과 보조관념이 만드는 유사성보다는 차별성에 기반 하여 형성되기 마련이다. 따라서 원관념과 보조관념의 차별성으로부터 비롯되는 이미지야말로 시의 참신성을 산출하는 주요한 근거라고 할 수 있다. 비유체계를 이루고 있는 두 언어의 내포가 상호 유사성에 못지않게 차이성도 고려되지 않으면 안 되는 까닭이 바로 여기에 있다. 과도하게 유사한 언어의 내포를 매개로 하여 비유체계를 만들 때 좀처럼 상투성을 벗어나지 못하기 때문이다.

①의 시에서는 "내 안의 갈등"이라는 관념이 "몇 마리" 생선이라는 이미지로 전이되고 있음을 볼 수 있다. '갈등'이라는 추상이 '생선'이라는 이미지로 구체화됨으로써 의미의 영역이 확장되고 있는 예이다.

②의 시에서는 "내 안의 사랑이"라는 추상이 "심장 박동 소리"라는

이미지로 구체화되고 있다. 이 역시 '사랑'이라는 추상이 "심장 박동 소리"로 물질화됨으로써 그 내포가 생생해지고 있음을 알 수 있다.

③의 시는 좀더 복잡한 비유체계를 지니고 있는 작품이다. 우선은 원관념인 '바람'이 보조관념인 '검'으로 의미가 전이되고 있음을 알 수 있다. 이러한 언술구조에 의해 뜻밖에도 '바람'의 의미가 칼의 의미를 갖게 되는 것이다. 뿐만 아니라 이 시에서는 엽신의 이미지가 비수의 이미지로 옮겨가는 것도 확인할 수 있다.

④의 시에서 드러나 있는 비유체계는 매개어를 갖는 직유이지만 그로부터 비롯되는 이미지는 자못 신선해 보인다. '머리'의 이미지가 전혀 엉뚱한 '병뚜껑'이라는 이미지로 치환되는 가운데 좀 더 생생한 의미망을 산출하기 때문이다.

⑤의 시에는 병치은유에 이어지는 직유의 비유체계가 드러나 있어 좀 더 관심을 끈다. '잠자리'의 이미지가 곧바로 '은박지'의 이미지로 병치, 전이되는가 하면 '꽃이파리'의 이미지로 그 의미망이 확산되어 가고 있기 때문이다. 더불어 이 모든 이미지들이 함박눈이라는 원관념의 보조관념으로 드러나 있음도 알 수 있다.

⑥의 시에서는 '눈꽃'의 의미가 매개어를 바탕으로 '솜사탕'의 의미로 전이되고 있다는 점에서 직유로서의 언술구조가 드러나 있음을 확인할 수 있다. 이 두 어휘의 내포가 이루는 관계는 다소 익숙해 보이기는 하지만 '강물'의 이미지를 배경으로 하는 의인관적 세계관이 표출되어 있어 형상을 좀 더 구체화시키기도 한다.

직유로서의 비유체계가 드러나 있는 것은 ⑦의 시에서도 마찬가지이다. 인용된 구절에서는 '턱 끝'의 이미지가 '수도꼭지'의 이미지로 전이되면서 좀 더 생생한 땀방울의 의미망을 만들고 있다.

일종의 환유적 수사법이 쓰이고 있는 ⑧의 시는 "고무함지에 즐비하게 담긴 바다"의 이미지가 좀더 관심을 끈다. 이 구절에서 '바다'는 '생선'의 알레고리로서 구절 전체의 의미망을 두루 신선하게 만들고 있다. 따라서 이 구절에 드러나 있는 환유는 직유나 은유보다는 좀 더 진전된 비유체계라고 할 수 있다.

⑨의 시는 가장 일반적인 은유가 사용되어 있는 예이다. '나'라는 추상이 곧바로 '편지'라는 구상으로 의미의 전환을 이루고 있기 때문이다.

좀더 복잡한 구조를 지니고 있기는 하지만 ⑩의 시 역시 은유가 겉으로 드러난 예이다. "봉선화 꽃씨"이라는 구체가 이내 '희망'이라는 관념으로 대치되고 있기 때문이다. 물론 이들 두 언어의 내포가 이루는 관계는 매우 설득력 있는 긴장감을 보여준다.

은유를 이루는 두 언어의 내포가 충돌하면서 만드는 긴장감은 ⑪의 시에서도 자못 폭넓은 상상력을 불러일으키고 있다. '개나리'의 의미망이 다소간은 낯설게 받아들여지는 '강강수월래'의 의미망으로 참신하게 전이되고 있기 때문이다.

이들 작품에서 확인할 수 있는 것처럼 《살아있는 시》제4집에 실려 있는 작품들에는 자못 독특하고 신선한 비유와, 그에 따른 이미지들이 충만해 있다고 할 수 있다. 그러나 이들 비유체계에서 비롯되는 생생한 이미지들만으로 완미한 형상의 작품이 태어나는 것은 아니다. 이들 비유에서 생성되는 참신한 이미지는 단지 시적 형상의 전체를 이루는 아주 작은 부분일 따름이다. 따라서 이제 여기서 주목해야 할 것은 시적 형상을 산출시키는 그 밖의 여러 세목들이다.

3) 어조와 화법

어휘의 선택과, 그에 따른 비유체계에서 기인하는 이미지의 생산 방식을 자각하고 있는 습작자들은 대부분 시적 언술구조의 특성과 관련하여 좀 더 진전된 또 하나의 집착을 보여주게 된다. 어휘들의 곁고 트는 관계에서 비롯되는 이미지의 생산에 집착하는 단계에 이어 도달하게 되는 또 하나의 단계는 독특하고 개성 있는 정서적 결을 획득하려는 것이다.

일반적으로 정서는 이미지에 의해 생성되기도 하지만 어조와 리듬에 의해 생성되는 것이 보통이다. 특히 어조의 미학은 시의 정서적 아우라, 즉 심미적 분위기를 구성하는 가장 중요한 요소 중의 하나이다. 개성 있는 어조의 미학을 살릴 수 있는 지름길은 무엇보다 화법과 종결어미에 집착하는 일이다. 습작자들이 화법과 종결어미에 경도되는 중요한 이유는 그것의 응용을 통해 자기 나름의 섬세한 정서적 울림, 즉 심미적 아우라를 창조할 수 있다고 믿기 때문이다. 따라서 시가 언어예술인 한 이들 습작자가 화법과 종결어미의 활용을 통해 자신의 심미의식을 극대화하는 일은 매우 바람직한 일이다. 이는 곧 창작과정에서 문장의 멋과 맛에 집착하는 일이기도 하다.

한국어 문장은 대부분 "—다", "—네", "—라", "—까", "—요", "—지", "—아", "—어", "—유", "이" 등으로 종결어미가 오는 것이 보통이다. 물론 이에 주목하여 개성 있는 시적 정서, 곧 심미적 아우라를 극대화하려는 노력 역시 훌륭한 시인으로 성장해 가는 한 과정임에 분명하다. 이러한 일 또한 습작자라면 누구나 다 거쳐야 할 절차이고 단계라는 뜻이다. 자신의 심미의식을 시문장의 차원에서 고려하고 있는 것이라는 점을 생각하면 오히려 이는 습작자들의 역량이 훨씬 성숙해져 가고 있다는 증거라고 보아야 옳다.

하지만 이번의 《살아있는 시》 제4집에 실려 있는 시들 가운데 이러한 단계에 도달해 있는 예는 그다지 많지 않다. 아마도 이는 대부분의 습작자들이 자신의 심미의식을 비유체계를 매개로 하는 새로운 이미지를 창출하는 단계에서 멈춰 있기 때문으로 보인다. 물론《살아있는 시》의 모든 동인들이 다 그러한 단계를 보여주고 있는 것은 아니다. 몇몇 습작자들의 경우에는 이미 화법과 어조가 이루는 심미적 경지를 충분히 터득하고 있는 것으로 파악되기도 한다.

① 혹시 알아?
　우리도 맑은 바닷물에
　한 몇 년 절였다가 볕에 널면
　저렇게 하얀 염화(鹽花)로 피어날지.

　　　　　　　　　　　　　　　— 최향남, 「바다꽃」 부분

② 부끄러웠어
　난 누굴 위해 온전히 모든 걸 포기한 적이 있었는지?
　어두워진 하늘엔
　하얀 깨꽃, 별이 되어 반짝이고 있었어.

　　　　　　　　　　　　　　— 송영애, 「깨꽃이 진 자리에」 부분

③ 헛간 앞의 참새 떼
　후루룩 빨랫줄로 옮겨 앉아 조잘대면
　쌀 한 줌 뿌려 주시며
　"옛다 먹어라 그만 앙알거리고"
　하시던

　　　　　　　　　　　　　　— 김연근, 「참새소리」 부분

위의 시들에는 직접화법과 함께 하는 일상적 어조가 매우 다양하게 변주되어 있다. 뿐만 아니라 시문장의 종결어미도 일상의 평범한 "─다"형 구조를 피해 각각의 맛과 멋을 살려내고 있다. 물론 이는 직접화법에 따른 어조의 맛과 멋을 한껏 살려내려는 노력의 일환이라고 해야 마땅하다. 어찌 보면 희곡의 전유물인 대화(독백적 대화를 포함하여)의 기법을 십분 수용하고 있는 예라고도 할 수 있는데, 기본적으로 이는 현장감을 살리려는 심미적 노력의 하나라고 생각된다. 이들 시의 경우에는 어투와 목소리가 함유하는 심미의식까지 섬세하게 고려되어 있는 셈이다. 언어예술로서의 시에 대한 이해의 정도가 그만큼 심화되어 있다는 뜻이기도 하다.

①의 시는 심미의식을 높이기 위해 자기다짐의 독백 어조를 끌어들이고 있는 예이다. 적어도 이 구절에 표현되어 있는 창작자의 의도만은 충분히 시의 경지에 이르러 있다고 할 수 있다. ②의 시는 깊이 있는 자기반성의 목소리를 취하고 있는 예이다. 이 구절만으로 보면 수사도 화려해 상당한 정도로 새로운 형상이 이루어져 있음을 알 수 있다. ③의 시는 구문의 중간에 생동감 넘치는 직접화법이 활용되어 있는 예이다. 일상의 생활에서 흔히 경험하는 어머니의 목소리를 구체적으로 활용함으로써 형상의 밀도를 높이고 있는 작품이라고 할 수 있다.

물론 이들 시처럼 독특한 효과를 갖는 심미적 어조는 시의 문장이 지니고 있는 남다른 화법과 종결어미를 통해 구체화되고 있다. 따라서 화법과 종결어미에 집착한다는 것은 시 문장 자체에 대해 집착한다는 뜻이 된다. 결국 이는 화법과 종결어미에 집착하는 단계를 지나게 되면 시의 문장에 경도되는 단계에 이르게 된다는 얘기이기도 하다.

시의 문장에 집착한다는 것은 시의 문체에 집착한다는 것으로 받아들여도 좋다. 시의 문장이 지니고 있는 개별적 특성이 각각의 작품이 지니고 있는 개별적 문체를 형성하기 때문이다. 소설과 마찬가지로 시도 역시 주제나 의미보다는 문체가 만드는 정서적 특징에 의해 변별적 자질이 발생한다는 점을 간과해서는 안 된다. 각각의 시로 하여금 고유의 개성적 가치를 지니도록 하는 데 가장 우선적으로 작용하는 것이 다름 아닌 문체라는 뜻이다. 따라서 창작자가 문체에 대한 섬세한 배려까지 할 수 있는 단계에 이르게 되면 각각의 시 전체가 지니고 있는 맛과 멋을 십분 살릴 수 있는 경지에 이르러 있다고 할 수 있다.

그러나 시의 문장이나 문체에 집착하는 단계를 극복하지 않고서는 다음의 경지로 넘어가지 못한다. 시의 문장 역시 문장 일반의 특성을 고려하지 않을 수 없다면 이 단계에서 정작 습작자들이 경도되는 것은 조사나 어미, 접속사나 대명사 등의 문법소를 세련되고 이름답게 처리하는 일이라고 할 수 있다.

새삼스러운 얘기이지만 이들 허사는 그것 자체만으로는 명확한 의미나 이미지를 갖지 않는다. 단지 의미나 이미지의 향방을 지시하는 역할을 하는 데서 이들 허사의 기능은 그친다. 하지만 이들 허사를 제대로 처리하지 못하고서는 개성 있는 문장을 쓰기가, 곧 개성 있는 문체를 갖기가 매우 어렵다. 우리말의 가락과 리듬에서 비롯되는 시의 감칠맛이라는 것이 실제로는 이들 허사, 즉 접속사나 대명사나, 조사나 어미의 세련된 운용에서 비롯되기 때문이다. 이들 허사 중에서 접속사가 앞의 문장과 뒤의 문장을 논리적으로 연결시키는 기능을 하고, 조사나 어미가 앞의 단어와 뒤의 단어를 문법적으로 연결시키는 기능을 한다는 것은 두루 잘 알려져 있는 사실이다. 대명사가 대치(代置)와 강조의 기능을 한다는 것도 마찬가지이다.

따라서 이들 허사는 시의 언술구조를 좀 더 문법적으로, 논리적으로,

추상적으로 만드는 데 기여한다고 할 수 있다. 말하자면 형상성을 낮추는 것이, 곧 이미지 사유를 약화시키는 것이 이들 문법소(논리소)로서의 언어자질이라는 뜻이다. 많은 시인들이 자신의 작품에서 논리소로서의 이들 언어자질을 되도록 생략하려고 하는 것도 다름 아닌 이 때문이다. 따라서 허사를 어떻게 운용하느냐에 따라 시의 정서와 분위기는 크게 달라질 수밖에 없다. 이들 허사의 운용에 의해 이른바 시에서의 감정가치라고 할 수 있는 것들이 결정된다는 것을 간과해서는 안 된다.

4) 행과 연, 형상의 구조

화법과 어조의 실제인 문장과 문체에 대해서 집착하는 단계를 지나게 되면 대부분의 습작자들은 시의 행과 연에 대해 집착하는 단계에 이르게 된다. 시에서 행과 연은 기본적으로 호흡과 리듬, 이미지와 의미의 단위로서 개별 시의 정서적 특징을 산출하는 기본적인 기제라고 할 수 있다. 일단 행과 연은 이들 언어 뭉치가 다름 아닌 시라는 사실 자체를 증명해 주는 약속으로 기능한다는 것을 알 수 있다. 일상의 언어 습관, 즉 줄글에 파격을 가해, 곧 줄글을 낯설게 만들어 그것이 다름 아닌 시라는 언술구조임을 드러내주는 근거로 작용하는 것이 행과 연이라는 뜻이다. 따라서 시의 행 처리나 연 처리에 관심을 갖기 시작한다는 것은 어느덧 시의 심미적인 형식이나 구조에 대한 관심을 갖기 시작한다는 것이 되지 않을 수 없다.

우선 행은 4음보 리듬이나 3음보 리듬을 기본 단위로 하는 가운데 가락을 밀고 당기고, 끊고 맺고, 꺾고 젖히는 등의 작용을 한다. 바로 이러한 점에서 행은 시의 울림이 지니는 맛과 멋을 만드는 핵심 요인으로 작용한다. 행에 대해 집착하는 것이 시의 리듬은 물론이거니와 심미적 형식과 구조에 대해 집착한다는 뜻이 되는 것은 바로 이 때문이다. 이들 단계에 이르게 되면 마침내 행의 처리에 따라 형성되는 시의 문자들 자체가 이루는 추상적 도형 역시 시의 심미적 형상과 무관하지 않다는 점까지 깨닫게 된다. 이른바 구체시가 지니고 있는 심미의식까지 받아들이는 단계로 나아간다는 얘기이다. 리듬이 행의 기본 단위라고 하지만 이 때의 행은 낯설게 하기를 통해 새롭게 개성적으로 조형된 것이라는 점을 잊어서는 안 된다.

연은 가독성 등의 시각적 효과를 산출한다는 점에서 습작자들에게 일단 주목이 된다. 뿐만 아니라 연의 비율과 안배가 시의 심미적 형식과 구조를 낳는 매우 중요한 자질이라는 점 또한 습작자들의 관심을 끈다. 연이 있을 때와 없을 때 발생되는 심미적 효과에 대한 고민에 빠져 있다는 것은 그만큼 습작자가 시라는 언어예술에 대한 감각이 향상되었다는 것을 뜻한다.

물론 연이 꼭 필요한 시도 있을 수 있고, 그렇지 않은 시도 있을 수도 있다. 월령체 민요처럼 통일된 언술 체계를 반복해가며 시상을 전개하는 부연과 나열의 시의 경우에는 연의 구분이 절대적으로 필요하다. 그러나 하나의 초점을 중심으로 이미지나 정서가 수렴되고 집합되는 응축과 압축의 시의 경우에는 연이 꼭 필요한 것도 아니다. 이러한 시의 경우에는 연을 나누는 것이 오히려 언어의 긴밀성과 정밀성을 저해하기 쉽기 때문이다.

행과 연이 지니고 있는 심미적 특징에 대한 고민을 충분히 겪은 습작자라면 그들 스스로도 이제는 대강 시의 형식이나 구조가 익숙해지는 것을 느끼게 된다. 점차 시가 몸에 배게 된다는 것인데, 그들의 경우 이럴 때일수록 시의 형식이나 구조가 갖는 상투성으로부터 자유로워지려는 노력을 포기해서는 안 된다. 매 편의 시가 그 자체로 완결된 자기 형식, 자기 구조를 만들어 간다는 점을 항상 염두에 두어야 한다.

이쯤 되면 창작자들은 무엇보다 먼저 자신의 작품 자체와의 관계에서 미적 거리를 취할 수 있게 된다. 그럴 때 비로소 작품의 초점을 중심으로 전체 형상을 객관적으로 조감해낼 수 있기 때문이다. 이 단계에 이르게 되면 창작자들은 실제의 경험적 정서를 덜어내기도 하고 덧붙이기도 하면서, 나아가 그것을 객관적 사물에 의탁하기도 하면서 시적 형상 전체의 리듬과 가락을 밀고 당기고, 꺾고 젖히고, 맺고 끊는 등 읽는 맛과 멋을 살리기 위해 총체적인 노력을 기울이게 된다.

물론 지금까지의 이러한 노력만으로 한 편의 시가 완미한 형상을 갖는 것은 아니다. 이들 각각의 단계에서의 모든 작업이 실제로는 세부의 충실성을 기하기 위한 다양한 노력 중의 일부에 지나지 않기 때문이다. 따라서 예의 각각의 단계를 거치게 되면 작품의 내부에 존재해 있는 초점을 중심으로 전체의 형상을 완성할 수 있는 능력을 갖기 위해 최선의 노력을 다해 가는 것이 보통이다. 요컨대 이제는 형상의 총체성을 치밀하게 운산(運算)해낼 수 있는 능력을 기르는 단계에 도달하게 된다는 것이다.

작품 전체의 형상이 완미성을 이루기 이해서는 창작자가 무엇보다 고도로 집중된 균형과 조화의 능력을 지니고 있어야 한다. 이때의 집중은 창작되고 있는 작품에 대한 미적 거리를 포함한 객관적이고 관조적 마음의 압축적이고 응축적인 작용을 뜻한다. 영감에 들떠 초고를 써내려 갈 때와는 다른, 그야말로 건축 설계사를 능가하는 치밀한 지성의 작용에 의한 총체적인 운산과 계산이 요구된다는 것이다. 그렇지 않고서는 구조적으로 완벽한 시라는 언어의 건축물을 세울 수 없기 때문이다.

말할 것도 없이 이 단계는 습작자가 도달하는 최후의 경지라고 할 수 있다. 전체의 형상이 완미해지는 과정에 각 부분의 이미지들이 어떻게 수렴되고 집합되는가를 아주 꼼꼼하게 묻고 대답하는 것이 이 단계에서 습작자가 해야 할 일이다. 따라서 시를 구성하는 어휘들 하나하나가 작용하는 힘의 역학에 대한 끈질기고도 세밀한 계산과 운산을 해낼 수 있는 사람만이 이 단계에 이르게 된다고 할 수 있다.

제대로 이 단계에 도달한 창작자라면 흔히 허사라고 일컬어지는 접속사나 지시어, 조사나 어미 등 형상소나 의미소와는 관계없는 문법소 일반에 대해서까지도 정밀한 감각을 온몸으로 터득하게 된다. 이들 허사를 자유자재로 부리지 못하고서는 시어들의 질서가 이루는 윤기와 활기를 원하는 대로 구사할 수 없다는 것을 창작자 자신이 너무나 잘 알기 때문이다. 이러한 경지에 이른 창작자는 마침내 한글 24 자모 하나하나에 대한 색깔과 향기, 미감과 음감, 그리고 촉기까지도 섬세하게 감별할 수 있게 된다. 섬세하고 개성 있는 언어의 감별사가 되지 않고서는 제대로 된 시인으로 성장하는 것이 불가능하다.

3. 맺음말—시공간(時空間)의 미적 거리와 퇴고의 중요성

앞에서 줄곧 논의해 온 이런저런 절차와 단계의 작업이 매번 시간의 순차에 따라 따로따로 개별 분산적으로 이루어지는 것은 아니다. 편의상 이렇게 나누어 기술하기는 했지만 실제로는 이 모든 절차와 단계가 창작의 과정에 한꺼번에, 그리고 동시다발적으로 이루어진다고 해야 옳을 것이다. 적어도 초고 형태로서의 창작품 자체는 그야말로 한순간에, 문득 별안간 갑자기 퍼뜩 이루어진다는 뜻이다. 시를 가리켜 흔히 영감의 산물이라고 하는 것도, '순간의 거울'이라고 하는 것도 다름 아닌 이에서 기인한다. 시적 인식의 방법론적 특징으로 흔히 '직관'을 드는 것도 물론 이 때문이다.

그러나 바로 이렇게 쓰인 작품이 곧바로 완미한 형상을 갖는 것은 아니다. 창작 자체에 몰두해 있다 보면 본래 작품 전체와의 미적 거리가 쉽게 이루어지지 않는 법이다. 시공간의 미적 거리를 갖는 가운데 퇴고를 거듭해야 하는 까닭이 바로 여기에 있다. 언어 예술로서의 시 창작 과정에 제작의 속성이 없지 않다는 점을 간과해서는 안 된다. 이처럼 시 창작 과정에도 기술의 속성이 없지 않은 만큼 창작자 모두에게 오랜 습작과 수련이 요구되는 것은 너무도 당연한 일이다.

그렇다고는 하더라도 정작 시가 완미한 형상을 획득하는 것은 생각처럼 쉽지 않다. 일급 시인의 작품이라고 할지라도 때로는 선택되는 소재와 주제 자체만으로 심미적 수준이 결정되는 예가 상당하다는 점을 잊어서는 안 된다. 창작의 과정에 소재와 주제, 대상과 세계관의 선택이 더없이 중요하게 취급되는 것도 실제로는 이 때문이다. 너무나 당연한 얘기지만 작품의 수준이 창작자의 손기술만으로 결정되는 것은 아니다. 시대와 사회, 역사와 계급 등 외적 배경도 매우 중요한 변수로 작용하지만 좋은 시는 본래 창작자의 지혜의 깊이, 그리고 영혼의 울림과 함께 하는 법이라는 점을 주목하지 않으면 안 된다.

물론 이번의《살아있는 시》제4집에도 이러한 뜻에서의 탄탄하게 완성된 작품이 아주 없지는 않다. 흠이 전혀 없는 것은 아니지만 어느 정도는 좋은 시의 반열에 올라 있는 작품도 적지 않다는 얘기이다. 조정임의 「저녁, 목탁소리」, 「세연정」, 「내 안으로 우주가」, 정영숙의 「눈」, 유상덕의 「맛」, 조영자의 「연필 한 자루」, 박승미의 「낡은 선창」, 이종숙의 「이제는 분주해야겠습니다」, 박미숙의 「매화농원」, 김진호의 「고운 님」 등의 시가 그 구체적인 예이다. 결점이 아주 없는 것은 아니지만 일정한 정도까지는 충분히 완성되어 있는 것이 이들 작품이라고 할 수 있다.

위에서 예를 든 작품 중 좀 더 눈에 띄는 것은 조정임의 시라고 생각된다. 그의 시들은 젊은 시인들의 좋은 시가 보여주는 심미적 호흡과 거의 맞닿아 있다고 해도 과언이 아니다. 조정임의 시는 정연하게 이미지를 배치할 줄 알고 있다는 점에서, 나아가 삶의 깊이를 융숭하게 담아낼 줄 알고 있다는 점에서 상대적으로 좀 더 우월한 역량을 보여준다.

그의 좋은 시 한편을 감상하며 글을 맺는다.

처음에는 작은 변화를 주고 싶어 하얗고 얇은 커튼의 한 쪽 귀를 살짝 꽃무늬 핀으로 말아 올렸더니 좀 멋스러워 보였다. 새벽이면 아침이 그 사이로 먼저 삐죽이 들어서기 시작하면서 느낌이 어제와 사뭇 달랐다. 커튼을 젖히지 않고도 몸만 낮추면 바람이 비를 어떻게 부르는지 바라볼 수 있었다. 밖이 궁금해 전보다 더 자주 내다보았다 어둠 속에서 등불을 켜면 그 사이로 밝아진 방이 먼저 새어 나갔다.

어느새 내 마음 한 쪽도 살짝 들어 올려졌다. 서서히 넓혀진 틈새로 맨 먼저 미운 당신을, 고운 당신을 내 안에 끌어 들여 작은 우주를 만들었다. 우주가 이렇게 가볍게 들어 올려질 줄을 전에는 생각해 보지 않았다. 내 안으로 우주가 다 들어오고도 빈터가 남을 줄은 정녕 몰랐다.

— 「내 안으로 우주가」(《시를 사랑하는 사람들》, 2003년 1·2월호) 전문

참고문헌

《살아있는 시》제4집.
《시를 사랑하는 사람들》, 2003년 1·2월호.
이은봉, 「리얼리즘 시의 세계관과 창작방법에 대하여」, 『실사구시의 시학』, 새미, 1994.
George Orwell, 김종관 역, 「왜 나는 글을 쓰는가」, 《창과 벽》제4집, 창학사, 1982.

문예창작 초기 과정에서 나타나는 문제점

— 시 창작을 중심으로

권혁제
(시인, 단국대학교 강사)

1. 서론

인간이 사유하는 세계를 글로써 완벽하게 옮길 수 있는 경지는 어디까지일까? 아마도 이러한 질문은 다른 또 하나의 세계를 탐색해내고 창조해내는 독자나 작가들 입장에서 한번쯤은 다 해보았을 것이다. 시가 인간의 내면적 표출의 한 방법으로 삶을 단절시키거나 결합시키면서 대상과 정서를 응시하게 한다는 데서 더욱 그러하다. 일찍이 옥타비오 파스(Octavio Paz)가 말한 "하나의 정의를 정당화하고 또한 육화함으로써 생명을 부여하는 존재를 인식시키는 당연한 것"[1]이라는 시에 대한 명제는 시인을 더 고통스럽고 긴장하게 한다.

이것은 현실을 통찰하고 배열하여 현실의미를 탐구하는 시와 시인의

---

1) Octavio Paz, 『활과 리라』, 김홍근·김은중 역, 솔출판사, 1998, p.14.

상관관계에서도 더욱 극명하게 나타난다. 부연하자면 처음의 카오스 상태에 있는 현실을 시적으로 재배열하여 독자로 하여금 현실을 인식하게끔 제시해 주어야 한다는 것이다. 다시 말해 무질서로 널브러져 있는 무수한 현실의 상태를 시인이 고도의 상상력, 또는 형상화로 재배치하여 그것을 읽는 독자들에게 현실의미를 탐구할 수 있는 방향을 제시해 주어야 한다.

현대시는 직접적 지각과 간접적 지각에 의해 일어난 감각이 이미지를 통해 재현된다. 시는 정조와 감동을 간직한 계율적 언어를 매개로 하여 정서와 상상력, 그리고 운율과 형식미에 의해 일반적 특징을 갖추며 작용하고 있다. 현대시의 경향은 대상을 비유나 심상을 통해 사실적으로 드러내거나 시적대상인 관념과 사물을 추상화하는 것을 철저히 배제한다. 다른 차원에서 해석하자면 균열된 현실사회와 인간내면을 형상화하는 것이다. 바슐라르에 의하면 시는 사물과 존재의 실체를 끊임없이 변모시키는 근원적인 것이라 하였다. 여기에 끊임없이 변모하는 존재를 시라고 하는 '틀'이나 '구조'로 짜맞추어 균열된 현실사회를 바르게 메우기 위한 한 방법으로써 시가 존재하는 궁극적인 가치가 있다 하겠다.

이런 맥락에서 "시란 무엇인가"라는 인식론적 물음이 아닌 "시는 어떻게 있는가"라는 존재론적 물음[2]이 더 우선시 되어야 하리라 본다. 야콥슨에 의하면 시는 지극히 가변적인 것이어서 시적인 것에서 안으로 파고들기도 하고 밖으로 튕겨져 나가기도 한다고 한다.

---

2) Roman Jakoboson, 「시란 무엇인가?」, 신문수 편역, 『문학 속의 언어학』, 문학과지성사, 1989, p.148.
야콥슨은 시작품과 그러지 않은 것을 가르는 기준을 북아메리카 한복판에 중국의 깃발이 펄럭일 수도 있는 가변적인 것이라고 하였다. 야콥슨의 학설 이래 많은 선학들이 "시는 어떻게 존재하는가"라는 존재론적 물음에 시를 새롭게 보려는 노력을 시도해 왔다.

이 글은 '시적인 것'을 좀더 '시적인 것'으로 실마리를 제공하는 차원에서 초기 습작 과정에 주로 나타나는 문제점들을 모아 정리하여 쓴 글이다. 그래서 어느 특정 형식에 구애 받지 않고 자유롭게 쓰고자 한다. 시 창작 초기 과정에서 자주 나타나는 단점을 자각하여, 효율적인 창작활동에 일조가 되었으면 하는 작은 바람이다.

대개의 시 창작에 관한 글을 쓸 경우, 작품을 인용하여 해당 문제점을 짚어가며 시비를 파악하고 있으나 여기서는 작품인용을 생략하기로 한다. 여러분의 시가, 또 여러분 자신이 여러 문제점들을 내포하여 인용되는 전례가 되지 않기를 바라는 마음에서이다.

2. 본론

1) 시에 대한 선입관

시 창작 초기에 맞닥뜨리게 되는 어려운 용어 사용이나 이해에서 오는 중압감은 가뜩이나 어려운 시를 더 어렵게 부채질한다. 그것은 다름 아닌 이미지, 상징, 비유, 전경화, 낯설게 하기, 함축 또는 압축 등의 말들이다. 분명 시는 언어를 축적하는 산문과는 본질적으로 다르게 몇 가지 시의 장치가 필요하다. 이것은 시가 근본적으로 지니는 규칙이기도 하지만 시를 유지하는데 크나큰 의미나 가치를 동시에 지니게 해준다. 이래서 혹자들은 시를 아주 특별한 사람들만 쓰거나 공유하는 술 알고 있다. 또 시 사체에 무슨 고상한 것이 있을 거라는 오해를 하기도 한다.

문학 장르 중에서 유독 시만 가까이 접할 수 없는 경계로 여겨지며 시인에게는 고통을, 독자에게는 괴리감을 안겨주는 것이 사실이기도 하다. 여타의 시가 문학을 위한 시로 존재하다보니 시로써의 가치나 목적을 상실해 온 것 또한 사실이다. 중·고등학교에서 이루어지는 잘못된 문학교육이 그 단적인 예이다. 한용운의 「님의 침묵」만 보더라도 '님'에 대한 대상을 다방면으로 해석하고 있다. 이것은 시를 일반적인 사실과 결부시키지 않고 역사적 사실에 바탕을 둔 특수한 면만을 고려해서이다. 문학을 위한 시는 시가 아니다. 인간을 위한 시만이 시이다. 시는 시인의 생각한 바를 풀어서 쓴 시일뿐이다. 수수께끼 같은 질문과 해답을 알아가는 과정에서 언어와 상상으로 빚어지는 한 세계의 창조이고 풍경 좋은 집한 채를 짓는 것이다. 다시 말하자면 시는 이 세계를 드러내면서 다른 세계를 창조하는 것이다.[3]

여기에는 한 가지 조건이 있는데, 그것은 기존의 시에 대한 선입관을 모두 떨쳐버리고 새롭게 시를 보자는 것이다. 시는 어렵고 다가설 수 없는 큰 벽이라는 생각을 버려야 한다. 여기 '너무 길다' 라는 한 줄의 시가 있다. 무엇을 표현했는가를 곰곰이 생각해 보라. 시제를 알고 나면 무릎을 탁치고 웃을 것이다. 이것은 장 콕토(Jean Coctean)의 「뱀」이라는 시이다. 이런 것도 시가 될 수 있을까?라는 의문은 김명인이 밝힌 시작업의 출발은 '사소한 것'으로부터 비롯된다는 사실에서 명쾌한 해답을 얻을 수 있을 것이다.

시와 시에 필요한 글감은 항상 우리 주위에 있어서 먼저 응시하고 인식하는 자만이 시를 획득할 것이다. 시를 '쓴다'는 표현에서부터 시를 더 거부할지도 모른다. 기존의 시에 대한 자동화되어 있는 지각작용에서 체질개선을 하는 것도 시를 새롭게 대하는 또 하나의 방법이다. 전

---

3) Octavio Paz, 앞의 책, p.13.

통적으로 산은 푸르고, 바다는 넓고, 밤은 까맣고, 눈은 하얗다는 식의 기억번지에 자동화되어 있는 시의 인식에서 이러한 것들을 제거해야 한다.

시는 언어와 의미로 만들어진다. 그러기 때문에 정서적으로 독자에게 감동을 전달하여 독자로 하여금 반응을 환기시켜 주는 기능을 수행해준다. 중·고등학생들의 백일장 심사를 하다보면 눈에 거슬리는 것이 기성시인의 흉내를 많이 내고 있다는 점이다. 물론 좋아하는 시인을 모델로 삼아 그의 작품세계에서 다른 작품세계를 만들어내는 것도 중요하지만 시인과 시인의 작품조차 뛰어 넘지 못하고 상이나 인기에 영합한 작품을 만든다는 사실에 유감과 우려를 표시하지 않을 수 없다.

이제 시가 어렵다는 생각은 버리자. 시에 대한 자신감을 갖자. 좋은 시와 그렇지 못한 시를 구분할 줄 알게 되면 이미 여러분은 시를 쓸 줄 알고, 해석을 할 줄도 알게 된 것이나 마찬가지다. 시가 쉽다고 해서 해설이 쉬운 것도 아니며 시가 어렵다고 해서 해설이 어려운 것도 아니다. 단지 내가 속한 이 사회에서 살아가면서 하나의 수수께끼나 화두를 짓는 것이다.

2) 평면적 언어의 극복

어떻게 하면 시를 잘 쓸 수 있을까? 한 번쯤은 이런 생각에 고민한 적이 있을 것이다. 고민하지 말라. 고민한다고 해서 시가 쉽게 써지는 것도 고민하지 않는다고 해서 무게 없이 써지지는 않는다. 물론 고민해서 생각한 바를 풀어내어 좋은 작품을 출산하게 된다면야 더할 나위가 없겠지만 이런 시들은 거의가 급조되어 작위적인 느낌이 강하다.

시는 쓰고자하면 써지는 그런 단순한 예술의 창조분야가 아니다. 시가 써지는 어떤 특별한 때가 따로 없다. 우연한 기회에 시는 써진다. 그 한 번의 우연한 기회에 시를 낚아채야 한다. 여기서 우연한 기회란 일상생활 속에서 일어나는 희노애락은 물론이고 보는 것, 듣는 것 등의 직, 간접적인 실제경험의 세계이다. 한 편의 시를 통해 시인이 독자에게 말하고자 하는 어떤 세계가 있는데, 이는 상상력이나 사유하는 활동에서, 우연한 기회에서 비롯된다.

일차적으로 시를 잘 쓸려면 일상적 어투의 극복에 있다. 이는 평면적 언어를 지양하고 입체적 언어를 운용할 줄 알아야 한다. 말이 거창한 입체적 언어지 따지고 보면 일반어와 대립되는 기능적 언어이다. 기능적 언어는 효과적으로 시를 유지해주는 시어이다. 시는 일반어와 구별되어야 한다. 그렇다고 시어 자체가 따로 존재하는 것이 아니라 언어를 시인이 취사선택하여 활용함으로써 분위기, 의미확대, 암시, 연상작용 등을 독자에게 부여해 환기시켜주어야 한다.

기능적 언어를 제일 먼저 언급한 이는 무카로브스키(Mukrarovsky)이다. 그는『무카로브스키의 시학』에서 시와 언어의 연관성을 중심으로 시론을 전개하여 시의 언어가 시를 형상화하는 중요한 요소로 작용하는 특성을 밝혔다.[4] 본질적으로 직접적이고 개인의 독특한 심리상태에만 제한되는 감정적 언어는 초개인적이고 변하지 않는 가치를 창조하는 기능적 언어, 즉 시어와는 확연히 구별된다. 이런 기능적 언어는 시의 표현을 위해 언어체계를 적용함으로써 심미적 효과를 획득하게 된다.

이차적으로 시를 잘 쓸려면 사물의 피상적인 인식에서 탈피해야 한

---

4) Mukrarovsky, 김성곤 역,『무카로브스키의 시학』, 현대문학, 1987, p.15.

다. 이는 시 창작에 있어 가장 기본적인 요소이다.[5] 피상적인 인식에 머물수록 시는 더욱 단순해지고 평면적이다. 한 편의 시를 통해 시인이 표현하고자 하는 관념과 세계가 있는데, 이 주관적 관념을 직접적으로 들어내는 것이 아니라 객관화시켜 추상적인 관념에서 벗어나야 한다. 쉽게 말해서 헌(Hearn)이 말한 '실감의 분리'이다. 그에 의하면 오래전에 획득한 실감은 시간이 점차 지나 작품 속에서 실감이 분리된 채, 순화된 정서로 재구성되어 미적정서로 나타난다 한다.

시를 쓸 때 관념을 떨쳐버리지 못하면 작품 속에서 전체적인 통일성은 물론 객관화되지 않은 이미지를 함부로 적용하게 된다. 그러다보면 글을 쓴 이는 잘 쓴 글로 착각하게 되지만 독자는 그런 시를 글쓴이 의도대로 다 읽어 내지를 못한다. 시 쓰기의 오류가 여기에 있다. 글쓴이는 자기의 의도대로 글을 쓰지만 독자는 그런 작가의 의도를 알 수 없이 다른 방향으로 시를 읽어내기 십상이다. 그래서 주관적 감정의 객관화가 필요한 것이다. 시가 시인 자신만의 표현에 머무는 것이 아니라, 독자와 공유하는 정서로 존재하고 소통되어야 한다.

3) 분명한 메시지 내포

우리는 왜 시를 쓰려고 하는 것일까? 이에 대한 해답은 문학의 기능을 차치하더라도 옥타비오 파스가 말한 "시의 본질적 기능은 세상을 변화시키는 것이며, 모든 시적 행위는 정신의 수련으로서 내면적 해방의 방법이다"[6]라는 말에 잘 나타나 있다. 여기서 주목해야 할 것은 '내

---

5) 도종환, 「시창작 초기에 나타나는 고쳐야할 표현들」, 유종화 엮음, 『시 창작 강의 노트』, 당그래, 2001, p.50.
6) Octavio Paz, 앞의 책, p.13.

면적 해방의 방법'이다. 이 말을 뒤집어보면 인간이 처한 심경의 상황을 단계적으로 글로 표출함으로써 심경의 그 상황에서 해방된다는 뜻이다. 즉 '슬픔, 사랑, 분노, 아름다움, 노래' 등의 개별적인 정서에서 시가 비롯된다고 보는 것이다.

원래 시는 '사랑'이나 '아름다움' 때문에 생겨났다고 해도 과언이 아니다. 바꾸어 말하면 '사랑'이나 '아름다움'을 끈질기게 자극하는 하나의 대상에 대해 관심이나 집중이 없이는 시가 만들어지지 않는다는 것이다. 관심과 집중력은 대상에 대한 집요한 응시이기도 하다.

현실사회나 대상이 아름답거나 사랑스럽지 않는다 해도 시는 그런 사회와 대상을 아름답게 바꾸고 사랑하게 해주는 큰 메시지가 있다. 이는 시의 주제와 매우 밀접한 관계를 맺고 있다. 시에는 하고자 하는 말이 분명하게 내재되어 있어야 한다. 시를 쓰다 보면 화려한 치장과 난해한 묘사로 시 자체를 묽게 하는 경향이 있다. 이것은 마치 김빠진 탄산음료수와도 같다. 병뚜껑을 오프너로 밀어 올릴 때 펑하는 소리와 김이 솟아오르는 강한 힘과 부드러움이 시에도 있어야 한다. 일찍이 게오르규(Constant V. Gheorghiu)는 "시인이 괴로워하는 사회는 병든 사회"라고 말한 바 있다. 그만큼 온전하지 못한 사회일수록 시인의 위치와 역할이 얼마나 중요한가를 새삼 일깨워 주는 말이다.

분명한 메시지를 나타내는 방법에는 두 가지가 있는데, 묘사와 진술이다. 시에 있어서 묘사와 진술은 매우 중요한 두 축이다. 좋은 시는 묘사와 진술의 절묘한 조화에서 탄생되기 마련이다. 묘사에 치중한 시는 산뜻해서 보기는 좋지만 깊은 맛이 떨어지기 쉽다. 진술로만 이루어진 시는 깊이는 있지만 관념적이다.[7] 또한 진술과 묘사는 시적주체

---

7) 이지엽, 『현대시창작강의』, 고요아침, 2005, p.454.

의 자기동일성을 고백하거나 회화적으로 시의 분명한 주제를 끌고 가면서 독자에게 반성과 희망을 가져다주기도 한다.

시를 읽고 분명한 메시지를 느끼지 못한다면 시를 쓴 사람의 고통과는 달리 독자는 슬프고 허전하다. 시인의 목소리를 통해 수많은 시들이 밖으로 나왔을 때, 이미 시는 시인의 것이 아니라 독자와 공유하는 것이기도 하다. 그렇게 때문에 독자와 시인을 연결하는 확실한 고리가 시 속에 내재해 있어야 한다.

4) 일관된 정서

루이스(C. D. Lewis)는 그의 저서 『시적 이미지』에서 이미지를 설명하면서 시를 "시인의 상상력에 의해 그려진 그림"[8]이라는 정의를 내린 바 있다. 이는 시인이 생각하고 있는 관념을 육화하여 어떻게 이미지로 생성해낼 것인가라는 문제와 직결되어 있다. 한 편의 시를 창작할 때 시인은 독자에게 그 무엇을 전달하여 환기시키고자 하는 것이 있다. 그것은 시인이 사유하는 세계일 수도, 실제적으로 겪은 세계일 수도, 아니면 시인의 상상력에서 빚어진 세계일 수도 있다. 시인은 이것들을 미학적으로 독자가 알 수 있는 상태로 나타내는데, 그 수단의 가장 효과적인 방법이 지각작용의 재생이다. 감각적 형상이 마음속에서 재생될 때 비로소 시를 쓰게 된다. 시인의 상상력에 의해 언어로 그림이 그려지는 것이다.

---

8) C. D. Lewis, 『The poetic Image』, London, 1958, pp.17~19. : "모든 시는 그 자체가 하나의 이미지다. 우리는 시의 이미지를 무엇으로 이해하는가? 가장 단순하게 말하여 그것은 말로 만들어진 그림이다. 한 개의 형용사, 한 개의 은유, 한 개의 직유로 이미지를 만들어 낼 수 있다. 또는 이미지는 표면상으로는 순전히 묘사적이지만 우리의 상상에 외적 현실의 정확한 반영 이상의 어떤 것을 전달하는 어구나 구절로 제시될 수도 있다. (…중략…) 시의 이미지란 어떤 감각적인 것에 접촉한 언어로서 조직화된 회화다."

여기서 주의할 점은 일관된 정서이다. 시를 쓰며 진행하다보면 시적 대상을 번잡하게 나열하기도 하고 시간성이 소거된 시제의 불일치를 초래하는 경우가 빈번하다. 이것은 너무 많은 것을 한 번에 노출시키기 때문이다. 절대로 많은 것을 한 번에 노출시키지 말라. 작가 자신도 많은 대상과 시제에 혼돈이 갈 수가 있다. 제일 많이 오류를 범하는 것이 시제의 불일치, 주체나 객체의 혼돈이다. 시간성을 소거한 시제는 시를 읽는데 상당한 부담감을 준다. 또 '나', '그', '그녀', '당신' 등의 주체나 객체가 한 작품 안에서 여기저기 많이 산재해 있어 독자로 하여금 시의 통일성에 대한 혼돈을 야기할 수도 있다.

이는 작품을 전적으로 밀고 가는 통일된 힘이 없을 때 주로 나타나는 현상으로 일관된 정서로 극복해야 한다. 대개의 현대 서정시는 시인 자신의 진실한 감정이 시인의 개성과 밀접하게 연관되어 있다는 사실에서 서정적 자아를 시인의 분신으로 여겨왔던 것이 사실이다. 그러나 체험적 자아(시인)와 서정적 자아(화자)를 엄밀히 구별해야 할 것이다.[9] 시인은 시 속에서 시인 자신의 화자를 내세워 화자를 통한 순화된 정서로 조직화된 시를 만들어내는 것이다.

시에서 시인과 화자를 일치시키면 주정적 방향으로 흘러 일관된 정서를 유지하기가 힘들어진다. 그러다보면 자연히 시제의 불일치, 주체와 객체의 혼돈으로 글을 쓰면서 자가당착에 빠질 수가 있다.

시인은 시 창작 주체가 되는 자신과 감정을 감추고 또 감추어야 한다. 감추고 감추어도 자신을 밖으로 노출시키기 마련이다. 스스로 시로부터 자신을 감추기 위해서는 대상을 섬세하고 정밀하게 관찰하는 집중력이 있어야 한다. 집중력은 대상의 이미지, 상황, 성격, 형태 등

---

9) 조태일 외, 『문학의 이해』, 한울아카데미, 1995, p.65.

을 파악하여 나름대로 이미저리를 축적하게 된다. 이 때 만들어진 이미지들은 시 창작 초기 습작 과정에서 매우 중요한 요소가 된다. 이렇게 사물을 보는 집중력에서 획득한 이미지나 정서들을 시로 인식하는 중요한 과정이 있는데, 이는 대상의 본질을 파악하여 시로 만드는 정신작용으로 집중력 못지않게 아주 중요한 요소이다. 관찰과 집중력, 그리고 인식은 대상의 특성을 주제에 접근시켜 주는 것으로 시 창작에 있어서 필수요건이며, 그것을 가로지르는 사람은 시인의 몫이다. 시를 더 시답게 연마하는 치열한 시인의 절절한 노력과 역할이 제대로 된 시를 낳기 마련이다.

5) 진정성 함유

시는 정서와 상상력, 그리고 여러 가지 시적장치에 의해 구성되어 만들어진다. 특히 간접적으로 체득한 경험의 경우 어느 정도의 상상력이 가미가 되나 실제의 경험처럼 완전하게 생성해 내기에는 역부족이다. 직접 겪었던 일을 시로 쓸 때에는 진실하고 정직하게 표현해야 한다. 겪지 않은 일을 상상력에 의존해 창작하기에는 그 한계가 있다.

이런 차원에서 리얼리티와 모더니티가 서로 교통하는 진정성을 함유해 상상의 한계를 극복해야 한다. 진정성이란 진실하고 정직한 것을 말한다. 시인의 사상이나 사유가 나타나지 않은 시는 미네랄이나 각종 성분들이 제거된 증류수와도 같은 것이다. 증류수가 본래의 물맛을 잃어버렸듯이 진정성이 없는 시는 거짓의 시와 다름없다.

시는 시로써 존재하기도 하지만 삶을 위해 인간을 위해 존재하는 궁극적인 이유가 또 있다. 시인 구상(具常)에 의하면 시의 표현에는 등가량의 진실이 수반되어야 한다.[10] 시는 내가 몸담고 있는 세상을 깨달아가는 과정이라고도 하였다. 사람 땀냄새가 나는 시, 깨끗하고 광택이 나는 구두가 아닌 도시서민의 애환을 느끼게 하는 낡은 구두를 그린 고희의 그림 같은 시, 그런 시가 현실적이고 보다 감각적이다. 한마디로 삶의 진실이 시적진실을 이룬다는 것이다.

뉴스나 언론매체에서 보고 들은 것을 사실적으로 표현할 때는 내가 직접 겪은 일이 아니기 때문에 진정성이 떨어지기 십상이다. 마치 작은 나무젓가락을 솜사탕으로 치장한 꼴이 되어버린다. 시는 메시지다. 결코 말의 치장이 아니다.

시에는 고백적인 측면의 한 양상으로 애브젝트(Abject)를 가지고 있다. 이는 주체의 내부를 들춰내는 것이다. 예를 들면 인간의 몸속에 감춰져 있는 '소변, 피, 정액, 침' 등을 시적 대상으로 하여 진정성 있게 들춰내는 것이다. 조말선이 발칙한 상상력이나 도발적인 언어로 성과 환상적 문맥을 매개로 삼아 부조리하고 비현실적인 세계를 잘 그려낸 것이 그 일례다. 최근에는 김선우가 월경(月經)을 통해 다른 월경(越境)을 짚어보고자 하는 시도가 있었다. 모두가 시에 진정성을 부여한 노력의 결실이라 하겠다.

여기 하나의 아름다운 풍경이 있다. 그 옆에 아주 혐오스런 폐허도 하나 있다. 풍경에서 폐허를 보든지 폐허에서 풍경을 보든지 이제 여러분들의 눈은 한쪽에만 고정시켜야 한다. 그래야 시에 대한 진정성을 함유하게 될 테니까 말이다.

---

10) 구상, 『현대시창작입문』, 현대문학, 1988, p.88.

3. 결론

앞에서 우리는 시 창작 과정에서 빈번하게 대두되는 문제점들을 짚어보았다. 이외에도 많은 요인과 요소들이 더 있겠지만 가장 우선적으로 짚고 넘어가야 할 사항들만 몇 가지 다루었다.

"시는 언어의 사원이며 시인은 그 사원의 사제이다"[11]라는 말이 있다. 시가 시인의 상상력으로 언어를 정확하게 운용하면서 사원처럼 쌓아올리는 것이며 시인은 언어로 쌓여진 시로 그 사원을 주관하는 사제와도 같다는 것이다. 시는 절박한 외침과도 같은 것이어서 거부하고 수용하는 경계를 선택하는 행위의 일부분이다. 그리하여 시는 인간을 위하고 삶을 위해 만들어져야 한다. 시가 인간을 위한 삶을 위한 시가 될 때, 비로소 독자나 시인들은 인간다운 삶을 누리게 해주는 시의 힘을 기억하고 믿을 것이다.

시는 무엇을 과학적으로 밝혀내거나 이해시키는 차원에서 쓰여지지 않는다. 시는 의미보다 감동전달에 일차적 목표가 있다. 시를 쓸 때는 '무엇'을 쓸 것인가도 중요하지만 '어떻게' 쓸 것인가라는 방법론에 더 고민하고 집착해야 한다.

시를 쓰다보면 추상적, 과학적, 여러 장애 요인으로 인해 '~때문에'라는 지점에 봉착할 수도 있다. 그러나 '그럼에도 불구하고'라는 의지적 소관으로 극복해야 한다. 시는 사물의 존재를 끊임없이 변모시키고 혁신하는 힘이 있기 때문이다.

요즘 한창 웰빙이라는 말이 유행이다. 사람에게만 웰빙이 필요한 것이 아니라 시에게도 웰빙이 절대적으로 필요하다. 시도 신선하고 푸릇

---

11) 반경환, 「논쟁문화의 장 13」, 《애지》, 2003 가을호, p.18.

푸릇한 시어들을 먹고 싶어 하지, 시들하고 군북내나는 시어를 먹고 싶지는 않을 것이다. 우리가 이미 알고 있는 기지(既知)의 것을 미지(未知)의 것으로 생경하고 개성 있는 시어를 시에게 많이 먹어주어야 한다.

시를 대하기가 두려운 사람, 시를 창작하기가 어려운 사람은 다음 글귀를 가슴에 항상 간직하기를 바란다.

시는 민중의 목소리이자 선민(選民)의 언어이고 고독한 자의 말이다.

— 옥타비오 파스의 『활과 리라』에서

참고문헌

강연호 외, 『시창작이란 무엇인가』, 화남, 2003.
구 상, 『현대시창작입문』, 현대문학, 1988.
김수복, 『상징의 숲』, 청동거울, 1999.
김수이, 『풍경 속의 빈 곳』, 문학동네, 2002.
박 진·김행숙, 『문학의 새로운 이해』, 청동거울, 2004.
신경림, 『삶의 진실과 시적진실』, 전예원, 1983.
유종화 편, 『시 창작 강의 노트』, 당그래, 2001.
이지엽, 『현대시창작강의』, 고요아침, 2005.
조태일 외, 『문학의 이해』, 한울아카데미, 1995.
단국학교 문예교육진흥원회, 『문학에의 초대』, 단대출판부, 1996.
무카로브스키, 김성곤 역, 『무카로브스키의 시학』, 현대문학, 1987.
로만 야콥슨, 『문학 속의 언어학』, 문학과 지성사, 1989.
루이스, 『시적 이미지』, 런던출판사, 1958.
옥타비오 파스, 김홍근·김은중 역, 『활과 리라』, 솔출판사, 1998.
《애지》, 2003 가을호, 애지출판사, 2003.

시의 이해를 위하여

김경우
(아동문학가)

1. 서론

1) 시란 무엇인가?

동양고금을 막론하고 시란 무엇인가? 라는 질문에 명쾌하고 정확한 말로 정의(正義)를 내리는 사람은 아마 아무도 없을 것이다. 그 이유는 아마도 시(詩)의 속성 자체가 정의할 수 없는 우주적 내포성을 가지고 있다. 시는 비논리성을 특징으로 하며 상상과 정서의 산물로서 지극히 주관적인 속성을 가지고 있기 때문이다. 또한 시는 개별적 삶의 표현이고 개인의 가치관과 세계관의 투사이다. 그만큼 시는 많은 개별성과 다양성을 가지고 있다. 뿐만 아니라 시는 여타의 장르에 비해 압축과 상징이 강하게 드러난다. 이 압축과 상징은 대상의 포착에 있어 우회의 길을 가게 함으로 더욱 난해성과 모호함을 산출하게 된다. 이외의 여러 요인들로 인해 시의 정의는 명쾌하게 내리기 어려운 것이다. 그럼에도 불구하고 많은 사람들은 시의 정의에 대한 답을 구하려는 노력을 경도하고 있으며 나름의 정의를 내리고 있다.

대부분의 개념들과 사물들도 그렇지만 시의 개념에서도 양끝이 있다고 할 수 있다. 그 한쪽 끝에는 '미(美)'가, 다른 쪽 끝에는 '진(眞)'이 있다. 그래서 시가 '미'에 치우쳐 있을 때는 그 의미가 희박해지고 '운(韻)'만이 남게 되고 들어서 즐거운 시가 된다. 반대로 '진(眞)'에 치우치게 되면 드러나지 않은 일상의 진솔함에 그 의미를 두게 되어 들어서 즐거운 시가 아닌 눈으로 보게 되는 시가 된다. 따라서 시는 '미(美)'와 '진(眞)'의 어느 한쪽에 치우치지 않고 그 가운데에 있을 때 가장 편안한 상태라고 할 수 있다.

시가 무엇인가에 대한 물음보다 오히려 동서양은 시를 어떻게 보고 있는 지에 대해 살펴보는 것이 더 현명한 일이라 할 수 있다.

동양에서의 시는 '언(言)'과 '사(寺)' 또는 '지(志)'가 합쳐져 만들어진 말이다. '언'은 똑똑하고 음조가 고른 말이라는 뜻이며, '사'는 시(恃)의 원자(原子)로서 "손을 움직여 일 한다"는 제작 혹은 창작의 뜻이, 지(志)는 '마음이 무엇을 향해 똑바로 나아가는' 것으로 정신활동을 의미하고 있다.[1] 따라서 시에는 제작과 창작 또는 어떤 목적을 향해 나아가는 정신활동을 음조가 고른 말로 표현한 것을 의미한다. 즉, '언어의 행위'가 큰 의미를 차지하고 있다. 그런데 인간은 누구나 언어행위를 하고 있다. 언어행위로 자신의 감정과 의사를 표현한다. 하지만 인간의 가장 기본적이고 본질적인 언어행위가 모두 시(詩)가 될 수는 없다. 공자는 "子曰 시삼백(子曰 詩三百) 일언이폐지(一言而蔽之) 왈사

---

1) 문덕수 외, 『세계문예대사전』, 성문각, 1980, p.1176.

무사(曰思無邪)"라고 『시경(詩經)』을 평가하는 글에서 시를 사무사라고 정의했다. "생각함에 사악함이 없다"는 것이다. 그는 시를 개인의 감정 표현으로 보았기에 인간 감정의 순수함을 담고 있는 언어의 서정성을 일체의 사악함이 없는 것으로 여겼던 것이다.[2]

서양에서는 시를 'poem'과 'poetry'의 두 가지를 사용하고 있다. 그 어원은 희랍어인 'poieses'에서 유래한 것이다. 'poieses'는 '만들다'라는 뜻을 지닌 'poiein'에서 온 것으로 '행하는 것', '만드는 것'이란 뜻을 가지고 있다. 고대 그리스에서는 시를 집을 짓고 농사를 짓는 것과 같다고 했다. 아리스토텔레스는 시인을 시(poema)를 제작하는 자, 곧 제작자(poeta)이면서 동시에 모방자(mimeta)로 규정하고 있다.[3] 'poem'은 어떤 특정의 구체적 작품을 가리키는 말이고, 'poetry'는 일종의 장르 개념으로 모든 'poem'을 가리키는 추상적 용어이다. 좀 더 구체적으로 말하면 'poem'은 창작되어 낭송되는 형식으로서의 개념을 가지고 있으며, 'poetry'는 창작되기 이전의 시정신, 즉 내용의 개념을 띠고 있다고 하겠다. 대부분 서양에서의 시의 정의는 주로 'poem'의 측면에서 이루어지고, 동양에서는 주로 'poetry'의 측면에서 이루어진다.

오늘날 우리가 시라고 하면 일반적으로 서정시(lyric poem)를 생각한다. 'lyric'은 현악기인 라이어(lyre)에서 유래한 용어이다. 서정시는 그 유래만으로 보자면 외래어이다. 물론 오늘날의 서정시가 이런 어원에 의해 그 의미가 정의되는 것은 아니다. 서정시에 있어 음악의 수반은 더 이상 'lyric poem'에서처럼 의무조항이 아니기 때문이다. 또한 개인적 창작을 가리키는 개념으로 사용되기는 하지만 반드시 그런 것도

2) 조태일, 『시 창작을 위한 시론』, 나남출판, 1994, p.52.
3) Aristoteles, 최상규 역, 『시학』, 인의, 1989, p.4.

아니다.

일반적으로 사용되는 서정시는 크게 두 가지의 의미로 쓰인다고 할 수 있다. 첫 번째는 서정시(lyric), 서사시(epic), 극시(drama)를 모두 아우르는 예술 혹은 문학 그 자체라고 할 수 있는 고대 서정시와 고대 서정시에서 유래된 현대의 시(poem)의 장르로 발전한 서정시가 그것이다.

다만 지금까지 시에 대한 많은 정의를 에이브람스(M. H. Abrams)가 모방론적 관점, 표현론적 관점, 효용론적 관점, 구조론적 관점의 네 가지 관점을 기준으로 나누어 제시해 두었다.

시가 어떻게 생겨났고 시의 본질이 무엇인지 알게 되었다 하더라도 시란 무엇인가라는 물음에 대해 일관성 있게 밝히는 데는 여전히 적잖은 어려움이 있다. 시를 정의한다는 것 자체는 인생을 정의하는 것만큼이나 어렵고 또 설사 정의한다고 하더라도 그것은 하나의 시도에 지나지 않을 것이다. 이 글에서는 시의 구성원리에 대해 알아보고 그것이 시 창작에 어떠한 도움을 줄 수 있는지 간접적으로 살피기로 하겠다.

2) 시의 관점

① 모방론적 관점

모방론적 관점은 시를 현실과 인생의 모방, 즉 반영과 재현으로 보는 관점이다. 작품 속에 재현된 세계에 시각을 두는 것이다. 모방론적 관점은 작품이 재현하거나 재현해야 할 삶의 '진실'에 가치를 둔다. 이 관점은 아리스토텔레스의 견해에서 비롯된 것으로 시에 대한 가장 오래된 정의라고 할 수 있다.

이런 관점에서 본다면 문학을 해석하고 수용하는 것은 바로 현실을 해석하고 수용하는 또 다른 방법이라 할 수 있다. 따라서 이러한 관점의 궁극적 목적은 현실의 어떠한 측면이 어떤 방법으로 재구성되어 표현되는가를 살펴보고 그것을 통해 세상을 읽는 것이라고 할 수 있다. 그래서 이러한 관점은 시가 구체적인 현실에서 출발한다는 점과 시작품을 이해하는 것이 현실과 시대, 그리고 역사에 대한 이해로까지 확대될 수 있다는 점에서, 매우 의의 있는 관점이라 할 수 있다.

그러나 작품이 현실을 반영하되 작가의 창조적 과정을 거친다는 것을 무시하고, 현실을 기계적으로 반영한 것이라고 보는 오류를 범할 수 있다.

시를 모방으로 보는 이러한 관점은 그리스 시대부터 오늘날까지 유효한 것으로 이것은 현실세계와 인생, 우주, 자연의 모습을 있는 그대로 그려내는 것에서 미래에 존재해야 할 세계의 보편성을 모방하는 데까지 추동한다.

② 표현론적 관점

표현론적 관점은 시를 개인의 감정의 표현으로 보는 관점이다. 이는 개성적이고 독창적인 상상력을 통해 시인의 내면세계를 밖으로 표출하는 자기표현(self expression)이 시가 된다는 관점이다. 작품과 작자의 관계를 중요하게 파악하는 관점이다.

이러한 관점은 시를 개성의 표현, 즉 자기 표현으로 보기 때문에 결국 개성적인 것, 독창적인 것이 가치의 평가 기준이 된다. 시는 자연스러운 것이고 시인의 감정과 정신상태의 꾸밈없는 순수한 표현에 가치를 둔다.

시를 주관적인 감정의 표현으로 보고, 시의 형식적인 면에서는 음악성을 강조하고 내용면에서는 상상과 감정의 발로로 보고 있다. 표현론적 관점은 19세기 낭만파 시인들에 의해 정의된 것으로 낭만주의 시론의 기본적인 관점이었다.

또한 이러한 관점의 시를 이해하고 해석하는 데 있어 작품 속에 들어 있는 작가의 사상, 감정, 세계관, 작가의 의도 파악이 선행되어야 한다는 견해를 보인다. 그 방법으로는 작가의 창작 의도 및 성장 배경, 학력, 생활환경, 취미, 사상, 교우관계, 종교 등 작가의 모든 것을 파악하고 그것이 작품에 어떻게 표현되고 있는지를 밝히는 방법인 역사 · 전기적 방법과 작가의 특수한 심리에 관심을 갖고 작품을 이해하고 해석하는 방법인 심리주의적 방법, 그리고 작품을 창작한 작가의 모든 것을 집중적으로 연구하여 창작의 비밀을 알아내는 방법인 작가론 등이 그것이다. 작자의 개인적인 능력과 천재성을 중시하기도 한다.

그러나 작가의 의도와 그 결과인 작품이 꼭 일치한다는 보장이 없음에도 불구하고 작가가 처음에 의도한 대로만 작품을 이해하고 평가하려는 데서 오류가 발생할 수 있다.

③ 효용론적 관점

효용론적 관점은 작품과 독자와의 관계를 중심으로 시를 보는 관점이다. 즉 독자에게 어떤 목적을 달성시키고 어떤 효과를 노리는 데에 시의 가치를 두는 시각이다. 그리고 그러한 목적 획득의 성공여부에 따라 작품의 가치를 판단한다. 이는 독자에게 가르침을 주는 교시적 기능과 즐거움을 주는 쾌락적 기능으로 구분된다. 시 자체의 예술성보다는 시를 통해 얻어지는 효과, 즉 기쁨과 즐거움 그리고 교훈적 의미를 전달하는 목적을 강조하는 관점이다. 이 효용론을 두고 많은 논쟁이 있어왔으며, 다시 수사적 비평, 수용시학에서 거론되고 있다.

또한 효용론은 작품을 읽는 독자에게 초점을 맞추어 작품을 해석하는 측면이 강한 만큼 독자를 책을 구입하여 읽는 수동적 개념이 아니라 '능동적 참여자'의 확장된 개념으로 본다. 독자가 작품을 읽는 까닭은 세계에 대한 이해를 더욱 넓고 깊게 이해하기 위한 것이며 독자가 작품을 대할 때 백지의 상태에서 작품을 받아들이는 것이 아니라, 자신의 지식과 경험 즉, 배경지식을 바탕으로 이를 받아들이게 된다. 이 과정에서 독자는 작품 해석의 주체로 자신의 경험 세계를 확장하고 수정해 나갈 것이며, 이를 통해 작품의 의미 또한 새롭게 정의된다고 보는 것이다.[4)

또한 시 비평에 있어 효용론은 독자가 작품을 재해석하고 받아들임으로써 비로소 그 의미가 구현된다. 즉 작품 해석이 독자에 따라 다양하게 변화될 수 있다는 점을 제시함으로써 독자의 위상과 역할을 부각시키는 관점인 것이다. '당의정설(唐衣精設)'과 '성리학적 문학관'[5)이 이에 해당한다. 그러나 독자에게 문학 작품이 어떤 영향을 끼쳤으며 그것이 옳고 그름을 판단하기 위한 객관적이고 타당한 기준이 없이 심리적 효과로만 비평의 기준을 이끌어냄으로써 개개인의 인상에만 머무르는 인상주의나, 상대주의에 빠지게 되는 단점이 있다.

④ 구조론적 관점

구조론적 관점은 작품의 가치는 작품 자체에만 있다고 보는 절대론적 관점을 말하며, 작품의 내부에서 가치를 찾으려고 하기 때문에 내재적 관점이라고도 한다. 작품을 이해하는 데 참조할 수 있는 것은 작품밖에 없으며, 작품 안에 작품을 해명 할 수 있는 요소는 모두 갖추어

---

4) 김준오, 『시론(詩論)』, 삼지원, 2001, p.29.
5) '당의정설'은 쓴 약에 설탕을 바르듯 교훈이나 진리를 독자가 즐겁게 받아들일 수 있도록 달콤한 정서로 감싼 것이 문학이라는 주장이고, '성리학적 문학관'은 문학을 도(道)와 일치시켜 이해했으며, 인간의 마음을 올바르게 수양하는데 필요한 것으로 인식하는 문학관을 의미한다.

져 있다는 입장이다. 따라서 작품의 형성에 관여된 작가나 현실, 시대 환경 등은 고려의 대상이 되지 않으며 작품이 독자에게 끼친 효과도 작품에 대한 평가에는 크게 영향을 주지 않는다. 이 관점은 작품을 이루고 있는 언어를 중시하며, 작품을 유기적인 존재로 보고 작품의 구조를 분석하여 그 구조에서 오는 아름다움을 찾는 것이다. 즉, 작품의 가치는 내용, 형식, 표현 등의 요소에 따라 결정되며 작품의 언어, 구조, 부분과 전체의 유기적 관계 등이 중심적인 탐구 대상이 된다. 주로 형식의 탐구에 치중하기 때문에 형식주의로 불리기도 한다. 시의 운율이라든가 비유, 상징, 구조에 대한 분석에 많이 쓰인다.

이 관점은 문학 작품을 사회적, 역사적 상황으로부터 분리시킴으로써 작품 이해의 폭을 한정시키고 문학이 궁극적으로 역사성을 배제할 수 없다는 점을 고려하지 않았다는 한계가 있다.

하지만 작품 자체의 순수한 의미와 가치만을 추구한다는 점에서 매우 중요한 의의를 지닌다. 그리고 순수 작품 그 자체로만 판단하여 내재적으로 접근하는 구조론적 관점은 언어와 그 짜임을 중요시하였기 때문에 언어에 민감한 시의 분석과 치밀한 작품 읽기를 요구한다는 점에서 뛰어난 성과를 보였다.

⑤ 종합주의적 관점

문학작품의 완벽한 해석은 생산론, 반영론, 구조론, 수용론 어느 한 관점을 단순히 적용함으로써 이루어질 수는 없다. 인간의 모든 면을 다루고 있는 문학의 세계는 어느 하나의 관점으로는 설명할 수 없을 만큼 깊고도 복잡하기 때문이다. 이런 생각을 바탕으로 나타난 것이 바로 종합주의적 관점이다.

즉 말 그대로 이것과 저것을 모두 종합하여 가장 완벽한 작품 이해의 지평을 열고자하는 의도에서 도입된 관점이다. 문학 작품의 완벽한 이해는 언급된 어느 한 관점만으로는 이루어질 수 없다는 비판에서 출발한 것이다. 문학작품은 현실을 총체적으로 반영하며 인간의 모든 면을 다루고 있기 때문에 제한된 견해 하나만으로 충분히 파악할 수 없다는 것이 바로 종합주의적 관점이다. 즉, 문학 작품을 감상할 때 작품의 특성에 맞게 상대적으로 특정한 관점을 중요시 하면서 다른 관점들도 수용, 결합하는 것이 작품의 이해와 폭을 넓히는 데 도움이 된다는 것이다.

2. 본론

시의 발생학적 정의와 여러 가지 관점에 대해 살펴보았다. 하지만 시의 이해는 그것만으로는 부족하다. 시의 개념과 여러 관점들을 이해하는 것이 곧 시 자체를 이해하는 것은 아니기 때문이다. 그렇다면 시 창작과 이해에 있어 가장 중요한 것은 무엇일까? 그것은 언어, 특히 시어로서의 언어에 대한 이해가 우선일 것이다. 그리고 시를 이루고 있는 구성원리 또한 중요한 부분을 차지할 것이다. 시의 언어, 그리고 언어를 통한 비유와 상징, 아이러니 등은 시의 창작과 이해의 양측면에 있어 모두 중요하게 작용하는 원리들이다. 현대는 다양한 시의 형식을 볼 수 있다. 어쩌면 시의 구성 원리에서 어긋나거나 벗어난 시를 보기도 할 것이다. 그러나 중요한 것은 정도(正道)에 있다고 하겠다. 현대의 시가 일종의 일탈을 보이는 부분이 있다고 여겨지는 것은 그리고 그 발생이 독자적인 것처럼 보이기도 하는 것은 그 작품 속에 숨은 기본적인 구성원리를 파악하지 못하는 데서 비롯되는 것이다. 많은 훈련과 연습이 없이 그러한 작품을 쓰기는 한마디로 어렵다고 할 수 있다.

이제 시를 이루고 있는 구성요소에 대해 살펴보도록 하겠다.

1) 시와 언어

문학은 언어 예술이므로 시에서의 언어는 제재(題材)에 해당한다.[6] 그러나 시의 경우 언어를 매개로 하는 문학 중에서도 가장 언어에 민감하며 특별한 의미를 지닌다. 시는 소설이나 희곡과는 달리 짧고 압축되어 있다. 그러나 짧고 압축된 것이 모두 시라고 할 수는 없다. 절제(節制)된 언어의 질서가 어떤 원리에 의해 이루어지고 또 그것이 무엇을 의미하고 있어야 한다.

그러나 시의 언어와 일상생활의 언어 사이에 확연한 구별이 있는 것은 아니다. 일상생활에서 쓰이는 말이 시에서 그대로 쓰일 뿐만 아니라, 시에서 쓰일 법한 말이 일상생활에서도 그대로 쓰이고 있는 경우가 많다.

우리가 일상생활에서 사용하는 언어는 역사적·사회적으로 형성된 관습적 의미로 어떤 특정 대상을 지시하는 기호(記號)로서 사용되고 있다. 정확한 의사 전달을 위해서는 언어의 이와 같은 기능은 필수적이다. 이처럼 지시적 기능(指示的機能)을 가진 언어의 의미를 '외연적(外延的) 의미'라고 부른다. 그러나 시어로 채택된 언어는 외연적 의미

---

6) "언어는 하나의 사회적 현상이다. 말은 한 사회의 구성원들이 일련의 습관으로 일정한 양식에 의하여 발성되는 소리들로 구성되어 있으며, 이 기본기능은 한 사람에게서 다른 사람에게로 약속된 소리를 통해 어떤 자극을 전달하여 일정한 반응을 일으키게 한다. 즉 사람 사이의 의식체계 사이에 연결을 가능게 한다. 언어는 사회의 공통적인 약속에 기초하고 있다." : 이상섭, 『문학비평용어사전』, 민음사, 1991. p.56.

만으로는 불충분하다. 시어는 관습적인 때가 벗겨진, 보다 신선하고
새로운 의미의 언어이어야 하기 때문이다. 언어는 이렇게 보편적, 객
관적인 의미만으로 쓰이지는 않는다. 인간의 의식과 가장 밀접하게 연
결된 언어는 말하는 사람의 주관과 상황에 따라 그 의미가 달라진다.
"옷이 날개다"라는 말에서 '날개'는 사전적 의미의 날개가 아니라 '훌
륭하다', '돋보이게 한다'의 의미로 쓰인다고 할 수 있다. 이와 같이
개인의 주관적인 요소가 개입되어서 언어의 의미가 달라지는 것을 함
축적 의미 또는 '내포적(內包的, connotation) 의미'라고 한다.

또한 우리는 일상생활에서 언어를 사용할 때 낱말 하나하나를 따로
떼어 사용하지 않는다. 그리고 그 낱말들은 문맥에 따라 다른 의미를 지
니기도 한다. 즉 내포적 의미의 낱말들은 문맥에 그 의미가 달라진다.

더러는 옥토(沃土)에
떨어지는 작은 생명이고저……
흠도 티도
금가지 않은
나의 전체는 오직 이뿐!

더욱 값진 것으로
드리라 하롱 제
나의 가장 나아종 지닌 것도 오직 이뿐.

아름다운 나무의 꽃이 시듦을 보시고
열매를 맺게 하신 당신은
나의 웃음을 만드신 후에

새로이 나의 눈물을 지어주시다

— 김현승, 「눈물」 전문

이 시에서 눈물은 우리의 인습적 생각의 눈물의 의미로부터 멀리 벗어나게 한다. 눈물은 생명이며 흠도 티도 금가지 않은 시인의 순수한 전체인 것이다. 시인에게 있어 절대 가치이며 삶을 바라보는 자세이다. 이것은 눈물이 갖는 지시적 의미로부터 벗어나 내포적 의미로서 얻게 되는 새로운 인식이다.

2) 시와 리듬

시에 나타나는 리듬은 근본적으로 자연의 섭리, 즉 낮과 밤, 사계절의 변화, 별의 운행, 밀물과 썰물의 교차, 맥박, 몸의 움직임 등에서 비롯된 것이다. 리듬은 자연의 섭리이고 인가의 내재적 욕구이며 조화와 쾌감을 동반한다고 할 수 있다. 시의 리듬은 우주현상과 자연섭리, 생활 방식을 강약, 명암, 생장, 소멸의 리듬으로 환원한 것으로 볼 수 있다.[7] 그러므로 인간의 이 패턴 제작의식에 의해 자연현상을 예술적으로 수용한 것이 시의 리듬인 것이다. 시의 리듬은 반복성과 주기성이 있다. 일반적으로 '운(韻, rhyme)'을 반복성의 개념으로, '율(律, meter)'을 주기성의 개념으로 나타내고 있다.

'운'은 같은 소리, 비슷한 소리의 반복으로 생기는 리듬이다. 영시나 한시에서 흔하게 나타나며 소리의 위치에 따라 '두운(頭韻, alliteration)', '요운(腰韻, assonance)', '각운(脚韻, endrhyme)'으로 나누

---

7) 김영철, 『현대시론』, 건국대출판부, 1993. p.124.

고 이를 통틀어 '압운(押韻, rhyme, rime)'이라 한다. '율'은 '율격(律格, meter)'이라고 하는데 포괄적으로 말하면 소리의 고저, 장단, 강약 등의 주기성이 나타나는 리듬, 즉 음악적 효과를 가리킨다. 그것은 고저율(tonal), 강약률(dynamic), 장단율(durational)로 세분되지만, 시를 논할 때는 거기에 다시 음수율(音數律)이 보태어진다. 그러나 고저율, 강약률, 장단율이 모두 적용되지 않는 한국시의 율격은 음보율(音步律)이 일반화되어 있는 통념이다.

그리고 이 두 가지 요소는 다시 여러 하위 범주로 구분되기도 하는데 오늘날 이 말은 좀 더 포괄적인 개념으로 사용된다. 즉, 압운과 같이 외적으로 드러나는 소리의 일정한 규칙적 질서뿐만 아니라 형태로 포착할 수 없는 내재적 리듬을 말할 때도 운율이라는 말을 쓴다.

> 신이나 삼아 줄 걸 슬픈 사연의
> 올올이 아로새긴 육날 메투리
>
> — 서정주, 「귀촉도」 부분

우리 시에서의 운은 서구시나 한시에서처럼 엄격하거나 다양하지 못하고 단조로우며 발견하기도 어렵다. 이 시에서는 자음 'ㅅ'과 'ㅇ'이 반복되어 운(韻)을 형성하고 있다. 대체로 단순한 소리의 반복이거나 동어 반복 정도로 되어있는 것이 우리 시의 운이다. 그것은 우리말이 교착어(膠着語)인 까닭으로 어절이나 단어의 끝 음상이 빈약하기 때문이다.

시의 운율은 말이 지니고 있는 음성적 요소의 규칙적 배열, 특정한 음보의 반복, 음성 상징어의 구사, 일정한 음절의 규칙적 배열과 반복, 통사 구조 및 행과 연의 규칙적 배열 등에 의해서 이루어진다. 또한 운율은 의미 구조에도 밀착되어 있어서 시인이 작품 속에서 나타내고자 하는 주제 의식에 의해서도 이루어지는데, 음악성에 대한 욕구를 시의 내면으로부터 충족시키려고 하는 것이 현대시의 특징 중의 하나다.[8] 결국 시에서 운율을 창조하는 방법으로는 반복(외형률)과 변조(내재율)의 두 가지가 있다고 하겠다.

> 생각을 깊게 하고
> 언어를 섬세하게 어루만져야
> 모두 시가 되는 것은 아니다.
> 함부로 말을 주무르거나 천하게 다루거나
> 강간을 해도 시는 태어난다.
> 그것이 우리의 시가 살아갈 험한 세상이다.
> 우리가 무엇을 옳게 따져서
> 무엇 하나 옳게 만들어지는 것이 있더냐.
> 시는 실패해도 완성이다.
> 시는 갈보로 누워도 컬을 집는다.
> 천하고 헤픈 웃음 벌여도
> 한번은 너를 찍고 나를 찍는다.
> 마포(麻布)처럼
> 밟아야 살아나는 보리 이랑처럼
>
> — 이성부, 「시」 전문

위의 시는 겉으로 드러나는 리듬을 전혀 갖고 있지 않다. 그러나 시

---

8) 조태일, 앞의 책, p.183 참고.

가 안으로 품고 있는 자연스러운 리듬을 확인 할 수 있다. 이렇듯 일정한 정형성의 리듬에 탈피하여 시의 분위기나 내용 그리고 정서에 자연스럽게 어울리는 내적 리듬을 현대의 시들은 갖고 있다. 이것은 현대 자유시의 특성을 바탕으로 하였기 때문이다.

3) 시와 비유

(1) 비유의 개념

비유(比喩, figures of speech)는 언어의 전이 현상으로 어떤 사물의 모양이나 상태, 성질 등을 효과적으로 표현하기 위하여 어떤 사물이나 의미를 고정시키는 것이 아니라 그것과 비슷한 사물에 비교하여 표현하는 언어적 방법이다. 즉 비유는 서로 다른 사물들을 비교함으로써 얻어지는 이해나 인식을 언어적 표현으로 나타낸 것이다.

영국의 언어 철학자인 어번(W. M. Urban)의 말에 따르면 비유는 인간의 강렬한 표현욕구의 산물로서 언어표현의 생동성, 암시성, 명석성을 나타내기 위하여 사용된다고 하였으며 턴들(W. Y. Tindal)은 비유를 "내적 상태의 외적 기호"라고 정의하였는데 이는 인간 내면에 존재하는 관념이나 정서를 어떤 명백하고 구체적인 가시적 언어로 표현해 낸다는 의미를 갖고 있다.[9]

어번은 「언어와 현실(language and Reality)」에서 언어의 가동성을 강조한 바 있다. 즉 언어란 사물에 부착되어 있지 않고 거리를 두고 있으므로 부단히 움직이고 있다는 것이다. 언어와 언어가 지시하는 사물

---

9) 김영철, 앞의 책, p.181.

사이에 거리가 있다는 것은 언어의 추상성과 언어의 의미에 대한 지평을 여는 무한한 가능성을 말한다. 이러한 언어의 속성이 시에서 비유의 폭을 넓히고 있다고 하겠다. 다시 말하면 "이 꽃은 장미다"라는 기본적 의미가 "그 여자는 장미다"라는 문맥적 의미로 옮겨가는 곳에 언어의 가동성이 있고, 이러한 것은 언어의 전이 현상이라 할 수 있다.

(2) 동일성의 원리

시인들은 어떤 묘사를 위해서만 이미지를 사용하진 않는다. 비교에 의해서 관념들을 표현하고 전달합니다. 쉽게 말하면 이 비교가 비유적 언어, 즉 비유라는 것이다. 비유가 일종의 비교인 이유는 반드시 이질적 두 사물의 결합 양식이기 때문이다.

비유의 구성은 원관념과 보조관념으로 이루어져 있다.[10] 이 때 원관념과 보조관념은 '―같이', '―처럼', '―듯이'의 매개어로 결합된다. 비유의 근거는 두 사물 사이의 유사성 또는 연속성에 있다. 즉 두 사물의 동일성에 의하여 비유가 성립된다.

> 당신은 짐승, 별, 내 손가락 끝
> 뜨겁게 타오르는 정적
> 외로운 사람들이 따 모으는 꽃씨
> 외로운 사람들의 죽음
> 순간과 머나먼 곳,

---

10) 원관념을 의미하는 또 다른 용어로는 주지(主旨), 본의(本義), 취의(趣意)가 있고, 보조관념을 의미하는 또 다른 용어로는 유의(喩意, vihicle, secondary meaning)가 있다.

이방(異邦)의 말이 고요하게 시작됩니다
당신의 살갗 밑으로 대지(大地)는 흐릅니다
당신이 나타나면 한 개의 물고기 비늘처럼
무지개 그으며 내가 떨어질 테지만.

　　　　　　　　　　　　　— 이성복, 「당신은 짐승, 별」 전문

이 시에서 원관념은 '당신'이다. 그 원관념에 대한 보조 관념이 '짐
승', '별', '정적', '꽃씨', '정적', '죽음', '순간', '머나먼 곳', '내 손가
락 끝' 등 여러 가지이다.

원관념에 대한 보조관념의 동일성에 대해서는 작가의 의도를 짐작해
볼 수밖에 없지만 이 시에서는 당신이란 원관념에 대해 다양한 보조관
념으로 전이시키면서 '당신'의 의미는 물론이거니와 거기에 결합하는
보조관념의 대상들까지도 하나의 의미로만 규정지을 수 없는 복합적
성격을 띠고 있음을 알 수 있다.

(3) 직유

직유는 말 그대로 직접적인 비유를 말한다. 특별히 유사하지 않은 사
물들을 '—같이', '—처럼', '—듯', '—보다' 등의 연결단어를 통하여
직접 비교하는 것이다.

직유의 특성은 원관념과 보조관념이 표면에 그대로 드러남으로써 원
관념의 구체성을 얻게 한다. '마음'이라는 원관념과 '바다'라는 보조관
념이 위에 열거한 연결단어에 의해 "바다 같은 마음"이라는 직유의 모
습을 띄우면서 '마음'이 '바다'와 같이 넓다는 구체성을 얻는 것이다.
여기에서 보조관념은 자기의 특질이나 속성을 그대로 지니면서 원관

넘의 의미나 특징, 성격, 모습 등을 구체적으로 표현되도록 도와주는 역할을 한다.

그러나 이 직유는 원관념과 보조관념 사이에 얼마간의 유사성을 발견할 수 있을 뿐만 아니라 비유의 형태가 단순하다. 때문에 고도의 상상력을 요구하지는 않는다.

(4) 은유

은유는 그 구조가 직유처럼 원관념과 보조관념으로 되어있으나, 직유의 "―처럼, ―같은, ―듯이"와 같은 매개어가 없는 것이 특징이다. 그러나 이런 매개어가 없기 때문에 원관념과 보조관념이 결합하여도 비유는 숨은 형태로 나타나며, 의미 또한 직유와 다르게 나타난다. 원관념과 보조관념은 서로 충돌하듯 결합한다. 이 때 일어나는 상호작용은 물리적 반응이 아닌 화학적 반응을 함으로서 전혀 새로운 의미를 창출해낸다.

은유를 메타포(metaphor)라고 하기도 하는데 이는 의미의 전이(轉移), 즉 새로운 의미를 창조한다는 뜻이다. 아리스토텔레스도 은유를 가리켜 "본래의 용도인 어떤 대상으로부터 그 명칭을 전용(전이)하는 것이다"[11]라고 하였다. 이는 'metaphor'가 'meta(초월)'와 'phora(옮김)'에서 나온 것이기 때문이다. 은유에는 치환은유(置換隱喩, epiphor)와 병치은유(並置隱喩, diaphor)가 있다.

　　한 점

---

11) Aristoteles, 앞의 책, p.41.

죄(罪) 없는

가을 하늘을 보노라면

거대한 거울,

이다.

이번 생의 온갖 비밀을 빼돌려

내가 귀순(歸順)하고 싶은 나라,

그렇지만 그 나라는

모든 것을 되돌릴 뿐

아무도 받아주지 않는다

대낮에 별자리가 돌고 있는

현기증나는 거울

— 황지우, 「거대한 거울」 전문

이 시에선 원관념은 '가을 하늘'이고 보조관념은 '거대한 거울'이다. 결합 방식도 "A는 B"라는 전통적인 서술형식이며 두 대상은 서로 유사성이 있다. 거울과 가을 하늘과의 유사성은 맑고 투명함이다. 그리고 거울이 우리의 겉모습을 비추어준다면, 가을 하늘은 우리의 마음을 비추어준다고 하겠다. 이 시처럼 치환은유는 두 대상의 유사성을 바탕으로 원관념이 보조관념으로 전이하여 시적 의미를 확대시키고 의미의 변용을 만들어내는 은유를 말하는 것이다.

병치은유는 치환은유에서 보여준 유사성을 찾을 수가 없는 것이다. 서로 이질적인 내상들이 병렬과 종합의 형태를 통하여 새로운 의미를 나타내고 있는 것이다. 또 병치은유는 전혀 다른 대상들, 즉 현실 속에서는 결코 아무런 관계를 형성할 수 없는 대상들이 창조적인 시적 공간에서 서로 만나고 관계를 맺어서 새로운 의미로 탄생하는 것이다.

질주하는 전율과

전율 끝에 단말마(斷末魔)를 꿈꾸는

벼랑의 직립(直立)

그 위에 다시 벼랑은 솟는다.

그대 아는가

석탄기(石炭紀)의 종말을

그때 하늘 높이 날으던

한 마리 장수잠자리의 추락을.

— 이형기, 「폭포」 부분

이 시는 '벼랑의 직립', '석탄기의 종말', '장수잠자리의 추락'이 아무런 유사성이나 모방적 요소를 갖고 있지 않다. 각기 독립되어 무관한 듯 놓여 있을 뿐이다. 원관념인 '폭포'와 상당히 이질적인 형태로 존재한다. 이처럼 모방적 요소가 없고 이질적인 두 개 이상의 사물이 병치되어 있더라도 새로운 의미를 형성한다고 보는 것이 병치은유이다.

(5) 환유와 제유

환유(換喩)는 두 요소의 인접성(contiguity)을 바탕으로 배열된다. 은유가 서로 상이 한 것들 사이에서 유사성을 발견하고 상이 한 것들 사이에 구심점을 구축해 내는 데 반해, 환유에는 발견의 힘이나 통일성을 부여하는 구심력이 별로 없다.[12] 환유는 은유와 대립되는 은유의 형식 또는 근접의 은유(figures of contiguity)라 할 수 있다.

아리스토텔레스에 의하면 환유는 종과 속의 대치 이론에서 종에 적합한 것을 속으로 사용할 때 환유에 해당된다고 했다.[13] 이는 대상의 일종으로 어떤 사물을 나타낼 때 그 것과 관계가 깊고 가까운 낱말을 빌려 표현하는 비유이다. 예를 들어 태어나서 죽을 때까지를 "요람에서 무덤까지"로 표현하는 경우, '별'이 장군을 의미하고, '상아탑'이 대학교를, '메가폰'이 영화감독을, '백의민족'이 한민족을 의미하는 것 등이 여기에 속한다.

제유(提喩, 代喩, synedoche)는 겉으로 드러나 있는 한 부분(보조관념)이 안으로 숨어 있는 전체(원관념)를 비유하고 있는 것을 말한다. 즉 드러나 있지 않은 전체를 그 사물의 일부분으로서 대신 표현하는 방법이다. "인간이 빵만으로 살 수 없다"에서 '빵'은 빵 그 자체를 말하는 것이 아니라 음식물, 먹을 것 전체를 대신 가리키는 제유이다. '벽안(碧眼)'이 서양인을 가리키는 것도 마찬가지이다.

4) 시와 상징

(1) 상징의 의미

상징(symbol)은 그리스어 'symballein'에서 유래한 말로 '조립한다' 혹은 '짜맞춘다'를 의미하며 명사형 'symbolon'은 "부호, 증표, 기호"라는 뜻을 가지고 있다. 어원에서 보면 상징이란 기호로서 다른 어떤 것을 대신하는 기능을 하는 것을 말한다.

---

12) 박진·김행숙, 『문학의 새로운 이해』, 청동거울, 2004. p.255.
13) Aristoteles, 앞의 책, p. 42.

어떤 것을 상징한다는 것은 불명확하거나 추상적인 사물 혹은 사물의 숨은 성질을 가시적이나 명확한 대상으로 치환시켜주는 행위이다. 표현된 사물(보조관념)과 의도하고자 하는 관념이나 대상(원관념)은 동일한 진술로 드러나기 때문에 문학의 상징은 안에 숨은 뜻을 밖으로 드러나게 하는 기호로 인식되는 것이다.

(2) 상징의 특성

상징을 시에 사용함으로 독자들의 상상력에 강한 충격을 가하고 유추작용을 증대시켜 시적 긴장감을 증폭시켜주는 효과를 기대할 수가 있다. 상징의 특성을 몇 가지 살펴보자.

① 일체성

직유나 은유가 두 개의 서로 다른 사물을 대입시켜 나타나는 데 비해 상징은 원관념을 보조관념 속에 내장시킴으로 개념과 이미지를 하나로 일체화시키는 양식이다. 시인이 말하고자하는 것은 표현된 언어 속에 감추어져 있고, 독자들은 시어에 암시되어 있는 세계를 파악해냄으로 시를 읽는 기쁨을 누리게 된다.

② 복합성

상징은 애매모호한 의미의 저층으로부터 확연한 의미층까지 복합적 의미층의 양상을 갖는다. 시에 나타난 주된 의식 안에 여러 가지 이미지들이 복합되어 있는 것이다. 그래서 그 의미가 여러 개의 뜻을 포함하고, 모호하기도 하다.

③ 암시성

상징언어는 보조관념으로 표현되어 원관념을 암시함으로써 원관념과 보조관념이 일체화 된다. 상징이란 존재 양식이 본래적으로 원관념이 숨고 보조관념만 제시되어 있는 것이기 때문에 감춤(concealment)과 드러냄(revealation)의 양면성을 필연적으로 지니는 것이다. 상징에는 침묵과 담화가 함께 작용하여 2중의 의의를 가져오는 것이다.

④ 긴장성

상징의 감춤과 드러냄, 복합성, 암시성은 독자들로 하여금 정신적 긴장감을 갖게 한다.

달 그늘에 잠긴
비인 마을의 잠
사나이 하나가 지나갔다.
붉게 물들어

발자국 성큼
성큼
남겨 놓은 채

개는 다시 짖지 않았다
목이 쉬어 짖어 대던
외로운 개

그 뒤로 누님은

말이 없었다

달이
커다랗게
불끈 솟은 달이

슬슬 마을을 가려주던 저녁

─ 김명수, 「월식」 전문

　상징의 언어가 긴장의 언어일 수밖에 없는 것은 시의 언어가 우리가
일상으로 쓰는 문맥과 같지 않기 때문이다. 위의 시에서 달은 어둠에
대한 빛의 이미지이면서 동시에 삶의 애환과 고통의 분위기를 나타내
기도 한다. 잠들어 빈 듯한 마을과 다시는 짖지 않는 외로운 개와 말이
없어진 누님의 이미지는 무언가 비밀스러운 분위기를 연상시키면서
이 시의 내용의 중요한 암시적 모티프가 되고 있다. 비밀스런 분위기
를 배경으로 드러나지 않는 사내의 정체와 누님의 관계는 어떤 사건을
암시할 뿐이지 구체적으로 설명되지는 않는다.

(3) 상징의 유형

① 개인적 상징

　개인적 상징(personal symbol) 또는 사적 상징(private symbol)은 어떤
하나의 작품 속에만 있는 단일한 상징이나 어떤 시인이 자기의 여러
작품에서 특수한 의미로 즐겨 사용하는 상징이다. 개인 상징이란 한
시인의 상상적 삶과 그의 실제 생활에 대하여 지속적인 활기를 불어넣

고 타당성을 가질 뿐만 아니라 시작품 속에서 다양한 형태를 취하여
수시로 반복해 나타나는 상징을 두고 말한다.[14]

② 대중적 상징

대중적 상징(public symbol)은 공중적 상징, 인습적 상징, 제도적 상징
등으로 다양하게 불린다. 이는 오랜 세월동안 특수한 문화를 배경으로
하여 사용된 상징을 의미한다. 따라서 시인 개인의 독창적인 상징이
아니라 그가 속한 문화권, 환경, 풍습 등에서 보편성을 띠는 상징이다.
십자가, 비둘기, 연꽃, 대지가 상징하는 교회, 평화, 불교, 어머니가 보
편적이며 대중적 상징이다. 오래 전부터 인습적으로 상징화 되어 굳어
진 것이라고 할 수 있다.

③ 원형적 상징

원형(原形, archetype)은 인류의 뿌리 깊이 유사하거나 공통적으로 동
일한 것이라는 전제 아래 논의 되는 것이다. 역사나 문화, 종교 풍습
등에서 수없이 되풀이 된 이미지나 화소(話素, motif)나 테마다. 이것은
인류에게 꼭 같거나 유사한 의미를 지니고 되풀이 되는 것이다. 그러
나 막연한 되풀이가 아니라 조금씩 변모된 형태로 반복되어 드러난다
는 것이다. 이처럼 변모된 형태로 드러난 원형의 모습이 동일한 의미
로 보편성을 띠며 인류 전체에 상징되는 것을 원형적 상징(archetypal
symbol)이라고 한다.

문학에서는 프레이저(J. G. Frazer)의 저서 『황금가지(*The Golden
Bough*)』와 융(C. G Jung)을 중심으로 한 심층심리학 연구가 이루어짐

---

14) Phillp E. Wheelwright, 김태옥 역, 『은유와 실재(*Metaphor and Reality*)』, 한국문화사,
2000, p.104.

에 따라 문예비평에서 중요한 개념의 하나로 간주되기에 이르렀다.[15]

융은 인류학자들과는 달리 신화를 정신현상의 투사로 보고 원형을 인간의 정신구조에서 찾는다. 옛 조상들의 생활 속에서 되풀이 되는 체험의 원초적 심상(primordial image), 정신적 잔재가 원형인데 이것은 집단 무의식 속에서 유전되어 개인적 체험의 선험적 결정자(apriori determinant)가 되며 신화, 문학, 종교, 꿈, 개인의 환상 속에 표현된다.[16]

5) 시와 이미지

이미지(image)는 원래 심리학에서 인간의 지각과정을 설명하기 위한 용어다. 심리학적 현상으로 기억, 상상 꿈, 환상 등 인간의 의식, 무의식 상태에 의해 떠오르는 감각적 지각의 대상이 이미지이다. 심상(心象)이라고 한다.[17]

문학에서의 이미지는 '언어의 이미지'를 의미한다. 영국의 비평가 시드니(Sir Philip Sidney)는 시를 비유적으로 말한다고 가르치고 즐겁게 할 목적을 가진 '말하는 그림(speaking picture)라고 했다.[18] 이는 시 속에는 한편의 그림을 연상하는 이미지가 들어 있다는 말이다.

시의 이미지란, 주로 비유를 통해서 느껴질 수 있도록 만들어진 것이다. 그러므로 "그 꽃 참 곱군"하는 말은 이미지를 포함하고 있지 않지만, "그 녀석 눈이 샛별 같아" 하는 말은 이미지를 포함하고 있다. 후자

---

15) 조태일, 앞의 책, p.158.
16) 김준오, 앞의 책, p.216.
17) "심상은 어떤 사물을 감각적으로 정신 속에서 재생시키도록 자극하는 말이다. 그러므로 감각적 체험과 관계가 있는 일체의 낱말은 모두 심상이 될 수 있다." : 이상섭, 앞의 책, p. 183.
18) 문덕수, 『시론』, 시문학사, 1999, p. 214.

에서는, 눈을 샛별에 비유함으로써 눈의 빛남을 느끼게 하고 있기 때문이다. 그러나 '같다'라든가 '처럼' 직유로 사용하는 것보다, 그러한 말을 사용하지 않는 은유가 더 발전된 것이다. 이미지를 사용하면, 보통의 언어로써는 풀이하기 어려운 것들을 효과적으로 나타낼 수 있다. 또 이미지는 보통의 언어로는 나타내기 힘든 사물의 성질의 차이를 나타냄으로써 시의 언어를 정확한 것으로 만들기도 한다.

하지만 이 모든 것을 총망라하더라도 이미지 형성에 가장 중요한 것인 상상(想像, imagination)에는 미치지 못한다. 개인의 무의식이건 집단 무의식이건, 그런 것이 형성되어 상징이나 신화를 만들기 위해서는 상상 활동이 없어서는 불가능 하다. 상상은 인간의 내면에 있어서 의식과 무의식의 영역에 활동하고 있는 가장 근원적인 동력이다.

(1) 정신적 이미지

정신적 이미지는 주변에서 이미지를 논할 때 가장 많이 거론되는 것이다. 대상에 대하여 감각적 체험의 재생을 그 목적으로 하는 것이기에 대상을 얼마만큼 효과적으로 느끼게 해주느냐에 초점이 맞추어지는 이미지이다. 정신적 이미지를 다시 세분하면 시각, 청각, 후각, 미각, 촉각 등으로 나눌 수 있다. 이 다섯 가지 감각은 인간의 감각을 대표하는 오감으로서 정신적 이미지를 만들어 내는 원천이다. 이 밖에도 감관(신체 조직기능의 인식, 근육운동)적, 역동(운동)적, 공감각적 이미지 등으로 세분하기도 한다.

포장술집에는 두 꾼이
멀리 뒷산에는 단풍 쓴 나무들이 가을비에 흔들린다 흔들려

흔들릴 때마다 독하게 한잔씩

도무지 취하지 않는 막걸리에서 막걸리로

소주에서 소주로 한 얼굴을 더 쓰고 다시 소주로

꾼 옆에는 반쯤 죽은 주모가 살아 있는 참새를 굽고 있다

한 놈은 너고 한 놈은 나다.

접시 위에 차례로 놓이는 날개를 씹으며, 꾼 옆에도 꾼이 떠도는 마음

에 또 한잔,

젖은 담배에 몇 번이나 성냥불을 댕긴다

이제부터 시작이야

포장 사이로 나간 길은 빗속에 흐늘흐늘 이리저리 풀리고

풀린 꾼들은 빈 술병에도 얽히며 술집 밖으로 사라진다

가뭇한 연기처럼

사라져야 별 수 없이

다만 다같이 풀리는 기쁨

멀리 뒷산에는 문득 나무들이 손 쳐들고 일어서서 단풍을 털고 있다.

　　　　　　　　　　　　　— 감태준, 「흔들릴 때마다 한잔」 전문

　이 시는 시 전체를 통해서 시각적 이미지가 압도해 오는 작품이다.
특히 멀리 뒷산의 단풍든 나무들이 시의 수미(首尾)에 표현되고 있어
시각적 이미지가 더욱 두드러지게 드러나고 있다.

　우면산 가랑이에서

　떡갈나무 등걸에서

　삐요시 삐요시 삘릴리이

　삐요시 삐요시 삘릴리이

숫매미가 자지러지면
집 떠난 처녀들
귀 가렵고
아파트에 혼자 누운 그 사람들
속 쓰리다

— 박라연, 「서울 매미」 전문

여기서 시인이 창조한 독특한 매미 울음소리가 낯설고 새롭고 신선
하게 청각을 자극하고 있다.

들창을 열면 물구지떡 내음새 내달았다
쌍바라지 열어제치면
썩달나무 썩는 냄새 유달리 향그러웠다

뒷산에두 봋나무
앞산두 군데군데 봋나무

— 이용악, 「두메산골.1」 부분

"물구지떡 내음새"와 "썩달나무 썩는 냄새 유달리 향그러웠다"는 후
각적 이미지이다.

우리는 버림을 받은 자식인가요. 어머니
(…중략…)
있는 듯 마는 듯 조금 물 고인 곳이
처음엔 우리들의 고향인 줄 알았답니다.

하기사 우리들 고향이란 별 것 있나요

하늘 아래 모든 늪이 내 집이요

끊임없이 세상은 균열되고

우리의 작은 늪이 말라붙네요

날마다 황토물 속을 오르내리며

부글대는 거품만 삼켰답니다

아, 숨이 가빠져요 어머니

물을 주세요, 물을 주세요

헐떡이는 아가미를 축이고 싶어요

— 이동순, 「올챙이」 부분

위의 시에서 '숨이 가빠져요', '헐떡이는' 등의 기관 감각적 이미지를 사용하였다. 기관 감각적 이미지란 심장의 고동이나 호흡, 맥박, 소화, 순환, 통증 등의 기본적 생명현상을 감각적으로 자극하여 만드는 이미지이다. 내부감각적 이미지라고도 한다.

훨훨 날아간 새와

울며 끌려간 사람들 발자국, 봄 들판에

오랜 세월 그리움 남아 있어

먼 산 넘어가는

누구 한 사람 뒷모습

부르는 울음이 붉게 타고 있다.

— 나종영, 「저녁놀」 부분

"부르는 울음이 붉게 타고 있다"는 공감각적 이미지에 해당한다. 공감각적 이미지는 하나의 대상에 대하여 감각의 전이(轉移)를 가져오기 때문에 두 가지 이상의 감각이 서로 결합하게 된다. 여기에서는 '울음'이라는 청각적 이미지가 "붉게 타고 있다"의 시각적 이미지로 전이 되어 청각과 시각이 결합한 공감각을 형성하고 있는 것을 볼 수 있다. 공감각적 이미지는 복합적 감각으로 시의 감각적 기능을 강화하면서 감각의 전이와 결합을 통해 시의 의미구조를 더욱 입체적이고 풍부하게 만드는 것이다.

(2) 비유적 이미지

비유적 이미지의 일반적 유형들은 제유(synecdoche), 환유(metonymy), 직유(simile), 은유(metaphor), 의인화(personipication), 풍유(allegory) 등 6가지로 나누며 이와 관련되지만 좀 다른 성질을 지닌 것으로 상징(symbol)이 있다. 이들 비유들은 각각 말해지고, 의미하면서 언어장치를 담게 되는데 비유물(말해지는 것)이든 실체(의미하는 것)이든 아니면 둘 모두 이미지를 내포하게 마련입니다. 예를 들면 "그 여자의 눈동자는 밤하늘의 별처럼 빛난다"고 했을 때 "그 여자의 눈동자"(실체)와 "밤하늘의 별"(비유물) 사이에 형성되는 직유는 "그 여자의 눈동자"를 시각적인 이미지로 구체화시켜준다.

비유적 이미지는 비유를 통해 만들어지는 이미지로서 시에서 가장 많이 쓰이고 있다. 비유적 이미지의 특징은 정신적 이미지의 기능에만 국한되는 것이 아니라 비유된 이미지(대상) 속에 숨겨진 시적 의미나 관념을 환기시키는 데 있다. 이미지가 이미지 그 자체로 끝나버리는 것이 아니라 그 속에 다른 의미들을 풍부하게 함축하고 있다는 말이다. 곧 비유적 이미지는 정신적 이미지들을 통합하고, 유기적인 관계를 형성해 시적 의미를 종합적으로 제시해주는 것이다.

> 물로 되어 있는 바다
> 물로 되어 있는 구름
> 물로 되어 있는 사랑
> 건너가는 젖은 목소리
> 건너오는 젖은 목소리

— 정현종, 「술노래」 부분

'술'의 이미지와 '바다', '구름', '사랑'의 이미지는 서로 이질적인 존재로 병치되고 있지만, 시인의 의식 속에서 그것은 일차적 물을 매개로 결합되고, 이차적으로 물과 술이 매개됨으로써, 자연스럽게 술에 취해 주고받는 사랑의 대화 속에서 젖은 목소리가 떠오른다.

(3) 상징적 이미지

상징은 비유와 함께 시의 내용을 이미지화 시키는 가장 중요한 방법이다. 비유는 두 이미지를 결합시키는 반면 상징은 하나의 이미지만을 표면에 내세운다. 상징은 어떤 대상이 그 자체를 드러내는 것이 아니라 거기에 부합되는 다른 의미나 관념을 표상하는 것인데, 대상 그 자체를 드러내는 것을 원관념, 거기에 부합되는 다른 의미나 관념을 표상하는 것을 보조관념이라고 할 수 있다.

상징적 이미지는 원관념을 갖고 있다는 점에서 비유와 서로 닮아 있다. 상징의 특성은 은유와 다르게 처음부터 원관념이 전제되지 않고 보조관념을 내세우기 때문에 그 의미가 정확하게 드러나지 않는다. 따라서 이런 상징을 통해서 만들어지는 상징적 이미지는 강한 암시성을 띠게 된다. 말하자면 비유는 두 이미지를 결합시키기 때문에 아무리 감추어도 상상력으로 그 뿌리를 찾아낼 수 있으나, 상징은 하나의 이미지만 표면에 내세우니 그 실체를 잡기가 어렵다.

  사랑을 잃고 나는 쓰네

  잘 있거라. 짧았던 밤들아
  창밖을 떠돌던 겨울 안개들아
  아무것도 모르던 촛불들아, 잘 있거라
  공포를 기다리던 흰 종이들아
  망설임을 대신하던 눈물들아
  잘 있거라, 더 이상 내 것이 아닌 열망들아

  장님처럼 나 이제 더듬거리며 문을 잠그네
  가엾은 내 사랑 빈 집에 갇혔네

                                    ─기형도, 「빈집」 전문

  '짧았던 밤들', '창밖을 떠돌던 겨울 안개들', '아무 것도 모르던 촛불들', '공포를 기다리던 흰 종이들', '망설임을 대신하던 눈물들'이 다 비유적 이미지들이다. 사랑을 잃은 화자는 이 여러 비유적 이미지들을 사랑의 열망을 보내고 난 후의 절망감과 허무를 상징하는 '빈집'의 상징적 이미지로 표현하고 있다. '빈집'이라는 상징적 이미지는 이 시를 떠나면 창의적인 표현과는 거리가 먼 인습적 상징이다. 하지만, 이 시에서는 시인의 개인적 체험을 통한 섬세한 비유적 이미지들의 다발 때문에 독창성과 보편성을 획득하고 시적 이미지를 구축한다고 할 수 있다.

6) 시와 아이러니/역설

우리의 삶과 세계 속에는 생과 죽음, 이성과 감정, 주관과 객관, 개인과 집단, 절대와 상대 등 근본적이면서도 우리가 해결할 수 없는 모순과 부조리가 존재한다. 즉 세계는 조화를 이룰 수 없는 상반된 두 개의 체계로 이루어져 있는데 그 하나는 합리적 의미와 가치, 합목적성의 세계이고 다른 하나는 우연이나 부조리로 인식되는 불가침적인 세계이다. 그러나 이들은 서로 반대의 입장에 있는 것 같아도 서로 보완하며 아주 긴밀한 관계에 있다.

(1) 아이러니의 어원과 정의

아이러니(irony)는 낱말이 문장에서 표면의 뜻과 반대로 표현되는 용법이다. 어원은 그리스어의 'eironeia'에서 파생된 말로 위장, 은폐의 뜻을 가지고 있다. 본래의 모습이나 실제를 숨기는 철저한 위장술을 의미한다. 이 말들은 플라톤(Platon)의 『공화국』에서 처음 사용하였다. 그 당시 그리스 희극의 주인공으로 에이론(eiron)이 등장하였는데 이 주인공의 성격이 겉보기에는 유약하고 어리석게 보이면서도 현명한 체 허풍떠는 알라존(alazon)을 늘 골탕을 먹였다. 자신을 낮추고 시치미를 떼거나, 가장(dissimulation)한다는 뜻을 지니고 그 반대의 말을 알라조네이아(alazoneia)라고 한다.

또 다른 예로 소크라테스는 무지(無知)를 가장하고 논적(論敵)에 접근하여, 지자(知者)로 자부하는 상대방에게 질문하여 상대방의 내적 모순을 폭로하고, 그 무지를 자각하게 하는 문답법으로 사용하였다. 이것을 '소크라테스적 아이러니'라고 한다.

아이러니는 일반적으로 표면으로 칭찬과 동의를 가장하면서 오히려 비난이나 부정의 뜻을 신랄하게 나타내는 진의(眞意)와 반대되는 표현을 말한다. 그것은 지적인 날카로움을 갖는 점에서 기지(機知)에 통하고, 간접적인 비난의 뜻을 암시하는 점에서는 풍자와 통하며, 표리(表裏)의 차질에서 생기는 유머를 포함한다.

19세기 독일낭만파에서는 예술창작상의 지속적인 정신태도의 뜻으로 쓰여 "모든 것 위에 떠들면서 모든 것을 부정하고, 초월하는" 정신적 자유를 뜻하였으며, 키르케고르(Søren Aabye Kierkegaard)는 미적(美的) 존재에서 윤리적 실존으로의 이행(移行)을 부정적으로 매개하는 것으로 사용하였다.

아이러니를 풍자나 비꼼과 거의 같게 생각하지만, 풍자는 보통 상대의 부도덕이나 악덕을 강하게 공격하고 비판하나 아이러니는 그 공격성이 아주 미약할 뿐이다.

ⓙ 언어의 아이러니

일반적인 의미의 아이러니를 말한다. 겉으로 표현한 것과 속으로 의미되는 것이 상반되는 것을 말한다. 언어의 아이러니는 보통 시인이나 시 속의 화자가 아이러니를 기획하고 의도한 형태로 나타난다. 이 언어의 아이러니 속에는 풍자, 패러디, 말장난(pun), 축소법과 과장법이 있다.

ⓐ 풍자(satire)

풍자는 사회적 부조리나 인간생활의 결함, 악덕, 어리석음 등을 드러내어 비꼬고 조소하는 아이러니의 한 형태이다. 상반된 상황이 이야기하는 극단의 부조화를 통해 아이러니를 느낄 수 있다. 또 지나치게 순진하고 무지한 사람과 매우 약고 현명한 자가 동일 상황에 함께 참여하는 경우는 순진과 무지에 의하여 현명한 자의 위선이나 편견이 폭로된다. 또한 자기비하, 혹은 자기폭로의 아이러니는 풍자가 자기 자신을 지향하는 경우에 나타난다. 자신의 형편없는 모습이나, 위선, 편견, 어리석음 등을 보여주고 드러냄으로서 그 반대의 모습으로 독자를 유도하는 것이다.

ⓑ 패러디(parody)

패러디는 "곁에서 부르는 노래"란 뜻의 그리스말 페로디아(perodia)에서 나온 말이다. 일반적으로 기존의 시어나 문장 또는 말투를 모방하되 그 내용은 뒤바꾸어 쓰는 표현법을 말한다. 패러디에서는 모방도 중요하지만 그 뜻을 어떻게 미묘하게 바꿀 수 있는가에 따라서 그 패러디의 성공 여부가 판단된다.

우리들은 약속 없는 세대, 노상에서 태어나 노상에서 자라고 결국 노상에서 죽는다. 하므로 우리들은 진실이나 사랑을 안주시킬 집을 짓지 않는다. 우리들은 우리들의 발끝에 끝없이 길을 만들고, 우리가 만든 그 끝없는 길을 간다.

우리들은 약속 없는 세대다. 하므로, 만났다 헤어질 때의 이별의 말을 하지 않는다. 우리들은 헤어질 때 다시 만나자는 약속을 하지 않는다. 〈거리를 쏘대다가 다시 보게 될 텐데, 웬 약속이 필요하담!〉 —그러니까 우리는, 100% 우연에, 바쳐진, 세대다.

　　　　　　　　　　　　　　　　　—장정일, 「약속 없는 세대」 부분

이 작품은 한용운의 「님의 침묵」을 패러디한 것이다. 이론과 문학의 언술 사이의 구분이 희미해질 만큼 이론적이고 웅변적이며 그 어조가 선언적이다. 과거와 현재의 차이성, 이질성을 강조하고 있다. 만해 시대의 만남은 필연적이고 목적적이지만 「약속 없는 세대」의 만남은 우연적이고 목적적이 아닌 하나의 과정일 뿐이다.

과거의 전통 장르나 특정 작품을 모방하는 것은 패러디의 가장 일반적인 방법이다. 은유와 함께 패러디는 70년대 이후부터 현대시에서 부쩍 많이 채용되는 문학적 장치이기도 하다. 김지하의 판소리, 신경림의 민요, 이동순·하일 등의 조선조 후기의 서민가사를 채용이 그것이다. 특히 민중시는 전통 구비문학 장르들을 패러디하고 있는 것이 많다.

ⓒ 말장난(pun)

말장난이란 표기는 같지만 두 가지 이상의 뜻을 가진 낱말의 사용, 표기는 다르지만 발음이 같은 낱말의 사용 등 독특한 낱말 구사로 독자의 의표를 찌르는 표현법이다.

뜻과는 아무 관계없이
헤어져 나만 홀로 남아
어
거지

푸성귀에서 뜯어낸 잎으로
국 끓여 먹고 살자니
우
거지

식사 후 그릇 모아

깨끗이 씻는데도

설

거지

그래 나는 거지다

— 조승기, 「아름다운 세상」 전문

ⓓ 축소법

축소법이란 진술된 겉보기의 표현은 시치미를 떼듯 부드럽거나 약하
지만 의도하고 있는 속내의 의미는 오히려 강경한 표현법이다.

ⓔ 과장법

과장법은 의도하고 있는 속내의 의미보다 겉으로 진술된 표현이 지
나치게 강경하고 격렬한 수사법을 말한다.

② 상황의 아이러니

상황 아이러니(situation irony)는 어떤 사태나 사건의 상태가 아이러
니 하게 보이는 데서 발생하는 것이다. 즉 표현된 언어 그 자체 보다는
그 언어가 지시하는 대상, 인물이나 사건의 부조화, 부조리, 본질적 모
순 등에서 인식되는 아이러니이다.

ⓐ 극적 아이러니

극적 아이러니는 주로 비극이나 희극 같은 연극 가운데서 발견되는

아이러니이다. 주인공의 행동이나 사건은 사회적·도덕적·형이상학적인 맥락을 가지고 있기 때문에 비극적이거나 희극적인 성격을 띠게 된다. 따라서 극적 아이러니는 희극적 아이러니(comic irony)와 비극적 아이러니(tragic irony)가 있다.[19] 그리고 극적 아이러니는 극의 결말을 관객은 알고 있는데 주인공들은 모르고 행동함으로서 빚어지는 아이러니이다.

ⓑ 실존적 아이러니

인간 존재의 내적인 모순이나 세계 내의 부조리를 발견하고 느낄 때 인식되는 아이러니이다.

ⓒ 낭만적 아이러니

18세기 말엽에서 19세기 초에 이르는 낭만주의 시대에 시인 노발리스(Novalis), 비평가 F. 쉴레겔(Shelegel) 등에 의해 정립되었다. 행동이나 사건, 세계의 본질, 인간 조건, 언어 자체가 내포하는 아이러니라기보다는 문학작품 자체를 반성하는 작가의 아이러니라고 할 수 있다. 즉 작품의 환상을 창조한 작가가 등장인물과 그 행동을 창조하고 조종한 사람이 바로 작가 자신이라는 것을 스스로 폭로함으로써 환상을 깨어버리는 기법을 구사하는 것을 말한다.

ⓓ 역설

아이러니나 역설이나 모순된 상호 이질적인 가치들을 추구한다는 것, 즉 세계와 삶에 근본적으로 내재하는 모순이나 부조리를 발견하고

---

19) 문덕수, 위의 책, p.267.

인식한다는 것은 같지만 역설은 아이러니와 달리 모순된 진술로서 표현하는 것이 다르다.

명확한 역설은 분명한 진리인 배중률(排中律)에 모순 되는 형태이다. 배중률만큼 명확하지 않은 기성 학술 또는 경험적 사실에 대하여, 이것을 부정하는 목적을 내포하는 역설은 배리(背理)·역리(逆理) 또는 이율배반(二律背反)이라고도 한다. 배리와 역리는 엄밀하게 구별되는 것이 아니며 동의어로도 사용한다. 예부터 알려진 역설로는 다음과 같은 것이 있다. 신약성서 가운데 「디도에게 보낸 편지」에 "그레데인(人) 중에 어떤 선지자가 말하되, 그레데인들은 항상 거짓말쟁이며"라는 구절이 있다. 선지자 자신이 그레데인이므로 이 경우 "그레데인은 항상 거짓말쟁이"라는 말을 긍정하거나 부정하거나 간에 모순을 낳는 것이므로 역설이다.

이 역설은 옛날부터 많이 논해 왔지만, 전칭명제(全稱命題)의 부정은 특칭명제(特稱命題)가 되는 점에 의문의 여지가 있다. 칸트의 『순수이성비판』의 이율배반도 역설의 형태를 취하여 문제를 제기한 것이다. 역설의 유형에는 표층적 역설, 심층적 역설이 있다.

■ 표층적 역설　표층적 역설은 표면에 나타난 진술이 역설을 이루고 있는 경우다. 유치환의 「깃발」 중 "이것은 소리 없는 아우성"이란 문구는 역설을 표층적으로 나타낸 것이다. 아우성은 요란한 소리가 있어야 하지만 역설의 기법을 통해 소리 없는 아우성이고 했다.

황동규의 「따로따로 그러나 모여 서서」에서는 "눈 위에 쓴 말을 지웠다/따로따로 그러나 모여 서서 우리는/지워진 글을 다시 읽었다"라는 부분이 있다. '지워진 글을 다시 읽었다'는 표현은 분명 역설이다. 또 '따로따로'와 '모여 서서'도 서로 상반된 행위다. 이것 역시 역설적 표현이다.

■ 심층적 역설 심층적 역설은 삶의 초월적 진리를 나타내는 역설이다. 현실적인 삶의 모습을 뛰어 넘어 종교적 진리에서 많이 채용되는 것을 볼 수 있다. 심층적 역설의 대표적인 시는 "아아 님은 갔지만 나는 님을 보내지 아니 하였습니다"와 같이 한용운의 시에서 쉽게 찾을 수 있다.

■ 모순 어법 모순 어법(oxymoron)은 모순, 상반되는 언어가 역구적인 효과를 위하여 하나의 어구로서 결합된 것이다. 수식어와 피수식어의 모순적 결합이 가장 전형적인 예다. '유쾌한 비판주의자', '멈춰진 질주', '소리 없는 아우성' 등이 이에 속한다. 불일치의 일치(discordia concors)의 측면에서 위트(wit)와 통한다.

■ 구조적 역설 역설이 부분적인 수사적 차원을 넘어서 한 편의 시작품 전체의 구조적 기능을 담당 할 때 구조적 역설(structural paradox)이라 한다.

3. 결론

시는 창조다. 시인은, 시를 짓는 시인은 새로운 사물을 만드는 사람이다. 예술가는 이미 존재하는 사물을 모방, 변형하고 또 다른 의미를 부여하는 것이라면 시인은 새로운 사물을 민들고 명명하는 사람이다. 그렇다면 시인에게 필요한 것은 무엇일까? 세계에 새로운 것을 만드는 사람에게 필요한 것은 무엇일까? 그것은 상상력이다. 위에서 언급한 시의 많은 구성원리들은 상상력을 증폭시키고 심화시키기 위한 방법이라고 하겠다. 시인에게 상상력은 감각적으로 인지되는 세계의 것일 수도 있고 인지되는 것 그 이전의 세계에 대한 것일 수도 있다. 그 무엇이든 중요성에는 별 차이가 없다.

그리고 시 창작에서 있어 상상력 이전에 심도 있는 고민과 되물음을 해야 한다. 그것은 바로 왜 쓰는가에 대한 물음일 것이다. 이 물음은 자기 정체성과 세계와 나의 관계성, 그리고 세계를 어떻게 인식할 것인가에 대한 삶의 지향성이다. 앞에서 밝힌 시의 구성 원리들은 모두 세계와의 관계 속에서 오랜 세월을 거쳐 획득된 것들이다. 구성 원리들의 표피적 의미나 기교적, 방법적 단순 차용으로 시가 된다는 생각은 버려야 할 것이다. 세계를 인식하지 못하고 나아가 나와 세계를 인식하지 못하고 주어진 현상만을 바라볼 때는 시 창작뿐 아니라 새로운 사물을 만드는 것 자체가 힘들 수 있다.

그리고 또 한 가지 중요한 것은 무엇을 어떻게 쓸 것인가에 대한 문제이다. 왜 쓰는가에 대한 당위성과 세계와의 관계가 형성된다면 무엇을 어떻게 쓸 것인가에 대해 심도 있는 고민을 해야 한다. 이는 내용과 형식의 문제라고 일축시키며 지나간 논의정도로 생각하기 쉽다. 그러나 이 문제는 단순히 내용이 먼저냐 형식이 먼저냐를 따지는 것이 아니다. 내용과 형식은 별개로 존재할 수 없다. 내용 없는 형식은 공허하고 형식 없는 내용은 난해한 것처럼 이 둘은 늘 함께 존재한다. 무엇을 어떻게 쓸 것인가에 대한 문제는 재료를 어떻게 가공할 것인가로 단순화 시킬 수 있다. 시의 재료를 취함에 있어 시적이며 삶의 존재를 경도하고 감동과 쾌감을 줄 수 있는 재료를 취해야 한다. 물론 이 재료에만 집중하게 되면 깊이가 없는 소재 중심의 시가 되고 마는 것은 뻔한 이치이다. 잘 취해진 재료는 그 재료에 맞는 그릇에 담아야 한다. 여기서 어떻게는 산문시, 정형시, 해체시 등과 같은 큰 갈래의 구분과 고민을 말하는 것만은 아니다. 재료를 위에서 언급한 구성원리와 방법에 의해 다듬어야 한다는 것이다.

시에는 결론이 없다. 시의 이해에도 결론이 없다. 마찬가지로 시의 창작에도 결론은 없다. 세계와의 많은 조우와 묵도, 그리고 일체감을 느끼며 꾸준한 노력만이 그 결론을 대신 할 것이다.

참고문헌

권혁웅, 『한국현대시의 시작 방법 연구』, 깊은샘, 2001.
김영철, 『현대시론』, 건국대출판부, 1993.
김준오, 『시론』, 삼지원, 2001.
문덕수 외, 『세계문예대사전』, 성문각, 1980.
문덕수, 『시론』, 시문학사, 1999.
박 진·김행숙, 『문학의 새로운 이해』, 청동거울, 2004.
오세영, 『시의 길, 시인의 길』, 시와 시학사, 2002.
이상섭, 『문학비평용어사전』, 민음사, 1991.
이승훈, 『시작법』, 문학과 비평사, 1989.
조대일, 『시 창작을 위한 시론』, 나남출판, 1984.
Aristoteles, 최상규 역, 『시학』, 인의, 1989.
Wheelwright, P. E., 김태옥 역, 『은유와 실재(*Metaphor and Reality*)』, 한국문화사, 2000.

체험과 환상의 세계

— 효율적인 소설 창작을 위하여

이현숙

(소설가, 단국대학교 강사)

1. 여는 글—소설의 이해와 개념

어떤 종류의 글이든 글을 쓸 때면 누구나 '무엇을 어떻게 쓸 것인가?'의 화두를 두고 고민하게 된다. 이 화두는 동서고금을 막론하고 인류의 역사와 함께 글을 쓰는 사람들을 통해 진행되어 왔으며 또 앞으로 진행될 것이다. 그렇다면 '무엇을 어떻게 쓸 것인가' 이 한 문장의 의미를 생각해 보지 않을 수 없다. '무엇'은 글의 내용이라 할 수 있는 주제의식 즉 사고 영역에 해당되며, '어떻게'는 글의 형식이라 할 수 있는 집필행위 즉 '표현' 영역에 해당한다. 결국 '무엇'과 '어떻게'는 이 화두는 쓰는 자의 몫이며 능력이다. 이 능력은 작품을 통해 여과 없이 나타나기 마련이다.

소설 장르도 예외는 아니다. 한 편의 작품을 창작하기 위해서는 '무엇을 쓸 것인가' 즉 주제의식의 내적인 특성과 '어떻게 쓸 것인가' 즉 문체와 구성의 외적인 요인을 두고 고민하게 된다. 소설을 창작하는 소설가들은 숨을 쉬고 살아가는 동안 이 화두 앞에 고민하고 전율한다. 이 화두는 작가의 심장을 뛰게 할 뿐만 아니라, 절망의 늪에서 좌절하게 하기도 한다. 소설을 창작하는 작업은 이렇듯 절망과 희열을 한꺼번에 만끽하는 작업이다. 소설가들은 소설을 창작하는 그 고통스러운 순간에 실존을 확인한다고 한다.

그렇다면 우리는 여기서 도대체 소설이 무엇이기에 수많은 소설가들과 작가 지망생들이 천형을 감내하면서까지 소설 쓰는 일에 인생을 거는 것인지 그 의미를 생각해 보지 않을 수 없다. 소설은 우리가 발 딛고 부대끼며 살아가는 현실의 반영이자 삶의 연장선상인 것이다. 삶을 한 마디로 정의할 수 없듯이 소설 또한 한 마디로 정의내릴 수는 없다. 그러나 한 가지 분명한 것은 소설은 현실적인 삶보다 더 절실하고 진실해야 한다는 것이다. 절실함과 진실함을 근간으로 하는 소설은 사람 사는 이야기이다. 그렇기 때문에 소설의 소재는 영원히 인간의 삶이고 인간에 대한 애정이라 할 수 있다. 결국 좋은 소설을 쓸 수 있는 작가의 자질은 철저하게 삶을 이해하고 사랑하는 현실인식에서부터 출발한다. 인간에 대한 애정과 삶에 대한 치열성은 작가정신의 원동력이다. 작가정신은 곧 문학의 정신과도 일맥상통한다. 법의 정신이 죄는 미워하되 사람은 미워하지 않는 것이라면, 문학의 정신은 죄도 사람도 미워하지 않는 가치포용의 정신이다. 결국 문학의 기본 소양은 열린 마음과 열린 사고에서 출발한다 해도 과언이 아니다. 소설을 쓰는 사람이라면 열린 마음만큼 세상과 사물을 볼 수 있으며, 본 만큼 깨달을 수 있다는 사실 앞에 겸허해져야 할 것이다. 이제 그 소설의 세계에 대해 심도 있게 고민해 볼 필요가 있다.

소설은 있음의 세계를 모사(模寫)하여 제작하는 것이 아니라, 있기를 바라는 상상의 세계를 형상화하여 창작하는 장인정신의 소산이다. 물론 있기를 바라는 가공의 세계에는 현실에서 일어난 사실을 개연성 있게 반추한 그 세계마저도 포함하고 있다. 중요한 것은 제작은 사실을 토대로 하지만 창작은 진실을 기초로 한다는 것이다. 우리 주변에서 일어나는 소소한 일을 그대로 모방하여 한 편의 작품을 썼다고 가정해 보자. 이 작품이 과연 소설이 될 수 있겠는가? 그렇다면 르포와 소설이 다를 게 뭐가 있겠는가? 소설의 3요소(인물, 사건, 배경)를 갖추어 한편의 글을 썼다고 해서 다 소설이 되는 것이 아니듯, 소설의 외적 요소를 충족하여 글을 썼다고 해서 다 소설가는 아니다.

그렇다면 여기서 우리는 르포라이터(reportage)와 소설가(小說家)의 개념을 구분하여 생각해 볼 필요가 있다. 르포라이터는 하나의 사건을 육하원칙으로 정확하게 정리하여 서술하여 보도하는 직업이다. 그러나 소설가는 하나의 사건을 토대로 작품을 쓰더라도 르포라이터와는 확연하게 다르다. 사건을 사건으로만 바라보지 않고, 사건 안에 감추어진 내적인 진실을 파헤쳐 사건을 재해석하고 의미를 부여한다. 다시 말한다면 소설가는 작가의 눈과 사상으로 사건을 반추하여 삶의 진실을 담아낸다. 반면 르포라이터는 기자의 눈으로 사건을 통해 사실을 밝혀낸다. 여기서 그 맥락을 조금 더 확장해서 의미를 부여한다면 다음과 같이 요약하여 말할 수 있다. 그 감추어진 내적인 진실을 파헤치는 집요한 작가의식이 바로 장인정신의 모태라 할 수 있다. 그러나 한 가지 분명한 것은 장인정신의 근성은 고통을 수반으로 하여 형성된다는 것이다. 근성이라는 것은 소설을 통해 말하고자 하는 주제를 끝까지 포기하지 않는 소설가의 기질을 말한다. 반면 고통은 소설을 창작하는 동안 육체적으로 정신적으로 가해지는 아픔을 기꺼운 마음으로 수행하는 실천적인 행위를 담고 있는 것이다.

소설은 육체노동이자 정신노동이다. 이 노동이 주는 고통을 사람들은 '천형'이라고 표현한다. 우리는 '천형'이라는 단어로 그 고통의 깊이를 미루어 짐작할 수 있다. 결국 소설가는 소설을 위해 '나'를 연소시키며 그 고통을 즐긴다. 이 고통과 아픔을 견디며 소설을 업(業)으로 삼는 사람들에게 소설가(小說家) 즉, 집 가(家)자의 영예로운 이름을 안겨 준다. 이것을 다시 풀이하면 소설가는 소설로써 일가를 이루는 사람이라는 뜻이다. 다른 분류의 예술이 다 그렇듯이 문학예술도 그 근본은 장인정신을 전제로 한다는 사실을 각인해야 할 것이다. 그 장인정신의 밑바탕에는 삶과 인간에 대한 깊은 사랑을 소설로 승화하기 위한 각고의 노력과 피를 토하는 듯한 고통을 즐길 줄 아는 마음의 여유가 수반되어야 한다. 천형을 견디어 내면서까지 승화시키고 싶은 소설! 그 소설이 예술 장르에 포함 될 수 있는 것인 언어 예술이기 때문이다. 또한 쇼설은 체험과 상상으로 빚은 언어예술이다.

르포라이터가 필력에 의존해 기사를 작성한다면 소설가는 상상에 힘입어 소설을 창작한다. 바꾸어 말하면 한 편의 소설을 창작하는 원동력은 바로 상상이라는 것이다. 보이는 것과 보이지 않는 것, 외적인 사실과 내적인 진실의 경계를 뛰어 넘는 응집력이 바로 상상의 힘이다. 또한 소설이라는 존재의 집을 완성할 수 있게 하는 저력이 바로 이 상상의 힘이다.

상상은 단순히 무에서 유를 창조하는 것만을 일컫지는 않는다. 특히 이야기 구조를 중심축으로 하는 소설에서는 과거의 경험에 의존하여 새로운 세계를 창조하는 작업이기에 더욱 그러하다. 체험이 직·간접적으로 경험한 과거와 현재의 사실을 기억 속에 보관해 두는 일이라면, 상상은 개연성 있는 가공의 세계를 소설적인 장치로 불러오는 일이다. 소설가가 과거의 체험을 소설로 재생한다 하더라도 여과 작용을 거치게 된다. 과거의 체험을 그대로 반영해 내는 것이 아니라, 각인된 이미지를 토대로 새로운 세계를 형성해 내는 것이다. 소설에서 더 이상 새로울 것이 없다면 그것은 향기 없는 꽃이요, 고여 있는 물이라 할 수 있다. 소설의 생명은 항상 새로운 것을 지향하는 창조성에 있음을 잊어서는 안 될 것이다.

시적 상상력은 다분히 직관적이고 찰나적인 영감에 의해 자극을 받는 것인데 반하여, 소설에 필요한 상상력은 대상을 객관적으로 해석하고, 거기서 어떤 주제를 형상화 하려는 절실함에 자극을 받는다. 이렇듯 소설의 상상은 보다 긴밀한 통찰력과 구체성을 요구하게 된다.

상상은 공상과 망상, 몽상과는 구분된다. 상상이 실현 가능성을 전제로 하는 능동적인 요인이라면, 공상, 몽상, 망상은 실현될 가망이 없는 수동적인 요인이라 할 수 있다. 즉 공상, 몽상, 망상의 상위 개념이 상상인 것이다. 바꾸어 말하면 상상력을 마비시키는 요인이 바로 공상, 몽상, 망상인 것이다. 그래서 상상 그 자체는 현실 속에서 출발하는 현실인식을 기본 축으로 한다. 상상은 현재에서 과거를 반추하는 역동력을 지니기도 하지만, 현재에서 미래를 유추하게 하는 예견력을 발휘하기도 한다. 그러나 일반적으로 상상은 과거의 역동력 보다는 미래의 예견력에 무게 중심을 두게 되는 경우가 많다. 결국 건강한 상상력이 좋은 소설을 창작하게 하는 밑거름이 된다.

공부함에 있어 열심히 하는 것 외에는 왕도가 없듯이, 소설 쓰는 일에도 열심히 쓰는 것 외에는 왕도가 없다. 그러나 보다 효율적인 소설 창작을 위해 유명한 일화를 중심으로 보다 효용론적인 소설 창작 방법을 모색해 보기로 하겠다.

송나라 때의 문장가인 구양수(歐陽修)는 좋은 글을 쓰기 위해서는 삼다법(三多法)을 강조하였다. 많이 읽고(多讀), 많이 쓰고(多作), 많이 생각해야(多量) 한다고 하였다. 소설 창작에도 이 삼다법은 진리이다. 그러나 21세기는 정보화 시대가 되었다. 자의에 의해서든 타의에 의해서든 넘쳐나는 정보화 시대에 노출된 채 오늘 하루를 살아가고 있다. 잘못된 정보로 인해 좋지 않은 책을 접하게 되는 경우도 있다. 책이라고 다 좋은 책은 아니다. 양서가 될 만한 좋은 책, 감동을 줄 수 있는 고전을 골라서 읽을 수 있는 변별력이 필요하다. 지나치게 감각적이고 상업적인 책은 독자의 영혼을 흐리게 할 뿐만 아니라 상상력을 마비시키는 암세포와 같은 역할을 하게 된다. 반면에 좋은 책은 독자에게 감동과 영감을 불어넣어 좋은 작품을 창작하게 하는 튼실한 씨앗이 된다.

좋은 작품을 쓰고 싶은 열망은 나무에 목매달아 죽어도 좋을 것 같은 열정을 갈망하게 한다. 그 열정과 갈망을 어찌 이론으로 다 표현할 수 있을 것인가?

2. 푸는 글—무엇을 어떻게 쓸 것인가?

1) 진실을 보는 눈—무엇을 쓸 것인가?

아무 조건 없이 어떤 대상을 깊이 사랑하는 것은 숭고하고 아름다운 일이다. 그리고 그 일은 가슴 뛰게 즐거운 일이다. 좋아서 그저 쓰고 싶어서 소설을 쓰는 것도 역시 이처럼 신명나는 일이다. 무당이 스스로의 신풀이에 의해 열두 고를 술술 풀어내듯이 소설가도 스스로의 최면술에 의해 사람 사는 이야기를 언어로 풀어낸다. 무당은 고를 잘 풀어야 큰소리친다는 말이 있다. 이런 맥락에서 본다면 소설가는 주제를 잘 형상화해야 소설 쓰는 보람이 있는 것이다. 그렇다면 우리는 여기서 어떻게 하면 주제를 잘 형상화 할 수 있는 것인지 그 효용론부터 생각해 보자.

주제를 표현하기 위해서는 먼저 주제를 뒷받침할 소재부터 정하는 것이 우선순위이다. 소재는 앞서 말했듯이 무엇을 쓸 것인가의 문제이자 내용의 문제이다. 소재를 선택하는 일에는 쓰고 싶은 소재와 쓸 수 있는 소재 그 두 부류의 갈림길에서 고민하게 된다. 이미 소설가로 명성을 날린 작가라면 마음이 쏠리는 쪽으로 선택하여도 무방할 것이다. 그러나 아직 작가 지망생이라면 우선은 쓸 수 있는 소재를 선택하는 것이 지혜이다. 왜냐하면 쓸 수 있는 소재는 당신이 잘 아는 이야기이자 당신 주변 이야기일 터이므로. 그렇다면 좀더 자신감 있게 소설 쓰는 일에 매진할 수 있을 것이다. 무엇보다도 잘 아는 이야기이므로 소설의 흐름이 억지스럽지 않고 자연스러울 것이다. 그렇다면 물에 잘 녹는 소금처럼 자연스러운 이야기 속에는 주제가 잘 흡수되기 마련이다. 모르는 이야기 어려운 이야기일수록 물위에 기름 뜨듯이 이야기 위에 주제가 엉성하게 노출되기 마련이다.

쓸 수 있는 소재. 즉 잘 아는 소재를 다루더라도 그 소재를 바라보는 눈은 육안(肉眼)이 아닌 심안(心眼)이어야 한다. 왜냐하면 눈에 보이는 대상을 형태로만 접근하지 말라는 것이다. 형태 안에 감추어진 내면의 진실을 꿰뚫어 볼 줄 알아야 한다는 것이다. '보이는 것이 다는 아니다'라는 말은 소설 쓰는 일에도 그 맥을 같이 한다. 추사 김정희 선생은 인물화를 그릴 때는 산수화를 그리듯이 하고 산수화를 그릴 때는 인물화를 그리듯 한다고 했다. 이 말 속에는 '육안'보다는 '심안'의 눈으로 대상을 보는 진실함이 묻어 있다. 육안으로 보면 사실만 보이지만 심안으로 보면 진실이 보인다. 심안의 눈은 육안처럼 육체의 탄생과 함께 자연스럽게 떠지는 것이 아니다. 각고의 노력으로 떠지는 것이 바로 심안이다. 마음이 맑은 사람만이, 마음이 아름다운 사람만이, 마음이 여유가 있는 사람만이, 뜰 수가 있는 것이 바로 심안이다. 이 눈을 바꾸어 하늘눈이라고도 한다. 하늘눈은 마음속에 티끌이 많은 사람은 감히 얻을 수가 없다. 마음의 눈을 뜨기 위해서는 우선 섬기는 마음이 있어야 한다. 나 자신을 비롯한 타인을 사랑하는 마음으로 섬기고, 오늘 하루 생활을 주도하는 신(伸)을 두려운 마음으로 섬기고, 내 생활의 배경이 되는 자연을 겸손한 마음으로 섬기는 그 겸허한 마음에서 생성된다. 또한 눈으로는 좋은 책을 많이 읽고, 마음에는 자연의 아름다움을 그득 담고, 귀로는 좋은 사람의 좋을 말을 경청하다 보면 어느 순간 스스로 마음의 눈을 뜨기 마련이다. 물이 위에서 아래로 흐르듯이, 낮은 곳으로 임하며 순응하는 진실한 생활인의 태도에서 진실한 마음의 눈이 떠지는 것이다. 즉 생활인으로 진실하지 못한다면 문학인으로도 진실할 수 없다. 진실한 마음은 진실한 글을 불러온다. 마음의 눈으로 바라보는 세상은 아름답고 절실하다. 그렇기 때문에 소설의 소재 또한 갯벌 속에서 숨 쉬는 바다 생물처럼 무궁무진하다. 또한 거기 생명에 대한 생동감과 진정성이 있다.

일상생활 속에서 소재를 찾을 때 무엇보다도 경계해야 할 점은 바로 지엽성이다. 나만 아는 이야기를 쓰다보면 나만 이해할 수 있는 지엽적인 소설이 될 수 있다. 소설의 진정한 가치는 특수성보다는 보편성에 있다는 것을 명심해야 할 것이다. 여기서 특수성이란 소재의 특수성만을 말하는 일차적인 개념이 아니다. 특수한 체험을 소설의 소재로 채택하더라도 그것을 형상화 할 때는 공감대를 형성해야 한다는 것이다. 뛰어난 작가는 소재주의에 매몰되지 않고 가장 보편적인 문제를 가장 보편적인 공감대로 끌어낸다. 그 안에서 삶의 본질과 가치를 가장 적합하게 가장 근접하게 보여준다. 이런 맥락에서 형상화가 잘된 소설이란 주제의식을 잘 표현한 소설이라는 말과 진배없다. 다시 말하면 훌륭한 작가란 참신한 소재로 주제의식을 잘 표현한 작가라는 말과 일맥상통한다. 감동을 주는 소설의 주제는 사람 사는 모습을 가장 가깝게 느끼게 해준다는 보편편주의 원칙을 망각해서는 안 될 것이다. 시공을 초월한 명작은 시공을 초월한 소재를 노래하고 있음을 우리는 익히 알고 있다. 인간의 실존에 관한 문제, 삶과 죽음, 전쟁과 평화 등의 소재는 시공을 초월하여 그 생명력을 유지하고 있다. 명작이 읽히고 감동을 주는 것은 소재가 주는 설득력 그리고 소재 속에서 삶의 가치를 깨닫게 한다. 우리 인생의 방향점을 시사해 주기도 한다. 그러나 무엇보다도 중요한 것은 좋은 소재는 참신한 내용이어야 하고 주제를 강하게 울릴 수 있어야 한다.

소설의 주제는 소설의 생명력이라 해도 과언이 아니다. 주제는 독자에게 가슴 뭉클한 감동과 진한 여운을 주기 때문이다. 고 소설의 경우에는 주제를 소설의 사건과 갈등 즉 이야기 속에서 그 해법을 찾았다. 그러나 현대 소설에서는 이야기와 갈등 구조는 주제를 풀어가는 소품에 지나지 않는다. 요즘 현대 소설은 행간 속에서, 소설의 리듬(문체) 속에서 주제를 찾고 싶어한다. 직접적으로 보여주는 것보다는 알레고리를 통해 간접적으로 암시해 주기를 바란다. 지나친 작가의 개입은 주제를 흐리게 할 뿐만 아니라 독자의 몫으로 남겨질 부분마저도 상실하게 된다.

주제를 잘 드러내기 위해서는 작가의 목소리가 작품 속에 녹아 있어야 한다. 독자들은 사건과 사건으로 연결된 고리 속에서 그 목소리를 듣고 싶어 하지 않는다. 사건을 풀어가는 리듬 속에서 행간 속에 작가의 목소리를 듣고 싶어 한다. 작가의 목소리는 작가의 중심 사상이자 작가의 세계관이다. 또한 삶을 바라보고 해석하는 날카로운 눈이다.

주제를 잘 들어내기 위해서는 다음과 같은 요소들을 필요로 한다. 소재를 잘 꿰뚫어 보는 안목 즉 심미안의 세계를 획득하여야 한다. 그리고 작가의 건전한 세계관과 삶에 대한 깊은 사랑과 통찰력을 요구한다. 이러한 것들은 사회와 역사에 대한 올바른 현실 인식의 바탕이 형성되어야 한다. 아무리 좋은 씨앗이라도 텃밭이 황폐하면 좋은 열매를 맺을 수 없다.

어느 순간에 마음의 눈에 무언가 꿈틀거리는 것이 담기었다면 이제부터는 크게 걱정할 것은 없다. 이미 작가의 인생관과 세계관이 형성된 것이나 진배없다. 이제부터 그 마음의 눈에 담겨진 것을 절박하게 쓰면 되는 것이다.

2) 말을 모는 마부의 지혜 ─ 개요 작성

무엇을 쓸 것인가가 정해졌다면 그 소재를 집필하면 될 것이다. 그러나 소설을 집필하기 전에 개요작성을 하는 것이 보다 효율적이다. 설계도가 정확해야 튼튼한 집을 만들 수 있듯이 구체적이고 정확한 설계 즉 개요(outline)를 짜야 한다. 잘 짜인 개요는 구성의 정밀성과 주제의 응집력을 갖추게 하는 밑거름이 된다. 아우트라인은 쓰고 싶은 머릿속의 이야기 즉 구상을 조직적이고 체계적으로 도식화하여 메모한 것을 말한다.

소설을 쓰다보면 거미가 끊임없이 거미줄을 만들어 내듯이 상상력이 끊임없이 언어와 이야기를 만들어 낸다. 개요를 작성한다는 것은 소설적인 상상력이 만들어낸 찰나적인 언어들 혹은 구상된 언어들을 구체적이고 일관성 있게 메모하는 작업이기도 하다. 아우트라인을 작성하는 데는 정답이 없다. 어쩌면 순간순간 떠오르는 기억의 단상들을 낙서하듯이 휘갈겨 쓰는 것일지도 모른다. 빛이 프리즘을 통과하면 무지개가 되듯이 한 단어가 기억의 단상을 관통하여 메모하는 순간 작품의 영감을 얻을 수도 있다. 이 순간을 놓치지 않고 메모하는 것이 아우트라인이다. 작품의 주제가 될 영감을 얻었다면 그것을 소설의 골격을 갖추기 위하여 보다 구체적이고 정밀하게 이야기의 틀과 얼개를 짜야한다. 발상은 자유로운 생각과 상상 속에서 획득하되 개요는 꼼꼼하고 찬찬하게 짜야 한다.

김동리의 단편「무녀도(巫女圖)」의 창작 노트의 분량은 완성된 작품의 분량보다 훨씬 더 많다고 한다. 이 일화는 이미 문단에 소문난 사실이다. 우리는 김동리 선생의 창작노트 일화를 통해 소설의 아우트라인 작성의 중요성을 다시 한 번 생각해보지 않을 수 없다. 원인 없는 결과는 없는 법이다. 좋은 작품은 감나무 밑에서 감이 떨어지듯이 그렇게 우연적으로 얻어지는 것이 아니다. 좋은 작품과 작가의 노력은 필연적인 관계에 놓여 있는 것이다.

잘 짜여진 아우트라인은 플롯과 상호보완적인 관계에 놓이게 된다. 소설 구성에 길잡이가 될 뿐만 아니라 소설을 쓰는데 중추적인 역할을 하게 된다. 그러나 열심히 짠 아우트라인이라 해도 실제 집필을 하다 보면 결코 그대로 쓰여지는 법은 아니다. 소설을 쓰는 행위는 마부가 말을 모는 행위나 진배없다. 말을 몰아 본 마부는 알 것이다. 언제나 말이 마부의 말을 잘 듣지 않는 다는 사실을. 상상력이라는 호객이 말을 생각지도 않는 방향으로 끌고 간다는 것을. 그러나 어찌하랴. 이 상상력이라는 호객이야 말로 작가의 '끼'이며 '기질'인 것을. 엉뚱한 곳에 도착한 말을 보고도 마부는 그저 웃을 뿐이다. 그저 끌어안고 쓰다듬어 줄 뿐이다. 비록 도착점이 처음 계획한 곳이 아닐 지라도 개요를 짜 놓고 말을 모는 긴 여정에 있어 최소한 궤도 이탈 즉 주제의 이탈만은 최소화 할 수 있다. 그렇다면 말을 모르는 마부에게 개요(outline)는 지도가 되지 못할 지라도 최소한 나침판은 되지 않겠는가? 그래서 고삐를 조이는데 있어 한 번 더 생각하고 한 번 더 긴장하게 된다면 그것만으로도 개요작성의 의미는 충분하다.

3) 자신과의 고독한 승부 — 어떻게 쓸 것인가?

"구슬이 서 말이라도 꿰어야 보물이다"라는 말이 있다. 아무리 참신한 소재, 아무리 잘 짜인 아우트라인이라도 쓰지 않으면 백해무익하다. 그러나 좋은 소설을 쓴다는 것은 말처럼 그렇게 쉽고 간단한 일이 아니다. 좋은 소설은 좋은 문장이 뒷받침되어야 한다. 바꾸어 말하면 좋은 소설을 쓰기 위해서는 문학의 일차적인 재료라 할 수 있는 언어의 전문가가 되어야 한다. 언어의 전문가는 좋은 글을 쓸 때 갖추어야할 3요소를 자유자재로 구사할 줄 아는 사람이다. 좋은 글을 쓰기 위해서는 "정확한 어휘, 정확한 문장, 정확한 단락" 이 세 가지 요건을 충족시킬 줄 알아야 한다. 그러나 이 요건보다 더 중요한 것은 소설은 소설 문장으로 써야 한다는 사실이다. 소설의 문장은 과학이요 음악이다. 과학의 생명이 정확함에 있듯이 소설 문장의 생명도 정확함에 있다. 정확한 문장은 소설의 기본이자 생명이다. 정확한 문장 다음에 미문이다. 정확한 문장과 미문을 쓰기 위해서는 음악성을 갖추어야 한다. 음악성이란 글의 리듬 즉 문체의 통일성과 일관성이다. 이러한 요건을 충족해야만 아름다운 문장을 쓸 수 있다. 아름다운 문장이란 화려한 문장을 칭하는 것이 아니다. 표현하고자 하는 대상을 정확하게 생동감 있게 감동적으로 표현하는 것을 뜻한다. 이러한 복합적인 요소들이 어우러진 문장과 글만이 독자에게 감동을 줄 수 있다.

정확한 어휘를 말할 때면 프랑스 소설가 플로베르(Flaubert ustave)의 '일물일어설(一物一語說)'을 아무리 강조해도 지나치지 않을 것이다. "하나의 사물(의미)을 나타내는 데는 단 하나의 단어 밖에 없다"는 그의 주장은 세월이 흘러도 변치 않는 명언이다.

단어 선택의 정확함은 미술의 색채와도 같은 것이다. 비슷비슷한 색일지라도 그 채도는 다르다. 그래서 채도의 섬세함에 따라 작품 분위기는 달라진다. 그렇다면 여기서 단어 선택의 중요함을 대변하는 한 일화를 소개 하겠다.

소련 영화 〈잊을 수 없는 1919년〉에는 이런 장면이 있다. 침범해 들어온 영국군함이 소련 홍군의 강력한 저항을 받아 그만 도망을 쳤다. 한 군관이 이 정황을 스탈린에게 보고하였다.

"영국군함이 철퇴하였습니다."

스탈린은 웃으면서 그에게 말하였다.

"오! '철퇴'가 아니라 응당 '도망' 쳤다고 말해야지요."

스탈린은 하나의 단어만을 바꾸었지만 이 단어는 아주 정확하였다. '도망'이라는 단어는 당시의 상황을 충분하게 설명하였다. 그리고 단어의 감정적 색채와 논리적 힘을 잘 표현하였다.

'철퇴'란 계획적으로, 자동적으로 물러가는 것이고 '도망'이란 침략자들이 저항에 이겨내지 못해 달아나는 것을 말한다. 우리는 평소 글을 쓸 때 단어를 적재적소에 정확하게 쓰는 훈련이 필요하다. 이 훈련을 위해서는 국어사전을 가까이 해야 한다. 소설을 쓰려는 사람은 성경을 읽듯 국어사전 읽는 습관을 형성해야 할 것이다.

단어를 선택함에 있어 심혈을 기울였다면 다음으로는 문장을 정확하게 쓰는데 그 힘을 쏟아야 할 것이다. 그러나 정확한 문장, 좋은 문장은 각고의 훈련을 통해 얻어진다. 자기 수행의 길이 바로 문장 바로 쓰기이다. 죽은 문장 즉, 진부한 문장, 상투적인 문장, 생경한 문장은 안 쓰는 것만 못하다. 살아 있는 좋은 문장은 어느 날 갑자기 생성되는 것이 아니다. 좋은 문장은 내공의 세월 끝에 터득되는 득도와 같은 것이다. 그렇다면 어떻게 하면 그 세계를 얻을 수 있는지 유명한 두 일화를 소개하겠다.

레오나르드 다 빈치는 문예부흥 시기 이탈리아의 위대한 화가이다. 그는 어릴 때부터 그림 그리기를 남달리 즐겼다. 그의 아버지는 그를 이탈리아의 이름난 도시 플로렌스에 보내어 명화가 프로끼오를 스승으로 모시고 그림을 배우게 하였다.

선생님은 그에게 이론을 강의하거나 여러 가지 그림을 그리게 한 것이 아니라 달걀 하나를 그리라고 하였다. 다 빈치는 아주 정성을 들여 그렸다. 그런데 선생은 몇 날 며칠을 거듭 달걀만 그리게 하였다. 이에 그만 싫증을 느낀 다 빈치는 선생님에게 물었다.

"선생님, 왜 날마다 달걀만 그리게 합니까? 달걀 그리기는 너무 쉽습니다."

선생님은 책상 위에 놓인 여러 개의 달걀을 가리키며 말하였다.

"자, 이것들을 자세히 보렴. 이 달걀들에는 큰 것도 있고, 작은 것도 있고, 또 뾰족한 것도, 있고 둥근 것도 있지. 1000개의 달걀 속에 완전히 같은 달걀은 하나도 없단다. 같은 달걀도 각도를 달리하면 모양이 변한단다. 그리고 밝은 광선을 받은 달걀과 어두운 광선을 받은 달걀은 같은 달걀일지라도 색깔이 달라지거든. 달걀 그리기란 쉬운 일이 아니다. 내가 너에게 거듭 달걀만 그리게 하는 것은 같지 않은 달걀의 모양을 옳게 보아내고 그대로 그려내는 재간을 키워주기 위한 것이다."

선생님의 말씀을 듣고 난 다 빈치는 깊이 느낀 바가 있었다. 그는 마음을 다잡고 열심히 달걀을 그렸다. 그래서 모양이 같지 않은 숱한 달걀을 그려냈다.

후에 다 빈치는 어떤 그림이라도 빠르고 익숙하게 그렸다. 그리하여 그의 스승을 초월하였을 뿐만 아니라 그림 그리기에서 새 길을 개척하였다. 그는 마침내 유화 〈최후의 만찬〉, 초상화 〈모나리자〉와 같은 명작을 미술사에 남겼다. 그리고 유명한 화가가 되었다.

달걀 하나를 제대로 그리기 위해 심혈을 기우린 레오나드로 다 빈치의 일화는 시사하는 바가 크다. 위대한 작품은 달걀 하나를 제대로 그리는 기본에서 출발되었듯이 좋은 소설은 정확한 한 문장에서 시작된다는 사실이다.

강조하자면 소설은 문장으로 시작해 문장으로 끝나는 영혼의 집이라고 해도 과언은 아닐 것이다. 소설 쓰기에 있어 아무리 강조해도 지나치지 않은 게 바로 문장 바로 쓰기이다. 한 문장을 제대로 써야, 한 문단이 제대로 되고, 한 문단이 제대로 되어야, 한 작품이 제대로 완성될 수 있다는 것은 누구나 아는 자명한 논리다. 그러나 제대로 된 한 문장을 쓴다는 것은 말처럼 그렇게 만만한 게 아니다. 그렇게 녹녹한 게 아니다.

제대로 된 한 문장을 쓰기 위해 인생을 걸겠다는 장인정신이 뒷받침되어야 한다. 뼈를 깎는 각고의 노력을 요하는 게 바로 문장 바로 쓰기다. 한 걸음을 제대로 걸을 수 만 있다면 세계 어디든 갈 수 있듯이 한 문장을 정확하게 쓸 줄 아는 사람만이 제대로 된 작품을 쓸 수 있는 것이다.

한 문장을 제대로 썼다면 이제 정확한 단락을 만드는 일에 주력하여야 할 것이다. 단락이란 문단이라고도 한다. 단락은 문장들이 모여 이룬 단위이다. 단락은 형식적으로 '들여쓰기'를 통해 구분된다. 문장의 나열이 문단이 되는 것은 아니다. 함축적이고 간결해야 한다. 문장이 노력을 통해 이룰 수 있듯이 문단 또한 군소리를 제거하는 기술이 요구된다. 군더더기의 글을 쓰지 않기 위해 노력을 아끼지 않은 헤밍웨이의 일화를 잠깐 소개하면 다음과 같다.

미국 당대의 저명한 소설가 헤밍웨이는 「노인과 바다」와 같은 대작의 작품을 세상에 내놓아 명성을 떨쳤다. 1954년 헤밍웨이는 행복하게도 이 세상 문학가들이 오매불망 갈망하던 노벨문학상의 영예를 안았다.

헤밍웨이의 창작에서 가장 독특한 풍경은 "언어가 함축되고 심오한" 그것이다. 즉 고도로 함축된 언어로 극히 심오한 사상적 내용을 표현한 것이다. 그렇다면 여기에 어떤 비결은 없을까? 생각해 보지 않을 수 없다. 여기에는 이런 한 토막의 일화가 있다.

어느 날 헤밍웨이의 친구 한 사람이 자기가 쓴 원고를 가지고 수정 의견을 들으려고 그를 찾아갔었다. 그때 헤밍웨이는 한쪽 다리로 서서 글을 쓰고 있었다. 이 광경을 목격한 헤밍웨이 친구는 너무도 괴상하여 이렇게 물었다.

"왜? 한쪽 다리로 서서 글을 쓰나? 그렇게 서서 글을 쓰자면 어지간히 괴롭지 않을 텐데?"

그러자 헤밍웨이가 대답하였다.

"그렇다네. 앉아서 글을 쓰면 아주 편안하지. 그러나 앉아서 써놓은 글은 길고도 지저분하단 말이네. 서서 글을 쓰면 다리가 아프니까 간결하게 쓰도록 핍박하는 거네. 초고를 다 쓰고 글을 다듬을 때에는 나도 안락의자에 앉아서 일을 한다네. 이때는 아주 편안하지. 그래서 나는 쓸모없는 말들은 에누리 없이 지워버린다네."

"음, 알겠네. 자네 문장이 간결한 비결이 바로 거기 있었군!"

그 친구는 이렇게 말하고는 자기의 원고에 대해서는 일언반구도 없이 흐뭇한 마음으로 되돌아갔다.

비단 헤밍웨이의 일화가 아니더라도 작품을 창작하는 데 있어 불필요한 군더더기는 과감하게 버려야 한다. 군더더기의 문단들은 결코 좋은 작품을 낳을 수 없다.

정확한 어휘, 정확한 문장, 정확한 단락 만들기에 자신감이 생겼다면 이제 소설 속의 이야기를 전개해 가면 된다. 소설은 사람 사는 이야기이기 때문에 무엇보다도 인물창조가 중요하다. 창조된 인물을 통해 작가는 주제를 말한다. 주제를 표현하기 위해서 이야기를 진행해 가는데, 소설에서 언어에 의한 스토리의 흐름은 서술(nar-ration)과 묘사(description)와 대화(dialogue) 이 3요소에 의해 진행된다.

서술(nar-ration)은 또 다른 말로 설명하기(telling)라고도 한다. 화자(작가)가 직접 나서서 사건과 인물에 대해 설명하는 방법이다. 서술로 이해해도 상관은 없다. 이 방법은 파노라마식이고 요약적이고 해설적이다. 설명하기의 서술에서는 작가가 독자의 영역을 침범해서는 안 된다. 즉 지나친 작가 개입은 독자의 상상력을 차단하게 된다. 이것은 곧 독서를 통한 사색의 즐거움과 자유로운 여백을 만끽 하고 싶어 하는 독자의 권리를 빼앗는 행위이다. 우리가 일상생활에서 잔소리를 듣기 싫어하듯이, 독자들은 작가의 지나친 개입을 싫어한다는 사실을 명심해야 할 것이다. 지나친 작가 개입은 작가의 조바심이나 지나친 친절에서 비롯된 것이다. 작가가 소설을 창작하지만 한 번 발표된 작품은 독자의 것이다. 그래서 설명하기는 되도록 간결하고 박진감 있게 표현하는 것이 좋다.

묘사(description)의 또 다른 말은 보여주기(showing)이다. 이 방법은 화자가(작가)가 사건과 인물을 있는 그대로 그림을 그리듯이 그려내는 방법이다. 이 방법을 묘사라고도 한다. 작가의 개입 없이 장면을 제시해 준다. 즉 그리고자 하는 대상을 모양이나 빛깔, 감촉, 냄새, 소리, 맛 등 오감을 구체적이고 사실적으로 기술하는 양식이다. 이것은 어떤 장면을 효과적으로 살리기 위해 의미를 부여하는 장치이다. 그렇기 때문에 되도록 강한 인상을 남길 필요가 있다. 묘사는 장면을 구체적으로 제시하고 참신하고 생동감 있게 표현해야 한다. 강한 인상 즉 미문을 만드는데 힘을 많이 들이다 보면 간혹 부자연스러운 경우가 있다. 힘이 들어간 문장은 독자가 읽는 과정에도 힘이 들기 마련이다. 그래서 묘사는 물 흐르듯이 자연스럽고 유려해야 한다.

대화(dialogue)는 소설에서 사건의 전개와 그 속에 등장하는 인물들의 성격을 보여 주기 위해 사용하는 방법이다. 일상생활 속의 대화와 소설 속의 대화는 분명하게 구분된다. 소설에 사용하는 대화는 주제를 뒷받침해 주어야 하며 극적인 효과를 살려야 한다. 즉 소설의 변화를 주기도 하며, 갈등의 점층적 고조를 보여주기도 하며, 소설의 속도를 조절하기도 하며, 장면을 유도하기도 한다. 이러한 기능적인 효과를 기대할 수 있는 부분에만 써야 한다. 남발하면 작품의 밀도가 흐려진다. 함축적이고 주제의 상징성을 내포한 응집력 있는 대화만이 소설의 형상화에 기여할 수 있다.

그러나 똑같은 소재를 쓴다고 걱정할 것은 없다. 19개의 축으로 된 바둑의 역사는 거슬러 셈하기 어려울 만큼 오래 되었다. 그러나 단 한 번도 똑같은 승부가 재현된 적은 없었다. 그렇다. 사실 하늘 아래 사는 우리 인간의 삶을 개연성 있게 재현하는 소설은 내용적인 측면에서는 더 이상 새로운 것은 없다. 중요한 것은 어떻게 쓸 것인가의 문제이다. 어떻게 쓸 것인가는 소설의 외형적인 특성 즉, 기교의 문제이자 문체의 문제이다.

창작은 모방에서 비롯된다. 문학사에 남은 명작을 필사해 보는 것도 어떻게 쓸 것인가의 막막함을 해소하는 방법이 될 것이다. 그러나 모방을 통해 자신의 색체 즉 문체를 찾는 것이 무엇보다도 중요하다. 자기 목소리 자기 리듬을 찾는 것은 자신만의 독특한 문체를 구축하는 일이다. 이 작업은 자신만의 문학 세계를 형성하는 기틀이 되는 것이기에 매우 중요하다.

자기 목소리를 찾는 것은, 명창이 득음을 얻기 위해 뱃속에 남은 마지막 액체까지 게워내며, 피를 토하는 훈련을 거듭하는 고행의 길이다. 이런 고통을 감수해야만이 구축할 수 있는 것이다. 그래서 문체는 문장의 최고봉이자 그 사람의 인격이라고 한다. 어떻게 쓸 것인가의 문제를 놓고 명쾌하게 답을 내리기란 여간 어려운 것이 아니다. 어쩌면 자신과의 고독한 승부! 그 안에 답이 있을지도 모르겠다. 한 가지 중요한 사실은 오늘 당신이 고민하고 있는 '오늘' 이 시간은 어제 죽은 선배 작가들이 그렇게도 창작하고 싶어했던 '내일'이라는 것이다.

4) 가지치기를 잘한 난이 잘 자란다. ─ 퇴고

무엇을 어떻게 쓸 것인가의 고통과 절망 속에 한편의 작품이 창작되었다면 마지막으로 심혈을 기울여야 할 일이 바로 끝없는 퇴고이다. 퇴고를 '추고'라고도 하는데 그렇다면 여기서 글을 다듬는 추고의 어원부터 살펴보기로 하자. 추고의 어원을 이해하기 위해서는 당조 때의 시인 가도의 일화를 빼놓을 수 없다. 그는 한 글자 한 단어 한 구절에 대해서도 소홀히 하지 않고, 심혈을 기울여 창작하는 태도를 보이는 엄숙한 시인이었다.

그는 젊었을 때 고요한 환경 속에서 시 창작을 하기 위하여 출가하여

산 속에 들어가 중이 되었다. 그러나 당시 절간에서는 중은 점심 후에 절간 문을 나서지 못한다는 규정이 있었다. 이 규정은 가도의 생활을 무척 속박하였다. 야외에 나가 즉흥시를 읊기를 갈망하던 그는 중 생활을 그만두고 환속하였다. 혼자서 나귀를 타고 자유로이 유람하면서 마음껏 시를 지었다.

어느 날 그는 나귀 등에 앉아서 시 한수를 지었다. 그 시는 다음과 같다.

> 뭇새는 못가의 나무에 깃들고
> 중은 달빛아래 절간문을 미네.
> ─「조숙지변수 승추월하문(鳥宿池邊樹, 僧推月下問)」

그는 위의 시를 홀로 읊조리면서 아주 기뻐하였다. 그러나 몇 번 읊어보니 승추월하문(僧推月下問 : 중은 달 아래 문을 두드린다)의 구절에서 '추(推)'자가 마음에 들지 않았다. 그래서 '고(敲)'자가 더 좋을 성 싶어 생각해 보았다. 그는 또 팔을 내밀어 문을 밀고 문을 두드리는 시늉도 해보고 시를 읊기도 하면서 반복적으로 사색해보았다. 이렇게 한 곳에 집중하다보니 앞에서 행차가 지나간다고 외쳐대는 소리도 듣지 못했다. 그리하여 그만 당시 대리 경조윤 벼슬을 하고 있는 한유(768년~824년)의 팔인교에 부딪치게 되었다. 한유의 시종들은 그를 미치광이로 알고 나귀에서 끌어내려 한유의 가마 앞에 꿇어 앉혔다.

"당신은 도대체 눈을 어디다 팔고 다니는 거요? 백주에 함부로 행차에 부딪치다니……"

한유의 쩌렁쩌렁한 목소리였다.

"양해하십시오. 나귀등에서 「조숙지변수 승추월하문(鳥宿池邊樹, 僧

推月下問)」이라는 시를 지었는데 '추'자와 '고'자 중 어느 것이 나을 가 하고 골똘히 생각하다 보니 그만 이렇게 행차에 부딪쳤습니다."

가도는 머리를 조아리며 사과의 말을 올렸다. 한유는 낯색을 고쳐 얼굴에 웃음을 지으며 이렇게 말하였다.

"내 생각엔 '고'자가 '추'자보다 나을 것 같소. 사람들이 다 잠든, 교교한 달밤에 중이 '탕탕탕'하고 절간 문을 두드리는 이 정경이야말로 얼마나 아름답고 감동적이며 시적이요!"

가도는 한유의 가르침을 받고 그의 말대로 '추'자를 '고'자로 바꾸었다.

깊은 밤에 산속에 외로 서 있는 절간에 들어서려면 문을 밀어서는 들어갈 수 없다. 절간 문에 빗장을 가로질러 놓았을 터이니까. 그러니 문을 두드려야 그 소리를 듣고 안에 있는 중이 나와 문을 열어 주게 될 것이다. 이 점을 보아서도 밤중의 절간 문을 밀것이 아니라 두드리는 것이 사리에도 맞다. 그리하여 가도는 '推(밀추)'를 '敲(두드릴 고)'자로 고쳐 썼다.

'추'자 보다는 '고'자가 더 설득력이 있다는 가르침을 준 한유는 바로 당대의 명문장가 한퇴지(韓退之)였다.

후대인들이 '추고'라고 쓰면서 '퇴고'라고 읽게 된 것은 이 고사에서 유래한 것이다.

글을 다듬는 행위는 미시적인 안목과 거시적인 안목이 동시에 행해져야만 한다. 작품을 집필하는 과정에는 앞서 밝힌 일물일어설에 근거한 적합한 어휘, 과학처럼 정확한 문장, 정확한 문단 등 미시적인 요소에 충실해야 한다. 그러나 초고가 완성된 작품을 퇴고할 때 중요한 것은 거시적인 안목이다. 이 안목을 충족하기 위해서는 작품의 주제를 흐리게 하는 군더더기를 과감하게 버릴 줄 아는 용기와 배짱이 필요하다. 피 같고 살 같은 문장들을 버리는 일은 쉬운 일이 아니다. 그러나 버려야 한다. 불필요한 군더더기의 요소들이 암세포가 되어 작품 전체를 사장시키기 전에 과감하게 버려야 한다.

소설은 시와 달리 호흡이 길다. 그렇다고 말을 많이 하기 위한 긴 호흡은 절대 아니다. 호흡이 길다는 것과 말을 많이 한다는 것은 별개의 문제다. 호흡은 장르의 외형적인 특성일 뿐이다. 여기서 말이란 작가의 지나친 개입이나 불필요한 군더더기의 문장으로 이해해도 좋겠다. 꼭 필요한 말만을 살려야 좋은 작품이 될 수 있다는 지혜를 춘추전국시대 노나라의 저명한 철학자이며 사상가였던 묵자의 일화를 통해서 알아보기로 하자.

묵자는 글을 길고도 지저분하게 늘어놓는 것을 제일 질색해 하였다. 어느 날 그의 학생 자금이 묵자에게 물었다.

"선생님, 말을 많이 하는 것과 글을 길게 쓰는 것은 어떤 좋은 점이 있습니까?"

묵자는 이렇게 대답하였다.

"말이란 많이 해서 좋은 게 아니고 글이란 길게 써 좋은 게 아니다. 그것이 쓸모가 있는가, 없는가를 보아야 하느니라. 연못의 개구리는 혓바닥이 마르도록 밤낮으로 쉼 없이 개굴개굴 울어대도 종래로 그것에 주의를 돌린 사람이 없었느니라. 그러나 수탉은 새벽과 아침에 한두 번 울지만 시간을 알려주므로 사람들은 그것을 아주 주의해 듣느니라."

자금은 그 말에 아주 도리가 있다고 생각하였다.

"선생님, 이 비유는 아주 훌륭하게 문제를 설명해 주고 있습니다."

묵자는 큰 도리를 말하지 않았지만 간단하고도 알맞은 비유로써 "말이란 많이 해서 좋은 게 아니고, 글이란 길게 써서 좋은 게 아니다. 그

것이 쓸모 있는가, 없는가를 보아야 한다"는 도리를 아주 투철하게 설명하였다. 말을 하거나 글을 쓸 때에는 내용을 따지면서 쓸모없는 것을 길게 늘어놓지 말아야 한다. 말에는 도리가 있고 말하면 도리가 서야 하는 것이다.

"여자의 스커트와 연설은 길이가 짧아야 한다"는 세간의 말의 근원지가 바로 여기가 아닌가 싶다.

퇴고를 그저 단어나 맞춤법에 맞게 고치는 지엽적인 작업이라고 생각하면 오산이다. 어떻게 쓸 것인가와 무엇을 쓸 것인가의 고심 끝에 얻어진 초고에, 숨결을 불어 넣는 작업이 퇴고이다. 이 퇴고는 그 숨결에 영혼을 불어 넣는 행위라 할 있다. 퇴고는 작품을 다듬는 마지막 손길이자 처음으로 돌아가는 일이다. 이 과정에서 은근슬쩍 감추고 싶었던 치부를 대하기 마련이다. 치부를 감추고 싶은 것은 인지상정(人之常情)이다. 그러나 치부를 적나라하게 드러내놓고 고쳐야 한다. 치부를 고치는 일은 새로운 작품을 창작하는 것보다 더 많은 인내심을 요구한다. 그렇기 때문에 인내심을 즐길 줄 아는 마음의 여유가 필요하다. 그리고 시간의 여유가 필요하다. 초고가 끝난 작품을 바로 퇴고하다 보면 나무만 보고 산은 못 보는 경우가 생길 수 있다. 이러한 과오를 범하지 않기 위해서는 작품을 냉정하게 그리고 객관적으로 바라 볼 수 있는 거리가 필요다. 그 거리를 묻어 두는 망각의 시간을 통해 획득하는 것도 지혜이다. 거리를 두고 초고를 다지는 작업은 무에서 무로 돌아가는 마음의 수련이라 할 수 있다. 결국 퇴고는 채우기 위함이 아니라 버리기 위함이다. 버리고 다시 쓰고 다시 고치는 개작의 행위가 퇴고인 것이다. 소설을 창작할 때는 걸어 가야할 길이 있고, 그 길을 개척하는 짜릿함이 있다. 그래서 간혹 신명이 나는 순간을 느낄 때도 있다. 그러나 퇴고는 걸어 온 길을 다시 되짚어 돌아가야 하니 어찌 이 일이 즐거울 수 있단 말인가? 그러나 고행으로 걸어 온 내 길을 문학사에 남기기 위해서는 되짚어 가며 다시 고치는 일을 두려워해서는 안 된다.

3. 닫는 글—끝나지 않을 노래

비단 찰스 다윈의 종의 기원설을 빌리지 않더라도 우리 인간과 문명은 진화를 멈추지 않았다. 아니 하루가 다르게 눈부시게 발전하였다. 특히 21세기는 멀티미디어의 세대라 불리 울 만큼 정보와 컴퓨터는 우리 생활과 밀접한 관계를 맺고 있다. 그러나 컴퓨터의 보급과 발전이 눈부신 반면 우리 문학의 영역은 좁혀지고 있는 실정이다. 이러한 현실을 두고 문단 일부에서는 문학의 가사상태(假死狀態)라고 말하기도 한다. 그러나 필자는 좁혀진 우리 소설의 영역 속에서도 희망을 말하고 싶다.

우리 소설의 출발은 《창조》 동인지부터 출발하였다 해도 과언은 아닐 것이다. 《창조》를 창간호로 출간하던 당시는 조국을 잃은 암울한 시기였다. 그럼에도 불구하고 문학에 대한 열정과 동경 유학생들의 순수한 바람이 우리 소설을 반석위에 올려놓았다. 빛이 보이지 않던 어두운 시대의 그 어려운 상황 속에서도 창조 동인들은 소설 쓰는 일을 결코 멈추지 않았다.

일제의 핍박과 검열 속에서도 우리 소설을 꽃 피웠던 그들의 바람! 그것은 조국 광복이요, 민족에 대한 사랑이요, 문학에 대한 집념이었던 것이다. 지구촌에 인간이 존재하는 한 소설은 사장(死藏)되지 않을 것이다. 좋은 작품은 인류 역사와 함께 오래도록 보존될 것이다. 겨레와 인류를 밝히는 빛과 소금이 될 것이다. 그렇다. 작가는 죽어도 좋은 작품은 역사의 긴 띠 위에 존재할 것이다.

좋은 작품은 작가와 작가 지망생들이 꿈속에서도 간절하게 바라는 소망이다. 그러나 좋은 작품을 창작한다는 게 그렇게 마음처럼 쉽지가 않다. 망망대해를 항해하는 뱃사람의 막막함과 끝이 보이지 않는 정상을 오르는 산악인의 고독함을 동반한다. 파도와 크레파스(웅덩이)에 함몰될 것 같은 절박함이 생명을 엄습하기도 한다.

가족을 뒤로 하고 동료를 묻은 산을 또 다시 오르는 것은, 산을 오를 때만이 가슴이 뛰기 때문이라는 어느 산악인의 말처럼 소설가도 소설을 쓰는 고통스러운 그 순간만이 살아 있음을 깨닫기 때문이다. 이렇듯 절실함만이 소설을 쓰게 하는 원동력이다. 산이 거기 있는 한 누군가는 끊임없이 정상을 오를 것이고, 문학이 존재하는 한 누군가는 오늘도 고통 속에서, 절망 속에서, 불멸의 밤을 보낼 것이다. 외로운 밤길을 묵묵히 걸어가는 소설가들은 오늘도 불굴의 정신으로 역사의 긴 띠 위에 명작을 남길 것이다.

희곡의 이해

— 구성요소를 중심으로

손정희

(극작가, 한경대학교 겸임교수)

1. 들어가는 말

희곡은 무대 상연을 전제로 쓰인 문학양식이다. 희곡은 배우에 의해 새롭게 창조될 인물의 행동과 그 행동들의 총체적인 의미를 문자로 표현한 것이다. 연극적 관습에 따라 시간과 공간의 제한을 받는다. 그러므로 희곡은 문자문학으로서 지속적인 독서의 대상이 되는 한편 연극 창조의 기초가 되는 대본의 자격을 갖는다.

희곡은 행동으로 표현한다. 의사소통은 물론이거니와 인물의 생각이나 감정도 행동으로 보여준다. 작가의 의도나 사상도 인물의 행동을 통해 표현한다. 아리스토텔레스는 희곡을 서술이 아닌 행동의 형식으로 사건을 그리[1]는 것이라고 하였다. 희곡은 인물의 행동을 통해 사건

---

1) 아리스토텔레스, 천병희 옮김, 『시학』, 문예출판사, 2002, p.49.

을 진전시키고, 주제를 부각시킨다.

희곡은 객관적으로 제시된다. 작가의 관점이나 설명의 개입 없이 대사와 행위만으로 인물의 행동과 성격을 부각시킨다. 독자 혹은 관객 스스로 인물의 행동을 통해 상황을 파악하고, 사건을 추리하며, 작품의 의미를 해석하게 한다.

이러한 희곡의 특성에 따라 희곡을 형성하는 요소도 다른 문학과 차이를 보일 수밖에 없다. 같은 서사문학인 소설이 인물, 플롯, 주제, 문체 등으로 구성되어 있다면, 희곡은 인물, 플롯, 주제, 대사 등으로 이루어져 있다. 소설은 문체를 중시하는 반면, 희곡은 대사를 중시한다.

희곡을 구성하고 있는 각 구성요소의 특징을 살펴보는 것은 희곡문학을 이해하는 데 큰 도움이 된다.

2. 희곡의 구성요소와 특징

희곡을 구성하고 있는 요소로는 인물, 플롯(plot), 주제, 언어의 4가지가 있다. 인물은 희곡의 주재료이다. 희곡은 인물의 행동을 중심으로 벌어지는 갈등과 사건을 그린다. 따라서 이야기의 원천인 인물은 중요하다. 인물의 이야기를 의미 있게, 전략적으로 배열하여 전달하는 플롯도 필수적 요소이다. 주제는 인물의 행동들을 통해 표현되는 총체적 의미이며, 작가의 사상이다. 인물, 플롯, 주제는 언어를 통해 표현된다.

이처럼 희곡은 4가지 기본 요소로 이루어져 있다. 이 4가지 요소는 서로 분리되어 존재한다기보다는 하나의 작품 안에서 서로 긴밀하게 연관되어 있으며, 상호보완적 역할을 한다.

1) 인물

인물(character)이란 희곡에서 행동을 수행하는 주체를 말한다. 인물의 외면뿐만 아니라 그 인물이 지닌 기질과 성품을 포괄하는 개념이다.

희곡의 인물은 실제 인간 그 자체는 아니다. 극작가가 인간을 모방하여 창조해낸, 인간에 대한 상징으로서의 인물이다. 인물은 스케치하듯 몇 가지 특성으로 묘사되거나, 사실주의극, 자연주의극의 인물처럼 자세하게 사실적으로 그려지기도 하고, 표현주의극이나 부조리극에서 볼 수 있는 것처럼 추상적·관념적으로 표현되기도 한다.

인물은 그 특성에 따라 크게 유형적 인물과 개성적 인물로 대별해 볼 수 있다. 유형적 인물(type character)은 어떤 인간 유형의 본질적 특성을 보유하고 있는 인물이다. 유형적이라는 형용사가 인물에게 붙여질 때, 이것은 한 인물이 한 특성만으로 고정되어 있고, 상징화되어 있음을 의미한다. 헌신적인 어머니, 수줍은 시골 처녀, 안경 낀 공부벌레, 구두쇠 등은 좋은 예이다. 이들의 태도와 행동은 고정되어 변하지 않기 때문에 언제나 예측이 가능하다. 유형적 인물은 거의 모든 종류의 작품에서 찾아볼 수 있지만, 특히 희극과 멜로드라마에서 주로 사용된다.

개성적 인물(individual character)은 뚜렷한 경향이나 기질을 지닌 인물이다. 유형적 인물의 특징을 가지고 있으면서도 그들과 구별되는 지배적 특성을 가지고 있다. 가령, 맥베드는 악인이지만 냉혈한이 아니다. 악에 대한 인식과 고민을 하는 인물이다. 햄릿은 복수라는 상황 앞에 놓여 있으면서도 주저하는 우유부단한 인물이면서, 생각이 많은 인물이다. 개성적 인물은 한 번에 그의 면모를 다 드러내지 않는다. 극 전반을 통한 발전과 변화를 통해서 그의 온전한 모습을 드러낸다.

희곡에 등장하는 인물들은 그 기능과 극적 역할에 따라 몇 가지로 나누어 볼 수 있다. 주인공, 적대 인물, 조역, 해설자 등이 그것이다.

주인공(protagonist)은 극에서 가장 비중을 많이 차지하는 중요한 인물이다. 주동인물, 주연(major character)이라고도 부른다. 그리스극에서는 첫 번째 배우, 중요 배우라는 뜻으로 쓰였다. 뚜렷한 목표와 의지력을 가진 인물이며, 사건을 일으키고 행동을 추진시키는 인물이다. 극은 주인공의 문제를 중심으로 전개된다. 주인공의 문제는 희곡 전체의 문제이다. 그런 맥락에서 주인공은 이야기 요소 중에서 핵심요소이다.

비극에서의 주인공은 대개 선한 인물이다. 오이디푸스왕과 햄릿, 「욕망이라는 이름의 전차」[2]에서의 블랑쉬는 잘 알려진 비극의 주인공들이다. 희극의 주인공은 극 중에서 정상적인 인간이 비정상적인 환경(세상)에 놓여 있거나, 정상에서 벗어나는 사고방식을 가진 인물 혹은 인간적인 결함, 어리석음, 약점 등을 지닌 인물이다. 전자는 부조리극의 인물들이며, 후자는 몰리에르의 희극에서 많이 볼 수 있다. 멜로드라마의 주인공은 대개 고통을 받다가 나중에 승리하거나 구원을 받는 선한 인물이다. 교훈극의 주인공은 모범적이고 도덕적인 인물이다.

적대 인물(antagonist)은 주인공과 대립하는 인물이다. 「햄릿」의 클로디어스나 「욕망이라는 이름의 전차」의 스탠리처럼, 주인공의 반대편에 위치하여 주인공의 의지나 행동에 맞서 갈등을 빚고, 긴장감을 조성하는 인물이다. 적대 인물의 기능은 주인공의 목표를 방해하는 것이다. 반동인물, 장애물 등의 용어로도 불린다. 대부분의 희곡에서 주인공만

---

2) 테네시 윌리엄스, 신정옥 옮김, 『욕망이라는 이름의 전차』, 범우사, 1998.

큼 중요하게 취급한다.

비극에서 적대 인물은 주인공과 대립하며 사건을 만들어 나가는 동반자 역할을 한다.[3] 희극에서는 주인공을 혼란스럽게 만들거나, 주인공을 도와주려다 오히려 역효과를 내는 인물이다. 멜로드라마에서는 주인공을 괴롭히는 인물이며, 교훈극에서는 주인공과 반대의 입장에 서서 대결하는 인물이다.

조역(foil)은 극의 전개에 있어 비중이 적은 인물을 의미한다. 조역의 기능은 대조를 통하여 중심인물을 돋보이게 하거나 보완하는 것이다. 가령, 소포클레스의 「안티고네」에서, 이즈메네는 온순하고 순종적인 여인이다. 반면, 주인공인 안티고네는 연장자에 대한 도전을 꾀하며 죽음을 무릅쓰고서 원칙을 위해 싸우는 인물이다. 이즈메네는 자신과 자매지간인 안티고네에게 법을 준수하고 권위에 복종해야 한다고 말한다. 이즈메네는 안티고네와 극명한 대조를 이룸으로써 안티고네의 자질을 뚜렷하게 부각시킨다. 이 외에도 조역은 중심인물과 친밀한 관계를 유지하면서 중심인물이 하기 힘든 일을 대신 수행하기도 한다.

해설자(narrator)는 극에서 벌어지는 사건을 객관적으로 설명하거나 논평하는 인물이다. 해설자는 줄거리의 서사적 진행을 끌어가며, 관객보다 우월한 위치에서 작품의 안과 밖에서 일어나는 사건을 관장한다. 또 자신의 성찰을 관객에게 직접 호소하기도 한다. 해설자는 순수하게 해설만 하거나, 특정한 역을 맡은 인물이 해설자의 기능을 겸하기도 한다. 전자는 서사극의 해설자들에게서 흔히 볼 수 있다. 후자의 예로는 「우리 읍내」[4]에서의 무대감독, 「유리 동물원」[5]의 톰, 「에쿠우스」[6]에

---

3) 김성희, 『연극의 세계』, 태학사, 1996, p.206.
4) 손톤 와일더, 오화섭 역, 「우리 읍내」, 『우리 읍내』, 덕문출판사, 1976.
5) 테네시 윌리엄스, 신정옥 역, 「유리 동물원」, 『현대영미희곡Ⅵ』, 예조각, 1980.

서의 다이사트 등이 있다. 해설자는 주로 시·공간이 방대하게 펼쳐지는 극이나 삽화적 구성을 취택하는 극작품에서 많이 쓰인다.

2) 플롯(plot)

플롯(plot)이란 하나의 전체를 만들어내기 위한 사건의 의미 있는 배열이다.[7] 플롯은 흔히 이야기(story)와 비교된다. 둘은 개별적 사건들을 공유하고 있지만, 이야기는 작품으로 만들어지기 이전의 개별적 사건들의 집합체이고, 플롯은 개별적 사건들을 선택의 과정을 거쳐 관련성을 부여하고 배치한 것이다. 이야기는 플롯의 과정을 통하여 하나의 의미 있는 작품으로 완성되는 것이다.

플롯은 일반적으로 인과적 사건의 연결로 짜여진다. 앞의 사건의 결과가 다음 사건의 원인을 만들고 그 사건의 결과가 새로운 국면을 만들면서 사건을 발전시켜 나간다. 각각의 사건들은 모순 되는 일이 없이 논리적으로 그리고 필연적인 전개 순서에 따라 긴밀하게 연결된다.

일반적인 플롯의 체계는 통상적으로 대결-위기-절정-해결의 진행순서로 이루어져 있다. 이 플롯체계는 학자에 따라 기(起)-승(承)-전(轉)-결(結)[8]의 4단계 혹은 시작-중간-끝의 3단계이거나 발단-상승-위기-하강-결말의 5단계,[9] 또는 도입부, 전개부, 클라이맥스, 종결부 등의 용어로 불린다. 어느 체계나 용어로 사용하든지 내

---

6) 피터 셰퍼, 신정옥 역, 「에쿠우스」, 『현대영미희곡 I』, 현대문학사, 1975.
7) 아리스토텔레스, 앞의 책, p.51.
8) 당나라의 시작법에서 비롯된 구성법이다.
9) 프라이타그(G. Freytag. 19세기 독일의 학자이자 극작가)는 그의 저서 『희곡의 기법』(1863)에서 플롯의 3부 5점설의 원리를 밝힌 바 있다. 그의 이론은 엘리자베스시대의 5막 비극에 기초를 둔 것이다.

용은 대동소이하다. 하나의 상황에서 인물이 행동을 일으켜 사건이 일어나고, 여러 갈등과 위기를 거쳐 절정에서의 결정적 사건의 결과로 주인공에게 변화가 일어나면서 극이 끝나는 것이다.

좀더 자세하게 일반적 패턴의 플롯 체계를 살펴보면 다음과 같다.

도입부(起)는 이야기가 시작되는 곳이다. 등장인물의 소개, 현재 그들이 놓여있는 상황, 앞으로 일어날 중심 사건에 대한 암시 등이 담겨있다. 독자(관객)에게 극에 대한 기본정보를 알려주어 극중인물과 정서적 유대감을 맺도록 하고, 앞으로의 사건전개를 흥미를 가지고 지속적으로 바라보게 하는 곳이다. 도입부의 모든 이야기는 모순이나 결핍, 문제적 상황으로부터 시작된다.

전개부에서는 주인공의 목표가 대립세력의 방해를 받으면서 대립과 갈등이 시작된다 .이 부분에서는 새로운 인물이 등장하거나 새로운 사실이 밝혀지기도 하고, 뜻하지 않은 일이 발생하기도 하는데, 이러한 예기치 않은 사건의 얽힘을 분규라고 한다. 분규는 크고 작은 위기들로 이루어져 있으며, 인물의 행동의 방향을 바꾸게 하는 요소이다. 분규의 연속된 개입으로 극은 긴장을 자아내며 결정적인 순간을 향해 상승해간다.

클라이맥스(climax)는 작품 전체를 통해서 가장 격렬한 곳, 곧 정점이다. 주인공과 대립세력이 총력을 기울여서 충돌하고, 그 결과로 사건의 결말을 짓는 결정적인 순간에 이르게 된다. 주인공의 운명이 결정되며, 이 순간에 가장 강력한 사건이 결말지어지면서 주인공의 운명이 반전되기도 하는데, 이러한 이유로 클라이맥스에 전환점과 동일한 의미를 부여하기도 한다.

결말부는 결정적 사건의 결과 지금까지 제기되었던 문제들이 해결되는 곳, 주인공의 운명이 결정되는 곳이다. 주인공은 자기 발견을 하거나 죽음 등 변화를 맞는다. 클라이맥스 다음에 오는 정서적인 감동, 할 얘기를 다하고 난 후의 감동 같은 것이 담겨 있으며, 테마를 느낄 수 있는 부분이기도 하다.[10]

이처럼 일반적인 플롯의 관습은 인물들이 대결을 통해서 위기, 절정, 해결로 옮아간다. 이러한 일반적 패턴에 변화를 주는 방식에 따라 플롯이 결정된다. 플롯은 점층적, 삽화적, 순환적, 직선적 플롯으로 나누어 볼 수 있다.

점층적 플롯은 대개 스토리의 후반부, 위기와 클라이맥스 가까이에서 극이 시작된다. 「오이디푸스왕」의 경우, 스토리의 후반부 부분, 즉 역병이 테베를 엄습하고 오이디푸스가 나라를 구하기 위해 자신의 과거를 풀어야만 하는 바로 그때부터 극이 시작된다. 이후 과거로 거슬러 올라가면서 비밀 속에 가려 밝혀지지 않은 사건의 전말을 하나씩 풀어 보인다.

이야기가 클라이맥스에 이를 때까지 대립세력을 통해 인물들의 활동을 제한하며, 목표를 향한 주인공의 행동에 압력을 강화한다. 이야기가 진전되면서 인물이 선택할 수 있는 행동범위는 더욱 줄어들고, 모든 것이 점점 더 조밀해지는 가운데 극은 결정적인 순간을 향해 상승해 간다.

점층적 플롯은 극이 후반부에 시작되기 때문에, 인물, 사건, 장소, 시간 등의 선택에 있어 제한적이다. 인물은 그리스극의 경우 4, 5명의 주요인물들이 등장하는 것이 일반적이며, 사건 역시 3, 4시간 안에 해결되는 사건을 다룬다. 점층적 플롯은 갈등을 중심으로 사건이

---

10) 희곡의 일반적인 플롯 구조는 오스카 G. 브로케트, 김윤철 옮김, 『연극개론』(한신문화사, 1998), pp.36~43, 에드윈 윌슨, 채윤미 옮김, 『연극의 이해』(예니, 1998), pp.241~253, 밀리 S. 배린저, 이재명 옮김, 『연극 이해의 길』(평민사, 1991), pp.173~176 참조.

전개되며, 원인과 결과에 따라 사건을 배열하고, 절정과 빠른 해결로 끝맺음을 한다. 고전극과 현대극에서 가장 많이 볼 수 있는 대중적인 플롯이다.

삽화적 플롯은 논리적, 인과적인 구성을 의도적으로 배제하고, 각기 다른 의미를 갖는 에피소드, 사건, 극적 장면들의 병렬로 이루어진다. 예를 들어, 표현주의극인 카이저의 「아침부터 자정까지」[11]의 플롯은 모두 7장의 독립된 장면들로 이루어져 있으며, 주인공이 각 장을 이루는 여러 장소를 지나가는 순례형식을 취한다. 물론 주인공이 지나가는 시간과 장소는 상호연관이 없다. 서사극인 「억척어멈과 그 자식들」[12]에서는 억척어멈이 세 자식을 잃는 과정이 연대기 순으로 나열되어 있다. 그러나 각 장면은 인과적으로 연결되지는 않는다. 즉 삽화적 플롯에서의 각 장면은 앞 장면과 인과적·논리적으로 연결되지 않는다. 대신 필수적이고 결정적인 극적 순간을 펼쳐 보이는 역할을 하며, 독립된 장면으로서 그 차체로 완결되는 이야기를 가진다. 이런 독립적인 장면들을 연이어 전개함으로써 그 축적을 통해 하나의 전체적인 효과에 도달한다.

삽화적 플롯은 스토리가 비교적 일찍 시작되며, 인물과 장소, 사건의 제한을 받지 않는다. 극은 광범위한 시간과 장소 속에서 일어나기 때문에 인물들을 한정짓지 않으며, 인물이 선택할 수 있는 행동의 범위도 열려 있다. 따라서 플롯은 확장적이며 느슨한 짜임새를 보인다. 삽화적 구성은 셰익스피어극과 표현주의극, 서사극에서 주로 볼 수 있으며, 오늘날에도 주도적인 연극 양식의 하나로 군립하고 있다.

---

11) G. 카이저, 김우옥 옮김, 「아침부터 자정까지」, 김미도 편저, 『연극의 이해』, 현대미학사, 2002. 개정증보판)
12) B. 브레히트, 양혜숙 옮김, 「억척어멈과 그 자식들」, 김미도 편저, 위의 책.

순환적 플롯과 직선적 플롯은 1950년대의 부조리극에서 주로 사용한 구성법이다. 부조리극은 제2차 세계대전과 함께 나타난 극 양식이다. 비합리적이고 부조리한 세상에서 삶의 무의미함, 무목적성과 인간의 소외를 다루었다. 순환적 플롯과 직선적 플롯은 부조리극의 이러한 세계관을 반영한 것이다.

순환적 플롯은 전통적인 극 구성과 달리 극이 시작했을 때와 똑같은 상황으로 돌아오는 구조를 취한다. 부조리극인 베케트의 「고도를 기다리며」에서 두 인물은 헐벗은 나무 한 그루 아래서 고도를 기다린다. 그러나 고도는 끝내 오지 않는다. 2막도 1막과 똑같은 싸이클을 이룬다. 두 인물이 고도를 기다리는 상태가 마지막에도 처음과 똑같이 반복되는 것이다. 마찬가지로 이오네스코의 「대머리 여가수」는 스미드 부부가 무의미한 잡담을 나누는 것으로 시작된다. 극의 마지막 부분에 오면, 이번엔 마틴 부부가 스미드 부부가 앉았던 자리에 앉아 스미드 부부가 나눴던 대사를 되풀이한다. 이처럼 극의 결말이 시작의 상황으로 돌아오는 순환적 구성은 무의미하게 살아가는 일의 끝없는 반복이 인간의 삶의 조건임을 보여주는 것이라고 할 수 있다.

직선적 플롯은 처음에 제시된 국면이나 상황이 극의 진행과 더불어 결말까지 계속 누적되며, 강조되어 나가는 구성방식이다. 이오네스코의 「의자」에서는 노부부가 상상 속의 손님들을 위해 의자를 준비하며, 손님들이 계속 도착함에 따라 무대 위의 빈 의자 수도 계속 불어난다. 마침내 노부부가 더 이상 서 있을 자리가 없게 되자 노부부는 창밖의 운하에 몸을 던진다. 이런 플롯과 과장이 의미하는 것은 물체의 증식에 의해 인간이 부재하는 현실이라고 할 수 있다.

3) 주제

주제는 작가가 작품을 통해 말하고자 하는 것이다. 주제는 작품의 사상 혹은 의미이고, 인간과 세상에 대한 작가의 관점이다.

주제는 모든 희곡에 존재한다. 작가는 작품의 사건이나 성격창조 과정에서 자신의 가치관이나 의도가 개입되는 것을 피할 수 없고, 그러한 가치관과 의도는 항상 인물 행동에 대해 어떤 견해를 보이며 주제와 연결고리를 맺기 때문이다. 이러한 맥락에서 주제는 극행동과 플롯, 인물성격의 재료가 되며, 나아가 작품에 통일성을 부여하는 주요 원천 중의 하나이다.

희곡의 주제나 의미는 대개 암시를 통해 전달된다. 등장인물들의 대립되는 성격과 사상을 통해서, 갈등과 해결, 음악과 노래 사이에서 발견된다. 그러나 때때로 작가의 의도나 주제가 직접적으로 분명히 명시되는 경우도 있다. 등장인물의 어떤 행동 노선을 지지하거나 인물의 관점 또는 특수한 사회개혁을 옹호하기도 한다. 대개 관객을 설득하거나 교화, 선동하는 데 작품의 목표를 둔 목적극에서 이러한 방법을 사용한다.

극작가들이 주제나 의미를 부각시키는 방법은 시대에 따라 다르지만, 대개 다음의 4가지 방법에 의존하여 표현한다.

첫째, 대사를 활용한다. 이상, 희망, 사상, 사고, 인생관, 비전 등을 제시하는 대사가 독백이나 방백, 해설, 코러스와 같은 직접 진술의 형태로 표현되기도 하고, 논쟁이나 고양된 감정이 담긴 대사로 표현되기도 한다. 이 가운데 논쟁은 극의 사상이나 주제를 나타낼 때 단도직입적으로 사상을 피력하면 작위적이고 선전극적인 느낌이 들기 때문에 다른 대립적 사상을 끌어다가 갈등구조의 형태로 전달하는 것이다. 고

양된 감정을 드러내는 대사는 그로 인한 어떤 행동을 전개시키므로 주제와 연결된다고 할 수 있다.[13]

둘째, 상징으로 나타낼 수도 있다. 상징이란 구체적인 대상이나 사건의 의미를 통해 또 다른 하나의 의미를 암시하는 것을 말한다. 예를 들어, 체홉의 「벚꽃동산」에서 '동산'은 실제 대상이면서 상징이다. 벚꽃동산은 한때는 유용했고 아름다웠지만 이제는 효용성을 상실한 곳으로서 '과거의 추억'을, 동시에 새로운 세대(중산층)에게 자리를 내주어야 하는 '귀족계급'을 의미하며, 나아가 '낡은 러시아'를 상징한다. 극의 등장인물인 늙고 병든 하인 피르스도 한 세대의 몰락을 상징한다. 마지막 장면에서 그는 산 것 같지도 않게 한평생이 지나고 말았으며, 이제는 근력도 모두 빠져버린 빈 껍질뿐이라고 말한다. 여기에 '하늘에서 울린 듯한 현의 줄이 끊어지는 소리'[14]나 벚꽃나무를 베는 마지막 도끼 소리는 보다 활기찬 세력이 구세대를 밀어내고 들어서고 있음을 상징한다. 이처럼 상징은 대화보다 더 많은 의미를 전달하면서 강렬한 이미지로 주제를 창출해 나간다.

상징은 희곡에서 자주 쓰이는 주제 전달 방법이다. 사실적인 틀 안에서도 그것이 보다 깊은 의미를 암시하도록 해주기 때문이다.

셋째, 극 전체를 통해 의미를 전달하는 방법이 있다. 하나의 희곡 작품은 작가에 의해 선택된 극의 부분들로 이루어져 있으며, 이 부분들은 다 작가의 비전을 반영하고 있다. 희곡이 하나의 완성된 작품이 되기 위해서는 이 부분들이 내포하는 의미나 사상들을 통일하지 않으면 안 되는데, 이 통일은 전체의 의미나 주제의 매개에 의해서 비로소 가

---

13) 김성희, 앞의 책, pp.225~226 참조.
14) 체홉, 동완 역, 「벚꽃동산」, 『세계문학전집』, 학원출판공사, 1984, p.595.

능해진다.

윤대성의 「출발」[15]도 몇 개의 부분적 주제들로 이루어져 있으며, 이 주제들은 작품 전체가 의도하는 주제와 맞물려 있다. 이 극에는 사내와 역원이 등장한다. 두 사람은 마리아라는 여인을 동시에 사랑하지만, 사내는 이상을 좇아 떠났다가 좌절하고 돌아온다. 그러나 이미 마리아는 죽고 없으며, 간이역은 기차가 서지 않는 황폐한 곳으로 변해 있다. 역원은 여전히 사내만을 사랑하는 마리아와 결혼을 하고 아이까지 낳았지만, 그녀의 마음을 얻지 못하자 정신적 학대를 하여 그녀를 자살하게 만들었다. 역원은 사내를 기다리고 있다가 마리아의 진심을 전한다. 그리고는 자신의 아내가 무엇을 원했고, 또 누구를 사랑하고 기다렸는지를 확인하고, 깨달은 뒤 기차에 뛰어들어 자살을 한다.

여기서 이상을 좇아 헤매다가 좌절하고 돌아온 사내의 이야기를 통해 제시되는 주제는 인간은 꿈을 좇는 존재라는 것 그리고 꿈을 찾아 떠도는 인생의 덧없음이다. 마리아의 사랑과 죽음을 통해서는 인간은 꿈이 없으면 살 수 없는 존재라는 주제를 볼 수 있다. 아울러 사내는 꿈을 가지고 있었기에 마리아의 사랑을 얻을 수 있었고, 현실에 뿌리를 내리고 사는 역원은 여자의 육체는 얻었지만 꿈이 없기에 그 사랑까지 얻을 수는 없었다. 여기서 사내의 이상주의와 역원의 현실주의가 상충하며, 이 작품의 주제가 현실과 이상의 갈등이라는 것을 알게 한다.

넷째, 플래카드, 노래, 필름 투사 등의 방법을 사용한다. 브레히트는 전통적인 대화와 함께 노래, 플래카드, 필름 투사 등을 첨가하여 사회적 조건과 태도를 시사하고자 하였다. 자막이나 플래카드, 슬로건을

---

15) 윤대성, 「출발」, 『신화 1900』, 나래, 1983.

사용하여 장면에 대한 주석을 삽입한다든지, 노래로 해설이나 논평을 가하고, 인물의 사상과 감정을 표현하는 것이다. 예를 들어, 「코카서스의 백묵원」[16] 6장에서 해설자는 감상에 빠지지 않은 채 아이를 사랑하는 그루샤의 심정을 전달하는 수단으로 노래를 부른다.

이와 같이 비록 접근방식은 크게 다르더라도 모든 희곡들은 어떤 방법으로든 주제나 사상·의미를 표현하고 전달한다.

4) 언어

언어는 인물의 사상이나 감정을 표현하고 의사를 전달하는 수단과 체계이다.[17] 희곡의 언어는 대사와 무대지시문으로 이루어져 있다.

대사는 말을 통한 표현이며, 인물 행동의 한 형식이다. 대사는 행동을 수반하며, 반응을 만들어내고, 감정을 일으켜서 극의 움직임을 만들어 낸다. 인물들 간의 부딪침을 만들어내고, 서로 자극을 주어 극의 행동을 지속시켜 나간다. 그런 의미에서 희곡의 모든 대사는 일상회화와는 다르며, 본질적으로 극적이다.

대사는 그 관례에 따라 몇 가지 종류로 분류해볼 수 있는데, 대화, 독백, 방백, 해설이 그것이다.

대화(dialogue)는 원래 그리스어 'dialogos'에서 유래된 것으로, 두 사람 혹은 그 이상 사이에 말을 주고받는 것을 의미한다. 극적 언어의 기초이다.

독백(monologue)은 대개 긴장된 순간에 자신의 내면을 드러내는 방편으로 사용된다. 주로 고전극에서 사용되었으며, 특히 셰익스피어가

---

16) 브레히트, 박성환 역, 『코카서스의 백묵원』, 청목, 1995.
17) 『국어사전』, 민중서림, 2001, p.1590.

활동하던 엘리자베스 시대의 연극에서 많이 볼 수 있다. 「햄릿」의 독백은 유명하다.

방백(aside)은 등장인물이 관객(독자)에게 말을 걸거나 무대의 일부 인물에게만 대사를 하는 방식이다. 상대에게 들리지 않는다는 부자연스러운 약속하에 이루어지기 때문에 비극에서보다 희극이나 멜로드라마에서 많이 사용된다. 어떤 암시나 짤막한 논평, 음모, 혼잣말로 하는 욕설이나 비웃음 등을 표현하기에 편리하다. 독백과 함께 고전극에서 많이 사용되었다.

해설은 그리스 연극의 코러스로부터 유래된 것으로 여겨지며, 사건의 경과나 설명을 필요로 하는 일들을 대사에 의존하지 않고 해설자가 직접 독자(관객)에게 설명하는 것이다.

이처럼 대사의 종류에는 대화, 독백, 방백, 해설이 있다. 이 가운데 독백, 방백, 해설과 같은 대사 관례들은 19세기 후반 사실적 근대극에 이르러 잠시 기피되기도 하였다. 현실에서 거의 사용하지 않는 독백, 방백, 해설을 극에 사용하는 것은 현실세계의 객관적 재현이라는 사실주의적인 태도와 어긋난다는 것이 그 이유이다. 현대극과 현대의 작가들은 이 대사 관례들을 새로운 기법으로 활용하고 있다.

대사는 극에서 여러 가지 기능을 수행한다.[18] 첫째, 특정한 정보를 전달한다. 대사는 극을 이루는 사실들 즉 극의 상황, 주인공의 욕망이나 목표, 인물들 간의 관계, 사상 등에 관한 정보를 제공한다.

둘째, 성격과 심리를 드러낸다. 극의 대사는 말하는 사람이 어떤 인물인가를 드러낸다. 그의 신분과 성격, 심리, 감정, 각 장면에서의 정서적 반응 등을 알게 한다.

---

18) 극에서의 대사의 기능은 오스카 G. 브로케트, 앞의 책, pp.50~51 참조.

셋째, 사건을 발전시킨다. 대사는 말로 하는 표현이며, 생각과 감정, 행동과 관계되어 있다. 따라서 인물들이 주고받는 말은 감정을 자극하고, 의혹을 불러일으키거나 갈등을 유발하면서 극행동을 지속시키고, 사건을 만들어 나간다.

넷째, 주제와 작가의 사상을 드러낸다. 주제와 작가의 사상은 작품 전체를 통해서 전달되기도 하지만, 인물의 대사를 통해 직접적으로 표현하기도 한다.

다섯째, 극의 템포와 리듬을 확립하는데 기여한다. 대사는 그 길이의 길고 짧음, 혹은 정서적 대사인가, 급박한 대사인가에 따라 극이 진행되는 속도에 기여한다. 대체로 사랑장면이나 정서적 장면은 대사의 템포가 느리고, 격렬한 결투장면이나 긴박한 장면은 빠르게 진행된다. 또한 클라이맥스로 치달을수록 대사의 길이는 짧아지고, 빠르게 진행된다. 리듬은 대사의 흐름에서 파생되는 반복적 패턴을 말한다. 더듬는 대사도 하나의 리듬패턴을 만들 수 있다. 템포와 리듬은 대사를 듣는 즐거움을 줄 뿐만 아니라 작품에 대한 관심을 유지시키는데도 도움을 준다.

여섯째, 무엇보다 극의 분위기와 톤을 표현한다. 극의 대사는 극의 형태에 따라 스타일을 달리 한다. 따라서 대사의 스타일을 보면 사람들은 그 극이 비극인지, 희극인지, 풍자극인지를 알 수 있다. 또한 사실적인 극인지, 비사실적 극인지도 알 수 있다.

대사는 그 관례에 따라 몇 가지 종류로 분류해볼 수 있는데, 대화, 독백, 방백, 해설이 그것이다.

대화(dialogue)는 원래 그리스어 'dialogos'에서 유래된 것으로, 두 사람 혹은 그 이상 사이에 말을 주고받는 것을 의미한다. 극적 언어의 기초이다.

독백(monologue)은 대개 긴장된 순간에 자신의 내면을 드러내는 방편으로 사용된다. 주로 고전극에서 사용되었으며, 특히 셰익스피어가 활동하던 엘리자베스 시대의 연극에서 많이 볼 수 있다. 「햄릿」의 독백이 유명하다.

방백(aside)은 등장인물이 관객(독자)에게 말을 걸거나 무대의 일부 인물에게만 대사를 하는 방식이다. 상대에게 들리지 않는다는 부자연스러운 약속하에 이루어지기 때문에 비극에서보다 희극이나 멜로드라마에서 많이 사용된다. 어떤 암시나 짤막한 논평, 음모, 혼잣말로 하는 욕설이나 비웃음 등을 표현하기에 편리하다. 독백과 함께 고전극에서 많이 사용되었다.

해설은 그리스 연극의 코러스로부터 유래된 것으로 여겨지며, 사건의 경과나 설명을 필요로 하는 일들을 대사에 의존하지 않고 해설자가 직접 독자(관객)에게 설명하는 것이다.

이처럼 대사의 종류에는 대화, 독백, 방백, 해설이 있다. 이 가운데 독백, 방백, 해설과 같은 대사 관례들은 19세기 후반 사실적 근대극에 이르러 잠시 기피되기도 하였다. 현실에서 거의 사용하지 않는 독백, 방백, 해설을 극에 사용하는 것은 현실세계의 객관적 재현이라는 사실주의적의 태도와 어긋난다는 것이 그 이유이다. 현대극과 현대의 작가들은 이 대사 관례들을 새로운 기법으로 활용하고 있다.

무대지시문은 인물의 퇴장이나 동작, 분위기, 음향, 무대 지시 등을 설명해 놓은 것이다. 근대 사실주의 연극 이전에는 거의 존재하지 않았다. 희곡적인 대사가 동작을 유발하기도 하거니와, 희곡작가가 배우와 연출자를 겸하였기 때문에 무대지시문을 굳이 첨가할 필요가 없었다. 셰익스피어나 몰리에르도 거의 배우의 등·퇴장 정도의 간략한 무대지시문만을 남겨 놓았다. 근대 사실주의 연극에 이르러 작가와 연출자가 분리되면서 극적 환상을 보다 완벽하게 창조하기 위해 무대지시문이 구체화되었다. 체홉의 무대지시문은 간결하면서 암시적이고, 경제적이면서 표현에 모자람이 없다. 반면 버나드 쇼는 희곡이 독자에게 생생히 읽혀지도록 무대나 인물에 대한 묘사를 소설처럼 자세히 서술하기도 했다.

현대희곡에서의 무대지시문은 무대 형상화의 기본 방향을 제시하기도 하고, 극작가의 의도를 드러내기 위한 중요한 수단으로 사용되기도 한다. 특히 대사보다 이미지를 중시하는 연극에서는 무대지시문을 통해 인물과 다른 모든 공연 요소들 사이에 전개되는 상호관계를 드러내며, 극작품의 의미를 나타낸다.

3. 나오는 말

희곡은 행동의 문학이다. 희곡은 서술이 아닌 행동의 형식으로 사건을 그리며, 인물의 행동을 통해 인간세계와 삶을 형상화한다.

희곡은 주로 행동을 유발하는 대사와 부수적인 지문으로 이루어진다. 대사와 지문의 연속적인 배열로 인물을 드러내며, 사건을 발전시키고, 주제를 전달한다. 곧 희곡은 언어, 인물, 플롯, 주제의 중요한 요소로 구성되어 있다.

희곡은 이 네 가지 구성요소들의 유기적인 결합을 통해서 서로 다른 인간경험을 표현해 왔다. 인물의 성격묘사와 논리적인 사건 배열로 인간의 객관적 현실을 표현하기도 했고, 압축된 상황의 이미지로 부조리한 인간세계를 묘사하기도 하였다.

오늘날의 희곡은 대사보다 시청각적 이미지에 치중하는 경향을 보인다. 대사를 줄이는 대신 무대미술과 조명, 텔레비전 영상, 라디오 긴급 뉴스 등의 사용을 확대하고, 언어를 육체화 하기도 한다. 대사가 평가 절하 되는 이러한 경향은 현대 영상매체의 영향이 크다. 더구나 디지털 시대의 새로운 기술과 매체들은 연극의 비주얼화를 더욱 부추길 것으로 예상된다. 이미지 위주로 메시지를 전달하는 현대 희곡의 경향은 앞으로 더 확산될 것으로 전망된다.

참고문헌

1.

윤대성, 『신화 1900』, 나래, 1983.

B. 브레히트, 양혜숙 옮김, 「억척어멈과 그 자식들」, 김미도 편저, 『연극의 이해』, 현대
　　　미학사, 2002 (개정증보판)

────────, 박성환 역, 『코카서스의 백묵원』, 청목, 1995.

G. 카이저, 김우옥 옮김, 「아침부터 자정까지」, 김미도 편저, 『연극의 이해』, 현대미학
　　　사, 2002 (개정증보판)

체홉, 동완 역, 「벚꽃동산」, 『세계문학전집』, 학원출판공사, 1984,

손톤 와일더, 오화섭 역, 『우리 읍내』, 덕문출판사, 1976.

테네시 윌리엄스, 신정옥 옮김, 『욕망이라는 이름의 전차』, 범우사, 1998.

────────, 「유리 동물원」 현대영미희곡 Ⅵ, 예조각, 1980.

피터 셰퍼, 신정옥 역, 「에쿠우스」 현대영미희곡 Ⅰ, 현대문학사, 1975.

2.

김성희, 『연극의 세계』, 태학사, 1996,

아리스토텔레스, 천병희 옮김, 『시학』, 문예출판사, 2002.

에드윈 윌슨, 채윤미 옮김, 『연극의 이해』, 예니, 1998.

밀리 S. 배린저, 이재명 옮김, 『연극 이해의 길』, 평민사, 1991.

오스카 G. 브로케트, 김윤철 옮김, 『연극개론』, 한신문화사, 1998,

3.

『국어사전』, 민중서림, 2001.

아동문학의 이해와 창작

이도환
(아동문학평론가, 한남대학교 강사)

1. 아동문학의 정의

아동문학이란 무엇인가? 이러한 질문에 대해 정확한 답변을 제시하기 위해서는 '아동'과 '문학'이라는 두 가지 개념에 대한 정확한 이해가 필요하다.

이제까지의 아동문학은 '작가가 아동이나 동심을 가진 아동다운 성인에게 읽히기 위해 쓴 모든 저작'[1]이라는 설명으로 모아져 왔다.[2] 그러므로 아동이 쓴 글은 아동문학에서 제외되어야 했으며, 더 나아가

---

1) 이재철, 『아동문학개론』, 서문당, 1983, p.9.
2) 이원수는 "아동문학은 아동을 대상으로 한 문학이다. 그것은 동시, 동화, 소년소설, 동극 등으로서 시인이나 작가가 아동들이 읽기에 알맞게 제작한 문학작품들로서 형성된다(『아동문학입문』, 한길사, 1984, p.9.)"고 하였고, 석용원은 "아동문학이란 작가가 아동이나 동심의 고향으로 돌아가고 싶어 하는 어른들에게 읽힐 목적으로 창조한 문학(『아동문학원론』, 학연사, 1992, p.12.)"이라고 정의하고 있다. 박화목은 "아동문학은 제 1차적으로 아동을 독자대상으로 한 문학이다(『아동문학원론』, 학연사, 1992, p.12.)"라고 말하고 있다. 이는 앞서 설명한 이재철의 정의와 다르지 않은 것들이다.

'아동이나 동심을 가진 아동다운 성인에게 읽히기 위해서'라는 목적의
식이 중요한 요소처럼 여겨져 왔다.

이러한 인식은 주체성의 문제로까지 확대될 소지를 지니고 있다. 하
나의 예를 들어보자. 일제강점기에, 일본인이 조선인이나 조선인다운
생각을 지니고 있는 일본인에게 읽히기 위해 쓴 저작은 일본문학인가,
아니면 조선문학인가? 일제강점기라는 시간적 제한을 없애도 상관은
없다. 미국인이 한국인이나 한국적인 문화에 익숙해져 있는 미국인에
게 읽히기 위해 쓴 저작의 경우는 어떠한가? 그것은 미국문학인가, 아
니면 한국문학인가? 문학작품을 읽는 대상을 주체로 하는 문학은 과연
성립할 수 있는 것인가?

아동과 문학의 문제 중에, 먼저 문학에 대해서 생각해보자.

근대 이전, 동서양을 막론하고 문학이라는 말을 대체적으로 학문이
라는 뜻으로 사용하는 경우가 많았다. '글쓰기'나 "글로 쓰인 모든 것"
을 뜻하는 가치중립적 용어였다. 그런데 그것이 학문의 발달과 더불어
점차 의미가 한정되어 자연과학이나 정치·법률·경제 등과 같은 학문
이외의 학문, 즉 순수문학·철학·역사학·사회학·언어학 등을 총칭하
는 언어가 되어갔다. 그리고 이러한 변화는 최근까지 이어져 이제 문
학의 의미는 이전보다 더욱 한정되기에 이르렀다. 단순히 순수문학만
을 가리키게 된 것이다. 따라서 문학이란 문예와 같은 의미가 되어 다
른 예술, 즉 음악·회화·무용 등의 예술과 구별하고, 언어 또는 문자에
의한 예술작품, 곧 종류별로는 시·소설·희곡·평론·수필·일기·르포
르타주 등을 가리키는 것으로 변화되었다.

그러나 '문학'이라는 개념의 변화는 여기서 멈추지 않는다. 개념은
생명체와 같아서 시간의 흐름에 따라 변화하고 사라지며 또 새롭게 생
성되기 때문이다. 그렇기에 이제는 문학과 비문학의 구분 자체가 모호

해지고 있는 상황이다. 만화 시나리오나 인터넷게임 시나리오는 과연 문학인가, 문학이 아닌가? 흔히 인터넷 소설이라고 말하는 소설들은 문학인가, 문학이 아닌가? 등단한 작가의 작품만이 문학인가? 등단하지 않은 일반인들의 작품은 문학이 아닌가? "문학작품의 생산자가 누구인가" 하는 문제는 문학과 비문학을 가르는 도구가 될 수 없다.

더 이상 문학은 언어로 만들어진 예술작품을 뜻한다. 그러므로 비문학은 언어로 만들어진 예술이 아닌 것들을 말한다. 그렇다면 예술과 예술이 아닌 것을 구분해주는 선은 무엇인가? 복잡한 설명을 차치한다면, 그것을 가르는 잣대는 창조성과 아름다움이다. 누가 만들었는가, 혹은 누가 읽는가의 문제가 아니라 작품 그 자체가 "얼마나 창조적이며 미학적 가치를 지니는가"라는 매우 주관적 판단에 의존할 수밖에 없다. 다시 말한다면 문학이란 무엇인가, 라는 질문은 문학과 비문학을 구별해내려는 배타적 개념의 질문이 아니다.

다시 처음으로 돌아가 보자. 문학이란 무엇인가? 그것은 장르의 구분, 시·소설·희곡·평론·수필·일기·르포르타주 등의 구분과는 상관이 없다. 그러한 범주에 들지 않는 것은 "문학이 아니다"라고 말하는 것은 우매한 일이기 때문이다. 그리고 그것의 생산자가 누구인가와도 상관이 없다. 문학에 대해 정의를 내리는 이유는 문학과 비문학을 가르기 위해서가 아니라 언어로 만들어진 모든 것에 의미의 조명을 비추기 위한 수단이라고 할 수 있다. 한국문학과 미국문학을 가르는 이유는 각각의 문학이 추구하는 미학의 문화적·역사적 토양이 다르기 때문일 뿐이다. 구분이 필요한 이유는 가치의 고저를 따지기 위함이 아니라 분류의 편의와 개성의 존중을 위함이다. 다양성에 대한 이해와 존중이 바로 분류의 목적이라는 뜻이다.

이제 '아동'으로 시선을 돌려보자. 아동이란 누구인가? 아동이란 개

넘은 모호한 개념임에 틀림없다. 결론적으로 말해 주관적이라는 뜻이다. 이는 문학에서의 구분과 마찬가지다. 장르의 구분은 가치의 구분이 아니라 분류를 위한 구분이며, 다양성의 존중을 위한 구분이다. 하나로 뭉뚱그렸을 때 나타나는 오류를 범하지 않기 위한 선택일 뿐이다. 아동과 성인의 구분도 상기한 이유에서 벗어나지 않는다.

사람의 개념 역시 오늘날의 인식에 이르기까지는 많은 변화를 겪어야 했다. 지배자와 피지배자, 흑인과 백인, 여성과 남성, 어른과 아이 등은 오늘날 같은 인권을 지닌다. 그러나 예전에는 그렇지 않았다. 유럽인들에게 아메리카 인디언들은 사람이 아니라 동물이었다. 백인들에게 유색인종들은 사람이 아니라 동물이었다.[3] 권력자들에게 노예는 사람이 아니었다. 남성에게 여성은 사람이 아니었다. 성인들에게 아동은 사람이 아니라 앞으로 사람이 될 가능성을 지닌 생명체에 불과했다.

우리들에게 잘 알려진 이탈리아의 작가 C.콜로디의 작품인 『피노키오의 모험(Le adventure di Pinocchio)』을 예로 들어보자. 제페트가 장작을 깎아서 작은 인형을 만들어 피노키오라고 이름을 붙인다. 가난한 제페트는 피노키오를 위해 옷을 팔아 책을 사주어 학교를 보내지만, 피노키오는 그러한 고마움을 잊고 학교에 가다가 인형놀이판에 끌려서 구경을 한다. 그러다가 고약한 여우와 고양이에게 속아서 목숨까지 위태로워지기도 한다. 피노키오는 매번 나쁜 애들을 만나서 온갖 모험

---

3) 1639년, 네덜란드의 화가 얀스준 비쉐르(J. Visscher)가 만든 세계지도에는 아메리카를 상징하는 여인의 그림이 그려져 있다. '아르마딜로'라는 기괴한 동물 위에 앉아 있는 이 여인은 거의 반라의 상태로 무기를 들고 있다. 거의 사람의 형상이 아니다. 그리고 아메리카 대륙을 발견한 아메리고 베스푸치는 자신의 책에 원주민들의 그림을 그린 삽화를 싣기도 했는데, 인디언들이 인육을 먹는 등 짐승처럼 생활하는 모습을 담고 있다. 실제로 당시 유럽인들 사이에서는 '아메리카 원주민들은 인간인가?'를 두고 격한 논쟁이 벌어지기도 했다. 그래도 아메리카 인디언들은 그나마 나은 편이다. 아프리카 흑인을 두고서는 그런 논쟁조차 벌어지지 않았으니 말이다.

을 다 겪는다. 마지막에 피노키오는 고래에게 먹힌 제페트를 구출하고 착한 사람이 된다.

여기에 등장하는 나무인형 피노키오는 당시 사람들이 생각하던 아동을 그대로 나타내준다. 그들은 아직 사람이 아니다. 착한 일을 하고 어른들의 말을 잘 따라야만 사람이 될 수 있는 존재이기 때문이다. 어른들의 말을 듣지 않으면 당나귀로 변하고 만다. 사람이 아니라 짐승이 된다는 뜻이다. 이처럼 1883년에 생각하던 아동에 대한 인식과 현재의 인식 사이에는 커다란 간극이 존재한다. 인식에 변화가 생겼다는 뜻이다.

이러한 인식의 변화는 오늘날에도 계속 이어지고 있다. 세상은 인간을 위해 만들어졌다는 오만과 편견은 서서히 사라지고 인간도 세상의 일부분이라는 인식의 전환이 이루어지고 있기 때문이다. 나무와 풀과 산과 바다는 사람의 상대적 개념이 아니라 세상의 물질을 나누어가진 형제자매이며 또 다른 나이기도 하다. 과연 풀이나 소 돼지들은 인간의 먹이가 되기 위해 존재한다는 게 가능한 일인가? 그것은 엄청난 오해이며 왜곡이다.

아동에 대한 인식도 마찬가지다. 깨우치게 만들고 가르쳐서 올바른 인간으로 만들어야 한다는 계몽의 정신은 서서히 사라지고 있다. 아동은 있는 그 자체로 인권을 지니고 있기 때문이다. 아동은 성인의 상대적 개념이 아니라 성인 모두에게 축적된 과거이며 유전자를 나누어준 또 다른 나이기도 하다. 그러므로 사람을 성인과 아동으로 나누는 분류는 사람을 정신과 육체로 나누었던 우매한 이분법의 오류와 다름없다.

우리가 일반적으로 '사람'이라고 말할 때에 가장 중요한 것은 특수성의 배제다. 아인슈타인의 두뇌, 빌 게이츠의 돈, 헤라클레스의 힘,

히틀러의 권력도 모두 배제된다. 모든 사람이 공유하고 있는 보편적인 것만이 사람의 의미로 남게 된다. 다리가 둘, 손가락이 다섯이라는 것도 사람의 조건이 되지 못한다. 사고로 팔이나 다리를 잃은 사람도 있기 때문이다. 혹은 선천적 장애로 그런 상태가 된 사람도 있다. 만약 눈이 둘, 귀가 둘, 다리가 둘, 이런 것들을 사람의 조건으로 내세운다면 장애인들이나 사고를 당한 사람은 사람이 아니라는 뜻이 되기 때문이다. 그렇기에 팔이나 다리, 얼굴을 사람의 조건으로 들어서는 안 된다. 그렇다면 노인도 청년도 아동도 모두 공유하고 있는 특징은 무엇인가? 그것은 아동의 특징이다. 지식이나 지위가 배제된, 특수한 경험이 배제된 사람의 표상은 아동이다. 부모로부터 물려받은 유전적 형질에 더 이상 아무 것도 추가되지 않은 상태, 그것이 바로 동심[4]이며 동시에 사람을 뜻한다. 그러므로 아동문학은 모든 사람이 공유한 특징을 대상으로 하는 문학이다. 아동문학의 대상은 아동이 아니라 모든 사람이다.

이제 다시 본론으로 돌아가 보자. 아동문학이란 무엇인가? '작가가 아동이나 동심을 가진 아동다운 성인에게 읽히기 위해 쓴 모든 저작'이라는 정의는 정확한 것인가? 문학을 성인문학과 아동문학, 혹은 일반문학과 아동문학으로 가르기 위한 구분의 정의로는 아동문학을 설명할 수 없다. 대상독자의 구분으로도 불가능하다. 특정 작가가 만들어낸 작품으로도 한정할 수 없다. 아동문학에 대해 정의를 내리는 이유는 아동문학과 비아동문학을 가르기 위해서 존재하는 배타적 개념

---

4) 동심에 대해서는 이제까지 많은 논의가 있었지만, 대부분 매우 추상적이며 소모적인 형태로 진행되어 왔다. 김자연은 『아동문학의 이해와 창작의 실제』(청동거울, 2004)에서 "동심은 지극히 추상적이고 여러 측면에서 해석을 가능케 하는 하나의 비유어"라고 말하며 아동문학에 있어서 동심에 대한 정의가 어려움을 말하고 있다. 본고에서는 「아동문학의 특징」에서 '동심'에 대해 더 정밀하게 이야기할 것이다.

이 아니다. 아동문학에 대해 정의를 내리는 이유는 모든 문학작품에서 느낄 수 있는 미학의 차이를 구분해내기 위해 의미의 조명을 비추는 작업이다.

중요한 것은 '아동문학이란 무엇인가?'라는 인식론의 문제가 아니라 '아동문학은 어떤 모습을 하고 있는가?'라는 존재론적 질문이다. 담을 쌓아 아동문학과 비아동문학을 가르고 경계선을 만드는 게 아니라, 아동문학이 보여주는 미학은 어떤 모습인지 밝혀내는 것이다. 아동문학적인 것은 고정불변하지 않았으며 앞으로도 고정불변하지 않을 것이다. 새로운 것이 추가되고 또 사라질 것이다. '아동문학이란 무엇인가?'라는 질문에 대한 답은 작품이 될 것이며, 새로운 작품이 만들어지는 순간 새로운 의미가 추가될 것이다. 항상 새로운 의미가 추가되고 또 사라질 것이다.

그렇다면 오늘날의 아동문학이란 무엇인가? 아동문학이란 나이의 많고 적음, 지식의 많고 적음, 교육을 많이 받고 적게 받음, 지위의 높고 낮음과 상관없이, 글을 읽고 해독할 수 있는 사람과 그렇지 않은 사람 모두에게 미적인 감흥을 일으키게 만드는 문학을 총칭한다.

2. 아동문학의 특징

이재철은 아동문학의 특징에 대해 내용면에 있어서는 이상성, 몽환성, 윤리성, 교육성을 그리고 형식면에 있어서는 원시성, 단순명쾌성, 예술성, 단세성, 문화성, 흥미성, 생활성 등을 말하고 있다.[5] 그리고 이

---

5) 이재철, 앞의 책, p.26.

러한 인식에 다른 연구자들도 대부분 동의하고 있다.[6]

이상성이란 세상에 존재하는 세계를 그리는 것이 아니라 세상에 있어야만 되는 세계를 그리는 것을 말한다. 그러므로 "아동문학은 비현실적이며 비사회적인 원시성의 내포가 불가피하며 현실적이기보다는 이상성이 많이 담겨진다"[7]고 말한다.

이원수는 아동이 이해하기 쉬운 형식과 내용, 소박 단순, 대상 독자의 계층에 따라 작품 내용의 난이 차이가 심함, 목적의식을 가지고 만들어짐 등을 아동문학의 특징으로 말한다.[8] 이는 이재철이 말한 단순명쾌성, 단계성 등과 같은 의미이다.

여기서 거론되는 특징들은 아동문학의 특징이라고 하기보다는 문학 일반의 특징과 상당부분 겹쳐져 있다. 다만 윤리성이나 교육성, 단순명쾌성, 생활성 등이 문학 일반과 거리감을 느낄 수 있을 뿐이다. 그러나 이러한 특징 또한 아동문학이라고 했을 때 나타나는 '아동'이라는 개념에 대한 배타적 접근에서 발생한 것들이라고 생각된다. 앞서 설명하였듯이 모든 언어의 개념은 변화하고 소멸하며 새롭게 추가되기도 하고 생성되기도 한다. 그러므로 아동문학이라고 말했을 때 사용되는 '아동'은 이제 더 이상 연령의 구분을 뜻하지 않는다. 아동문학이라고 했을 때 사용되는 아동의 뜻은 '모두가 공유하고 있는 심성'을 뜻한다. 다른 말로 한다면 '동심'이라고 표현해도 좋다.

성인은 아동의 연장선상에 존재한다. 그러므로 성인은 아동의 상대 개념이 아니라 아동이라는 기초 위에 세워진 구조물과 같다. 인간과

---

6) 석용원은 아동문학의 특질에 대해 예술성과 흥미성, 교육성, 단계성, 단순명쾌성, 생활성(『아동문학원론』, 학연사, 1992. pp.16~30.)"을 들고 있으며 박화목은 밝음의 문학, 상상의 문학, 인도주의 문학, 단계에 적합한 문학 (『아동문학원론』, 학연사, 1992. pp.23~26.) 등을 들고 있다. 이러한 인식은 이재철의 인식과 거의 궤를 같이 한다.
7) 이재철, 위의 책, p.20.
8) 이원수, 『아동문학입문』, 한길사, 2001. p.11.

자연은 서로 배타적으로 구분지어지는 것이 아니다. 인간은 자연에서 생명을 얻고, 자연 속에서 살아가기 때문이다. 이와 마찬가지로 '동심'이란 단순히 아이들의 마음이 아니라 모든 사람들이 공유하고 있는 마음이라고 해야만 한다. 지구에 존재하는 모든 사람들을 조사하여, 그들이 마음속에 공통적으로 지니고 있는 것만을 추려내면 '동심'이 된다는 뜻이다. 노인과 청년, 미국인과 아프리카인, 아메리카 인디언들과 남태평양의 작은 섬에 살고 있는 사람, 그리고 우리들이 사람이라고 규정하고 있는 태아까지, 모두를 포함한 사람들의 마음이 지니고 있는 공통점이 '동심'이라는 뜻이다.

그렇다면 어떠한 것이 동심을 구현한 아동문학 작품인가? 구체적인 모습을 파악하기 위해 이상의 시 「꽃나무」를 살펴보자.

벌판한복판에꽃나무하나가있소.근처에는꽃나무가하나도없소.꽃나무는제가생각하는꽃나무를열심으로생각하는것처럼열심으로꽃을피워가지고섰소.꽃나무는제가생각하는꽃나무에게갈수없소.나는막달아났소.한꽃나무를위하여그러는것처럼나는참그런이상스런흉내를내었소

― 이상, 「꽃나무」 전문

이상의 시 「꽃나무」는 아동문학의 범주에 들어가지 못한다. 어린이들은 「꽃나무」를 통해 감동을 받거나 미적 감흥을 일으키지 못하기 때문이다. 그렇다고 모든 어른들은 그 시를 이해하는가? 결코 그렇지 않다. 문학교육을 받은 일부분만이 이상의 시 「꽃나무」를 읽고 감동을 받거나 미적 감흥을 일으킨다.

그렇다면 황순원의 소설 「소나기」는 어떠한가? 글을 읽을 줄 알고, 그 뜻을 해석해낼 수 있는 사람이라면 대부분 감동을 받거나 미적 감

흥을 일으키게 된다. 그러므로 이 작품은 아동문학의 범주에 속한다.

"아동문학이란 나이의 많고 적음, 지식의 많고 적음, 교육을 많이 받고 적게 받음, 지위의 높고 낮음과 상관없이, 글을 읽고 해독할 수 있는 사람과 그렇지 않은 사람 모두에게 미적인 감흥을 일으키게 만드는 문학을 총칭한다"는 뜻은 바로 여기에 있다.

그렇다면 글을 읽고 해독할 수 없는 사람은 어떻게 그 대상이 될 수 있는가? 소리로 감동을 받거나 미적 감흥을 얻을 수 있기 때문이다. 아기에게 시를 읽어주거나 글을 읽어주는 어머니나 아버지를 통해서 문자 해독능력이 없는 유아들도 아동문학을 즐길 수 있다. 물론 어머니나 아버지가 아닌 제 3자의 목소리를 통해서도 가능하다.

명확한 이해를 돕기 위해 다음 두 시를 비교해보자.

다람 다람 다람쥐
알밤 줍는 다람쥐
보름 보름 달밤에
알밤 줍는 다람쥐

알밤인가 하고
조약돌도 줍고
알밤인가 하고
솔방울도 줍고

— 박목월, 「다람 다람 다람쥐」 전문

해와 하늘빛이
문둥이는 서러워

보리밭에 달 뜨면

애기 하나 먹고

꽃처럼 붉은 울음을 밤새 울었다.

— 서정주, 「문둥이」 전문

　박목월의 작품 「다람 다람 다람쥐」와 서정주의 작품 「문둥이」의 문
학적 가치는 차이가 없다. 혹자는 서정주의 「문둥이」가 지닌 의미와 철
학, 세계관 등이 박목월의 「다람 다람 다람쥐」보다 깊고 넓다고 판단할
수도 있을 것이다. 그러나 다람쥐가 조약돌이나 솔방울을 알밤으로 착
각하고 줍는 것과 사람이 돈이나 명예가 행복을 가져다주는 것으로 착
각하고 아등바등하는 것과 무엇이 다른 것인가. 단순하게 바라보는 독
자에게는 단순한 운율의 미적 감흥으로, 복잡하게 바라보는 독자에게
는 철학적 인생관을 보여주는 미적 감흥으로 다가오는 것이 바로 박목
월의 작품 「다람 다람 다람쥐」라고 할 수 있다.

　그러므로 각각의 시가 내포하고 있는 철학적 깊이와 세계관의 넓이
에는 차이가 없다. 그러나 박목월의 작품 「다람 다람 다람쥐」는 언어의
속뜻을 이해하지 못하고 단순히 소리로 감흥을 느끼는 사람에게도 다
가가는 힘이 있다. 서정주의 작품 「문둥이」가 지니지 못한 개성이요 특
징이라고 할 수 있다.

　문자로 만들어진 것만이 아니라 소리로 만들어지는 미적 감흥까지
포함하는 것이 바로 아동문학이 지닌 미학이다. 의미를 배제한 소리만
으로도 감동을 받거나 미적 감흥을 얻을 수 있기 때문이다. 그러므로
아동문학은 글을 읽고 해석할 수 없는 사람까지 대상독자로 포함하는
문학이다.

　아동문학의 가장 큰 특징은 대상독자에 한계를 두지 않는 열린 문학

이라는 점이다. 앞서 예를 든 이상의 시 「꽃나무」와 황순원의 소설 「소나기」, 그리고 박목월의 「다람 다람 다람쥐」와 서정주의 「문둥이」의 구분은 각각의 작품이 지닌 가치의 차이로 나뉜 것이 아니다. 또한 내용의 어렵고 쉬움을 근거로 하는 구분도 아니다. 두 작품을 구분하는 잣대는 형식의 쉽고 어려움일 뿐이다. 이상의 시 「꽃나무」가 지니고 있는 세계관과 황순원의 소설 「소나기」가 지니고 있는 세계관, 그리고 박목월의 시 「다람 다람 다람쥐」와 서정주의 시 「문둥이」가 지니고 있는 세계관은 각각 독특하고 심오하다. 다만 그것을 드러내는 방식에 차이가 있을 뿐이다. 그러므로 아동문학의 특징은 내용에 근거하지 않고 드러내는 방식에 근거한다.

그렇다면 드러내는 방식의 차이는 어디에서 연유하는가? 그것은 '완전번역'으로 설명할 수 있다. '완전번역'이란 앞서 설명한 것처럼, 근대과학문명의 패러다임에 얽매이는 것이 아니라 가능하다면 전(全)시대 사람들에게 이해될 수 있도록 작품을 만드는 방식이라고 할 수 있다.

신화나 전설, 그리고 민담, 민요 등이 시대를 초월하여 사람들에게 읽히고 독자들이 이러한 작품에 미적 감흥을 얻는 것은 바로 이러한 방식의 예라고 할 수 있다. 드러내는 방식이 어느 한 시대의 패러다임에 얽매이지 않는다는 것은 그 시대의 계급이나 계층에 구애받지 않는 자유로움의 발현이며 민중성 혹은 원시성의 획득이라고 할 수 있다.

"I love you"라는 영어 문장을 "I는 you를 love해"로 번역하는 것이 아니라 "나는 너를 사랑해"라고 번역하는 것과 같다. 이러한 완전번역의 방식은 일정 정도 이상의 교육을 받은 사람과 그렇지 않은 사람, 글을 읽을 줄 아는 사람과 그렇지 못한 사람 모두 이해할 수 있는 방식을 택한다는 의미라고 할 수 있다.

더 나아가 아동문학은 그림책까지도 포함한다. 글이 들어 있지 않은 그림책도 아동문학의 울타리 안에 존재한다는 뜻이다. 글을 읽지 못하는 어린아이에게 아이의 어머니는 그림책을 보여준다. 호랑이와 사자, 강아지와 병아리 그림을 보여주며 곁에 있는 어머니가 소리로 감흥을 곁들이는 방식이 채택되기 때문이다.

뿐만이 아니다. 사람의 권리는 여성의 몸속에 존재하는 태아에게까지 확장된 것이 요즘이다. 그러므로 사람을 대상으로 하는 아동문학에는 여성의 몸속에 존재하는 태아도 대상독자에 포함된다. 임신부가 책을 읽으면, 이는 태아에게 영향을 미친다. 태아까지 대상독자가 되는 셈이다.

완전번역이란 바로 이처럼 다양한 미디어를 통해 의미와 감흥을 전달하는 방식을 뜻한다. 그러므로 아동문학이 지닌 또 하나의 특징은 문화적 민족적 특성을 고스란히 지니고 있다는 것이다. 그림이나 소리로 인한 감흥은 다른 언어로 번역되지 못한다. 그리고 문화적 민족적 정서가 다른 사람에게 감흥을 주기도 어렵다. 단순히 언어의 의미로만 구성된 문학적 감흥은 다른 언어로 번역이 가능하지만, 언어만이 아닌 다양한 미디어를 이용한 감흥은 번역이 어렵기 때문이다.

이처럼 아동문학의 특징은 의미와 감흥을 드러내는 방식의 차별성을 의미한다. 내재된 의미와 감흥이 아니라 이를 밖으로 표현해내는 방식의 차이라고 할 수 있다.

3. 아동문학의 창작

아동문학이란 나이의 많고 적음, 지식의 많고 적음, 교육을 많이 받고 적게 받음, 지위의 높고 낮음과 상관없이, 그리고 글을 읽고 해독할 수 있는 사람과 그렇지 않은 사람 모두에게 미적인 감흥을 일으키게 만드는 문학을 총칭한다.

이는 작가가 문화적, 역사적, 민족적 특징을 공유하고 있는 사람이라면 누구나 이해할 수 있도록 완전번역을 통해 작가의 세계관을 독자에게 전달하는 방식을 뜻한다. 독자에게 작가의 세계관을 전달하는 방식은 단순히 문자에 국한되지 않고 다양한 미디어를 이용한다. 그러므로 아동문학의 특징은 의미와 감흥을 드러내는 방식의 차별성을 의미한다.

그렇다면 아동문학은 어떻게 창작하여야 하는가? 창작의 실제에 대해 알아보자.

1) 무엇을 이야기할 것인가?

아동문학을 창작하려는 사람들에게서 가장 흔하게 발견하는 잘못이 바로 "아이들에게 무슨 이야기를 해주어야 하나" 하는 고민이다. 결론부터 말한다면 이는 아동문학에 대한 인식 자체가 잘못되었다고 밖에는 표현할 수 없다. 아동문학은 성인인 작가가 아직 미성년인 독자에게 무엇인가를 주는 행위가 아니기 때문이다.

아동문학의 창작은 작가 자신이 절실하게 느끼는 바로 그것을 표현해내는 작업이다. 성인은 아동의 상대개념이 아니라 아동이라는 기초 위에 세워진 구조물과 같다. 그러므로 스스로에게 가장 절실한 문제는 바로 아동문학의 창작 소재가 된다. 다만 이를 드러내는 방식에 있어 나이의 많고 적음, 지식의 많고 적음, 교육을 많이 받고 적게 받음, 지위의 높고 낮음과 상관없이, 그리고 글을 읽고 해독할 수 있는 사람과 그렇지 않은 사람 모두에게 미적인 감흥을 일으키게 하려는 노력이 있어야 한다는 것이 다를 뿐이다.

이재철은 "아동문학이란 어른이 어린이에게 읽히는 것을 강하게 의식하고 창조한 모든 문학을 말한다"[9]고 말하며 "비록 우수한 아동자유시라고 할지언정 그것이 아동문학의 주체세력이 될 수는 없다. 다만 그것은 교사가 어린이의 인간형성을 위해 지도 창작케 한 학습의 부산물일 뿐, 엄격히 말하여 아동시로서 아동문화에 속한다할 것이다. 그러므로 아동문학은 동심의 눈으로 풀이한 성인의 작품이요, 동심을 가진 성인을 그 작가로 한다고 일단은 규정할 수 있다"[10]고 주장한다. 그리고 이러한 주장은 이후의 많은 연구자들 사이에 그대로 답습되고 있다.

그러나 앞의 견해는 아동과 성인을 상대적 개념으로 파악했을 때에만 가능하다. 아동과 성인이 상대적 개념이 아니라 아동의 연장선 위에 성인이 있다는 인식의 전환이 이루어진다면, 아동의 작품은 아동문학이 아니라는 규정은 폐기되어야 한다. 중요한 것은 이 작품이 아동문학 작품이냐 아니냐의 구분은 이 작품을 누가 창작했는가를 따지는 것이 아니라 작품이 나이의 많고 적음, 지식의 많고 적음, 교육을 많이 받고 적게 받음, 지위의 높고 낮음과 상관없이, 그리고 글을 읽고 해독할 수 있는 사람과 그렇지 않은 사람 모두에게 감흥을 주는 작품이냐 그렇지 않은 작품이냐를 따지는 문제이기 때문이다.

우리가 문학 작품을 읽는 이유는 "작가가 이 작품을 통해 무엇을 이야기하려고 했는가"를 알기 위해서가 아니다. 궁극적으로 우리가 문학 작품을 읽는 이유는 "나는 누구인가", "인생은 무엇인가"를 알기 위함

---

9) 이재철, 앞의 책, p.11.
10) 이재철, 앞의 책, pp.11~12.

이다. 더 넓힌다면 "재미가 있는가"의 여부이다. "누가 창작했는가"는 그 다음의 이야기이며, 그것은 연구자의 몫이다. 연구자란 특수한 독자를 의미한다. 그러나 아동문학의 대상 독자는 앞서 설명한 것처럼 '모든 특수성을 배제한 일반적인 사람'이다. 그러므로 아동문학인가 아닌가를 따지는 잣대로 그것의 생산자나 수용자를 이용하는 것은 어불성설이다.

"아이들에게 무슨 이야기를 해주어야 하나?"라는 고민은 이미 아동문학의 범주가 아니라 교육의 범주에 속하는 사항이다. 그러므로 아동문학의 창작자는 "나에게 가장 절실한 것은 무엇인가?", "나를 억압하고 있는 것은 무엇인가"를 찾아내는 노력을 먼저 해야 한다. 그리고 그것에 대해 이야기하여야 한다.

'나'는 모든 사물과 타인에 대해 배타적으로 존재하는 고립된 개념이 아님을 명심해야 한다. 새로운 음식을 먹고 그것이 소화되는 순간, 나와 다른 것들이 나로 변화한다. 호흡을 하는 순간, 나와 다른 것들이 나의 피로 녹아든다. 사랑하는 이의 고통을 보거나 기쁨을 보는 순간, 그 감정들은 나의 고통과 기쁨으로 변화한다. 그러므로 '나'는 고립된 자아가 아니라 항상 외부의 것들과 교통하고 있는 열린 '나'임을 알아야 한다. 외부로 열려 있는 '나'를 인식할 때, 타인의 고통이나 기쁨은 '나'의 그것으로 변화한다. 고립된 '나'에 머무르는 것이 아니라 '나'를 넘어서서, 타인의 고통과 기쁨, 다른 사물의 고통과 기쁨을 '나'의 것으로 만들려는 노력과 자세는 아동문학 창작 정신의 기본이다. 타인의 고통과 타자의 고통까지 '나'의 것으로 변화시켜, 내가 느끼는 기쁨과 슬픔, 내가 느끼는 쾌락과 고통, 내가 느끼는 인생과 세계에 대한 인식을 진실하고 정직하게 드러내야 한다. '특수한 나'를 이용하여 '보편적 나'를 구현해내는 것이다. '보편적인 나'란 '동심을 주체로 하는 나'를 뜻한다. 여기서 말하는 '동심'이란 단순히 아이들의 마음, 혹은 순수한 아이들의 눈으로 보는 세상이라는 의미가 아니라 나에게 내재되어 있는 보편적 심성을 뜻하는 것이다. 바꾸어 말한다면, 특수한 상황으로 보편적 심성을 표현해내는 것이라고 하겠다.

2) 교육성은 필요한가?

아동문학을 이야기할 때 빠지지 않는 것이 교육성이다. 그렇기에 '이러이러한 내용은 교육상 좋지 않다'는 견해를 듣는 경우가 많다. 그러나 문학에 있어서의 교육성은 부작용에 지나지 않는다. 여기서 말하는 부작용(副作用)이란, 글자 그대로 어떤 일에 부수적으로 일어나는 일을 이야기하는 것일 뿐, 부정적인 의미는 포함되지 않는다.

문학의 주된 목적은 감동과 미적인 감흥이다. 교육성에 대해 더욱 적극적으로 이야기한다면 감동과 미적 감흥을 느끼게 하는 것이 최고의 교육이라고 말해도 과언이 아니다. 무엇인가를 가르치려고 의도했을 때, 가르치는 사람은 배우는 사람에게 이미 권력자의 위치에 서게 된다. 이는 진정한 가르침이 아니다. 더군다나 문학에 있어서 작가와 독자의 위치가 가르치는 자와 배우는 자라면 잘못되어도 한참 잘못된 인식이라고 하겠다.

백보 양보하여 문학에 있어 교육성의 개입이 허용된다고 하더라도, 그것은 작품을 생산해내는 작가의 몫이 아니라 그것을 수용하는 독자의 몫이다. 작가의 의도가 아니라 독자의 수용 태도를 가리키는 용어라는 뜻이다. 다시 말한다면, 문학에 있어 교육성은 'teach'가 아니라 'study'라고 할 수 있다.

동양에서의 배움, 'study'의 방법에는 두 가지 종류가 있는데, 효(效)

와 각(覺)이 그것이다. 효는 따라 하기이며 각은 깨달음이다. 지루하게 반복하여 몸에 익히는 것이 효라면 각은 불꽃처럼 깨달음을 얻는 것을 뜻한다.

만약 문학에 교육성이 있다면, 그리고 그 교육성이 수용자인 독자의 몫이라면, 그 배움은 효의 형태가 아니라 각의 형태라고 할 수 있다. 불꽃 같은 깨달음은 미적 감흥이나 감동의 형태이다. 그러므로 아무리 양보하더라도 아동문학에 있어 교육성은, 특히 그것이 작가의 입장에 있을 경우에는 더욱더 생각할 필요가 없는 것이다.

아동문학을 창작함에 있어 독자에게 무엇인가를 가르치려고 들어서는 안 된다. 그저 느끼게 만들어야 한다. 느끼는 것은 각이며, 날카롭고 명징한 각은 교육과 다름 아니다.

3) 현실인가 환상인가?

겉으로 드러난 그림들 속에 숨어 있는 그림을 찾아내는 '숨은 그림 찾기'를 모르는 사람은 없을 것이다. 대부분의 '숨은 그림 찾기'는 유머와 함께 있다. 겉으로 드러난 그림을 보고, 그 그림과 연결되는 유머를 통해 재미를 얻는다. 그리고 그 다음에 겉으로 드러나지 않게 감추어 놓은 숨은 그림을 찾는다. 공원을 걸어가는 남녀의 그림 뒤에 풍선이 숨어 있고 바늘이 숨어 있으며 여성용 구두가 숨어 있다.

이러한 구성은 아동문학의 창작에도 예외가 아니다. 드러내는 것과 감추는 것의 적절한 조화가 기본이라는 뜻이다.

이제까지 우리나라에서 아동문학을 이끌어온 중심 담론은 표현론과 반영론이라고 할 수 있다. 표현론이 작가의 개성과 창조적 상상력을 중시한다면 반영론은 사회 현실의 반영을 중시한다. 결국 낭만주의적 성향과 리얼리즘적 성향으로 표현할 수도 있는 이 두 가지 경향은 오늘날까지 배타적 반목을 이어왔다. 반영론에 입각한 아동문학은 사회 현실과 역사 인식을 근저에 깔고 있으며, 표현론에 입각한 아동문학은 신화, 전설, 민담에서 중요한 자리를 차지하고 있는 마법적이고 환상적인 세계를 현대적으로 재현하거나 작가의 개성과 창조적 상상력을 중요시하는 인식을 근저에 깔고 있다. 이 둘은 최근까지 서로 이론적으로 대립하며 발전해 왔다.[11] 그러나 중요한 것은 반영론이냐 표현론이냐의 구분이 아니다.

동화를 예로 들어보자. 아이들의 현실과 일상생활을 중심으로 이야기를 이끌어나가는 동화를 흔히 생활동화라고 말하며, 환상과 마법 등 현실에서 일어날 수 없는 이야기를 중심으로 이끌어나가는 동화를 흔히 환상동화라고 말한다. 전자는 반영론에 가깝고 후자는 표현론에 가깝다. 그러나 작품의 중심 담론이나 구분과 상관없이 생활동화이든 환상동화이든 숨은 그림이 있어야만 한다. 환상성이 더 중요한가, 사실성이 더 중요한가에 대해 논의하는 것은 우매한 일이 아닐 수 없다. 환상적인 이야기 속에 현실 문제를 감추어두어 찾아내게 하기도 하고, 사실적인 이야기를 통해 미래의 꿈과 희망을 드러내기도 하기 때문이다.

현실을 그리면서 그저 현실을 보여주는 것으로 끝나거나, 환상 세계를 보여주는 것만으로 그치는 것 모두 문제가 있다는 뜻이다. 현실을 보여주며 그 속에 새로운 해석과 가치를 숨겨 놓는 것, 환상을 보여주면서 그 속에 현실에 대한 이해와 비판이 숨겨져 있는 것, 드러내는 것과 감추는 것의 적절한 조화가 중요하다는 뜻이다.

---

11) 아동문학계의 이론적 대립에 대해서는 《아동문학담론》 제5호(청동거울, 1999)에 실려 있는 김용회의 글 「디지털 시대의 아동문학」에 비교적 상세히 다루어져 있다.

작가가 의도하는 바를 그대로 생경하게 내놓는다면 그것은 문학작품이 아니라 웅변이나 연설문이 될 뿐이다.

다양한 숨은 그림은 아동문학에서 이야기하는 단계성의 문제도 극복할 수 있는 방법이 된다. 일본의 판본일랑(阪本一郎)은 그의 저서 『아동문학개론』에서 아동의 연령별 독서 구분을 1기─자장이야기기(4세경까지), 2기─옛이야기기(4~6세 경), 3기─우화기(6~8세 경), 4기─동화기(8~10세 경), 5기─소설기(10~12세 경), 6기가 전기기(12~15세 경)로 제시하고 있다. 각 연령별로 이해하는 수준이나 지적 능력이 다르다는 것을 말해주는 것이다. 이러한 단계를 생각하여 각 단계의 아동들에게 각기 다른 작품을 제시하는 것도 하나의 방법이겠지만, 각 단계 아동들 눈높이에서 찾아낼 수 있는 숨은 그림들을 다양하게 배치한다면 단계성의 문제도 극복할 수 있다. 한 작품 속에 다양한 코드를 숨겨놓음으로 인해 어린 아이들은 물론 나이가 많은 학자에게까지 서로 다른 감동을 선사할 수 있기 때문이다.

4) 어떻게 이야기할 것인가?

산문과 운문의 구분이 점차 모호해지고 있다. 산문시도 등장하고 서사를 지닌 시들도 눈에 보인다. 더 나아가 산문의 문장을 잘게 쪼개어 행만 달리하여 늘어놓은 듯한 느낌을 주는 시부터 시작하여, 아예 행을 구분하지 않고 늘어놓고도 시라고 말하는 것이 요즈음이기 때문이다. 물론 그러한 것이 "시가 아니다"라는 뜻은 아니다. 다만 율격이나 운율에 대해 과도하게 폄하하고 있거나 혹은 무시하고 있는 것은 아닌지에 대해 생각하는 것이다.

특히 아동문학에 있어서 운율의 실종은 매우 안타까운 일이다. 아동문학의 시작점은 시에 있다. 그러므로 동시는 말할 것도 없고 동화에 있어서도 시정신이 필요하다. 동화를 시적 서사라고 말하는 이유도 여기에 근거한다.

글을 읽지 못하는 사람이 제 3자가 읽어주는 동시나 동화를 소리로 듣는 경우를 생각한다면 아동문학에 있어 운율에 대한 배려는 필수불가결한 요소라고 하겠다. 이를 위해서는 되도록 짧은 문장을 사용하는 것이 좋다. 긴 문장일수록 해독에 어려움이 있으며, 운율을 상실하여 낭독에도 어려움을 느끼게 되기 때문이다. 도저히 더 줄일 수 없을 때까지 문장을 줄이는 노력이 필요하다.

앞서 밝혔듯이, 아동문학이란 나이의 많고 적음, 지식의 많고 적음, 교육을 많이 받고 적게 받음, 지위의 높고 낮음과 상관없이, 글을 읽고 해독할 수 있는 사람과 그렇지 않은 사람 모두에게 미적인 감흥을 일으키게 만드는 문학을 총칭한다. 그러므로 다양성에 대한 이해와 포용, 다른 것에 대한 긍정과 조화에 대한 기본적인 인식이 있어야만 한다.

흔히 21세기를 글로벌 시대라고 표현한다. 글로벌(GLOBAL)에 대한 사전적 의미는 3가지 정도로 나뉜다. 첫째가 '세계적인(worldwide), 지구 전체의, 전 세계의' 정도의 뜻을 지니며, 둘째는 "전체적인, 포괄적인, 광범위한" 정도를 의미한다. 물론 '구형(球形)의, 공 모양의'이라는 뜻도 지닌다.

우리가 흔히 사용하는 '세계화'라는 말은 사실 영어의 'Globalization'으로 번역하는 게 옳다. 세계가 하나로 통합되어야 한다는 뜻이다. 국제규격 통합이나 무역장벽 제거 등이 속하는 의미다. 그러나 과거 우리가 흔히 말하던 '세계화'는 '선진화'의 또 다른 말로 통용되기도 했다. 이럴 경우 '세계화'는 본래의 뜻과 전혀 달라진다. '세계화'가 아니라 '일부 강대국화'이기 때문이다.

처음 '세계화'를 들고 나온 사람들은 약소국이나 중진국이 아니라 강대국들이었다. '내가 기준을 만들 것이니 따라오라'는 것이 그들의 '세계화'이기 때문이다. 그렇기에 현재 개방화 또는 세계화가 일반적인 경향으로 받아들여지고 있지만, 이러한 현상들이 모든 나라들에서 반갑게 여겨지고 있는 것만은 아니다. 서구의 선진국들이 세계화를 주창하고는 있지만 산업의 발달 수준이 낮은 중진국이나 후진국의 입장에서 보면 세계화란 지적 소유권이나 환경 문제 등을 통한 또 하나의 국제 압력의 형태로 다가오는 것이기 때문이다.

그러므로 'Globalization'을 '세계화'라고 표현하는 것에는 약간의 오해의 소지가 존재한다. 일반적인 이해가 아니라 글자 그대로 원론적인 표현으로 말한다면 'Globalization'은 지구상의 모든 것들, 사람을 포함하여 모든 것들의 가치가 동등하다는 인식이라고 할 수 있다.

지구를 하나의 사람으로 생각한다면 정확하다. 손과 발, 혹은 그 속의 무수히 많은 세포, 위장과 뇌, 근육과 심장, 장내 세균과 백혈구 등은 서로 다른 것들처럼 생각되기 쉽지만 사실은 인체를 구성하고 있는 구성 요소들이다. 그것들이 유기적으로 활동하며 인체를 구성하기 때문이다. 지구도 마찬가지다. 미국과 한국, 뉴질랜드와 파푸아뉴기니아, 벼룩과 빈대, 코끼리와 인간 등이 모두 등가의 의미로 지구를 구성하고 있기 때문이다.

그렇기에 진정한 글로벌화, 'Globalization'은 강자가 약자에게 제시하는 새로운 질서나 규약이 아니라 "이미 세상에 존재하고 있는 것들에 대해 있는 그대로의 모습을 존중하는 것"에서 시작되는 것이다. 세상의 모든 것들은 오직 사람을 위해 존재한다는 오만한 인본주의, 왜곡된 선민의식은 제거되어야 한다.

아동에 대한 태도도 마찬가지다. 그들을 바라보는 눈이 선진국이 후진국을 바라볼 때의 눈이어서는 곤란하다. 아동은 성인이 계도하고 교육할 대상이기 이전에 함께 살아가는 동료이자 당당한 인권을 지닌 개인이기 때문이다.

그렇다면 아동문학에는 예전부터 이미 글로벌화가 이루어진 상태라고 할 수 있다. 나무와 바위가 말을 하고 호랑이와 늑대가 대화를 나누는 모습은 아주 익숙한 것이기 때문이다. 그러므로 다양성에 대한 이해와 포용, 다른 것에 대한 긍정과 조화에 대한 기본적인 인식이 아동문학 작품을 만들어낼 때 가장 중요하게 생각해야 할 요소임을 잊어서는 안 될 것이다.

몇 가지 더 추가한다면 가치 판단에 신중해야 한다는 것과 설명하지 말고 보여주는 것에 치중하라는 것이다. 어떠한 사물이나 행위에 대한 가치의 판단, 이는 윤리학이나 도덕학적 계보를 따지는 일과 같다. 그러나 가치론 혹은 윤리학과 도덕학은 각 시대에 따라 잣대를 달리한다. 게다가 인간중심적이다. 인간을 제외한 모든 것을 타자화, 도구화시키기 때문이다. 그러므로 '좋다', '나쁘다', '선하다', '악하다' 또는 '참', '거짓'의 개념에 대해 강요하지 말아야 한다. 가치판단을 독자가 하도록 만들어야 한다. 반드시 참과 거짓, 좋음과 나쁨을 이야기하고 싶다면, 그것이 피할 수 없는 상황이라면, 한걸음 뒤로 물러나 권장과 허용으로 대치하는 것이 좋다. 좋음, 선, 참은 권장으로, 나쁨, 악, 거짓은 허용으로 치환하여 사용해야 한다. 그것이 바로 열린 자세이며 다양성에 대한 이해이기 때문이다.

설명은 가치판단이 포함될 소지를 지니고 있지만 보여주는 것은 가치판단에서 자유롭다. 그리고 재미도 보장한다. 설명하지 말고 보여주라는 것은 가치론적, 윤리학적, 도덕학적 잣대를 작가의 손에서 독자의 손에 넘겨주는 행위와 같다.

참고문헌

김용희, 『동심의 숲에서 길 찾기』, 청동거울, 1999.
김자연, 『아동문학의 이해와 창작의 실제』, 청동거울, 2003.
박상재, 『동화 창작의 이론과 실제』, 집문당, 2002.
박　진 외 1인, 『문학의 새로운 이해』, 청동거울, 2004.
박화목, 『아동문학개론』, 민문고, 1989.
석용원, 『아동문학원론』, 학연사, 1992.
유창근, 『현대아동문학론』, 동문사, 1989.
이원수, 『아동문학입문』, 한길사, 2001.
이재철, 『아동문학개론』, 서문당, 1992.

퇴고의 기술

임수경
(시인, 단국대학교 강사)

1. 서론

글쓰기란 '문자를 매개로 하는 창조적 언어활동의 전반을 포괄'하여 정의할 수 있다. 글은 자신을 표현하려는 욕구 중의 하나로, 글을 쓴다는 행위는 문자를 통하여 자신의 생각이나 느낌을 다른 사람에게 구체적으로 표현하고 소통하며 새로운 의미를 발견한다는 궁극적인 목적을 가지고 있다. 구체적인 글을 쓸 수 있는 능력, 특히 '주어진 문제에 대하여 논리적이고 체계적인 사고를 전개'[1]하는 능력은 현대를 살아가는 사람들이 기본적으로 갖추어야 할 기본적인 능력인 셈이다. 그러나 기본적인 능력임에도 불구하고 자신의 생각이나 느낌을 정확한 문장을 표현하기란 쉬운 일이 아니다. 더구나 우리말은 다른 나라 언어와

---

1) 박덕유, 『문장론의 이해』, 한국문화사, 2002, p.5

비교하여 상대적으로 어휘도 다양할 뿐만 아니라 문장의 구조체계 또한 복잡하기 때문에, 완벽한 문장이란 사실상 굉장히 힘들다. 따라서 정보를 효과적으로 전달하고, 상대방을 설득하는 글을 제대로 쓰기 위해서는 단어의 올바른 선택에서부터 정확한 문법에 맞는 문장을 써야 하는 이유도 여기에 있다. 글을 쓴다는 것도 물론 중요하지만, 기본적으로 글이 오류 없이 완성하는 것 또한 꼭 고려해야 할 것이다.

글쓰기는 구상(構想), 집필(執筆), 퇴고(推敲)인 크게 세 단계로 분류할 수 있다. 구상에서 글을 쓰는 주체가 자신의 경험과 지식체계를 통합한 상상력[2]을 사용하고, 집필에서는 글을 쓰는 주체가 가장 자유롭게 자신의 개성을 글로 표현할 수 있는 단계이다. 이때 구상과 집필은 한 방향으로 선조적인 작용을 하는 관계가 아니라, 양방향으로 회귀적인 상호작용을 하는 관계에 있다. 글을 잘 쓰기 위해서는 창의적인[3] 사고활동이 필수적이라고 한다면, 창작을 통해서 창의적인 사고능력이 향상된다는 논리도 성립된다. 새로운 발상은 창조적인 글쓰기를 위한 선결 과제이며, 글쓰기를 통해 창조적인 생각이 완성되기 때문이다. 글쓰기의 제일 마지막인 퇴고단계[4]는 집필을 끝낸 완성초고를 수정·보완하는 작업으로, 글의 완성도를 높이기 위해 반드시 있어야 하는

---

2) 여기서 상상력이란 글을 쓰는 주체가 가지는 정신활동의 일체를 뜻한다. 따라서 어떤 모티브를 가지고라도 상상력에 영향을 끼칠 수 있다. 따라서 장르의 범위를 떠나서, 소설, 동화, 시 등 각종 타 문학 장르를 대상으로 할 수도 있고, 그 이상의 문화로 범위를 확장시킬 수도 있다.

3) 일반적으로 창의성(creativity)이란 아이디어를 풍부하게 이끌어 내고, 융통성 있으며, 제시된 아이디어를 새롭게 해석하고 이해할 수 있는 능력이다. 그러므로 문학 수업에서 창의성 계발은 문학 텍스트를 수용하고 음미하는 과정에서 문제 발견적이고 독창적인 생각을 두드러지게 발현할 수 있는 방향으로 전개되어야 할 것이다. 차호일, 『현장중심의 문학교육론』, 푸른 사상, 2003, p.171.

4) 퇴고란, 글을 쓰는 주체자의 측면에서 글을 해석하는 것이 아닌, 글을 읽는 객체의 입장에 서서 전체적인 윤곽과 부분 내용을 검토하는 과정이다. 이 과정에서는 '퇴고의 범위나 퇴고의 시기' (이규정, 『현대작문의 이론과 기법』, 박이정, 1999, p.134.)라는 것도 일정하지 않다. 글쓰기에서 글의 완결을 위한 결정적인 최종 단계가 바로 퇴고이다.

절차이다. 이때 퇴고는 글쓰기 과정에서 이루어지는 고치기가 아니라, 이미 완성된 글을 대상으로 글의 완성도를 높이기 위해서 다듬는 과정을 말하는 것으로, 이때 구상과 집필, 퇴고는 글을 완성하기 위해 별개의 것으로 존재하는 것이 아니라 창작의 전 과정에서 거의 동시적이고 상호작용적으로 이루어진다.

본 연구에서는 글을 쓸 때 유의해야 할 사항을 살펴보고, 글을 완성하기 위한 퇴고의 과정과 기준을 정리한다. 그리고 이러한 퇴고의 과정을 적용한 실례를 들어 퇴고 후 변화된 글쓰기의 실제를 확인한다. 글쓰기란 양식화된 장르에 대한 전문적인 창작이나 창작을 위한 전문가 양성을 지향하는 것뿐만 아니라, 사회에서 생활하는 모든 구성원들이 중심이 되어 그들의 수준에 따른 자유로운 언어활동을 지향하고 있기 때문에, 퇴고의 중요성을 인식하는 데 궁극적인 목적을 둔다.

2. 단어와 글

1) 일상어와 문학어

화두처럼 가끔 "시를 짓는 데에도 반드시 문법적인 문장을 써야 할까?"라는 질문을 놓고 생각할 때가 있다. 실제적으로 인위적인 비문법적인 요소가 문학작품 내에 곳곳에 존재하고 있는 것은 사실이다. '시적 허용'이나 '문학적 문장'이라는 낯선 방법으로 독자들에게 일시적인 충격을 줌으로써 좀 더 새롭게 강조하여 자신의 작품을 인식시키는 방법인 셈이다. 그러나 아무리 감성이 풍부하고 아름다운 단어들을 나열했다고 해도 주어와 서술어의 구조가 맞지 않고, 틀린 맞춤법을 쓴다면 작품이 가지고 있는 의미를 정확히 전달하지 못한다. 생활에서 사용되는 일상어와 문학작품에서 사용되는 문학어는 일반적으로 다르다고 말한다. 이는 문학작품을 창작할 때, 작가가 사용하는 문학어가 가진 뜻의 인위성과 고의성을 부여하므로 문학어와 일상어의 형태는 같지만 객관적으로 정의되어진 일상어가 가진 뜻과 다르게 표현될 수 있다. 다음 작품을 예로 들어본다.

어미를 따라 잡힌
어린 게 한 마리

큰 게들이 새끼줄에 묶여
거품을 뿜으며 헛발질할 때
게장수의 구럭을 빠져나와
옆으로 옆으로 아스팔트를 기어간다
개펄에서 숨바꼭질하던 시절
바다의 자유는 어디 있을까
눈을 세워 사방을 두리번거리다
달려오는 군용 트럭에 깔려
길바닥에 터져 죽는다

먼지 속에 썩어가는 어린 게의 시체
아무도 보지 않는 찬란한 빛[5]

---

5) 김광규, 「어린 게의 죽음」, 『우리를 적시는 마지막 꿈』, 문학과 지성사, 1979.

작품의 배경은 시장이다. 바닥이 질퍽거리는 끈적끈적한 생과 닮은 시장 한가운데 있다. 게거품을 내뿜으며 헛발질을 해대는 게들은 암담한 생에서 탈출하려는 인간의 모습과 흡사하다. 더구나 어미를 따라온 어린 게, 어미(큰 게들)는 새끼줄에 묶여 있는데, 어린 게는 홀로 그 주위를 방황한다. 눈을 씻고 찾아봐도 '바다의 자유'와는 사뭇 다르다. 아무 것도 모르는 어린 게, 아무도 모르는 어린 게의 죽음, 그런 어린 게는 아무도 찾지 못하는 곳에 홀로 찬란한 빛을 내며 썩어간다. 아무도 모르지만 이런 서글픈 생은 잠시 왔다가 사라진다는 것을, 그리고 그 어린 게에게도 '눈을 세워 사방을 두리번거리'며 찾고 싶은 어미 게와 함께 했던 '바다의 자유'가 있었다는 것을 표현하고 있다. 이 작품에서 독자는 각자의 시적 세계관에 따라 일상어와 문학어의 차이를 확인할 수 있다.[6] 어린 게를 죽인 것이 왜 하필 '군용 트럭'인가. 장보러 나온 엄마의 사소한 헛발질도 아니고, 성실하게 움직이는 배달원의 자전거 바퀴도 아니다. 이 시를 쓴 작가가 가진 세계관에서 어린 게를 죽이는 것은 '군부 독재 세력'이라는 작은 암시를 가진다. 그 '군용 트럭'이라는 시어 덕분에 어린 게는 단순한 삶의 일면이 아닌, 새로운 상징물로 대치될 수 있는 것이다. 새끼줄에 묶여온 게들은 민주화 운동을 하다 잡혀온 '반독재 투쟁가들'[7]이라고 할 수 있고, 군부에 대항하는 큰 게들에 가엾은 희생양이 되기도 한다. 문학작품을 통해서 얻어내는

---

6) 수용미학(受容美學)이 출현한 이후, 일반적으로 작가가 창작해 놓은 그 상태를 '텍스트(text)라고 부른다. 그리고 독서 과정에서 독자에 의해 재생되는 텍스트를 작품(work)라고 부르면서 생산자의 텍스트와 수용자의 작품을 구별한다. 고영근, 『텍스트 이론─언어문학 통합론의 이론과 실제』, 아르케, 1999, pp.10~15 참조.
더욱이 매스미디어의 보급으로 시 창작주체와 시 향유주체의 직접적인 경계가 없어진 시점에서 상호 영향이 가능한 수용자(독자)에게 작품에 대한 주체적인 감상방법을 제시하는 것은 서정적 장르인 시 텍스트의 올바른 교육방법인 동시에 수용 능력을 신장시킬 수 있는 기본적인 방안이라 볼 수 있다.
7) 이지엽, 『시 창작강의』, 고요아침, 2005, p.52.

단어의 뜻과 일상에서 쓰는 단어의 의미는 다르겠지만, 그러나 문학작품 역시 결국 사회적 약속인 문법의 테두리에서 존재하므로 글로 표현된 세계가 언어·문법이 가진 테두리를 벗어난다면 이미 사회성을 상실한 단어의 나열밖에 될 수 없는 것이다.

2) 글의 단위

한 편의 글을 이루기 위해 유의해야 할 사항은 한두 가지가 아니다. 그러나 글을 쓰는 데에 가장 유의해야 할 사항은, 글은 올바른 단어가 연결된 올바른 문장으로 이루어진다는 점이다. 단어들이 모여 어절을 이루고, 어절은 구와 절을 만들어, 문장을 만들게 된다. 이런 문장 하나하나가 모여 단락이 되고 그 단락을 적절하게 연결하여 한 편의 글을 완성하는 것이다. 그렇기 때문에 올바른 단어의 선택부터 선행되어야 올바른 문장과 올바른 문단, 올바른 글을 완성할 수 있는 것이다.

다음은 글을 단어, 문장, 문단으로 나누어 각각의 정의와 사용할 때의 유념해야할 사항들[8]을 정리하였다.

(1) 단어

단어는 글을 구성하는 재료의 최소 단위로, 그 하나하나의 의미는 순수하게 객관적인 약속으로 이루어진 부호이다. 바꿔 말하면, 단어란

---

8) 여기에 정리된 사항들은 현재 대학(교)에서 글쓰기 교양교재로 사용되고 있는 문헌들에 나온 공통된 부분들이다. 교양국어편찬위원회, 『글과 논리』, 단국대학교출판부, 1997 ; 사고와표현 편찬위원회, 『우리말·글의 이론과 실제』, 한남대학교출판부, 1999 ; 서울시립대편찬위원회, 『대학인의 글쓰기』, 새문사, 1999 ; 한성대학교재편찬위원회, 『문장과 표현』, 한성대학교출판부, 1990 ; 한양대학교재편찬위원회, 『글과 생각』, 한양대학교출판원, 1993 등.

인위적으로 만들어낸 부호이고 약속이므로 글쓰기 중 단어의 선택은 글의 완성도에 큰 부분을 차지하게 된다. 일물일어(一物一語)의 원칙,[9] 즉, 정확하고 효과적인 표현을 하기 위해서는 글 쓰는 주체가 표현하려고 하는 생각과 일치하는 정확한 단어를 찾아내어 사용해야 된다는 것이다.

① 단어 사용시 유념할 사항
ⓐ 정확한 개념을 가진 단어를 사용하고, 단어 사이의 연관성을 명확히 파악한다.
ⓑ 상투어, 무의미어, 유행어의 사용을 자제하여 글의 구체성을 높인다.
ⓒ 외래어, 한자어, 추상어, 특수어를 유념하여 사용한다.
ⓓ 단어 사이의 조사와 접속사를 유의하여 사용한다.
ⓔ 반복되는 단어의 과용과 불필요한 현학적인 단어의 남용을 피한다.
ⓕ 모든 글은 단어와 문장과 문단으로 이루어지고 모든 것은 서로 연계성을 가진다는 것을 명심한다.

② 많이 틀리는 단어

| 거치다/걷히다 | 갈음/가름 | 걷잡다/겉잡다 |
| 귀걸이/귀고리 | 늘이다/늘리다 | 다리다/달이다 |

---

9) 프랑스의 소설가 플로베르(Flaubert, Gustave)는 소설 『보바리 부인』을 쓸 당시 '하나의 사물을 나타내는 단어는 오직 하나밖에 없다'는 정의를 사용하여, 모든 글쓰기에 있어서 적재적소에 적용되는 단어의 중요성을 강조했다. 이는 현대 문학가들에 의해 복합적이고 다형(多形)적인 뜻을 가진다는 단어의 새로운 정의에 비판의 대상이 되기는 하지만, 글쓰기의 기본에 있어서 올바른 단어 사용의 중요성은 그만큼 강조되고 있다.

닫치다/닫히다	목걸이/목거리	받치다/밭치다
부딪치다/부딪히다	안치다/앉히다	어름/얼음
저리다/절이다	제키다/제끼다	조리다/졸이다
일절/일체	잃다/잊다	홀몸/홑몸

(2) 문장

올바른 단어를 선택했다면 단어들의 조합을 통해 올바른 문장을 만드는 것이 중요하다. 문장은 몇 개의 단어들이 결합하여 하나의 생각을 표현하는 최소 단위이다. 일반적으로 문장은 주술관계를 통해 하나 이상의 논리를 가지고 있기 때문에, 문법에 맞지 않은 문장은 아무리 많은 내용을 말하고 있다 하더라도 명확하게 전달될 수 없다.

① 문장 작성시 유념할 사항
ⓐ 현재 사용되는 문법에 맞는 문장을 쓴다.
ⓑ 한 문장 내에서 주어와 서술어의 호응관계를 파악하여 사용한다.
ⓒ 문장의 시제와 문맥의 흐름이 맞게 문장성분을 변형시킨다.
ⓓ 조사와 접속사가 문맥의 흐름에 적합한지 파악한다.
ⓔ 존대법과 압존법을 바르게 구사한다.
ⓕ 문장 사이의 유기적인 연결성을 명확히 파악한다.

② 비문의 예
ⓐ 주어 생략으로 비문의 예 : 병태는 영자를 만나서 길거리에서 이야기를 하였는데, 인사도 없이 떠나가 버렸다.
ⓑ 구조어 호응에 따른 비문의 예 : 짐승도 그럴 수가 있거늘, 아물

며 인간은 그럴 수가 없다.

ⓒ 높임법에 따른 비문의 예 : 이어서 교장 선생님 말씀이 계시겠습
니다.

ⓓ 시제 일치에 따른 비문의 예 : 세화는 바야흐로 노래를 불렀다.

ⓔ 조사 사용에 따른 비문의 예 : 옛날 옛적에 마음씨 착한 총각은
있었습니다. : 20년 전에 선생님은 어디에 살았습니까?

ⓕ 인용에 따른 비문의 예 : 삼촌은 나만 보면 커서 뭐가 되겠느냐라
고 묻곤 하셨다.

ⓖ 피동문 과용에 따른 비문의 예 : 이러한 성격 때문에 다해지는 손
해가 여간 크지 않았다.

ⓗ 외국어식 표현에 따른 비문의 예: 너의 행동은 아무리 생각해 보
아도 나에게는 이해가 가지를 않는다.

ⓘ 중의적 문장으로 비문의 예 : 선생님이 보고 싶은 학생이 매우 많
다.

ⓙ 중복된 단어로 인한 비문의 예 : 돌이켜 회고해 보건대 형극의 가
시밭길을 우리는 걸어 왔습니다.

(3) 문단

문단이란 두 개 이상의 문장이 모여서 이루어진, 하나의 집약된 생각
이 표현된 글의 단위이다. 따라서 글은 한 개 이상의 문단이 모여 서로
유기적인 관련을 맺으면서 연결된 사고의 집합체인 셈이다. 문단은 문
난이 갖추어야 할 기본적인 요건이 있고, 퇴고할 때에는 이 요건에 부
합하는지 여부를 확인하면서 접근해야 한다.

ⓐ 하나의 문단은 하나의 중심 생각(주제)을 갖는 것이 좋다.

ⓑ 문단은 통일성(Unity) · 일관성(Coherence) · (Continuity)이 있어야
한다.

ⓒ 문단의 각 부분이 논리적으로 연결되어야 한다.

ⓓ 문장의 전개는 일반화시키지 말고 구체화시키는 것이 이해력을
높일 수 있다.

ⓔ 한 문단 안에서 소화할 수 있는 정도로 범위를 제한해야 하는 것
이 바람직하다.

3. 퇴고의 원칙과 실제

1) 퇴고의 원칙과 기준

(1) 퇴고의 원칙

퇴고는 글쓰기의 초심에 설정하였던 주제와 실제 완성된 원고 사이
의 차이를 줄이는 작업입니다. 즉, 글이 가지는 최초의 주제가 일관되게
글로 정리될 수 있도록 수정 · 보완함으로써 완성된 글로 만드는 것이
다. 따라서 퇴고란 단순한 글쓰기의 단계에서 벗어나 종합적이고 복합
적인 사고와 전체를 이해하는 능력을 가지는 과정이다. 퇴고는 불필요
한 부분을 삭제(削除), 불충분한 부분을 부가(附加), 불완전한 부분을
바로잡는 구성(構成) 등의 원칙에 의해 정리될 수 있다.

① 삭제(削除)의 원칙

삭제는 불필요하게 반복되는 부분을 제거하는 작업이다. 글의 부분을 대상으로 조합되거나 과장되어 비약이 심한 부분이나 애매하게 초점을 흐리는 부분을 빼내는 것이다. 삭제의 대상은 작게는 적절하게 사용되지 못한 단어나 문장에서부터 크게는 문단 전체일 수도 있다.

② 부가(附加)의 원칙

부가는 생략된 부분이나 논의가 부족한 부분을 대상으로, 글 전체에서 설명이 부족한 부분이나 충분히 논의가 진행되지 않은 부분에 세부적으로 설명을 첨가하여 정확한 의미 전달을 위해 바꾸는 작업이다. 부가의 대상은 문단이나 문장, 단어까지 포괄할 수 있다.

③ 구성(構成)의 원칙

글 전체를 대상으로 하여 구성의 순서가 잘못되어 주제의 흐름이 차단된 경우나 주제가 제대로 부각되지 않았을 경우, 혹은 세부항목들의 연결이 부자연스러울 경우 글의 자연스러운 전개를 위해 바꾸는 작업이다. 따라서 부분과 전체가 유기적으로 연결이 될 수 있도록 글의 전개 방식에 유념하여 다듬는 것이 중요하다.

퇴고는 가능하면 여러 번 하는 것이 바람직하며, 다른 사람에게 글을 보이고 주관적 편견에서 벗어나 글의 객관성과 글을 보는 새로운 각도를 마련하여 글의 장단점을 수정하는 것도 바람직한 방법이다. 글 전체가 가지고 있는 구조적인 측면이 유기적인 통일성을 가질 수 있도록 살피면서 검토한다. 특히 자신이 퇴고할 때에는 가급적 충분한 시간적 간격을 두고 글을 고치도록 한다. 이러한 시간적 여유는 주관성에서 탈피하여 객관적 자리에 놓음으로써 글에 대한 감성적 오류에서 벗어나 독자적 시각에서 잘못된 부분을 쉽게 찾아낼 수 있다.

(2) 퇴고의 과정

퇴고는 자기의 글에 대하여 객관성 있는 자기 평가에서 출발한다. 세 부항목을 분류하면 다음과 같이 정리할 수 있다.

① 글의 주제가 독창성과 가치성을 가지고 있는가

글은 주제를 표현하기 위해 존재한다. 주제란 글을 쓰는 주체가 가진 논리를 정리한 것으로, 주체가 가진 독특하고 유용한 논리를 글을 읽는 객체에게 이해시키기 위해 전달된다. 따라서 글의 주제는 이미 선행된 글을 그대로 답습하는 것이 아닌 나름의 독창적이고 가치를 지녀야 한다.

② 글의 문장이 평이성과 구체성을 가지고 있는가

문장은 간결하고 뜻이 분명해야 한다. 내용은 구체적인 사례를 들어 확실한 논거의 전개를 해야 한다. 서술어-부사어가 짝을 이루는 부사어의 사용이나, 주어-서술어의 호응관계도 주의를 기울여야 한다. 특히 부사어의 활용인 수식어를 피수식어 가까이에 배치하여 피수식어가 두 개 이상 오거나, 여러 수식어가 한 단어를 꾸며주는 모호한 관계를 정확하게 표현하는 것도 중요하다.

③ 글의 문단이 통일성과 긴밀성을 가지고 있는가

글은 하나의 논리로 완성되어야 한다. 따라서 글이 가지고 있는 문단들은 서로 긴밀하게 논리를 중심으로 연결되어야 한다. 이를 위해서는 문단을 구성하는 문장과 단어의 선택이 구체적이고 논리에 실질적으로 적용되게 선택하는 것이 중요하다. 또한 각 문단마다 가지고 있는 의미를 명확하게 밝혀주어 유기적으로 연결이 될 수 있도록 배치해야 한다.

④ 글의 전개가 논리성과 정확성을 가지고 있는가

글은 구체적이고 정확한 논리를 가지고 있어야 한다. 글 쓰는 주체와 글을 읽는 객체 사이에는 실질적인 거리와 시간이 존재하고 글이 가지는 일방성 때문에 관념적이고 추상적인 어휘만으로 완성된 글은 잘못된 이해와 독해를 야기할 수 있기 때문이다. 특히 문자가 가진 중의적 특징으로 글을 읽는 객체마다 그 뜻을 다르게 해석할 수 있기 때문에 글은 구체적인 어휘를 골라 사전 풀이대로 서술하여 자기주장을 분명하게 밝히는 것이 중요하다.

⑤ 글이 정서법에 어긋나지 않는가

좋은 문장을 쓰려면 맞춤법에 맞게 써야 한다. 맞춤법에 어긋난 단어를 쓰면 기초적인 교양마저 의심받는 경우도 있다. 자신이 쓰려는 단어를 정확하게 모를 때에는 국어사전을 찾아서 확인하는 습관을 가지도록 노력해야 한다. 또 시간이 날 때마다 한글맞춤법, 표준어와 표준발음법, 외래어와 로마자 표기법 등의 어문 규정도 익혀 두는 것이 좋다.

2) 퇴고의 실제

퇴고는 형태를 바꾸는 작업과 내용을 바꾸는 작업으로 크게 분류할 수 있다. 형태를 바꾸는 작업은, 완성된 초고의 내용보다 형태를 변형시켜 주제를 좀 더 강력하게 강조하고자 하는 목적으로 이루어지며, 이때 여러 방법적 기교를 사용하기도 한다. 내용을 바꾸는 작업은, 글에서 미흡했던 부분들을 보완 대체되어 전체 작품의 완성도를 높이기 위함이다.

아래 두 작품을 예로 들어 설명해 보자.

㈎
나보기가 역겨워
가실 째에는 말업시
고히고히 보내들이우리다

영변(寧邊)에 약산(藥山)엔
그 진달내 꼿을
한아름 ᄯᅡ다 가실 길에 섀리우리다

가시는 발거름마다
뿌려노흔 그 꼿을
고히나 즈러 밟고 가시옵소서

나보기가 역겨워
가실 째에는

죽어도 아니 눈물 흘리우리다[10]

(ㄴ)

나보기가 역겨워

가실 *쌔에는*

말업시 고히 보내드리우리다

寧邊에 藥山

진달내쏫

아름싼다 가실 길에 쑤리우리다

가시는 거름거름

노힌 그 쏫츨

삽분히 즈려 밟고 가시옵소서

나보기가 역겨워

가실 *쌔에는*

죽어도 아니 눈물 흘리우리다[11]

　　김소월의 시 「진달래꽃」은 4연 16행의 시작품으로 비교적 짧은 형태
의 시이다. (ㄱ)은 1922년 잡지 《개벽》에 발표된 초고이고, (ㄴ)은 1925년
시집에 수록할 때 (ㄱ)을 퇴고하여 개작한 작품이다. (ㄴ)은 완성도 뛰어
난 운율을 지니고 있기 때문에 현재까지 널리 알려져 있다. 익히 잘 알

---

10) 김소월, 「진달래꼿」, 《개벽》 1922. 7
11) 김소월, 「진달래꼿」, 『진달래꼿』, 1925. (밑줄 강조 인용자)

려져 있는 작품이기 때문에 작품의 세부적인 분석 보다는, 전체 작품을 낭독할 때에 시적 운율의 차이를 쉽게 비교할 수 있다. (ㄱ)의 원작보다 (ㄴ)의 밑줄 친 부분을 살펴보면, 낭송하기에 적합한 운율인 7·5조로 되어있다. 즉, 1연을 살펴보면, (ㄱ)의 1연은 "나보기가 역겨워/가실 쌔에는 말업시/고히고히 보내들이우리다" 4·3, 5·3, 4·7라는 글자수를 가지고 있는 반면에, (ㄴ)의 1연은 "나보기가 역겨워/가실 쌔에는∥말업시 고히 보내/드리우리다" 와 같이 정확한 7·5의 글자수를 가지고 있다. 3연을 비교해보면, (ㄱ)의 3연 "가시는 발거름마다/뿌려노흔 그 쏫을/고히나 즈러 밟고 가시옵소서"는 3·5, 4·3, 7·5의 글자수를 가지는 반면, (ㄴ)의 3연은 "가시는 거름거름/노힌 그 쏫츨∥삽분히 즈려 밟고/가시옵소서"라는 7·5조의 정확한 운율을 가지고 있다.

시인은 자신의 작품에 어떠한 음악적 효과를 창조하기 위해 소리를 모형화하여 이것을 통해 작품 독창적인 리듬을 창조한다. 이 리듬은 규칙적인 반복을 통해 시 작품 전체에서 느껴지는 연속적인 통일성을 가지게 하여 좀 더 감각적으로 작품을 강조하게 되는 것이다. 김소월의 시 「진달래꽃」은 3년의 퇴고를 거쳐 이러한 운율을 획득함으로써 초고보다 음악적인 감각을 두드러지게 표현하여 시의 특징인 '낭송의 감각'을 살리는 데 중요한 역할을 했다고 볼 수 있다.

이처럼 글의 형식을 고쳐 쓰는 것과는 다르게 글의 내용을 퇴고함으로써 초고가 가지고 있던 글의 단점이나 미흡한 부분을 정리하는 역할을 하는 퇴고의 과정도 있다.

(ㄷ)
슬프다∥내가 사랑했던 자리마다∥모두 폐허다

나에게 왔던 모든 사람들,
어딘가 몇 군데는 부서진 채
모두 떠났다

(…중략…)

젊은 시절, 도덕적 경쟁심에서
내가 자청(自請)한 고난도 그 누구를 위한 헌신은 아녔다
나를 위한 헌신, 나를 위한 나의 희생, 나의 자기 부정 ;

그러므로 나는 아무도 사랑하지 않았다
그 누구도 걸어 들어온 적 없는 나의 폐허

다만 죽은 짐승 귀에 모래알을 넣어 주는 바람뿐[12]

(ㄹ)
슬프다∥내가 사랑했던 자리마다∥모두 폐허다

완전히 망가지면서
완전히 망가뜨려놓고 가는 것 ; 그 징표 없이는
진실로 사랑했다 말할 수 없는 건지
나에게 왔던 사람들
어딘가 몇 군데는 부서진 채

---

12) 황지우 외, 「뼈아픈 후회」, 『1994년 소월시문학상 작품집』, 문학사상사, 1994.

모두 떠났다

(…중략…)

젊은 시절, 내가 自請한 고난도
그 누구를 위한 헌신은 아녔다
<u>나를 위한 헌신, 한낱 도덕이 시킨 경쟁심 ;</u>
<u>그것도 파워랄까. 그것마저 없는 자들에겐</u>
<u>희생은 또 얼마나 화려한 것이었겠는가</u>

그러므로 나는 아무도 사랑하지 않았다
그 누구도 걸어 들어온 적 없는 나의 폐허 ;
다만 죽은 짐승 귀에 모래의 말을 넣어주는 바람이
<u>떠돌다 지나갈 뿐</u>
<u>나는 이제 아무도 기다리지 않는다</u>
<u>그 누구도 나를 믿지 않으며 기대하지 않는다</u>[13]

황지우의 시 「뼈아픈 후회」는 1994년 『소월시문학상 수상작품집』에
발표된 작품과 1998년 시집『어느 날 나는 흐린 주점(酒店)에 앉아 있
을 거다』에 수록되어 있는 작품이 다르다. 전체적인 형식이 변화되지
는 않았지만 4년간의 퇴고를 거쳐 발표한 (ㄹ)은 (ㄷ)에 비해 좀더 구체적
이고 정밀하게 묘사되어 있음을 확인할 수 있다. (ㄷ)의 "나에게 왔던 모
든 사람들/어딘가 몇 군데는 부서진 채/모두 떠났다"는 시적 화자가

---

13) 황지우, 「뼈아픈 후회」, 『어느 날 나는 흐린 주점(酒店)에 앉아 있을 거다』, 문학과지성사,
   1998. (밑줄 강조 인용자)

사랑에 절망하면서 사람에게 느끼는 연민과 슬픔을 추상적으로 던져놓았다면, (ㄹ)의 "완전히 망가지면서/완전히 망가뜨려놓고 가는 것 ; 그 징표 없이는/진실로 사랑했다 말할 수 없는 건지/나에게 왔던 사람들/어딘가 몇 군데는 부서진 채/모두 떠났다"는 슬픔에 대한 구체적인 상황 설명과 묘사가 덧붙여져 독자가 작품을 이해하는 데 자세한 설명을 더해주고 있음을 알 수 있다. 이러한 추상적인 상황이 구체적으로 변모한 부분은 작품의 제일 마지막 부분에서도 확인 할 수 있는데, (ㄷ)의 "그러므로 나는 아무도 사랑하지 않았다/그 누구도 걸어 들어온 적 없는 나의 폐허 ;∥다만 죽은 짐승 귀에 모래알을 넣어 주는 바람뿐"에서는 시적 화자의 황폐해진 상황이 '죽은 귀에 모래알을 넣'는 행위로 추상적으로 묘사되었다면, (ㄹ)의 "그러므로 나는 아무도 사랑하지 않았다/그 누구도 걸어 들어온 적 없는 나의 폐허/다만 죽은 짐승 귀에 모래의 말을 넣어주는 바람이/떠돌다 지나갈 뿐/나는 이제 아무도 기다리지 않는다/그 누구도 나를 믿지 않으며 기대하지 않는다"에서는 '바람이 지나'가고 시적 화자는 '이제 아무도 기다리지 않는다'는 절망과 고독 속의 상황을 퇴고를 통해 훨씬 구체적으로 전달하고 있는 셈이다.

　시 작품뿐만 아니라 모든 글쓰기의 퇴고는 미흡했던 부분을 보완하고 어색한 부분을 대체하여 전체 작품의 전개가 무리없이 진행될 수 있고, 추상적인 부분이 구체적으로 묘사됨으로써 좀더 정확한 전달과 이해가 가능하도록 개선하는 것을 목적으로 한다. 이때 퇴고의 바탕에 놓이는 기본적인 사항은, 주관적인 감정의 폭주를 배제하는 것뿐만 아니라, 표현해야 할 부분과 삭제해야 할 부분에 대한 철저한 자기 검증을 통해 객관적인 독자 태도를 갖는 것 또한 중요한 일이다. 부분과 부분, 부분과 전체, 처음과 끝의 관계를 살피고, 주제의 일관성을 확인하면서, 글 쓰는 주제자의 만족도나 내적 충만감으로 글을 완성시키는 것이 아닌, 공인된 글로서의 완성도를 고려해야 전달력과 이해력이 훨씬 더 높을 것이다.

4. 결어

지금까지 퇴고의 기술이라는 주제로 퇴고 시 유념해야 할 사항과 원칙, 과정 등을 살피고, 그 실례로 김소월의 시 「진달래꽃」과 황지우의 시 「뼈아픈 후회」의 퇴고 전후를 비교하여 설명하였다. 사실 좋은 문장, 좋은 글에 대한 일반적인 정의가 불가능하듯 퇴고의 원칙이라는 과학적인 기술 또한 불가능할 수밖에 없다. 글쓰기란 글을 쓰는 주체와 글을 읽는 객체의 상호교류 과정인 동시에 결과물이기 때문이다. 그러나 이 정리연구에서 언급한 여러 조건들을 점검했을 때, 굳이 좋은 글, 즉 퇴고가 잘된 글에 대한 정의는 포괄적이지만 다음과 같은 기준을 세울 수는 있을 것이다.

첫째, 이해가 잘 되는 글이다. 글은 '논리의 전달'이라는 목적을 가지고 있기 때문에 효과적으로 논리를 전달할 수 있는 단어와 문장, 문단이 유기적으로 구조를 갖추어야 한다.

둘째, 감동을 주는 글이다. 글은 단순히 지식과 정보의 전달을 목적으로 하는 것뿐만 아니라, 그 곳에는 감동이 내제되어 있어야 한다. 글이란 상호 교류적 과정, 즉 교감이라는 점을 잊어서는 안 될 것이다.

셋째, 변화를 일으키는 글이다. 모든 글은 글을 읽는 객체의 변화를 이끌어냈을 때 완성한다고 볼 수 있다. 제품에 대한 설명문에서부터 신문기사, 문학작품 역시 글을 읽는 객체의 세계관, 인생관을 변화시키고 생활의 행동을 변화시킬 때 완결되는 것이다.

결국 좋은 글은 논리의 전달이나 정보의 전달, 지식의 전달을 목적으로 하더라도 이해와 감동을 바탕으로 하여야 하고, 이를 위해 끊임없이 퇴고하는 노력이 지속되어야 좋은 글을 완성할 수 있는 것이다.

참고문헌

고영근, 『텍스트 이론—언어문학 통합론의 이론과 실제』, 아르케, 1999
교양국어편찬위원회, 『글과 논리』, 단국대학교출판부, 1997
김광규, 『우리를 적시는 마지막 꿈』, 문학과 지성사, 1979
김소월, 「진달래꽃」, 《개벽》 1922. 7
──────, 『진달래꽃』, 1925.
박덕유, 『문장론의 이해』, 한국문화사, 2002
사고와표현편찬위원회, 『우리말.글의 이론과 실제』, 한남대학교출판부, 1999
서울시립대편찬위원회, 『대학인의 글쓰기』, 새문사, 1999
송준호, 『문장부터 바로쓰자』, 태학사, 1996
이규정, 『현대작문의 이론과 기법』, 박이정, 1999
이오덕, 『무엇을 어떻게 쓸까』, 보리, 1996
이승훈, 『글을 어떻게 쓸 것인가』, 문학아카데미, 1992
이지엽, 『시창작강의』, 고요아침, 2005
장하늘, 『문장퇴고의 공식—글고치기 교본』, 문장연구사, 2001
차호일, 『현장중심의 문학교육론』, 푸른 사상, 2003
한성대학교재편찬위원회, 『문장과 표현』, 한성대학교출판부, 1990
한양대학교재편찬위원회, 『글과 생각』, 한양대학교출판원, 1993
한효석, 『이렇게 해야 바로 쓴다』, 한겨레신문사, 2000
황지우 외, 『1994년 소월시문학상 작품집』, 문학사상사, 1994.
──────, 『어느 날 나는 흐린 주점(酒店)에 앉아 있을 거다』, 문학과지성사, 1998.

등단제도의 의의와 문제

— 외국의 등단 관행과 한국의 등단 관행

박덕규

(소설가, 단국대학교 교수)

장면 1

출근 시간. 어느 출판사 사장이 사무실 계단을 오르다 남루한 형색의 한 늙은 여인 때문에 걸음을 멈춰 섰다. 사장은 여인을 피해 계단을 올라가려 해 보는데 그게 여의치 않다. 여인이 워낙 뚱뚱해 올라갈 틈이 좁아진 데다, 여인이 의도적으로 길을 막아서는 듯했기 때문이다. 간신히 출근에 성공한 사장은 겨우 한숨을 돌렸으나, 그 며칠 뒤 사장은 똑같은 일을 당하고 말았다.

그 며칠 뒤에도 그랬고, 또 잊을 만하면 같은 일이 몇 번 일어났다.

"도대체 당신이 내 출근길을 방해하는 이유가 뭐요?"

점잖은 사장이었지만, 화가 나지 않을 수 없었다.

"이유는 당신이 더 잘 알고 있을 테지요."

늙은 여인은 그제야 사장의 얼굴을 빤히 쳐다보며 말했다. 전혀 기억에 없는 얼굴이었다.

"그게 무슨 말이오? 난 당신을 이전에 본 적도 없어요."

"절 모르시는 건 당연하죠. 그러나 이 작가 이름은 기억하실 테지요?"

"누구를 말이오?"

여인은 한 사람의 이름을 말했다. 사장은 고개를 갸웃했다. 기억이 날 듯도 한 이름이었으나, 감을 잡을 수 없었다.

"그 작가가 누구이고, 당신이 그 작가와 무슨 상관이란 말이오?"

"그 작가를 모르시겠다구요? 그럼 이걸 보시면 알 수 있을 테지요."

여인은 들고 있던 보퉁이를 풀어 헌 원고 뭉치 하나를 꺼냈다.

— 바보들의 결탁.

원고지 앞장에 쓰여 있는 제목이었다.

"십일 년 전, 서른둘에 죽은 제 아들의 소설입니다. 당신은 이 소설의 독자였지요."

사장은 어떤 섬뜩한 기운에 휩싸였다. 바보들의 결탁, 바보들의 결탁……. 절로 입술이 달싹거려졌다. 사장은 잠시 멍해졌다가, 숨은 기억이 꿈틀거리며 되살아나는 느낌이 이내 사그라들었다.

여인의 쉰 음성이 이어졌다.

"많이 읽지는 않았지만 저도 소설을 읽을 줄 알아요. 제가 읽은 소설 중에는 이만큼 훌륭한 소설은 없답니다. 십일 년 전 당신이 출간을 거절하고 이 원고를 돌려보낸 지 얼마 있지 않아 아들은 자살했어요. 이 몹쓸 에미는 한참 뒤에야 아들의 유품을 정리하다가 이 원고를 읽게 되었지요. 당신이 출간할 수 없다고 쓴 편지와 함께요."

퇴짜를 놓은 원고가 어디 한둘이었을까. 요즘도 사장은 한 달에 서너 건은 편집까지 다한 작품을 포기하고 있는 정도다. 그러나 사장은 이

만한 사연이 쌓인 원고 앞에서 그냥 발뺌을 할 수 없었다.

"안된 일이군요. 늦었지만 제게 다시 꼼꼼히 읽을 기회를 주시겠습니까? 그러나 출간을 하고 하지 않고는 제 판단에 맡겨 주셔야 합니다. 약속하시겠어요?"

사장은 여인에게 약속을 받아 냈다. 그것으로 안심할 수 있을 줄 알았다. 복잡한 사연이 있는 원고일수록 대개는 처음 두 장만 읽고도 금세 출간 여부를 판가름하게 되기 때문이다. 하지만 이번만은 달랐다. 사장은 며칠 뒤 책상 앞에서 그 원고를 읽다가 몸이 부르르 떨리는 경험을 하게 된다.

"내가 왜 이 작품을 몰라봤지?"

사장은 오래지 않아 자신이 경영하는 출판사에서 『바보들의 결탁』이라는 장편소설을 세상에 내놓게 된다. 1980년, 그해 문단의 최대 화제작으로 부각된 이 소설은 이듬해 아주 대단히 권위 있는 문학상을 수상하는 영광까지 얻게 된다.

책 출간 등단과 작품 발표 등단 사이

등단을 꿈꾸었으나 아무도 자기 작품을 출간해 주지 않자 서른두 살에 자살한 청년이 있었고, 그가 남긴 유품에서 소설 원고를 발견한 어머니가 출판사를 찾아가 결국 출간에 성공해 호평을 받고 권위 있는 문학상까지 수상하게 되는 이 영화 스토리 같은 이야기는 어느 나라 사연일까? 미국? 프랑스? 일본? 이 실화를 접해 본 적이 없는 사람들도 이것이 한국 문인의 등단 스토리라고 믿지는 않을 것이다.

"한국 문단의 등단 비사가 양과 질에서 세계 최상을 자랑할 만하다는 소문이 있는데 어째서 한국에 없다는 겁니까?"

하고 묻는 이가 설마 있을까? 문학판을 조금이라도 기웃거려 본 한국인이라면 우선, 한국에서의 등단은 대부분 책 출간보다 작품 발표를 의미한다는 사실을 모를 리가 없는 것이다.

그럼, 세계 최상의 '등단 비사' 스토리를 보유한다는 나라가 한국이라는 말은 어째서 하게 되는가. 이건 무엇보다 신춘문예라는, 한국에서만 존재하는 독특한 등단 제도 덕분이다. 남녀노소 가리지 않고 누구나 '나도 한번' 등단을 위한 투고 경험을 여러 차례 쌓게 되고, 그들이 결국 문인이 되니까 당연히 이런저런 비사가 많은 것이다.

요즘도 해마다 신춘문예를 두고 벌어지는 표절 시비로부터, 쓰레기통으로 갈 예선 탈락 작품 중에서 막판에 발견돼 극적으로 당선된 작품, 여러 해에 걸쳐 몇 장르와 몇 신문에 당선한 '당선꾼', 자신이 당선한 줄로 착각하고 시상식 수상대에 오른 사이코 등등의 얘기에 이르기까지. (아, 내년 초에는 또 어떤 '신춘 비사'가 흘러나와 우리 귀를 즐겁게 할 거나!)

그런데 신춘문예를 빼고도 한국에서의 문단 등단 비사는 외국 어느 나라 이상으로 만만찮은 얘깃거리를 자랑할 수 있다. 그 진원지에 문예지가 있다. 문예지의 추천이다 신인상이다 하는 것은 모두 개개인의 작품 한 편(시의 경우 여러 편)으로 등단을 결정하는 제도다. 구미권에서 책 출간 자체로 등단하는 관행에 비하면, 우리 경우는 한 편으로 등단이 결정되니까 등단을 바라고 투고하는 사람도 많고 또 같은 투고자나 투고작들이 여러 문예지를 전전하면서 이런저런 심사위원들을 만나게 되니까 그 뒷얘기들이 무성할 수밖에 없다. 한국 문인은 그 신분적 출발 지점에서부터 온갖 '문단적 경험'을 쌓으며 그 활동 영역을 넓혀 가게 되어 있고, 문학 활동이라는 말보다 '문단 활동'이라는 말에 더 익숙하게 되어 있다.

문학 작품이 단행본으로 세상에 얼굴을 내민다는 것은, 신춘문예나 문예지를 통해 작품이 발표된다는 것과는 의미가 사뭇 다르다. 책은 작가가 독자와 만나게 되는 직접적인 매개물이다. 독자가 그 책을 선택해 읽는다는 행위에는 그 작가를 일단 수용한다는 의미가 담겨 있다. 어떤 책이 독자에게 선택되지 않는다는 뜻은 그 작가에게 더는 생명력이 없다는 뜻을 내포한다. 작가는 독자를 향해 책이라는 '서비스 볼'을 던진다. 즉, 구미권 작가들은 그 출발부터 독자와 직접 승부한다.

한국의 작가들은 독자가 아닌, 심사에 관련하는 선배 문인들의 안목을 통과하는 일에 매달리고, 그 습관은 어느 정도인가 하면 나중에 작가가 되고도 쉬 고쳐지지 않는다. 한국의 등단 제도는 문단이라는 문인 사회 집단의 특성 속에서 형성되는 반면, 구미권의 등단 제도는 그보다는 독자 대중의 문화 수용 성향에 부응하게 된다. 책을 통해 등단해 곧바로 독자와 만나는 구미권 작가들이 처음부터 독자에게 단련된다면, 한 작품을 통해 신춘문예나 문예지의 심사와 평가 제도를 통과해 등단하는 한국의 작가들은 처음부터 문단에 단련되는 셈이다.

등단 관행에 견디기, 싸우기

물론 이런 차이가 반드시 문학이나 문화의 어떤 질적 차이로 귀결된다고 볼 수는 없다. 구미권의 출간 중심의 등단 관행에도 여전히 독자와 작가 사이를 이어 주는 출판사 종사자들의 판단이 문제될 수 있기 때문이다. 가령, 앞서 예를 든 영화 스토리 같은 자살한 한 작가의 등단 출세기를 생각해보자. 그 작품은 어째서 처음에 출간되지 못했고

11년이 지난 이후에야 책으로 나올 수 있었을까. 자세한 내막을 알 수는 없지만, 어쨌든 당시 출판사 종사자들이 먼저는 출간 불가 판정을 내렸다가 11년 뒤에 출간을 결정한 결과라는 점은 분명하다. 출간에 대한 그들의 판단 기준은 일차적으로 '독자의 눈'이었을 것이고, 11년 시차를 두고 그것에 변화가 일어났다고 편집자가 판단한 것이라고 봄이 옳겠다.

(이쯤에서 앞 사연의 주인공을 밝혀 주는 것이 예의겠다. 『바보들의 결탁(A confederacy of dunces)』의 작가는 1969년, 자신의 작품이 어느 출판사에서도 받아들여지지 않자 서른두 살의 나이로 자살을 택한 미국의 존 케네디 툴이다. 그 어머니가 샌드위치를 먹으면서 출판사 앞에서 시위를 해서 결국은 출판사 담당자가 다시 읽게 되었고, 이어 출간, 호평, 그리고 1981년 미국의 퓰리처 상 수상의 수순을 낳게 되었다. 그가 남긴 다른 유작 여러 편이 출간되고 그중 두 번째 소설 『네온의 성서』는 영화화되기도 한다.)

따라서 구미권의 경우 문제되는 것은 편집자의 안목이다. 구미권 출판사의 편집자는 작품을 보는 수준이 한국 등단 제도의 심사위원급이라 할 수 있는데, 한국과 아주 다른 것은 그들이 그 작품과 작가에 대해 적극적으로 에디터 기능을 발휘한다는 점이다. (미국 작가 제임스 미치너의 『소설』에는 베스트셀러 한 권이 탄생하기까지 출판사 에디터 기능이 얼마나 치밀하게 작동하는가가 잘 드러나 있다.) 즉, 한국의 등단은 심사위원의 판단에 좌우되는 데 비해, 구미권에서의 등단은 에디터가 적극적으로 가담해 원고 교열과 수정 권유 등을 해서 새로운 작가의 이름으로 내는 한 권의 책이 어떤 의미로든 독자들 사이에서 자생할 수 있게 만든다.

구미권의 많은 작가들은 바로 이 같은 경로를 통해 세상에 나오고 있다. 물론 나라마다 조금씩 차이가 있을 수는 있다. 가령 프랑스나 독일 같은 나라에서는 등단작의 경우 자비로 책을 출간하는 사례가 많다. 동인지에 작품을 발표해 역량을 쌓다가 에디터의 눈에 들어 등단 출간이 결정되는 수도 있다. 어떤 작가는 주변인들 덕으로 에디터에게 소개되어 등단 출간의 행운을 얻기도 한다.

시 「가지 않은 길」로 유명한 미국 고전파 시인 로버트 프로스트는 미국에서 교단과 신문사를 전전하다가 28세 때인 1912년에 영국으로 건너가 여러 영국시인과 친교를 맺고, 그들의 추천으로 런던에서 처녀 시집 『소년의 의지(*A Boy's Will*)』(1913)를 출간했고, 이어 『보스턴의 북쪽(*North of Boston*)』(1914)을 출간하면서 시인으로서의 입지를 굳혔다. 일생을 정신적 혼돈과 방황으로 보낸 카프카 또한 이런 동료의 도움을 받아 세계 문학사에 처음 이름을 건다. 법률학도인 브로트는 로볼트 출판사에서 출간을 원하는 학자였는데, "나보다 굉장한 친구를 발견했다"며 카프카를 소개했다. 그 결과 1912년 출간된 카프카의 첫 책이 800부 한정판으로 출간된 『관찰』이다.

여기서 신인의 작품으로 등단 출간을 결정하는 에디터의 판단력에는 문제가 있을 수 없는가 하는 물음이 가능하다. 위의 존 케네디 툴의 경우처럼 에디터의 자의적인 판단은 언제라도 위대한 작품을 사장시킬 가능성이 잠재해 있다. 아무리 유능한 에디터라 해도 동시대 분위기며 이데올로기며 하는 것과 관련해 변화가 무쌍한 '독자의 눈'을 따라잡거나 선도하고나 하지 못할 때가 잦은 것이다. 게다가 어떤 신인들은 에디터들의 능력을 미리 간파하고 자기 작품으로는 안 통할 것 같다는 생각을 하게 된다. 작품을 발표하고 싶은 어떤 작가 지망생은 "도무지 이 땅에서는 내 작품을 알아주지 않을 것 같아!" 이런 캄캄한 생각에 맞닥뜨릴 수도 있다, 그런데 문제는 그런 생각에 골몰해 자살할 수 있을지 모르지만, 그 땅을 벗어나 살기는 쉽지 않을 것이다.

그래서 어떤 작가는 등단 때 일부러 자신을 익명 뒤에 숨기기도 한다. 가령, 『폭풍의 언덕』으로 유명한 에밀리 브론테의 등단은 언니 샬럿, 여동생 앤과 함께 한 공동 시집 『큐어러, 엘리스, 액턴의 시편 (*Peoms by Currer, Ellis, and Acton Bell*)』(1846)이었다. 제목에서 보듯이 셋 모두 남자 이름이다. 여성이 쓴 작품이라는 편견 없이 평가받으려 한 의도였는데, 자비 출판한 그 시집은 2권만 팔렸다는 일화가 전해진다. 물론 에밀리 브론테를 비롯한 세 작가 모두 나중에 작가로 대성하게 되고, 그 성공에 작가가 '여성'이라는 점이 작용되었다는 평가를 받기도 한다.

저 유명한 바이런도 등단 출간작이 18세 대학생 신분으로 익명으로 낸 『젊은이 시집(*Juvenile Poem*)』이었다. 아마도 '어린 시인의 시' 정도로 치부될 것에 대비한 시도였을 것이다. 그러나 반응은 별무. 그러나 바이런은 몇 달 후에 첫 시집을 고쳐 자기 이름을 밝히고 재판 시집 『권태기(*Hours of Idleness*)』를 냈는데 이때도 평단으로부터 여지없이 혹평을 받았다.

뜻밖의 일화도 있다. 『자기 앞의 생』의 작가 에밀 아자르는 1912년 생이고, 1980년에 의문의 권총 사살로 생을 마감했다. 프랑스가 자랑하는 콩쿠르 상 수상 작가의 죽음이니 당연히 화제가 될 법한 큰 사건. 그런데 더 화제가 된 일은 이 작가가 쓴 유서에서 시작된다. 『새들은 페루에 가서 죽다』의 작가로 콩쿠르 상을 먼저 수상한 바 있는 로맹 가리가 바로 자신이었다는 내용이었다. 에밀 아자르는 다른 필명으로 다시 등단해 전혀 다른 평가를 받으며 문학 활동을 한 보기 드문 문단 비사의 주인공이라 하겠다.

유럽권으로 봐서는 좀 다른 경우도 있다. 비교적 젊은 나이로 몇 해

전부터 노벨문학상 최종 후보에 오르고 있는 터키의 오르한 파묵은 장편소설 『제브데트 씨와 아들들』로 《밀리예트》 신문 소설 공모에 당선되었고, 이 작품으로 '오르한 케말 소설상'을 수상하면서 일약 스타로 부각되어 유럽으로 미국으로 퍼져나간 작가다.

남미권 작가도 소개함 직하다. 『백 년 동안의 고독』의 노벨문학상 수상 작가 가브리엘 마르케스는 콜롬비아국립대학 재학 때 「세 번째 체념」이라는 단편을 쓴 바 있는데, 이를 읽어 본 에두아르도 살라메아가 자신이 관여하고 있는 유명 일간지 《엘 에스펙타도르》에 소개한다. 이후 이 신문에 마르케스의 단편 10여 편이 연이어 게재된다. 이 작품은 작가가 나중에 『백 년 동안의 고독』으로 유명해진 뒤 『푸른 개의 눈』이라는 이름의 단편집으로 출간된다.

장면 2

소설이 완성되었다. 회사 봉투에 넣어 보냈다. 그리고 기다렸다. 무지에서 비롯된 자신감도 있었다. 태어나서 처음 그렇게 열심히 쓴 소설이니 안 될 턱이 없다고 그야말로 자신만만했다. 그러나 일주일, 이주일이 지나는 사이에 뻔뻔스러움도 차차 힘을 잃어 끝내 얌체 같은 생각만 하고 있는 자신을 비웃게 되었다. 회사의 소동은 정점에 달했고 벌써 자진하여 퇴사한 자가 백 명을 넘어서고 있었다. 나는 초초했다. 소설 같은 것을 써 놓고 우쭐해 있을 때가 아니라고 마음을 다졌다. 하루 세끼 끼니를 해결하는 것이 선결 문제였다. 하지만 통신사는 이제 지긋지긋하였다. 그래서 나는 별 볼 일 없는 사업이기는 하나 장사를 하고자 옛 친구들을 모았다. 그 일은 스릴도 있고 제법 이익도 있는, 내 능력으로서는 만족할 만한 일이었다.

일본에서 등단하기

와해 위기에 놓인 회사의 직장인으로 마지막까지 버티면서 쓴 소설을 잡지사에 투고해 놓고, 자신감에 차서 기다리다 서서히 체념하고 "끼니를 해결하는" 일로 시선을 돌리고 있는 이 아마추어 작가……. 어쩐지 우리네 방방곡곡에서 혼신의 힘으로 작품을 쓰고 투고한 뒤에 당선 통지를 기다리고 있는 어떤 숨은 작가의 얼굴을 하고 있는 듯하다. 위 장면을 보고 "이거 내 얘기 아냐" 하는 사람도 있을 것이다. 그러나 이건 엄연히 다른 사연이다. 아니, 위 장면까지는 같을지 모르지만, 결과는 아주 다를 거다.

위 장면의 주인공은, 『달에 울다』 등으로 한국에도 마니아 독자를 거느리고 있는 일본 작가 마루야마 겐지다. 《문학계》 신인상에 「여름의 흐름」이라는 중편 분량의 소설을 투고하고는 초조한 시간을 맞고 있는 장면으로, 스스로 쓴 「상금 오만 엔」(『소설가의 각오』, 김난주 옮김, 문학동네, 1999)이라는 글의 한 대목이다. 이 기다림 끝에 영광이 온다. 당선작으로 뽑힌 그 이듬해 1967년, 이 작품이 그대로 아쿠타가와 상 수상작으로 결정된다.

현대에 와서 시문학보다 소설문학이 압도적으로 융성한 일본의 경우, 소설 장르에서는 위 장면처럼 문예지의 신인상 공모로 등단하는 경우가 많다. 그 문예지는 보통 출판사와 함께 경영을 하고 있어서 문예지 신인상으로 등단하는 경우 대부분 그 출판시에서 책 출간까지 맡게 된다. 우리나라도 그런 편이긴 한데, 다른 점이 있다면 책 출간의 분량을 크게 문제 삼지 않는다는 점이다. 즉, 일본의 신인 등단작은 그 분량이 중편에서 짧은 장편까지 다채롭고 신인상 수상 이후 책 출간 또한 그 형태 그대로 가능하다는 것이다. 그 작품이 만일 아쿠타가와 상(이 상은 등단작 등 신인 작품에 수상한다) 같은 문학상을 수상하게 되더라도 우리처럼 수상 작품집에 실려서 독자에게 읽히는 것이 아니라, 출간한 책 자체로 '문학상 수상 작품'으로 홍보되고 읽힌다.

일본을 대표하는 무라카미 류와 무라카미 하루키도 《군상》지 신인상에 당선하면서 등단한 경우다. 한편, 재일동포 작가 유미리는 희곡을 먼저 발표하다 자연스럽게 소설책을 내게 되었고, 대중 작가 아사다 지로는 피카레스크형 소설 『빼앗기고 참는가』를 출간하면서 등단했으며, 요절한 재일동포 작가 이양지는 1982년 《군상》에 소설 「나비 타령」을 발표하며 등단했다.

시단의 경우 일본은 동인지 활동으로 일단 아마추어 문단을 형성한다. 한 조사에 따르면, 《시와 사상》이라는 잡지에서 1년에 한 차례, 그 해 동인지 등 전 지면에 발표된 시를 대상으로 좋은 시 100편을 선정하는데, 이때 처음 뽑힌 신인이 있으면 그를 등단으로 인정하는 추세라고 전한다. 아쿠타가와 상을 운영하는 《문예춘추》에서도 가끔 동인지 발표작 중 우수 시인에게 발표 기회를 주는데, 대체로 그것을 등단으로 인정하게 된다.

다시 이 땅으로

한국에서 신인상이나 신춘문예 같은 제도를 통하지 않고 첫 책 발간으로 등단해 호평을 받고 독자의 사랑을 받게 된 사례도 있다. 복거일의 장편소설 『비명(碑銘)을 찾아서』(1987)는 여러 출판사를 전전하다 문학과 지성사 편집인들의 선택으로 출간되어 한국 문단에 아연 '대체 역사' 바람을 일으키고 이후 스테디셀러로 자리 잡은 작품이다. 문학상에 응모했다가 수상은 못했지만 출판사의 판단으로 곧바로 책 출간으로 등단한 사례로는 하일지의 장편소설 『경마장 가는 길』 같은 작품이 있다. 등단이 예약된 잡지가 폐간되어 그 잡지를 운영하는 출판사의 시집 시리즈에 편입한 등단 시집(정인섭, 『나를 깨우는 우리들 사랑』)도 있다.

이런 사례가 제법 있기는 해도, 한국에서는 여전히 대량 등단 비사의 주 발행처인 신춘문예가 있고 신인상이 있어 심심치 않게 화제가 만발한다. 이런 관행 때문에 소위 '패거리 문학'이 활개치고, 등단 장사를 하는 잡지가 "잘 먹고 잘살 수 있는" 세상이라고 개탄하는 사람도 있다. 처음부터 독자와 싸움하는 훈련이 안 돼 있어 "한국문학 작품은 대체로 독자들이 재미없어 한다"라는 세평도 드세다. 소설 베스트셀러 품목에 한국 창작 소설이 상위에 오르는 것은 희귀한 사례에 속한다는 말도 한다.

변명할 말도 없지는 않다. "독자가 지향하게 마련인 '대중적 관점'에서 먼 소설을 써도 평가되고 상도 잘 받는 나라는 한국밖에 없다"라는 말도 한 변명이 될 거다. 상업주의를 넘어서서 아직 '순수 문단'이 이만큼이나 존재하는 나라도 없다는 말도 이와 통한다. 자조를 섞어 얘기하면, 그렇게 순수하기 때문에 메이저급 신문사들이 발 벗고 나서서 그 순수성에 거액의 상금을 주고, 정부가 나서서 적지 않은 돈으로 '문학 회생 프로그램'을 가동할 수 있는 거다.

심사위원들의 눈에 띄어 통과되는 일은 어쩌면 책을 출간하는 것보다 간편하고 주최 측에서도 큰 경제적 손실이 없기 때문에 결과적으로 한국에서의 등단은 손쉽게 남발되더라도 그 뒤에 진짜 독자에게로 가는 과정에서 다듬어지거나 걸러질 여유가 그만큼 있다고 볼 수도 있다. 그러는 동안 문단의 이런저런 눈에 읽히고 소외되고 하면서 단련되거나 도태되는 재편 과정이 잇따르고 있는 것이 현실이다. 그 점에서 한국의 등단 제도는 상당히 신사적이라고 할 수도 있다.

아니면, 누구나 시도하고 다수가 등단해서 시인, 소설가 칭호를 쉽게 얻고, 그러는 가운데 문단이 알아서 진정한 문인을 가리는 재편성 작업을 하고 있는 것이 한국문단이니까, 이제 등단이니 뭐니 하면서 목매달 필요도 없는 문학 시대가 되었다고 보면 안 되나?

그래서, 이미 이런저런 장르에서 이런저런 등단 제도를 통과해 온, 적어도 등단에 대해서만큼은 전혀 배고프지 않은 나는 부른 배를 퉁퉁 두들기며, 등단을 꿈꾸는 후배들에게 이렇게 말하곤 한다.

"등단을 하고 싶으면 빨리 해 봐. 어차피 중요한 것은 등단이 아니라 문학 아니겠니?"

제3부 문학 너머의 문학

디지털 시대의 글쓰기

— 싸이월드(cyworld)를 중심으로

조상우

(단국대학교 강의교수)

1. 머리말

요즘 대학가는 글쓰기 교재를 다투어 제작하여 출판하고, 강좌도 필수교양으로 만들어 학생들이 반드시 듣도록 하는 등 '글쓰기 교육 개혁' 중이다. 그 취지를 보자면 현재 대학생들의 글쓰기 수준이 형편이 없기 때문이란다. 여하간 글쓰기는 지금 대학가의 화두이다. 아직 체계가 잡히지 않았는데도 불구하고 일부 대학에서 선도적으로 글쓰기 교육을 시작한다고 하니 대부분 따라하지 않을 수 없는 입장들이다. 고등학생들은 진정한 글쓰기보다는 대학입시에 필요한 논술에만 치중하고 있고, 이들이 대학에 들어오면 더 이상 글쓰기에 관심을 두지 않는다. 글쓰기에 관심을 돌리는 시점은 취직을 앞두고 자기소개서를 작성할 시기부터이다.

대학 당국과 글쓰기 과목 교수만 교과의 필요성을 인식하고 있지 정작 당사자인 대학생들은 글쓰기 교육의 필요성을 제대로 인식하고 있지 못한 실정이다. 그럼에도 불구하고 대학생들은 지금 인터넷 언어를 사용하는 글쓰기에 푹 빠져 있다. 그들의 글을 보면 어떨 때는 이해가 가지 않는다. 또, 대학생들은 기성세대들이 사용하는 언어를 제대로 이해하지 못하고 있다. 세대간의 '언어이질' 현상이 심하다는 증거이기도 하다.

필자가 글쓰기 과목을 강의하면서 느낀 점은 대학생들이 글쓰기 교육에 대한 인식은 높지 않지만, 글쓰기에는 관심이 있다는 것이다. 그러나 대학생들 스스로 엄두를 내지 못하고 있는 실정이다. 대학생들의 글은 거의 같은 방식과 형식을 취하고 있다. 이러한 현상에는 언제나 지적하듯이 획일화된 기존의 일방적인 글쓰기 방식이 원인이다. 하나를 더 들어 보자면 인터넷 문화를 예로 들 수 있다. 요즘 대학생들은 자신의 주장을 펼침에 있어서 다양한 방법을 모색하지 않고, 논증을 제대로 제시하지도 않는다. 더욱 문제는 인터넷에서 복사한 글을 자기 글인양 하는 것에 있다. 그렇다고 이 학생들이 글을 못쓰는 것은 아니다. 인터넷에서 친구와 주고받는 글쓰기는 아주 잘한다. 유독 '글쓰기'라 이름을 붙이면 위축되는 듯 쓰질 못한다.

이 대학생들에게 제대로 된 글쓰기 교육을 위해 각 대학에서는 글쓰기 과목의 비중을 높이고 교재도 만들어 가르치고 있다. 여기에 몇 해 전부터 국어교육 전공자들이 글쓰기에 관심을 가지고 학위논문[1]이나 일반논문으로 성과를 내기 시작했다. 이들의 업적으로 인해 지금은 일반 논문뿐만 아니라 번역서[2]도 많아져 어느 정도 글쓰기 관련 성과들이 체계를 형성해 가고 있는 실정이다. 여기에 인터넷 상에서의 언어

---

1) 이지호, 『글쓰기와 글쓰기 교육』, 서울대출판부, 2001.
2) 린다 플라워, 『글쓰기의 문제해결전략』, 원진숙·황정현 옮김, 동문선, 1998.

생활과 글쓰기에 대해서도 학문적 관심이 일고 있다.[3]

본고에서는 이와 같은 선행 업적에 힘입어 대학생들의 인터넷 문화가 글쓰기에 어떠한 영향을 주었는가를 먼저 살펴보고, 지금 대학생들이 효율적 글쓰기를 훈련하기 위해서는 어떠한 방안이 있는가에 대해서 고찰해 보고자 한다.

2. 대학생의 인터넷 문화와 글쓰기

1) 인터넷 문화의 중심, 싸이월드의 특성

요즘 대학생들의 문화가 무엇이냐고 묻는다면 무엇이라 대답할 수 있을까. 바로 인터넷이다. 그렇지만 이러한 현상이 다만 대학생들의 문화라고 한정시킬 수는 없는 일이다. 요즘 대부분의 직장인들도 컴퓨터로 작업을 하기 때문에 직장에 가서 제일 먼저 하는 행위는 컴퓨터를 켜고 메일을 확인하는 것일게다. 메일을 확인하는 횟수에 따라 인터넷 중독을 의심하기도 한다. 이제 컴퓨터, 인터넷은 생활의 한 부분이다. 단순한 기계가 아니라 생활필수품이 된 셈이다.

그렇다고 하더라도 대학생들이 일반 직장인들보다는 인터넷을 접할 기회도 더 많고 활용도도 높다. 무엇보다도 인터넷은 대학생들이 리포트를 작성하는 데에 큰 역할을 차지한다. 이러한 인터넷의 기능 확대가 어떨 때는 학업에 역기능을 담당하기도 한다.[4] 그런데 이 같은 인터

---

3) 전병용, 『매스미디어와 언어』, 청동거울, 2002.
　　　　, 「게시판 언어의 국어학적 연구―방송 게시판 언어를 중심으로」, 《동양학》 제35집 , 단국대 동양학연구소, 2004.

넷의 사용은 리포트 제출과 같은 필요한 순간에만 사용한다. 필자가 도서관 정보검색대에 가서 학생들이 무엇을 하고 있나 유심히 보면 정보검색을 비롯해 동영상 강의를 듣고 있는 학생들도 있지만, 가장 많은 학생들이 하고 있는 것은 바로 미니홈페이지(이하 미니홈피)로 대변되는 '싸이월드(cyworld)'를 보고 글을 쓰는 일이다. 싸이월드 이외에도 '버디버디', 네이버나 다음(daum)의 블로그와 플래쉬 등도 미니홈피이지만 가장 대중화되었고 가입자가 많은 곳은 '싸이월드'이다.

'싸이월드'에서 하는 모든 일들을 일명 '싸이질'이라고 하는데, 한때는 아주 폭발적인 인기를 누려 지금까지 그 인기를 유지하고 있다. '싸이월드'는 일반적인 언어와 다른 특수한 언어를 사용한다. 이를 '인터넷 언어'라고 규정하고 있다. 바로 이 인터넷 언어를 가지고 학계에서는 두 가지 방향으로 논란을 벌이고 있다. 한 쪽은 국어의 역기능만을 초래해 없애야 한다는 것이고, 다른 한 쪽은 역기능만을 담당했다면 없어져야 할 것인데 아직까지 많은 사람들이 쓰고 있기에 국어의 또 다른 현상으로 이해해야 한다는 것 등이다.[5] 그러면 대학생들이 가장 많이 사용하고 있는 '싸이월드'의 특징은 무엇이고, 학생들의 글쓰기 문화와는 어떠한 관련이 있는지 알아보기로 한다.

첫째, 다른 사람들에게 자신의 일상을 공개할 수 있다. 얼마 전까지 우리 사회는 '관음증'의 폐해에 시달렸었다. 나 이외에 다른 사람의 생활을 엿보는 쾌감에서 출발하여 과도한 방법을 사용해 차마 하지 못할 짓까지 서슴지 않고 자행했다. 그런데 다른 사람의 사생활을 공개적으

---

4) 필자는 학생들이 인터넷에서 돈을 주고 리포트를 사거나 다운받는 것을 막기 위해 학생들이 많이 사용하는 '리포트월드'에 회원으로 가입해 학생들의 리포트와 비교하고 있다. 어떤 경우는 볼펜으로 직접 쓰라고도 한다. 보고 베끼더라도 한 번 쓰는 동안에 뭔가는 알 수 있을 것이라 생각하기 때문이다.
5) 전병용, 『매스미디어와 언어』, 청동거울, 2002. 4장 통신언어 참조.

로 볼 수 있는 장소가 마련되었으니 그것이 바로 '미니홈피'다. 여기에는 '방명록, 사진첩, 일기, 게시판' 등의 읽을거리, 볼거리가 있다.

이뿐만 아니라 회원의 이름, 출생년도, 이메일 주소만 알면 누구라도 찾고 싶은 사람을 비교적 쉽게 찾을 수 있다. 미니홈피를 찾고 나면 그가 무슨 일을 하고 있고 누구와 잘 지내는가도 더불어 알 수 있다. 한 사람의 미니홈피만 알면 그의 방명록이나 게시판 등에 글을 쓴 다른 사람의 미니홈피에도 자유자제로 들어갈 수 있다. 이렇다 보니 누구에게나 자신의 생활을 공개하려는 속성을 가진 미니홈피라 하더라도 내가 모르는 누군가가 내 생활을 보려한다면 즐거울 사람은 없다. 그래서인지 '싸이월드'에서는 자신의 사생활을 아무에게나 보여주지 않기 위해서 적절한 상황을 만들어 타인이 훔쳐보는 것을 제한하고 있다. 최소한 나와 조금 이상의 관련이 있어야 볼 수 있다.

둘째, 일촌설정으로 인하여 상대방과의 친밀도 확인 및 미니홈피 공개를 차등적으로 할 수 있다. 상술했듯 '싸이월드'를 사용하는 사람들 중에는 모르는 이와의 접촉은 꺼리고 있다는 것을 알 수 있다. '싸이월드'는 이러한 단점을 극복하기 위해 '일촌'을 설정하도록 하고 있다. 아는 사람에게 일촌을 신청하면 일촌을 맺고자 하는 사람의 허락을 받는다.[6] 일단 일촌을 맺으면 상대 일촌의 미니홈피에 있는 모든 것을 볼 수 있다. 글과 사진을 전체공개가 아닌 일촌공개를 설정하여 그것을 보는 것만으로도 친밀도를 가름할 수 있는 계기가 만들어진다. 이러한 성향이 늘어나면서 미니홈피의 폐쇄성으로 이어지고 있다. 일촌도 관심일촌과 일반일촌으로 나누어 놓고 일촌설정자 중에도 다른 일촌은 보지 못하도록 '비밀이야'와 '쪽지'를 활용하기도 한다. 어찌 보면 모

---

6) 일촌을 신청할 때는 상대방의 허락을 받지만, 일촌을 해지할 때는 일방적으로 할 수 있다. 요즘 대학생들의 성향과 비슷하다고 할 수 있다.

든 것을 폐쇄할 수 있다. 미니홈피의 주인은 방명록을 없애고, 사진첩을 없애고, 게시판을 없앨 수도 있다. 이렇게 폐쇄된 사람의 미니홈피에 방문 일촌들이 일촌평과 쪽지만 남길 수 있다. 대부분은 심리적 변화를 느꼈을 때 이러한 결과를 초래한다. 이 경우에는 미니홈피 주인의 감정 변화를 살펴야 한다. 싸이월드는 각자의 감정을 이모티콘과 같은 기호로 제시해 놓을 수 있어 보는 사람이 쉽게 미니홈피 주인의 감정 상태를 파악할 수 있다. 자신의 미니홈피는 이렇게 폐쇄해 놓고 있으면서도 다른 사람의 미니홈피를 방문해 '싸이질'을 계속하기도 한다. 이와같이 폐쇄를 공개적으로 한다는 것을 생각해 볼 때 이 또한 대학생들의 개방적 태도와 연관이 있다. 왜냐하면 자신의 감정을 다른 이들에게 솔직히 고백하는 것이기 때문이다.

넷째, '사이버 머니'를 이용하여 자신이 원하는 대로 치장할 수 있다. 요즘 미니홈피의 특징 중 하나는 '사이버 머니'로 치장을 한다는 것에 있다. 인터넷 포털사이트 '다음(daum)'에서 처음으로 아바타를 자신의 성향에 맞게 치장할 수 있었다. 이후 '싸이월드'에서는 '미니미'뿐만 아니라 배경화면, 배경음악, 미니룸 등에 변화를 주며 치장을 할 수 있다. 이때 돈을 지불하는데 그 돈을 '도토리'라 부른다. 미니홈피 주인은 마음껏 치장을 해 놓고 다른 사람들의 반응을 궁금해 한다. 돈까지 써서 새롭게 미니홈피를 단장했는데 아무도 와서 봐주지 않는다면 화날 일이기도 하다. 요즘 대학생들은 남을 의식하지 않는 듯 행동하지만 싸이월드의 'today 조회횟수'에는 민감한 반응을 보인다. 대학생들은 'today 조회횟수'를 친구들(일촌들)이 자신을 어떻게 생각하고 있는가를 가늠하는 기준으로 여기고 있다. 다시 말해 인기의 기준이라고 할 수 있다. 이러한 현상이 바로 대학생들의 이중성이라고 말할 수 있다.

'싸이월드'에는 'today 조회횟수' 뿐만 아니라 미니홈피의 총방문수를 알 수 있도록 화면 왼쪽에 표시해 놓고 있다. 그런데 만약 반응이 좋지 않다면 미니홈피 주인은 미니홈피를 잠정폐쇄하기도 한다. 여기에 연인과의 결별, 주위 사람들과의 불화, 미니홈피 주인의 스케줄 등이 원인인 경우가 많다. 왜냐하면 그 원인의 사람들이 글을 남겼고 사진첩에도 있으니 이를 정리할 필요가 있기 때문이다.

이와 같이 싸이월드는 다양한 기능을 가지고 있는데 대부분 대학생들의 문화와 관련이 있다고 생각한다. 쉽게 사귀면서도 마음은 잘 열지 않고 친한 사람들에게는 무엇이든 주려하고 그 외의 사람에게는 공개도 하지 않는다. 그러다가 스스로 접고 닫아버린다. 쉽게 상처받고 그리고 극복도 잘한다. 이러한 대학생들의 성향을 '싸이월드'가 대변해주고 있다고 생각한다.

2) 대학생의 글쓰기에 미친 '싸이월드'의 영향

상술한 바와 같이 '싸이월드'에는 여러 가지 기능이 있고 이를 대학생들이 어떻게 사용하고 있는지에 대해서 간략하게 살펴보았다. 분명 싸이월드는 대학생들의 글쓰기와 관련이 있다고 생각한다. 학생들은 일반 글쓰기보다 '싸이질'을 훨씬 자유롭게 생각한다. 아마 글쓰기가 아니라 여기고 그만큼 생활이면서 친숙하기 때문이다. 그러면 싸이월드가 대학생들의 글쓰기에 어떠한 영향을 끼쳤는지 하나씩 들어 보자.

첫째, 대학생들은 시각적 이미지에 친숙하다. 글이라는 기호보다는 형상화된 형체를 쉽게 이해한다. 그래서 미니홈피 자체를 그림으로 인식하기에 그 안의 글까지도 작은 그림으로 여기고 있는 듯하다. 이러한 양상은 개인의 감정을 표현하는 것에서도 그렇다. 개인의 감정을 '싸이월드'에서 '바쁨', '기쁨', '슬픔' 등으로 표현한다고 할 때, 각각을 시계가 빠르게 돌아가도록 한다거나 빨간 사과 모양으로 표현하거나 눈물방울을 떨어뜨리는 것으로 표현한다. 가끔은 연상적이거나 비유적인 것도 있는데, '쓸쓸'을 빗자루로 쓰는 형상으로 표현한 것이 그 예이다.

'싸이월드'에서 특이한 점은 사진첩이 있다는 것이다. 이는 핸드폰의 기술과 관련이 있는데 사진기를 핸드폰에 장착하여 표현하고 싶은 것을 자유롭게 올린다. 글로 표현해서 적는 것보다 사진을 올리면 그 상황을 직접 볼 수 있기에 편하다. 글을 읽으면서 상상하는 것은 이제 대학생들의 감성과 맞지 않는다. 왜냐하면 시각적 표현에 친숙하기 때문이다. 대학생들의 글쓰기 교육에서 절실히 요청되는 부분이 바로 감성을 활성화 시키고, 상상의 공간을 만들어 보는 것이다. 라디오를 들으며 상황을 짐작해 보는 것도 한 훈련일 수 있다.

둘째, 대학생들은 문단 개념이 없다. '싸이월드'에서 자신의 생각을 적는 공간은 방명록, 게시판, 다이어리 등이다. 이들의 공간에 대학생들이 쓴 글과 필자가 쓴 글을 비교하면 명확히 차이가 난다. 그 차이는 바로 오른쪽 끝까지 글을 쓰느냐 아니냐에 있다. 대학생들의 대부분은 오른쪽 끝까지 글을 쓰지 않는다. 한 문장, 또는 문구 이하에서 enter를 쳐서 아래로 줄을 바꿔 글을 쓴다. 그러다 보니 '싸이월드'에서의 글쓰기는 '아래로의 글쓰기'이다. 곧, 학생들은 문장이나 단어 중심으로 글을 쓴다는 것을 알 수 있다. 이는 단락을 형성하는 글쓰기가 안된다는 증거이기도 하다. 문단 나눔이 없으면 글의 흐름을 알 수 없고 문단과 문단 사이의 유기적 관계를 알지 못해 글을 제대로 쓸 수 없다. 이것이 현재 내학생들의 글쓰기에 가장 큰 문제라고 생각한다.

셋째, 다양한 글씨체와 구어체, 그리고 뜻을 알 수 없는 글이 많다. 구어체 현상은 요즘 인터넷 용어에 흔히 등장한다. 다양한 글씨체는 사이버 머니로 여러 글씨체를 사서 쓸 수 있는데, 아직까지는 좋은 폰트를 지원하고 있는 실정은 아니다. 그 예를 보도록 하자.

이 글의 뜻은 "난 솔직히 지금 엄청 재밌는데 ㅋㅋㅋㅋㅋㅋㅋ 남자끼리랑 노는 게 먼가 익사이팅하고 다이나믹하거든"이다. 위 문장만 보고 뜻을 알 수 있겠는가. '나는'을 난으로 발음하여 '난초'를 그려 표현했고, 솔, 금(金), 남자얼굴, 자(尺), 게(蟹), 이(齒) 등을 이용하고 있다. 이것은 일반적으로 쓰는 것은 아니고 아직까지는 일부 대학생들이 쓰는 특이한 현상이다. 하지만 구어체와 말줄임 등은 다양하고도 일반적으로 쓰고 있다. 그러면 일반적인 언어 현상을 보자.

ㅋㅋㅋ, ㅋㄷㅋㄷ, 뭔잼이로(무슨 재미로), 저겨(저기요), 지겨(지겨워), 컴터가(컴퓨터가) , 왜케(왜 이렇게), 이상네(이상하네), 해주셈(해주세요), 고마…*^^, 사진이 저게 모셈?, 천안이삼~, 웃기삼, 안 웃기 333, 그럼즐, 지름신이 강림하여 오늘 용돈 오링났다.

대부분이 음운과 음절을 탈락하는 경우이다. 이는 구어체의 실현과 입력의 타수를 줄이는데 효과적이기 때문이다.[7] 'ㅋㅋㅋ'나 'ㅋㄷㅋㄷ'은 이제 말을 시작할 때 의례 앞에 넣고 있지만 글을 쓰거나 핸드폰

---

7) 전병용, 앞의 책 p. 232.

문자를 보내는 사람의 감정을 표현하기도 한다. 다음으로 '셈' 체에서 '삼' 체로 바뀌는 현상을 예로 들 수 있다. 이는 새로운 말을 개발한 것인데, '셈'보다는 '삼'이 양성모음이라 발음하기 편해서 사용하는 듯하다. 여기에 '안웃기3'과 같이 숫자 '3'을 쓸 수 있기에 사용의 빈도수가 많아진 것으로 보인다. '지름신이 강림하여 오늘 용돈 오링났다'는 '물건을 막 사서 오늘 용돈 다 썼다' 는 뜻이다. 이 문구에서는 '지름신', '오링' 이라는 신조어를 만들어 사용하는 예를 볼 수 있다. '지름신'과 비슷한 용어로 '파산신', '그 분' 등이 더 있으며 이들로 작문을 하는 경우가 종종 있다. 이 같은 현상은 새로운 것에 대한 동경과 기존의 형식을 파기하는 행위이다.

인터넷 용어는 시대의 조류에 아주 민감하다. 기존에는 구어체 방언을 쓰더라도 주로 경상도나 전라도 방언이 많았는데 최근에는 〈웰컴투동막골〉의 인기로 인해 강원도 방언이 인기를 모으고 있다.

전하! 10만은 되야되요. 갸드리 얼마나 빡시다고요"(율곡선생의 10만 양병설), 얼마나 빡센지 몰라도 쌍판 좀 찡그리지 마요, 내말 똑대기 챙겨드르래요, 근데 있자나, 니 갸들하고 친구나? 갸들이 싸우면 내도 마이 아파~. 맨날 지지미 볶고하는 거, 그거 아이라고 봐요.

위의 예문은 작년에 국회에서 강원도 출신 의원과 시댁이 강원도인 여성의원이 '강원도 방언 대회'에서 한 말이다. 강원도 방언은 아무나가 흉내낼 수 있는 말이 아니었다. 그러나 영화에 나오고 인터넷에 인기가 있다 보니 전국으로 확산되어 일반인들이 따라 할 정도에까지 이르렀다.

이상과 같이 은어와 구어체 사용으로 인하여 맞춤법의 혼란을 초래하고 있다. 또 신·구세대들, 컴퓨터를 사용하고 사용하지 않는 세대간의 단어구사력은 현격히 다르다. 그래서인지 KBS의 '상상플러스' 프로그램에서는 이러한 세대간의 언어단절을 회복하고자 노력하고 있다. 이 프로그램이 인기가 있다 보니 진행자들의 '대감' 호칭과 '하오체' 말투를 대학생들이 따라하고 있다. 이 프로그램의 예를 하나 더 든다면 김수로의 '꼭지점댄스'다. 프로그램 중간에 게스트로 나와 잠깐 춤춘 것이 지금 월드컵 공식 댄스로 하자는 등 카페가 만들어져 왕성한 활동을 하고 있다.

대학생들은 이처럼 인터넷과 TV 문화에 민감하다. 휴일이나 평일에 방영된 프로그램을 보지 못하면 대화에 낄 수 없을 정도이다. 만약 TV를 보지 못했다면 포탈사이트의 뉴스를 보고 방송을 본 친구들과 의사를 소통한다. 이렇다 보니 핸드폰으로 TV를 시청할 수 있는 기능도 나왔다. 잠시라도 재미를 충족시키기 위해서이다. '싸이월드'도 실시간의 재미를 위해 알리미 기능을 만들어 자신의 미니홈피에 타인이 쓴 내용을 확인하고 바로 답글을 쓸 수 있도록 기능을 발전시켰다. 이런 상황이고 보니 문화를 누리며 사는 것이 아니라 문화에 치여 살고 있는 듯하다. 이 같은 상황이 바로 글쓰기로 연결된다. '싸이월드' 방명록의 한 줄 답글을 보면 재치가 아주 넘친다. 대학생들은 한 줄 댓글의 천재이다. 그러나 좀 길어지면 그 양상은 달라진다. 대학생들의 글쓰기는 가볍고 재미있기는 한데, 깊이가 없고 산만하다. 여기에 문제가 있다. 그러면 이제부터 대학생들의 글쓰기를 효율적으로 길들이는 방안은 무엇인지 알아보기로 한다.

3. 효율적 글쓰기 방안

글을 쓰기 위해서는 그 글에 해당하는 소재를 찾아야 하고 소재에서 주제를 이끌어 내야 한다. 이러한 과정을 거치기 위해서는 소재에 대한 관찰과 연구가 필수적이다. 글쓰기의 핵심은 "무엇을(대상) 어떻게 (방법) 쓸 것인가"인데, 대학생들이 글을 쓰면서 특히 힘들어하는 것은 "무엇을(대상) 쓸 것인가"이다. 대상이 정해진다면 이를 관찰하고 연구해야 한다.

우리가 어떤 대상에 대해서 관심을 갖는다는 것은 그것에 대해 궁금증이 있다는 증거다. 이 궁금증이 바로 대상에 대한 호기심이다. 필자는 글감에 대한 호기심을 계속하여 제기하고 의문을 해결하기 위한 여러 가지 방안을 모색해야 한다.

예를 들어, 나무를 보고 호기심이 생긴다면 다가가서 만져보고 품종이 무엇일까 궁금해 하며 알아보려고 할 것이다. 이 때 나무에 다가간 것 자체가 호기심의 시작이고, 이후 호기심의 해소를 위해 책을 보거나 인터넷에서 자료를 찾아 그 나무와 관련한 모든 것을 알게 된다면 이것이 글쓰기의 시작이라고 볼 수 있다. 대상에 대한 호기심의 해소는 글쓰기 시작으로 중요하고, 이를 반복한다면 글쓰기가 훨씬 수월해진다고 생각한다.[8]

학생은 미리 생각해 보았던 글감이 있더라도, 어떻게 써야 하는지에 대해서 모른다. 흔히 시는 쉽고, 소설이나 수필은 시보다 창작이 어렵다고 생각하는 경우를 종종 접한다. 그 원인에는 '길이(분량)'가 존재하

---

8) 이와 관련해서 조상우는 『대학』의 팔조목 중에 '격물치지'와 관련하여 글쓰기 전략을 고찰한 바 있으니 참조 바람. 조상우, 「'대학'의 '격물치지'를 활용한 글쓰기 전략」,《동양고전연구 23》, 동양고전학회, 2005. 12.

고 있다. 리포트를 학생들에게 내주면, 학생들의 첫 마디가 분량은 얼마냐고 물어본다. 그 때마다 필자는 최소한 A4 한 장은 넘어야 하는데, 글자크기 10, 줄간격 170이라고 정해준다. 글을 잘 쓰려면 일단 자신의 생각을 어떠한 방식일지라도 늘려서 쓸 수 있어야 한다. 그러다 보면 조금씩 글을 쓰는 분량이 늘어나 작문의 즐거움을 느끼게 된다.[9] 이 이후의 글쓰기는 필자의 생각을 자연스럽게 드러내는 데 있다.

선물을 준다고 가정할 때에 포장과 전달 방법이 선물보다 더 중요할 수가 있다. 그리고 선물을 전달할 때의 인사말이 자신의 이미지 형성에 크게 기여하기도 한다. 무엇이든지 표현함에 있어서 어느 정도 법칙이나 원리가 존재한다. 이를 알고 적절하게 대응한다면 품은 적게 들이면서 효과는 극대화 할 수 있다. 여기에서 표현 방법이 중요하다는 것을 알 수 있다.

본고는 전술한 바와 마찬가지로 대학생에게 도움이 되는 효율적인 글쓰기에 대해 고찰하고 있다. 그리하여 대학생들에게 절실히 요청되는 효율적인 표현방법 몇 가지를 제시하고자 한다. 그것이 바로 "수형도 그리기, 빨리 쓰기, 단어의 선택과 문장의 배열"[10] 등이다. 그러면 하나씩 살펴보기로 하자.

1) 수형도 그리기

인터넷은 여러 장르의 글쓰기를 시도하고 있다. '귀여니'로 대표되

---

9) 최근 작문과 관련한 번역서 중에 『원고지 10장을 쓰는 힘』이라는 제목의 책이 있다. 어찌 되었든 원고지 10장 이상을 쓰다 보면 글쓰기가 향상된다고 한다. 우리 학생들에게도 이와 같은 훈련은 절실히 필요하다고 생각한다.(사이토 다카시, 『원고지 10장을 쓰는 힘』, 황혜숙 옮김, 루비박스, 2005.)
10) "선택, 배열"은 이지호의 연구에서 힘입은 바이다. 이지호, 앞의 책, pp.180~189 참조.

는 인터넷 소설에서부터 일반적인 글쓰기까지 다양하다. 기존의 글을 페러디하기도 하고 구성을 새롭게 하여 재창작을 하기도 한다. 그러면 인터넷에 유행했던 다양한 글 중에 하나를 예로 들어보자.

오전: 아침에 일어나 세이비누로 세수를 하고, 엘라스틴으로 머리를 감고, 오전에 오기로 한 웅진코웨이 아줌마를 기다려서 정수기 필터교환을 하고, 정수한 물을 마시며 조금 쉬다가 어제한 빨래 걷어 다리미로 다리고, 유리창좀 닦다가 참..나의 꿈도 소중해 하면서 컴퓨터로 영어공부를 한다.(두..두유 해브 익스 익스피어리언스 스틸?)

오후: 오후가 되서 외출준비를 하고, 전에 발급받은 엘지카드를 들고나가 펜싱, 포켓볼, 공기총 사격, 헬스, 쇼핑, 에구구... 정신없이 보내다 밤이 되서 돌아왔는데..이어지는 남편의 화려한 이벤트... 냉장고를 둘러싼 수백개의 초와함께 팔 떨어질 정도로 무거운 꽃다발에 파묻힌다. 어머, 파티가야 하는데... 드라마를 들고 이브닝드레스를 챙겨입는다. 파티가 끝난 후 집에 들어오다 길잃은 쭈글이 강아지를 안고 들어온다.[11]

이 글은 일명 '이영애의 하루'라고 해서 탤런트 이영애가 등장해서 인기를 얻었던 광고들만을 모아 하루의 이야기로 재창작한 글이다. 이영애가 다양한 제품의 광고를 찍었기에 이러한 글이 가능했겠지만, 이와 같은 글을 쓸 수 있었던 것은 연상력과 창의력이 있었기에 가능하다. 이는 시각적 이미지를 글로 표현한 것으로 싸이월드 사진첩에 사진을 올리는 것과는 반대현상이다. 이보다 더 창의적인 글이 하나 더 있는데 '이영애 남편의 하루'이다.

---

11) 인터넷의 정확한 주소를 알지 못해 그 출처를 밝힐 수 없음을 양해 바란다.

오전: 아침에 정시에 일어날수 있도록 시계알람을 두개 셋팅하고 목욕탕에 목욕용품이 떨어졌는지 확인하여 세이비누와 엘라스틴을 슈퍼에서 사다놓고. 정수기 필터 교환날짜를 매일 확인하여 웅진코웨이 아줌마에게 내일 오시라고 예약해놓고 어젯밤에 벗어 둔 모든 빨래를 세탁기에 집어넣어 깨끗이 세탁을 하여 빨래를 널어놓고 컴퓨터도 쓰지 못하는 집사람의 국제화 꿈을 위해 마우스만 클릭하면 모든 것이 동작되도록 PC 쎗팅해놓고 몸매관리에 이상이 생기지 않도록 필요한 엘지 가족카드 발급/유효기간 상태를 항상 확인하고

오후: 저녁에 들어올 집사람을 위해 손을 데어가면서 냉장고 옆에 수백개의 초를 켜놓고 플라워 이벤트에 연락해서 집안을 꽃으로 장식한다 그런데... 그런데... 이렇게까지 했는데 집사람은 파티 간다고 이브닝 드레스를 챙기고 있는 중이다. 아마 파티 끝나면 데리러 오라고 연락하려고 오늘도 드라마 전화를 들고 나갈 것이다.

참으로 창의력이 번뜩이는 글이 아닐 수 없다. '이영애의 하루'는 기존에 있는 광고를 나열하면 된다지만 남편의 하루에 대해서는 누군들 상상이나 했겠는가. 이는 일어나지도 않은 일을 추상적으로 만들어낸 것이다. 이 두 가지의 글을 통해 연상력과 창의력 훈련을 할 수 있다.[12] 이러한 훈련을 효과적으로 할 수 있는 방법이 '브레인스토밍'이 있다. '브레인스토밍'은 일종의 창조적이면서도 목표지향적인 놀이로 생각을 메모 형식으로 간단히 끼적거려 놓거나, 생각의 파편 내지는 전체 글을 메모하듯 아이디어를 생성해 내는 행위를 말한다.[13]

이렇게 아이디어를 생성해 놓았다고 하더라도 쉽게 알아 볼 수 있도

---

12) 이와 관련해서는 조상우, 전게논문, pp.279~280 참조.
13) 린다 플라워, 앞의 책, p.230.

록 정리를 해야 한다. 시각적 이미지에 익숙한 학생들을 위해 필자는 '수형도 그리기'를 적극 권장하고 싶다. 수형도의 장점으로 다음 세 가지를 들 수 있다. 첫째는 글을 쓰면서 아이디어들 간의 관계를 그림으로 그리거나 시험할 수 있도록 해준다. 둘째는 논의를 시각화해서 전체 부분들이 서로 어떻게 구성되었는가를 볼 수 있도록 해준다. 셋째는 새로운 아이디어를 생성할 수 있도록 도와준다.[14] 그러면 위에 예를 든 이영애의 하루와 이영애 남편의 하루를 가지고 수형도를 작성해 보자.

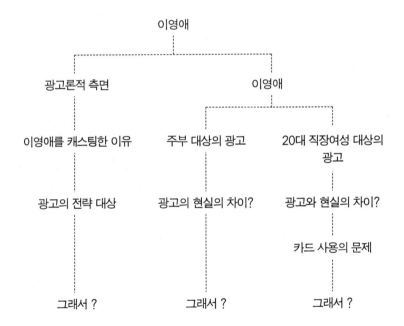

---

14) 위의 책, p.253.

우선 이영애를 소재로 하여 광고론적 측면과 사회론적 측면으로 나누어 고찰할 수 있겠다. 우선 광고론적 측면에서는 이영애를 모델로 캐스팅한 이유, 그리고 누구를 소비자로 상정하고 있는지에 대해 고민을 해보아야 한다. 사회론적인 측면에서는 가정 주부와 20대 직장 여성의 두 가지 관점으로 나누어 볼 수 있다. 그리고 이들 계층은 현실과 광고의 차이를 실제 느끼고 있으며 광고가 어떠한 면을 부각시키고 있는가에 대해 기술해 볼 수 있다. 그러면 지금까지의 사고를 어떻게 집약시킬지 생각해보아야 한다. 이와 같은 상황일 때 서사적으로 글을 서술하는 것보다는 한 눈에 볼 수 있는 도식이 훨씬 알아보기 쉽다. 바로 수형도의 장점이 여기에 있다.

수형도는 쓰고자 하는 내용이 얼마나 생성, 수집되었는가를 판단할 수 있고, 내용 생성을 위한 자신의 사고가 얼마나 적절한지를 판단할 수 있으며, 개념의 창조가 용이하다.[15] 이 수형도는 시각에 익숙해져 있는 대학생들에게 글쓰기의 목차를 정하는데 좋은 방법이라고 생각한다.

2) 빨리쓰기

글을 쓰다보면 스쳐가듯 번뜩이며 떠오르는 생각이 있다. 이 때 필자들은 떠오른 생각을 노트에 옮기려고 펜을 잡고 일일이 쓰기 시작한다. 그런데 누구나 경험해 보았듯이 펜에 눈을 집중시켜 한 자, 한 자 써가다 보면 막 생각났던 것들이 모두 잊혀질 때가 있다. 그리고 한 번 떠올랐던 생각이 다시 생겨나지도 않는다. 이러한 현상을 '글쓰기 병목현상'이라 한다.

---

15) 조상우, 앞의 책, pp.281~282.

이를 해소하기 위한 방법으로는 '빨리쓰기'가 있다. 누구나 속기사가 아닌 이상 핵심어만을 연결하여 떠오르는 생각을 주저 없이 글로 기록해두면 언제 보더라도 생각이 떠올랐던 때를 연상할 수 있다. 그래서 이 방법은 '아이디어를 놓칠 가능성이 있을 때, 생각을 표현이 따라가지 못할 때' 등의 경우에서 필요하다. 요즘 대학생들은 직접 펜으로 글을 쓰는 일이 드물다. 주로 핸드폰이나 컴퓨터를 사용하다 보니 1분 안에 보내는 문자의 수나 타이핑 숫자가 많고 속도도 빨라 '글쓰기 병목 현상'이 잘 일어나지는 않는다. 그렇기에 자신의 생각을 그 때 그 때 컴퓨터나 핸드폰에 정리해 둔다면 큰 효과를 얻을 수 있으리라 생각한다. 그렇지만 문명의 이기는 가끔 중요할 때 문제를 발생시킨다. 평소에 '빨리 쓰기'의 방법이 익숙해지면 글쓰기에 큰 효과가 있을 것이다.

빨리 쓰기 방법을 활용하여 효과를 극대화하기 위해서는 '개방적 사고'와 'WIRMI방법'을 병행해야 한다. '개방적 사고'는 머릿속에서 폭풍이 일어나듯 생각이나 아이디어를 단어나 구 또는 절 수준에서 적극적으로 생성·수집·정리하는 사고 방법이다. 개방적 사고에서는 완벽주의를 배격하는데, 곧 문장의 완벽주의 배제를 뜻한다. 이렇듯 개방적 사고는 아이디어 생성을 위한 방법론이다. 'WIRMI방법'은 "내가 정말 쓰고자 하는 내용은―(What I Really Mean Is ―)"의 약자로 머릿속의 생각을 잊지 않기 위해 부족한 대로 떠오른 생각을 간단히 메모해 두고 일단 만족하는 방법이다.[16]

전술한 이 방법들은 추후에 반드시 '퇴고'를 수반해야 한다. 퇴고에는 삭제, 부가, 구성의 세 가지 원칙이 있다. 삭제는 기존에 써 놓은 글 중 주제와 관련이 없는 내용을 지우는 것, 부가는 주제와 관련된 내용

---

16) 고려대학교 교양국어편찬위원회 편, 『문장연습』, 고려대학교 출판부, 2000, pp.22~23.

중 빠뜨리거나 넣지 않았던 것을 다시 추가하여 기술하는 것이다. 구성은 퇴고하는 순서와 방법으로, 전체를 검토하고 장, 절, 단락, 문장 등 부분별로 나누어 살피는데 유용하다.

필자가 중요하게 여기는 퇴고의 방법은 구성의 원칙 중 하나인 '낭독'이다. 누구나 한글은 다 잘 읽는다. 그럼에도 불구하고 학생들에게 글을 읽히면 다 아는 글자임에도 불구하고 다르게 읽거나 틀리게 읽는 경우가 있다. 이는 자신이 평소에 쓰던 글쓰기와 다르기 때문에 벌어진다. 누구든지 10여 년을 국어생활을 하고 공부했기에 문법의식이 몸에 자연스럽게 배어 있다. 그렇기에 초고를 '낭독'한다면 자신의 문장 중 틀린 곳을 파악하기 쉽다. 자기가 쓴 글을 자신이 퇴고하기가 어렵다. 왜냐하면 다 아는 내용이기에 틀린 곳을 발견하기 쉽지 않기 때문이다. 그러나 큰소리로 낭독을 하다 보면 읽기가 막히거나 다르게 읽는 곳을 발견한다. 이곳이 바로 '비문'이라고 생각하고 고치면 글을 고치는데 큰 도움이 된다.

필자의 아이디어를 놓치고 싶지 않고, 표현을 제대로 구사하기 위한 방법으로 '빨리 쓰기'를 글쓰기의 한 방법으로 사용하기는 좋으나 글이 엉성해지기 쉽다는 단점 또한 있다. 이를 보완하기 위해 '퇴고'를 습관화 한다면 글쓰기에 큰 보탬이 되리라 생각한다.[17]

3) 단어의 선택과 문장의 배열

표현은 필자가 대상을 의미화 가장 적합한 단어를 골라 사용해야 한

---

17) 요즘 컴퓨터는 틀린 곳이 있을 때 빨간 밑줄이 생긴다. 이것만 고쳐도 비문은 어느 정도 고칠 수 있고 띄어쓰기 맞춤법도 바로 잡을 수 있다. 그러나 같은 글자이면서 품사가 다른 경우에 있어서는 필자가 주의 깊게 교정을 보아야 한다.

다. 정서적 의미가 비슷한 범주를 "유의어"라 하는데, 이들 속에서 필자는 특정한 단어를 선택해야 한다. 예를 들어, 만약 우리가 '만든다'는 어휘를 사용한다고 가정해 보자. '만든다'와 연결할 수 있는 단어는 무수히 많다.

① 가마니를 만들다. 옷을 만들다. 그물을 만들다. 천을 만들다. 길을 만들다. 신(鞋)을 만들다.

이처럼 모든 단어에 '만들다'를 연결시켜 말을 만들 수는 있다. 하지만 이 표현이 과연 옳은 표현이라 할 수 있겠는가. 표현에는 거기에 맞는 단어가 항상 따르기 마련이다. 그렇다면 이 표현 말고 어떤 표현이 더 나은 표현이겠는가. 다음을 보자.

② 가마니를 친다. 옷을 짓는다. 그물을 뜬다. 천을 짠다. 길을 닦는다. 신(鞋)을 삼다.

②의 표현은 ①의 표현에 비해서 다양하다. 표현함에 있어서 한 문장이나 단락 안에 같은 단어를 중복해서 사용하면 좋은 문장이라 할 수 없다. 그렇기에 그와 상응한 다른 단어를 선택하여 사용해야 하고, 어감을 잘 표현할 수 있는 단어를 채택해야 한다.

①보다 ②에서 표현의 '생동성'이 높게 느껴진다. 그 이유는 비유하는 대상의 어감을 잘 표현하고 있기 때문이다. 예를 들어 "소나기가 퍼붓는냐, 여우비가 찔끔거린다" 등이 바로 이러한 표현과 연관이 있다. 곧 '생동성'이 높은 표현의 시도가 바로 보다 나은 표현력을 갖도록 해준다. 여기에는 필자의 능력이 우선시되어야 하는데, 곧 어느 단어와

조합했을 때 가장 좋은 표현이 되는가를 알아야 한다.[18]

바로 "친다, 짓는다, 닦는다" 등은 대상에 따라 그 대상을 더 명확하게 꾸며주는 구실을 하는 것으로 이는 필자가 선택해야만 한다. 단어의 적확한 선택이야 말로 표현을 제대로 하는 기본이라고 할 수 있다. 이는 많은 단어를 알 수 있어야 한다는 전제가 있기도 하지만, 조금만 신경을 기울이면 표현력을 상승시킬 수 있다.

훌륭한 표현은 필자의 처음 생각을 보완하여 글쓰기를 더욱 풍요롭게 하지만, 어설픈 표현은 훌륭한 생각을 무색하게 하여 글쓰기를 파행으로 만들기도 한다. 그리하여 단어의 선택이 중요한 것이다. 이를 연습하기 위해서는 사전을 항시 휴대하고 글을 쓰도록 해야 한다. 어휘수가 풍부할수록 표현이 좋아진다는 것을 반드시 명심해야 한다.

단어의 선택과 마찬가지로 중요한 것이 문장의 배열이다. 우리가 다른 사람의 말을 들을 때 자신의 요구에 따라 앞과 뒤의 말에 주의를 기울이게 된다. 글을 쓸 때도 마찬 가지이듯 주로 앞부분보다는 뒷부분에서 깊은 인상을 받는다. 곧 말이나 표현의 순서 배열에 따라 '지배적 인상'이 달라진다는 말이다.

① 영희는 공부를 잘하는데, 운동은 못한다.
② 영희는 운동은 못하는데, 공부는 잘 한다.

①과 ②가 구성하고 있는 대상의 실제적 의미는 영희는 공부를 잘하고 운동을 못한다는 것에 있어서는 동일하다. ①에서는 "운동은 못한다"는 것을 문제 삼고 그것을 더욱 부각시키기 위해서 "공부는 잘하는

---

18) 교양국어편찬위원회, 『글과 논리』, 단국대학교 출판부, 1997, p.34 참조.

데"를 대조시키고 있다. 또 못한다는 부정적인 어휘를 사용하여 독자가 영희를 판단함에 있어 다소 부정적으로 생각할 수도 있다. 반면, ②는 ①과 내용상의 큰 차이는 없지만 "운동은 못하지만" 그래도 "공부는 잘한다"는 긍정적인 의미를 연상하도록 만든다.[19] 곧 후자의 내용이 독자(청자)의 지배적 인상을 높이고 있다는 것을 알 수 있다.

sbs의 한 프로그램 중 일요일에 방영되는 〈결정 맛대맛〉이라는 음식 관련 코너가 있다. 이 프로그램은 두 진행자가 자신이 담당한 음식을 패널들에게 소개하고 선택하도록 유혹하여 많은 사람이 선택한 음식을 시식하도록 하는 형식을 갖추고 있다. 그런데 이 프로그램을 보면 먼저 음식을 소개한 사람이 대개 진다는 것을 알 수 있다. 한 진행자가 연패를 하자 연승한 진행자에게 먼저 하라고 한 후 연패한 진행자가 뒤에 하니 그 회(回)에는 연패에서 벗어나 이겼다. 누구나 밥을 많이 먹었으나 내 앞에서 사발면을 먹고 있는 사람을 보고 있다면, "저 라면 국물을 먹고 싶다"라는 충동을 느끼게 된다. 이 프로그램도 마찬가지다. 앞서서 맛있는 음식을 봤다 손치더라도 마지막에 본 음식의 잔영이 그 앞의 음식을 억제하도록 만든다고 볼 수 있다. 이 프로그램을 통해 뒤의 음식이 앞의 음식보다 지배적 인상이 높다는 것을 알 수 있다.

그러면 다시 글쓰기로 돌아가서 말해보자. 글쓰기에서의 배열은 필자의 의지를 독자에게 간접적으로 보여주는 구실까지 한다. 논설문을 쓸 때에 필자는 자기 의견과 반대되는 서술을 자기 의견보다 먼저 서술하면 독자를 설득함에 있어서 아주 용이할 것으로 판단된다. 곧 다른 사람의 의견은 서론 다음에, 자신의 주장은 결론 앞에 기술한다면 기존의 다른 연구자들과의 차별성을 제시하는데 편리하고 독자가 필

---

19) 이지호, 앞의 책, pp.180~181 참조.

자의 의견을 이해함에 있어서 더 쉬울 것이라 생각한다.

4. 맺는 말

지금까지 대학생들이 보다 나은 글을 쓰기 위한 방안을 모색하기 위해 대표적인 인터넷 문화인 '싸이월드'에 대해 알아보고, 글쓰기에 쉽게 활용할 수 있도록 효율적인 방안에 대해서 살펴보았다.

2장에서는 대학생들이 즐겨하는 인터넷 문화 중 '싸이월드'를 선정하여 이것의 특징과 학생들의 글쓰기 문화 간의 관련에 대해 서술하였다. 우선 싸이월드의 특징으로 "다른 사람들에게 자신의 일상을 공개할 수 있다, 일촌설정으로 상대방과의 친밀도 확인 및 미니홈피 공개를 차등적으로 할 수 있다, 싸이월드는 모든 것을 폐쇄할 수 있다, '사이버 머니'를 이용하여 자신이 원하는대로 치장할 수 있다"는 것을 들었다. '싸이월드'가 대학생들의 글쓰기에 미친 영향으로는 "시각적 이미지에 친숙해져 글쓰기의 약화를 초래, '아래로의 글쓰기'로 인해 문단 개념이 없다, 다양한 글씨체와 구어체, 그리고 뜻을 알 수 없는 글이 많아 글의 이해력과 맞춤법 약화 초래" 등을 들었다.

3장에서는 효율적 글쓰기 방안에 대해서 고찰하였다. 이를 밝히기 위해 첫째, 수형도 그리기, 둘째, 빨리쓰기, 셋째, 단어의 선택과 문장의 배열 등으로 나누어 서술하였다. 수형도는 시각에 익숙한 대학생들에게 글쓰기 목차를 정하는데 좋은 방안으로 연상을 통해 유형화하는 방법을 체계적으로 익숙해야 한다. 빨리쓰기는 글쓰기의 병목현상을 방지하기 위하여 핵심어 등을 중심으로 순간적으로 떠오른 생각을 적는데 유용하다. 이 방법을 적절히 사용하려면 개방적 사고와 WIRMI

방법, 그리고 퇴고를 병행해야 한다는 것을 제시하였다. 단어의 선택은 단어를 많이 알아야한다는 단점이 있기는 하지만, 유의어를 적절히 활용한다면 비유하는 대상의 어감을 최대한 활용하여 표현력을 높힐수 있다는 것을 강조하였다. 문장의 배열은 같은 내용이라도 그 순서를 달리한다면 독자(청자)의 이해의 정도가 바뀔 수 있음을 기술하였다. 또, 지배적 인상을 어디에 두어야 하는가를 알게 된다면 문장과 단락을 표현함에 있어서 효과를 극대화 할 수 있다는 것을 제시하였다.

이상의 논의들이 필자가 글쓰기의 효율적 방안이라고 제안한 것들이다. 이 생각은 원래 이론서에 있는 부분도 있고 강의를 통해 구상을 하기도 했다. 어찌 보면 서글픈 일이다. 교수가 글을 잘 쓰기 위한 비법을 학생들에게 전수하여 그 요령만을 체득하도록 만들고 있으니 말이다. 과연 글쓰기의 방안이나 전략이 있는 것인가.

남구만은 「釣說」에서 "고기 잡는 법은 알려 줄 수 있지만 그 오묘한 이치를 어찌 알려줄 수 있나"[20]면서 스스로 고기잡는 것을 터득해야 한다고 주장하고 있다. 글쓰기도 마찬가지다. 자신이 자주 쓰며 터득하는 것 밖에 다른 길은 없다. 지금까지의 기술은 대략 이러한 방향이 있다는 것을 제시했을 뿐이지, 그 나머지는 학생 스스로 터득해야 한다. 앞으로 더 나은 글쓰기 전략을 기대해 보지만, 교수 1인당 20명의 학생, 이보다 나은 글쓰기 전략은 없다고 생각한다. 더 나은 시절을 고대하며 글을 맺는다.

---

20) 남구만, 「조설」, 『약천집』 권 28, 잡저, 『한국문집총간』 132, 474쪽.

참고문헌

고려대학교 교양국어편찬위원회 편, 『문장연습』, 고려대학교 출판부, 2000
교양국어편찬위원회, 『글과 논리』, 단국대학교 출판부, 1997.
남구만, 「조설」, 《약천집》 권 28, 잡저, 『한국문집총간』 132, 민족문화추진회.
원진숙, 「대학생들의 학술적 글쓰기 능력 신장을 위한 작문 교육 방법」, 《어문논집 51》,
    민족어문학회, 2005.
이지호, 『글쓰기와 글쓰기 교육』, 서울대출판부, 2001.
조상우, 「'대학'의 '격물치지'를 활용한 글쓰기 전략」, 《동양고전연구 23》, 동양고전학
    회, 2005.
전병용, 『매스미디어와 언어』, 청동거울, 2002.
_____, 「통신언어의 방언 양상에 대한 연구—대화방 언어를 중심으로」, 《개신어문연
    구》 제20집, 충북대 국어국문학과, 2003.
_____, 「게시판 언어의 국어학적 연구—방송 게시판 언어를 중심으로」, 《동양학》 제
    35집, 단국대 동양학연구소, 2004.
사이토 다카시, 황혜숙 옮김, 『원고지 10장을 쓰는 힘』, 루비박스, 2005.
린다 플라워, 원진숙·황정현 옮김, 『글쓰기의 문제해결전략』, 동문선, 1998.

디지털 시대의 문학과 출판

— 미디어의 변화와 문학의 소통 공간

남석순

(김포대학 교수)

1. 서론

문학의 위기를 상상력의 위기로 겹쳐 읽었을 때, 상상력의 위기를 가져오게 한 가장 근본적인 동인은 미디어의 변화에 따른 「소통공간」의 변혁이다. 소통공간이 변화하면서 문학의 위기가 다가왔고 미적 리얼리티도 함께 변화하고 있다. 소통공간은 전통적인 소설출판, 전자책, 인터넷, 모바일을 통한 공표와 전달이 혼재하면서, 미디어적 특성 속에서 더욱 대중성을 띠게 되면서 상상력의 위기는 문학의 위기로 이어진 것이다. 상상력의 위기는 기성의 체제로는 확장되어진 상상력을 포용해내지 못함으로써 일어나는 현상으로, 결국 문학의 위기를 극복할 수 있는 대안은 확장된 상상력을 수용할 만한 새로운 전달 제재의 확립이다.

문학과 출판은 콘텐츠와 미디어라는 점에서 불가분의 관계에 있다.

문학은 언어예술로서 미디어에 의존하여 인간의 삶을 표현하는 양식이며, 출판은 문화를 창출하고 전파하는 가장 중심적인 미디어이다. 출판은 문학을 주요한 소재의 대상으로 삼아 왔으며, 문학을 콘텐츠로 하는 문학출판은 한국 출판산업의 근간을 이루고 있다. 이러한 사실은 문학 관련 출판이 한국의 신간 발행종수에서 1위, 점유율 35%를 차지하고 있음에서도 확인된다.[1] 하지만 출판산업에서 점유율이 가장 높은 문학이 생산에서의 비율이 될 뿐, 그대로 소비되지 않는다는 데에 문제의 심각성이 있다. 다시 말하면 문학의 위기는 문학의 소비에서 먼저 일어났고 소비의 위기는 곧 책의 위기로 이어지게 된 것이다.[2]

문학의 생산과 소비의 불균형은 소통 공간에서 일어나고 있다. 소통 공간은 상품과 소비가 만나는 곳으로 그 소통은 미디어를 통하여 이루어지고 이 과정에서 오히려 미디어가 주체가 되는 공간이다. 즉, 문학의 생산과 소비의 불균형은 전달 미디어에 기인된 점이 많다는 것이며 미디어의 변화가 소비에 결정적 영향을 미친다는데 주목하고자 한다. 지금의 문학은 단순히 본격 문학의 위기라기보다는 미디어의 변화에 따라 책 문화의 위기가 궤적을 같이 한다는 판단이 지배적이다.[3] 마셜 맥루한은 미디어가 담고 있는 메시지가 중요한 것이 아니라 미디어 그 자체가 바로 메시지이며 미디어의 변화가 결국 삶의 변화를 가져온다는 그의 '미디어 결정론'은 비판이 없는 것은 아니지만, 미디어 연구에

---

1) 2005년 한국출판통계(대한출판문화협회)의 신간 발행종수 35,992종(만화 제외)중에서 '문학'이 8,261종(22.9%)으로 가장 많이 출판되었다. 2004년의 경우에는 신간발행 27,527종에서 문학도서 6,070종(22.1%)과 '아동도서' 중에서 아동문학 3,555종을 합하면 문학도서가 9,625종으로 전체 신간 발행종수의 34.9%%를 차지한다.

2) 2003년 교보문고 매출액에서 소설분야의 점유율이 6.7%로서 인문분야의 7.4%보다 낮다(「늙은 장르, 소설이 안 읽힌다」(한국경제신문, 2004. 5. 20), 「문학시장의 침체와 인터넷 소설의 강세」(주간동아, 2003. 12. 18, 414호)], 2003년 영풍문고 문학분야(소설포함)의 판매점유율은 14.1%였다(영풍문고 기획실 제공).

3) 「디지털 시대의 문학하기」, 《문화과학》, 1996년 봄호.

서 객관적 사실로 받아들여지고 있는 듯하다.[4] 이와 같이 사회 변화의
원인을 미디어의 변화에서 찾고자 하는 맥루한의 이론은 이 글의 전개
에서도 중요한 접근 방식이 된다. 한편 "21세기의 문학(예술)이 어떤
혁명적 변환을 겪는다면 그것은 작가의 창조적 각성 차원보다는 문학
의 소통 공간 차원에서 일어난다"[5]는 지적 또한 디지털 시대의 문학출
판을 논함에도 의미 있는 시사가 된다.

이 글은 문학출판에 대한 소통공간으로서의 미디어적 접근 및 문화
산업에서 문학출판에 대한 산업적 접근을 시도한 것이다. 접근의 대상
은 문학출판의 중심 장르인 소설만을 대상으로 하였으며, 연구 범위는
출판소설, 전자소설책(eBOOK), 인터넷 소설까지를 포함한다. 이론적
접근에서는 첫째, 문학출판을 콘텐츠로서의 문학과 미디어로서의 출
판으로 이해하고, 문학출판의 개념과 범주를 설정한다. 둘째, 디지털
시대 미디어의 변천에 따른 문학의 변화를 논의하기 위하여 전통적 소
통미디어로서의 출판소설과 새로운 소통미디어로서의 전자소설을 고
찰한다. 산업적 접근에서는 첫째, 문화산업에서 출판산업과 문학출판
의 위상을 시장규모로 분석한다. 둘째, 디지털 시대에 전개되는 소설
시장의 양상을 분석한 후, 이를 바탕으로 문화산업으로서 소설 출판시
장을 전망하는데 연구의 목적을 두었다.

아울러 현재까지 한국의 출판 현상이 총체적 관점에서만 분석되고
분야별 연구를 소홀히 하였기 때문에, 오히려 총체적 분석마저도 부실
해지는 경우가 많았음을 지적하면서 한국의 출판산업의 대종(大宗)을
이루고 있는 문학출판의 현상을 논의 대상으로 설정하였다는데 의미
를 둔다.

---

4) Marshall McLuhan, 박정규 옮김, 『미디어의 이해』, 커뮤니케이션북스, 1997. pp.23~44.
5) 박인기, 「사이버 문학과 문학교육」, 《문학과 교육》 15, 문학과 교육연구회, 2001, p.16.

2. 디지털 시대의 문학과 출판

1) 콘텐츠로서의 문학과 미디어로서의 출판

이 글에서 논의의 전개상 문학출판의 개념과 범주를 설정하는 것이 순서일 것이다. 문학의 개념을 구성하는 핵심적인 두 가지 요소는 '언어'와 '예술'이라고 하는 데에 큰 이견이 없을 것이다. 문학은 언어 예술, 곧 "언어를 매재(媒材)로 삼는 예술"이며 인간이 언어를 통하여 자신의 사상과 감정을 표현해 내는 예술이다. 문학은 "언어를 매개로 하여 개연성 있는 허구의 세계를 창조해내는 예술"이며, 문학이 그려내는 세계는 '사실의 세계'가 아니라, '진실의 세계'라는 점이다. 한편, 출판의 개념을 구성하는 두 가지 요소는 '복제'와 '유통'이라고 할 수 있다. 출판은 "인간의 사상과 감정 및 지식전달을 목적으로 표현한 내용을 전자적인 방법으로 편집하여 인쇄하거나, 디지털 저장매체를 통한 대량 복제 또는 네트워크를 통해 널리 배포하는 행위"로 정의되고 있다.[6] 이 정의는 종이책(DTP), 비종이책(CD-ROM, DVD, 독서단말기 등 디지털 저장매체와 인터넷을 이용한 네트워크 출판)을 포함하는 개념이 된다.

이러한 논의 위에서 문학출판을 정의하여 본다면 "인간의 사상과 감정 등 언어로 표현한 문학적 내용을 기계적, 전자적인 방법으로 대량 복제하여 유통하는 행위"로 규정할 수 있다. 즉, 언어 예술적인 내용을 인쇄적, 전자적 방법으로 복제하고 유통하는 것을 말한다. 위의 정의에 근거한 문학출판의 범주는 문학을 담는 미디어를 바탕으로 하여 출판문학과 전자문학으로 구분될 수 있다. 인쇄를 기반으로 한 출판문학

---

6) 김두식, 『전자출판론』, 열린기술, 2002, p.30.

은 소설집, 시집, 평론집 등의 문학장르에 따라 구분할 수 있다. 컴퓨터를 기반으로 하는 전자문학은 본격문학과 장르문학으로 대별되지만, 엄밀한 의미에서 학술적인 용어는 아니며, 현재 진행되고 있는 인터넷 문학과 전자책(eBOOK)으로 명명되는 전자문학책으로 이름 될 수 있다.

문학과 출판의 관계가 소설과 소설책이란 동의어적인 의미로 사용되어 왔다는 점에서 의미가 있다. 소설이란 원고상태가 아닌 인쇄되고 발표된 작품을 일컫는 말이며, 인쇄되고 유통된 소설이 소설책이었기 때문이다. 이처럼 콘텐츠인 소설과 인쇄된 소설책은 같은 의미로 사용되었다는 것은 소설과 출판이 본질적으로 결합되어 있는 것을 뜻한다. 콘텐츠란 인터넷상에 제공되는 정보 내용을 가르키는 IT 전문용어였으나 디지털 기술이 보편화되면서 "저작권을 주장할 수 있는 모든 종류의 원작"의 개념으로 확장되었다. 콘텐츠로서의 문학(원작/text)도 대중성과 상품성이 있어야 출판의 선택을 받는다. "이제 예술은 이미 상품화를 피할 수 없다. 예술가가 의도하지 않더라도 그것은 교환가치를 띠기 때문이다. 이를 한탄하거나 스스로 상품임을 최소화함으로써, 즉 아주 소수에 의해 감상됨을 자처함으로써 주변부에 머무는 것으로 종래 예술 개념을 고수해야 할 것인지, 아니면 기호의 생산이 중요한 상업적 요소가 된 이 시대에 모호해져 버린 '작품'과 '상품'의 경계를 인정해야 할지 판단해야 할 때가 된 것 같다"[7]와 같이 디지털 기술의 광범한 적용으로 이제는 문학도 본격문학이나 주변문학의 이분법보다 우선하여 대중성과 상품성이 강조되는 시대에 서 있다.

---

7) 최혜실, 「영상문화산업과 서사」, 김종회 · 최혜실 편저, 『사이버문학의 이해』, 집문당, 2001, p.25.

2) 디지털 시대 문학의 소통 공간

(1) 매체의 변천과 문학의 변화

레슬리 피들러가 『종말을 기다리며(*Waiting for the End*)』에서 '소설의 죽음'을 예견한 지도, 같은 해 마샬 맥루한이 『미디어의 이해(*Understanding Media*)』에서 '활자매체의 죽음'을 선언한 지도 40년 가까운 세월이 흘렀다. 피들러나 맥루한의 시대는 텔레비전의 시대였고, 텔레비전은 기껏해야 책의 독자를 빼앗아 갈 뿐, 텔레비전에 식상한 독자들이 언젠가 다시 책으로 돌아올 가능성은 처음부터 내재해 있었던 셈이다. 지금은 컴퓨터의 시대이다. 컴퓨터는 단순히 책의 독자만을 빼앗아 가는 것이 아니라, 책 그 자체까지도 빼앗아 간다는 점에서 텔레비전보다 무서운 책의 적이 된다.[8] 즉 텔레비전 화면이 책을 대신해서 시청자들에게 즐거움과 정보를 제공해 주는 일종의 '대리책'이었다면, 사이버 공간의 인터넷 문학과 전자책(eBOOK)은 그 자체가 "또 다른 형태의 책"이기 때문이다. 1990년대 이후 책은 또 하나의 커다란 위기 속에 있지만 미디어간에 공조와 공생, 융합이 진행되는 지금, 다른 차원에서 책의 미래상을 찾아야 할 것이다.

새로운 소통매체인 컴퓨터의 등장으로 인한 문학에서의 변화를 요약한다면 첫째, 전달 미디어의 변화가 가장 크다. 즉 인쇄미디어인 활자문자를 밀어내고 전자문자와 사이버 공간으로 변화되는 점이다. 둘째는 이런 변화로 인해서 새로운 문학사회학이 이루어지는데 종래의 인쇄, 출판, 유통의 전통적 과정 붕괴되고 인터넷에 액세스하거나 전자

---

8) 김성곤, 『뉴미디어 시대의 문학』, 민음사, 1996, p.67.

책을 이용하여 작품을 향수하는 새로운 문학사회학이 등장한다. 셋째 PC 통신문학을 거쳐 인터넷으로 이동한 인터넷 문학이 대중성을 바탕으로 새로운 문학장르를 형성하며 문학의 판도를 바뀌 놓고 있다는 점이다.[9] 넷째 인터넷 문학에서 대중성을 획득한 문학이 출판소설로 거듭나는 퓨전소설이 성행하고 있다는 점이다.

(2) 문학의 전통적 소통 미디어로서의 출판소설

출판소설이란 인쇄미디어를 기반으로 한 종이 소설책을 말하며 보다 자세하게 정리한다면 텍스트가 처음부터 종이로 출판된 소설을 의미한다. 사이버 공간에서 대중성을 획득한 후 종이책으로 출판되는 퓨전소설책은 엄밀한 의미에서 출판소설이 아니다. 아직 소설문학의 중심은 출판소설에 있지만, 젊은 세대들은 감각적 이미지의 영역에 갇혀 좀처럼 능동적 사유를 요하는 문자 세계로 존재 확장을 꾀할 기미를 보이지 않고, 예전의 독자층은 장년세대로 편입되어 독서시장을 떠나고 있는 지금, 언제까지 출판소설이 소설시장에서 중심적인 소통 공간의 역할을 이어갈지 예측하기 어려운 일이다. 이러한 점에서 문자문화를 바탕으로 하는 기존의 문학과 종이소설책은 위기가 될 수 있으며 인터넷 소설과 전자소설책은 기회일 수도 있다.

출판소설에 대한 부정적인 견해와 함께 컴퓨터를 기반으로 하는 문학의 세계적 경향에 대하여 "현재의 문학은 세계적인 혁명을 겪고 있다. 바야흐로 문학의 진화가 진행되고 있다. 디지털시대 이전의 문학은 기술의 변화를 잘 견디어 왔다. 기술의 발달로 글을 쓰고 읽는 공간

---

9) 김용언, 「사이버문학과 21세기 문학의 혁명성」, 《시문학》 343, 시문학사, 2000.2. p.66.

이 양피지에서 종이로 바뀌었고 그 이후 종이를 이용한 인쇄기반의 문학은 오랫동안 지속되었다. 기술이 발달해도 문학이 언어를 통해 누구나 같은 내용의 작품을 읽는 고정된 텍스트란 점에서는 변함이 없었다"[10]고 지적하면서 문학에서 컴퓨터 매체를 이용한 글쓰기와 하이퍼텍스트에 대한 연구가 활발히 이루어지면서 문학의 진화, 혁명과 실천을 준비하고 있다고 말한다. 또한 "종이에서 컴퓨터 화면으로 넘어가는 기술의 변화는 문학의 형태와 미학을 크게 바꾸어 놓고 말았다. 이것은 발전이 아니라 혁명이다"라고 말하면서 세계는 지금 문학의 진화, 혁명 그리고 실천을 준비하고 있다고 강조한다.

한편, IT 시대에서 오히려 종이책의 중요성을 지적하기도 한다. "IT가 책과 함께 가는 것이 아니라 책을 몰아내고 있다. 책을 읽는 사람은 컴퓨터를 '정보적'으로 쓸 수 있지만 책을 읽지 않는 사람은 컴퓨터를 '비정보적'으로 쓰는 경향이 높아질 수 있기 때문이다. 오늘날 필요한 것은 IT캠페인보다는 오히려 독서 캠페인이 필요하다"[11]고 하면서 책 없이 인터넷만으로 선진국을 이룰 수 없으며 IT만 있고, 책이 없다면 우리의 지식 정보사회 실현의 꿈은 부화할 수 없는 무정란(無精卵)에 불과하다고 책의 중요성을 지적한다. 이 견해는 문학을 포함한 지식과 문화적 측면에서 주장한 것이지만 IT 시대를 위해서 오히려 책이 필요하다는 견해는 의미 있는 시사를 주고 있다.

종이책에 대한 두 관점에 비추어 중간적 입장의 견해로서는 "종이책과 활자문화는 비록 쇠퇴할지는 몰라도 여전히 살아남을 것이다. 그리고 문학의 본질도, 또 글쓰기의 특성도 하루아침에 바뀌지는 않을 것이다"[12]라고 하면서 그 이유에 대해서는 인류역사란 매 세대 간의 단절

---

10) 류현주, 『하이퍼텍스트문학』, 김영사, 2000. pp.27~28.
11) 박승관, 《동아일보》, 2000. 7.29.

이 아닌, 연속과 계승으로 이루어지고, 한 세대가 완전히 소멸된 다음에 다음 세대가 등장하는 것이 아니라, 두 세대나 세 세대가 동시에 공존하면서 그 사이에 모순과 갈등에 의해 문화가 생성되고 유지되기 때문이라고 설명한다. 하지만, 소설은 엔터테인먼트한 기능이 강하기 때문에 학술과 전문서적처럼 오랫동안 보존하지 않고 일회성 독서가 보편적이며 이러한 점에서 소설문학은 다른 영역보다 간편하고 저렴하게 독서할 수 있는 환경으로 변화되기 쉬운 장르적 특성을 갖고 있다.

(3) 문학의 새로운 소통미디어로서의 전자소설

인터넷 문학은 사이버 공간에 올려진 소설이나 시 등을 말하지만 대체로 소설에 관한 논의라고 해도 과언이 아니다. 이 글에서 인터넷 문학에 관심을 갖는 것은 조회수와 대중성에 따라 종이소설책(퓨전소설책)으로 출판되는 경우가 많기 때문이며 이러한 현상은 문학출판을 논함에 있어서 간과할 수 없는 부분이기 때문이다. 문학의 새로운 소통미디어로서의 인터넷 문학에 대한 논의를 용어와 범주, 관점, 사이트의 실태를 중심으로 살펴본다면 다음과 같다.

첫째는 국내에서 사용되는 용어와 범주의 문제이다. 사이버 스페이스 내에서 창작, 유통, 향유되는 문학을 부르는 용어는 다양하다. 이중에서도 많이 사용되는 것은 컴퓨터문학, 통신문학, PC문학, 인터넷문학, 사이버문학, 디지털문학, 하이퍼텍스트 문학 등이라 할 수 있다. 국내 문단에서는 '사이버 문학'으로 보는 관점이 지배적인데 "사이버문학은 정보화 사회라는 변화한 시대 패러다임을 문학 안으로 끌어들

---

12) 김성곤, 앞의 책, p. 83.

이려는 의식적 실천 행위이며, 시대와 조응하고자 하는 세계관과 창작 방법론의 변화를 염두에 두고 있는 새로운 문학 패러다임"[13]이기 때문이라는 것이다. 하지만, 이 글에서는 문학관과 창작방법을 대상으로 하지 않고 미디어에 중심을 두고 있으므로 '인터넷 문학' 내지 '인터넷 소설'이라는 용어를 사용한다. 그러나 인터넷 문학의 범주는 '사이버적 특성이 작품의 표현에서 미학적 특성으로 드러나는 새로운 형태의 문학'으로 한정하기로 한다.[14]

둘째는 사이버문학의 부정론과 긍정론이다. 부정론은 대부분 기존 문학에 바탕을 둔 관점으로써 일회적 재미에 치중하며, 깊이가 없고, 선정적, 저질적 등 문학의 질적 저하라는 측면에서 비판하는 입장이다. 한편 옹호론자들은 비판과 부정적 견해에 대해, 인터넷 문학을 평가하는 기준을 본격문학의 평가 기준에서 찾아서는 안 된다는 점을 강조한다. 이러한 주장의 바탕에는 현재 인터넷상에서 일어나고 있는 변화를 단순한 변화로 인식하는 것이 아니라 새로운 패러다임의 등장으로 이해하기 때문이다.

셋째는 사이버 공간에서 이루어지고 있는 국내 인터넷 문학사이트의 실체이다. 사이버 공간에서 이루어지고 있는 인터넷 문학사이트의 대규모적인 실태는 〈민족문학작가회의〉의 조사 결과(조사시점은 2002년

---

13) 이용욱, 「사이버 문학에 대한 몇 가지 오해」, -http://myhome.shinbiro.com/~icerain/.
14) 사이버 문학의 용어에 대해 박상천은 "용어가 쟁점이 되는 것은 대상 텍스트의 실재 문제와 관련이 있다. 새로운 매체가 만들어낸 사이버의 세계가 문학의 형태와 내용을 변화시키고 있느냐는 점이며, 그러한 변화가 있다면 얼마든지 새로운 용어를 부르는 것은 타당하다고 생각한다"고 하였다(「매체의 변화와 문학의 변화: 인터넷상의 사이버 문학을 중심으로」,사회이론, 한국사회이론학회, 2001, 봄여름호). 최혜실은 "사이버 문학이라는 용어는 현재까지 이루어지는 모든 컴퓨터를 매개로 하는 문학을 아우르면서 미래의 가능성까지 포괄할 수 있다는 점에서 일단 성공적이다" 라고 하였다(『디지털 시대의 문화예술』, 문학과 지성사, 2000. p.240~245). 이처럼 사이버 문학이란 용어의 사용은 인터넷상에서 사이버 문학이라고 부를 수 있는 작품이 있느냐에 있다.

5~6월)에 많이 의존하였으며,[15] 부분적인 것은 필자가 조사한 것으로 이는 인터넷 문학의 실상을 파악하는 데 도움이 크다.

(A) 사이트의 장르 구분은 본격 문학과 서브 장르문학으로 구분되었는 데 본격문학에서는 문학 전반(27%), 시(39%), 소설(22%), 기타(12%)였다. 서브 장르는 무협(8%), 판타지(16%), 로맨스(21%), 유머(5%), 추리(5%), 야설(2%), SF(3%), 팬픽/야오이(6%), 기타(34%) 등 10개 유형이다. 위 조사 이외에도 릴레이 소설, 게임소설, 멀티픽션 익명으로 된 하이퍼텍스트와 같은 새로운 문학 양식이 속속 등장하고 있었다.

(B) 주 이용자 층의 분포는 남성 287개(48%), 여성이 305개(52%) 숫적으로 우세한 사이트인 것으로 나타났는데 이는 콘텐츠가 문학이기 때문인 것으로 해석되는 것이다. 연령별은 10대(26%), 20대(36%), 30대(16%), 40대(5%), 연령 전반(13%)으로 10~20대가 활발하며 연령 전반도 13%나 되어 인터넷으로 문학을 접하는 폭이 넓다는 것이 처음 밝혀진 것이다. 직업별로는 학생(33%), 회사원(13%), 문화예술인과 주부가 12%로 나타나 주부들의 참여도가 예상외로 높은 것은 이외 결과가 된다.

(C) 메뉴별은 웹진 형태(3%), 자료실(27%), 강의 형태(5%), 커뮤니티(21%), 게시판(36%), 기타(8%)로 나타났으며 커뮤니티나 게시판의 비

---

15) 이 조사는 2002년 5월 1~6월 30일까지 17명의 조사자가 417개 사이트(외국 인터넷 문학사이트 15개 포함)를 추출하여 실시한 것이다. 국내 402개 사이트 중 포털사이트 내의 카페에 속하는 것들은 다음 69개(17%), 세이클럽 64개(16%), 프리챌 61개(15%), 드림위즈 20개(5%), 한미르 12개(3%), 라이코스 12개(3%), 기타 39개(10%)로 총 277개(68%)였고, 기타 독립사이트와 개인 홈페이지가 125개(32%)였다. 외국사이트는 통계에 포함하지 않았다. 민족문학작가회의 정보문화센터 편, 『문학, 인터넷을 만나다』, 북하우스, 2003, pp.61~96.

중이 높았다.

(D) 회원수는 50명 미만에서 1만명 이상까지로 분포되었는데 50명 미만이 22%, 100 미만이 20%, 1만명 이상이 7%로 대형화된 사이트도 있었다.

(E) 이 외에도 필자가 2004년 6월 국내 최대 커뮤니티 사이트인 '다음 카페'의 카테고리 중에서 '문학'만 검색한 결과 다음과 같은 인터넷 문학 공동체가 있음이 확인되었다.

문학(141313) : 소설(60142), 시(11590), 판타지/SF(7539), 문학작가/작품(3090), 문학창작(9569), 문학일반(8290), 수필(4778), 독서/토론(8522), 관련모임/서클(7233), 기타(20560)

인터넷 문학에서는 로맨스가 가장 많은 동호회를 갖고 있는데 이는 여성 이용자가 많다는 것과 관련이 있어 보이며, 판타지는 아직까지 10~20대의 영상세대들에게 인기가 많은 장르로 나타나고 있다. 〈민족문학작가회의〉가 실태를 분석한 다음 내린 결론은 국내의 인터넷 문학을 이해하기 위하여 의미 있는 지적이 된다. 조사의 동기와 목적이 '문학'을 주체로 보고 그 대상으로 '인터넷'을 소통공간으로 보자는 취지에서 "문학이 인터넷을 어떻게 활용하고 있는가"가 있었지만, 결과는 오히려 "인터넷은 문학을 어떻게 활용하고 있는가"로 관점을 변환해야 한다는 것이다. 인터넷 공간이 현실의 무엇을 소통시키는 구조 이상이었으며 인터넷은 그 자체로 고유한 생산구조를 갖고 있다는 결론이다. 그 질서 내에서 문학의 활성화 방안과 현실 문학과의 상호 보완책이 도출되어야 한다는 긍정적인 결과를 던지고 있기 때문이다. 위

결과를 보면 종래의 문학에서는 생산과 소비라는 두 주체가 명확히 구별되었으나 인터넷 시대에는 소비자가 곧 생산자라는 새로운 글쓰기 형태가 보편화되고 기존의 문학은 프로슈머(prosumer)의 특성을 적절히 수용하지 못함으로써 생산과 소비의 불균형을 초래하는 하나의 요인으로 다가온 것이라 보이며 문학출판에서는 소비자로서 네티즌들의 의식 변화를 중요하게 파악할 필요가 있다.

3. 디지털 시대 소설 출판시장의 양상과 전망

1) 문화산업에서의 출판산업과 문학출판 시장

"영상시대이니 뭐니 하는 유행어는 단지 유행어에 불과할 수도 있다. 역시 문학을 포함한 출판시장은 의연히 문화산업에서 논란의 여지 없이 으뜸 장르에 속하여 있고, 그 점은 시장 규모 면에서도 새삼 확인된다. 따라서 문학을 포함한 출판의 영역이 여전히 문화산업의 견인차 장르라는 얘기는 다시 확인해볼 가치가 있다"[16]라는 지적이 있다. 한국에서 문화산업에 대한 엄밀한 산업적 기준과 통계가 미흡한 가운데 문화산업백서(2003년)[17]을 통하여 개략적이나마 출판산업이 문화산업에서 차지하고 있는 위상과 출판산업에서 문학출판의 규모 파악은 문학출판에 대한 산업적 접근을 위해서 필요하다.

2002년 기준, 한국의 9개 문화산업 부문인 출판(신문, 서적, 잡지, 만화 등), 영화, 방송 광고, 음반, 게임, 애니메이션, 캐릭터, 공예 등의 시장

---

16) 조우석, 「문학산업을 다시 생각한다」,《문예중앙》통권100호, 2002, 겨울, p.476.
17) 『2003 문화산업백서』, 문화관광부, 2003.

규모는 39조 2,037억 원으로 조사되었다. 이는 같은 해 GDP 596조 3,831억 원의 6.57%에 해당하는 수치이다. 분야별로 살펴보면 출판산업이 11조 가까운 시장을 형성하고 있으며, 방송산업은 9조 5,233억 원(홈쇼핑 매출액 4조 2,497억 원을 제외할 경우 5조 2,736억 원)의 시장규모를 가지고 있고, 광고산업은 6조 5,000억 원에 가까운 것으로 나타났다. 이밖에 캐릭터산업(5조 2,772억 원), 게임산업(3조 4,026억 원), 공예산업(1조 2,708억 원), 영화산업(1조 2,119억 원), 음반산업(1조 1,093억 원)의 시장규모를 가진 것으로 밝혀졌다.

2002년 한국 문화산업 시장규모 (단위 : 억원)

산업별	금액	산업별	금액
출판	107,153	음반	11,093
방송영상	95,233	게임	34,026
광고	64,784	캐릭터	52,772
영화	12,119	공예	12,708
애니메이션	2,149	합계	392,037

〈자료〉 : 2003 문화산업백서, 문화관광부, 22면.

문화산업백서에 따르면 출판(신문, 서적, 잡지, 만화 등) 부문의 시장규모는 약 10조 7천억 원으로 추정되는데, 이는 국내 9개 문화산업 중에서 가장 큰 시장규모를 보이고 있다. 출판산업에서 신문과 서적출판업이 각각 2조 5천억 원, 2조 4천억 원으로 잡지와 만화보다 시장규모가 크며 두 분야가 출판시장을 주도하고 있다.[18] 위에서 조우석의 지적이 정확한 통계에 근거하지 않고 개략적으로 언급되었다고 할지라도 한국의 문화산업에서 서적출판업은 단일 산업으로서는 방송, 광고, 게임, 캐릭터보다는 시장규모가 적지만, 영화나 애니메이션, 음반산업에

보다 큰 시장규모를 갖고 있다. 현재까지는 이들 산업에 비하여 출판산업은 규모가 작은 것으로 이해되어온 것이 사실이다. 또한 서적출판업에서 문학출판의 시장규모는 약 4천 5백억 원 규모로 학습참고서, 아동도서에 이어 3위, 출판시장의 약 23%를 차지하고 있는 것으로 파악된다.[19]

2) 출판소설 시장의 양상

소설 출판시장을 인쇄를 기반으로 하는 출판소설, 전자소설책(eBOOK), 그리고 인터넷 소설에서 대중적 지지를 받아 종이책으로 출판되는 퓨전소설로 구분한 후 각각 시장의 양상과 전망을 고찰하기로 한다. 현재 출판산업에서 주력분야는 인쇄를 기반으로 하는 종이책에 있으며, 문학에서도 출판소설이 주 상품으로써 소비자를 만나고 있다.

첫째 출판소설 시장의 양상은 최근 4년 간(2000~2003) 출판산업에서 문학도서의 비율과 문학도서 중에서 장르별 출판 비율을 분석하였다.[20] 한국 출판통계에서 2003년 발행종수 26,290종(이하 만화 제외)가운데 문학도서가 5,586종으로 전체 발행 종수의 21.2%를 차지하였으며 12개 발행분야 중에서 1위에 있었다. 문학도서 중에서 가장 많이

---

18) 출판분야 10조 7천억원의 시장규모는 2001년 추정치이며 내용은 다음과 같다. 신문발행업(2조 5천억 원), 서적출판업(2조 4천억 원), 잡지정간물(8천 7백억 원), 정기광고정간물(3천 9백억 원), 기타출판업(3천 6백억 원), 출판만화(1천 6백억 원), 스크린인쇄업(2천 9백억 원), 경인쇄업(3천 9백억 원), 기타인쇄업(1조 8천 4백억 원), 기타서적 임대업, 배급업 등으로 구성됨.(『2003문화산업백서』 22쪽과 관련하여 2004년 6월 한국문화관광정책연구원, 문화산업정책연구실 박조원 실장에게 문의한 결과임)

19) 2003년 서적출판의 시장규모는 약 2조 원으로 추정하며(만화 제외) 문학은 학습참고서, 아동도서에 이어 3위(약 2천 7백억 원), 여기에 아동문학을 포함한다면 아동도서의 61%가 문학이므로 1천 8백억 원 등 약 4천 5백억 원의 시장규모로 전체도서의 약 23%로 추정된다.

20) 『한국출판연감』, 2001, 2002, 2003, 2004, 대한출판문화협회.

발행된 장르는 소설 50.0%, 다음은 수필집과 시집으로 나타났다. 2002년의 발행 종수는 27,126종인데 문학도서가 5,067종(18.7%)으로 발행종수는 아동도서에 이어 2위로 나타났다. 문학도서에서는 45.8%가 소설이었으며 다음은 시와 수필이었다. 2001년 발행종수 25,162종 가운데 문학도서가 4,806종(19.1%)로서 분야별 발행종수는 1위였으며, 가장 많은 장르는 소설로 2,130종이 발행되어 44.3%인 것으로 나타났고 다음은 시, 수필 순으로 나타났다. 2000년에 발행 종수 25,632종에서 문학도서가 4,826종(18.8%)로서 발행 종수로서는 1위에 있었으며 46.0%가 소설이었다.

최근 4년간 문학도서 장르별 신간 발행종수 (2000~2003년, 단위 : 종)

장르 연도	소설	시	수필	희곡	평론	전집	기타	계	발행 종수	문학도서 비율(%)
2003	2,795	618	731	26	16	77	1,323	5,586	26,290	21.2
2002	2,323	655	513	22	13	143	1,388	5,067	27,126	18.7
2001	2,130	653	507	10	7	3	1,497	4,806	25,162	19.1
2000	2,222	565	562	21	4	73	1,379	4,826	25,632	18.8

※ 자료 : 대한출판문화협회 연도별 출판통계에서 발췌

최근 4년 간 한국출판산업에서는 문학도서가 가장 많이 발행되었으며 평균 발행비율은 평균 19.5%로서, 2002년만 제외하고 3년 간 가장 많이 출판된 분야인 것으로 나타났다. 문학도서 중에서도 소설이 차지하는 비율이 4년간 평균 46.5%로서 문학 분야에서는 소설의 발행이 절반을 차지한다. 이와 같이 생산에서는 문학도서의 발행이 가장 많으며, 문학의 장르 중에서는 소설 발행에 치중되고 있는 것이 출판소설 시장의 양상이다.

둘째, 출판상품에서 문학이 차지하는 시장성과 독서시장에서 방송미디어의 위력이다. 시장성의 분석은 연간 종합되는 베스트셀러로 나타나는데 최근 4년 간 판매순위 10위 이상에서 문학(소설)은 상위그룹을 이루고 있으며 사실상 한국의 종합 베스트셀러는 소설이 주도하고 있다. 특히, 2002~2003년 출판시장의 경우는 이러한 점에서 특이하다. 이 해의 베스트셀러 목록 10위까지는 온통 대중소설이 채우고 있음을 보여준다.[21]

이는 TV의 오락 프로그램 〈! 느낌표〉의 '책책책, 책을 읽읍시다!'의 절대적인 홍보에 힘입어 이루어진 것이기 때문이다. 이른바, TV 셀러로 일컬어지는 이 프로그램은 찬반 양론으로 양극화되었지만, 2002~2003년의 베스트셀러의 형성은 결국 방송미디어가 독서시장에 영향을 끼친 결과이기도 하다.[22] 하지만, 이 프로그램의 시작이 시청률의 위기에서 벗어나고자 하는 방송사의 기획에서 시작되었고 소설을 그 소재로 선택했다는 점이 본질이다. 그러나 〈느낌표〉와 〈TV, 책을 말하다〉 등의 방송의 책 프로그램이 출판소설의 구매와 독서율을 높인 점에서 출판미디어에 대한 방송미디어의 영향을 보여준 것이다. 신문에서 〈북 섹션〉도 출판미디어가 같은 문자 미디어간에 상호 공조와 공생의 관계를 이루고 있음을 보여주는 실례가 된다. 특히 출판소설에서 방송미디어 및 인터넷 미디어와 공조와 공생을 할 수 있는 관계 발견은 독서시장의 확대란 점에서 문학출판에서는 매우 중요한 시사가 된다.

---

21) 『아홉 살 인생』(1위), 『봉순이 언니』(2위), 『그 많던 싱아는 누가 먹었을까』(3위), 『오페라의 유령』(4위), 『생이부리말 아이들』(5위), 『연탄길』(6위), 『뇌』(7위), 『그러나 나는 살아가리라』(8위), 『화』(9위), 『모랫말 아이들』(10위) 등 모두가 문학(소설)분야이다. 이중에서 『그러나 나는 살아가리라』가 수필, 『뇌』, 『화』만 번역소설이며, 『연탄길』은 어른을 위한 동화라고 일컬어 지고 있는 소설이다.
22) MBC의 〈!느낌표〉의 책 프로그램의 방영기간은 2001. 11~2003. 12월이다.

3) 전자소설책 시장의 양상

한국의 전자책(eBOOK) 시장은 이제 정착기에 접어들고 있는 상태이다. 초기에 소비자들의 거부감이나 유료화에 대한 저항감이 어느 정도 감소하여 차츰 전자책 서비스 업체들의 수익성도 호전되고 있으며 과당경쟁으로 무질서했던 시장상황도 개선되어 소수의 전자책 전문업체들을 중심을 질서를 잡아가는 모습이다. 전자책의 활성화에 유리한 환경도 조성되고 있는데, 정부의 유비쿼터스 체제의 도입과 세계 최고 수준의 모바일 보급률과 결합된 독특한 PDA 시장 발전모델, 교육시장에서 사교육비 부담에 따른 전자책의 잠재 수요, 정보과잉 시대의 콘텐츠 평가가 강한 출판미디어의 기능, 커뮤니케티 비즈니스로 변해가는 유통환경에서의 전자책의 활성화, 멀티미디어 전자책의 개발 등과 같은 요인들이 필연적으로 전자책을 활성화시킬 것이다.[23] 이외에도 공공·학교(초, 중, 고,대학)·기업 도서관에서의 전자책 서비스의 실시, 전자책에 대한 부가세 면세 조치, 일본과 미국에서의 전자책에 대한 활성화 조짐과 전자종이를 이용한 전자책의 개발 등도 국내 전자책 시장에 영향을 주는 요인이다. 전자책의 유통의 다양화도 시장 활성화에 도움을 주고 있는데 현재의 유통은 인터넷상에서 파일로 다운로드하여 PC기반의 각종 뷰어나 단말기에 내려 받아 보거나, PC 온라인, Mobile 전자책으로 발전하고 있는데, 유통경로는 네트워크를 통한 유통, 즉 인터넷을 통한 다운로드 방식이 가장 일반적이다. 한편, 전자책이 문학을 담아내는 주요한 수단으로 급부상하고 있음을 염두에 두어 볼 때, 전자언어라는 새로운 언어로 인터넷이라는 새로운 소통공간을

---

23) 김선남 외, 「유비쿼터스 시대에 eBOOK에 관한 연구」, 『서지학연구』 26집, 서지학회, 2003. 12. p.203.

통해 새로운 독자층을 형성해 가고 있는 전자책의 기술적인 개발도 중요하지만, 산업적인 면에서 학문적 접근도 요구된다.[24]

국내 전자책 서비스 업체는 일반 서비스분야에서 북토피아, 바로북, 드림북, 한국전자북, 에버북, 미지로, 워드시피엘 및 멀티동화 서비스에서 동화나라, 키즈토피아, 동사모, 조이북 닷컴 등이 있다. 이중에서 학술도서를 서비스하는 워드시피엘 외에는 거의 아동문학을 포함하여 문학분야를 주요 콘텐츠로 서비스하고 있다. 국내 전자책 콘텐츠는 2003년을 기준으로 대략 36,000종 정도로 추정할 수 있다. 분야별로, 문학(31.1%), 인문/사회과학((9.3%), 어학/학습서(3.7%), 컴퓨터/인터넷(1.3%), 경제/경영(6.7%), 무협/오락(17.8%), 만화(10.5%), 어린이/청소년(13.1%), 취미/오락/예술(2.0%), 기타(4.5%)로 비교적 전자책 변환이 쉬운 문학류나 무협지가 높은 점유율을 차지하고 있다.[25] 특히, 인터넷상에서 문학 활동이 본격문학에서 소외 받았던 환타지, 무협, 추리와 로맨스 등 장르문학을 중심으로 이루어지고 있는 것과 마찬가지로, 전자책 역시 장르문학 쪽에서 그 시장성을 확장시켜 나가고 있다. 또한 실용서와 멀티기능을 표현할 수 있다는 장점 때문에 아동도서들도 개발, 판매되고 있다.

하지만 가장 중점을 두어야 할 분야는 소비자에 대한 서비스이다. 그동안 전자책 산업계에서는 소비자에게 판매할 생각만 하였지 소비자가 구입한 전자책을 어떤 방식으로 소비하는지에 대해서는 주목하지 못하였다. 둘째, 전자책 산업에서 접근한 DRM 방식도 소비자들에게 상당한 불편을 초래했다는 점이다.[26] 소비자의 의식조사를 살펴보면

---

24) 이용욱, 「사이버 시대, 문학의 변화와 위기 : 전자책을 통한 새로운 독서방식을 중심으로」,《동서문화연구》제8집, 한남대학교 인문과학연구소, 2003, p. 25.
25) 성대훈, 「전자책 열쇠는 콘텐츠 개발」,《프린팅코리아》, 2003. 5.

전자책에 대한 관심이 나타난다.[27] 이 조사는 인터넷을 이용하는 성인 남녀 가운데 〈전자책(e-book)사이트〉를 이용하는 응답자의 비율은 4.1%로서 일반적인 〈도서정보 검색서비스〉(25.7%)에 비하여 매우 낮은 수준인데 아직까지 전자책 이용이 활성화되고 있지 못한 것으로 나타난다. 연령별로는 20대가 6.7%, 30대가 5.1%, 40대가 2.7%, 50대 이상의 연령층에서는 전혀 이용하지 않았다. 〈전자책 사이트〉이용자들에게 "전자책 이용시 불만스러운 점"이 무엇인지 질문한 결과, 종류가 다양하지 않다(10.2%), 책 검색이 힘들다(6.1%), 오래 사용하면 눈이 아프다(4.1%) 등을 들었다. 한편 인터넷을 사용하는 학생들 가운데 〈전자책 사이트〉를 이용하는 비율은 전체에서 10. 9%로서 아직까지 전자책 이용이 활성화되지 못한 것으로 나타났다. 학교급 별 차이는 크지 않지만, 대도시(10.6%)와 중소도시(8.9%)보다 읍, 면 지역의 이용률이 13.0%로 다소 높은 것으로 나타났다. 〈전자책 사이트〉를 이용하는 학생들은 전자책 이용 시 불만스러운 점으로 도서검색/사용이 불편하다(8.6%), 내용이 자세하지 않다(6.1%), 속도가 느리다(5.2%), 종류가 다양하지 않다(5.2%), 이용료가 비싸다(4.9%) 등을 들었다.

　한국전자책 컨소시움에서 2001년 7월에 제정한 EKBS 1.0은 한국산업표준원에 제출되어 2002년 7월에 한국 산업표준 KSX 6100으로 확정되었다. 하지만 전자책 업계에서는 적극적으로 이루어지지 못하여 단순히 종이책을 전자책으로 변환하는 정도의 수준에 머무르고 있다. 이는 업계에서도 전자책 표준과 관련 소프트웨어의 필요성을 인식하고 있으나 이를 지원하는 소프트웨어의 미비로 전자책 콘텐츠의 표

26) 이해성, 「전자책이 우리에게 오기까지」, 《마이크로 소프트웨어》 통권 238호, 씨넷코리아, 2003. 8.
27) 문화관광부·한국출판연구소, 『2002 국민독서실태조사』 참조.

준화와 업계의 활성화에 큰 걸림돌이 되고 있다.[28]

향후 출판산업은 영화, 방송, 신문, 음반 등과 결합된 멀티미디어 콘텐츠 산업으로 발전될 것이다. 1970년대 이전에는 방송영화산업, 출판인쇄산업 그리고 컴퓨터산업은 서로 큰 관계를 가지지 않는 독립적인 산업들이었지만 1970년대 후반에 이르면 이들은 서로 간에 융합되어 상호 관련성이 커지게 되었다. 간단한 예로 출판인쇄산업과 컴퓨터산업이 융합된 전자출판산업, 방송영화산업과 컴퓨터산업이 융합된 디지털영상산업을 들 수 있다. 이러한 흐름은 1990년대 이후 급격히 전개되어 왔으며 이들 매체의 콘텐츠와 서비스가 한 곳에 모이는 경향이 나타나기 시작했다. 전자책이라는 새로운 산업분야도 출판인쇄산업과 컴퓨터산업의 융합, 그리고 출판인쇄산업과 방송영화산업의 융합이라는 차원에서 미래상을 찾아야 할 것이다. 전자책은 IT산업에서 각광받은 최첨단 기술들과 원천 기술들이 망라된다. 전자책 산업이 존재의 선결적 요인은 생산과 소비이다. 전자책 생산도구인 전자책 퍼블리셔와 동시에 전자책 소비를 위한 도구인 전자책 리더가 필요하다. 전자책은 사용자들이 평소에 사용하는 종이책과 비슷한 정서를 주는 것이 바람직하며, 전자책이 종이책과 가장 차별화되는 요소가 바로 멀티미디어 기능과 3차원 영상기술을 포함할 수 있다는 것이다. 전자책에서 MPEG, MP3, WMA, 플레시(SWF)를 지원하는 것은 이제 기본적인 사항들이 되었지만 3차원의 가상공간을 구현할 수 있는 환경의 개발도 긴요하다.[29]

---

28) 임순범, 「전자책 문서 표준화 현황 및 활성화 방안」, 《국회도서관보》, 통권 289호.
29) 이해성, 앞의 글.

4) 퓨전소설책 시장의 양상

인터넷의 급진적인 대중화와 사회 전반에 걸친 퓨전 현상은 출판산업의 패러다임을 바꿔 놓았다. 출판매체의 변화는 아날로그의 전환이아닌 아날로그와 디지털, 종이책과 전자책의 융합-공존-퓨전(Fusion)이라는 틀 속에서 이루어지고 있다. 멀티미디어시대의 종이출판물과전자출판물과의 상호 보완관계에 대하여 그로포드(W.Grawford)와 고만(M.Gorman)은 다음과 같이 표현하고 있다 "미래는 인쇄커뮤니케이션과 전자커뮤니케이션의 공존을 의미한다. (…) 또한 미래는 단선적텍스트와 하이퍼텍스트의 공존을 의미한다."면서 공생의 관계를 말하였다.[30] 한편, 이정춘은 뉴 미디어의 등장은 기존의 미디어를 대체하지않고 상호 공존관계를 가져왔었고, 새롭게 전개되는 멀티미디어화는새로운 기술을 매개로 한 미디어들 간의 융합을 의미하는 것이다. 바로 이러한 점에 출판산업의 미래는 대체인가 또는 공존인가의 문제가아니라 바로 '퓨전'의 문제라고 할 수 있다. 멀티미디어 시대에 인터넷과 신문, 방송, 정보통신이 융합되는 멀티미디어 시대는 퓨전의 시대이며 출판산업도 이제는 인터넷과의 퓨전을 통해서 새로운 활로를 개척하지 않으면 안된다. 그러나 퓨전이란 단순히 A와 B가 통합하는 것이 아니라 오히려 차별화에 바탕을 둔 새로운 창조를 의미하는 것이다.[31]

출판에서의 퓨전 현상은 인터넷 문학에서 대중적 지지를 받은 작품의 출판소설화가 대표적이며 출판소설화 된 몇 가지의 사례를 살펴본

---

30) Graw ford. w./M.Gorman, 『Future Libraries breams, madness and reality』 (ALA 1995). 이정춘, 「정보사회와 출판미디어의 파라다임 변화」, 『Digital 시대, 한국출판 변해야 산다』, 제22회 출판포럼 자료집, 한국출판연구소, 2000에서 재인용.
31) 이정춘, 「정보사회와 출판환경 변화」, 『멀티미디어시대의 전자출판』, 세계사, 1999. p.37.

다면 다음과 같다. 국내 인터넷상에 환타지가 나타난 것은 1996년 김근우의 '바람의 마도사'부터라고 할 수 있다. 하지만 10~20대의 영상 세대들에게 폭발적인 인기를 얻기 시작한 것은 1998년 이영도의 '드래곤 라자'가 연재되면서부터이다. 드래곤 라자는 인터넷상의 엄청난 인기를 바탕으로 종이책으로 출판되어 100만 권 이상의 판매실적을 올린 바 있으며 이후 환타지는 인터넷상에서 가장 중요한 콘텐츠의 하나로 자리잡게 되었다. 환타지는 게임으로 만들어지는 것뿐만 아니라 영화, 만화 그리고 일반도서로 제작됨으로써 청소년을 대상으로 하는 문화산업으로서 핵심적인 위치를 차지하게 된 것이다.

귀여니(본명 이윤세)의 소설 『그놈은 멋있었다』(도서출판 황매, 2003)는 디지털 시대적 배경과 밀접한 연관성을 지니면서 생산되었다. 이 작품은 인터넷 소설의 특징적 요소를 모두 내포하는데 이 시기에 작가 귀여니는 18세로 여고 2학년에 재학 중이었다. 이 작품은 '다음 카페' 유머 게시판에 2001년 9월에 연재되어 하루 평균 접속횟수가 약 8만회에 달하였으며 누적회수는 700만 회를 기록하기도 하였다. 2003년 3월 종이책으로 출판되고 만화와 영화로 제작되었으며 캐릭터를 이용한 귀여니 이야기 팬시상품이 제작되고, 중국에 수출계약을 한 소설의 'One Source Multi Use' 전략이 잘 이루어진 문화상품이었다. 귀여니의 작품은 연재소설이라는 장점을 살려 절단 테크닉을 통한 10대의 호기심을 적절하게 자극하였으며 N세대로서 N세대의 사랑 이야기를 주된 테마로 삼아 그들에게 카타르시스를 통한 대리만족을 주었다.[32] 하지만 빈번한 이모티콘 사용, 띄어쓰기나 맞춤법의 오류, 시점의 오류, 표설시비, 우연성의 남발 등 작가적 재질의 문제나 한정된 독자층

---

32) 김재국, 「〈그놈은 멋있었다〉에 나타난 환상적 코드에 대하여」, 《문학수첩》, 제1권 제4호, 통권 4호, 2003 겨울호.

등의 부정적인 면도 아울러 갖고 있다. 귀여니의 작품은 아직 가치관이 정립되지 않은 N세대들에게 막연한 루키즘이나 신데렐라 콤플렉스의 환상을 심어주고 있다. 하지만, 인터넷 소설은 N세대를 대표적 독자로 하여 성장, 발전하고 있다고 해도 과언이 아니다. 기성세대와 변별되는 N세대는 그들만의 문화적, 정신적 특징을 지니며 이들의 주요 관심작품이 대부분 인터넷 소설이라는 이유 때문이기도 하다. 문단과 출판계도 이들의 특성을 이해하는 건전한 사회적 분위기를 조성할 필요도 있다. 이후 귀여니는 도서출판 황매를 통하여 『도레미파솔라시도』1, 2와 다수의 작품을 출판하는 인기작가로 자리잡고 있다.

컴퓨터 사용 인구의 증가로 인하여 본격적인 등단의 과정 없이 인터넷상에 글을 올리고 읽는 독자가 생기면서 창작자의 폭이 넓어진다는 특성이 있다. 환타지 문학의 새로운 장을 열었고 이후 종이책으로 출판된 이우혁의 『퇴마록』(하이텔)이나 김상호의 『건축무한육면각체의 비밀』(천리안), 김예리의 『용의 신전』(나우누리) 등도 사례가 된다. 권위적 작가가 아닌 수많은 아마추어 작가들의 글쓰기 방식의 실험과 도전이 이루어지고 있는 중이다. 어느 정도 명성이 있는 작가의 소설이 3천 부 정도 팔리고, 유명한 작가의 작품도 1만 부를 넘기 힘든 상황에서 환타지 소설은 권당 1만 부를 쉽게 넘고 있으며 대개 여러 권으로 계속되는 이러한 책들의 총 판매부수를 따지면 기존소설과는 비교할 수 없을 정도이다. '98년 출시된 『드래곤 라자』의 경우, 총 12권, 70만 부가 팔려나갔고 본격소설을 출판하던 출판사들은 이름을 달리 한 자회사를 차리고 환타지 문학상을 신설하는 등 환상소설 출판에 열심을 내기 시작했다.[33] 한편, 소설과 영상의 장르적 퓨전도 이루어지고 있으며 출

---

33) 유진월, 「디지털시대와 문학의 새로운 양상」, 『어문연구』 109호, 한국어문교육연구회, 2001. 3. p. 224.

판물의 영상미디어화는 받아들여야 하는 시대적 조류이다. 콘텐츠의 융합화는 수용자에게 동일한 주제와 이미지를 각각의 매체의 특성에 따라 다르게 전달하는 것이다.

5) 문화상품으로서 소설 출판시장의 전망

지금의 문학이 단순히 본격문학의 위기라기보다는 미디어의 변화에 따라 책 문화의 위기와 같이 한다는 판단이 있다. 미디어의 급격한 변화로 독자들의 문학적 기호가 변하고 있으며 독자들의 변화는 소비의 변화를 불러오고 소비의 변화는 문학의 위기와 인쇄매체인 출판소설의 위기를 가져오고 있는 것이다. 소비 변화의 주축은 이른바 10~20대 층에서 먼저 일어났으며 이들은 인터넷을 이용하는 중심세대들이며, 감각적인 영역으로 진입되어 문자의 세계에서 이탈하려는 경향이 강하다. 또한 예전의 독자층은 장년층으로 편입되어 소설시장을 떠나고 있는 지금, 소설시장은 미디어의 변화에 가장 민감한 시장이기도 하다.

인쇄를 기반으로 하는 출판소설의 소비시장은 이러한 경향과 맞물려 있다. 지금까지의 이 시장의 소설은 곧 소설책이라는 개념과 같이 한다. 왜냐하면 출판된 작품만 소설이었으며 출판되지 않은 작품은 어디까지나 원고의 상태로 존재하였기 때문이었다. 출판된 작품만이 소설로 인정되었으므로 소설은 곧 소설책을 의미하는 동의어적인 개념이 함께 하였던 것이다. 그리고 등단을 통한 인정된 작가에 한하여 출판이 이루어진 시장이었으며 작가의 독자적인 주제와 플롯에 의해 구성된 단일한 스토리가 인쇄된 선형적이고 평면적인 종이책으로 출판된다. 일단 출판한 이후에 소비자들은 그 내용을 이해하려고 노력하며 주제나 의미를 찾고자 애쓰는 수용자로 정의되던 이제까지의 형태와는 다른 방식의 문학이 오고 있다. 포스트 모더니즘의 큰 흐름 안에서 새로운 미디어 환경이 불러올 소설의 미래는 현재 진행중이다. 소설의 미래에 대해서 소설계와 문학평단의 다양한 진단이 있지만, 앞으로의 출판소설 시장은 매체의 변화와 대중성을 바탕으로 하는 소비의 수용형태에서 적절한 대응방식이 찾아질 것이다. 그리고 추체험을 통해 세계를 해석하고 소망을 충족시키는 내러티브의 보편적인 기능은 본질적인 면에서 생명력을 지닐 것이다.

전자책의 등장은 젊은 독자층을 확보하려는 출판사의 상업전략과 출판의 지면을 확보하려는 작가와 저렴하게 책을 읽겠다는 독자의 이해관계가 결합되어 앞으로 전개될 문학의 지각 변동에서도 주요한 변수로 기능하고 있다.[34] 전자책은 출판의 영역을 넓힌 것이지만 종이책과 차별화되는 요소가 하이퍼텍스트, 멀티미디어 기능과 3차원의 영상기술을 포함할 수 있다는 것이다. 전자책은 IT산업에서 개발된 최첨단 기술을 적극 활용하는 방향으로 진행될 것으로 보인다. 전자소설책도 콘텐츠에서는 출판소설과는 동종(同種)으로 출발되었지만 종이책의 콘텐츠를 그대로 답습하는 생산에서 영역을 확대하기가 어려울 것이다. 전자소설책은 하이퍼텍스트, 멀티 픽션, 3차원의 영상기술을 이용한 소설의 영역으로 전개될 충분한 가능성을 갖고 있다.

컴퓨터를 이용한 글쓰기의 새로운 변화에 대하여 "하이퍼텍스트가 곧 하이퍼문학이 아니다. 하이퍼문학은 하이퍼텍스트를 이용한 문학이다. 하이퍼텍스트가 하나의 기술적 측면이라면 하이퍼텍스트문학은 예술적 측면이다. 하이퍼 문학독자는 책의 첫 페이지부터 마지막 문자

---

34) 이용욱, 앞의 글, 「사이버시대, 문학의 변화와 의미」, p.26.

의 마침표까지 작가가 정해놓은 순서대로 글을 읽은 것이 아니라 컴퓨터 화면에서 보이는 링크들을 마우스로 선택해서 여러 가지 방법으로 독서를 할 수 있다."[35]와 같이 하이퍼 문학은 비선형적인 순서로 다양한 스토리를 접하면서 독서할 수 있는 새로운 소설의 형태이다. 또한 전자소설책은 IT기술의 진행으로 보아 영상과 음성을 활용하고 3차원의 가상공간을 이용하여 체험할 수 있는 픽션도 가능해질 것이다. 전자소설책과 인터넷 문학이 미래의 문학으로서 컴퓨터를 이용한 문학의 핵심은 컴퓨터가 만든 공간이 아니라 컴퓨터이기 때문에 가능해진 문학의 독특한 표현양식에 있다고 볼 수 있다. 전자책소설의 관건은 다양한 콘텐츠의 개발과 독자서비스에서 멀티 픽션으로 발전한다면 문학과 소설에서 지각변동도 일어날 수 있을 것이다.

퓨전소설책은 출판의 상업주의 측면에서 일어나고 있다. 문학성이나 예술성의 차원보다는 철저하게 신세대들의 조회수에 의한 대중적 지지에서 종이책으로 출판된다. 생산과 소비는 이들 세대에 의해 이루어지며 출판은 단지 종이책의 중개자로서의 역할에 머무르고 있는 것이 현실이다. 인터넷 문학이 하이퍼텍스트 기능보다는 네트워크 중심의 문학으로 이루어지고 있다. 네트워크는 누구에게나 열려 있고 여기에 작품을 올려 대중적 지지를 받으면 책으로 출판되며 인기작가로 부상한다. 인터넷 문학은 등단의 벽이 없고 독자와의 상호작용이 활발하여 민주적인 작가와 독자의 관계가 이루어지지만 작품성이 떨어질 위험이 많다는 것이다. 이러한 작품들의 형식이 종래의 텍스트 문학과 그리 다를 바가 없다. 독자의 조회수가 많아야 작품이 살기 때문에 흥미 위주의 대중적 작품이 많고 SF 환타지 소설, 추리소설, 로맨스 등이

---

35) 류현주, 앞의 책, p.20.

주류를 이룬다는 점이 다를 뿐이다. 이러한 점에서 퓨전소설은 인터넷 소설이 활성화되지 못한 환경에 나타나는 과도기적 형태이기도 하다.

인터넷 문학 내지 소설에서는 작가와 출판사들의 적극적 참여가 오히려 요청된다. 주요 문학출판사의 홈페이지를 검색하여도 네티즌을 끌어 들일만한 소재는 보이지 않는다. 문학출판사들은 평면적 활동에 만족하지 말고 사이버 출판사를 개설하거나 작가와 출판사 홈페이지를 활성화하여 네티즌들을 이끌어 들이는 노력이 절대 필요한 시점이며 책의 위기를 논하기 전에 소비자의 관점으로 돌아가서 시장을 파악해야 하는 능동적 마케팅이 요구되고 있는 시점이다.

4. 결론

이 글은 문학출판에 대한 이론적 접근과 문화산업에서 출판산업과 문학출판에 대한 산업적 접근을 시도한 것이다. 분석은 문학출판의 중심 장르인 소설출판을 대상으로 하였다. 이론적 접근에서는 첫째, 문학출판을 콘텐츠로서의 문학과 미디어로서의 출판으로 이해하고, 문학출판의 개념과 범주를 설정하였다. 문학출판의 개념을 '인간의 사상과 감정 등 언어로 표현한 문학적 내용을 기계적, 전자적인 방법으로 대량 복제하여 유통하는 행위'로 규정하였다. 이러한 개념에 근거하여 문학출판의 범주를 문학을 담는 미디어를 바탕으로 하여 출판문학과 전자문학으로 구분하였다. 둘째, 디지털 시대 문학의 급격한 변화는 문학의 소통 공간의 차원에서 일어나며 그 원인은 미디어의 변화가 문학의 변화를 불러왔다는 점이며 이러한 바탕에서 출판산업계는 접근하여야 한다. 이러한 변화를 알아보기 위하여 문학의 전통적 소통미디어로서 출판소설과 문학의 새로운 소통미디어로서 전자소설을 논의하였다. 특히 사이버 공간에서 이루어지고 있는 문학의 새로운 패러다임인 인터넷 문학의 실태를 고찰한 다음, 인쇄를 기반으로 하는 출판문학과의 컴퓨터를 기반으로 하는 전자문학의 퓨전 현상을 논하였다.

산업적 접근에서는 문화산업에서 출판산업의 위상과 출판산업에서 문학출판의 의미, 출판소설 시장과 전자소설책 시장 그리고 퓨전소설책 시장의 양상을 각각 분석하고 이를 바탕으로 문화상품으로서 소설 출판시장의 전망을 밝혀 보았다. 첫째, 문화산업에서 출판산업의 시장규모는 한국의 9개 문화산업 중에서 경쟁력이 있는 산업으로 밝혀졌다. 특히 단일 산업규모는 영화, 애니메이션, 음반산업 등에 비해서도 시장규모가 큰 것으로 파악되었다. 또한 출판산업에서 문학출판의 생산 비율은 발행 종수에서 1위, 발행 비율에서 34%를 차지하고 있다는 점을 밝혔으며, 문학출판의 시장규모는 약 4천 5백억 원 규모로 학습참고서, 아동도서에 이어 3위, 출판시장에서 시장규모는 약 23%를 차지하고 있는 것으로 나타났다. 둘째, 문학분야에서 출판소설이 차지하는 비율이 46.5%로서 연간 베스트셀러는 대부분에서 출판소설에서 이루어졌다. 특히 2002~2003년은 〈! 느낌표〉를 통하여 방송미디어 등 영상미디어와의 공조와 공생의 관계를 확인하는 계기가 되었다는 점이다. 셋째, 전자소설책은 정착기에 접어들고 있으며 전자책 활성화에 유리한 환경이 조성되고 있는 것으로 파악되었다. 전자소설책의 콘텐츠는 텍스트 위주의 단순한 변환이나 무협, 로맨스 등 주변 장르문학에 머므르고 있는 것으로 확인되어 다양한 콘텐츠의 개발이 절실하다는 것이다. 특히 독자에 대한 서비스의 개선이 가장 중요한 요인으로 밝혀졌다. 넷째, 퓨전소설책은 인터넷에서 대중적 지지를 얻은 작품들이므로 기존의 문학보다도 시장성이 더욱 있는 것으로 파악되었다. 하지만 10~20대에 한정되는 시장과 소설의 질적 저하라는 부정적인 측면도 동시에 안고 있다. 다섯째, 문화상품으로서 소설 출판시장의 전망이다. 근본적으로 문학출판이 어려움을 겪고 있는 것은 문학의 위기가 미디어의 변화에 따른 책 문화의 위기가 같이 하고 있다는 점이다. 출판소설은 매체의 변화와 대중성을 바탕으로 하는 소비의 수용 형태에서 적절한 대응 방식을 찾는 것이 필요하다는 점이다. 전자소설책은 종이책과 더욱 차별화하는 전략이 필요하다. 이를테면 하이퍼텍스트 기능과 멀티 픽션, 3차원의 영상기술의 도입이 적절히 이루어진다면 영역의 확장이 가능한 분야이기도 하다. 퓨전소설책은 출판의 상업적인 측면에서 일어나고 있는 현상으로 문학성이나 예술성보다는 인터넷에서 조회수에 의한 대중적 지지도에서 종이책으로 출판된다. 출판문학과 전자문학의 퓨전화가 단순히 상업적이고 상품적인 차원에서만 이루어지고 있다는 점이다.

이 글은 한국 출판산업에서 출판시장에서 점유율이 가장 높은 문학출판의 현상 분석을 위하여 이론적, 산업적인 접근을 시도한 것이다. 한국의 출판 현상이 총체적 관점에서만 분석되고 분야별 연구를 소홀히 하였기 때문에 오히려 총체적 분석마저도 부실해지는 경우가 많았으므로 한국의 출판산업에서 대종을 이루고 있는 문학출판에서 소설출판의 현상을 분석한 것이다. 현재 일어나고 있는 문학과 책의 위기는 미디어 환경이 변하면서 소통 공간에서 일어나는 현상임을 직시하면서, 이에 따른 미디어간의 공조와 공생을 위한 탐색이 필요한 시기이며, 아울러 공급자가 아닌 소비자들의 입장에서 책을 바라보는 관점이 요청되고 있다.

참고문헌

김두식, 『전자출판론』, 열린기술, 2002.

김성곤, 『뉴미디어 시대의 문학』, 민음사, 1996.

김선남 외, 「유비쿼터스 시대에 eBOOK에 관한 연구」, 『서지학연구』 26집, 서지학회, 2003.

김용언, 「사이버 문학과 21세기 문학의 혁명성」, 《시문학》 343, 시문학사, 2000.2.

김재국, 「그놈은 멋있었다에 나타난 환상적 코드에 대하여」, 《문학수첩》 통권 4호, 2003, 겨울.

김종회 · 최혜실 편저, 『사이버 문학의 이해』, 집문당, 2001.

대한출판문화협회, 『출판연감』, 2001, 2002, 2003, 2004.

류현주, 『하이퍼텍스트문학』, 김영사, 2000.

문화관광부, 『문화산업백서』, 2003.

문화관관부 · 한국출판연구소, 『국민독서실태조사』, 2002.

민족문학작가회의 정보문화센터 편, 『문학, 인터넷을 만나다』, 북하우스, 2003.

박승관, 《동아일보》, 2000. 7. 29.

박상천, 「매체의 변화와 문학의 변화 : 인터넷상의 사이버 문학을 중심으로」, 《사회이론》 2001, 봄여름호, 한국사회이론학회, 2001.

박인기, 「사이버 문학과 문학교육」, 《문학과 교육》 15, 문학과 교육연구회, 2001.

배식한, 『인터넷, 하이퍼텍스트 그리고 책의 종말』, 책세상, 2000.

성대훈, 「전자책 열쇠는 콘텐츠 개발」, 《프린팅코리아》, 2003, 5월호

유진월, 「디지털시대와 문학의 새로운 양상」, 『어문연구』 109호, 한국어문교육연구회, 2001.

이민석, 「전자책 산업의 현황과 전망」, 《국회도서관보》 통권 289호, 2003. 5.

이용욱, 「인터넷과 문학 : 그 현황과 흐름」, 《현대문학》 560호, 2001, 8.

이용욱, 「사이버 시대, 문학의 변화와 의미 : 전자책을 통한 새로운 독서방식을 중심으로」, 《동서문화연구》 8집, 한남대학교 인문과학연구소, 2003.

이용욱, 「사이버 문학에 대한 몇 가지 오해」, -http://myhome.shinbiro.com/~icerain/.

이해성, 「전자책이 우리에게 오기까지」, 《마이크로소프트웨어》 통권 238호, 씨엣코리아, 2003.

임수범, 「전자책 문서표준화 현황 및 활성화 방안」, 《국회도서관보》 통권 289호

조우석, 「문학산업을 다시 생각한다」, 《문예중앙》 통권 100호, 2002 겨울

최혜실, 「새로운 소설의 가능성 : 하이퍼텍스트 소설의 미학」, 《내러티브》 2호, 한국서

사연구회, 2000, 9.

한국간행물윤리위원회,《해외문화산업》통권 182, , 2004, 2.

Marshall McLuhan, 박정규 옮김, 『미디어의 이해』, 커뮤니케이션북스, 1997.

G raw ford. w. & M. Gorman, 『Future Libraries, breama, madness and reality』
  (ALA, 1995)

미술작품을 활용한 문예창작방법

— 이중섭과 김춘수를 중심으로

엄정희

(단국대학교 강의교수)

1. 서론

예술 작품 속에서 발견되는 미는 우선 특정한 형식으로 표현된다. 미의 통일성, 전체성, 일회성과 완결성은 형식에 있다. 형식 미학은 전경과 후경 사이에서 형성된다.[1] N. 하르트만(Hartmann, Karl Robert Eduard von)은 예술 작품 전면에 드러나는 것을 전경이라 하고, 작품의

---

[1] 현상 관계라는 것은 미적 대상에 있어서 전경(前景)이 후경(後景)을 나타내고, 후경이 전경에 나타나는 전경과 후경과의 관계를 말한다. 회화에 있어서 화면이라는 2차원 공간상에 우리가 눈으로 볼 수 있는 여러 가지 색의 배치가 전경이다. 후경은 전경에 나타나는 그 작품만이 드러낼 수 있는 어떤 무엇이다. 우리가 보고 있는 TV와 백남준의 TV 차이는 무한하다. 음악에 있어서 전경은 우리가 들을 수 있는 음성이고, 이 음성을 통해 움직이게 되는 여러 가지 정신적 동태를 후경이라 한다. 문학에서는 백지에 인쇄된 검은 문자가 전경이라면, 전경 속에 드러난 인간 생활의 어떤 한 토막이 후경이 될 것이다. 미적 대상에서 전경만 보고 후경을 보지 못한다면 미적 대상의 관조는 이루어지지 않는다. 관조에는 두 가지가 있다. 1차적 관조는 눈으로 보는 것이고, 2차적 관조는 심안으로 보는 것을 말한다. 현상관계는 감성적인 것이 비감성적인 것을 나타내고, 비감성적인 것이 감성적인 것을 나타내는 관계이다. 감성적·실재적인 부분이 전경이고, 비감성적·비실재적인 것이 후경이다. N. 하르트만, 전원배 옮김, 『미학』, 을유문화사, 1995, pp.1~58 참조.

배경인 후경을 4단계[2]로 구분하여 분석한다. 첫째 묘사된 인물의 외면적·물적인 계층(단순히 2차원적인 전경에 나타나는 2차원적인 것), 둘째 이 물적인 계층에 나타나는 생명의 계층, 셋째 생명의 계층을 통해서 나타나는 심적 계층, 넷째 심적 계층을 통해 나타나는 보다 큰 정신적 연관의 계층을 말한다. 후경은 예술 작품의 아우라(Aura)[3]와 같다고 볼 수 있다.

본래 미의 법칙이란 그 본질에 있어서 의식의 표면에 나타나지 않는 것이며, 배경(후경)에 숨은 비밀이다. 예술의 미학을 밝히는 것은 온갖 형식으로 나타내는 비밀을 밝히는 것이고, 관조의 작용을 분석하는 것이다. 모든 가치는 본질에 있어서 그 대립항, 즉 비가치를 가지고 있다. 따라서 본질은 가치 있는 것과 동시에 가치에 반대되는 것을 함께 문제화 할 때 표면화된다. 칸트는 미학의 근간이 이율배반적 상황에 있다고 말한다. 예술의 미학적 성공은 관조하는 관조자의 문제의식이 이율배반적 가치 사이의 사유 공간에서 이루어진다.

예술의 형식은 나폴레옹의 머리에 왕관이 닿는 그 순간의 사건과 그 사건으로 인하여 나폴레옹이 황제가 되었다든가, 유럽의 정치 질서가 재편되었다는 의미가 발생되는 것과 같다.[4] 예술은 반복되는 보편적

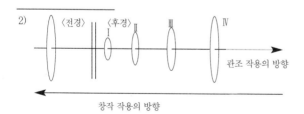

2)

위의 책, p.7.

3) 예술작품의 유일무이한 현존성, 분위기, 발터 벤야민, 반성완 옮김, 「기술복제시대의 예술작품」, 『발터 벤야민의 문예이론』, 민음사, 2001, p.202.

4) 이정우, 『사건의 철학』, 철학아카데미, 2003, pp.132~133 참조.

의미를 새로운 형식으로 새롭게 창조하는 것이다. 즉, 이중섭의 생애가 김춘수의 시로 옮겨지는 그 순간의 사건으로 인하여, 이중섭 생애의 의미는 새롭게 창조된다.

M. 엘리아데(Eliade, Mircea)는 성과 속의 어원에서 성과 속이 성전과 관련된 같은 장소에 있음을 밝힌다. 성과 속은 의례의 유무로 분리된다. 아무 곳에서나 흔히 볼 수 있는 돌멩이와 성스러운 돌의 차이는 그 돌을 향하여 경배하는 행위가 있느냐 없느냐에 의해 좌우된다. 거리에 돌아다니는 돌을 들어 그 돌을 향하여 제의식(祭儀式)을 행했다면, 돌은 경배의 대상이 되고, 그 돌은 성스러운 종교가 된다.[5] 마찬가지로 이중섭 생애의 부분 부분이 하나하나의 돌멩이라면, 김춘수는 돌멩이들 중에서 몇 개의 돌멩이를 선택하여 시의 형식 의례를 행한다. 의례를 행하는 그 순간, 중섭의 생애는 시의 새로운 세계가 된다.

모델과 일상인의 걸음걸이는 다르다. 일상에는 자연스럽고 편한 행위가 있을 뿐이다. 모델은 대각선의 흔들림으로 온몸을 일자 걸음에 모으며 무대 중심까지 걷는다. 무대의 중심에 이르면, 왼쪽이나 오른쪽으로 돌면서, 옷의 어느 면을 강조하여 펼치고, 다리를 일정 각도를 유지하며 잠시 멈추어, 관객과 허공 사이를 쳐다보는 포즈(pose)를 취한다. 모델은 일상인과의 차이를 모델다운 포즈에서 찾는다. 시의 미가 되는 특정한 형식의 표현과 모델의 포즈는 동일한 속성을 가진다.

김춘수 시의 미학적 자료는 무엇일까? 이중섭(1916~1956)[6]의 인생여정은 김춘수 시의 후경을 이룬다. 이중섭이 겪은 사랑-이별-그리움-기다림-애증-절망-죽음을 통하여 보편적 삶의 비밀을 후경에 숨기고 있다. 그럼 먼저 이중섭의 생애에 대하여 보기로 한다.

---

5) M.엘리아데, 이은봉 옮김, 『성(聖)과 속(俗)』, 한길사, 2006, pp.21~40 참조.

화가 이중섭(1916~1956)은 다섯 살 무렵의 어린 시절부터 갯가에서

6) 1916년 4월 10일 평안남도 평원군 조운면 송천리에서 3남매의 막내로 태어남. 1920년 5세 무렵, 그리기와 만들기에 흥미 나타냄. 아버지 죽음. 1929년 14세, 종로공립보통학교를 졸업하고, 오산고등보통학교 입학하여 미술부에 가입, 임용련과 백남순 스승을 만남. 임용련은 이중섭에게 장래의 거장이라고 칭찬함. 소를 즐겨 그림. 1935년 20세 오산학교 졸업하고, 일본 도쿄의 데이고쿠미술대학에 입학, 1936년 21세 3년제의 전문 과정인 분카가쿠잉에 입학, 김병기와 문학수 만남. 민족차별이 없는 화가 쓰다 세이슈 만남. 1938년 23세 일본 도쿄 근거지로 활동하는 미술가들이 창립한 단체 지유비주쓰카교카이의 제2회 전람회에 3점의 「소묘」와 2점의 「작품」을 내 입선함. 시인이자 평론가인 다키구치 슈조, 하세가와 사부로 등이 이중섭의 작품 극찬. 병으로 휴학하고 원산으로 돌아가 휴양함. 1940년 25세 복학한 직후 2년 후배 야마모토 마사코와 사랑에 빠짐. 10월, 경성에서 제4회 지유텐에 「서 있는 소」, 「망월」, 「소와 머리」, 「산의 풍경」을 출품. 김환기와 진한이 극찬함. 1942년 27세, 시인지망생 양명문과 종교학과 학생이던 구상을 만남. 「여인」 작품에 호 대향을 남김. 1943년 28세 제7회 지유텐에 이대향이라는 이름으로 「소묘」, 「망월」, 「소와 소녀」, 「여인」 등을 출품. 「망월」로 특별상 태양상 수상. 1945년 30세 마사코가 일본에서 원산으로 옴. 5월에 결혼, 이남덕으로 개명. 1946년 31세 첫 아들 태어났으나 디프테리아로 곧 죽음. 아이의 관에 복숭아를 쥔 어린이를 그린 연필화 여러 점을 넣음. 1947년 32세 북조선문학예술총연맹으로부터 『응향』에 실린 시와 표지화가 인민성과 당성이 결여되었다고 비판받음. 불상을 마스코트처럼 몸에 지니고 다님. 평양에서 8·15 기념미술전에 출품함. 2남 태현 출생함. 1949년 3남 태성 출생함. 사람들을 피해 송도원 해수욕장 일대에서 제작에 몰두함. 1950년 35세, 10월 국군 북진 후 원산 신미술가협회를 결성하고 회장이 됨. 12월 국군 철수에 따라 가족과 조카 영진을 데리고 국군의 화물선을 타고 부산으로 피난함. 그때까지의 그림은 두루마리로 하여 노모에게 맡기고 그림 1점만 가져옴. 1951년 4월 문총구국대 경남 지부에 가입함. 봄에 일가를 이끌고 제주도 서귀포로 옮김. 해초와 게로 연명하는 어려운 살림을 함. 대벽화를 구상하고 조개껍질을 수집함. 12월경 부산으로 다시 이주함. 1952년 37세, 유엔군 부대의 부두 노동을 함. 2월 국방부 정훈국 종군화가단에 입단. 종군화가단, 대한미협 공동주최 3·1절 경축미술전에 출품함. 양담배갑을 모아 주로 은지화를 제작함. 12월 부인이 두 아들을 데리고 일본인 수용소의 제3차 귀환선편으로 친정으로 돌아감. 12월(22~28일) 부산 르네상스 다방에서 기조(基潮)전을 가짐. 기조 동인은 이중섭, 손응성, 한묵, 박고석, 이봉상. 조카 영진 군 입대. 1953년 일본에 있는 부인이 해운공사 인편으로 일본 서적을 보냈으나 이중섭에게 전달되지 않음. 10월 통영으로 옮겨 유강열과 함께 기거함. 다방에서 40점의 작품으로 개인전을 가짐. 해운공사 선원증을 얻어 일본으로 건너갔으나, 히로시마였고, 동경의 장모님이 신원보증으로 도쿄로 갈 수 있었음. 처가에서 방을 얻어 부인과 아이들과 일주일을 지내다 한국으로 돌아옴. 신원보증인이었던 장모님과 히로가와 고우쩽이 곤란을 겪을 수 있었고, 밀입국자로 구속될 수도 있었음. 일단 돌아와 여권을 마련하여 정식으로 일본 입국을 하기로 하고, 한국으로 돌아옴. 1954년 통영에서 풍경화에 전념함. 진주를 거쳐 상경하고, 다시 진주에서 10점 남짓한 작품을 다방에서 전시하고, 서울 누상동에 거주함. 국방부·대한미협전(경복궁 미술관)에 출품. 1955년 40세, 1월 미도파 화랑에서 개인전 가짐. 정신 이상 증세 보임. 7월 성가 병원 1개월 여간 입원. 자신이 정신병자가 아니라는 것을 증명하기 위해 자화상 그림. 9월 수도육군병원에 입원. 화우 문인들 모금. 성 베드로 병원 입원. 병세 호전, 한묵, 조영암과 자취생활. 1956년 41세, 정신병과 간장염으로 청량리 뇌병원 무료 환자실에 입원함. 원장 최신혜에 의해 정신 이상이 아니라는 판정을 받음. 간염 진단을 받고, 내과 치료를 받기 위해 적십자 병원으로 옮김. 식사를 거부함. 9월 6일 11시 40분 죽음. 무연고자로 취급돼 3일간이나 시체실에 있다가 친지들이 알고 망우리 공동묘지에 장사지냄. 고은, 『화가 이중섭』, 민음사, 1999, 이중섭 연보: 최석태, 『이중섭 평전』, 돌베개, 2000, 이중섭 연보 참조.

떠온 진흙으로 여러 가지 모양의 무언가를 빚기를 즐겼고, 사과를 주면 연필로 사과를 그려본 후에야 먹었다. 이중섭이 오산학교 시절에 만난 스승 임용련과 그의 부인 백남순은 미국과 프랑스 유학파였다. 1930년 동아일보사 전시장에서 열린 이들 부부전은 화제를 낳기도 하였다. 임용련은 중섭을 미래에 준비된 대가라고 인정하였다. 그는 중섭에게 유학을 권유했고, 중섭은 일본으로 건너간다. 일본 유학시절에 만난 2년 후배 마사꼬는 중섭의 부인이자 생명이었고, 6·25 전쟁 중이던 1952년 일본으로 떠난다. 그 후 중섭은 '보고 싶다'는 네 글자에 목숨을 걸었고, 돌아오지 않는 부인을 미워하다가, 결국 죽음에 이른다. 민족주의자 이승훈이 설립한 오산 학교 학생이었던 중섭은 일제 말기에도 창씨개명을 하지 않았으며, 1945년 봄 일본인 부인 마사꼬는 결혼하면서 이남덕으로 개명하였다. 외래어로 그림에 사인하는 것이 유행하던 그 시절에 중섭은 언제나 한글로 사인을 하였다.

중섭은 황소의 힘찬 모습을 통하여 한민족의 힘을 그림에 담았다.[7] 중섭의 그림에는 황소와 닭, 사슴과 물고기와 게 같은 동물류의 생동성과 만발한 복사꽃과 연꽃, 호박꽃 등 민화적 소재가 주를 이루었다.[8] 이와 같은 점을 들어 김병기는 이중섭 그림에 나타난 민족성과 우수성을 평가하고 있다. 최석태는 전통예술에 깊은 조예가 있고, 추사체를 연상케 하는 사의(寫意)적인 속필과 아이와 소, 봉황과 복숭아나무 등

7)

8)

대부분의 소재가 고구려 벽화, 고려청자, 분청사기, 김정희의 추사체로 우리 전통 문화가 중섭 그림의 근간이 되었다고 보았다.[9]

중섭은 대벽화를 꿈꾸며 서귀포 시절에 조개껍질을 모으고, 일본으로 보낸 은박지 그림이 벽화의 밑그림이 될 것이라고 부인에게 잘 간직하라는 당부를 하기도 하였다. 이러한 꿈은 중섭이 어린 시절 고향에서 보았던 고구려 벽화의 감동에 영향을 받고 있음을 알 수 있다. 그의 그림에 나타난 선의 힘찬 웅건함이 고구려 벽화의 웅건한 힘과 맞닿아 있다.[10] 이러한 중섭의 생애가 김춘수 시인에게 어떠한 영향을 미치게 되었을까?

김춘수 시인은 이중섭이 격랑의 역사와 함께 겪었던 사랑과 이별, 그리움과 기다림, 기다림에 지친 애증에 찬 원망, 절망이 만든 죽음 등을 통하여 시의 미학적 형식을 추구한다.

이중섭의 아내 마사코는 중섭의 생명이었고, 동시에 죽음이었다.[11] 중섭은 바다 건너에 있는 아내를 만나기 위한 희망으로 살았다. 중섭은 53년 어렵게 구한 가짜 선원증으로 일본으로 건너가 아내를 만나지만, 돌아온 중섭은 현실적 자신의 무능을 깨달은 절망에 찬 사내였다. 절망은 기다림의 희망을 잃게 하고 마음을 병들게 했다. 55년부터 돌

9) 최석태, 위의 책, pp.267~273 참조.
10) 전인권, 『아름다운 사람』, 문학과지성사, 2005, pp.65~68 참조.
11) 당신과 아이들이 정말 보고 싶소. 당신과 아이들과 멀리 떨어져 있으면서…… 보고 싶다. 보고 싶다를 되풀이하기만 할 뿐 속절없이 소중한 세월만 보내고 있지 뭡니까. 왜 우리는 이토록 무능력한가요? 나의 생명이요 힘의 샘. 기쁨의 샘인 더없이 아름다운 남덕군. 더욱더욱 힘을 내어 서로 만나는 성과를 기약하고 버티어 갑시다. 8월 14일 편지; 세상에서 제일로 상냥하고(?) 나의 소중한 사람. 나의 멋진 기쁨이며 한없이 귀여운 남덕군. 따스한 마음이 가득 담긴 9월 9일자 편지 고마웠소. 내 편지와 그림을 그토록 기뻐해줘서…… 나는 더없는 기쁨으로 꽉 차 있소. (…중략…) 무엇보다 귀여운 마음의 아내 남덕군. 더욱더 밝고 마음 편히 모든 일을 처신해 주기 바라오. 당신을 가장 행복한 천사로 만들어보겠소. 안정을 지켜서 어서어서 건강을 되찾아주오.(중략) 나의 상냥한 사람이여/한가위 달을/혼자 쳐다보며/당신들을 가슴 하나 가득/품고 있소./한없이 억센 포옹 또 포옹과 열렬한 뽀뽀를 몇 번이고 몇 번이고 받아주시오./발가락 군에게도 뽀뽀를 전해주오. 최석태, 앞의 책, pp.227~229.

아오지 않는 아내를 그리워하다가 원망하고, 다시 보고 싶어 상사병을 앓기도 했다. 기다림이 중섭을 살게 하는 힘이었다면, 아내가 돌아오지 않을 것이라는 절망은 중섭을 죽음의 긴 터널로 안내하였다. 중섭은 아내의 편지를 읽지 않았고, 병원에서 식사를 거부하였다. 중섭을 살릴 수 있었던 아내와 아이들은 돌아오지 못했다. 그의 아내 마사꼬는 결핵으로 몸이 아팠고, 일본 책을 한국 서점에 보내 그 차액의 이익으로 경제적인 어려움을 벗어나고자 했으나, 그 차액뿐 아니라 원금마저 중간의 다른 사람의 손에 들어가는 사기를 당했기 때문이다. 이 일 때문에 마사꼬는 오히려 거액의 빚을 지게 되었고, 그 빚은 중섭이 이승을 떠난 후, 20년 동안 갚았다고 한다.

시인 김춘수는 이중섭이 겪는 사랑과 이별의 가족사를 시 제목에 부친 아라비아 숫자로 표시하고 있다. 본고는 이중섭과 관련된 김춘수 시의 후경을 분석함으로써, 그림과 시의 관계를 연구하고자 한다.

2. 암수의 생명력

1) 암탉과 황소

씨암탉은 씨암탉,
울지 않는다.
네잎토끼풀 없고
바람만 분다.
바람아 불어라, 서귀포의 바람아
봄 서귀포에서 이 세상의

제일 큰 쇠불알을 흔들어라

바람아,

—「이중섭 1」[12] 전문

시의 첫 행에서 네 번째 행까지 현재 상황이고, 다섯째 행에서 마지막 행 여덟째 행은 미래의 꿈을 나타낸다. 현재와 미래는 현재 50%와 미래 50%로 분할되면서 구조적 균형을 이룬다.

현재는 행운을 기대할 수 없을 만큼 아무 것도 없는 곳에서 '바람만' 불고 있으므로 '씨암탉'은 울 수 없다. 반면에 미래의 바람은 마지막 행의 온점 대신 쉼표로 역동적 힘을 발현시키는 힘있는 바람이 될 것이라고 기대하고 있으며, 그래서 일곱째 행 '제일 큰 쇠불알'을 흔들 수 있을 것이라 믿는 바람이다. 현재와 미래는 '바람만'과 '바람아,'로 대비되고 있다. '제일 큰 쇠불알'을 흔들 수 있는 바람소리를 강조하기 위해서, '씨암탉'의 침묵이 부딪친다. 중섭의 어려운 현재는 아무 것도 소리를 낼 수 없는 '씨암탉'과 같지만, 미래의 희망은 역동적인 힘으로 가득하다. 현재의 어려움과 미래의 소망을 '씨암탉'과 '쇠불알'의 원시적 이미지로 가시화하고 있다. 공허한 바람과 황소의 생식기를 흔들 수 있는 바람의 대비는 무언가를 움직이면서 자신의 존재를 알리는 바람의 역동적 에너지를 부각시킨다.

1951년 봄 이중섭은 일가를 이끌고 서귀포로 갔다. 서귀포는 가족과 함께 한 중섭의 마지막 보금자리였다. 그는 서귀포에서 대벽화를 구상하면서 조개껍질을 모으고, 아이들과 게를 잡으러 바닷가에 가 즐거운 시간을 보내기도 하였다. 서귀포의 바람은 중섭의 창작의 에너지

---

12) 김춘수, 「이중섭1-8, 내가 만난 이중섭」, 『金春洙 詩全集』(민음사, 1994), pp.205~213.

원이다.

황소 그림은 한민족의 웅건함을 추구한 중섭 그림의 세계관이다. 일본 유학시절에도 오직 한국의 황소만을 그리려 한 것은 어린 시절 고향에서 보았던 고구려 벽화의 영향이었을 것이다. 우리 민족의 웅건한 힘을 황소의 눈빛과 몸짓으로 표현한 것이다. 그러므로 '세상에서 제일 큰 쇠불알'은 우리 민족의 미래를 담고 있다. 역동적으로 나아갈 미래를 위해 바람이 계속 불기를 명령하는 것이다. 위의 시를 N. 하르트만의 후경의 네 단계로 나타내면 다음과 같다.

후경			
Ⅰ. 외면적·물적 단계	Ⅱ. 생명의 계층	Ⅲ. 심적 계층	Ⅳ. 정신적 연관의 계층
씨암탉	울지 않음	남덕 없다	중섭과 남덕의 이별
네잎토끼풀 없음	공허	이별 뒤의 행운 없음	만남을 기다림
바람만	적막	기다림	빛을 생산하는 현재의 어둠
봄 서귀포	피난시절의 행복	가족과 함께 할 수 있는 미래	창작의 원동력
쇠불알	역동적인 생명	씨암탉과 부딪침	민족 또는 사랑의 미래
바람아,	씨암탉↔쇠불알	민족의 힘과 사랑을 열망	사랑과 한민족의 생명력

'씨암탉'과 '쇠불알'이 음과 양의 부딪침으로 바람에 힘을 실어준다. 바람아,'의 쉼표는 계속 이어지는 소망의 진행형이다. 위의 표에서 '씨암탉'과 '쇠불알'의 부딪침과 '바람만'과 '바람아,'의 긴밀한 긴장감이 이중섭 개인의 그리움에서 민족을 상징했던 황소 그림의 세계관과 관

계를 맺고, 생명을 생산하는 암수 조화의 에너지원으로 확대된다. 다음의 시를 보기로 한다.

> 아내는 두 번이나
> 마굿간에서 아이를 낳고
> 지금 아내의 모발은 구름 위에 있다.
> 봄은 가고
> 바람은 평양에서도 동경에서도
> 불어오지 않는다.
> 바람은 울면서 지금
> 서귀포의 남쪽을 불고 있다.
> 서귀포의 남쪽
> 아내가 두고 간 바다,
> 게 한 마리 눈물 흘리며, 마굿간에서 난
> 두 아이를 달래고 있다.
>
> ─「이중섭 2」 전문

위의 시는 총 12행인데 앞에서 살펴 본 「이중섭 1」과 비슷한 구조이다. 첫 행에서 여섯째 행은 아내를 주제로 하고, 일곱째 행에서 마지막 행까지는 중섭을 담고 있다. 아내와 중섭은 한 편의 시에 50%씩 분할되어 다루어지고 있으므로 안정적 균형을 유지한다.

아내가 있었던 '평양'과 현재 아내가 있는 '동경'에서는 바람이 불어오지 않는다. 봄이 가고, 아이를 마구간에서 낳은 아내는 하늘에 있으므로, 만날 수 없다.

그러나 중섭은 여전히 아내와 함께 했던 서귀포의 남쪽을 그리워하며, '아내가 두고 간 바다'를 보며, 마구간에서 아이들을 달래고 있다.

아내는 마구간을 벗어나 하늘에 있고, 중섭은 마구간 안에 있다. 아내는 이미 중섭에게 돌아올 길이 없다 하고, 중섭은 가족 만나기를 계속 염원한다. 아내는 아이들과 함께 있으므로 중섭의 존재가 생명을 맞바꿀 정도는 아니었다. 그러나 중섭은 아내와 아이들이 보고 싶어 상사병을 앓으며 죽음의 어두운 그림자와 사투를 벌이고 있었다. 마리아처럼 자신의 모든 것을 바쳐 아이들을 달래며 울고 있는 중섭의 모습과 이러한 중섭은 아랑곳하지 않고, 구름 위에 있는 아내의 모습의 대비는 중섭의 아픔을 극대화한다.

이중섭은 햇살 양지쪽에 앉아 자신의 고추를 꺼내 소금을 뿌리고 있었다. "하도 쓰지 않아서 이렇게 소금으로 절여두면 썩지 않을 거야." 라고 친구 김이석에게 말했다. 또 다른 장면은 한묵이 원산시절 이중섭의 집을 방문하였을 때 목격한 것이다. 이중섭, 그의 아내, 어린 두 아들 네 식구가 모두 벌거벗고 방안을 기어다니며 말타기 놀이를 하고 있었다. 이런 장면을 목격한 친구가 한 둘이 아니다. 1955년 미도파 전시회에 외설시비로 경찰이 난입하여 50여 점의 그림을 철거하기도 하였다.[13] 이중섭의 일상은 에로티시즘의 자유로움[14]이었다. 예술 창작의 힘은 자유로운 어떤 파동에서 비롯된다. 에로티시즘의 산실인 아내에 대한 그리움은 중섭의 모든 것이었다. 다음 표를 보기로 한다.

---

13) 전인권, 앞의 책, pp.128~129.
14)

후경			
I. 외면적·물적 단계	II. 생명의 계층	III. 심적 계층	IV. 정신적 연관의 계층
아내	두 아이를 낳음	아내와 두 아이 관계	가족의 연대성
마구간	예수와 동일한 생명	힘든 상황	인류를 지탱하는 생명의 장소
아내의 모발	구름 위에 있음	하늘과 가까움	하느님과 공간의 동일성
봄 가고	아내와의 이별	평양·동경 (가족 공간)	만남을 기다림
바람	울면서 분다	사랑의 갈구	쇠불알이 흔들리기를 염원
서귀포 남쪽	추억	행복 공간에의 그리움	아내가 두고 간 행복 장소
바다	이별의 장소	그리움과 기다림	생명과 죽음이 공존
마구간 게 한 마리	이중섭	마리아와 동일한 부성	보고 싶은 가족

'바다'는 생명의 근원지이며, 인류를 구원하기 위하여 지상에 온 메시아의 탄생 공간은 마구간이다. 마구간에서 태어난 아이들은 이중섭의 아이이자, 인류의 지속을 가동시키는 새 희망의 상징이다. 그런데 그 아이들을 낳은 아내가 지상에 없으므로, 환상적이다. 예수는 동정녀 마리아에 의해서 태어 낳지만, 중섭의 아이를 낳은 아내는 '구름 위'에 있으므로 예수의 아버지와 같은 공간에 있다. 아내가 바다를 두고 갔으므로 여전히 생명의 공간을 중섭에게 두고 간 것이다. 아내가 두고 간 바다의 게가 된 중섭이 마리아 대신 '두 아이'를 달랜다. 도표로 나타내면 다음과 같다.

마구간 – 예수	마리아 (어머니)
마구간 – 두 아이	이중섭 (아버지)

즉, 마구간에서 마리아 대신 중섭이 울고 있고, 하늘에 계신 예수의 아버지 대신 '두 아이'의 엄마가 '구름 위'에 있으므로, '두 아이'는 인류를 지속시키는 승화된 생명의 상징으로 나타난다. 중섭과 아내의 관계는 하늘에 계신 아버지와 땅의 동정녀 마리아의 관계를 차용하여, 전도시킨 결과이다. 아버지가 계신 하늘에 '두 아이'의 엄마인 중섭의 아내가 있고, 예수의 엄마인 마리아가 있었던 마구간에 '두 아이'의 아버지인 중섭이 있기 때문이다. 이제 사랑의 여정은 중섭과 남덕과 두 아이의 관계에서 인류의 구원을 알리는 사랑의 메시아와 동일성을 갖추게 된다. 그러므로 김춘수 시인이 다루는 중섭과 아내 남덕과의 사랑은 인류를 가동시키는 에너지의 근원으로의 확대적 의미를 겨냥하면서 삶과 죽음 사이를 오간다. 사랑과 죽음 사이를 잇는 무수한 점들의 시간 속을 오가는 사랑과 이별의 속말들을 풀어내는 것이다.

2) 기다림과 애증

바람아 불어라,
서귀포에는 바다가 없다.
남쪽으로 쏠리는
끝없는 갈대밭과 강아지풀과
바람아 네가 있을 뿐
서귀포에는 바다가 없다.
아내가 두고 간

부러진 두 팔과 멍든 발톱과

바람아 네가 있을 뿐

가도 가도 서귀포에는

바다가 없다.

바람아 불어라,

— 「이중섭 3」 전문

바다와 함께 있어야만 서귀포의 아름다움은 아름다움일 수 있다. 바다가 사라진 서귀포에 '아내가 두고 간 부러진 두 팔과 멍든 발톱과 바람'이 있을 뿐이다. 몸이 없는 팔과 발톱의 기형스러운 모습은 이미 온전한 형태의 아내가 아니다. 그리움이 원망으로 변하며 아내는 이상한 모습으로 변한다. 그리움이 변형된 미움이다.

아내에 대한 중섭의 원망은 깊어가고, 깊어가는 만큼 마음이 병들고 있었다. 그의 우울증은 자신을 무기력하게 만들었다. 동경의 아내를 원망하면서, 중섭의 마음에서 아내와 함께 행복했던 서귀포 바다를 지우고 말았다. 바다를 지우며 그의 영혼은 생명력을 잃었다. 그의 버팀목이던 남덕을 미워하면서 아내와 동일한 자신 또한 미워진 것이다. 아내를 만나러 가야할 바다가 사라진 서귀포에서 중섭은 죽어가고 있었다. 그러나 바람이 불기를 아직 소망하고 있으므로 삶을 포기한 상태는 아니다. 표로 나타내면 다음과 같다.

후경			
I. 외면적·물적 단계	II. 생명의 계층	III. 심적 계층	IV. 정신적 연관의 계층
바람아 불어라,	쉼표에 이어지는 생명	역동적인 힘 갈망	사랑의 힘을 소망함
서귀포	바다 없음	생과 사의 공간	바다가 있기를 원함
아내	떠남	이별의 고통	벗어날 수 없는 고통
부러진 두 팔	병든 아내	온전함을 소망함	아내의 건강 기원, 미움
멍든 발톱	'발가락군' 남덕	남덕의 아픔	이별의 상처
바람아 불어라,	다시 만날 생명력	중섭과 남덕 결합	바람이 이별의 그리움 치유

첫 행의 '불어라,'와 마지막 행의 '불어라,'의 수미상관 구조는 시에
서 많이 쓰는 구조이다. 바람은 「이중섭 1」에서 '쇠불알'을 흔들어야
할 바람이므로 사랑 또는 민족의 힘의 원천을 제공하는 에너지라는 점
을 밝혔다. 그러므로 바다가 사라진 서귀포에 바람이 불기를 염원하는
것은 당연하다. 환상의 공간을 환상의 모습으로 거듭나게 할 수 있는
원동력을 바람에 기댄다. 바람이 계속 불어오면 남덕과의 이별의 아픔
이 치유될 수 있을 것으로 믿는 것이다. 바람에 기대는 희망이 있었던,
그 희망 때문에 원망이 되어버린, 그래도 사랑이 있기에, 중섭이 살아
가는 버팀목을 바람에 의지하고 있다. 그러나 끝내 중섭은 견디지 못
하고 이승을 떠나고 있다. 다음 시를 보자.

저무는 하늘
동짓달 서리 묻은 하늘을

아내의 신발 신고

저승으로 가는 까마귀,

까마귀는

남포동 어디선가 그만

까욱 하고 한 번만 울어 버린다.

오륙도를 바라고 아이들은

돌팔매질을 한다.

저무는 바다,

돌 하나 멀리 멀리

아내의 머리 위 떨어지거라.

— 「이중섭 4」 전문

중섭은 일본의 아내에게 편지를 쓴다.

"나의 귀엽고 소중한 남덕군 (…중략…) 어째서 그쪽 가족들의 눈치만 살피면서 미안하다는 째째한 생각으로, 소중한 남덕과 대향, 태현, 태성과 아름다운 생활을 뒤로 미루면서 망치려고 듭니까? 그렇게 마음을 약하게 가지면 남덕의 병도 낫지 않을뿐더러 서로가 불행해질 뿐이오. (…중략…) 선량한 우리들 네 가족이 살아가기 위해서 필요하다면 남 한둘쯤 죽여서라고 살아가야 하지 않겠소. (…중략…) 당신들과 함께 살아가기 위해서라면 제주도의 돼지 이상으로 무엇이건 먹고 버틸 각오가 되어 있소. (…중략…) 나의 남덕군만은 아고리가 피투성이가 되어 부르짖는 이 마음의 소이를 진심으로 들어주겠지요. 1954년 1월 7일"[15]

---

15) 위의 책, pp.227~229.

그러나 아내를 오지 않았다. 중섭은 1955년 초 마지막으로 일본행을 시도했고, "남덕이가 나를 위해 방 한 칸을 준비해두었다"는 말도 남겼다. 그러나 그는 2주 후에 대구에 다시 나타났고, 그 후에 딴 사람이 되었다는 것이다. "나는 쓰레기우다 나는 밥 먹을 자격이 없다 나는 화가라고 하면서 세상을 속였어"라는 말을 하고, "사람들은 모두 저렇게 열심히 살고 있는데 나는 혼자 그림을 신주단지 모시듯 했어. 놀면서 공밥만 얻어먹은 거야"라고 하며 스스로를 자책했다고 한다. 그는 음식을 거부했다.

거식증의 증상이 심해지자 1955년 늦은 여름 성가 병원에 입원했다. 발소리나 자동차 소리가 나면 일어나 비를 들고 이층에서 아래층 화장실까지 청소를 하곤 했다. 노골적으로 음식을 거절하였으니 그의 건강은 날로 쇠약해져 갔다. 8월 25일 서울로 올라와 이광석 집에 함께 기거했다. 머리를 박박 깎고 제 손등을 바닥에 문질러 피를 내는 동작을 반복했다. 김인호가 물었다.

"자네, 손등을 비벼서 피를 내나?"

중섭이 대답했다.

"남덕이가 미워서……"

이어서 육군 병원과 삼선교의 베드로 정신신경과에 입원했다. 전기로 지지는 맛을 친구 한묵에게 보여주고 싶다고 했다는 점으로 미루어 전기 치료를 받았다는 것을 알 수 있다. 구상에게 중섭은 "현실 세계의 무능을 예술로써 위장하고, 그림에 있어서도 사실성의 미숙을 추상화로써 호도했다."고 마지 고해성사를 하듯이 말했다고 한다.

중섭이 조카에게 말했다.

"나더러 정신병자라고 하길래 내가 정신병자가 아니라는 것을 보여주기 위해서 이렇게 사진처럼 그렸어.[16] 영진아 너는 나를 미친놈으로……
정신병자로 믿지 않지? 그렇지? 안 그러냐?"

"그래요 삼촌, 삼촌은 정신병자가 아니어요."

영진이 대답했다. 중섭이 병원에서 퇴원 후 한묵과 함께 정릉에서 하숙
하며 산책하고 그림도 그렸다. 그러나 그림이 잘 되지 않았다. 후배에게
는 "고석아, 좋은 그림 많이 그려. 내가 어디서나 보아줄게"라고 말했다.
죽음을 예감하는 말이었다. 밤이 되면 "남덕 미워, 남덕이 미워"라는 단말
마를 토했다고 한다. 간이 나빠져 얼굴이 황달 증세가 나타났다. 청량리
뇌병원에 입원했으나, 담당 의사 전동린은 "이 사람은 말짱합니다. 정신
이상이 아니라 내과 대상입니다"라고 말했다. 그래서 적십자 병원으로 옮
겼다. 그곳에서 두 달 정도를 살았다. 중섭은 식사도 거부하고, 링거도 거
부했다. 그러다 몇 번 병원 시멘트 바닥에 주먹을 비비며 "남덕이 미워,
남덕이 미워"라고 비명을 질렀다.[17]

마음이 너무나 아파서 중섭은 그리움에 죽어가고 있는데 아내 남덕
은 남편을 만나러 오지 않았다. 왜 오지 않았을까? 궁금증은 증폭된다.
1945년 봄에 일본의 가족을 두고 애인을 만나러 한국으로 온 그녀의
열정은 결혼 생활 7년만에 사라진 것일까? 물론 건강과 생활고의 악화
로 한국에 돌아올 수 없었다는 것은 알 수 있으나, 과연 이 모든 것이
변명이 될 수 있을까? 두 아들과 함께 남편을 떠난 그녀는 끝내 중섭에
게 돌아오지 않았다. 중섭은 홀로 적십자 병원에서 1956년 9월 6일 아

---

16)

17) 전인권, 앞의 책, pp.246~250.

내와 헤어진 지 4년 만에 세상을 떠나고 만다. 다시 만날 희망으로 살다가 다시 만날 수 없다는 절망이 그를 죽음으로 내몰았던 것이다.

아내를 원망하며 죽어간 마흔 나이의 한 사내는 사랑의 처절한 비극에 인생을 걸었고, 그 사랑 때문에 결국 죽게 된 것이다. 일본인 아내와 함께 산다는 이유 하나만으로 친일파의 오명을 쓰기도 하였고, 일본인 아내이기에 결국 만날 수 없는 바다가 놓여 있었다. 그렇게 그리워하던 아내에게 미움이 사무쳐, 밥을 거부하며 죽어간 중섭의 인간적 열정이 그의 그림에 잘 나타나고 있다. 아름다움일 수 있는 「부부」[18]이기에 더욱 그는 그 아름다움을 그리워할 수밖에 없었다.

어긋난 그의 열정은 까맣게 변하여 까마귀가 된다. 하늘이 저물고, '동짓달 서리'가 묻은 '하늘'이니, 스산한 차가움의 공간이다. '까마귀'는 '아내의 신발'을 신고 '저승'으로 가고 있다. 까마귀는 남포동 어디선가 참지 못하고 '까욱' '울어 버린다.' 아내와 함께 한 삶과 그래서 절망에 울었던 슬픔의 장소를 잊지 못하여 운 것이다.

'아이들이 돌팔매질'을 하는데 그 돌 하나 '아내의 머리 위'에 떨어지기를 명령한다. 죽어서 저승으로 가면서도 아내를 미워할 수밖에 없는 애증이다. 표로 정리하면 다음과 같다.

18)

후경			
Ⅰ. 외면적·물적 단계	Ⅱ. 생명의 계층	Ⅲ. 심적 계층	Ⅳ. 정신적 연관의 계층
저무는 하늘	꿈이 사라짐	쓸쓸함	1950년 6·25전쟁, 일본인 아내, 중섭의 사랑 잃음
서리 묻은 하늘	꿈의 차가움	죽음의 공간	중섭 영혼의 공간
아내의 신발	중섭과 아내 동일	중섭 마음속의 생명은 아내	아내를 못 잊은 중섭
저승가는 까마귀	중섭의 이승과의 이별	중섭의 마음이 고통에 그을려 까맣게 탄 모습	아내에 대한 그리움에 까맣게 변한 마음
남포동	중섭의 이승 이별 서러움	가족과 살았던 그리운 공간	가족과의 이별의 고통
오륙도	피난 시절의 가족과의 생활	아이들 그리움	아이들과의 추억
아이들은 돌팔매질	죽음은 가고, 생명은 시작되고	삶과 죽음의 순환성	어른은 가고 아이들은 또 다른 생명을 만듦
저무는 바다	저무는 하늘 ↔ 바다	하늘과 바다의 상 충, 죽음의 심층	그리움이 애증으로 변한 이별의 공간
돌 하나 멀리 멀리	아이들의 움직임	단단한 아이들의 미래	가족의 관계
아내의 머리 위 떨어지거라.	아내와 아이들의 천륜 관계	아내에 대한 원망	아내에 대한 그리움, 원 망, 애증 그리고 죽음

아내와 함께 살면 돼지가 되어도 좋을 만큼, 아내만이 중섭의 생명을 구할 수 있었다. 그런데 아내는 오지 않았다. 중섭의 그림 「부부」는 사

랑하는 마음의 색채와 입맞춤의 강렬한 열정을 닭의 부리를 통해 나타
낸다. 이러한 표현은 경험에 의한 것인데, 생의 빛을 눈부시게 하는 사
랑을 했기 때문에 가능했을 것이다. 그는 사랑을 잃었다고 생각한 그
순간 이미 죽음의 길로 자신을 자신이 던졌던 것이다. 생은 자신이 자
신의 부족함을 스스로 감싸고 사랑할 때에만 역동적으로 비상할 날개
를 부여한다. 이러한 진실을 중섭은 잘 알고 있었다. 그러나 너무나 순
수하게 빛났던 사랑의 빛이기에 어둠은 깊었고, 날개는 동강났다.

3. 사랑과 이별의식

1) 추억과 꿈

충무시 동호동
눈이 내린다.
옛날에 옛날에 하고 아내는 마냥
입술이 젖는다.
키 작은 아내의 넋은
키 작은 사철나무 어깨 위에 내린다.
밤에도 운다.
한려수도 남망산,
소리 내어 아침마다 아내는 가고
충무시 동호동
눈이 내린다.

　　　　　　　　　　　　　　　　　—「이중섭 5」 전문

'아내의 신발'을 신고 떠나던 중섭이 마지막으로 예술혼을 불태웠던 '충무시 동호동'을 지나며 아내에 대한 원망을 하얀 눈에 섞는다. 정말 사랑했던 죽어서도 그녀의 신발을 신어야만 영혼을 움직일 수 있는 중섭이 이제 '옛날에'를 그리워하는 '아내의 넋'을 '사철나무'에 내리고, 밤에 운다. 아내를 영혼의 세계로 데려갈 수 없어서, 지상의 흙에 뿌리를 둔 변함없는 '사철나무'에게 주고, 중섭이 운다. 중섭이 즐겨 부르던 "소나무야 소나무야 언제나 푸른 네 빛" 속에 가장 사랑한 아내를 두고, 그는 떠나고 있다.

중섭은 '아침마다' 아내를 떠나보내며, 충무시 동호동에서 삶의 회한을 눈으로 덮는다. 죽음의 넋이 되어 지난 시간을 보냈던 삶의 공간을 찾은 중섭이 아내의 넋을 내리고, 이제 아내와 분리되어 혼자 떠나고 있다. 삶과 죽음 사이를 하얀 눈이 덮는다. 표로 나타내면 다음과 같다.

후경			
I. 외면적·물적 단계	II. 생명의 계층	III. 심적 계층	IV. 정신적 연관의 계층
충무시 동호동 눈이 내린다.	풍경화에 전념	살기 위해 애쓰던 모든 것의 표백	1950년대 초의 한국 현대사에 얽힌 사랑과 이별, 그림
옛날에 옛날에	중섭의 영혼 속 아내	사랑스러웠던 아내	옛날이 된 사랑
아내의 넋	중섭과 동일한 아내	중섭의 넋이 된 아내	이승과의 이별, 이승의 추억
사철나무 위	이승에 남은 아내	뿌리를 땅에 두고 있음	아내 속의 중섭 변함없이 살고 있음

후경			
I. 외면적·물적 단계	II. 생명의 계층	III. 심적 계층	IV. 정신적 연관의 계층
한려수도 남망산	풍경화를 그리던 곳	마지막 창작 열정	열정이 잊히는 슬픔
아내는 가고	중섭이 가고	아내와 동일성의 중섭	중섭이 이승의 생애를 용서하며 떠남
충무시 동호동 눈이 내린다.	풍경화에 열정을 다 하던 중섭의 생명력	그 모든 것을 눈으로 덮음	살아내기 위해 애쓰던 사랑과 미움 모두 용서

'충무시 동호동'은 중섭이 아내를 만나러 일본을 다녀 온 후에 이리 저리 거처를 옮겨 다니는 과정에서 잠시 머물렀던 곳이다. 풍경화를 그리지 않았던 중섭이 풍경화를 그리면서 자신의 새로운 그림 세계를 모색했던 곳이기도 하다. 마음대로 그림이 되지 않는다고 친구에게 토로했으나, 그래도 예술가로서 마지막 정열을 그림에 쏟았던 마지막 근거지이기도 했다. 가장 슬픈 것은 가장 절망스럽게 자신을 비워내었을 때 놀라운 세계가 자신의 영혼을 채우는 것이다. 중섭은 무섭게 자신을 학대하며 절망했지만, 그 절망 때문에 그림의 세계를 새롭게 열 열쇠를 찾았다. 그러나 경제적인 어려움은 그의 안정을 위협했으며, 마음대로 예술적 열망을 피어내지 못하게 하는 거대한 벽이 되었다. 그러나 자신의 모든 것으로 예술적 투혼을 불살랐던 동호동을 지나며, 아내에 대한 애증을 용서로 덮어, 지난 옛날을 그리움으로 승화시키며 이승과 하직한다. 다음 시를 이어서 보자.

다리가 짧은 아이는
울고 있다.

아니면 웃고 있다.

달 달 무슨 달,

별 별 무슨 별,

쇠불알은 너무 커서

바람받이 서북쪽

비딱하게 매달린다.

한밤에 꿈이 하나 눈뜨고 있다.

눈뜨고 있다.

— 「이중섭 6」 전문

용서의 하얀 눈은 사랑으로 이어진다. 사랑의 생명은 아이들의 울고, 웃는 모습이다. 삶과 죽음의 교체는 죽음이 삶에 의지하고, 삶이 죽음에 기대면서 이루어진다. 아버지가 이승을 하직하며 전하는 용서의 사랑은 아이들의 동산을 만든다. 에덴의 동쪽은 죽음의 고통을 순화시킨 용서로 사랑을 만드는 곳이다.

사랑은 아이들의 꿈을 만든다. 꿈은 달과 별 속에 있다. 그러므로 산 자와 죽은 자의 공간은 공존한다. 이승의 삶은 하늘의 별을 보며 꿈을 꾼다. 하늘의 삶 또한 지상의 삶의 기억 또는 추억 속에서 살아 숨쉰다. 슬픔과 기쁨이 공존하기에 아이들의 울음이면서 동시에 웃음이 되는 달이 되고 별이 된다. 이러한 꿈은 거대한 '쇠불알'이 되어 '서북쪽'에 '비딱하게' 매달린다. 바람을 받아낼 수 있는 '서북쪽'이기에 바람을 무서워하지 않을 수 있고, 때문에 어두운 '한밤에'도 '꿈'을 살려 눈뜨게 하는 힘을 만든다. 표로 나타내보자.

후경			
Ⅰ. 외면적·물적 단계	Ⅱ. 생명의 계층	Ⅲ. 심적 계층	Ⅳ. 정신적 연관의 계층
아이들 울고, 웃고	아버지는 이승을 떠나고, 아이들은 살고	죽음과 삶의 교차	중섭은 모든 것을 용서하며 떠나고, 생은 다시 아이들에게 이어지고,
무슨 달, 별	다시 꿈을 바람	꿈꾸기를 소망	이승과 저승의 대화
쇠불알 너무 커서 서북쪽 바람받이	생명의 지속은 이어지고	중섭 사랑의 역동성	아이들 또다시 생명의 창조를 움직임
한밤에 꿈이 눈뜨고	어두운 현실	그래도 꿈이 시작되고	꿈은 언제나 고통 속에서 새롭게 시작됨

생의 순환이 죽음과 삶의 교체로 이어진다. 아버지의 죽음은 아이들의 삶으로 이어진다. 그 아이들은 자라서 다시 아이를 낳을 것이다. 삶은 꿈속에 있으므로 하늘에 있는 죽은 자의 공간에서 꿈을 꾸기 마련이다. 하늘은 인간이 꿈 꿀 수 있는 아득하지만, 현실을 살게 하는 원동력의 공간이다. 인간은 본능적으로 상승의지를 가진다. 신과 같고자 하는 욕망이 있기 때문이다. 언제나 미래는 지금보다 나은 어떤 것으로 믿고자 하는 것도 같은 이치이다. 그래서 하늘은 인간의 어떤 소망의 공간이 되는 것이다.

'달'과 '별'이 '쇠불알'과 상충하면서 동시에 상보하고, 이어서 '쇠불알'은 꿈과 충돌하며 의미의 긴장감을 조성한다. 소망은 막연하고 추상적이지만, '쇠불알'은 매우 현상적이고, 자극적이다. 그래서 꿈의 실체는 '쇠불알'에 의해서 선명하게 가시화된다. 꿈은 소의 생식기를 통해 적나라하게 생명이라는 것을 드러낸다. 결국 생식기의 기능은 사랑 행위의 구체화이다. 꿈은 생식기의 생명의 창조와 동일성을 획득하면서 본능적인 힘이 숭고성으로 탈바꿈된다.

2) 색채와 바다

> 아내의 손바닥의 아득한 하늘
> 새가 한 마리 가고 있다.
> 하염없이 가고 있다.
> 겨울이 가도
> 대구는 눈이 내리고
> 팔공산이 아마 빛으로 가라앉는다.
> 동성로를 가면 꽃 가게도 문을 닫고
> 아이들 사타구니 사이
> 두 개의 남근.
> 마주보며 저희끼리 오들오들 떨고 있다.

—「이중섭 7」 전문

새가 된 중섭이 어디론가 하염없이 가고 또 가도 그 하늘은 '아내의 손바닥' 안에 있다. 어디에서도 아내만을 생각했던 중섭은 하늘에서도 아내의 손바닥에서 날고 있다. 하얗게 옛날을 사랑으로 표백하며 떠나는 중섭은 '겨울이' 지나도 '대구에 눈'을 내리며, 지난 생이었던 공간을 지난다. 사랑의 빛이 '팔공산'마저 가라앉게 한다.

생의 환희로 빛나던 꽃이 있던 '동성로'의 '꽃 가게'는 문을 닫았다. 살아 있는 움직임으로 분열되거나 혼합되는 꽃을 갖고 싶으나, 이제 문이 닫혀 들어갈 수 없다. 그래서 '아이들'의 '사타구니 사이'에서 '두 개의 남근'이 '마주보며 저희끼리' 떤다.

눈은 계절과 상관없이 내린다. 그동안 중섭을 옥죄었던 사랑의 규칙과 세상의 법칙과 상관없이 모든 것을 하얀 눈이 덮는다. 모든 것을 덮어주는 하얀 색이니 세상의 모든 오물이 가려진다. 비록 생명을 만들수 있는 환경이 될 수 없는 상황이라 할지라도, 아이들은 저희끼리 '오들오들' 떨면서 생명을 생산한다. 중섭과 아내는 아이들에게 생명을 선사하고, 아이들은 또 저희들끼리 떨면서 생명을 만든다. 후경을 정리하면 다음과 같다.

후경			
I. 외면적·물적 단계	II. 생명의 계층	III. 심적 계층	IV. 정신적 연관의 계층
아내의 손바닥 하늘	중섭 영혼의 장소	아내 속의 중섭	중섭의 영혼을 움직이는 아내
새 가고	이승에서 저승으로	죽은 영혼의 움직임	아내와 함께 하는 저승 길
겨울이 가도	어렵고 힘든 고통	고통의 시간을 떠남	이승의 인연, 저승길에 계속되는 부부연
대구는 눈이 내리고	떠돌이 생활의 아픔	생의 기억 덮음	54년 중섭이 잠시 머물 다 서울로 상경한 대구
꽃 가게 문을 닫고	환하게 피어야 할 꽃	꽃을 생각함	화가의 무능한 생활인
아이들 남근 떨고	아버지의 보살핌 두절	그래도 생명은 움직이고	전쟁과 사랑이 아이들을 돌보지 못해도, 생명은 지속됨

이승의 하직이 곧 아내와의 결별이 될 수 없었다. 이승을 떠난 하늘

도 아내의 손바닥이었다. 아내 안에서 이승과 저승의 문을 오가는 중 섭은 그동안의 생애를 하얗게 덮으며, 떠난다. 필부로 일상의 문제를 해결하며 사는 평범함을 한없이 부러워하며, 자신의 예술을 호도했던 자책의 시간이 대구에서의 생활이었다. 한 여자의 남편으로 아이들의 아버지로 살아가는 대다수의 많은 사람들에 합류되지 못했던 자신의 생애를 후회했다. 그림이 모든 것이 되었던, 그리하여 생활인으로 너무나 부족했던 무능을 한없이 자책했던 것이다. 경제적 어려움은 그를 피폐하게 만들었고, 아내에 대한 원망만을 간직하게 되었다. 그래서 '동성로의 꽃 가게'의 문은 닫혀 있고, 중섭은 꽃을 여전히 생각했지만, 현실에서 이룰 수 없는 꿈의 좌절로 가질 수 없었다. 피어날 수 있는 예술적 꽃의 세계를 생각하지만 '꽃 가게'는 문이 닫혀 있다.

중섭의 아이들이 저희끼리 생명을 떨고 있다. 중섭은 이승을 떠나 아이들을 보살피지 못한다. 육신은 아이들과 떠나지만, 그의 영혼은 아이들의 마음 속 풍경을 움직이며 함께 이승을 살 것이다. 이러한 아버지의 애환이 아이들의 '남근'에 나타난다. '남근'에 부여된 오래된 신화적 전통이 성(性)과 교통하면서 아버지의 죽음이 삶의 교체로 이어진다. 연약하게 떨고 있지만, 역설적으로 생명의 창조적 진화는 미세한 떨림에서 시작하여 거대한 힘을 나타내었음을 상기시킨다. 이어서 다음 시를 보도록 한다.

서귀포의 남쪽,
바람은 가고 오지 않는다.
구름도 그렇다.
낮에 본
네 가지 빛깔을 다 죽이고

바다는 밤에 혼자서 운다.

게 한 마리 눈이 멀어

달은 늦게 늦게 뜬다.

아내는 모발을 바다에 담그고

눈물은 아내의 가장 더운 곳을 적신다.

—「이중섭 8」전문

바람이 오지 않는 서귀포에 구름도 오지 않는다. 바다는 네 가지의 빛깔을 죽이면서 밤에 혼자 운다. 서귀포는 중섭이 가족과 함께 한 보금자리였고, 「서귀포의 환상」[19]에서 볼 수 있듯이 행복을 꿈꾸던 공간이다. 아이들과 조개껍질을 주우며, 벽화에 활용할 것이라고 아내에게 말했다. 가난했지만 이웃과 먹을 것을 나누어 먹던 인정이 있던 곳이다. 바닷가에서 아이들과 게를 잡아 놀다가 돌아오곤 하고, 게는 바닷가 생활의 식량이 되기도 하였다.

'낮에 본' 네 가지 색채의 빛깔을 죽였다. 색채는 화가가 표현하는 모든 것이다. '네 가지'의 '빛깔'은 네 식구의 색채이거나 생로병사이다. '낮에 본' '빛깔'이니 삶의 공간이다. 색채의 표현을 스스로 죽이게 된 것은 아내에 대한 애증이었다. 삶을 비추던 빛깔을 '죽이고' '바다'가 혼자 울고 있으니, 바다는 죽음의 공간이다. 아내를 마음에서 죽이자, 빛깔이 사라지고, '바다'는 '혼자'가 되어버린다. 바다에서 숨을 쉬었던 '게 한 마리'는 눈이 먼다. 「이중섭 2」에서 보았듯이 중섭은 게가 되

---

19)

어 마구간에서 아이들을 달래고 있었다. 그런데 그 게의 눈이 멀었다. 그토록 눈으로 보고 싶어 했던 가족들을 볼 수 있는 눈을 잃었다.

살아 있는 자들의 꿈의 공간이고, 죽은 자들의 안식처라고 하는 하늘에서 달이 뜨고 있다. 하늘에 있었던 아내의 모발이 바다에 담긴다. 바다에 아내가 모발을 담그자, 바다인 중섭은 눈물을 흘린다. 눈물은 그동안의 애증을 사랑으로 변화시키며, 다시 아내의 바다를 적신다. 여성의 자궁은 바다로 상징된다. 바다는 생명 탄생의 근원이다. 바다가 우는 곳에 아내의 모발이 합쳐지자, 눈물이 '아내의 가장 더운 곳'을 적신다. '아내의 가장 더운 곳'은 자궁이므로 적시는 눈물은 성스러움으로 화해된다. 아내에 대한 미움을 담고 이승을 떠난 중섭이지만, 아내와 하나가 되는 눈물로 모든 것을 용서한다.

바다는 중섭과 남덕의 인생이었다. 현해탄을 건너와 사랑을 이루었던 마사꼬의 열정을 상징하고, 거짓 선원증이라도 만들어 아내를 보러 다시 현해탄을 건넜던 중섭이다. 그러므로 바다는 중섭과 남덕의 모든 것이 된다. 이러한 바다는 용서의 눈물에 의해 뜨겁게 적셔진다. 바다는 중섭의 생명이자 죽음이었던 아내였고, 사랑이었다. 그의 그림에 드러나는 힘찬 선을 감미롭게 감싸는 부드러움은 중섭 마음에 가득한 사랑의 표상이었다. 그러한 사랑이 중섭의 전부였다. 우주를 담는 사랑하는 마음이 그림이었고, 죽음이었다. 중섭의 삶과 죽음 그 사이를 잇는 것은 사랑이었다. 도표로 나타내면 다음과 같다.

후경			
I. 외면적·물적 단계	II. 생명의 계층	III. 심적 계층	IV. 정신적 연관의 계층
서귀포의 남쪽	행복한 삶의 움직임	행복을 그리워함	피난민이었지만, 벽화 그리기를 꿈꾸던 곳
바람, 구름 오지 않음	생명을 움직이는 힘 없음	열망을 담았던 바 람, 구름 사라짐	환상의 공간이 활력 잃음
낮에 본 네 가지 빛 깔 다 죽이고	생로병사 인생, 네 식구, 이승의 빛깔 사라짐	가족의 아름다움을 체념함	삶의 전부였던 네 식구 빛깔을 떠남
바다는 혼자 밤에 운다	바다가 된 중섭의 슬픔	외로움의 시간	이승살이를 떠나는 애환
게 한 마리 눈멀어	중섭이 눈을 감음	미련에 가득한 이승	눈으로 보고 싶었던 가족을 체념함
달은 늦게 뜬다	아이들 꿈의 움직임	아이들의 꿈 담은 달 중섭이 죽어 달이 됨	그리움에 눈멀어 하늘에서 노란 빛되어 아이들의 꿈이된 아비
아내는 모발을 바다에 담그고	구름 위의 아내 모 발이 중섭이 있는 바다로 내려옴	중섭과 하늘의 아내가 바다에서 하나 됨	중섭과 남덕 바다가 됨
눈물은	중섭이 아내를 사랑한 애증	너무나 보고 싶었던 그리움의 눈물	아내와 아이들과의 화합
아내의 더운 곳 적심	바다를 담은 자궁	중섭의 죽음이 생명 으로 살아남	격동의 역사가 만든 사랑과 이별이지만, 죽음이 다시 사랑이 됨

바다는 중섭과 마사꼬의 사랑과 죽음 사이를 잇는다. 시적 화자는 중

섭이 사랑 때문에 살 수 있었지만, 그 사랑이 만든 이별 때문에 죽음에
이르는 과정을 바다의 속성으로 변주한다. 죽음의 바다는 결국 마사꼬
자궁에 의해 살아나고, 다시 사랑으로 이어지고 있다.

3) 그리움과 망각

광복동에서 만난 이중섭은
머리에 바다를 이고 있었다.
동경에서 아내가 온다고
바다보다도 진한 빛깔 속으로
사라지고 있었다.
눈을 씻고 보아도
길 위에
발자국이 보이지 않았다.
한참 뒤에 나는 또
남포동 어느 찻집에서
이중섭을 보았다.
바다가 잘 보이는 창가에 앉아
진한 어둠이 깔린 바다를
그는 한뼘 한뼘 지우고 있었다.
동경에서 아내는 오지 않는다고,

— 「내가 만난 이중섭」 전문

위의 시는 「이중섭」 1-8을 집약하고 있다. 광복동과 남포동은 희망
과 절망의 공간을 구분하는 경계선이다. 전자는 희망을 담고 있으므로

"바다보다 진한 빛깔"의 중섭이었고, 후자는 절망의 '어둠이 깔린 바다'이다. 시에 나타난 중섭의 인생은 사랑을 기다리는 기다림과 기다림을 잃은 죽음으로 묶인다.

'길 위에' 보이지 않는 발자국은 중섭과 남덕이 만나지 못했다는 것을 드러낸다. 그토록 아내를 만나기 위해 애쓰고, 아내가 돌아오기를 기다리던 중섭이지만, 그 만남의 발자국은 찾을 수 없으니, 만나지 못한 것이다. '눈을 씻고 보아도' 볼 수 없었던 발자국은 시적 화자가 그들의 만남을 애타는 마음으로 염원했음을 드러낸다. 중섭이 아무리 노력을 해도 아내와의 만남은 이루어지지 못했기에 안타까움만 증폭된다.

시간이 한참 지난 후에 시적 화자가 다시 만난 중섭은 바다를 '한 뼘 한 뼘' 지우며 아내가 오지 않는다고 했다. '지우고' 있는 모습으로 지울 수 없는 아내에 대한 사랑을 역설적으로 부각시키며, 아내에 대한 중섭의 그리움을 확대시킨다. 한 뼘만큼만 조금씩 지우는 행위는 죽어서도 지울 수 없는 아내에 대한 사랑을 드러낸다. '보고 싶다'가 전부가 된 중섭은 잊을 수 없는 망각을 되풀이하며 생명의 끈을 조금씩 끊으면서도, 여전히 원망을 지속한다.

쉼표의 종결은 「이중섭 1」에서 시작되고, 시의 연작을 종합하는 말미에 다시 나타난다. 시작과 끝을 쉼표로 연결하는 이중섭 연작시의 쉼표가 의미를 끊임없이 미끄러뜨리며 미로를 만든다. 마지막의 쉼표는 죽어서도 아내의 하늘을 오가며 생을 다시 잇는 중섭의 사랑의 지속을 나타낸다. 삶과 죽음을 잇는 사랑의 가교는 영혼의 움직임을 통해 보여주었던 「이중섭 8」의 죽음과 생의 순환 같다.

중섭은 아내를 "나의 소중한 특등으로 귀여운 남덕이고 나의 생명이고, 힘의 원샘, 기쁨의 샘인 더없이 아름다운 나의 남덕군"이라 하였고, "당신은 역시 둘도 없는 나의 귀중한 보배요. 이상하리만큼 나의 모든 점에 들어맞는 훌륭한 미와 진을 간직한 천사요"라 했다. 중섭에게는 오로지 아내의 사랑이 그의 전부였다. 다음과 같이 표로 정리한다.

후경			
I. 외면적·물적 단계	II. 생명의 계층	III. 심적 계층	IV. 정신적 연관의 계층
광복동의 이중섭	희망의 바다	기다림의 바다	아내의 사랑을 믿음
바다보다 진한 빛깔	사랑이 가득한 믿음	아내가 전부인 사내	만남의 회구
길 위의 발자국 없다	만남의 흔적 없음	그리움이 기다림에서 애증으로 변함	병든 아내, 빚까지 걸머쥔 가난, 무능한 중섭
남포동 이중섭	절망의 바다	아내를 원망함	화가의 인생이 거짓이었음을 자책하고, 가족의 일상을 해결하는 평범한 사람들을 부러워함
어둠이 깔린 바다	죽음의 바다	사랑, 절망의 바다	남덕을 미워하면서 병원에서 중섭은 식사 거부
동경의 아내	결핵 환자	상사병의 대상	돌아올 수 없었지만, 남편의 생명보다 무엇이 더 소중했을까?

중섭의 주검은 적십자 병원에서 연고자 없는 것으로 처리되어 시체실에 3일 동안 방치되었다가, 친구들에 의해 화장돼 망우리 공동묘지에 묻힌다. 아내와 아이들은 장례식에도 오지 않았다. 20년 동안 빚을 갚아야 했던 경제적 사정이 있고, 어머니와 혼자 된 언니와 함께 아이들을 데리고 결핵을 앓으며 살아야 했던 마사꼬의 어려움도 짐작이 가지만, 납득이 가지 않는다. 가족과 함께 살게 되면, 중섭이 돼지가 되

어도 좋다고 할 만큼 절실했던 편지를 받고도 함께 살 길을 마련하지 못한 정황을 어떻게 이해해야 될까?

1945년 2차 세계대전으로 히로시마에 원폭이 쏟아지고, 어수선한 일본의 상황에 목숨이 위태로울 때, 마사꼬의 부모는 마사꼬를 한국으로 보냈다. 중섭이 일본에서 결혼 허가를 받기 위해 적지 않게 애를 썼지만, 허락하지 않았던 마사꼬의 부모였다. 그러던 부모가 딸의 안전을 고려하여 한국에 보낸 것이다. 그 후, 52년 한국전쟁 중 일본인들을 마지막으로 송환하는 배에 마사꼬는 일본인으로 아이들을 데리고 떠났다.

죽음에 임박한 남편이 만남을 애타게 구걸했음에도 불구하고, 그녀는 한국으로 돌아오지 않았다. 진정한 사랑은 완전한 사랑을 향하여 가는 과정에 있다고 한다. 그래서 사랑이 곧 철학과 같다는 것이다. 우리는 중섭과 마사꼬의 사랑과 이별을 통해 삶의 진정성을 사유하게 된다. 적어도 사랑은 죽게 만드는 것이 아니다. 사랑은 죽어가는 사람을 살리는 것이다. 이러한 진리는 세월이 흘러도 변하지 않는 원형이다. 그래서 우리는 무언가를 살게 하는 사랑을 통해 아름답게 살려고 노력하고, 그 노력이 아름답다는 것을 믿는 것이다. 중섭의 순수한 사랑은 무엇이었을까? 또 마사꼬의 사랑은 진정한 사랑이었을까?

4. 결론

김춘수 시인은 이중섭의 사랑과 이별 과정을 시의 미학적 자료로 채택하였다. 시의 미를 형성시키는 단어는 첫째 '씨암탉'과 '쇠불알', 둘째는 '바람', '마굿간', '서귀포', 셋째는 '바다'와 '하늘', '평양'과 '동경', '충무시', '대구', '광복동'과 '남포동' 등이다. 공간의 이동은 중섭의 사랑과 기다림, 애증과 죽음의 변화과정의 기제로 활용되었다. 이와 같은 시의 미학적 경로는 N. 하르트만의 현상관계를 토대로 이루어졌다. 차례대로 살피면 다음과 같다.

먼저 「이중섭 1」에서는 '씨암탉'과 '쇠불알'의 상충과 동시에 견인을 이루는 긴장이 의미를 확대한다. 암수의 부딪침은 이중섭 개인의 사랑에서 민족의 어떤 힘의 상징으로 나아간다. 왜냐하면 이중섭이 추구한 황소 그림은 한민족의 웅건한 기상을 나타내기 때문이다. 일제 말기에도 창씨개명을 하지 않고, 한글로 그림에 사인을 하며 행동으로 보여준, 중섭의 한국인 자존심이 황소의 생식력을 통해 한국의 미래에 대한 긍정성을 드러낸다.

'봄 서귀포'의 바람이 '쇠불알'을 흔들게 하기를 소망하는 의지가 마지막 행 '바람아,'의 쉼표에 나타난다. 서귀포는 중섭이 가족과 함께 지내며 대벽화를 꿈꾸던 공간이므로, 바람에 의해 꿈의 원동력이 진행되기를 바라는 것이다.

이어서 「이중섭 2」에서 마구간에서 낳은 아이들은 예수와 같은 장소에서 태어남으로써 예수와 동일성을 갖는다. 아이들의 어머니가 하늘에 있으므로, 예수의 아버지와 같은 공간에 있다. 반면에 중섭이 마구간에서 아이들을 달래고 있으므로, 마구간의 마리아와 동일한 상황이다. 아이들의 어머니는 하늘에 있고, 반면에 아이들의 아버지는 마구간에 있다. 예수의 어머니가 있었던 마구간과 예수의 아버지가 있는 하늘과의 공간 전도는 시적인 긴장감을 만든다.

봄이 가고 평양과 동경에서 불지 않는 바람이 서귀포의 남쪽을 불고 있다. '아내가 두고 간 바다'에 '게 한 마리'가 된 중섭이 마구간에서 아이들을 달랜다. 마리아가 예수를 낳았던 마구간에서 아이들의 아버지인 중섭이 아이들을 달래고 있으므로 모성과 부성의 전도된 상황이다. 마리아의 모성 공간과 중섭의 부성이 중첩되면서 슬픔의 심층을 깊게 한다.

「이중섭 3」은 바다가 사라진 '서귀포'를 통해 꿈이 사라진 절망의 모습을 드러낸다. 온전하지 못한 '부러진' 아내의 '두 팔'과 '멍든 발톱'은 중섭의 마음 속 아내의 일그러진 모습이다. 기다림 속에 마음에 병이 깊어 죽음을 선택한 중섭은 식사를 거부하였다. 생의 의욕을 박탈한 아내를 원망하며 죽어가고 있었다.

「이중섭 4」에서 죽음이 이승을 떠나는 모습을 까마귀의 행보로 가시화한다. '아내의 신발'을 신고 떠나는 까마귀가 나는 하늘에 서리가 묻어 있다. 스산하기 그지없는 서리의 차가움을 느끼며 떠나던 까마귀가 '남포동'에 이르러 그만 울고 만다. 피난 시절 어렵지만 가족과 함께 살았던 곳을 그냥 지나칠 수 없었다.

아이들이 '돌팔매질'을 하며 살고 있지만, 아버지 중섭은 죽을 수밖에 없었다. 보고 싶었던 아이들의 모습을 그리워하다가, 아이들이 던지는 돌이 아내 '머리 위'에 떨어지라고 명령한다. 아내가 원망스러웠던 것이다. 아이 둘을 다 데리고 일본으로 건너간 아내를 미워할 수밖에 없어 죽어서라도 아이들이 던지는 돌에 아내가 맞기를 바란다.

그러나 미워할 수 없는 아내이기에, 죽을 만큼 그리워한 사랑이기에 한국으로 돌아올 수 없었던 모든 상황을 용서하며, 「이중섭 5」에서 하얀 눈으로 덮는다. '충무시 동호동'에 내리는 눈은 아내와 사랑했던 옛날을 아름답게 표백한다. 아내의 신발을 신고 떠나던 중섭은 아내의 넋을 자신이 좋아했던 '사철나무'로 보낸다. 아내를 지상에 두고, 중섭은 운다. 모든 것을 하얀 눈으로 지우며, 정말 사랑했던 이내의 작은 입술을 보낸다. 그리고 중섭은 하늘로 날아오른다.

「이중섭 6」에서 죽음이 삶으로 순환된다. 아버지의 죽음은 아이들의 삶으로 이어지고, 그 아이들은 자라서 다시 아이를 낳는다. 하늘은 죽은 자의 안식처이자 산자들의 꿈의 공간이다. '달'과 '별'은 '쇠불알'과 부딪치면서 긴장감을 형성하고, '쇠불알'은 다시 '꿈'과 상충하는 동시에 상보하면서 의미의 확대를 도모한다. '꿈'의 비가시성이 '쇠불알'에 의해 가시화된다. 꿈은 생식기를 통해 끊임없이 생산되고 있음을 드러낸다.

「이중섭 7」은 중섭이 하염없이 가고 또 가던 하늘조차 아내의 손바닥이었음을 나타낸다. 중섭의 영혼은 아내에게 움직이는 힘을 의지하고 있었다. 중섭이 새 한 마리되어 이승을 떠나지만, 결국 이승의 생과 함께 죽음이 되고, 죽음은 다시 이승으로 돌아와 생이 되고 있었다. 죽음은 아이들의 '남근'의 떨림 속에서 움직이고 있었다. 왜냐하면 이승의 아이들은 마음 속 풍경의 움직임을 아버지에게 의지하며 생을 살기 때문이다. 그래서 조셉 켐벨이 삶이 죽음을 먹고 산다고 말하는 것이다.

「이중섭 8」에서는 '서귀포의 남쪽'에서 바람과 구름이 오지 않는 것으로 죽음을 나타낸다. 화가로 살았던 빛깔을 죽이고, 바다가 된 중섭이 혼자 운다. 그토록 가족을 보고 싶어 했던 눈마저 먼다. 눈이 멀자 하늘에 달이 뜨고, 하늘에 있던 아내의 모발이 바다에 담긴다. 바다에서 중섭과 남덕은 하나로 합쳐진다. 아내와 하나가 된 중섭은 눈물을 흘리며 다시 아내의 바다를 적신다. 중섭은 죽음이 된 바다였으나, 바다가 담긴 아내의 자궁에서 자신의 눈물로 다시 살아난다.

「내가 만난 이중섭」은 「이중섭」 1~8을 사랑과 이별의 공간 변화로 종합하고 있다. '광복동'은 사랑의 희망을 걸었던 기다림의 공간이고, '남포동'은 사랑을 잃은 절망의 공간이다. 중섭은 동경의 아내를 기다리며 살았고, 아내가 돌아오지 않는다는 절망이 그를 죽게 한다. 시적 화자는 공간의 변별성을 통해 희망과 절망을 구분하였다. 이어서 바다의 빛깔을 통해 기다림과 절망을 표현한다. '바다보다도 진한 빛깔'과 '어둠이 깔린 바다'의 대비는 희망과 절망의 색채이다. 바다 빛깔에 의한 기다림과 절망의 이분법적 변별은 의미가 있다. 왜냐하면 일본인을 사랑했던 중섭의 운명은 바다를 벗어날 수 없었고, 이별 또한 바다에 의해 이루어졌고, 보고픔도 바다의 공간적 차이로 해소될 수 없었기 때문이다. 죽을 만큼 보고 싶었던 아내를 볼 수 없게 만든 바다이고, 사랑을 찾아 바다를 건너온 마사꼬이기에 사랑의 바다이기도 했다. 두 사람의 인연과 이별의 공간이 바다를 사이에 두고 일어나고 있으므로, 바다의 색채 변화는 중섭의 인생 변화와 동일성을 갖는다.

이상에서 그림과 시의 관계를 이중섭과 김춘수를 중심으로 고찰하였다. 외면적 문자와 문자에 담긴 아우라의 경로를 전경과 후경으로 구분하였고, 후경의 네 단계를 통하여 시를 분석하였다. 시의 후경에 대한 분석 기준은 이중섭의 생애에 초점을 맞추었다.

창작자의 작용은 후경에서 시작하여 전경으로 나아가는 방향에 의해 작품이 생산되는 것이고, 반면에 관조자의 작용은 전경에서 시작하여 후경을 통하여 감동에 이르는 것이다. 이와 같이 창작과 감상의 상반된 방향은 중요한 의미를 갖는다. 왜냐하면 예술의 본질은 전경과 후경을 가교하는 뚜렷하게 보이지 않지만, 강력한 힘을 느낄 수 있게 하는, 감동에 의해서 드러나기 때문이다. 그래서 N. 하르트만의 창작 작용과 관조 작용을 토대로 김춘수 시를 분석한 본 연구는 시의 미학적 경로를 밝히는 중요한 교두보가 될 것이다.

그러나 작품의 전경과 후경의 현상관계는 매우 세밀한 경로를 통해 우리들에게 전달되는 정서적 토대와 의미 구조의 구심력이기 때문에, 감상자의 각자 경험과 느낌의 차이로 얼마든지 달라질 수 있음을 전제하면서 본 연구가 진행되었음을 밝힌다.

참고문헌

고　은, 『화가 이중섭』, 민음사, 1999.

김춘수, 「이중섭1-8, 내가 만난 이중섭」, 『김춘수 시전집』, 민음사, 1994.

발터 벤야민, 반상완 역, 「기술복제시대의 예술작품」, 『발터 벤야민의 문예이론』, 민음
　　　사, 2001.

이정우, 『사건의 철학』, 철학아카데미, 2003.

전인권, 『아름다운 사람』, 문학과지성사, 2005.

최석태, 『이중섭 평전』, 돌베게, 2000.

M. 엘리아데, 이은봉 역, 『성과 속』, 한길사, 2006.

N. 하르트만, 전원배 역, 『미학』, 을유문화사, 1995.

문학과 연극의 상호교류

— 무대화를 위한 소설 각색

안숙현

(단국대학교 강의교수)

1. 들어가며 : 소설과 연극의 만남

소설을 원작으로 한 연극, 연극을 원작으로 한 영화, TV 드라마를 원작으로 한 소설 등 우리 시대의 문학과 예술은 인접 장르와의 넘나들기를 통해서 문자 텍스트의 위기를 적극적으로 극복해내고 있다. 오히려 다매체시대의 문학과 예술은 문학예술의 장르 확장과 경계를 허물며 그 존재의 가치를 더욱 높여가고 있는 셈이다. 2006년 제43회 대종상영화제에서 7개 부문을 수상한 〈왕의 남자〉는 연극 〈이(爾)〉를 원작으로 각색한 영화이며, 2005년도 한국 시청자들의 가장 큰 사랑을 받았던 TV 드라마 〈내 이름은 김삼순〉과 〈불멸의 이순신〉은 소설이 원작이었고, 아시아 전역에서 한류를 이끌고 있는 TV 드라마 〈겨울연가〉와 〈대장금〉은 소설로도 만들어져 독자들에게 꾸준히 읽히고 있다. 우리시대의 대중에게 큰 사랑을 받은 작품들은 이와 같이 순수

장르를 고집하지 않고 경계의 넘나들기를 통해 문학의 확장과 콘텐츠 개발에 성공하고 있다.

특히 소설과 연극의 상호교류는 우리 연극의 창작극 활성화에 적지 않은 도움을 주고 있는데, 극단 열린 무대 동수의 〈슬픔의 노래〉(정찬 원작, 오은희 각색, 김동수 연출), 연우무대의 〈한씨연대기〉(황석영 원작, 연우무대 각색, 김석만 연출), 극단 청우의 〈뙤약볕〉(박상륭 원작, 김광보 각색 연출) 등 뛰어난 각색 작품들은 창작극보다 번역극이 난무하는 이 시대의 무대에 활기를 불어넣기도 했다.

사실 공연텍스트를 소설에서 찾는 이유는 무엇보다도 좋은 희곡을 찾지 못하는 우리의 현실정과도 관련이 있다. 이는 열악한 연극 환경과 조건으로 인해 발생할 수밖에 없는 전문 극작가들의 부재를 가장 큰 원인으로 꼽을 수 있다. 그리고 작품성을 이미 인정받은 소설을 공연텍스트로 선택했을 때에는 관객들의 관심을 쉽게 끌어낼 수 있는 장점이 있다. 흥행가치에 의해 소설 각색이 이루어지는 경우를 말한다. 하지만 좋은 문학작품이 일반 관객들에게는 제대로 소개가 되어 있지 않았을 때, 작품 소개의 차원에서도 각색을 선택하곤 한다. 예를 들어 극단 청우의 연극 〈뙤약볕〉의 경우는 박상륭의 관념적인 사상과 철학이 담겨진 이 소설이 일반 관객들에게는 잘 알려지지 않았는데, 오히려 연극으로 공연되어 더 많은 관심을 갖게 된 경우라고 할 수 있다. 또한 각색을 통한 장르의 이동은 관객들에게 새로운 세계를 경험할 수 있는 기회를 제공하기 때문에, 독자의 요구에 의해서 각색이 이루어지는 경우도 물론 있다.

하지만 무엇보다도 관객들과의 대화에 목말라하고 있는 연극인들은 시, 소설, 신화, 민담 등 연극성을 발견할만한 모든 장르에 대하여 흥미를 가지고 있다. 특히 소설은 '극적'인 요소를 뚜렷하게 보이고 있기 때문에, 다른 장르에 비하여 더욱 관심의 대상이 될 수밖에 없다.

그럼에도 불구하고 각색은 많은 위험 부담을 안고 있다. 작품성이 있는 소설이나 인기 소설을 각색한다고 하여 모든 작품들이 성공하는 것은 아니기 때문이다. "만약 한 예술작품이 하나의 형식에 있어서 그것의 최대한의 표현력을 발휘한다면 그것에 따른 각색은 불가피하게 열세일 수밖에 없다"[1]는 지적에서도 알 수 있듯이 수용자가 기존 장르에서 이미 경험한 테두리에서 벗어나기란 상당히 어렵기 때문이다.

그렇다면 성공적인 각색을 하기 위해서 선행되어야 할 점은 무엇이고, 주의해야 할 점은 무엇일까? 우선 '장르'에 대한 정확한 이해가 무엇보다 먼저 필요하다는 사실부터 강조하고 시작하자.

2. 장르의 차이 : '소설'과 극 텍스트로서의 '희곡'

S. W. 도슨(Dawson)은 『극과 극적 요소』라는 책에서 "소설은 물론 드라마로부터 발전되었으며, 그 발전은 17세기 초 관객을 이루는 사회계층의 점증하는 다양화와 함께 시작된 사회변화의 결과로, 그리고 18세기에 이르러 현대적인 사생활의 가능성이 점점 확대됨에 따라 비롯된 것이었다. 소설은 과거의 대부분의 위대한 작가들이 자기표현의 수단으로 택한 연극에 있어서의 어떠한 가능한 형태보다 더 다양하고 더 유연한 문학 형태이다"[2]라고 말하고 있다.

소설이 드라마의 영향을 받아 생겨났다는 설에서 유추해낼 수 있듯

1) L. Giannetti, 『영화—형식과 이해(*Understanding Movies*)』, 김학용 번역, 한두실, 1992, p.215.
2) S. W. Dawson, 『극과 극적 요소』, 천승걸 번역, 서울대출판부, 1984, p.116.

이 소설은 등장인물의 행동이나 대화를 기본 수단으로 하여 표현하는 희곡과 여러 측면에서 동질적인 면모를 보이고 있다.

가장 뚜렷한 유사점으로 소설과 희곡은 '대화'를 공통 지배영역으로 하기 때문에 장르간의 전이가 용이하다는 사실이다. 또한 카이저의 말처럼 극적인 요소가 소설에도 존재하기 때문에 소설은 희곡화가 가능하다.

> 서사적인 소설 작품에서도 확실히 극적인 대목은 발견되는 것이다. 그리고 단편소설은 사건에의 집중, 시간적인 긴장, 즉물적인 서술의 어조와 더불어 극적인 정신이 채워지는 것이다.(그러기에 거기서는 희곡화하는 의미가 충만되어 있는 것이다.)[3]

하지만 동질적인 면에도 불구하고 이 두 장르는 독립된 장르인 만큼 차이점을 보인다.

우선, 소설은 작가의 의지에 따라 마음대로 서술하고 묘사할 수 있다. 소설이 갖는 무제약성과 무한계성은 희곡과 철저히 구분되는 특성이다. 소설은 시·공간과 등장인물 등의 묘사와 서술에 전혀 제약이 없다. 인간 정신의 내면세계와 무생물의 외부·내부까지도 자유자재로 묘사할 수 있으며, 시·공간에 구애를 받지 않고 무한적인 이동이 가능하다. 또한 서술의 분량도 역시 제한을 받지 않고 수천 페이지에 이르는 대하소설을 만들어낼 수 있다.

하지만 희곡은 전혀 그렇지가 못하다. 희곡은 한마디로 말하면, '제약의 예술'이다. 희곡은 많은 제약 아래 집약하는 예술이다.

---

3) Wolfgang, Kayser, 『언어예술작품론(*Das sprachliche kunstwerk*)』, 김윤섭 번역, 예림기획, 1999, p.533.

우선, 희곡은 모든 환경과 대상을 직접적으로 묘사하는 것이 불가능하다. 오직 등장인물들의 '행동'과 '대사'를 통해서만 가능하기 때문에 표현의 한계를 분명히 인식해야 한다. 등장인물들의 직접적인 대화와 행동에 의해서 구성되는 만큼 인물의 내면세계와 사물의 내부 세계를 섬세하게 드러낼 수 없다. 그리고 음향·광경·냄새 등에 대해서도 직접적인 묘사가 어렵다.

그리고 무대공연을 전제로 하는 극 텍스트인 희곡은 시·공간에 많은 제약이 있다. 관객을 앞에 둔 무대 위에서 펼쳐지는 이야기로 공간이동이 자유롭지가 못하고 시간적인 이동 역시 한계가 있다. 또한 공연은 길어도 두 시간 반 안에 끝나기 때문에[4] 텍스트의 분량이 제한한다. 오늘날에는 무대기술의 발달로 물론 공간이동의 제약이 상당히 극복되기는 했지만, 그럼에도 불구하고 모든 제약 요소들로부터 완전히 일탈한다는 것은 불가능하다.

이외에도 소설이 작가 나름대로 자유롭게 문체를 선택하는 것에 비해, 희곡은 철저히 배우와 관객을 염두에 둔 연극 언어를 기본으로 한다. 그것은 배우의 행동을 이끌어낼 수 있는 언어, 관객들과의 대화가 이루어질 수 있는 언어를 말한다.

이와 같이 희곡은 무대 상연을 위한 극 텍스트이기 때문에 무대 상연에 맞는 대사, 언어, 환경을 조성하는 것을 원칙으로 한다. 결코 크지 않은 한 무대 공간에서 모든 것을 보여야 하기 때문에 텍스트는 압축되고, 압축 계산되어, 관객들의 상상력을 유도하는 방향으로 구조된다.

사실 희곡의 이런 제약적인 조건은 아이러니하게도 독자와 관객에게

---

4) 공연시간이 7시간 반이나 달하는 말리극장의 〈형제자매들〉(아브라모프 원작, 레프 도진 연출, LG아트센터 공연, 2006. 5. 20~21.)도 있다.

더 풍부한 상상력을 제공한다. 독자와 관객은 무대 위에 나타나는 상황을 통해서 마음속으로 그 상징적인 의미를 해석하며 연출하게 되는 것이다. '제약'의 예술인 희곡은 오히려 시상의 무대에 다양한 그림을 그릴 수 있는 여백을 남겨놓고 있다고 할 수 있다.

따라서 소설을 각색할 때에는 이러한 희곡의 특성을 알지 못하고서는 각색에 성공할 수가 없다. 특히 문학적 가치를 중시하는 희곡과는 달리 철저히 공연만을 위한 공연 텍스트는 더욱 연극적인 특성을 정확하게 인식해야 한다.

3. 각색의 '창조적' 의미와 '연극 언어' 찾기

소설과 희곡이 다른 장르이듯이, 소설을 희곡으로 각색할 때는 당연히 원작의 변형을 각오해야만 한다. 희곡은 직접화법으로 쓰인 '소설'이 아니다. 따라서 소설을 그대로 옮긴다는 고지식한 생각으로 각색을 시작해서는 안 된다.

소설이 서술의 기능을 강조하는 반면, 희곡은 서술의 기능이 무화되는 것이므로 소설에서의 서술자 혹은 화자는, 규범적으로 말한다면, 희곡의 부텍스트 Nebentext에 상응한다. 즉 희곡의 부텍스트가 가지고 있는 구조적 의의는 화자들에 대한 간결하면서도 필수적인 지시와 무대지시 및 해설적 전문 등으로 소설의 서술자가 가지고 있는 그것에 일치한다. 그렇다면, 소설에서 중요한 기능을 담당하는 서술자와 그 역할은 '무대 위'에 직접 실연되지 않는다. 이것은 소설의 서술자를 희곡의 주텍스트에 상응하게 하는 방법이 문제시되는 것이다. 소설의 서술자를 무대 위에 직접 실연하게 하는 것은 서사극의 문제에 직면하지 않을 수 없게 된다. 소설의 희곡화에 있어서 화자의 설정은 소설을 단순히 극적으로 재현하는 것이 아니라 소설—서사적 사건을 극화함에 있어서 소설을 극복—소설작품을 창조적으로 변형하여 희곡작품화 하는 것에 있다.[5]

사실 이 시대의 관객들은 더 이상 각색작품을 무조건 폄하하려고만 하지는 않는다. 그들은 이미 TV 드라마를 통해서 그리고 영화·연극을 통해서 장르의 확장과 탈장르화를 경험했기 때문에, 각색 행위에 대하여 오히려 상당히 창의적인 상상력을 요구한다. 하지만 원작자의 경우에는 자신의 작품이 변형되는 것에 대해 상당히 곤혹스러워하고, 자신의 의도와 달리 새롭게 창작되는 것에 대해서 열린 자세를 갖지 못하는 경우가 있다.

새로운 창조의 작업인 각색은 앙드레 바쟁의 설명처럼 창조적 재능이 각색자에게 무엇보다 필요하다. 앙드레 바쟁(Andre Bazin)은 "각색은 그 작품의 균형을 뒤흔들어 놓고 그것은 또한 더욱 더 동일한 균형에 의한 것이 아니라, 옛 균형과 등가의 새 균형에 의해 작품을 재구성하기 위한 창조적 재능을 필요로 한다"[6]고 하였다.

각색의 유형을 살펴보면, 다음과 같이 크게 세 가지로 나눌 수 있는데, 첫째, 원작에 충실한 각색, 둘째, 원작을 바탕으로 하되 각색자의 해석에 따라서 새롭게 창작을 하는 각색, 셋째 원작을 완전히 해체해버리는 각색 등이 그것이다. 원작에 충실한 각색은 원작을 거의 훼손하지 않고 원작의 문학적 바탕을 극으로 재창조하는 것을 말한다. 원

---

5) 민병욱, 『희곡문학론』, 현범사, 1989, p.31.
6) Andre Bazin, 『영화란 무엇인가?(Quest que le cienma)』, 박상규 번역, 시각과 언어, 1998, p.133.

작을 바탕으로 하되 각색자의 해석에 따라서 새롭게 창작을 하는 각색은 작품을 각색자의 시각으로 독창적으로 새롭게 해석하여 제2의 창작을 만들어내는 것이다. 그리고 원작을 완전히 해체해버리는 각색은 원작으로부터 아이디어나 상황 또는 등장인물 등에 대한 일부 모티브나 요소만을 제공받고 나머지는 완전히 바꿔버리거나 또는 기본적인 요소들만을 남겨놓고 완전히 새로운 작품을 만들어내는 것을 말한다.

사실 번역 수준으로 각색을 하느냐 아니면 소설 원작의 매력을 하나의 보증으로 삼아 각색을 하느냐는 그리 중요하지 않다. 정말로 주의해야 할 부분은 어떤 유형의 각색을 선택하든지 간에 공연텍스트로서의 '연극적'인 특성을 무대화를 위한 각색에서 드러내야 한다는 것이다.

우리의 현실은 온갖 극적인 이야기들로 가득 차 있으며, 또한 각종 매체에서는 수많은 드라마를 쏟아내고 있다. 따라서 연극의 드라마성은 이런 각양각색의 드라마들의 난무로 인해 그 경쟁력이 떨어질 수밖에 없다. 연극이 살아남을 수 있는 길은 연극만이 지닌 고유한 특성─ '연극성'을 회복하는 것이다. 그러므로 서사적인 극성보다는 극적인 연극성, 공연성을 강화시키는 방향으로 각색이 이루어져야 한다.

「연극이 문학에서 얻어야 하는 것과 버려야 하는 것에 대한 서설」이라는 글에서 연극평론가 이진아는 러시아 연출가들이 소설의 무대화를 통해서 시도하고 있는 것은 관객들에게 '연극언어'를 되찾아주려는 시도라고 설명하면서, 문학의 연극화가 '연극언어', 즉 '연극성'을 기반으로 하여 창조되어야 함을 다음과 같이 설명하고 있다.

"어떤 면에서는 근본적으로 소설의 무대화와 희곡의 무대화 사이에는 별다른 차이점이 없다고 생각합니다. 다만 소설의 경우 가능성이라는 점에 있어서 좀더 자유롭게 열려있다고 할까요. 희곡이 갖고 있는 극적 조건성이 소설에는 없으니까요. 그 점에서 연출가는 내용면에서도 형식면에서도 더 많은 상상력을 발휘할 수 있지요"(레프 도진과의 인터뷰 중) 중요한 것은 무대에 올라간 결과물로서의 연극작품이 어떤 것인가 하는 점이지 그것에 사용된 구성요소의 본래적 모습이 무엇이었느냐 하는 것이 아니다. 그리고 결과물로서의 작품이 오직 공연예술에서만 얻을 수 있는 고유의 즐거움과 정서로써, 즉 연극 언어와 코드로써 관객과 대화할 수 있었는가 하는 것이다.

연출가들이 산문을 다루는 방식은 다양하다. 많은 연출가들이 강조하듯, 무엇보다 산문은 극을 가두거나 구속하는 무대 관습을 그 스스로 제시하지 않기 때문에 연출가들은 희곡을 가지고 작업할 때보다 더욱 다양한 방법으로 자신의 연극적 이상을 실험할 수 있다. (…중략…) 러시아 현대 연출가들의 일련의 시도들은 연극에게 연극 본연을, 즉 연극성을 되찾아 주려는 시도들이다. 무대에 연극 언어를 되찾아 주려는 시도, 관객에게 연극 언어를 해독하는 능력을 되찾아주려는 시도, 배우에게 관객과의 연극적 커뮤니케이션을 되찾아 주려는 시도, 그리고 이 모든 시도는 연극이 문학에서 무엇을 얻고 무엇을 버려야 하는지를 진지하게 시사하는 작업이기도 하다.[7]

사실, 관중 앞에서 사람들이 말하고 행동하며 집단적인 놀이를 펼치는 연극은 동적이고 즉시적이며, 시청각적이다. 따라서 정적인 언어의 형태로 오로지 독서행위로만 전달되는 문학텍스트와는 달리 극(劇) 텍스트는 행위를 객관화하는 무대적 행위와 언어를 기반으로 하며, 수십 명 또는 수백 명의 관객들의 반응이 읽혀지고 종합예술(무용, 영상, 음

---

7) 이진아, 「연극이 문학에서 얻어야 하는 것과 버려야 하는 것에 대한 서설」, 《한국연극》, 2002년 11월호, pp.82~87.

악, 조각 등과 같은 인접 예술들과의 합력)로서의 공연을 전제로 하고 있다는 점을 인식할 때 연극이 갖는 독특한 특성을 드러낼 수 있다.

극텍스트는 시적인 기능뿐만 아니라 행동을 수반하는 역동성이 살아있는 텍스트다. 따라서 문자텍스트가 가지고 있는 서정성과 서사성을 '놀이성'과 '연극성'으로 대치시킬 때보다 창조적인 의미의 각색이 이루어질 것이다. 무대화를 위한 소설 각색은 문자에 갇혀져 있는 이야기를 무대 위에 생동감 넘치는 예술로 풀어내기 위한 작업이다. 따라서 공연성과 연극성을 강화하는 방향으로 각색되어야 한다는 사실은 누구이 강조해도 지나치지 않다.

소설의 무대화는 러시아 연출가 도진(Lev Dodin)의 말처럼 무대 관습을 스스로 제시하지 않기 때문에 희곡을 가지고 작업할 때보다 더욱 다양한 방법으로 자신의 연극적 이상을 실험할 수 있다. 이러한 특성을 인식하고 소설의 무대화가 갖는 '열린 텍스트'로서의 의미를 다시 한번 깊게 생각해볼 필요가 있다.

4. 소설에서 극 텍스트로 : 각색의 실제
— 박상륭의 「뙤약볕」을 중심으로

박상륭의 「뙤약볕」을 무대에 올려 연극계에 큰 주목을 받은 극단 미추의 「뙤약볕」도 공연텍스트를 무대화를 위한 소설 각색의 적절한 예로 소개하고자 한다. 이는 관념적인 내용에 논리성이 부족하고 갈등이 약하고 비윤리적인 내용에 각색되기에 힘든 요소를 지니고 있음에도 불구하고 연극적인 특성을 잘 살려 이러한 문제점을 극복하고 있는 텍스트이기 때문이다.

소설 「뙤약볕」은 관념 철학적이고 신화적인 상상력과 난해한 상징을 특징으로 하는 박릉의 초기 작품이다. 이성과 근원, 삶과 죽음, 물질과 관념, 음과 양 등 형이상학적인 문제를 다루고 있는 이 소설은 인간 존재와 삶의 근원을 찾아가는 구도과정을 그리고 있으며, 인간의 이성과 형식의 경계를 허물고 우주 질서의 본원으로 회귀하고자 하는 작가의 세계관을 명확하게 보여주고 있다.

소설 「뙤약볕」은 모두 3편으로 되어있는 연작 형식의 소설로, 삶과 우주의 근원인 '말(言語)'을 잃게 되는 원인과 그 말을 새로이 찾아가는 과정을 주된 줄거리로 삼고 있다. 1편은 인간의 '영특함'으로 인해 '근원'인 말을 잃어버리고 '이성'의 말을 섬긴 사람들의 이야기를 다루고, 2편은 '말'을 부정하고 떠난 사람들에 관한 이야기며, 3편은 점쇠가 '새로운 말'을 찾는 과정을 그리고 있다.

연출가 김광보는 1998년에 극단 미추와 함께 이 작품을 공연하여 연극계에 화제를 불러일으킨 적이 있다. 춤과 노래, 폭발할 듯한 소리, 삶의 무게처럼 치렁거리는 의상과 강렬한 조명 등, 다양한 극적 에너지가 무대를 가득 채웠던 이 연극은 그 동안 낯설고 난해하게만 인식되어 왔던 박상륭 소설의 신비를 관객들이 보다 가깝게 만날 수 있는 계기가 되었다.

2004년도에 극단 청우의 10주기를 기념하여 연출가 김광보는 다시 〈뙤약볕〉을 선택했는데, 이번엔 모든 장치를 제거하고 배우들의 '몸'만으로 공간을 비워내는, 이른바 미니멀리즘(minimalism) 무대로 박상륭 문학과의 만남을 색다르게 시도했다. 관념적인 작품의 색깔을 여백으로 칠한 연극 〈뙤약볕〉은 사유의 '시석' 무대로 관객들을 이끌었으며, 특히 인간 존재의 '불완전성'과 '이기적 본능'에 주목하여 작품의 주제를 풀어낸 연출가의 해석이 거짓과 물질·육체적 욕망, 폭력 등이 난무하는 이 시대의 키워드와 맞아떨어짐으로써 관객들의 호응을 얻어내기도 했다.

그러면 연출가 김광보가 각색한 극 텍스트 〈뙤약볕〉을 예로 하여 각색할 때 고려해야 할 사항들을 하나하나 살펴보도록 하자.

1) 각색자는 원작을 재해석한 후, 극 텍스트의 주제를 결정해야 한다.

원작의 주제·소재·작가의 시대 등 모든 문제와의 연관성을 다각적으로 살펴본 후에 각색자의 시각으로 작품을 재해석할 필요가 있다. 하지만 원작의 본 주제를 선택했을 경우에는 '어떻게' 그 주제를 표현하느냐에 더 많은 관심을 기울여야 한다.

연출가 김광보는 존재의 근원을 찾아가는 구도의 과정 즉, 이성적인 틀을 벗어버리고 진정한 마음의 세계로 나아가 이분된 우주를 통합한다는 소설의 중심 주제를 "인간의 이기적 욕망과 본능이 부른 파멸"이라는 주제로 한정시켜 강렬하고 깔끔한 극적 언어로 극 텍스트 「뙤약볕」을 그려냈다. 종교적 존재론적 사유체계속의 관념들, 삶과 죽음, 관념과 물질, 남성성과 여성성, 이성과 근원으로서의 말 등을 형상화시키기보다는 극 텍스트는 철저히 '인간'에 그 코드를 맞추고 있다.

따라서 극 텍스트 「뙤약볕」은 원작 소설의 1편과 3편을 과감히 압축하여 2편에 무게를 실어준, 즉 섬을 떠난 사람들의 이야기를 주된 무대로 삼고 있다. 김광보는 극 텍스트의 첫 출발부터 이러한 의도를 뚜렷하게 설정해 놓았다.

극 텍스트는 모두가 떠난 섬 위에서 이리 저리 서성이는 점쇠의 모습에서 시작된다. "어쨌던…… 이젠…… 나 혼자만…… 남았다. 말을 모시던 사당엔…… 그래, 예전에 여기서 말이 살았었는데… 말을 모시던 사람들은…… 사람들은…… 어디 숨었니, 어디 숨었니, 어디 숨었니……" — 이러한 점쇠의 첫 대사에는 말을 찾으려는 '구도'에 대한 의지보다 떠난 사람들에 대한 안타까움이 반영되어 있다. 그것은 어리석은 인간 삶과 존재에 대한 '동정'이요, 근원과 멀어지는 인간의 내면에 대한 '아픔'이다.

'인간'에 대해 말하고 싶어서 '뙤약볕'을 선택했다는 연출가 김광보는 "인간이 필요에 의해 말을 만들고 무너뜨리고 버렸다가 떠나면서 파멸해가지만, 그 과정 속에서도 결국 그것을 완성시키는 것은 '인간'이라는 사실을 말하고 싶었다"고 고백한다.

2) 공연 시간에 따라 소설 내용을 압축해야 한다.

일반적으로 공연시간은 두 시간 반을 넘지 않는다. 물론 작품에 따라서 공연시간이 10시간에 달하는 연극도 있지만, 공연텍스트는 200자 원고지 400매 이상을 넘지 않는다.

연출가 김광보는 중편소설 「뙤약볕」을 1시간 30분짜리 공연으로 압축하여 보여주기 위해 장면들을 삭제하거나 장면의 순서를 재편집하면서 소설의 내용을 함축적으로 축소하였다.

3) 극 텍스트의 제약된 요건을 고려하여 시·공간을 정해야 한다.

소설에서는 시간과 장면이 수시로 바뀌지만 극 텍스트에서는 시·공간적인 제약으로 인해 이들 시간과 장면들을 중요한 몇 개의 시·공간으로 정리해야 한다.

극 텍스트 「뙤약볕」은 소설에서 가장 중심이 되는 큰 무대를 기반으

로 하여 세 공간 : 섬(1막)—배(2막)—섬(3막)으로 나누었다. 하지만 공연에서는 우주의 순환구조인 '타원형'의 기울어진 빈 무대에서 실제적인 공간 변화 없이 세 공간을 모두 동일하게 처리하였다. 기울어진 타원형의 무대는 우주 자연의 순환구조에서 벗어날 수 없는 인간의 한계와 존재의 불완전함을 상징하듯 불안하게 기울어졌다. 무대장치 하나 없는 이 무대는 사당이 되고 섬이 되며 배가 되지만, 어느 장소이든 한 무대일 수밖에 없는 삶 위에서 인간들은 서로 비판하고, 정죄(定 罪)하며 육체적 욕망만이 앞선 섹스와 권력 속에 서로를 희생 제물로 몰아간다. 이렇게 파멸하는 인간들의 모습을 그대로 내려다볼 수 있도록 관객석은 무대를 감싸 안고 한 단계 높이 위치한다. 인간인 관객이 인간 자신을 내려다보는 효과를 노린 것이다. 상대편 관객의 표정과 작은 몸짓마저 볼 수 있도록 설계된 무대 배치는 극에 대한 완전 몰입을 방해함으로써 연극을 이성적으로 파악할 수 있는 거리감을 확보하며, 객관적으로 인간을 이해할 수 있도록 유도한다.

4) 등장인물을 정리해야 한다.

소설에서는 셀 수도 없는 많은 인물들이 등장할 수 있지만, 각색된 극 텍스트에서는 사건 진행에 맞게 등장인물을 없애기도 하고 새로 추가시키기도 한다.

소설 「뙤약볕」에는 2편에서만 63명의 마을 사람들이 등장한다. 하지만 극 텍스트에서는 12명으로 축소되었다. 12명의 등장인물들이 63명의 사람들의 역할을 감당해야 하기 때문에, 그들은 개연성이 있게 텍스트에 참여하게 된다. 예를 들어, 소설의 1편에서 새당굴과 농부가 하는 대화(당굴로서의 역할에 대하여 괴로워하는 새당굴)를 점쇠와 당굴의 대

화로 바꿨다. 점쇠는 소설 2편에 처음 등장하지만, 극 텍스트에서는 1
막 맨 처음에 등장하여 '말'을 찾기 위해 섬에 남는 인물로 그려진다.
따라서 소설 속의 농부보다는 그런 인물의 입을 통해서 '말'을 섬기는
당굴의 역할이 다음과 같이 더욱 강조되는 것이다.

〈소설 텍스트〉

초여드레 달이 질 무렵에, 그때에야 식사를 끝낸 모양으로 낮에 보았던
농부가 올라왔다. 그는 허리를 굽혀 인사한 뒤, 당굴의 무릎 밑에 앉으며
공들인 세마포 옷 한 벌을 내놓았다.

"저어, 이거, 이거……"

농부는 머뭇머뭇한다.

"볼품은 없지만……"

"……. 내가 누군데 이러시오?"

"아, 당굴님이죠!"

농부는 서슴지 않고 소리쳤다.

"〈말〉님과 같이 사시며, 섬을 지켜 주시고……"

당굴은 말없이 농부를 내려다보았다. 동백기름의 흐르르한 불빛에 당
굴의 얼굴은 일그러져 보였다.

농부가 돌아간 뒤, 당굴은 마음이 스산해져, 사당 옆을 왔다 갔다 했다.
사당은 한번도 시야 속에서 모습을 감추지 않았다. 눈을 감아 보아도 그
것은 동백꽃의 암내에 취해 서 있기만 했다.

당굴은 미칠 듯한 기분이 되어 사당벽을 쳐대기 시작했다.

"말을 해라, 말을! 말을!"

당굴은 발악했다. 그러다가 당굴은 주저앉고 말았다.

〈극 텍스트〉

당굴 : 말이 날 택했다고? 말이 뭐지? 보이지도, 들리지도, 않는 말에 내가 어떻게 도달해. 사람들은, 말은 보이지 않는데도 신비한 어떤 마력을 갖고 있어 바다와 땅을 만들었고, 자기들의 운명과 시절을 지배한다고 알고 있다. 그런데, 난……

당굴 괴로워 떤다. 점쇠, 들어와 당굴을 지켜보고 있다.

당굴 : 말을 해라. 말을.

당굴, 쓰러진다. 점쇠 놀라 당굴에게 다가온다.

당굴 : 내가 누군데 이러시오?
점쇠 : 저희들의 당굴님이시죠.
당굴 : 당굴이 뭐요?
점쇠 : 말님과 함께 사시며, 이 섬을 지켜주시고, 말님의 말씀을 전해주시고, 축복을 내려주시죠.
당굴 : 당신은 말님을 만나보았소?
점쇠 : 제까짓게 만나고 싶다고 만날 수 있나요. 말님은 당굴님께서 만나셔야죠. 당굴님께서 말님을 만나시면, 저희들은 당굴님을 따르기만 하면 되죠.

점쇠, 당굴에게 인사하고 나간다.

5) 서사 형식을 극적 형식으로 바꿔야 한다.

불필요한 장면을 과감히 삭제하고 장면의 순서가 각색자의 의도에 의해 재편집된다. 카이저는 서사 형식이 극적 형식으로 전이되면서 나타나는 특성에 대해서 다음과 같이 말하고 있다 : "세계가 극적인 것이 되어 버릴 때 거기서는 서사적인 것의 특징이었던 냉정한 관찰안, 충분한 거리감 유지, 복잡하고 다채로운 존재의 한 점 한 점에 애착하는 자세는 정지해 버린다. 그때 표현의 궁극적인 의미는 이미 자아와 대상과의 융합상태를 알려주는 고지도 아니고 또 다른 대상적 존재물의 서술도 아닌 것이다. 거기서는 말이 해체되고 낱말이 지금까지는 존재하지 않았던 어떤 것을 환기시키며 자아는 끊임없이 흥미를 끄는 대상이 되어 무엇을 하라고 독촉을 받는, 그러면서 또 공격을 받고 있는 대상으로 느껴지는 것이고 일체가 앞으로 일어날 사건에 집중되는 것이다. 바로 그와 같은 종류의 세계는 직접적으로 체험되어야 하는 까닭에 극적인 것은 이미 과거의 시칭(時稱)도 없고 매개자로써 서술하는 화자도 이미 존재하지 않는 희곡을 지향하는 것이다"[8]

소설 「뙤약볕」은 모두 3편으로 되어있는 연작 형식의 소설이지만, 극 텍스트는 원작의 1·2·3편을 내용 순서대로 형상화시키면서도 각 편의 장면들을 연극적 상상력으로 중첩시킴으로써 환상적인 연극성을 드러낸다.

소설 텍스트와 극 텍스트에서 사건 전개가 다음과 같다. 두 텍스트의 전개 양상에 관하여 소설 텍스트에서는 서술적인 관점에서 핵심을 요약했고, 행동을 중심으로 요약했다.

---

8) Wolfgang Kayser, 앞의 책, pp.532~533.

소설 〈뙤약볕〉[9]			극 텍스트 〈뙤약볕〉[10]
뙤약볕 1 (pp.82 ~100)	① 어느 섬에서 '말(言語)'을 섬기는 사당과 그 사당을 지키는 당굴의 삶 묘사 ② 오점투성이인 새당굴의 이력서와 행실 서술. ③ 보이지 않는 말의 존재와 당굴로서의 삶에 대해 고뇌하는 새당굴의 번민 서술 ④ 섬돌이의 재판을 맡게 된 새당굴과 말(언어)의 판결 서술 ⑤ 섬돌의 사형집행과 어미 천치녀의 자살 서술 ⑥ 당굴의 죽음(자살)과 그 후 장마와 역병으로 인해 폐허로 변한 섬 묘사	1막 (pp.2~ 12)	① 모두가 떠난 섬에서 홀로 남겨진 점쇠가 홀로 서성이며 괴로워한다. ② 노당굴은 젊은 당굴의 행실에 대해 화가 많이 난 노족장을 간곡하게 설득시킨다. ③ 노당굴은 젊은 당굴에게 후계자로 삼은 이유를 말해준다. ④ 노당굴이 죽자 홀로 남겨진 당굴은 말의 선택과 자신의 운명에 대해 번뇌한다. ⑤ 섬돌이의 재판을 맡게 된다. ⑥ 사형집행에 따라 섬돌이가 죽고 어미 천치녀가 자살을 한다. ⑦ 당굴은 죽은 섬돌과 천치녀를 들고 들어간다. ⑧ 사람들이 당굴을 찾는다. ⑨ 사람들이 사당을 무너뜨린다. ⑩ 족장은 새로운 땅을 찾아 떠나자고 주장한다. ⑪ 족장의 설득에도 불구하고 점쇠는 섬에 남겠다고 한다. ⑫ 사람들은 섬을 떠난다.

소설 〈뙤약볕〉		극 텍스트 〈뙤약볕〉
뙤약볕 2 (pp.101 ~127)	① 출발 전날 죽어간 사람들의 화톳불에 던져진 사람과 64명의 산 사람들의 향연 묘사 ② 말(언어)을 되찾기 위해 남은 점쇠와 새땅을 찾기 위해 섬을 떠나는 사람들 묘사 ③ 바다 한가운데 항해하는 배 위의 사람들의 여유 묘사 ④ 폭풍우를 만난 사람들과 죽은 시체들 묘사 ⑤ 뙤약볕 아래서 지쳐가는 사람들과 음란한 행위들 서술 ⑥ 용왕에게 족장을 바치는 사람들 행위 서술 ⑦ 음식물과 물이 떨어져가자, 여자들과 사람들을 물에 던지는 바람쇠의 행위 서술 ⑧ 바람쇠를 죽이는 남은 자들 묘사 ⑨ 뙤약볕 아래에서 죽는 남겨진 4명 묘사	2막 (pp.12 ~19)	① 짧은 평온함 후에 폭풍 속에 사람들이 쓰러진다. ② 쓰러져 있는 곳에 점쇠가 등장하여 외로움 속에 말을 찾는다. ③ 시체들 속에서 사람들이 깨어난다. ④ 뙤약볕 아래에서 무기력함과 무료함에 사람들이 쓰러진다. ⑤ 여자들과 남자들의 음란행위를 벌인다. ⑥ 지혜꾼이 용왕에게 사람을 바치자는 제안에 책임을 지고 족장이 바다로 뛰어내린다. ⑦ 여자들을 바다로 던진다. ⑧ 바람쇠가 지혜꾼을 바다로 던진다. ⑨ 사람들이 바람쇠를 죽인다. ⑩ 섬순이와 남겨진 사람들이 죽어간다.

9) 박상륭, 「뙤약볕」, 『열명길』, 문학과 지성사, 1986, pp.82~150.
10) 극단 청우 10주년 기념 공연 텍스트 「뙤약볕」, 박상륭 원작, 김광보 각색(문예진흥원 예술극장 소극장 공연, 2004. 6. 19~7. 11), pp.1~23. (A4용지)

소설 〈뙤약볕〉		극 텍스트 〈뙤약볕〉
뙤약볕 3 (pp.128 ~150)	1장 (pp.128~139) ① 홀로 섬에 남아 사람을 그리워하는 점쇠 묘사 ② 가난애와 애어미인 누이를 발견하는 과정 서술 2장(pp.139~147) ③ 누이의 회복과 바람쇠가 아이의 애비였다는 누이의 고백 서술 ④ 점쇠가 사당을 쌓아올리며 '말'을 추적하는 과정 속에서 누이에게서 여자를 느끼게 되는 상황 묘사 ⑤ 누이와 관계를 맺은 후 쌓았던 사당을 허물어버리고 누이를 죽이는 점쇠의 행위 서술 3장 (pp.147~150) ⑥ 누이의 죽음을 통해서 인간의 영특함으로 '말'을 잃어버린 사실을 깨닫고 자정(子正)의 의지인 '새로운 말'을 깨닫는 과정 서술	3막 (pp.19 ~23)	① 홀로남겨진 점쇠가 무너진 사당으로 가서 서성인다. ② 족장이 아이를 안고 나와 점쇠에게 준다. ③ 아이의 엄마인 누이를 발견한다. ④ 누이는 여자로 다가오고, 바람쇠가 아이의 애비였다고 고백한다. ⑤ 비바람속에서 누이와 관계를 맺는다. ⑥ 누이를 죽이고 자정의 의지인 '새로운 말'을 깨닫게 된다.

소설 「뙤약볕」은 사건이 순차적으로 이루어져 있지만, 극 텍스트는 연극성을 부여하기 위해 가장 주제가 함축되어있는 부분을 앞부분에

강렬하게 보여준다. 극 텍스트는 소설의 2편-①을 제일 앞의 무대에 끌어내어 각색자의 문제의식을 드러낸다. 연극이 시작되면 홀로 남겨진 사람, 모두 떠난 무대, 파도소리를 배경으로 사람들을 간절히 찾는 점쇠가 다음과 같이 서성거린다.

〈극 텍스트〉
섬.

파도소리.
점쇠, 이리 저리 서성인다.

점쇠 : 어쨌던…… 이젠…… 나 혼자만…… 남았다.
　　말을 모시던 사당엔…… 그래, 예전에 여기서 말이 살았었는데……
　　말을 모시던 사람들은…… 사람들은…… · 어디 숨었니, 어디 숨었니, 어디 숨었니……

극 텍스트 「뙤약볕」은 연극 공연 시간이 1시간 30분 정도가 되기 때문에, 가장 중요한 문제점들을 부각시키기 위해서 가장 중요한 사건들을 연결하여 무대 위에 보여준다. 극 텍스트의 1막에서는 소설 1편-① 만 삭제되고, 나머지 장면은 모두 등장인물들의 행동으로 처리되어 소설 1편의 내용이 압축되어 다 그려지고 있지만, 보다 효과적인 극적 전개를 위해 소설 2편의 ①, ②가 1막 후반부에 삽입되었다.
극 텍스트 2막은 소설의 내용을 그대로 요약하여 보여주고 있지만, 3막에서는 소설에는 없는 3막-②가 새롭게 창조되었다. 또한 바람쇠가 아이의 애비였다는 누이의 고백이 소설에서는 3편 2장 초반부에 나오지만 극 텍스트에서는 3막 중후반부에 드러나도록 각색되었다. 극 텍스트 3막은 소설의 긴 내용을 상당히 압축하여 보여주었는데, 특히 소설 3편의 3장의 경우는 극 텍스트에서 가장 짧게 압축되었다. 가장 중요하다고 할 수 있는 절정 부분이 강렬하지만, 가장 짧게 처리됨으로써 소설에서 드러내고자 하는 주제와 극 텍스트의 주제가 달라지는 계기가 되었다. 즉, "인간의 이기적 욕망과 본능이 부른 파멸"이라는 주제를 극 텍스트의 주제로 삼고자 했던 각색자의 의도대로 소설의 1·2편이 무대 위에 부각되고, 우주의 근원을 찾고 새로운 말을 찾는 결말부는 깔끔하게 축소되었다.

소설에서는 다섯 페이지에 이르는 다음의 장면을 단 한 페이지로 축소하여 다음과 같이 강렬한 극적 효과를 살리고 있다.

〈소설 텍스트〉

"저 죽었던 애를 되살려야겠어."

"자꾸 말예요, 오빠 자꾸, 무서운 생각이 자꾸 드는 걸요 오빠!" 누이는 오빠의 등에다 흐트러진 머리칼에 쌓인 젖은 뜨거운 볼을 문지르며, 두 팔을 오빠의 겨드랑 밑으로 돌려 오빠 가슴의 털을 쥐어뜯었다.

"내일은 어떻게 되죠? 오빠, 모레는요? 십년 후에는 요, 네?"

그리고,

속박에서 벗어난, 완전하고 훌륭한 여자라는 자부심과 노곤함으로 혼곤히 자다 말고 누이는, 어떤 전율 때문에, 옆자리를 더듬다가 남자가 만져지지 않아서, 당황되히 부르며 빗발 속으로 뚫고 나갔다. 그리고 그녀는 아직 날이 채 밝기도 전의 후둘기는 빗발과 번개 속에서 자기의 남정

네가 뭔가를 미친 듯이 해대며, 헛소리처럼 알 수 없는 말을 각혈하는 걸 보고 들었다. 그는 온전히 미쳐 버린 듯했는데, 그렇게도 애써서 땀과 신앙과 정성으로 쌓았던 사당을 헐어내고 있었다.

"오빠, 대체 무슨 짓예요 네? 그러지 마세요 마세요 정말 마세요!"

점쇠에겐 그러나 아무 소리도 들리지 않은 듯, 와그르 와그르 돌만 밀어냈다. 벌써 밑뿌리 가까이까지 흩어져 있는 걸로 보아선 꽤 오랫동안 그 짓을 했음에 틀림없었다.

누이도 더 말하지 않았다. 그리고 벗은 몸을 부끄러워할 줄도 모르고 오뚝하니 서서 오빠를 지켜보았다. 뭔가 온몸으로 여울져 휘감아 오는 자학적인 쾌감을 비의 학대 속에서 즐기며 오빠가 그 일을 끝냈을 때까지 그냥 그러고 있었다. "오빠는 세 개의 남자는 아니야, 이젠."누이는 생각했다. (…중략…)

누이는 눈 한번 깜빡이지 않고 오빠를 쏘아보았지만, 형언 못 할 공포로 부들부들 떨다 무릎을 꿇었다.

누이 곁에 다가온, 욕망으로 변해 버린, 이 독사는, 그리고, 무지막지하게 누이의 머리채를 나꿔채, 착 한번 누이의 목에 휘감아 쓰러뜨리더니 누이의 온몸을 핥고 물어뜯기 시작했다.

"죽이지 마세요, 네? 죽기 싫어요!" 열사의 지렁이처럼 꿈틀이며 누이는 애원했는데, 그렇다고 공포나 고통에서 비롯된 것만은 아닌 듯했다.

그리하여 두 사람은, 쉼 없는 우뢰와, 대숲 같은 비와, 장막 같은 안개 속에서, 한 몸으로 휘감긴 뱀이 되어 버렸다. (…중략…)

"허지만 널 죽이길 잘했어!"선언하듯 외치고 점쇠는 다시 음미하듯 읊조렸다. 두 알몸의 꼭 같은 표정을 핥으며, 빈개가 지나갔다.

"네가 나를 분만했구나. 네가 없었더라도 어느 때엔 허긴 이렇게 되긴 했을 것이다. 소의 죽음이, 닭의 죽음이, 아니면 피었던 꽃의 죽음이, 이렇게 만들었을 것이다. 나를 봐라, 내 속에서 넌 너의 새 삶을 보게 될게 다." 점쇠는 누이의 얼굴에서 비를 빨아들였다.

(…중략…)

"그러나 〈말〉은 아마 없을 게다. 돌이니 풀이니 송아지니 하는 것들에 서 느꼈던 〈말〉은 그것들의 정조(情操)며 생명 그 자체였을지도 모른다. 돌에게서도 난 생명을 느꼈으니까. 따지고 보면 송아지나 아이나 여자가 남게 된 것도 그럴 만한 충분한 이유가 있었다. 거기에 〈말〉의 뜻이 있었 던 게 아니라 인간의 예지와 실명(失明)이 있었던 것이다. 하기야 그것 모두 〈말〉의 지시였다고 해도 된다. 〈말〉을 죽인 자들이 이뤄놓은 우연이 라고 해도 안 되는 건 아니다. 그렇다고 내가 뭘 의심하고 있는 것도 아니 다."

간추린 머리칼을 점쇠는, 팽배된 채 있는 누이의 두 젖무덤 사이에다 놓아 주었다.

(…중략…)

"난 새벽에, 두터운 껍질을 벗기우는 모진 아픔을 경험한 거야. 그래서 넌 죽었다. 수백 년이나 걸려, 이젠 집처럼 쌓여져 버린, 그렇지만 박락 (剝落)되어져야 했던 모든 껍질을 대신해서 난 그 수천 년의 몰락으로부 터 그 본래 자리로 한순간에 되돌아오는 현기증으로 무섭게 떨었다. 그러 고 보니, 한때 너무도 흑암에 찼던 이 땅이 온전히 새롭게만 보인다. 묵고 거칠어지고 이지러진 껍질 속에 숨겨져 있었던 풍염한 젖퉁이가 드디어 열린 거야. 인간만이 볼 수 없었던, 그리하여 스스로를 제외시켰던, 태고 적의 그 어떤 숨결 같은 것이, 젖 같은 것이, 샘솟는 것을 되찾은 것이다. 그것이 바로 자정(子正)의 의지(意志)였다. 땅의 맥관을 타고, 줄기차지 만 고요히 흘러 온 작용력(作用力) — 그것이 어쩌면 내가 찾은 〈새로운 말〉이다."

(…중략…)

점쇠는 천천히 어둠을 헤치며 걸어내렸다. 그의 대지를 주유(周遊)하고 싶은 마음으로, 이슬길을 가듯, 노래 같은 명오를 흘리며 —.

차차로 포효하는 파도 소리가 높아져 오고 검은 물결이 일럭 일럭 점쇠의 발목을 삼키고 또 기어올랐다. 그래도 점쇠는 멈추지 않았는데, 파도까지도 점쇠의 발에 닿아선 대지로 화했다. 어둠도, 그리고 하늘도, 이 한 우리 속의 모든 것이, 그리고 그것은 유혹적인 새로운 세계로서, 그의 발밑에 감람잎을 깔았다.

"비가 개이는 대로 묵은 땅은 온통 불살라 버려야겠어. 폭우로도 다 못 씻은 낡음들을. 그리곤 씨알을 던져야지, 씨알을, 암믄. 이 여인의 몸에, 그 자궁에". 그 밤하늘로 그리고, 한 마리의 흰 비둘기가, 날아 올라갔다. 그것은 〈고행의 돌더미〉 속에서 푸드득이며 살아나온 것이다.

〈극 텍스트〉

점쇠 : 저 죽었던 애를 되살려야겠어.

점쇠, 누이에게 다가선다. 깨질 듯 몰아치는 천둥소리. 오누이 알몸이 되어 뒹군다.

점쇠, 누이와의 행위를 깨닫고 미친 듯이 웃어댄다. 점쇠 쌓아 올렸던 사당을 다시 허문다.

점쇠 : 말을 해라. 말을. 말을 해라. 말을. 말을 해라, 말을……
누이 : 오빠 뭐하는 거예요? (웃는다)

누이, 계속 오빠를 보고 있다.

누이 : 오빠 인제 나만의 남자야. '말'의 사람도, 율법의 사람도 아닌, 오직 나만의 남자야!

점쇠, 누이와 장난친다. 점쇠, 누이와 관계를 맺는다.
점쇠, 갑자기 누이의 목을 조른다.

누이 : 죽이지 마세요, 네? 죽기 싫어요!

누이, 몸부림치다가 잠잠해 진다. 점쇠, 머리가 깨어질 듯 아프다.

점쇠 : 자정이로군, 자정이야! 자정은 어제의 끝이고…… 내일의 시작이고…… 헌데 오늘이 끼어질 못했고…… 하, 그것은 무덤속의 요람이니…… 그래! 거기서 갈 곳 잃은 '말'은 살고 있는 모양이다.

점쇠, 갑자기 정신이 맑아진다.

점쇠 : 그 새로운 '말', 그것은 이미 땅의 맥관을 타고 도도히 흐르고 있었다. 사람만이 타락해서 그 근원으로부터 스스로를 버림받게 만들었지. 인간의 영특함이 자초한 거야. 난 너를 아마 지나치게 사랑했다. 하지만 널 죽이길 잘했어! 네가 나를 분만했구나. 나를 봐라, 내 속에서 넌 너의 새 삶을 보게 될게다. 비가 개이는 대로 묵은 땅을 온통 불살라 버려야겠다. 폭우로 다 못 씻은 낡음들을. 그리곤 이 새로운 땅에다가 씨알을 던져야지. 씨알을!

막.

마지막 부분에서는 점쇠의 독백이 상당히 많이 나오지만, 극 텍스트에서는 이 모든 것을 지운다. 지나치게 잦은 독백은 감상적으로 흐르게 만들 수 있으며, 강렬한 극적 효과를 떨어뜨릴 위험이 있다. 특히 이 무대에서는 미니멀리즘을 추구하기 때문에 될 수 있도록 함축적인 장면으로 모든 관념을 상징화시키려고 한다.

6) 연극 언어를 사용하라.

원작에 있는 다양한 화법들은 1인칭 화법으로 전환시켜야 하며, 서사적인 설명과 묘사도 직접 화법인 대사로 전환시켜야 한다. 이때 대사는 사건 전개와 상황에 따라 새로운 대사가 추가되기도 한다. 또한 시적인 기능과 행동을 수반하는 역동성을 띤 극적 언어를 사용해야 한다. 극적 언어는 테니슨이 주장한 대로 압축·타당성·박자·기교[11] 등의 요소를 갖추어야 한다.

〈소설 텍스트〉
나 없었더면 보이지 않는 사람은 차차로 잊어버리고, 새 당굴을 뽑았을지도 모른다. 그러나 우계에 접어들면서 지독한 장마가 계속되어 가축은 병이 들고, 생선은 썩어들고, 곡식은 가마니 속에서 싹을 키웠다. 장마가 그치는가 했더니, 이번엔 역병이 창궐하기 시작했다. 죽은 쥐가 도처에서 보이더니 사람이 죽기 시작한 것이다. 시체는 그을린 듯 새까맣게 변했다. 노인들도 병의 원인을 알지 못했다. 하다못해 산으로 들로 병의 원인을 찾으려 헤맸지만 아무것도 발견치 못하고, 주저앉아 버렸다. 하기야

---

11) G. B. Tennyson, *An Introduction to Drama*, Holt, Rinehart Winston, Inc., 1967, p.74.

바닷가 바위들 사이엔 어디서부터 흘러온 것인지 짐작도 가지 않는, 난파한 배편 몇 쪽이 있긴 있었다. 그리고 그 위엔 형태만 남기고 있는 죽은 쥐 두 마리가 있긴 있었다. 나무쪽을 타고 흘러와서 산 쥐도 있긴 있었을 게다. 그렇다고 그것이 병인이라는 생각은 할 수도 없었다. 어쨌든 죽는 사람은 나날이 더 늘었다. 사람들은 앉아 있을 수도 누워 있을 수도 없게 되었다. 통곡을 하고, 애원을 하고, 나중엔 시체들을 태워서 기구해 보아도 사당에선 말 같은 건 한마디도 흘러나오지 않았다. (…중략…) 그리하여 사람들은, 입이 없는 〈말〉을 향해 분노의 곡괭이질을 퍼부어대기 시작했다.

〈극 텍스트〉

　사람1 : 장마가 계속되고 있어. 가축들이 병들어가. 사람들이 죽어가기 시작 해. 죽은 쥐 천지야. 시체가 까맣게 변하고 있어. 섬에 역병이 돌아요. 원인을 알 수가 없어. 앉아있을 수도, 서 있을 수도 없어. 이러다 모두 죽겠어요. 당굴님께 가보자. 당굴님!

　사람들, 모인다.

　사람들 : 당굴님!
　사람2 : 당굴님이 보이지 않아.
　사람3 : 당굴님을 찾아보자.
　사람들 : 당굴님!

　사람들, 모인다.

사람들 : 당굴님!

사람4 : 섬 구석구석을 뒤져도 보이지 않아.

사람5 : 없어진 배도 없어.

사람1 : 다시 한 번 찾아보자.

사람들 : 당굴님!

사람들, 모인다.

사람들 : 당굴님!

사람6 : 들에도 보이지 않아.

사람2 : 섬돌이가 처형당한 그날부터.

사람7 : 다섯 달, 섬 인구의 삼분의 일이 죽었다.

사람6 : 검은 냄새, 검은 바람, 검은 주검뿐이야.

사람5 : 일곱달, 섬 인구의 절반이 죽어 버렸어.

사람4 : 시체를 태우고 기원해 보아도 사당은 말이 없어.

사람1 : '말'은 왜 입을 닫고 은총을 거부하지?

바람쇠 : 사당을 때려부수자.

사람들 : 그래! 사당을 때려부수자.

위의 극 텍스트에서 보면 마치 노래하는 듯 대화들은 박자에 맞춰 리듬을 타는 간결한 언어이다. 극 텍스트에서는 지루한 설명이 아니라 행동을 유발하는 생동감 있는 언어, 시적 운율이 살아있는 언어가 예술성을 부여한다.

7) 연극적 상상력을 극대화시켜라.

오늘의 관객들은 장르가 전환되어 발생하는 다양한 시각과 열린 해석, 신선한 표현을 기대하게 된다. 또한 일상적인 묘사가 가능한 소설에 비해 연극은 제약과 압축을 특성으로 하고 있기 때문에 상징적으로 처리되는 경우가 많다. 상징적으로 표현되는 다양한 방식에 대하여 관객들은 흥미로워한다. 각색가는 장르 전이라는 경계에서 무한한 상상력을 펼치며 그것을 텍스트로 옮기는 것이다.

다음의 극 텍스트에서는 노당굴의 죽음에 대하여 "스승은 〈말〉의 자궁 속으로 들어가 영생될 생명으로 배태되고 말았다"라는 소설 텍스트 속의 서술을 다음과 같이 연극적인 행동으로 보여주고 있다.

〈극 텍스트〉

노당굴 : 이놈아, 사람들은 이 사당안에 사는 보이지 않는 존재를 보지만, 너는 이 사당을 보이지 않는 것으로 볼 수 있을 때까지 정진해라. 이놈아, 나 간다.

노당굴 앉은 자세로 죽는다.

당굴 : 가긴 또 어딜 가십니까? 스승님…… 스승님!

당굴, 노당굴에게 다가가 툭치면 힘없이 쓰러지는 노당굴.
당굴, 주저 앉는다. 사당 주위를 서성인다.

또한 소설 2편에서 폭풍우를 만난 많은 사람들이 배 위에서 죽은 모습을 공연 텍스트에서는 사람들이 쓰러져 있는 무대 위에 섬에 홀로 남은 점쇠가 등장을 한다. 그리고 그가 외로움에 떠나버린 형을 부르며 사라지자 무대는 다시 배 위로 변화되면서 쓰러진 사람들이 깨어난다. 선상 위의 사람들은 섬에 널려진 시체들로 변하고, 점쇠의 퇴장과 함께 다시 선상의 사람들로 되살아난다.

〈극 텍스트〉
벼락소리,
벼락, 돛대(白松)를 때린다.

사람들 : 돛대가 부러진다!

사람들, 이리 저리 뒹군다.
한켠에 몰려 쓰러진다.
무대는 섬이 된다.
혼자 남아있던 점쇠 이리 저리 서성인다.

점쇠 : 어쨌던…… 이젠…… 나 혼자만…… 남았다.

점쇠, 사람들이 몰려 쓰러져 있는 곳을 발견하고 그리로 간다.
점쇠, 이러저리 사람들을 뒤척이다 시체인 걸 깨닫는다.

점쇠 : 시체 더미들……

점쇠, 도망친다.

점쇠 : 이젠 말을 찾아야 될 거야. 말을⋯⋯

점쇠, 갑자기 외로워진다.

점쇠 : 형님⋯⋯ 형님!

점쇠, 형을 부르며 사라진다.
무대는 다시 배 위.
깨어나는 사람들.
살아 있다는 걸 깨닫는다.

사람1 : 감사합니다.
사람3 : 감사합니다.
사람8 : 감사합니다.
바람쇠 : 반편이들 같으리라구! 무릎은 지랄한다고 끓어! 헤엑 퉤!

이 장면과 더불어 3막에서 죽은 족장이 아이를 안고 등장하여 점쇠에서 건네주는 장면은 각색자의 독창적인 상상력이 엿보이는 부분으로 삶과 죽음의 경계를 넘나드는 원작의 주제와 효과적으로 연결되기도 한다. 극 텍스트에서는 각 편의 장면들을 연극적 상상력으로 중첩시킴으로써 환상적인 연극성을 보여주는데, 경계의 파괴와 통합은 사실 자정(子正)의 기운과 타는 뙤약볕을 아우르는 타원형의 무대에서 가장 극적으로 형상화된다. 이것은 자연 순환하는 하나의 우주가 되기 때문이다.

〈극 텍스트〉

점쇠 : 이 하늘, 이 저주받은 땅, 저 바다, 찢겨 널부러진 시체들, 이런 모두가 갑자기 내 것이 되었어. 하지만 이것은 내 스스로 택한 길이야. 내 스스로 내린 형벌이고, 구원이고, 구속이고, 해방이란 말야. 이젠 '말' 을 찾아야 될거야. '말' 을! 힘을 내야겠어. 어쨌든 이 대지는 나의 것이고, 언젠가는 다시 비옥해질 나의 여인인 것이야.

점쇠 : 젠장맞을, 죽어도 이렇게 사는 걸 모르고, 죽기를 두려워했다니. 형님, 형님.

파도소리.
족장이 아이를 안고 나와 점쇠에게 준다.
아이 울음소리.

점쇠 : 감사합니다. 내가 여기 있습니다. 여기에 내가 있습니다.

점쇠, 아이를 감싸 품는다.

5. 나오며

한국연극계를 떠들썩하게 했던 해외극단의 내한 공연인 레프 도진 연출의 〈가우데아무스(*Gaudeamus*)〉(2001)와 〈형제자매들 2부작〉(2006), 까마 긴카스 연출의 〈검은 수사(*Black Monk*)〉(2002), 판두르 연출의 〈단테의 신곡 3부작〉(2002) 등은 모두 소설을 각색한 연극이다. 이들 작품은 각색이란 원작의 가치를 훼손하는 것이 아니라, 원작의 독창성을 뛰어넘는 제2의 창작이 가능하다는 사실을 그대로 증명하였다. 즉, 이들 작품은 원작에 얽매이거나 두려워하지 않고 인간이 지닌 무한한 상상력과 창의력에 도전하여 환상적인 연극 무대로 재창조하였던 것이다.

성공적인 소설 각색은 소설이라는 장르가 극 텍스트라는 새로운 장르로 전환된다는 사실을 정확하게 인식할 때만이 가능하다. 극 텍스트로서의 희곡이라는 장르에 대한 바른 이해 없이는 연극 무대에 맞는 글쓰기가 이루어질 수 없다.

극 텍스트는 소설과는 달리, 문자 텍스트 상으로는 희곡이 갖는 제약의 영역이 명확한 한계로 보이지만, 흥미롭게도 독자와 관객들의 심상(心想) 텍스트에는 이런 특성이 더 많은 상상의 여백을 만들어준다. 희곡이 가지는 제약성은 독자와 관객에게 창조적인 상상력을 이끄는 특성이 되고 있다. 즉, 소설 독자는 작가가 말하는 이야기를 그대로 심상에 옮겨놓지만, 극 텍스트와 만나는 독자와 관객은 극작가가 숨겨놓은 보물을 찾는 재미뿐만 아니라, 극작가가 잃어버린 보물을 찾는 재미, 그리고 극작가가 알지 못하는 이국의 보물들을 새로 옮겨놓는 재미를 모두 맛볼 수 있다. 극작가는 독자의 마음에 마음껏 상상의 나래를 펼칠 수 있도록 텍스트를 열어둔다는 것이다.

각색가는 이러한 극 텍스트가 가지고 있는 매력을 살려야 한다. 소설이 말하고자 하는 것을 모두 담으려고 하기 보다는 오히려 비울 때 독자와 연출가 그리고 관객들에게 더 많은 상상의 기회를 제공한다고 할 수 있다.

물론 이 모든 것에는 '연극성 찾기'가 기반이 되어야 할 것이다.

참고문헌

극단 청우 10주년 기념 공연 텍스트 「뙤약볕」, 박상륭 원작, 김광보 각색(문예진흥원 예술극장 소극장 공연, 2004. 6. 19~7. 11).

민병욱, 『희곡문학론』, 현범사, 1989.
박상륭, 「뙤약볕」, 『열명길』, 문학과 지성사, 1986.
이진아, "연극이 문학에서 얻어야 하는 것과 버려야 하는 것에 대한 서설", 「한국연극」, 2002년.
Andre Bazin, 『영화란 무엇인가?(*Quest que le cienma*)』, 박상규 번역, 시각과 언어, 1998.
L. Giannetti, 『영화—형식과 이해(*Understanding Movies*)』, 김학용 번역, 한두실, 1992.
S. W. Dawson, 『극과 극적 요소』, 천승걸 번역, 서울대출판부, 1984.
Wolfgang, Kayser, 『언어예술작품론(*Das sprachliche kunstwerk*)』, 김윤섭 번역, 예림기획, 1999.

문학과 영상예술의 상호교류

— 소설의 영화화를 중심으로

최수웅

(소설가, 단국대학교 강사)

활자적 인간은 기꺼이 필름을 맞아들였다.
왜냐하면 영화는 책처럼 환상과 꿈이라는 내적 세계를 제공하기 때문이다.[1]

1. 영상예술의 발달과 문학의 위상

영상예술의 발전은 현대사회를 규정하는 주요한 특징 중 하나이다. 이미 1960년대에 문화인류학자 마샬 맥루안(Marshall Mcluhan)은 『미디어의 이해』에서 영상매체 시대의 도래를 선언하면서 이로 인해 활자 문화의 독점적 지위가 위협받으리라고 예견했고, 같은 시대의 문학이론가 레슬리 피들러(Leslie A. Fiedler)는 영상시대에 문학이 살아남기 위해서는 과감히 스크린과 제휴해야 한다고 주장했으며, 마크 셰크너(Mark Shechner)는 영상매체와 문학의 관계를 상호보완적으로 평가하면서 영화를 "소설의 가장 강력한 시장 요인"으로 파악하고 "영화는 소설의 파괴자가 아니라 오히려 구원자"라고 설명했다.[2] 또한 이들처

---

1) Marshall Mcluhan, 김성기·이한우 역, 『미디어의 이해(*Understanding Media*)』, 민음사, 2002, p.405.

럼 적극적으로 '문학의 위기'를 언급하지는 않았지만, 아르놀트 하우
저(Arnold Hauser)도 역시 『문학과 예술의 사회사』의 마지막 부분에서
"현대예술의 영화가 비록 질적으로 가장 풍부한 장르는 못 되더라도
스타일 면에서 가장 대표적인 장르"[3]라고 설명하여, 영상매체의 상대
적인 우위를 인정했다.

이처럼 연구자들마다 정도의 차이는 있을지라도, 현대 사회에서 영
상예술의 발전이 이루어졌다는 점만은 공통적으로 지적하고 있다. 문
제는 이러한 변화가 문학에까지 영향을 주고 있다는 사실이다. 이에
대한 문학연구가들의 논의는 크게 다음과 같은 두 가지 측면으로 정리
된다.[4]

첫째, 이러한 시대 변화를 '문학의 위기'로 파악하는 입장이다. 이 입
장에서는 영상예술의 매체적인 특성에 대한 비판을 통해 논의를 전개
하고 있다. 이들은 영상매체가 본질적으로 "단편적이고, 감각적이며,
즉물적"인 특성을 가지고 있으며, 이로 인해 상업적으로 이용될 수밖
에 없다고 주장한다. 또한 이들은 영상매체의 발달로 인해서 문학작품
을 읽지 않는 세대에 대한 우려를 표한다. 문학이 영상매체의 거대한
흐름에 휘말려 진정한 문화적 소명을 수행하지 못하고 있다는 것이 이
들의 판단이다.

둘째, 이러한 시대 변화를 오히려 '문학의 확대'로 파악하는 입장이
다. 이 입장에서는 영화와 문학의 관계를 상호소통으로 파악하는 관점

---

2) 김성곤, 『문학과 영화』, 민음사, 1997, pp.17~20 참조.
3) Arnold Hauser, 백낙청·염무웅 역, 『문학과 예술의 사회사(*Sozialgeschichte der Kunst und Literatur*)』 4권, 창비, 1999, p.301.
4) 이하 제시되는 '문학의 위기'론과 '문학의 확대'론에 대한 설명은 다음 글의 내용을 정리한 것이
다. : 최인자, 「문학과 영화」, 교재편찬위원회 편, 『문학과 영상예술』, 삼영사, 2001, pp.27~42
참고.

에서 논의를 전개하고 있다. 이들은 문학작품의 영상화 경향을 문학 향유방식의 현대적인 변용으로 판단한다. 문학은 당대의 역사적 상황 속에서 언제나 새로운 향유방식을 모색해 왔으며, 우리에게 익숙했던 문학의 향유방식, 즉 문자로 만들어진 작품을 읽는 것은 문학의 본질적인 특성이라기보다는 활자매체 시대에 합당한 향유방식이었다는 것이다. 그러므로 이들은 문학이 영화로 각색되는 현상을 영상시대에 합당한 향유방식이라고 주장한다.

이상과 같은 두 가지 입장은 주장하는 바에서 서로 차이를 보이지만, 현대를 문학과 영화가 공존하는 시대로 파악한다는 상황인식적인 측면에서는 공통점을 가진다. 그러므로 어느 입장에 대해 섣부르게 동조하여 특정 장르의 우위를 논의하기 보다는, 문학과 영상예술의 상호교류관계를 면밀하게 검토하는 것이 현상을 보다 정확하게 파악하는 방법일 것이다.

이 연구는 이러한 상황인식을 바탕으로 문학과 영상예술의 상호교류에 대해 살펴보고자 한다. 특히 원작을 영화화하는 '각색(adaptation)'에 해당하는 부분을 집중적으로 다루도록 하겠다. 각색이야말로 "문학 텍스트와 영화 텍스트 사이의 가장 일반적이고 빈번한 상호교류"[5]이며, 이 과정을 통해서 각각의 장르적 특징이 분명하게 드러나기 때문이다.

---

5) 이형식·정연재·김명희,『문학텍스트에서 영화 텍스트로』, 동인, 2004, p.11.

2. 창작방법론으로의 각색

영화를 중심으로 한 영상매체[6]와 문학이 상관관계를 가지고 서로 교류하는 것은 분명한 사실이다. 영화산업이 발달한 미국의 경우에는 이미 1930년대부터 포크너(William C. Faulkner)와 피츠제럴드(Francis S. Fitzgerald) 등을 비롯한 많은 작가들이 할리우드에서 영화 시나리오를 집필했고, 우리 문학에 있어서도 김승옥 등의 작가가 시나리오 작업에 참여하기도 했다. 또한 역사적 관점에서 보더라도, 영화가 처음 만들어졌을 당시부터 문학은 영화의 스토리를 제공하는 역할을 담당했고, 영화는 문학을 대중화시키는 역할을 담당해 왔다는 사실을 잘 알 수 있다.

그러나 문학 텍스트를 영화 텍스트로 각색하는 작업은 그리 손쉬운 전환이 아니다. 무엇보다 서로가 가진 전달 매체가 다르기 때문이다. 문학은 '언어'라는 '상징기호(象徵記號, symbol)'를 매체로 활용하고, 영화는 '영상'이라는 '도상기호(圖上記號, icon)'를 표현매체로 활용한다. 도상기호는 기호와 지시대상 사이의 시각적 유사성을 기반으로 하는데 비해, 상징기호는 기호와 지시대상 사이의 연결점이 직접적이지 않다. 이런 이유로 수용자들이 도상기호를 이해하는 일은 별다른 노력을 필요로 하지 않는다. 보이는 것을 그대로 즉물적으로 받아들이면 되기 때문이다. 그렇지만 수용자가 상징기호를 이해하기 위해서는 그

---

[6] 이와 관련된 대부분의 연구들은 영상매체 중에서도 특히 영화를 중심으로 다루고 있다. 영상예술에는 영화뿐만 아니라 드라마·애니메이션·뮤직비디오 등도 포함되기 때문에, 영화의 특성을 영상예술의 선반에 걸쳐 적용하는 것은 무리가 따른다. 그러나 영화는 영상예술 분야에서 가장 먼저 발생했다는 점, 가장 먼저 독립적인 영상미학을 확보했다는 점, 또한 미학적 측면에서 보자면 영화와 여타의 영상예술 간에는 별다른 차이가 없다는 점 등에서 일종의 대표성을 가진다. 이런 측면을 고려하여 이 연구에서는 영상예술 중에서도 영화를 중심으로 논의를 전개하고자 한다.

의미를 파악하고자 노력해야만 한다.[7] "아름다운 여인"이라는 표현을 예로 들어보자. 이 표현은 일상적으로 자주 사용되지만, 이를 문장으로 옮길 경우에는 의미가 모호해진다. '아름답다'라는 표현은 지극히 주관적이기 때문에, 이 문장을 명확히 이해하기 위해서는 글쓴이가 생각하는 아름다움의 의미가 설명되어야 한다. 그러나 영화에서는 구구절절한 설명 대신 아름다운 여배우의 모습을 보여주기만 하면 된다. 물론 반대의 경우도 생각할 수 있다. 같은 이유로, 관념적이거나 추상적인 개념을 표현할 때에는 도상기호보다 상징기호가 더 효율적이다.

이러한 표현매체의 차이는 그대로 창작방법론의 차이로 연결된다. 문학과 영화는 이야기를 가진다는 점에서 공통된다. 이 두 장르의 상호교류, 특히 소설의 영화화 작업이 활발하게 진행될 수 있었던 이유도 바로 여기에서 찾을 수 있다.[8] 그러나 이런 공통점과 함께 소설과 영화는 또한 분명한 차이점을 가진다. 위에 살펴본 것처럼, 그 표현매체가 다르기 때문이다. 표현매체의 차이는 작품의 구성방법에도 영향을 주는데, 일반적으로 소설은 상징기호들의 단선적인 나열로 구성되는 경우가 많은 반면, 영화는 여러 개의 표현요소를 동시에 나열되는 복합구성을 가진 경우가 많다.[9] 그러므로 소설을 영화화할 때에는 "문학텍스트에 존재하지 않는 창조적 연출 작업",[10] 즉 새로운 창작방법론이 적용되어야만 한다.

---

7) 박진·김행숙,『문학의 새로운 이해』, 청동거울, 2004, pp.137~138 참고.
8) 물론 문학 중에서 소설만이 이야기를 가지는 것은 아니다. 시와 희곡 등도 역시 이야기를 내포하고 있다. 그러나 소설이야말로 이야기에 근원을 두고 있다는 점, 여타의 문학 장르에 비해 월등한 이야기성을 가진다는 점, 또한 현대 사회의 변화를 가장 민감하게 수용했다는 점 등에서 이 역시 영화와 마찬가지로 대표성을 가진다. 이러한 측면을 고려하여 이 연구에서는 문학작품 중에서도 소설을 중심으로 논의를 전개하고자 한다.
9) 소설과 영화의 창작방법론적 공통점과 차이점에 대해서는 다음 책을 참고할 수 있다. : 최수웅, 『소설과 디지털콘텐츠의 창작방법』, 청동거울, 2005, pp.213~229. ; pp.277~283.
10) 유지나, 「문학텍스트에서 영화텍스트로의 이동」, 교재편찬위원회, 앞의 책, p.92.

소설과 영화의 상호교류에 대한 초창기 연구들은 주로 각색된 영화가 원작을 얼마나 충실하게 반영했는지 여부에 집중되었다. 그러나 앞서 살펴본 것처럼, 소설과 영화는 전달 매체와 창작방법론에서 본질적인 차이를 가지기 때문에 소설을 그대로 영상으로 옮기는 일은 불가능하다.

이 과정에서 또 하나의 문제가 발생하는데, 그것은 바로 상영시간과 제작비의 한계이다. 소설의 경우 작품 분량이 무한대에 가깝게 확장될 수 있지만, 영화는 상영시간을 고려하여 원작을 일정한 분량으로 압축시켜야하고 한편으론 제작비를 고려하여 장면을 가감할 필요가 있다. 이 과정에서 필연적으로 원작에 대한 수정이 이루어질 수밖에 없는 것이다. 이에 해당하는 예로 임권택 감독의 1994년도 영화 〈태백산맥〉을 들 수 있다. 이 작품은 조정래의 대하소설 「태백산맥」을 원작으로 하고 있는데, 단행본으로 10권 분량에 달하는 원작을 러닝타임 168분에 모두 집어넣으려 했던 탓에 해방에서부터 한국전쟁에 이르는 한국 현대사의 복잡한 층위를 다각적으로 담아내지 못했다는 한계를 내보였다. 이는 소설과 영화의 차이를 충분히 고려하지 않은 각색이 이루어졌기 때문이다.[11] 이처럼 방대한 분량의 원작을 각색할 경우에는 영화보다 상영시간이 월등하게 긴 방송드라마로 제작하는 각색방법을 활용하거나,[12] 원작의 일부만을 별도로 구성하여 영화로 만드는 각색방법이 활

---

11) 이러한 한계는 임권택 감독도 생각했던 부분이라고 한다. 그는 원래 원작의 1~4권만을 대상으로 2편의 영화를 제작할 계획이었다. 그런데 촬영 과정에서 여러 가지 이유로 인해서 계획을 변경할 수밖에 없었다. 임권택 감독은 그 원인으로 각종 사회단체의 압력, 제작비용의 문제, 감독 자신의 인식 변화 등을 들고 있다(임권택·정성일,『임권택이 임권택을 말하다』 2권, 현실문화연구, 2003, pp.311~333 참고.). 소설 「태백산맥」과 영화 〈태백산맥〉의 의미 분석 및 평가는 별도의 논문을 통해 자세하게 다루도록 하겠다.

용되었어야 했다.

원작에 대한 각색의 문제는 이러한 본질적인, 또는 현실적인 한계에 한정되는 것만은 아니다. 영상예술의 독자적인 미학이 형성되면서 영화를 독립적인 예술작품으로 파악하려는 견해가 확산되었다. 즉, 이전의 영화가 소설의 이야기에 종속되었다고 한다면, 최근의 영화는 소설의 이야기를 수용했다 하더라도 이를 재구성하고 이야기 이외의 부분을 강조하여 독창적인 미학을 추구하는 경우가 많아진 것이다. 이제 영화에 있어 소설은 일종의 스토리뱅크(story bank)적인 기능을 담당할 뿐이고, 이외의 부분, 즉 영상의 아름다움을 통해서 미학과 작가의 창작의도를 표현할 수 있는 다양한 방법론이 만들어졌다. 이 주장은 예술가의 창작의도에 따라 표현매체가 변환될 수 있다는 점에서 타당성을 가지며, 이런 맥락에서 앞으로 영화의 독자성에 대한 주장이 활성화될 것으로 판단된다.

이상과 같은 이유로 각색에 대한 논의는 복잡한 양상을 가지게 되었다. 연구자에 따라서 다양한 관점에서 여러 가지 논의들이 진행되었으나, 그동안의 내용을 정리하면 다음과 같은 세 가지 범주로 요약할 수 있다. 첫째, 충실한 각색(the faithful adaptation)으로, "원작소설의 내러티브 요소들인 배경, 인물, 주제, 그리고 플롯 등을 얼마나 원작에 근접하게 옮겨놓았는지"에 따라 각색영화의 가치가 결정된다는 관점이다. 둘째, 다원적 각색(the pluralist adaptation)으로, "영화가 그 자체로

---

12) 방송 드라마를 통해 원작의 각색이 이루어지는 경우 영화에 비해 월등하게 긴 상영시간을 확보할 수 있다는 장점을 가지고 있다. 미니시리즈로 제작할 경우, 1회 60분 분량을 16회에 걸쳐 방송될 수 있기 때문에 총 960분의 상영시간을 가진다. 이는 일반적으로 90분에서 120분 내외로 만들어지는 극장용 영화의 8~10배에 달하는 수치이다. 이외에도 대하드라마나 특별드라마의 경우 50부, 총 상영 3,000시간을 넘는 경우도 종종 있기 때문에, 시간적 한계에서 훨씬 자유롭다. 그러나 아무리 그러하다고 해도 이 역시 시간의 한계에서 완전히 자유로울 수는 없다. 소설의 확장성은 말 그대로 무한대에 가깝기 때문이다.

서의 독립성을 유지하며 존재하는 것을 강조할 뿐만 아니라, 동시에 원작 소설의 어조, 분위기, 정신 등도 영상을 통해 구현하는 것도 중요"하게 판단하는 관점이다. 셋째, 변형적 각색(the transformative adaptation)으로, "영화 그 자체로서 소설의 그늘로부터 완전히 벗어나 있는 하나의 예술적 성취"를 이룩하는 것으로 "소설을 그대로 '번역하듯 영상화(translating)'하는 것이 아니라 소설을 완전히 새롭게 '변형(transforming)'하는 기술"이라고 파악하는 관점이다.[13]

그렇지만 실제의 각색 작업 혹은 작품 분석에서 위에 정리된 범주 구분은 명확하게 이루어기 힘들다. 특히 충실한 각색과 다원적 각색 사이의 경계는 매우 모호한데, 아무리 원작에 충실하게 영화를 만든다고 하더라도 일정 정도의 변용은 반드시 이루어지기 때문이다. 뿐만 아니라, 모든 작품은 각각 별개의 상황과 조건에 따라 작업을 진행되고 각색 작업도 이에 따라 이루어진다. 즉, 같은 원작을 영화로 만들더라도 그 영화가 만들어지는 나라, 시대, 제작사 등을 비롯한 각종 변수가 작용하므로 온전하게 '충실한 각색'이 이루어지기는 매우 어렵다. 2004년에 제작된 거린다 차다(Gurinder Chadha) 감독의 〈신부와 편견(Bride&Prejudice)〉과 2005년 제작된 조 라이트(Joe Wright) 감독의 〈오만과 편견(Pride&Prejudice)〉의 차이가 이러한 사실을 증명하는 좋은 예이다. 이 작품들은 제인 오스틴의 소설 「오만과 편견」을 원작으로 한다는 점에서 공통되지만, 〈신부와 편견〉이 원작의 배경이 된 18세기 영국을 현대 인도로 각색하였고 여기에 인도영화 특유의 뮤지컬적인 요소를 첨가한데 비해, 〈오만과 편견〉은 원작을 그대로 재현했다는 점에서 차이를 가진다. 그렇다고 〈오만과 편견〉이 원작을 그대로 따르기

13) 이형식·정연재·김명희, 앞의 책, pp.22~28. 내용 참고.

만 했던 것은 아니다. 이 작품에서도 원작이 가진 느낌을 현대의 관객에게 전달하기 위해 일정 정도의 변형이 이루어졌기 때문이다.

이처럼 원작과 각색영화 사이의 조화를 이루는 범위는 분명하지 않고, 분명할 수도 없다. 결국 소설과 영화가 모두 예술의 범위에 해당한다면, 각색과정을 거친 영화도 역시 예술가의 창작능력을 통해 만들어진 하나의 예술작품이 분명할 것이다. 그러므로 이 역시 나름의 구조체계와 가치를 가진다. "각색영화는 하나의 예술작품으로서 그 유래가 되는 원작소설과 관계되어 있지만 동시에 독립성을 지니며, 하나의 예술적인 업적으로 원작과 기묘하게도 동일한 것 같으면서도 무언가 다르다"[14]라는 모리스 베자(Morris Beja)의 설명도 같은 맥락에서 이해할 수 있다.

이제부터 작품 분석을 통해서 소설을 영화로 각색하는 작업의 실제를 확인하도록 하겠다.

3. 각색의 실제

1) 이야기 이외의 요소들에 대한 부각 : 「러브레터」와 〈파이란〉

2001년 제작된 송해성 감독의 영화 〈파이란〉은 일본의 소설가 아사다 지로[淺田次郎]의 「러브 레터」를 원작으로 하고 있다. "밑바닥을 전전하는 삼류 건달과, 일자리를 찾으러 그와 위장 결혼한 중국 여성 파이란의 가슴 아픈 사랑 이야기"[15]라는 기본 줄거리는 원작과 영화가 일

---

14) Morris Beja, *Film and Literature*, 위의 책, p.25. 재인용.
15) 네이버 영화(http://movie.naver.com) 해설 참고.

치한다. 그러므로 이 영화는 원작을 충실히 각색한 예라고 할 수 있다. 다만 다음과 같은 몇 가지 사항에서 영화와 원작의 차이점을 가진다.

우선, 작품 배경이 일본에서 한국으로 바뀌었다. 이는 일본의 소설을 한국에서 영화로 제작했기 때문에 일어난 변화로 각색의 측면에서는 큰 의미를 가지지 못한다. 즉, 일본의 도쿄 뒷골목과 치바 현의 치쿠라〔千倉〕, 그리고 한국의 인천 뒷골목과 강원도 동해는 장소만 바뀌었을 뿐, 그 장소가 가지는 의미에서는 큰 차이를 가지지 않는다. 그렇지만 이 변환 과정에서 한국과 일본의 문화적 차이가 반영될 수밖에 없었고, 이는 이후 살펴볼 차이점들의 근본적인 원인이 되었다.

다음으로 파악되는 변화는 여성주인공 '파이란'의 성격이 바뀌었다는 사실이다. 이러한 변화는 이 인물이 직업을 선택하는 부분에서 분명하게 제시된다. 원작「러브레터」의 인물은 몸을 파는 호스티스로 설정되어 있다. 그러나 영화〈파이란〉의 인물은 술집에 팔려가기 직전 스스로 혀를 깨물어 병이 있는 척하여 시골 마을 세탁소에서 일하게 된다. 이런 차이는 직업에 국한되는 것이 아니다. 현실상황에 대처하는 인물성격의 변화까지를 아우른다. 원작의 파이란은 현실상황을 벗어나려고 노력하지 않는다. 아니, 그녀에게는 상황을 벗어날 현실적인 힘이 없었으므로, 노력을 할 수 없었다는 것이 올바른 설명일 것이다. 하지만 영화 속의 파이란은 같은 상황에서 끝내 자신의 순수성을 지켜낸다. 바로 이것이 원작과 영화의 분명한 차이를 만드는 부분이다.

이러한 변환은 그녀가 거처하는 생활환경에까지 영향을 미친다. 먼저 소설에서 파이란이 살았던 곳은 "퉁명스럽게 우뚝 선 수상쩍은 건물"이라고 표현된다. 일층은 술집으로 되어 있고 이층은 사무실 겸 아파트인 이곳을 묘사하는 화자의 목소리는 음울하다.[16] 그에 비해 영화에서 파이란이 사는 단칸방은 비록 허름하고 비좁지만 정갈한 곳으로 제시된다. 소설에서 공간은 그곳에 기거하는 인물의 성격을 설명하는 기능을 수행하는 경우가 많은데,[17] 이는 영화에도 그대로 적용된다. 「러브레터」와 〈파이란〉에서 제시된 파이란이 살았던 집 역시 같은 기능을 수행하고 있다. 소설의 파이란이 여러 사람들이 공동으로 살아야 하는 '아파트'에 살았던데 비해, 영화의 파이란은 자신만의 '방'을 가지고 있다. 바로 이것이 소설과는 다르게 영화의 인물이 자존성을 지키면서 자신의 감정을 내밀하게 키워나갈 수 있었던 이유가 된다. 이로써 영화에서는 소설에 비해 파이란이 사랑을 느끼고 키워가는 과정이 분명하게 제시될 수 있었던 것이다.

이런 변화는 그녀의 주변 인물 구성에도 영향을 준다. 원작에서 파이란은 편지에 "이곳은 모두 친절합니다. 조직 사람도 손님도 모두 친절합니다"라고 썼다. 그러나 이 진술을 그대로 받아들이기는 힘들다. 그녀가 친절하다고 말했던 사람들이야말로 그녀의 성(性)과 노동력을 착취했고 끝내 죽음에까지 이르게 만든 장본인이다. 「러브레터」의 남성 주인공 '다카노 고로(高野五郎)'는 이 사실을 분명하게 알고 있다. 그러므로 사무적으로 사망신고를 접수하는 순경에게 화를 내는 그의 행동은, 소외당한 자들의 죽음에 무관심한 사회구조에 대한 분노로 확산되며, 바로 이 부분에서 작가의 창작의도가 드러난다.

---

16) 원작에서 파이란이 살았던 곳은 다음과 같이 제시된다. : "차는 이윽고 해변가 바로 앞에 퉁명스럽게 우뚝 선 수상쩍은 건물 앞에서 멈췄다. 하얗게 페인트 칠을 한 엉성한 이층집, 베란다 창에는 꼬마전구가 깜빡이고, 누가 봐도 뻔한 이름의 간판을 이마에 걸고 있었다. 뿌옇게 안개 지는 빗속에서 네온 불이 징징 울고 있었다."(아사다 지로, 양윤옥 역, 「러브레터」, 『철도원』, 문학동네, 1999, p.67.)

17) 이에 대해서는 르네 웰렉과 오스틴 워렌의 견해를 참고할 수 있다. 이들은 『문학의 이론』에서 "어떤 사람의 집은 그 자신의 연장이다. 그 사람의 집을 표현하는 것은 곧 그를 표현하는 것이 된다(A mans house is an extension of himself. Describe it and you have described him)"라고 설명한 바 있다. : René Wellek & Austin Warren, *Theory of Literature*, Penguin University Books, 1973, p.221.

아슬아슬한 순간에 고로는 자신의 말을 꿀꺽 되삼켰다. ─ 나는 오십만 엔 받고 내 호적을 팔아먹었다. 그런 여자, 본 적도 없다구. 그 여자는 바다가 뭔지도 모르는 중국 깡촌에서 이 먼 곳까지 와가지고 야쿠자들 사이에서 이리저리 팔려다니다 빚에 옭매여 결국에는 의사 얼굴 한번 못 보고 죽어버렸다. 이게 변사(變死)가 아니라구? 이게 어디가 어떻게 확실하다는 거야. 잘 좀 생각해보란 말야. 이상한 일 아니냐구![18]

〈파이란〉의 남성주인공 '강재' 역시 같은 상황에서 분노를 터뜨린다. 그러나 그의 분노는 사회구조가 아니라 자기 자신에게로 향한다. 파이란의 사망처리를 끝낸 그는 선술집에서 후배와 함께 술을 마시면서 "옛날에도 호구고, 지금도 호구고, 국가대표 호구다, 이 씨발놈아. 내가 이 세상에서 제일로 친절하고, 고맙단다. 그런데 씨발, 나보고 어떻게 하란 말이야……"라는 말한다. 이 대사에서 알 수 있는 것처럼, 그는 무기력한 자신을 원망하고 한탄할 뿐이다. 그리고 이런 감정은 파이란이란 사회적인 약자에 대한 동정으로 이어진다.

강재와 유사한 감정을 가진 또 다른 인물로 파이란이 일했던 세탁소 아줌마가 있다. 이 인물은 파이란의 처지를 동정하고 그녀를 보살핀다. 이런 인물이 있기 때문에 "이곳 사람들은 모두 친절합니다"라는 파이란의 대사는 진실성을 획득한다. 앞서 설명했던 것처럼, 파이란이 거처했던 방이 낡고 초라하지만 정갈하고 안온한 이미지를 가질 수 있었던 것 역시 이 인물이 있었기 때문이다. 결국 송해성 감독은 '강재'와 '세탁소 아줌마' 등의 인물을 통해 우리 사회에서 소외당한 인물에 대한 연민을 드러내고 있는 것이다. 바로 이것이 그의 창작의도라고

---

18) 아사다 지로, 앞의 글, p.72.

하겠다.

이상과 같은 성격 변화를 통해서 '파이란〔白蘭〕'은 자신의 이름에 적합한 청초하고 순결한 인물로 거듭나게 되었고, 여기에 파이란 역을 맡은 중국 배우 장바이쯔〔張柏芝〕의 이미지가 더해지면서 더욱 큰 효과를 거둘 수 있었다. 결국 이 작품에서 각색은 영화 전편에 걸쳐 순애보적인 사랑을 한층 강조하려는 목적으로 이루어졌던 것이다.

인물의 성격 변화가 긍정적인 의미만 가지는 것은 아니다. 이런 변화가 대중적인 취향에 영합한 것이라는 비판도 가능하며, 파이란이 시골 세탁소에서 일한다는 설정은 외국인 노동자의 현실과 동떨어진 미화에 불과하다는 비판도 가능하다. 더구나 원작에서처럼 열악한 환경에서 일을 했던 것도 아닌데, 파이란이 갑자기 죽을병에 걸린다는 설정 역시 작위적이다.

그러나 이와 같은 문제점들은 영화를 감상하는 데 있어 큰 걸림돌이 되지 않는다. 각색을 통해 만들어진 또 다른 부분이 이 영화의 단점을 상쇄시킬 만큼 효과적인 장점으로 작용했기 때문이다. 이에 해당하는 각색은 남성주인공의 생활에 대한 묘사이다. 여성주인공의 성격 및 이미지가 대폭 변한 것에 비하자면, 남성주인공의 변화는 그리 두드러지지 않는다. 다만 「러브레터」에서 남성주인공 '고로'에 대한 설명은 작품의 앞부분에서 집중적으로 제시되었을 뿐,[19] 그의 생활에 대해서는 거의 드러나지 않는다. 그에 비해 〈파이란〉에서 '강재'의 비루한 생활

---

19) 다음과 같은 부분이 여기에 해당하는데, 작품 전반에서 이 부분을 제외하면 '고로'라는 인물에 대한 설명은 거의 제시되지 않는다. : "바텐더 생활에서 발을 뺀 뒤에는 정해진 코스대로 심부름센터로, 포르노 숍과 게임방 전무 노릇으로 그럭저럭 팔 년 세월이 흘렀다. 순서대로 가자면 이 다음에는 호객꾼이나 바의 매니저가 될 터이지만, 과연 어떻게 될 것인지. 성격이 무던한 대신 배짱이 두둑하지 못한 그에게 그런 일은 아무래도 체질에 맞지 않을 것 같았다." (위의 글, p.52.)

은 매우 디테일하게 표현되어 있다. 슈퍼마켓 주인아주머니에게 수금하러 갔다가 오히려 매를 맞고 쫓겨나고, 후배에게 일자리를 빼앗기고도 별다른 반항도 하지 못하고 체념해버리고, 심지어 친구였던 보스의 죄를 뒤집어쓰고 감방에 대신 들어가기로 하는 등의 모습을 통해 이 인물의 무능력하고 무기력한 성격이 부각되었다.

바로 이런 인물, 스스로의 말처럼 "국가대표 호구"인 인물이 다른 사람을 동정하고 연민을 느낀다는 설정에 이 작품의 독창성이 있다. 〈파이란〉의 '강재'는 인간의 비열하고 추악하며 무능력한 부분을 두루 갖춘 인물이다. 그런데 이런 면모는 누구에게나 내재되어 있다. 다만 그 정도에서 차이가 생길뿐이다. 그러므로 관객들이 영화를 통해 만나게 되는 '강재'는 바로 자기 자신의 추악한 면모가 된다. 이런 인물에게도 순수한 마음이 남아 있다는 설정은 관객들에게 위안과 반성을 제공한다. 자신의 내면에 순수성이 남아 있다는 점에서는 위안이고, 그것을 잊고 있었다는 점에서는 반성이다.

강재의 마음속에, 그리고 관객 모두의 마음속에 내재한 순수성을 인물이 바로 파이란이다. 이런 맥락에서 앞에서 설명한 파이란의 성격 변화는 타당성을 가진다. 이 영화를 본 많은 관객들이 '강재'라는 캐릭터에 공감하고, 가장 인상 깊은 장면으로 파이란의 장례가 끝낸 강재가 바닷가에서 울부짖는 장면을 꼽고 있는 이유 역시 여기에서 찾을 수 있다. 이 장면이야말로 강재의 순수성, 즉 파이란에 대한 동정과 연민이 표출되고 있기 때문이다. 원작에는 이 장면이 없고, 각색을 통해 새롭게 추가되었다. 흥미로운 것은 이 장면이 대사가 거의 없이 오로지 강재의 울부짖음만으로 진행된다는 사실이다. 이 역시 〈파이란〉의 각색 방향과 일치하는 것이다.

지금까지 살펴본 것처럼, 영화 〈파이란〉은 소설 「러브레터」의 이야기구조를 그대로 유지하면서도, 인물의 성격을 변환하고, 생활에 대한 묘사를 강조하여 독창적인 분위기를 만들어냈다. 이러한 각색방법은 이야기 자체보다는 그 외의 영화적 요소, 즉 영상과 연기, 그리고 배경음악 등의 조화를 통해서 나름의 미학을 창출한 예라고 하겠다. 이와 같은 각색방법이 성공적으로 이루어지기 위해서는 무엇보다 배우들의 연기력이 뒷받침되어야 하는데, 〈파이란〉이 호평을 받았던 이유는 무엇보다 '강재'를 연기한 영화배우 최민식이 있었기 때문에 가능했다고 할 수 있다.

2) 새로운 캐릭터의 추가 : 「소설 쓰는 인간」과 〈바람의 전설〉

2004년 제작된 박정우 감독의 〈바람의 전설〉은 성석제의 단편소설 「소설 쓰는 인간」을 원작으로 하고 있다. 이 작품 역시 원작의 기본 줄거리를 크게 변형하지 않았지만, 앞서 살펴본 〈파이란〉의 경우보다는 많은 부분에서 각색이 이루어졌다.

무엇보다 두드러진 변형은 새로운 인물이 추가되었다는 점이다. 원작의 주요 등장인물은 '전설적인 왕제비'였던 남성주인공과 그를 춤의 세계로 인도한 고등학교 동창이 전부이다. 그런데 〈바람의 전설〉에서는 남성주인공을 검거하기 위해 잠복근무를 하는 여형사 '연화'가 등장한다. 이처럼 새로운 캐릭터를 첨가함으로써 영화는 소설보다 복잡한 이야기 구조를 형성하게 되었다.

원작의 줄거리는 통신판매대리점 총무를 하면서 무료한 일상을 살아가던 남성주인공이 포장마차에서 만난 동창에게 춤을 배우면서 '제비 중의 왕제비'로 거듭나기까지의 인생역정을 다루고 있다. 영화는 이런 줄거리를 그대로 유지하면서, 여기에 연화와 관련된 이야기가 첨가했

다. 그녀는 경찰서장의 부인을 농락한 제비를 검거하기 위해, 남성주
인공이 입원 중인 병원에 잠입하고, 증거를 확보하기 위해 의도적으로
접근해서 그의 이야기를 듣는다. 그 과정에서 춤을 배우게 되고, 차츰
그를 이해하게 된다는 내용이다. 결국, 〈바람의 전설〉은 「소설 쓰는 인
간」의 이야기구조 위에 여형사 연화의 이야기를 첨가한 구조라고 할
수 있다.

이러한 각색방법은 단편소설을 영화화 하는 경우에 많이 사용된다.
단편소설은 분량이 적기 때문에 극장 상영용 장편 극영화로 만들 경우
"새로운 주제, 인물, 사건, 배경 등의 추가"[20]가 이루어지는데, 〈바람의
전설〉의 경우는 이 중에서도 새로운 인물을 추가하고 이를 통해 보다
다채로운 이야기를 만드는 방법이 활용되었다고 하겠다.

그러나 〈바람의 전설〉에 수용되지 않은 원작의 내용도 있다. 「소설
쓰는 인간」은 단순히 '왕제비'의 인생역정만을 다루는 것이 아니다. 작
품의 제목에서도 알 수 있는 것처럼, 이제 일선에서 물러난 '왕제비'가
"세상에 잘못 알려진 우리의 세계를 바로 알리고 싶다"는 생각으로 소
설을 쓰고자 한다. 작품의 시작과 끝 부분에는 이 인물이 소설을 쓰려
는 이유가 설명되어 있다.

내 딴에는 이런저런 생각을 잊기 위해, 조용히 머리를 정리하기 위해
한동안 소설만 수백 권을 읽었다. 그런데 읽다 보니 아무것도 모르면서
세상을 다 산 것처럼 폼만 잡는 한심한 소설이 너무 많더라. 그래서 내가
직접 소설을 써야겠다고 마음먹게 됐다. 세상에는 소설처럼 사는 인간도
있고 소설을 써야 먹고 사는 당신 같은 인간까지 있는데, 나로 말하면 소

---

20) 이형식·정연재·김명희, 앞의 책, p.82.

설을 쓸 수밖에 없는 인간이다. 춤으로 인생의 황금기를 보낸 사나이, 왕
제비로 알려진 인생, 그러나 이제 원고지 앞에 돌아와 알몸으로 앉아 있
는 인간의 이야기를.[21]

위의 인용에 제시된 것처럼, 「소설 쓰는 인간」의 주인공은 기존의 소
설들이 "아무것도 모르면서 세상을 다 산 것처럼 폼만 잡는"다고 비판
하고, 바로 그렇기 때문에 자신이 소설을 쓰겠다고 설명한다. 물론 이
진술을 모두 진실로 받아들일 수는 없다. 주인공이자 화자인 인물은
작품 전반에 걸쳐 과장과 허풍을 구사하면서 이야기를 전개하고 있기
때문이다. 하지만 그런 경우라고 하더라도, 위에 제시된 진술이 작가
의 소설관(小說觀), 혹은 최근 소설에 대한 작가의 비판을 내포하고 있
다는 사실은 부인할 수 없다.

〈바람의 전설〉에는 이런 부분이 배제되어 있다. 그러나 이런 사실만
으로 이 작품의 독창성을 평가하기는 힘들다. 영화 제작 과정에서 각
색을 통해 원작과는 다른 새로운 의미망을 형성되는 예는 적지 않기
때문이다. 박정우 감독은 '소설'을 배제하고 '춤'에 더 큰 비중을 두고
각색을 시도했는데, 이는 소기의 성과를 거두었다고 평가된다. 소설에
서는 다소 막연하고 추상적으로 제시될 수밖에 없었던 춤동작에 대한
설명이, 영상을 통해서는 구체적이고 감각적으로 표현되었기 때문이
다. 특히 남성주인공이 전국을 떠돌며 춤을 배우는 장면[22]이나, 여성주
인공이 횡단보도에서 크리스마스캐럴의 리듬에 심취되어 춤을 추는
댄스 장면 등에서 영상을 전달매체로 하는 영화의 장점이 적절하게 활
용되었다.

---

21) 성석제, 「소설 쓰는 인간」, 『홀림』, 문학과지성사, 1999, p.116.

그럼에도 불구하고 이 변형은 대중적인 취향에 영합했다는 지적에서 자유로울 수 없다. 관객이 어려워할만한 요소는 삭제하고 오락적인 요소만을 강화했기 때문이다. 이러한 각색방법 자체가 문제가 되는 것은 아니다. 영화는 예술이면서 동시에 산업이라는 사실을 인정해야 한다. 또한 비판이나 작가의 사상을 내포하고 있다는 사실이 그대로 작품의 가치를 결정하는 요인이 되는 것은 아니다. 하지만 문제가 되는 것은 이러한 각색이 원작의 주제를 희석시켰을 뿐만 아니라, 주인공의 정체성을 혼란스럽게 만들었다는 사실이다.

이게 뭔지 알아?

글쎄, 호두 같구만.

이걸 바지 주머니 옆에 있는 특수한 주머니에 넣고 아줌마들 허벅지를 슬슬 문질러주면 효과가 백 퍼센트지. 돈이 쭐쭐 흘러내리게 하는 거야, 이게.

그때 나는 걔 정체를 확실히 알 것 같았다. (……) 가버리란 말야. 춤을 모독하는 놈.

야, 이 미친놈아, 춤이 무슨 예술이냐. 다 그게 그거지. 이래도 한세상 저래도 한세상 잘 나갈 때 한몫 챙겨야지. 넌 늙어서 무르팍 떨어져가면

---

22) 이 부분에 대해서 소설에서는 다음과 같이 설명되어 있다. "그 친구와 헤어지고 나서 나는 본격적으로 춤선생을 찾아다니기 시작했다. 어디에 유명한 춤선생이 있다면 삼고초려, 아니 삼세번 초대를 해서라도 문전에 발을 들이밀고 세숫물까지 바쳐 가면서 배우고 또 배웠다"(위의 글, p.103.) 소설에서는 간결하게 처리된 이 부분이 영화에서는 훨씬 길게 설명되었는데, '춤선생'들도 여러 명 등장하고, 그들에게 배우는 춤의 종류도 다양하며, 각 인물들을 만나는 장소 역시 다채롭다. 영화의 시놉시스는 이 장면을 다음과 같이 표현했다. "춤의 고수를 찾아 떠난 여행에서 그는 '지브외 대가' 박 노인을 만나 춤의 철학과 정신에 대한 기본부터 철저히 연마하게 된다. 박 노인을 시작으로, 걸인에게선 왈츠를, 한 농부에게선 룸바를, 채소장수에게선 퀵스텝을, 노가다꾼에게선 파소도블레를…… '대한민국 춤의 고수'를 찾아 전국 구석구석을 누비고 다닌 풍식은, 5년이란 세월동안 어느새 자신도 모르게 '프로페셔널한 진정한 춤꾼'으로 화려한 변신을 거듭하고 있었다."

서 이 짓 할래.

그러니까 너는 저질 제비짓 밖에 못하는 거야, 임마. 꺼져.[23]

원작에서 주인공의 정체성 문제가 표현된 것은 위에 인용된 부분이다. 춤을 가르쳐준 동창이 제비의 기술을 전수하려하자 남성주인공이 거부감을 드러내는 내용인데, 이 부분이야말로 작품의 성격이 분명하게 표현되어 있다. 이를 이해하기 위해서는 인용된 대사의 의미를 정확하게 이해해야 한다.

인용에서 주인공은 동창에게 "춤을 모독하는 놈"이라고 말했다. 그러자 동창은 "춤이 무슨 예술이냐"라며 항변한다. 이상의 대화만을 보자면, 동창은 춤을 제비노릇의 도구로 사용하는 인물이고, 주인공은 춤을 예술로 생각한다고 판단된다.

〈바람의 전설〉에서 남성주인공 '풍식'에 대한 제시는 이런 판단에 기초하고 있다. 풍식은 자신을 제비라고 생각하지 않는다. 그는 스스로를 '예술가'라고 칭한다. 하지만 작품 전반에 걸쳐 제시되는 그의 행각은 엄연한 '제비짓'이다. 춤을 통해 여자를 만나고, 돈을 우려내고서, 여자를 버린다. 풍식의 말처럼 비록 강제성이야 없었다 하더라도 이런 행동을 진정한 예술 활동이라고 보기 힘들다. 그럼에도 불구하고 그는 계속 강변한다. 자신은 제비가 아니라 예술가라고. 또한 작품 초반에는 그를 제비로 규정하고 검거하려 했던 여형사 연화마저 풍식의 주장에 동조하게 된다. 이러한 상황전개는 관객을 혼란스럽게 만들었다. 풍식은 제비인가, 예술가인가? 보이는 사실과 설명되는 사실 사이의 간극, 작품이 끝날 때까지 결합되지 못한 이 간극이 관객들의 몰입을

---

23) 위의 글, pp.101~102.

방해했던 요인이다. 풍식에게 비난받은 동창이 혼자 중얼거렸던 "아니, 지가 제비 아니면 까마귀야, 갈매기야? 새끼, 정체성이 없어"라는 대사처럼, 관객 역시 풍식의 정체를 파악할 수 없게 된 것이다. 아니, 차라리 이 대사는 풍식의 위선에 대한 비판으로 파악할 수 있는 여지가 더 많다.

하지만 인용 부분을 세밀하게 파악하면, 풍식의 정체를 분명하게 파악할 수 있다. 앞서의 언쟁에 이어 주인공은 동창에게 "그러니까 너는 저질 제비짓밖에 못하는 거야"라고 말한다. 바로 이 대사, 보다 엄밀하게 말하자면 '저질 제비짓'이라는 표현에 주목할 필요가 있다. 그가 동창을 비난하는 것은 '제비짓'을 하기 때문이 아니다. '저질 제비짓'을 하기 때문이다. 그러므로 이 대사는 자신이 제비가 아니라는 의미가 아니라, 자신은 저질스러운 행동은 하지 않는다는 의미이다. 「소설 쓰는 인간」의 주인공은 분명하게 말한다. 자신은 제비라고. 그러나 '저질'의 제비가 아니라 보다 수준 높은 제비, "제비 중의 왕제비"라고.

이처럼 주인공의 정체가 분명해질 때, 「소설 쓰는 인간」의 결말 역시 분명해진다. 이 소설의 주인공은 스스로를 제비라고 칭하고, 거짓말을 해서 상대를 속이며 살아왔다는 사실을 인정한다. 그러하기에 그가 역시 거짓을 만들어 독자를 속이는 '소설'을 쓰려고 한다는 설정은 타당성을 가진다. 그에 비해 〈바람의 전설〉의 결말은 불확실하고 모호하다. 풍식을 잡기위해 잠복근무를 했던 형사 연화, 혹은 그녀에게 투사되는 감독의 의도는 그를 예술가로 인정하지만, 정작 그는 제비라는 명목으로 검거 당한다. 하지만 제비라고 공인된 그가 출소하자, 형사를 그만 두고 무도학원을 개설한 연화가 그를 맞이한다. 결말에서까지 그의 정체성은 불확실하다. 그는 제비인가, 예술가인가? 이런 설정으로 인해, 이 작품은 "어느 장단에 발을 옮겨야 할 지" 혼란스럽기 짝이 없는 "상

반된 테마가 뒤엉킨 춤곡"이 되어버렸다고 평가된다.[24]

지금까지 살펴본 것처럼 〈바람의 전설〉은 원작의 이야기 구조를 수용하면서도, 새로운 인물을 추가하여 기존의 이야기를 감싸는 이중적인 구조로 각색되었다. 그런데 이 과정에서 주인공의 정체성이 모호해졌고, 이로 인해 이야기 자체가 불분명해졌다. 사실, 각색을 통해 인물 성격이 변화했거나 새로운 이야기 구조가 형성되는 것은 전혀 문제될 것이 없다. 그러나 그런 변화가 모호한 방향으로 이루어졌다면 문제가 될 수밖에 없다. 앞서 설명했던 것처럼 각색은 또 하나의 창작과정이다. 아무리 흥행적인 요소를 많이 가진 원작이라고 하더라도, 각색 작업을 통해 창작된 영화까지 흥행하리라는 보장은 없다. 〈바람의 전설〉은 작품 미학적 측면에서도, 그리고 흥행적인 측면에서도 만족할만한 성공을 거두지 못했다. 그러나 이러한 사실이야말로 각색의 창조성을 증명하는 예가 되었다.

3) 이야기의 통합 : 「냉정과 열정 사이」와 〈냉정과 열정 사이〉

2001년 제작된 나가에 이사무[中江功] 감독의 영화 〈냉정과 열정 사이(冷靜と情熱のあいだ)〉는 같은 제목의 소설을 원작으로 하고 있다. 이 작품의 원작이 된 소설 「냉정과 열정 사이」는 남성작가인 츠지 히토나리[つじ仁成]와 여성작가인 에쿠니 가오리[江國香織]가 각각 남성주인공과 여성주인공의 관점에서 집필한 독특한 형식을 가진 작품이다. 남성주인공 준세이의 입장에서 집필된 부분은 「냉정과 열정사이 Blu」라는 제목으로 출판되었고, 여성주인공 아오이의 입장에서 집필된 부분

---

24) 남동철, 「희망과 냉소의 상반된 테마가 뒤엉킨 춤곡 — 〈바람의 전설〉」, 《씨네21》, 2004. 04. 07. 기사 참고.

은 「냉정과 열정 사이 Rosso」라는 제목으로 출판되어, 서로 다른 두 권의 책이 하나의 이야기로 묶이는 구조를 가지고 있다.

원작이 이러한 구조를 가지고 있기 때문에, 이 작품을 영화화하기 위해서는 각색 작업이 필수적으로 진행되어야 했다. 영화 〈냉정과 열정 사이〉에 적용된 각색방법은 이야기의 통합이다. 두 권으로 나누어진 원작을 하나의 이야기로 통합하여, 이를 일반적인 극영화의 이야기구조로 전환시킨 것이다. 이런 방법은 관객에게 친숙한 구조이기 때문에, 영화에 대한 몰입이 이루어지기 쉽다는 장점을 가진다. 반면 원작의 구조적 특성을 충분히 구현하기 힘들고, 많은 부분에서 변형이 이루어져야만 한다는 단점을 함께 가지기도 한다.

이러한 각색방법을 사용했다는 점에서, 〈냉정과 열정 사이〉는 원작에 대한 훼손을 기반으로 제작된 영화라고 할 수 있다. 이 영화의 이야기구조는 남성주인공 준세이의 이야기를 중심에 두고, 여기에 여성주인공 아오이의 이야기를 첨가한 형태를 가진다. 이외에도 다양한 각색방법도 가능했겠지만,[25] 이야기의 통합이란 방법을 선택한 이상 이러한 집중은 타당한 선택이었다.

에쿠니 가오리가 집필한 「냉정과 열정 사이 Rosso」에는 이야기가 현격하게 부족하기 때문이다. 구조주의 이론의 설명을 빌리자면, 서사적 텍스트는 '이야기'와 '담화'로 구성되고, 이 중에서 이야기는 다시 행위(actions)와 사고(happenings)로 이루어진 '사건', 그리고 인물과 배경

---

25) 일부 논자는 〈냉정과 열정 사이〉의 각색이 "어쩔 수 없는 선택"이라고 설명하기도 한다. "원작처럼 각각의 인물 시점에서 사사를 진행하는 것이 불가능하기 때문"이라는 것이 그 이유이다 (김의찬, 「평이한 대중영화의 깔끔한 멜로 — 〈냉정과 열정 사이〉」, 《씨네21》, 2003. 10. 07. 기사 참고.). 그러나 이는 명백한 오류이다. 이야기의 일정 부분을 생략하여 두 인물 중 한 명의 이야기만을 영화로 만드는 방법도 가능하고, 두 인물의 이야기를 교차하거나 병렬시켜 진행시키는 방법도 가능하다. 앞의 경우는 히치콕의 영화에서 자주 사용된 방법이고, 뒤의 경우는 왕자웨이[王家衛] 감독의 영화 〈중경삼림(重慶森林)〉에서 활용된 방법이다.

으로 이루어진 '존재물'로 구성된다고 정리된다.[26] 이런데 이 작품에는 이야기 중에서도 사건의 요소에 해당하는 행위와 사고가 거의 포함되어 있지 않다. 이는 작품 주인공인 아오이의 성격에 기인하는 것이다. 적요한 삶을 동경하는 그녀는 타인들과 어울리는 것을 좋아하지 않는다. 폐쇄적인 것까지는 아니더라도, 적극적으로 행동하는 인물도 아니다. 그녀가 좋아하는 행동은 오직 뜨거운 물로 목욕하는 것과 책을 읽는 것뿐이다.

색깔 없는 목욕탕 창문으로, 역시 색깔 없는 거리가 보인다. 욕조 안은 따뜻하고, 나는 따뜻한 물속에서 손발을 흔들흔들 움직인다. 물도, 공기도, 창밖도, 모두 같은 색과 질감으로 느껴지는 것은 저녁때이기 때문일까.

저녁에 하는 목욕은 정말 나른하다. 나른하고 무위하다.

준세이는 무위를 정말 싫어했다. 아무것도 하지 않는 것, 아무것도 되지 않는 것.

마치 엄마가 잠시 한눈을 팔면 무슨 짓을 할지 모르는 다섯 살 꼬맹이처럼, 준세이는 항상 무언가를 찾고 있었다. 준세이의 그 열정. 한결같음. 그리고 행동력.

준세이는 잠시도 가만히 있지 않는다. 웃는다. 떠든다. 걷는다. 생각한다. 먹는다. 그린다. 찾는다. 쳐다본다. 달린다. 노래한다. 그린다. 배운다.[27]

---

26) Seymour Chatman, 김성수 역, 『영화와 소설의 서사구조(*Story and Discourse : Narrative Structure in Fiction and Film*)』, 민음사, 1990, pp.20~21 참고.
27) 에쿠니 가오리, 김난주 역, 『냉정과 열정 사이 Rosso(冷靜と情熱のあいだ Rosso)』, 소담출판사, 2000, pp.108~109.

에쿠니 가오리의 작품에서 아오이는 예전에 사귀었던 남자 쥰세이를 역동적인 인물로 설명했다. 그러나 위의 진술에는 자신은 그러하지 않다는 인식이 배면(背面)에 깔려 있다. 이처럼 아오이는 움직임이 적은 인물이고, 이런 인물이 주인공으로 설정되었으니 작품에서 사건이 일어날 여지가 없으며, 사건이 일어나지 않으니 이야기가 풍성해질 여지 또한 찾아볼 수 없다.

물론 그렇다고 해서, 위의 진술처럼 쥰세이가 활달한 인물인 것만은 아니다. 츠지 히토나리의 「냉정과 열정사이 Blu」에는 쥰세이가 우유부단하고 과거에 집착하는 인물로 제시된다. 이는 아오이가 폐쇄적이긴 하지만 과거보다 현재에 더욱 집중하는 것과 비교되는 부분이다. 그러나 쥰세이가 아오이에 비해 움직임이 많은 것은 분명한 사실이며, 이런 측면에서 쥰세이의 이야기를 중심으로 영화가 재구성될 수밖에 없었던 이유가 설명된다.

이처럼 두 가지로 분리되어 있던 이야기가 하나로 통합되었기 때문에, 인물의 성격에도 변화가 발생했다. 이 역시 아오이에 해당하는 문제이다. 영화에 등장하는 아오이는 철저히 쥰세이의 입장에서 파악된 인물이다. 물론 영화에는 남자친구 마빈을 비롯한 아오이의 주변인물들이 등장하기도 하고, 그들과 관련된 에피소드가 전개되기도 하지만, 그녀의 성격은 소설과 차이를 보인다. 소설에 비해 영화 속의 아오이는 훨씬 활달하며, 과거에 많이 집착한다. 이러한 성격변화로 인해 원작 특유의 분위기는 많이 사라졌지만, 쥰세이와 아오이가 오랜 전 약속을 지키기 위해 피렌체의 두오모에서 재회하는 타당성은 한층 강조되었다. 즉, 각색 작업으로 인해 캐릭터의 개성은 약화된 반면, 이야기 구조의 밀도는 높아진 것이다.

이러한 각색 방법은 결말 처리에도 영향을 미친다. 에쿠니 가오리의 소설과 츠지 히토나리의 소설은 사뭇 다른 결말을 가지고 있다. 그들이 피렌체에서 재회한 것까지는 두 작품 모두 공통되지만, 「냉정과 열정 사이 Rosso」는 재회 직후 아오이가 혼자 되돌아가기 직진의 장면에서, 그리고 「냉정과 열정사이 Blu」는 그 이후 준세이가 그녀를 따라가기 위해 열차에 오르는 장면에서 끝을 맺고 있다. 각 작품의 결말 부분을 인용하면 아래와 같다.

　─ 우리, 맛있는 점심 먹자. 오후 기차로 돌아갈 테니까.

　준세이는 표정을 바꾸지 않았다. 내 얼굴을 빤히 쳐다보고 있다. 생각해보면, 나를 붙잡아주지 않는 준세이의 올바름과 성실함을 사랑한 것이었다. (……) 만날 수 있어서 얼마나 다행이었는지, 라고 준세이가 말했다. 사랑한다, 고 말하는 것과 똑같은 울림으로.

　─ 나도.

　샤워를 하고, 우리는 점심을 먹으러 나갔다. 화창한 한낮의, 피렌체 거리로.[28]

　나는 개찰구 앞에서 그녀를 전송했다. 새로운 세기, 난 무엇을 양식으로 살아가면 좋을까. 또는 살아갈 수 있을까.

　결국 냉정이 이겼다. (…중략…) 눈 깜짝 할 사이였다. 반추할 만한 추억도 남기지 않고 막은 내렸다. 이런 결말을 위해 8년이란 세월을 기다렸던가. 온몸에서 힘이 빠져 꼼짝도 할 수 없었다. 죽음과도 같았다.

　(…중략…) 나는 가슴 속에서 작은 열정 하나가 반격에 나서는 것을 느낄 수 있었다. 이 순간, 과거도 미래도 퇴색하고, 현재만이 빛을 발한다.

---

28) 위의 책, p.259.

(…중략…) 다시 한 번 마음속으로 그녀의 이름을 불러 본다. 무엇보다 소중한 현재, 산타 마리아 노베라 역을 향하여 걸어가기 시작했다.

나는 아직 아무런 시도도 하지 않았다. 아무런 노력도 해보지 않고, 그녀를 그녀의 현재로 돌려보내서는 안 된다. 8년을 다시 얼어붙게 해서는 안 된다.

역이 가까워지면서 어느새 나는 달리고 있었다. 과거로 돌릴 수는 없다고 외치면서.[29]

영화는 위에 제시된 소설들의 결말에서 한 걸음 더 나아갔다. 각 소설이 행동의 시작에서 결말을 맺는 방법으로 여운을 남기려 했다면, 영화는 행동의 결과까지를 모두 보여주고 있다. 특급열차에 오른 준세이가 아오이를 만나게 되고, 또 한 번의 재회한 둘이 서로에게 미소를 지으면서 영화는 끝난다. 이러한 결말처리로 인해 관객들이 상상력을 발휘할 여지는 줄어들었지만, 안정적인 해피 엔딩으로 인한 만족감이 형성될 수 있었다.

지금까지 살펴본 것처럼, 〈냉정과 열정 사이〉는 분리되었던 원작을 하나로 통합하는 방향으로 각색이 진행되었다. 이러한 각색은 장점과 단점을 함께 포함한 창작방법이다. 관객들에게 친숙한 안정적인 이야기구조를 갖추게 되었다는 부분은 장점이라고 하겠으나, 원작이 가진 실험성을 포괄하지 못했다는 부분은 단점으로 지적되어야 할 것이다.

---

29) 츠지 히토나리, 양억관 역, 『냉정과 열정 사이 Blu(冷靜と情熱のあいだ Blu)』, 소담출판사, 2000, pp.252~255.

4. 소설과 영화의 공존 : 문학의 확장

소설의 영화화 작업, 혹은 문학작품과 영상예술작품의 공존은 피할 수 없는 시대적 흐름이다. 문제는 이러한 변화에 대처하는 방식일 것이다. 현실에 대한 무조건적인 거부는 문학을 고루하게 만들어 독자와 괴리시킬 뿐이고, 변화에 대한 무조건적인 찬양 역시 문학의 자존을 위협하여 독자의 이탈을 가져올 뿐이다. 그러므로 가장 적합한 대응양식은 문학의 독자적인 미학을 유지하면서, 주변 예술과의 끊임없는 교류를 시도하는 방법이 될 것이다.

그러한 방법론의 하나로 문학작품을 각색한 영상예술 작품의 창작을 들 수 있다. 지난 세기에 이루어진 인쇄 매체의 발전이 문학의 대중적 확산에 기여했다면, 이제는 영상 매체가 그 역할을 담당할 수 있기 때문이다. 실제로 각색영화의 개봉을 통해 문학작품의 판매율이 높아지는 경우를 쉽게 확인할 수 있다. 앞서 예로 들었던 제인 오스틴의 「오만과 편견」의 경우, 각종 권장도서 목록에 포함되어 일정한 독자층을 가지고 있었지만, 영화가 개봉된 이후 한층 많은 독자층이 형성되었다. 특히 새로운 독자층은 권유나 강요가 아닌 자발적인 독서를 통해 형성되었다는 점에서 가치를 가진다.

이러한 측면에서 각색을 통한 영상예술 작품의 제작은 '문학의 확장'이라고 설명될 수 있을 것이다. 여기에 사용된 '확장'이라는 용어는 아직 일반적으로 통용되는 것은 아니다. 그러나 여러 논자들에 의해서 적용 가능성이 제기되고 있다. 이와 유사한 용어를 사용한 논의를 정리하면 다음과 같다. 먼저 유민영은 소설을 원작으로 하여 영상예술의 제작하는 현상을 '확대'라는 용어로 설명했고,[30] 김성곤의 연구와 최인자의 연구는 모두 영상시대에 대한 문학의 대응방식을 논의하면서

'확대' 와 '확장' 이라는 용어를 혼용했다.[31] 또한 박진·김행숙은 소설과 영상매체의 교류를 '교섭(交涉)'이라는 용어로 표현했다.[32] 이러한 용어를 아우를 수 있는 표현이 '확장'이며, 이는 많은 논자들이 사용될 것으로 전망한다.

문학의 확장은 영상예술 분야에 있어서도 중요한 의미를 가진다. 이미 오래전부터 영상예술은 문학작품에 내재된 이야기를 흡수하여 발전해왔지만, 매체의 차이와 문학연구자들의 무관심으로 인해 각색 및 창작방법론의 교류에 대한 연구가 활성화되지 못했다. 그러나 앞으로 이와 관련된 연구가 이루어지면 보다 다양한 측면의 상호교류 방법론이 도출될 것이고, 이를 바탕으로 보다 수준 높은 작품이 창작될 수 있을 것이다.

---

30) 유민영, 「소설의 드라마·영상으로의 확대」, 《소설과 사상》, 1994 여름.
31) 김성곤, 앞의 책, pp.18~19.; 최인자, 앞의 글, pp.27~28.
32) 박진·김행숙, 『문학의 새로운 이해』, 청동거울, 2004, pp.146~152.

참고문헌

김성곤, 『문학과 영화』, 민음사, 1997.

박 진·김행숙, 『문학의 새로운 이해』, 청동거울, 2004.

아사다 지로, 양윤옥 역, 「러브레터」, 『철도원』, 문학동네, 1999.

유민영, 「소설의 드라마·영상으로의 확대」, 《소설과 사상》, 1994 여름.

이형식·정연재·김명희, 『문학텍스트에서 영화 텍스트로』, 동인, 2004.

임권택·정성일, 『임권택이 임권택을 말하다』 2권, 현실문화연구, 2003.

최수웅, 『소설과 디지털콘텐츠의 창작방법』, 청동거울, 2005.

최인자, 「문학과 영화」, 교재편찬위원회 편, 『문학과 영상예술』, 삼영사, 2001.

츠지 히토나리, 양억관 역, 『냉정과 열정 사이 Blu(冷静と情熱のあいだ Blu)』, 소담출판사, 2000.

Arnold Hauser, 백낙청·염무웅 역, 『문학과 예술의 사회사(Sozialgeschichte der Kunst und Literatur)』 4권, 창비, 1999.

Marshall Mcluhan, 김성기·이한우 역, 『미디어의 이해(Understanding Media)』, 민음사, 2002.

Seymour Chatman, 김성수 역, 『영화와 소설의 서사구조(Story and Discourse : Narrative Structure in Fiction and Film)』, 민음사, 1990.

디지털 시대의 문예창작 교육론

― 소설창작 교육을 중심으로

강상대

(평론가, 단국대학교 교수)

1. 머리말

소설 텍스트는 그 양식이 항구적인 것이 아니라 일상언어와 사회구조의 변화를 매우 역동적으로 받아들여서 양식상의 변화를 모색한다. 문학 텍스트 일반론에 있어, 텍스트의 정체성은 존재론적인 것이 아니라 기능적인 것이고 역사적인 변화의 산물에 지나지 않는다는 견해[1]가 가장 뚜렷하게 확인되는 지점이 바로 소설 텍스트인 것이다. 따라서 소설 텍스트와 관련된 사고와 표현은 기존 텍스트의 규격화된 양식에서 일어나고 있는 균열 양상을 주목해 볼 필요가 있으며, 이를 통하여 소설 텍스트의 재개념화가 논의되어야 한다.

대학 교육의 범주내에서 이루어지는 소설창작 교육의 방법론을 다루

---

1) 권국명, 「문학 텍스트란 무엇인가」, 《어문학》 80호, 한국어문학회, 2003, p.197 참조.

는 과정에서도 이와 같은 소설 텍스트의 재개념화는 매우 중요한 논의의 출발점이 된다. 왜냐하면 대학에서의 소설창작 교육은 이미 제도권 교육으로서, 소설 자체의 내재적 발전을 추구해야 하는 한편으로 국가의 교육 이념과 제도, 그리고 사회의 요구에 부응되는 교육 성과를 얻어야 하는 외재적 역할도 수행하기에 이르렀다. 소설창작 교육이 대학 교육으로 편입되는 과정에는, 일종의 예술활동인 창작을 과연 공교육에서 가르칠 수 있기나 한 것인가, 또는 객관성과 체계성을 신봉하는 학교 교육이 창작을 수용하는 것이 합당한가 하는 논란의 여지를 남겼다. 그러나 창작 교육은 이미 제도권 교육으로 확고하게 자리를 잡고 있으며, 공교육을 위한 당위성 앞에서 문학작품이 천재적인 작가의 비의적인 방법을 통해 탄생하는 신비스런 존재라고 하는 창작 불가지론의 사고는 무력해진 것이 현실이다. 이와 같은 상황은 소설의 영역 확대를 가져오고 있다는 점에서는 긍정적인 것이 되겠지만, 소설이 그 확대된 영역에서 제 역할을 다하지 못할 때는 기왕의 문학적 위의를 회복하기가 어렵다는 점에서 부정적일 수 있다. 그러므로 대학교 소설 창작 교육에 주어진 시급한 과제는 소설창작이 교육적으로 유용하고 유의미한 활동임을 사회 전반에 인식시킴으로써 교육 시장에서 자생력을 확보하는 일이다.

소설창작 교육의 자생력 확보는 다음의 두 가지 측면에서 검토될 수 있다. 하나는 이론적 측면으로서, 소설창작 교육의 개념, 목적, 교과과정, 교수·학습 방법, 교재, 평가 등에 대한 이론을 정립하는 것이다. 각 대학마다의 여건과 각 교수마다의 교육관 및 방법론에 따라서 다를 수밖에 없으나, 이러한 개별성을 포괄하는 일반화된 이론 수립을 미루어서는 소설창작 교육이 제대로 자리를 잡기 힘들 것으로 판단된다. 이론성을 거부할 경우 문학 신비주의는 다시 대학에서의 창작 교육을 위협할 것이며, 사교육 또는 사회 교육과 변별성이 없는 교육과정은 공교육 또는 학교 교육으로서의 권위를 지켜내지 못하게 될 것이다. 그리고 다른 하나는 실천적 측면으로서, 소설창작 교육은 학습자(학생)의 학습 성과가 사회적으로나 개인적으로 유용·유의미한 것이 될 수 있도록 실천적인 면모를 지녀야 한다는 것이다. 가령 교육을 통하여 소설창작 능력을 키운 학생이 좋은 소설작품을 산출하거나, 또는 비록 전문 작가가 되지 못하는 경우라고 하더라도 소설창작 방법론에 대한 수련을 바탕으로 사회에 진출하거나, 또는 최소한 소설창작 수련이 개인의 자아 성장과 삶의 영위에 반영되고 영향을 끼치는 실천성을 고려하는 교육이 되어야 한다. 그리고 교과과정이나 교수·학습 방법 등의 이론화는 결국 이러한 실천적 성과를 얻기 위한 방편으로 조직될 것이므로 결국 위의 이론적 측면과 실천적 측면은 상호보존적인 성격을 지닌다고 할 것이다.

교육의 모든 제도적 형식들은 교육의 이념과 얼마나 긴밀하게 조응하고 있는가 하는 검증의 과정 속에서 스스로의 정당성과 구체적인 방향성을 획득한다.[2] 따라서 소설창작 교육의 제도적 형식이 자리를 잡기 위해서는 그 이념이 우선 확립되어야 한다. 이를 위하여 본고에서는 우선 소설창작 교육의 자생력을 확보하기 위한 이론적·실천적 측면을 보다 원론적인 부분에서 논의함으로써 소설창작 교육의 이념 확립을 의도하고자 한다. 그리고 교육내용은 이와 같은 이념을 구체화시키는 과정이라고 할 것인데, 컴퓨터와 정보통신 기술의 발전으로 인하여 급속도로 변화되고 있는 가운데서 이루어지는 대학에서의 소설창작 교수·학습 방법에서 소설 텍스트 생산을 위한 하나의 방법론적 모

---

2) 김상욱, 『소설교육의 방법 연구』, 서울대학교출판부, 1996, p. 4.

형을 구성해보고자 한다. 소설, 소설창작, 소설교육의 각 영역에 대한 오랜 논의가 여전히 계속되고 있으므로 이를 포괄하는 성격을 지니는 소설창작 교육에 대한 논의는 앞으로 더욱 활성화될 필요가 있다. 특히 대학에서의 소설창작 교육의 방법론에 대한 천착은 학문적인 연구 축적의 측면으로 볼 때 초창기에 해당한다.[3] 본고의 논의가 대학 교육의 범주로 소설창작 교육의 방법을 한정하는 것은 대학에서의 소설 텍스트 생산은 그 특수성이 매우 뚜렷함을 드러내기 위한 것으로, 이러한 점에 대한 보다 진전된 논의를 요청한다는 뜻을 밝혀 둔다.

2. 소설창작 교육의 이념적 지향

1) 소설창작의 교육적 의의

소설창작 교육이 왜 필요하며 어떠한 가치를 지니는 것인가에 대한 논의는 소설 교육의 기능 및 창작 교육의 기능과 관련하여 접근할 수 있다. 우리는 흔히 소설의 기능을 도덕적·윤리적 교훈이나 사상적 교시를 주어야 한다는 교시적 기능, 미적 쾌락을 주어야 한다는 쾌락적 기능, 인생의 진실을 제시하여 가치있는 삶의 모습을 제시해야 한다는 가치창조적 기능 등으로 보고 있으며, 소설의 이러한 기능들은 전통적

---

3) 제7차 교육과정이 국어과에 '창작 교육'을 도입함에 따라 국어교육학 분야에서는 매우 활발하게 초·중·고의 학교 교육에서 창작 교육의 방법론을 다루어 왔다. 한국문학교육학회가 학회지 《문학교육학》을 통하여 이 분야에 적극적인 관심을 기울이고 있으며, 문학과문학교육연구소에서 펴낸 『창작교육, 어떻게 할 것인가』(푸른사상사, 2001)는 그 성과들을 구체적으로 반영하고 있다. 이에 비교할 때 대학교 문예창작 관련 학과의 교육내용으로 창작 교육의 방법론을 다룬 연구는 지금까지 매우 미약한 실정이며, 근년에 들어 한국문예창작학회의 학회지 《한국문예창작》에 점차 이 분야의 논문들이 게재되고 있는 추세이다.

으로 교육이 추구해 왔던 知·情·意의 내용개념과 대응되고 있다.[4] 이를 좀더 구체적으로 살펴보면, 소설에는 작가의 사상과 체험, 가치관이 용해되어 있기 때문에 독자는 이를 통하여 인간적인 삶의 방식을 배우게 된다. 또한 소설은 허구성을 본질로 하는 상상력의 소산으로서 현실로부터의 해방감을 느끼게 하며, 그 자체의 구조적·미적 아름다움을 드러냄으로써 독자로 하여금 즐거움을 느끼게 해준다. 그리고 소설은 독자의 인지력과 감성력을 자극하고 확대함으로써 그 자신의 삶에 대한 가치관을 확립시키고 심화시켜 준다. 소설이 지니고 있는 이러한 기능에 근거하여 소설 교육은 교육이 지향하는 이념, 방법, 성과를 만족시킬 수 있는 매우 유용한 도구로서, 인문·사회·예술의 성격을 두루 포괄하는 다면성을 지니고 있다.

이와 같은 소설의 교육적 기능을 통하여 학습자의 인격형성과 자아실현에 기여하고자 하는 것이 소설 교육인바, 소설창작 교육은 여기에 창작 교육의 속성이 부가되어 더욱 의미 있는 교육성과를 의도한다. 창작 교육은 현대 교육과정의 한 경향을 대변하는 인간중심 교육과정을 효과적으로 실현하는 교육 방법으로서, "생각하고 느끼고 생활하고 행동하는 개체를 육성하는 것이며 사랑할 수 있고, 깊이 느낄 수 있고, 내적인 자아를 넓힐 수 있고, 창조할 수 있는 사람 또는 자기교육의 과정을 계속할 사람을 육성하는"[5] 역할을 수행할 수 있다. 다시 말하면, 우리는 '창작하는 인간'을 통해 현대 교육이 지향하는 인간상을 만날 가능성이 높다는 것이다. 창작은 새로운 것을 만들어내는 일이며, 이 것은 인간의 본능적인 성정에 닿아 있는 일이다. 따라서 창작을 가르친다는 것은 인간적 성정을 어루만지는 대단히 중요하고 조심스러운

4) 박인기, 「소설 교육의 목표설정」, 우한용 외, 『소설교육론』, 평민사, 1993, p.48.
5) C. H. Patterson, *Humanistic Education*, 장상호 역, 『인간주의 교육』, 박영사, 1980, p.22.

작업이 된다. 대학에서 창작 교육이 활성화된 작금의 사정은 물론 여러 가지의 원인이 있겠으나 무엇보다도 우선시되는 것은 창작의 교육적 효과에 대한 기대 때문일 것이다. 그래서 비록 중등 교육의 경우이기는 하지만 학교 현장에서 창작 교육을 담당하고 있는 한 교사의 다음과 같은 지적은 대학의 창작 교육에서도 동일한 의미를 갖는다고 하겠다.

> 창작교육은 인간의 개성과 창조성의 발현에 인색한 현재의 획일화된 교육을 지양하고 인간성 회복의 교육을 형성하는 데 하나의 바람직한 대안이 될 수 있을 것이다. 창작은 기본적으로 자신의 내면을 성찰하는 과정이며 그 성찰을 바탕으로 자신의 욕망이 지향하는 세계를 상상력으로 구축하는 작업이다. 학습자는 창작의 과정을 통해 자신을 새로이 발견하고 삶의 진정한 가치를 깨닫게 될 것이며, 문학적 의사 소통 행위에 적극 참여함으로써 자아를 실현하고, 올바른 사회적 관계에 대한 전망을 경험하게 될 것이다. 이러한 고도의 자율성과 창조성의 경험은 단순히 작품을 읽고 감상하는 수동적인 차원에서는 획득할 수 없는 것이기 때문에 더욱 가치가 있는 것이다.[6]

창작은 한마디로 인간중심의 논리를 구현하는 활동이며, 소설창작 교육은 이를 교육적 차원에서 심화·확대시키는 방법이다. 소설 제재가 지니는 개개의 갈등구조와 그 구조들의 통일적 유기성에 의해 환원되는 정서적 감동의 발생과 삶의 총체적인 이해 등은 지식체계 위주의 일반교과 제재와 판이한 성격을 지닌다.[7] 이와 같은 교육 제재상의 미

---

6) 진중섭, 「학교 현장 창작교육의 현황과 과제」, 《문학과 문학교육》 2호, 문학과문학교육연구소, 2001, p.79.

덕을 확보하고 있는 소설창작은 창작 행위 자체를 통한 자아실현, 그리고 인간중심 사고와의 상승작용에 의해 매우 효과적으로 교육이념을 달성할 수 있는 가능성을 보여준다. 그 가능성의 측면을 통하여 소설창작 교육의 의의를 정리해 보면 다음과 같다.

첫째, 소설창작 교육은 정서, 사상, 상상력이 복합적으로 작용하는 창조적 활동을 지속하게 함으로써 학습자의 단순화되고 관습적인 일상생활에 변화와 자극을 주고, 진정한 자아의 발견과 진실된 삶의 영위를 위한 사색을 가능하게 한다. 둘째, 소설창작 교육은 서사적 사고력과 언어적 구성력이 구비되어야 하는 소설창작에 대한 체험적 학습 과정에서 삶을 서사형태로 성찰함으로써 인간을 입체적으로 파악하는 눈을 갖게 하며, 또 이를 작품화하는 과정에서 경험세계의 전경과 후경을 아울러 바라보는 통찰력을 수련하게 한다. 셋째, 소설창작 교육은 소설 제재의 개념과 기능을 창작과정을 통하여 습득함으로써 작품의 이해와 감상, 분석과 종합, 서술과 구성 등을 구체적으로 학습하게 한다. 그리고 이러한 입체적인 시각의 확보를 통해 개인적 차원뿐만 아니라 집단적 차원의 인간 삶을 관조하게 하고 현대문명의 비인간화, 사회구조의 모순, 억압적인 윤리체계 등 인간적 진실을 오도하는 모든 기제들을 비판할 수 있는 응전력을 갖추게 한다. 넷째, 소설창작 교육은 미적 인식을 확대하고 정서를 순화시키며, 창조적 상상력과 심미적 구상력을 확대시켜 작품으로 형상화하게 함으로써 학습자에게 예술창작 활동의 심미적 체험을 가능하게 해준다. 이러한 활동은 인간애와 도덕성을 자극하고 감정 조절과 카타르시스의 심리적 경험을 안겨줌으로써 학습자의 자기인식을 공고하게 한다.

---

7) 박인기, 앞의 글, p.49.

2) 소설창작 교육의 지향점

위에서 살펴본 소설창작 교육의 의의는 실제 교육 현장의 여건과 환경에 따라서 지향점을 달리할 수밖에 없다. 현재의 대학 제도는 학습자의 자율성을 기반으로 하고 있는 것이 아니라 제도의 굴레에 규격화시키고 있으므로 교육의 의의가 제대로 반영되기가 어려운 실정이다. 대학의 창작 강의실은 이러한 사정이 극명하게 드러나는 공간이다. 가령, 창작 강의실에 앉아 있는 학생들 중에서 많은 수는 문학적인 글쓰기에 대한 신념과 노력이 결여되어 있기가 십상이다. 또 창작에 관심이 있는 학생들도 각자 창작의 장르적 관심을 달리하고 있으므로, 현재의 대학 교과운영이 이들의 관심을 전폭적으로 수용할 수 없는 형편이다보니 하나의 창작 장르가 심도있게 추구되기는 힘든 것이다. 특히 시, 소설, 비평 등 전통적인 장르라고 이름할 수 있는 창작 분야에 대한 집중도는 점점 떨어지고 영상·문화 산업과 관련된 창작이 호응을 얻고 있으나 대학의 창작 교육이 이를 모두 만족시킬 수 없고, 또한 이러한 현상 자체가 문제성을 지니고 있기도 하다. 이를테면 대학의 창작 강의실은 창작 교육의 영역 확대가 가져온 진통을 앓고 있는 셈이다. 그러므로 소설창작 교육이 인간화 교육을 지향하는 이념상의 합의를 기반으로 하여 대학 자체의 교육목적과 또 사회가 대학 교육에 기대하는 요소들과의 접점에서 새로운 지향점을 설정할 필요가 있는 것으로 판단된다. 본고에서는 이를 인문성, 전문성, 실용성의 방향에서 논의해 보고자 한다.

① 인문성

창작 교육은 인문 교육의 핵심적인 자리에 놓일 수 있다는 견해[8]를 수용하여, 소설창작 교육은 인문성을 확보하는 방법론을 부단히 견지해야 할 것이다. 인문학은 인간 존재의 의미와 인간이 지향해야 하는 가치관, 인간관계의 의의, 인간적인 삶의 조건 등을 인본주의적인 관점에서 논의한다. 우리는 앞에서 지·정·의를 구현하는 소설의 기능이 인간적인 삶에 대한 가치관을 환기시킬 수 있음을 확인했다. 과학과 기술이 고도화된 현대사회가 물질적 효용과 기계적 편의를 숭상하고 있으며, 그러한 문명사 속에서 현대인의 인간성과 가치관이 심각한 위협을 받고 있음은 두말할 필요가 없다. 이것은 곧 인간의 위기임과 동시에 인문학의 위기이기도 하다. 특히 눈을 가깝게 돌려보면 우리나라의 현상황도 인문학과 관련된 우려의 목소리가 매우 높다는 점에서, 이러한 위기 상황을 타개하는 데 소설창작 교육이 일정한 역할을 할 수 있으리라 판단된다. 소설 장르의 가변성과 인식내용의 잠재적인 힘, 세계관의 무한한 포용력을 구상적인 형태로 표출케 하는 소설창작 교육은 다른 인문 교육의 분야와 달리 활성적인 측면이 매우 강하다. 소설창작 교육은 이 점을 미덕으로 하여 인문 교육의 대안적 성격을 확고하게 할 필요가 있다.

② 전문성

초·중등 과정에서의 문학 교육은 비록 창작 지향적인 교육과정을 설정하고 있음에도 불구하고 시인·소설가 등의 문인을 길러내는 것을 목표로 하지 않지만, 대학과정에서의 창작 교육은 문인 배출에 적극성을 가져야 할 것으로 판단된다.[9] 이를 창작 교육의 전문성 확보라는 측면으로 이해하고자 한다. 따라서 소설창작 교육 역시 소설적 완성도를

---

8) 우한용, 「창작교육의 이념과 지향」, 문학과문학교육연구소 편, 『창작교육, 어떻게 할 것인가』, 앞의 책, p.43 참조.

갖춘 작품을 산출하는 소설가 육성을 목표로 하여 학습자의 소설창작 능력을 신장시키는 데 노력해야 한다. 현재 소설창작 교육은 대학의 정규과정이 아닌 문화센터, 사회교육원, 사설교육기관 등에서도 다양한 형태로 이루어지고 있다. 문학은 문화의 실체이자 문화 산업의 한 상품으로서, 문학의 생산자인 문인에 대한 수요는 사회적인 것이다. 따라서 대학이 문인을 배출해내는 것은 문학 발전에 기여하는 문화적 활동임과 아울러 사회의 요구에 부응해야 하는 대학의 기능을 충족시키는 일이 된다. 만약 대학의 창작 교육이 문인 배출을 외면한다면 청년의 열정으로 가득찬 잠재적인 문화 인력을 사교육이나 사회 교육에 넘겨주는 경우가 될 것이며, 이것은 문화적으로나 사회적으로 바람직하지 못한 결과를 낳게 될 것이다. 이러한 까닭으로 소설창작 교육은 기왕에 대학이라고 하는 공교육의 힘을 업고 젊은 인재들을 확보했으니만큼 이들을 체계적으로 교육하여 참신하고 유능한 소설가로 키워내야 하는 당위성을 잊지 않아야 한다.

③ 실용성

대학 창작 강의실의 현실은 위에서 본 인문성, 전문성의 지향을 곤혹스럽게 하기에 충분하다. 일반적으로 창작 능력은 문제 발견 능력과

---

9) 이 점에서 초·중등 과정과 대학 과정에서의 창작 교육은 분명하게 상치된다. 초·중등 과정에서 의도하고 있는 창작 교육의 목표를 참고삼아 확인해 두기로 하자. "창작교육은 시인이나 소설가를 길러내기 위한 것이 아니라 문학작품을 형성하는 과정을 추체험함으로써 문학 활동 자체를 심화하고 확대하기 위함이다. 학습자들이 스스로 시를 쓰고 소설을 써봄으로써 시와 소설이 실체로 존재하기 이전에 어떠한 과정들을 거쳐왔는지를 쉽게 이해할 수 있다는 것이다. 더욱이 창작의 과정에 관여함으로써 아주 정교한 작품을 산출하지는 못할지라도 자신의 경험을 소박하나마 예술의 형태로 고정시킴으로써 문학을 생활로 가까이 끌어올 수 있다는 장점도 있다. 물론 이러한 작업을 통해 경험 자체가 새로운 깊이와 폭을 획득하게 됨은 물론이다. 창작의 경험을 공유하는 것은 반드시 전문적인 작가를 이상적인 모형으로 하는 교육과는 전적으로 다른 것이다. 현행의 창작교육 역시 이러한 원칙에 바르게 서 있지 않으면 안 될 것이다." : 김상욱, 「활동 중심의 시 창작교육」, 《문학과 문학교육》 2호, 앞의 책, pp.48~49.

연관되는 감수성, 구성적 능력 전반을 가리키는 상상력, 언어 처리 능력 전반을 가리키는 형상화 능력, 자신의 창작행위에 대한 재인식 능력을 뜻하는 비평능력 등이 겸비될 때 제대로된 문학작품의 생산이 가능해진다.[10] 이것은 곧 창작 교육이 단시일에 이루어지기 어려움을 말해 주는 것인데, 강의실이라는 한정된 장소에서 한정된 기한 동안의 파편적인 강의시간으로는 소기의 성과를 달성하기가 쉽지 않다. 또 학생 스스로가 작가 또는 작품에 대한 성취의욕이 떨어지는 경우에는 더욱 그러하다. 따라서 소설창작 교육은 강의실에 앉아 있는 학습자들을 모두 소설가로 만들어야 하는 당위성에서 물러나 직업 교육으로서의 실용성을 고려할 필요가 있는 것으로 생각된다. 소설창작과 관련하여 연습하게 되는 표현력, 이해력, 구성력, 사고력, 문장력 등은 문화 산업이 주목되는 오늘날의 직업 시장에서 아주 경쟁력있는 능력이 될 수 있다. 소설 텍스트가 서사성을 본질로 하고 있음은 주지의 사실이다. 그런데 영화, 만화, 애니메이션, 게임, 방송 등 문화 산업의 근간을 이루는 분야는 대개 서사 매체이므로, 소설창작 교육에서 얻어지는 서사 능력은 이들 분야가 꼭 필요로 하는 것이다. 소설창작 교육의 실용성 지향은 결코 본질을 훼손하는 것이 아니라 본질을 더욱 강화하는 방향이라는 생각을 가져야 한다. 시대와 더불어 변화하고, 변화된 삶을 껴안는 것이 소설 텍스트이기 때문이다.

---

10) 우한용, 앞의 글, pp.38~39.

3. 소설창작을 위한 교수·학습 방법

1) 소설 텍스트 생산과 정보화 환경

앞의 논의를 통하여 대학에서의 소설창작 교육이 인문성, 전문성, 실용성을 지향함으로써 중·고등학교의 교육과정이나 전문적인 문학 집단의 통념과는 다르게 소설 텍스트의 재개념화가 이루어짐을 보았다. 그러므로 대학 교육의 현장에서 소설창작 교육에 임하는 교수자 및 학습자는 소설 텍스트에 대한 전통적인 관념에서 벗어나서 새로운 텍스트 생산 방법론을 모색해야 하는바, 이에 대한 논의는 사회 변화에 따른 새로운 패러다임에 의하여 달라진 교육적 인식에서 비롯된다.

주지하다시피 우리 사회는 컴퓨터와 정보통신 기술이 급격하게 발전되어 산업, 문화, 생활, 교육 등 인간사의 모든 국면에서 일대 혁신이 진행되고 있다. 흔히 정보화 사회, 혹은 지식기반 사회로 불리는 오늘날의 삶의 환경에 있어 특히 교육은 사회 변화를 주도하는 인재를 육성해야 한다는 당위성으로 인하여 교육내용과 환경의 변화, 교육방법의 개선에 많은 노력을 보여주고 있다. 교육부가 ① 열린 교육 사회, 평생 교육 사회의 구축 ② 최상의 교육 서비스 제공 ③ 21세기 교육 정보화 중심 국가로의 부상 ④ 정보화 사회 교육 패러다임으로의 전환 등을 목표로 하여 시행하고 있는 교육 정보화 사업이 그 구체적인 결과이다.[11] 정부 차원의 사업 수행에 의해 대학 교육의 속성이나 학문적 본질이 변모하는 것은 아니며, 이 점은 정보화 사업에 있어서도 마찬가지다. 그러나 정부와의 관련성을 떠나, 우리는 정보화의 측면에서

---

11) 김준형, 「일류국가 도약 위한 교육 정보화 지원」, 《교육마당21》, 교육부, 2000. 1, p.104 참조.

너무나도 변모된 교육 현장의 모습을 인정해야 한다. 현재 대학의 창작 강의실에 앉아 있는 학생들은 이미 교육 정보화 사업의 추진에 의한 하드웨어 및 소프트웨어로 학습되어 왔으며, 학교를 벗어난 가정이나 문화·여가의 공간에서도 역시 컴퓨터와 초고속 인터넷망을 손쉽게 사용하여 일상사를 유지하는 이른바 '정보 인간'이다. 이렇듯 급격하게 이루어진 교육의 주체나 교육에 대한 인식, 그리고 교육 환경의 변모를 간파하지 못하고 종래의 규범적인 교수·학습 방법을 반복한다면 바람직한 교육이라 할 수 없고, 이것은 소설창작 교육의 경우에도 마찬가지의 사정인 것이다.

정보화 환경의 측면으로 볼 때 대학은 다른 교육 기관보다 매우 앞선 인프라를 갖추고 있다. 대학에서는 정보화 환경이 전통적인 수업과 연구에 보조적인 역할을 하는 경우, 대학 전체의 연구·교육·행정이 디지털의 가상공간에서 이루어지는 경우 등 그 정도와 범위가 다양하다. 또한 멀티미디어 교실, 사이버 디지털 자료, 전자 도서와 전자 출판, 전자 도서관과 가상 박물관, 가상 세미나, 사이버 학술대회, 가상 대학(원격 수업) 등 매우 다양한 형태로 이루어진다. 그리고 이중에서 특히 멀티미디어 교실은 개인용 컴퓨터를 중심으로 웹(Web) 기반을 구축함으로써 위에서 열거한 다양한 정보화 환경을 통합적으로 연결하고 비디오, 오디오, 프로젝터 등과 결합되어 디지털 환경을 조성하여 전통적인 문자 기반의 교육 환경에 급진적인 변화를 가져왔다.[12] 대학의 창작 강의실은 이러한 성격을 지닌 멀티미디어 교실의 가장 대표적인 형태이다. 따라서 디지털화된 대학의 창작 강의실에서 이루어지는 소설창작 교수·학습은 정보화 환경을 적극적으로 수용하는 텍스트 생산

---

12) 조지형, 「인문학의 '위기'와 디지털 인문학」, 김도훈 외, 『디지털 시대의 인문학, 무엇을 할 것인가』, 사회평론, 2001, p.158.

방법론을 시도할 필요가 있다.

　정보화 사회는 곧 낙원이라는 보장이 없고 디지털 기술은 곧 축복이라
는 약속도 없다. 그래서 우리는 인간이 기술을 어떻게 발전시켜나가야 하
는가 하는 문제와 새로운 기술이 어떻게 우리 인간의 삶과 사회를 변천시
켜나가게 할 것인가 하는 두 가지 방향의 문제를 풀어야 한다. 요컨대 사
회적으로는 책임 있는 기술의 개발과 현명한 기술의 사용이 이루어지도
록 해야 하며, 개인적으로는 삶의 목표와 가치를 자율적으로 정의하고 자
신의 삶을 의식적으로 설계해야 한다는 것이다.[13]

위 인용문이 적시하고 있듯이 정보화 사회, 디지털 기술은 인간에게
행·불행의 이분법적인 운명으로 받아들일 것이 아니라 인간이 스스로
열어나가야 할 삶의 전망으로 인식해야 한다. 다시 말하면, 정보 기술
의 개발과 그 기술의 사용은 인간의 주체적인 삶과 사회 발전에 기여
하는 방향으로 진행될 수 있도록 하는 가능태인 것이다. 소설 텍스트
는 서사 장르 일반이 지닌 보편적 특질을 공유함과 동시에 자본주의
사회의 발전에 따른 특정 시기의 서사적 대응이란 점에서 역사적인 특
수성을 지니고 있다.[14] 이러한 점에 있어서 소설 텍스트는 디지털 시대
를 살아가는 오늘날의 인간이 처한 삶의 환경과 인간에 대한 인식을
담론화해야 하며, 소설창작 교육은 텍스트의 생산 과정이 그 자체로서
생산을 위한 질료가 되는, 매우 유효한 인문학적 담론의 과정이 될 수
있다. 그러므로 대학에서 소설 텍스트 생산을 위한 교육과정은 이러한

---

13) 윤완철, 「디지털 정보 시대와 인간」, 최혜실 편, 『디지털 시대의 문화 예술』, 문학과지성사,
　　1999, p.84.
14) 김상욱, 앞의 책, p.83.

정보화 환경을 하드웨어를 갖추는 외재성의 측면에서는 물론이고, 담론 자체의 소프트웨어적인 성격이 되는 내재성의 측면에서도 충분하게 수용해야 할 것이다.

2) 디지털 서사의 구현과 활용

대학에서의 소설창작 교육이 정보화 환경을 적극적으로 수용하는 경우, 그 동안 이루어져 왔던 소설창작 교육의 교수·학습 방법에 획기적인 변화를 가져오게 될 것이다. 또 그로 인하여 창작 강의실의 풍경과 교수·학습 주체의 역할도 매우 달라질 것으로 판단된다. 가령 지금까지 소설창작 수업은 이론 강의, 창작 실기, 발표와 토론, 강평 등으로 이루어진 것이 일반적이었다.[15] 이와 같은 수업 방법은 중·고등학교의 교육과정과는 달리 교육적 효율성이 입증된 표준화된 교육내용과 교육방법을 갖추지 못한 대학의 교과과정에서 오랫동안 전범화되어 왔다. 또 이러한 교육에 의해 많은 문인들이 탄생되어 한국문학의 발전에 기여하거나, 방송·언론·출판·대중문화 등 글쓰기 능력을 필요로 하는 사회의 각 영역에 인재를 배출하는 교육적 성과를 보여주기도 했다. 그러나 한 사회의 교육적 인간상은 그 사회의 특성을 반영해야 하기 때문에 정보 사회의 교육적 인간상은 디지털 정보화의 특성을 갖추어야 한다는 교육학적 견해[16]는 소설창작 교육의 주체들도 귀담아 들어야 할 부분이다. 특히 앞 장에서 살펴보았듯이 대학 교육에 있어 소설 텍스트 생산은 인문성, 전문성, 실용성을 지향해야 하는 '재개념화'

---

15) 이병렬, 「대학 소설창작 강좌의 현단계 : 실태 조사 결과와 실제 수업을 중심으로」, 《한국문예창작》 1호, 한국문예창작학회, 2002, pp.11~13.
16) 목영해, 『디지털 문화와 교육』, 문음사, 2001, p.302 참조.

가 필요하므로, 개념적 지향이 구체적으로 실현되기 위해서는 기존의 수업 방식에서 변화를 모색하는 것은 마땅하다.

　이러한 점에 있어서 대학의 소설창작 강의실은 디지털이라는 새로운 미디어의 운용 방식에 의해 탄생한 이야기 형식인 '디지털 서사(digital narrative)'[17]의 구현과 활용에 주목할 필요가 있다. 아날로그 시대에서 디지털 시대로의 전환이 인간의 삶에 혁명적 변화를 가져온 것은 주지의 사실이며, 이러한 디지털화는 소설창작과 연관된 읽기/쓰기의 영역에서도 예외가 아니다. 우리는 직접 눈으로 책을 읽고 손으로 글을 쓰던 방식에서 벗어나서 컴퓨터에 실행된 읽기/쓰기 프로그램을 사용하거나, 인터넷으로 연결된 가상 공간(예를 들면, 웹 사이트의 게시판, 메신저, 전자우편 등)에서 글을 읽거나 쓴다. 또 이런 디지털화된 방식으로 작성된 글을 책이나 문서의 형태로 만들지 않고 디지털 소스로 저장시키거나 CD-ROM의 형태로 반영구적인 보관을 할 수 있다. 실기 위주의 교수·학습 형태를 취하여 소설창작 교육이 이루어지기 마련인 대학의 창작 강의실에는 각 학생마다 개인용 컴퓨터가 배당되어 있으며, 이러한 환경에서 소설창작은 디지털화된 읽기/쓰기의 방식이 결코 외면할 수 없는 현실인 것이다. 그러므로 교수·학습의 방법에 있어서도 디지털화된 창작 환경을 적극 수용하여 보다 효율적인 교육 성과를 얻어내야 할 것인바, 수업 과정에서 다음과 같은 디지털 서사의 유형들을 구현하고 그 활용을 모색할 것을 제시한다.

① 하이퍼텍스트 서사

　소설창작 교육의 과정에서 교수·학습 방법의 하나로 실천해 볼 수

---

17) 디지털 서사에 대한 보다 깊은 이해는 최혜실, 「디지털, 서사의 미학」, 최혜실 편, 앞의 책, pp.238~260을 참조하기 바람.

있는 디지털 서사의 유형으로 '하이퍼텍스트 서사(hypertext narrative)'가 있다. 국내 최초의 하이퍼텍스트 소설인 「디지털 구보 21」[18]에서 확인할 수 있듯이, 디지털 기술이 제공한 하이퍼미디어 기능은 서사에 있어 종래의 글쓰기 방식을 허물어뜨릴 수 있는 非線形性을 갖게 한다. 기존의 소설은 작가에 의하여 線形性의 원리로 창작되고, 독자는 충실하게 그 원리를 따라 작품을 읽어야 했다. 다시 말하면 작가는 이야기의 줄거리, 인물의 성격 추이, 시간 순서, 사건의 인과관계, 플롯 등 자신의 서사 구조를 철저하게 선형적으로 조직화하고, 독자의 독서 행위는 일차적으로 그와 같은 서사 구조를 수동적으로 따라가야만 하는 것이 전통적인 소설의 소통 방식이었다. 그러나 하이퍼텍스트는 서사의 일정 부분에서 독자에게 '예/아니오' 또는 '선택함/선택하지 않음'의 자의적 개입을 허용하고 있다. 이러한 하이퍼텍스트가 지닌 비선형성은 독자로 하여금 선택의 자유를 누리게 하고 저자의 지배로부터 해방시켜 독자와 저자의 경계를 허물어뜨리며, 저자의 의도와 상관없이 서사의 시작과 끝을 결정할 수 있음으로써 독자 나름의 텍스트를 형성시킬 수 있다. 따라서 이와 같은 독자의 능동적 읽기는 텍스트의 의미와 구성에 있어 저자의 배타적인 통제력을 감소시켜 독자를 저자의 위치에까지 끌어들인다.[19]

물론 대학의 창작 강의실에서 이러한 하이퍼텍스트를 완벽한 형태로

---

18) 최혜실이 디렉터 겸 라이터가 되어 제작된 「디지털 구보 2001」에서 주인공 구보는 30대 여성 지식인이자 CEO이며, 그녀의 남자 친구인 이상은 컴퓨터게임 시나리오 작가이다. 그리고 그녀의 어머니가 등장한다. 이 작품은 이들 세 인물이 하루 동안 겪는 사건을 이야기로 엮고 있는데, 세 인물이 각 시간대별로 배치되어 있고 각 칸을 클릭할 때마다 그 시간 서울의 한 공간에서 이 세 인물이 각자 겹치기도 하고 헤어지기도 하면서 사건을 만들어낸다. 이 작품의 독자는 자기가 보고 싶은 시간대에 보고 싶은 인물들의 칸을 클릭면서 스스로 이야기를 만들어냄으로써 작가의 역할도 수행하게 된다. 최혜실, 『디지털 시대의 문화 읽기』, 소명출판, 2001, pp.121~132.
19) 조지형, 앞의 글, p.173.

실현시켜 한 편의 완성된 하이퍼픽션을 탄생시키는 것은 여러 가지 여건이 허락하지 않는다. 그러나 부분적으로 하이퍼텍스트성을 수용하는 방법은 가능할 것으로 판단되는데, 이를 구성적 측면, 언어적 측면으로 나누어 살펴보자. 구성적 측면은 서사 구성 자체를 하이퍼텍스트화하는 것으로, 한 편의 소설 텍스트의 어느 지점에서 그 서사를 분절한 후 다른 서사를 창작하여 끼워넣는—또는 새로운 서사로 연결시키는—방법이 일반적인 것이 되겠다. 이때 학습 도구로 선택된 소설 텍스트는 학생의 창작품이거나 기성 작가의 작품이거나 상관없지만, 하이퍼텍스트로 링크되는 서사는 가능한한 다양하고 창의적으로 생산하도록 학생들에게 주지시킬 필요가 있다. 언어적 측면은 언어 표현을 위한 어휘력 구사, 더 나아가서는 문장력 습득을 위하여 학생들과 함께 어휘 사전, 문장 사전을 하이퍼텍스트로 만들어가는 방법이다. 이것은 부분적인 강의 내용으로 하여 교수자·학습자가 공동 작업을 해도 되고, 그룹별 또는 학생 각자의 학습 과제로 부과되어도 무방할 것이다. 그리고 이런 과정에서 교수자는 구성적·언어적으로 보다 미적이고 구조적으로 완성된 소설 텍스트의 방향을 피드백함으로써 학습자를 전문성 있는 소설창작의 전단계로 이끌 수 있다.

소설창작 교육에 있어 하이퍼텍스트 서사를 구현하는 수업이 진행될 경우 예상되는 교육적 효과는 매우 다양하다. 첫째, 학생들로 하여금 새로운 서사 방식을 경험하게 함으로써 삶과 시대 환경의 변화를 체감하게 한다. 둘째, 하이퍼텍스트 방식은 인터넷 콘텐츠, 게임 등 문화산업의 전면에 위치한 영역에서 가장 기본적인 텍스트를 이루고 있으므로 이러한 산업 분야에 진출할 수 있는 자질을 길러주는 역할도 한다. 셋째, 하이퍼텍스트 서사는 소설 텍스트를 생산하는 데 필요한 서사 창조 능력, 구성력, 어휘력 등을 향상시키는 데 성과가 있다. 특히 학생들에게 친숙한 컴퓨터와 소프트웨어, 그리고 인터넷을 기반으로 하여 소설 텍스트 생산이 가능함으로써 매우 흥미있고 유용한 수업이 된다.

② 멀티미디어 서사

종래의 단일 미디어에서 처리하고 통신하였던 문자, 기호, 음성의 세계에 정지 화상과 동화상을 도입하여 이를 기존의 미디어와 동시에 병행하여 사용하도록 해주는 멀티미디어 기술은 오디오, 비디오, 그래픽, 애니메이션 등의 다양한 매체를 컴퓨터와 통신을 기반으로 디지털 방식으로 융합시켜 주었다.[20] 멀티미디어 환경은 문자 기반에서 벗어나 이른바 '멀티미디어 교실'의 구축하기에 이른 대학 강의실에서 학생들이 가장 변화된 교육적 체험을 할 수 있는 부분이 될 것이다. 학생들은 자신의 책상에 앉아 있는 상태로 도서관이나 서점으로 들어가 책을 읽을 수 있고, 영화를 볼 수 있고, 음악을 들을 수 있고, 친구에게 편지를 보낼 수도 있다. 이러한 모습은 강의실 풍경임과 아울러 컴퓨터와 더불어 살아가는 우리들의 삶의 풍경이다. 이 풍경은 소설 텍스트의 생산과 수용에도 필연적인 변화가 예견된다. 점차 우리들은 컴퓨터 모니터에 가득한 문자 텍스트를 단지 읽기만 하는 일을 꺼리게 될 것이고, 이를 보완하는 방편으로 그림이나 영상, 음성과 음향이 추가되는 서사 형태가 보편화될 수 있으므로 소설 텍스트도 이런 추세에 영향받기 마련이다. 섣부른 예상이 되겠지만, 앞으로의 세대는 일종의 만화나 플래시 애니메이션과 같은 형태의 서사에 더욱 친숙해질 것이다.

---

20) 나일주 편, 『웹 기반 교육』, 교육과학사, 1999, pp.49~50.

모든 서사가 문자로만 구성되어 있는 소설 텍스트는 종이책과는 불협화음을 일으키지 않았으나, 그것이 컴퓨터 모니터에 적용될 경우에는 텍스트의 분량, 다른 링크로의 전환 용이성, 독서 주체의 심리 변화 등 여러 가지 요인에 의하여 매우 심각한 갈등을 일으키게 된다. 이러한 갈등의 양상을 우리는 현재 인터넷 문학 동호회를 중심으로 창작되고 있는 사이버 문학에서 확인할 수 있다. 사이버 문학의 주된 생산자 및 수용자는 문자보다는 영상 매체, 컴퓨터 등 뉴미디어를 통하여 비교적 많은 상상력과 인식력을 함양한 세대이다. 이들의 문학은 시각적인 것에 크게 영향을 받고 있으며, 언어를 통해 사건과 사건을 이어가거나 논리적인 인과관계를 통해 서사적 긴장감을 이끌어 나가는 것이 아니라 장면장면을 중시하고 그것의 연결을 통해 감각적으로 이야기를 전개해 나감으로써 기존의 문자 중심의 문학에서 출발한 독자들을 곤혹스럽게 하고 있다.[21] 이러한 곤혹스러움은 곧 앞으로의 문학이 멀티미디어 환경에 적응해야 하며, 그리고 단지 적응하는 데서 그치는 것이 아니라 새로운 환경 속에서 그 존재의 가치를 더욱 공고하게 하는 전망을 열어갈 것을 문학에게 요구하는 것으로 보아야 한다. 이런 당위성에 의하여 소설 텍스트 생산을 위한 서사 연습도 '멀티미디어 서사(multimedia narrative)'를 지향하고, 멀티미디어를 기반으로 하는 표현/수용 방법을 고려해야 하는 것이다.[22] 또한 문자 텍스트만으로 이루어지는 서사의 창작은 학습자에게 매우 고단한 작업으로서 강한 인내심을 요구한다. 그런만큼 학습 효율성이 떨어지기 마련이다. 이런

---

21) 최병우, 『다매체 시대의 한국문학 연구』, 푸른사상, 2003, p.222.
22) 매체 변화에 따른 문제성, 이를테면 종이책과 전자책의 상관관계, 멀티미디어와 결합된 소설 텍스트를 문학으로 취급할 것인가 등과 같은 문제는 본고에서 논외로 하고자 한다. 대학교의 소설창작 교육이 전적으로 미적 완결성을 갖춘 소설작품을 창작시키는 데 목적을 둘 수 없으므로 본고에서는 우선 수업을 진행하는 한 방법으로 멀티미디어 서사를 제의한다.

사정으로 해서 소설창작 교육이 오히려 학생들에게 소설에 대한 거리감을 갖게 하는 경우도 생긴다. 멀티미디어 서사는 새로운 학습 환경을 제공함으로써 이와 같은 소설창작 교육의 현실적인 문제점을 극복하는 방안이 될 수 있다.

멀티미디어 서사는 영화, 사진, 음악, 인터넷 콘텐츠 등 각종 매체를 소설 텍스트의 서사 속으로 끌어들이거나, 또는 이러한 매체들을 통해서 서사를 탄생시키는 동기 부여나 발상의 계기로 제공하는 방법으로 구현된다. 가령 영화 한 편을 전체 또는 부분적으로 서사 텍스트로 변형시켜 표현하는 방법, 문자 서사의 어느 부분에 적절한 영상·음향·그래픽을 넣는 방법, 소설 텍스트의 대화 부분을 직접 음성으로 녹음하여 삽입하는 방법 등 멀티미디어 서사를 구현할 수 있는 방법은 매우 다양하다. 이와 같은 멀티미디어의 활용은 일차적으로 학생들로 하여금 문자 일변도의 창작 교육에 억압되어 있는 학생들의 사고를 유연하게 하고, 표현의 가능성을 확대하여 흥미를 유발시켜 주는 데 의미가 있다. 그리고 대학교 창작 강의실에서 멀티미디어 서사를 구현하기 위해서는 학습자가 컴퓨터를 중심으로 한 멀티미디어 하드웨어와 그 운용을 위한 소프트웨어에 적절하게 적응해야만 한다.[23] 이런 점에서 멀티미디어 서사의 구현은 소설창작을 위한 서사 교육인 동시에 앞으로 학생들이 산업이나 문화 분야에 진출하여 맞닥뜨리게 될 뉴미디어를 수용하여 그 수요에 적합한 글쓰기를 수행 가능하게 하는 실용적 교육이 되기도 한다.

---

23) 대학 강의실 내에서 완벽한 멀디미디어 서사를 구현할 수 있는 여건이 마련되지 못하는 경우도 있겠으나, 마이크로소프트의 파워포인트 프로그램을 이용하는 것으로도 어느 정도의 성과는 거둘 수 있다. 파워포인트는 문자, 이미지, 동영상, 음향 등을 지원하여 효과적인 프리젠테이션을 가능하게 해주는데, 흔히 한글 프로그램으로 작성되어 온 소설 텍스트를 파워포인트 프로그램으로 바꾸어 작성케 하고 그 멀티미디어 기능을 활용하도록 하는 것이다.

③ 인터랙티브 서사

'인터랙티브 서사(interactive narrative)'는 컴퓨터와 인터넷에 의한 웹 기반이 제공하는 상호작용성을 수용한 서사 형태이다. 웹의 매체적 특성을 가장 뚜렷하게 드러내는 상호작용성의 핵심은 정보의 생산자와 수용자가 시간·장소에 구애받지 않고 즉각적이고 직접적으로 소통할 수 있다는 점이다. 가령 인터넷에서 흔히 사용되는 전자우편, 대화방, 게시판, 자료실 등이 그 예가 된다. 이를 웹 기반 교육에 적용시키면 상호작용성은 매우 활발하고 창의성있는 교수·학습의 형태를 산출하게 되는데, 이것은 일반적으로 학습자–학습내용, 학습자–교수자, 학습자–학습자 간의 상호작용으로 구분된다.[24] 소설창작 교육과 관련하여 시도할 수 있는 인터랙티브 서사 구현의 가장 일반적인 형태는 웹 사이트의 대화방(또는 게시판이나 자료실)을 이용한 '텍스트 이어쓰기'이다. 예를 들면, 교수자·학습자가 함께 모여 인터랙티브 서사로 작성할 텍스트의 주제 선정 과정을 갖거나 또는 발상·구상의 단계를 토론한 후, 그 중의 누군가가 인터넷상의 창작 대화방에 한 문장 또는 한 문단을 창작해서 올리면 이것을 각각 순서대로 이어쓰는 것이다. 물론 주제나 구상에 대한 아무런 토론을 거치지 않고 바로 창작으로 들어갈 수도 있다. 이러한 인터랙티브 서사는 일종의 공동 창작, 집단 생산의 의미를 지니고 있으므로, 소설 텍스트는 한 사람의 작가가 각고의 노력으로 이룩한 정신적인 산물이라고 하는 통념으로 보자면 거부감을 가질 수도 있다. 그러나 대학교 강의실에서 이루어지는 단편적인 소설 창작 수업만으로 그와 같은 품격의 문학적 의미를 요구하는 것은 무리라고 생각된다. 다양한 체험과 상이한 상상력, 그리고 표현 능력의 차

---

24) 이에 대한 보다 자세한 논의는 백영균·강신천, 『웹 기반 학습환경의 준비와 개발도구』, 원미사, 1999, pp.27~29 ; 나일주 편, 『웹 기반 교육』, 교육과학사, 1999, pp.137~139 참조.

이가 있는 다수의 학생들이 한 공간에서 상호작용을 하는 것은 서로에게 자극이 됨과 아울러 유용한 모방 학습의 결과를 가져온다. 인터랙티브 서사는 학습에 의한 결과 자체(예를 들면, 소설 텍스트의 완성도)보다는 학습 과정 자체에서 얻어지는 무형의 결과에서 의미를 찾아야 한다.

인터랙티브 서사의 구현은 현재의 일반적인 소설창작 교육이 안고 있는 몇 가지의 문제를 해결해 줄 수 있을 것으로 보여진다. 첫째, 이 수업은 인터넷의 가상 공간에서 이루어지므로 수강생의 숫자나 장소, 시간에 구애를 받지 않는다. 이 수업은 수강생 전체를 대상으로 할 수도 있고, 또 수강생을 몇 명의 그룹별로 나누어 실시할 수도 있다. 그러므로 수강생 숫자가 많은 경우 제대로 교육이 이루어질 수 없는 기존의 소설창작 수업의 단점을 해결해 주기도 한다. 그리고 웹 기반이 갖추어진 강의실내에서 수업을 진행할 수도 있고, 또 반드시 강의실에서가 아니라 학생 각자가 편한 장소에서 편한 시간에 창작에 동참할 수가 있으므로 시·공간적인 제약에서 자유롭다. 둘째, 교수자-학습자, 학습자-학습자 간에 즉각적·동시적인 피드백이 가능하다. 인터랙티브 서사가 구현되는 동안 학생들은 작가인 동시에 비평가로서, 어휘, 문장, 구성 등 기본적인 소설창작의 요소들을 공유하고 비평할 수가 있다. 셋째, 기존의 소설창작 수업이 여러 가지 제약으로 인하여 단편소설 텍스트를 위주로 하는 제한적인 서사 대상을 다루었다면, 인터랙티브 서사 방법은 텍스트의 길이에 구애받지 않는 창작 연습이 가능하다. 넷째, 교육 주체가 교수자 위주에서 학습자 위주로 바뀌는 방식—인터랙티브 서사가 진행되는 과정에서 교수는 교수자의 의미보다는 다른 학생과 상호작용하는 학습자의 역할이 강하다—이 됨으로써 학생의 자발적인 참여와 창의적인 상상력의 표현이 보다 용이하게 된다는 점이다.

물론 소설창작 교육에서 인터랙티브 서사의 구현은 위와 같은 순기능적 측면과 더불어 역기능적 측면의 문제점도 제기될 수 있다. 우선 교수·학습이 인터넷의 가상 공간에서 이루어짐으로써 현실적으로 심도있는 교육이 이루어질 수 있겠는가 하는 점이다. 그리고 이러한 교육 방법에 노정되어 있는 기계 의존성이 교육의 본질적인 성격을 손상시키는 것이 아닌가 하는 의문도 가능하다. 이것은 점차 저변이 확대되고 있는 사이버 교육이 안고 있는 문제점과 상통하는 것으로, 이에 대해서는 앞으로 오랜 논의의 과정이 필요할 것이다. 그러나 한 가지 분명한 것은, 이미 인터넷 세대로 성장하는 학생들의 교육에 있어 인터넷 자체를 교육 매체에서 제외시킬 수는 없다는 점이다. 오늘날의 학생들에게 인터넷은 이미 생활이자 현실이다. 그러므로 역기능에 대한 우려에서 인터넷을 활용한 교육 방법을 포기해서는 안되며, 역기능을 순기능으로 변화시킬 수 있는 방안을 모색하는 것이 바람직하다. 이런 이유로 해서 인터랙티브 서사의 구현은 그 순기능을 확장시킬 수 있는 방법론의 탐색을 지속할 필요가 있다.

작가의 정신세계를 반영하는 소설창작이 교수의 몇 마디 강평과 지시로 이루어질 수 없으며, 소설 텍스트의 완성은 결국 자기 스스로의 창조성에 기반을 두고 있다. 인터랙티브 서사는 비록 타인과의 상호작용에 근거한 글쓰기이기는 하나 학생으로 하여금 부단히 텍스트 창작의 주체로 개입할 것을 지시함으로써 소설 텍스트라는 결과물을 내놓게 한다. 인터랙티브 서사의 구현은 학습자가 흥미를 갖고 학습 과정을 주체적으로 수행할 수 있다는 점에서 그 교육적인 효과를 보여준다.

4. 맺음말

대학에서 수행하는 소설창작 교육의 대전제는 소설창작이 교육적인 성격을 지녀야 한다는 것이며, 이와 아울러 사회적·문화적 요구에도 부응해야 한다는 것이다. 본고에서 확인한 소설창작 교육의 의의와 지향점은 매우 원론적인 것으로서 구체적인 이론화의 노력과 실천화의 방안이 요청되고 있다. 특히 인문성, 전문성, 실용성으로 구분하여 살펴본 소설창작 교육의 지향점은 세 요소가 상호보완적인 면이 있음과 아울러 상호대립적인 면도 있음을 확인하게 된다. 이를테면 소설창작 교육은 두세 마리의 토끼를 한꺼번에 잡아야 하는 처지에 놓여 있다. 이러한 측면에서 소설창작 교육이 실제적으로 이루어지는 대학의 창작 강의실은 그 교수·학습 방법에 있어 시대의 변화를 매우 적극적으로 수용하고 또 사회의 새로운 패러다임에 적응해나가야 한다.

본고에서 소설 텍스트와 정보화 환경의 관련성, 소설창작 과정에서 하이퍼텍스트 서사, 멀티미디어 서사, 인터랙티브 서사 등과 같은 '디지털 서사'의 구현과 활용에 주목한 것은 우리가 오랫동안 통념으로 지녀왔던 소설 텍스트에 대한 재개념화의 의미가 있다. 본고에서는 이러한 새로운 서사의 유형들은 전통적인 소설창작의 관념에서는 낯선 것이기는 하지만 정보화 환경 속에 살고 있는 우리들이 거부하기 힘든 서사 담론의 방식임을 확인했다. 그리고 이와 관련하여 더욱 깊이있는 이론적 논의와 대학 강의실에서 수행할 수 있는 보다 다양하고 실제적인 교수·학습 모형에 대한 탐구가 차후의 과제로 남겨져 있음도 보았다. 교육내용에 대한 보편직인 합의가 이루어져 있는 초·중등의 학교 교육과는 달리 대학에서의 창작 교육은 교수자 개인의 경험적 방법론에 의거한 창작 지도가 절대적인 권위로써 학습자를 구속하기가 쉽다.

대학교 창작 강의실에 일반화되어 있는 이러한 도제식의 수업 모형은 시급하게 해결되어야 할 과제이다. 본고의 논의가 이 과제를 풀어가기 위한 하나의 모색이 될 수 있기를 기대한다.

서두에서 밝혔듯이 대학에서의 소설창작 교육에 대한 연구는 아직 활성화되지 않았다. 따라서 앞으로 매우 다양하고 심각한 문제의 해결을 기다리고 있는 것으로 생각된다. 그리고 이러한 논의의 한가운데에 미래의 불투명성을 고민하는 학생들이 있다. 대학 교육에 있어 소설창작 교육의 전망을 여는 일은 곧 그들의 전망을 여는 일이 될 것이므로, 이에 대한 논의는 더욱 다각적으로 부단하게 추구되어야 할 것이다.

참고문헌

권국명, 「문학 텍스트란 무엇인가」, 《어문학》 80호, 한국어문학회, 2003.

김상욱, 「활동 중심의 시 창작교육」, 《문학과 문학교육》 2호, 문학과문학교육연구소, 2001.

_____, 『소설교육의 방법 연구』, 서울대학교출판부, 1996.

김준형, 「일류국가 도약 위한 교육 정보화 지원」, 《교육마당21》, 교육부, 2000.

나일주 편, 『웹 기반 교육』, 교육과학사, 1999.

목영해, 『디지털 문화와 교육』, 문음사, 2001.

박인기, 「소설 교육의 목표설정」, 우한용 외, 『소설교육론』, 평민사, 1993.

백영균·강신천, 『웹 기반 학습환경의 준비와 개발도구』, 원미사, 1999.

우한용, 「창작교육의 이념과 지향」, 문학과문학교육연구소 편, 『창작교육, 어떻게 할 것인가』, 푸른사상사, 2001.

윤완철, 「디지털 정보 시대와 인간」, 최혜실 편, 『디지털 시대의 문화 예술』, 문학과지 성사, 1999.

이병렬, 「대학 소설창작 강좌의 현단계 : 실태 조사 결과와 실제 수업을 중심으로」, 《한 국문예창작》 1호, 한국문예창작학회, 2002.

조지형, 「인문학의 '위기'와 디지털 인문학」, 김도훈 외, 『디지털 시대의 인문학, 무엇 을 할 것인가』, 사회평론, 2001.

진중섭, 「학교 현장 창작교육의 현황과 과제」, 《문학과 문학교육》 2호, 문학과문학교육 연구소, 2001.

최병우, 『다매체 시대의 한국문학 연구』, 푸른사상, 2003.

최혜실, 「디지털, 서사의 미학」, 최혜실 편, 『디지털 시대의 문화 예술』, 문학과지성사, 1999.

_____, 『디지털 시대의 문화 읽기』, 소명출판, 2001.

C. H. Patterson, *Humanistic Education*, 장상호 역, 『인간주의 교육』, 박영사, 1980.

'새로운 읽기'로서의 하이퍼텍스트 문학교육

이세경
(시인, 단국대학교 강사)

1. 새로운 읽기 방식의 의미

오늘의 우리 사회는 정보화 사회이다. 지식과 정보가 신문을 비롯하여 TV나 인터넷 같은 영상매체를 통해 다양하게 소통되는 이러한 다매체 시대에서 문학에 대한 위기설의 대두는 이미 예견되어 온 사실이다.

'문학의 위기'는 학문체계상으로 보면 '인문학의 위기'이며 문명사적으로 보면 '책 문화, 종이문화의 위기'다. 우리는 이를 다시 '문자언어의 위기'라고 규정할 수 있다. 이것은 종이로 만들어진 책의 형태로 저장·보급되는 '문자언어'가 가장 중요한 정보 소통의 방식으로 군림하던 시대가 종결되고 전자 통신기기를 주요 정보교환 수단으로 사용하는 '시청각언어'의 시대가 등장하였기 때문이다. 오늘날 텔레비전, 전화, 라디오, 컴퓨터, 팩시밀리, 비디오, 스테레오등의 통신기기는 '전자혁명'을 통해 '전자화'되어 단일 지각에 의존하지 않는 복합적인

매체로 바뀌었다.[1]

이는 전통적인 권위를 누려왔던 활자매체의 위기와도 무관하지 않으며 활자매체가 가지고 있던 종전의 특성들에서 '새로운 읽기'에 눈을 돌리지 않을 수 없는 시점에 다다랐음을 의미한다. 새로운 읽기 방식은 하이퍼텍스트의 특징이라 할 수 있는 비선형성, 다매체성, 상호작용의 특성이 문학에 그대로 적용된 하이퍼텍스트 문학에서 가능하다.

하이퍼텍스트 문학은 사이버 상에서 하이퍼텍스트라는 방법을 이용한 문학이며 이것은 사이버 문학, 전자문학의 성격을 갖는다고 할 수 있다. 하이퍼텍스트 문학은 인쇄매체 문학과는 그 인식론의 양상부터 다른 것으로 하이퍼텍스트 문학은 전자시대 문학의 혁명이라고 할 수 있다.[2] 이러한 하이퍼텍스트 문학은 특히 비선형적이란 점에서 지금까지 익숙해왔던 읽기의 방식이나 독자의 개념을 혁신시킨다.

대부분의 책은 앞장에서부터 차례대로 뒷장까지, 이전 페이지에서 뒷 페이지로 읽어가야 하는 구조를 지니고 있다. 이에 비해 하이퍼텍스트는 독자가 자신의 관심에 따라 차례를 정하기 이전에는 어떠한 독서 순서도 전제하고 있지 않다. 독자의 결정의 자유가 무엇보다 강조되고, 독자는 자신의 독서 과정을 주어진 링크의 선별을 통해 구성하며, 개인적이고 변별적인 수용의 과정에서 다음에 올 텍스트를 결정한다. 한마디로 하이퍼텍스트에서는 결정권이 독자에게 있다. 선형적이란 것은 앞에서부터 차례로 정보에 접근하는 고정된 한 가지 형태를 말하고, 비선형적이란 원하는 정보에 임의로 직접 접근할 수 있는 형태를 말한다고 했을 때[3] 비선형적 특징을 갖는다는 것이다.

---

1) 강내희, 『문학의 힘, 문학의 가치』, 문학과학사, 2003, pp.97~98.
2) 류현주, 『하이퍼텍스트문학』, 김영사, 2000, p.232.
3) 류현주, 위의 책, p.58.

즉 인쇄매체문학에서는 글 읽기와 글쓰기 자체가 선형적인 반면 하이퍼텍스트 문학은 독서를 하는 방법이 여러 개 주어져 있어서 독자가 선택하는 경로에 따라 이야기가 다르게 전개되며 그에 따른 독서의 길도 달라진다.

소설을 읽어 내려갈 때도 주인공의 행동에 여러 경우의 서사적 전개를 부여하는 것이 가능하다. 따라서 독자는 스스로 선택하는 독서로를 따라 작품을 읽을 뿐 아니라 작가의 글쓰기에 참여하거나 그 글쓰기를 변형할 수 있고, 경우에 따라서는 독자들이 모여 릴레이식 글쓰기를 할 수도 있다. 이야기의 제작뿐만이 아니라, 때로는 컴퓨터 게임과 같은 방식으로 독자의 작품의 구성을 만들어가는 다양한 플롯을 창조할 수도 있다.

또한 이러한 비선형성은 일방적인 방향의 수용이 아닌 상호간의 영향력을 행사할 수 있는 상호작용성으로 인해 인터넷에서 저자와 독자는 실시간으로 또한 양방향으로 소통함으로써 두 문학적 주체 사이의 경계가 모호해진다. 저자는 자신의 텍스트를 끝없이 고쳐 쓸 의무가 있다는 점에서 기존의 저자와 다를 바 없지만, 자신의 텍스트를 인터넷에 개방하고 실시간으로 제시되는 독자들의 요구를 최대한 수렴한다는 점에서 기존의 저자와 다르다. 독자들은 저자에게 끊임없이 고쳐 쓸 것을 요구하는 동시에 텍스트의 의미 구축 작업에 직접 참여한다는 점에서 분명 새로운 독자이다.[4]

하이퍼텍스트 문학에서 독자의 역할과 참여는 매우 중요한 구실을 한다. 하이퍼텍스트 문학의 길은 여럿으로서 독자의 적극적인 반응에 따라 독서가 이루어지기 때문에 인쇄매체가 갖고 있었던 선형적 읽기

---

4) 최동호·이성우, 「팬포엠(FanPoem)의 가능성과 실제구현─하이퍼텍스트 시쓰기 프로그램과 시인·독자의 위상 변화를 중심으로」, 『어문논집 51집』, 민족어문학회, 2005, p.182.

에서 벗어나 작가가 의도했던 플롯내용 뿐만 아니라 하이퍼텍스트 문학의 속성상 독자는 자기가 일고 싶은 것을 선택적으로 읽을 수 있다. 또한 그 선택된 독서로가 많으면 많을수록 이야기는 다양해지며 그 내용이나 끝이 읽는 독자에 따라 달라진다. 즉 하이퍼텍스트 문학은 그 시작이 어디냐에 따라 문학의 구성은 시작되며 대단원은 독자마다 선택한 독서로에서 독자의 종결이 그 작품의 종결을 의미한다. 곧 하이퍼텍스트 문학에서의 출발은 독서자 자신의 선택에 달려있으며 마찬가지로 그 종결 모두 다를 수 밖에 없으며 그 종결 역시 새로운 시작을 의미한다.

하이퍼텍스트 문학 읽기는 다양한 방법과 해석이 가능한 새로운 읽기방식이다. 모든 길의 끊어짐과 이어짐은 그것이 어디서부터 왔으며 어디로 가느냐에 따라 다른 의미로 해석될 수밖에 없다. 모든 에피소드를 다 방문해 보았다고 해도 여전히 그곳에는 새롭게 읽을 방법이 남아 있다. 예전과는 다른 경로를 선택해서 읽으면 다른 이야기가 된다. 즉 그것은 새로운 읽기 방법이라 할 수 있다.

이처럼 하이퍼텍스트 문학에 있어서의 독서행위는 단순한 읽기가 아니라 곧 글쓰기가 되는 방식으로 인해 그 새로움을 더한다. 작가와 독자는 근본적으로 지금까지의 문학작품에서와는 다른 창작방법을 적용한다. 즉 작품의 생산은 기본 골격에 해당할 뿐 정작 중요한 것은 아직 완성되지 않은 작품의 감상에 독자가 참여함으로써 비로소 작품을 완성해가는 것이다.

궁극적으로 하이퍼텍스트는 텍스트 그 자체로 완결되지 않고 무한히 확장될 수 있는 것이며 이 경우 독자는 텍스트를 형성하기 위해서 독자 또한 저자가 된다.

독자가 저자가 되는 이러한 읽기 방식은 시대의 흐름에 맞는 새로운 읽기의 한 예가 될 뿐만 아니라 문학 읽기의 다양성가운데 하나로서 그 의미가 크다고 할 수 있다.

2. 창작의 실제적 예로 본 하이텍스트문학

독자가 저자가 되는 이러한 새로운 읽기 방식은 주로 시나 소설작품을 통해서이며 아직 그 작품의 수나 효과는 미미한 편이나 그 표현방식에 있어서는 디지털 시대에 나타난 시대정신의 표출임에는 부인할 수 없는 사실이다.

하이퍼텍스트로 쓴 시에 관심을 보인 것은 1995년 켄델이 컴퓨터를 이용해 시를 썼을 때부터였다. 켄델은 특히 다른 사람에게 읽어주는 구술적 시와 직접 읽는 활자로 된 시를 융합해 보려고 하였다. 즉 독자가 시를 읽을 때 누군가가 그 시를 독자에게 읽어주는 효과를 내고자 한데 있는 것이다. 시를 누구에겐가 읽어줄 때 듣는 청중들의 반응을 살펴가며 목소리의 톤과 어조가 강조하는 단어에 변화를 주면서 시 감상을 좀 더 흥미롭게 만들게 된다. 시를 읽는 사람이 시에 줄 수 있는 변화를 켄델은 시작에 반영하였다.[5]

「오후, 어떤 이야기」는 컴퓨터를 통해 읽는 최초의 하이퍼텍스트 소설이다. 글쓰기 저작도구인 스토리스페이스(StorySpace)를 이용하여 만들어진 이 소설은 책이 아닌 디스켓의 형식으로 판매되었다. 이 소설은 539개의 텍스트에 951개의 링크로 구성되어 매우 다양한 독서경로를 제공한다. 예를 들어 'start'란 제목의 초기 화면에서 계속 엔터

---

5) 류현주, 앞의 책, pp.178~180.

기만 누르는 경우 주인공 피터의 부인 로리와 그의 직장상사인 워더와의 애정관계가, 'Y'만 누를 경우에는 교통사고와 관련된 이야기가, 'N'만 누를 경우에는 이혼하기 전에 있었던 로리와의 결혼생활에 대한 피터의 회상이 주된 내용을 이룬다. 뿐만 아니라 이를 혼합해서 특정한 경로로 텍스트를 이동시키며 읽을 경우 그 내용 역시 조금씩 달라진다. 이런 식으로 이 작품은 독자에게 다양한 독서 경로를 제공하고, 독자 스스로가 이야기를 선택하게 하여 결국에는 조이스의 말대로 상황에 따라 다양한 이야기가 펼쳐지는 소설이 된다. 이는 같은 독자라도 독서경로에 따라 상이한 이야기가 전개되고 독자들마다 다른 이야기를 접하게 되기 때문이다. 그렇다고 이 작품의 이야기가 서로 다른 이야기는 아니다. 독자에 의한 개별 이야기의 조합에 따른 이야기 전개방식의 변화가 다른 것이다. 따라서 영어 제목의 'a story'가 나타내는 것처럼 상황에 따라 달라질 수 있는 수많은 '어떤 이야기'이지만 동시에 '하나의 이야기'이다. 하나이면서 다수일 수 있는 이야기, 다수이면서 하나일 수 있는 이야기, 오후 어떤 이야기는 이러한 이야기의 구조를 하이퍼텍스트의 기능에 힘입어 처음으로 보여준 작품이다.[6]

「오후, 이야기」는 하이퍼텍스트 문학의 구조, 서술방식, 플롯, 이야기의 시작과 끝 같은 것을 이해할 수 있는 계기가 충분히 되는 작품이다.

하이퍼텍스트 문학의 국내 첫 시도는, 정과리 교수를 중심으로 진행된 문화관광부 산하의 '새천년 예술' 하이퍼 시 사이트(언어의 새벽) 프로젝트였다. 1백여 명의 시인이 동원된 이 프로젝트는 문자매체의 지위 하락과 영상매체의 영향력 확산을 받아들이면서 문자·영상·소리

---

6) 김요한, 「하이퍼텍스트 문학 연구—하이퍼텍스트의 구조적 특성과 새로운 문학의 가능성」, 한국외국어대 박사학위논문, 2003. 6. pp.107~111.

의 혼합에 의한, 다시 말하면 시각적인 요소와 청각적인 요소의 통합에 의한 통합매체의 가능성을 시연해보인 바 있다.

이 새로운 시도에서 한 걸음 더 나아간, 그리고 그 유형의 개념을 소설 양식으로 옮겨간 것이, 최혜실 교수가 주도하여 창작한 하이퍼텍스트 소설 「디지털구보 2001」이다.

한국 최초의 본격 하이퍼텍스트 문학을 표방한 프로젝트 「디지털 구보 2001」이 인터넷에 소개되었다. 등장인물 3명의 시각에 따라 시간대별로 60개로 나뉘어져 있는 텍스트를 선택해 읽을 수 있도록 되어 있으며 텍스트 안의 링크된 단어를 마우스로 클릭해보면, 이 단어와 관련 있는 정보나 이미지, 음악으로 연결된다.

또한 「디지털 구보 2001」은 이미지와 음악, 텍스트를 함께 배치하여 하이퍼텍스트의 다매체성을 이용하고 디지털 동영상을 포함시킨 점, 게시판에 올려서 프로그램 진행자에게 선별되는 형태이긴 하지만 독자들의 이어쓰기를 가능하게 한 점 등은 하이퍼텍스트 문학으로 향해 가는 하나의 시도라고 볼 수 있다.[7]

하이퍼텍스트 문학이 어떠한 경로와 과정을 통해 새로운 읽기 방식에서 글쓰기가 되는가는 다음의 인용문으로 그 구체적 예를 살펴보기로 하겠다.

최근 우리 문학에서도 이 같은 새로운 작가와 독자의 탄생을 반영하는 문학 행사가 있었다. 2000년 4월 김수영 시인의 〔풀〕을 화두 삼아 하이퍼 텍스트 시를 시도한 '언어의 새벽: 하이퍼텍스트와 문학'(http://eos.mcr.go.kr)이나 하이퍼텍스트소설〔디지털구보2001〕(http://

---

7) 유현주, 『하이퍼텍스트─디지털미학의 키워드』, 연세대학교 출판부, 2003. 2. p.8.

www.wisebook.com/booktopir/conrents/hyperrext) 등은 그 단초적
예다. 이 가운데 문화관광부 문학 분과위원회가 주관한 '언어의 새벽'을
살펴보자. 인터넷에 공개되었던 이 하이퍼텍스트 시의 구조를 보면 이렇
다. 해당 웹사이트의 1단계에는 〔풀〕의 첫 시구인 "풀이 눕는다"가 놓여
있다. 2단계에서는 이 시구를 화두 삼아 46명의 시인과 작가, 일반인들이
각각 시구를 작성해 해당 웹사이트에 남겨 두었다. 3단계에서는 앞서 46
명이 써 놓은 시구를 화두 삼아 123명이 자신의 시구를 작성해 놓았다.
이때 각 참가자들의 시구는 5~400자 분량에 주어진 화두의 일부(어절,
단어, 문장)를 포함해야 한다. 또한 저속한 표현은 삼가야 한다는 것이 주
최측의 인증 기준이다. 이런 식으로 모두 14단계에 걸친 많은 참가자들이
웹사이트에 접속해 자신들의 시구를 남겼다. 그 글들은 모두 하이퍼링크
방식으로 연결되어 하나의 하이퍼텍스트 시를 이루게 된다.

　이렇게 만들어진 작품 '하이퍼텍스트 풀'을 독자가 읽는 방법도 이전의
'원본 풀'을 대하는 것과는 매우 다르다. 예를 들어 1단계 김수영 시인의
"풀이 눕는다"에서 출발해서, 2단계에서는 46개의 시구 가운데 "그대 마
음 깊은 곳에서 자라는 풀이"라는 시구가 마음에 들어 그것을 마우스로
클릭했다고 치자. 그러면 "그대 마음 깊은 곳에서 자라는 풀이/가난한 이
들의 길을 열고"(이제하)라는 온전한 시 구가 글쓴이의 이름과 함께 나타
난다. 이 단계에서 독자는 '잇는 글' 단추를 선택해 다음 3단계의 글을 읽
거나, '즉석 비평' 단추를 클릭해 해당 시구에 대한 비평에 참가할 수 있
다. 다음 단계, 그 다음 단계에서도 계속 이런 방식으로 읽어 나가면 된
다. 또한 이 하이퍼텍스트 시는 각 어절 단위로 하이퍼링크 되어 독자가
원하는 어절 단위로 선택해 읽어 나갈 수도 있다. 독자의 선택에 따라서
이 하이퍼텍스트 시는 얼마든지 변형이 가능한 것이다. 여기에 저자의 권
의 혹은 아우라 같은 말은 설자리를 잃는다. 우리는 지금 눈앞의 가상공

간에서 새롭게 탄생한 시인과 독자를 접하고 있는 셈이다. 아니, 그 웹사이트에 들러 클릭, 클릭했다면 우리 자신이 이미 '새로운 독자'가 된 것이다.[8]

이러한 시도는 팬포엠이라는 싸이트를 통해서 하이퍼텍스트 시 쓰기에 대해 그 가능성이 확장된 실제적 예이다.

팬포엠은 디지털 문학 환경 속에서 시인과 독자들의 위상이 변화하는 양상을 고찰하기 위해 기획한 하이퍼텍스트 시쓰기 프로그램이다. 팬포엠(FanPoem)이란 명칭은 팬(fan)과 포엠(poem)을 합쳐 새로 만든 말이다. 독자(fan)들이 좋아하는 시인의 작품이 인터넷에 하이퍼텍스트 형식으로 공개되고, 독자들은 시인의 작품 중에서 마음에 드는 구절을 마우스로 선택하여 자신의 시(poem)를 짤막하게 지어 덧붙이는 방식으로 시 창작이 이루어진다. 시인의 작품에 덧붙인 독자들의 시(fanpoem)는 저마다 독립적인 작품이면서 동시에 서로 하이퍼텍스트 방식으로 연결된 한 편의 연작시 성격을 띠게 된다.[9]

실제로 이 사이트에 접속해보면 황동규의 「즐거운 편지」, 최동호의 「어린아이의 굴렁쇠」, 장만호의 「김밥 마는 여자」 등 3편의 시가 나타난다. 여기서 '팬포엠 쓰기'를 클릭하면 다음과 같은 황동규의 즐거운 편지를 볼 수 있다.

1

내 그대를 생각함은 항상 그대가 앉아 있는 배경(背景)에서 해가 지고 바람이 부는 일처럼 사소한 일일 것이나 언젠가 그대가 한없이 괴로움 속

---

8) 최동호·이성우, 위의 논문, pp.255~257.
9) 앞의 논문, p.182.

을 헤매일 때에 오랫동안 전해오던 그 사소함으로 그대를 불러 보리라.

2

진실로 진실로 내가 그대를 사랑하는 까닭은 내 나의 사랑을 한없이 잇닿은 그 기다림으로 바꾸어버린 데 있었다. 밤이 들면서 골짜기에 눈이 퍼붓기 시작했다. 내 사랑도 어디쯤에선 반드시 그칠 것을 믿는다. 다만 그때 내 기다림의 자세를 생각하는 것뿐이다. 그동안에 눈이 그치고 꽃이 피어나고 낙엽이 떨어지고 또 눈이 퍼붓고 할 것을 믿는다.

이 사이트에서는 시와 관련된 자료를 살펴볼 수 있으며, 마음에 드는 구절을 골라 팬포엠을 쓸 수 있다. '관련된 자료보기'를 클릭하면 영화 〈편지〉에서 이 시를 낭송하는 것을 들을 수 있게 된다. 즐거운 편지 중 마음에 드는 구절을 골라 팬포엠을 작성할 수도 있다.

위의 시 중 "내 그대를 생각함은 항상 그대가 앉아 있는 배경(背景)에서 해가 지고 바람이 부는 일처럼 사소한 일일 것이나" 또는 '그동안에 눈이 그치고 꽃이 피어나고 낙엽이 떨어지고 또 눈이 퍼붓고 할 것을 믿는다'를 클릭하면 이 구절에 대하여 자기의 팬포엠을 쓸 수 있으며, 다른 사람들이 쓴 팬포엠을 볼 수도 있다.

실제적인 예로 앞의 구절을 클릭한 김민부가 2004년 11월 4일 「사소한 사랑의 노래」란 제목으로 쓴 팬포엠을 살펴보자.

저를 사랑하시려거든
사랑을 증명하시지 마셔요

아무로 오른 일 없는 산을 제일 먼저 올랐다고

기뻐하지도 마셔요

매일매일
칫솔이 닳아 없어져도 슬프지 않듯

사소하게 그리운 사랑을 주세요

이와 같이 원문의 가지가 얼마든지 새로운 갈래로 확장되어 또 다른 시가 되기도 한다. 종전의 작품에서 새로운 의미의 작품으로 표현되어진다.

이러한 시도는 시뿐만 아니라 사운드, 영상, 텍스트 등을 연결하는 하이퍼링크로 이루어진 통합체적 서사가 인터넷에서 많은 비중을 차지함에 따라 점차 언어적 텍스트는 물론 동영상, 이미지, 사운드 등 멀티미디어적 요소를 가미하는 경향이 되어 간다. 즉 다양한 매체의 통합이라는 하이퍼미디어적 특성으로 인해서 하이퍼텍스트 문학은 이제 미디어의 통합이 아니라 예술 장르의 통합으로까지 논의되고 있다.

그러나 이러한 새로운 시도에 대해서 그 찬반 논의가 전혀 없는 것은 아니다. 원본의 확정 문제라든지 저작권에 관한 문제들이 그 논의의 대상이며 또한 작가와 독자 간의 상호 작용이나 위상 변화는 작품 창작의 주체에 대한 혼란을 야기할 수도 있다. 뿐만 아니라 하이퍼텍스트 시의 구조적 특성상 완결되기 보다는 분산되기 마련인 텍스트를 두고 문학성을 문제 삼을 수도 있을 것이다. 하지만 시인과 독자들이 작품 창작 과정을 통해 상호 소통하면서 새로운 차원의 시인, 독자로 그 성격이 변화한다는 점에서 이 시도는 분명 획기적인 것이다.

또한 「디지털구보 2001」도 본격적인 하이퍼픽션과 비교해 보면 이 프로젝트는 서로 다른 이야기를 독자가 구성해 나간다기보다는, 세 명의 시각에서 전개되는 하나의 이야기를 선택해서 본다는 한계를 가진다.

하나의 텍스트는 그것이 통합적으로 즉 일관되고 완결된 그리고 안정적인 것으로 경험될 때 닫힌 것처럼 여겨진다. 이것이 하이퍼텍스트 문학에 있어서 결말이라고 할 수 있다. 하이퍼텍스트 문학은 외견상 무한히 아마도 무수히 계속될 수 있다. 따라서 하이퍼텍스트 문학의 결말은 안정적인 결론성, 완결성 혹은 매듭에 대한 느낌과 유사한 무엇인가를 제공해줄 수 있어야 하는데[10] 본문 중에 삽입된 링크는 다른 이야기가 시작되는 새로운 경로로 연결되는 것이 아니라 본문의 내용에 영향에 미치지 못하는 막다른 길로 이끈다. 그래서 하이퍼픽션이라기보다는 같은 이야기를 다른 시각으로 세 번 읽는 기존문학에 흡사하며, 하이퍼텍스트 문학의 핵심으로 작용해야 할 링크는 각주의 수준에 불과함을 지적할 수 있다.

이처럼 획기적인 창작 방식의 변화는 위험성을 갖고 있는 것 또한 사실이다. 네트웍은 누구에게나 개방되어 언제든지 여기에 작품을 올리면 작가로서의 역할을 할 수 있다. 그러할 때 작가나 작품의 진정성이나 질적 수준에 있어서 신세대가 중심인 네티즌의 감성에 의존할 수밖에 없는, 수용의 수준에도 문제가 생길 가능성이 있다.

전통적인 인쇄 문학의 평면 공간에서 입체 공간으로의 이동은 독자에게 그 이야기 내에서 마음대로 움직일 수 있는 자유를 준다. 우리가 읽을 때마다 만들어 가는 이야기는 수없이 많은 잠재적 플롯(plot potentials) 중에서 선택한 하나의 독서로(reading path)에 불과하다. 이

---

10) 조지 P. 랜도우, 이국현 외 옮김, 『하이퍼텍스트 2.0』, 문학과학사, 2001, p.272.

러한 자유로움은 왼쪽에서 오른쪽으로, 위에서 아래로, 첫 페이지에서 마지막 페이지로 작가가 이미 정해놓은 순서대로 읽는 따분하고 제한적인 인쇄책에서는 맛보지 못한 자유로움이다. 하지만 이러한 자유로움은 이러한 작품을 처음 대하는 독자들이 맛보기는 거의 불가능하다. 하이퍼텍스트의 장점으로 내세우는 것이 오히려 마디와 마디 사이의 미궁에서 헤매다가 결국 주저앉게 하는 가장 큰 요인이 되는 것 또한 사실이다.[11]

또한 가상공간에서의 작가와 독자의 소통은 두 문학적 주체 사이의 경계가 모호해질 우려가 있으나 작가가 인터넷 상의 웹사이트에 열어놓은 길을 따라 여러 갈래로의 새로운 읽기가 가능한 독자는 전통적인 이야기 구조의 선험적 읽기보다 강한 표현력을 보여줄 수 있다. 이 때 작가는 자신의 텍스트를 끝없이 고쳐 쓸 의무가 있다는 점에서는 기존의 작가와 다를 바 없지만, 자신의 텍스트를 인터넷에 개방하고 실시간으로서 제시되는 독자들의 반응에 보다 밀접하며 창작의 다양함에 주목할 수 있는 이점이 있다. 다양한 읽기와 서술방식은 선형적인 단순한 독서에서 벗어나 비순차적이고 비선형적인 하이퍼텍스트 문학 안에서 독자이자 작가가 되는 새로운 문학체험을 가능하게 한다는 점에서 문학에 대한 기존의 인식에 대한 확대로도 그 의미가 깊다.

3. 하이퍼텍스트 문학교육의 의의 및 전망

'문학의 위기'는 문학시장에서 순수문학이 고전을 면치 못하고 있는

---

11) 한상수, 「책의 미래와 하이퍼텍스트 문학」, 《현대영어영문학》 47권 3호, 한국 현대 영어 영문학회, 2003. 12. p.11.

출판계 상황에서 뿐만 아니라 일반 대중의 무관심 또는 외면에 이르기까지 여러 차원과 분야에서 충분히 확인할 수 있는 현상이다.

'문학' 과목의 교육 목표는, 일반적으로 말하자면, 문학에 관한 체계적인 지식을 바탕으로 언어활동의 정화(精華)인 문학 작품을 감상하게 함으로써 미적 감수성과 문학적 상상력을 계발하고, 나아가 인간과 세계에 대한 총체적 체험을 갖게 하는 데 있다고 할 수 있다. 널리 알려져 있는 것처럼, 학생들은 문학 작품 속의 다양한 삶의 모습을 통해 새로운 가치관을 형성하고 바람직한 인간성을 확립하는 데 도움을 얻는다. 바꿔 말하여, 학생들은 창조적 체험을 통해 자기 나름의 문학적 상상력과 미적 분별력(또는 감수성)을 기르는 한편, 이를 바탕으로 급변하는 시대, 복잡 다양한 사회 현실 속에서 정신적으로 건강한 생활을 유지할 수 있는 덕목을 체득하게 되는 것이다. 따라서 문학교육은 학생들이 능동적으로 참여할 때 비로소 그 효과를 기대할 수 있다.[12]

곧 문학교육은 독자 즉 학생의 주관적인 반응과 밀접한 관련을 갖는다. 독자의 직접 체험을 통해 주도적으로 이루어질 때 효과를 거둘 수 있는 것이다.

'인문학의 위기'라는 말이 공공연히 사용되는 있으나 고도의 지식과 정보가 중시되고 기술 집약적인 산업과 실용적인 풍토가 중요시 될수록 인간의 정체성 형성에 결정적인 영향을 미치는 인문학적 사유의 필요성은 더욱 절실히 요구된다. 인문학적 사유가 주로 존재에 대한 깊은 성찰과 예술적 표현 욕구를 통해 인격적 주제를 형성하는 데 기여한다고 볼 때, 문학 작품의 수용과 창작 활동이야말로 그 사유와 밀접한 관계를 갖으며 이러한 수용과 창작을 위한 문학교육은 이루어져야

---

12) 정덕준, 『고교에서의 문학교육은 어떻게 할 것인가』, 한림대학교 한림과학원, 2002, p.23.

한다.

이런 점을 고려할 때, 능동적이고 자발적인 참여는 언어를 이해하고 문학적 아름다움을 느끼게 하는 문학수업에 효과적이기 때문에 그 수업 방식에 있어서도 교사는 학생들이 수업 현장에 적극적으로 참여할 수 있도록 해야 한다. 또한 문학교육의 바람직한 하나의 방법이라 할 수 있는 글쓰기 교육 또한 다양한 매체를 활용하는 다매체적 글쓰기를 시도해야 할 것이다. 수필이며 서간문·논설문 쓰기 같은 틀에 박힌 형식적인 글쓰기 방식이 아니라, 창작교육 입장에서 장르를 바꾸어 다시 쓰게 하는 등 다양한 방식을 도입할 필요가 있는 것이다.

영상시대·디지털시대의 문학교육은 사회 현실의 변화에 부응하여 문학 교육의 범위를 문화 교육으로 확대시키는 다매체적·문화론적 시각에서의 교육이 절실히 요구된다고 할 수 있다. 이것은 시대적 흐름에 부응하여 문학교육 역시 문학 작품의 수용과 창작은 새로운 시도를 염두에 둔 교육이어야 한다고 말할 수 있겠다.

컴퓨터의 광범위한 이용과 함께 대두한 새로운 문학적 행위를 가리키는 사이버 문학은 파상적인 공간 장악에 나서고 있다. 일본의 몇 작가가 인터넷에 홈페이지를 만들고 그곳에서만 글을 쓰겠노라고 결정한 것은 이런 점에서 매우 시사적인 의미를 갖는다.[13]

더욱이 우리의 자라나는 세대들은 인터넷으로 지식을 얻고 오락을 하고 문화를 향유하는 웹 생활양식(web life style)에 젖은 세대이다. 이들의 문화와 감수성은 앞 세대와는 다르다. 이것은 디지털 세대의 문학교육의 내용과 방법이 달아져야 한다는 것을 의미한다. 이것은 매우 중요한 일이다. 왜냐하면 교육은 궁극적으로 국가의 미래와 경쟁력을

---

13) 최병우, 「컴퓨터 통신 문학」,《문학과 논리》6호, 태학사, 1996, p.16.

좌우하는 창의적 인간의 양성과 지식의 생산성 확대에 직결되는 것이기 때문이다.[14]

문학에 있어서의 새로운 시도는 이제 시대적 감각에 맞추어 필연적인 요구 사항이 되었다. 하이퍼텍스트 문학에 대한 성패의 판단은 시도가 시도로서 끝나지 않아야한다는 전제 아래 그러한 시도가 보여준 영향력에 대한 수용은 바람직하다고 본다. 이를 잘 활용하여 문학의 상상력과 확장을 위한 교육적 수용은 바람직하다고 본다.

하이퍼텍스트 문학은 컴퓨터상에서 이루어지는 문학이다. 기존의 문학이 종이 위에, 활자를 통해, 또 책을 통해 이루어지는 것만으로 생각한다면 하이퍼텍스트문학은 문학의 대상이 되지 않는다. 그것은 다만 기존에 볼 수 없는 신비한 현상에 지나지 않을 뿐이다. 따라서 하이퍼텍스트 문학을 문학으로, 교육적 대상으로 받아들이기 위해서는 이를 수용하는 전제가 먼저 필요하다. 앞에서 지적한 비선행성, 쌍방향성, 독자위상의 변화, 시각적 이미지성과 같은 하이퍼텍스트의 특성을 고려하여야 한다.

이러한 하이퍼텍스트 문학의 수용적 측면은 낯선 하이퍼텍스트 문학에 대해 미리 이를 진단 평가하여 교육적으로 수용함으로써 앞으로 다가올 하이퍼텍스트 문학 세계에 적극적으로 대응할 수 있다는 점, 둘째 문학의 기초개념인 인쇄매체에서의 문학이라는 고정 또는 편협된 문학관에서 벗어나 문학개념이 인쇄물에서뿐만 아니라 온라인상에서의 문학도 있다는, 문학을 보는 시간을 넓힐 수 있는 계기가 될 수 있다는 것, 셋째 하이퍼텍스트 문학을 교육적으로 수용함으로써 협동성의 학습을 통한 남에 대한 배려가 늘어날 수 있으며, 넷째 하이퍼텍스

---

14) 손종호, 『디지털시대의 문화교육』, 《대학출판》 제48호, 2002. 7, pp.3~10.

트 문학을 교육적으로 수용함으로 인해 얻을 수 있는 또 다른 점은 보다 글쓰기에 친근감을 가질 수 있다는 면[15]에서 그 교육적 효과에 대한 면밀한 검토가 필요하다.

그렇다면 하이퍼텍스트 문학을 교육하는 자는 어떠한 태도를 지녀야 하며 해야 할 일이 무엇인가에 대해 살펴보면 다음과 같다.

네트, 연결, 접속 등 디지털시대 하이퍼텍스트문학과 관련된 이 용어들은 일방성이 아닌 쌍방향, 그리고 여러 방향의 다양한 선택과 소통의 가능성을 전제하고 있다. 하이퍼텍스트 문학은 남과 함께 하는 협동심과 나만의 창의적인 독창성을 결합하는 능력을 함양시키는 것이 목적이다. 따라서 획일적인 전수식 강의, 사지선다형의 객관성에서 벗어나 학생들이 찾을 수 있는 가능한 모든 자료들을 탐색하고 스스로 자료를 활용하여 적용하면서 과제를 해결하는 경험을 하게 하거나 음성, 영상 들을 통해 전혀 새로운 지식을 창출해 낼 수 있는 창의력을 길러주어야 한다.[16]

그러나 무엇보다도 문학이 독자에게서 멀어져 간다는 우려나 문학을 어렵거나 부담스러운 학문의 하나로 여긴다면 기존에 문학이 갖고 있는 본질에는 다가가 보기도 전에 잊혀져버릴지도 모를 일이다. 하이퍼텍스트 문학에서 경험할 수 있는 유희성은 창작교육에서 중요한 의미를 가진다. 즉흥적인 생각을 문자로 즉시 표현한다는 측면에서의 사고의 자유로움은 우선 재미와 즐거움을 줄 것이며 이런 재미에 의존하는 학습방법은 문학에 좀 더 쉽게 다가갈 수 있게 할 것이다. 또 이를 활용하면 글쓰기에 대한 두려움도 훨씬 줄어들 것이다.

오늘날의 도시에서 일어나는 일상들은 이제 그 가면을 벗겨버린다.

---

15) 차호일, 『현장교육의 문학교육론』, 푸른사상, 2003, pp.61~63.
16) 손종호, 앞의 책, p.7.

개인들의 행위는 컴퓨터 데이터베이스들 속에 규칙적으로 축적되며, 빛 또는 소리의 속도로 컴퓨터들 사이를 왔다 갔다 하면서 디지털화된 정보의 흔적들을 남긴다.[17] 정보의 흔적이 남는 익명의 시대에 이러한 하이퍼텍스트 문학창작에 있어서 새로운 저자로 탄생한 독자나 이를 문예창작방법론에 적용하려는 교육자는 사이버 상의 여러 장점들 가운데 남의 글을 따오기도 쉽고 복사하기도 쉬운 점들이 오히려 장애가 되어서는 안 된다는 점을 항상 유념해야한다.

또한 진정한 글쓰기야말로 '새로운 시대'에 '새로운 읽기'의 의미가 될 것이다.

'창조적 진정함'[18]의 전통이 사이버 문학에서도 그 존속의 문제와 아울러 보다 활기를 넣을 수 있는 근원이 되리라 여겨진다. 상대방의 문화적 차이, 감성의 차이로 개인주의적 소외로 빠지기 쉬운 이 시대에 '새로운 읽기'를 통한 문학에의 접근은 결국 문학이 우리 삶에 미치는 진실성에 대한 사유이며 그 존폐 여부를 떠나 새로움에 대한 신선한 시도로 앞으로도 좀 더 보완된다면 교육적 의미나 활용성도 크게 기대해 볼 만한 일일 것이다.

---

17) 마크 포스터(Mark Poster), 이미옥·김준기 역, 『제2미디어 시대』, 민음사, 1998, p.106.
18) 김병익, 「신세대와 새로운 삶의 양식, 그리고 문학」, 『새로운 글쓰기와 문학의 진정성』, 문학과 지성사, 1997, p.37.

참고문헌

1. 단행본

강내희, 『문학의 힘, 문학의 가치』, 문학사상사, 2003.

김병익, 『새로운 글쓰기와 문학의 진정성』, 문학과 지성사, 1997.

류현주, 『하이퍼텍스트문학』, 김영사, 2000.

_____, 『하이퍼텍스트—디지털미학의 키워드』, 연세대학교 출판부, 2003.

박인기, 『문학교육의 구조와 이론』, 서울대 출판부, 1996.

우정권 편저, 『한국문학콘텐츠』, 청동거울, 2005.

이선이 편저, 『사이버문학론』, 월인, 2001.

장노현, 『하이퍼텍스트 서사』, 예림기획, 2005.

장덕준, 『고교에서의 문학교육 어떻게 할 것인가』, 한림대학교 출판부, 2002.

조지 P 랜도우, 이국현외 옮김, 『하이퍼텍스트 2.0』, 문학과학사, 2001.

차호일, 『현장중심의 문학교육론』, 푸른사상, 2003.

2. 논문

강내희, 「문화연구와 '문형학'—문학의 새로운 이해」, 《한국언어문화》 26, 한국언어 문화학회, 2004.

김명석, 「하이퍼텍스트소설 '디지털 구보 2001'의 서사분석」, 《현대문학의 연구》 20, 한국 문학연구학회, 2003.

김미영, 「〈디지털 구보, 2001〉을 통해본 하이퍼텍스트 소설의 가능성」, 《우리말글》 33호, 2005.

김요한, 「하이퍼텍스트 문학 연구—하이퍼텍스트의 구조적 특성과 새로운 문학의 가능성」, 한국외국어대 박사학위논문, 2003. 6.

류현주, 「사이버 팬터지아」, 《한국언어문화》 22집, 한국언어문화학회, 2002.

마윤희, 「하이퍼텍스트 문학 저작 도구 분석 및 설계」, 이화여대 석사학위논문, 2001.

손종호, 「디지털시대의 문화교육」, 《대학출판》 제48호, 2002.

유성호, 「사이버문학의 양상과 그 대응」, 《한국문예비평연구》 3, 한국현대문예비평학회, 1998.

최동호·이성우, 「디지털 시대의 새로운 문학 환경과 글쓰기의 방법론 연구」, 《한국시학 연구》 9호, 한국시학회, 2003. 11.

_____, 「팬포엠(FanPoem)의 가능성과 실제구현—하이퍼텍스트 시 쓰기 프로그램과 시인·독자의 위상 변화를 중심으로」, 《어문논집》 51집, 민족어문학회, 2005.

최병우, 「컴퓨터 통신문학」, 《문학과 논리》 6호, 태학사, 1996.
한상수, 「책의 미래와 하이퍼텍스트문학」, 《한국 현대 영어문학회》, 2003. 12.

디지털스토리텔링의 특성과 활용방안

변민주

(백석대학교 겸임교수)

1. 연구 배경 및 연구 목적

최근 디지털 미디어의 발전과 함께 콘텐츠 산업이 전 세계적으로 부흥기를 맞고 있다. 이는 콘텐츠 산업의 무한한 잠재력 때문이며, 그 잠재력은 정보 통신 기술의 발전에 따른 새로운 제품의 생성 및 새로운 유통 경로의 개발에 기인한다고 할 수 있다. 잘 알다시피, 하나의 콘텐츠가 개발되면, 그 콘텐츠를 통해서 다양한 미디어가 개발되며, 이른바 원 소스 멀티 유즈의 방식으로 제품이 재생산되고 있다. 이때 하나의 소스가 되는 제품은 주로 만화나 애니메이션의 스토리가 가장 많은 비중을 차지하고 있다. 실제로 현재 게임이나 DVD, 출판, 완구 등은 대부분 만화나 애니메이션의 스토리에서 비롯되었다고 할 수 있다. 그럼에도 불구하고 국내의 콘텐츠 산업이 미국이나 유럽, 일본과 비교할 때에 매출액 면에서도 크게 떨어지는 이유를 많은 전문가들은 내러티브 또는 스토리텔링 연구의 부재라고 지적하곤 한다. 물론 많은 사람들이 '내러티브', 또는 '스토리텔링'을 강조하고 있지만, 이를 실질적으로 디지털미디어에 어떻게 적용시킬지에 대해서는 많은 논의가 필요한 시점이다. 이러한 논의를 위해 본고에서는 디지털스토리텔링의 개념적인 접근을 먼저 하고자 한다. 뿐만 아니라 그동안 서사적인, 또는 선형적인 측면에서 많이 시도되었던 스토리텔링의 개념을 디지털미디어의 관점, 즉 비선형적인 관점에서 해석하여, 디지털미디어의 스토리텔링 연구에 적용시키도록 할 것이다. 또한 디지털스토리텔링의 초기 형태라 할 수 있는 고대 인터랙티브 스토리텔링의 종교행위 형태를 살펴보고, 이 초기 형태가 어떻게 현대의 인터랙티브 스토리텔링에 영향을 주었는지 고찰해보고자 한다. 이를 위해 캐롤린 핸들러 밀러(Carolyn Handler Miller), 조셉 캠벨(Joseph Campbell), 그렉로치(Greg Roach)의 이론을 참조할 것이다.

이 논문의 목적은 고대의 디지털 스토리텔링의 특성을 디지털미디어의 커뮤니케이션 구조를 통해서도 찾아내고, 어떻게 이야기가 생성되는지를 알아내어, 디지털스토리텔링의 연구뿐만 아니라 스토리 산업을 포함한 콘텐츠 산업에 도움을 주기 위해서다. 특히 비선형적 특성을 보이고 있는 인터랙티브 미디어의 스토리텔링에 대해서는 연구가 매우 저조한 실정이므로, 여기에는 전통적인 스토리텔링의 기반위에서 창조된 인터랙티브 스토리텔링의 구조와 적용에 초점을 두었다.

2. 스토리텔링의 개념적인 접근

디지털스토리텔링의 개념[1]에 대해서는 이미 많은 논의가 되었다. 스토리텔링(Storytelling)은 단어에서 알 수 있듯이 스토리(Story)와 텔링(Telling)의 합성어이다. 언어 그대로를 해석하면 '스토리 말하기'이라 할 수 있다. 여기서 '스토리'는 '이야기'를 뜻하며, '말하기'는 일반적으로 '미디어'를 지칭한다. 그러므로 '스토리텔링'은 '미디어를 전제로 한 이야기'라 할 수 있는데, 여기서의 미디어는 디지털 미디어를 지칭한다. 그런데 디지털 미디어의 종류와 수가 너무 광범위하고, 또 다양하다 보니, 이에 따른 스토리텔링도 미디어에 따라서 다르게 표현될 수 있다는 것을 전제하고 있다.

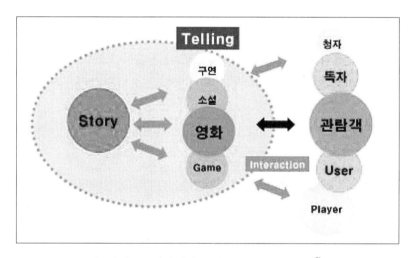

〈그림 1〉 스토리와 텔링, 그리고 오디언스와의 관계[2]

1) 최예정, 김성룡, 『스토리텔링과 내러티브』, 글누림, 2005, p.12에는 스토리텔링에 대해서 '이야기하기'로 정의했으며, '디지털 미디어의 출현을 계기로 새로운 방식으로 등장하게 된 이야기'라는 일반적인 의미에 동의 했다. 이인화 외 7인, 『디지털스토리텔링』, 황금가지, 2003, p.13에서는 '사건에 대한 진술이 지배적인 담화 형식이다'라고 전제하고, '사건의 진술의 내용을 스토리라 하고 사건 진술의 형식을 담화라 할 때, 스토리텔링은 스토리, 담화, 이야기가 담화로 변하는 과정의 세 가지 의미를 모두 포괄하는 개념'이라고 광의적으로 설명했다.
2) 이 구조도는 정지홍(국민대학교 테크노디자인전문대학원 교수)의 수업 자료를 인용한 것이다. 스토리가 미디어, 즉 구연, 소설, 영화, 게임 등을 통해서 이야기되고 있는 것을 시각화시켰으며, 미디어에 따라서 달라지는 타깃과의 관계도 잘 설명하고 있다.

구연의 경우, 어떤 사람이 어떻게 이야기하느냐에 따라 재미와 감동의 정도가 달라진다. 뛰어난 동화 구연가는 아이들을 감동과 재미의 세계로 인도하는데, 이때 동화가 스토리라면, 그것을 더 재미있고 생생하게 이야기하고 전달하는 행위가 스토리텔링이라 할 수 있다. 예를 들어, 같은 스토리의 '심청전'이라 하더라도 '고전소설 심청전'과 '영화 심청전'은 감동과 깊이를 달리한다. 물론 애니메이션, 플래시 애니메이션, 게임 등에서는 더욱 더 그렇다. 이렇듯 동일한 스토리라 하더라도 미디어마다 다른 기술적 방식에 따른 재현의 차이가 각기 다른 효과와 깊이를 부여하기 때문에, 스토리텔링에 대한 이해는 그만큼 중요하다고 할 수 있다. 이렇듯 디지털스토리텔링은 단순히 일반 소설이나 시나리오의 창작과는 거리가 있는데, 이는 디지털 스토리텔링은 반드시 미디어와 결합해야 한다는 특징을 지니고 있기 때문이다.

3. 디지털 스토리텔링과 오디언스

디지털 스토리텔링은 거대한 엔터테인먼트 경험을 제공하기 위한 기획의 역할을 담당한다. 그것은 수십만 플레이어들과 함께하는 온라인 롤플레잉 게임, 인공지능을 가진 말하는 인형, 만화책 캐릭터들과 칼싸움을 하는 가상현실 시뮬레이션, 휴대용 무선기기에서의 액션 게임, 그리고 극장의 스크린에서 상영하는 인터랙티브 영화 등을 포함한다.

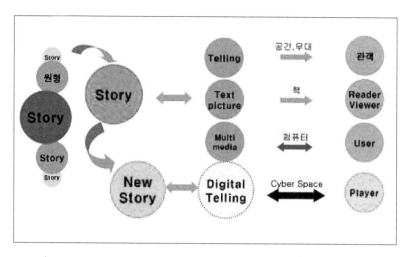

〈그림 2〉 스토리의 구현과 오디언스의 관계[3]

이들 미디어에서의 스토리의 관계는 〈그림 2〉에서 보듯이 하나의 원형적인 이야기를 통해서 스토리가 만들어지고, 이러한 이야기를 근간으로 해서 새로운 창작물들이 제작되곤 한다. 이 이야기가 공간, 무대, 책, 컴퓨터, 사이버스페이스에 따라서 다르게 연출되고, 또한 타깃들도 미디어에 따라서 다르게 불려진다. 책이나 영화일 경우는 스토리가 일방적인 메시지로 전해지지만, 이것이 디지털미디어일 경우는 상호소통하는 특성을 보인다.

---

3) 이 그림 역시 정지홍(국민대학교 테크노디자인전문대학원 교수)의 수업 자료를 인용한 것이다.

4. 인터랙티브 스토리텔링의 초기 형태

1) 캠프파이어

디지털 스토리텔링의 역사는 디지털 미디어를 통해서 시작되었다고 볼 수 있지만, 인터랙티브 스토리텔링의 역사는 디지털미디어가 등장하기 훨씬 이전에도 존재해 왔다. 비디오 게임, 인터랙티브 TV 실험, 또는 인터넷의 폭발적인 성장 이전부터, 심지어는 컴퓨터를 상상하기 이전부터, 사람들은 인터랙티브 스토리텔링을 발명했고, 창작해왔으며 또한 참여해 왔다. 이러한 역사는 수천 년 전인 고대 시대부터 거슬러 올라간다.

인터랙티브 미디어 분야의 몇몇 전문가[4]들은 인터랙티브 스토리텔링의 초기 형태가 선사 시대 사람들의 캠프파이어에서 발생했다는 가설을 세우곤 한다. 이러한 이론은 1990년대 초에 급격히 조성되었는데, 그 당시 할리우드의 창작집단에서 인터랙티브 미디어의 가능성에 대해서 실험이 되고 있었으며, 많은 세미나에서도 인터랙티브 미디어의 가능성에 대해서 언급됐다. 이 이론에 따르면, 선사 시대 스토리텔러들은 비록 고정된 플롯(plot)은 아니지만, 그들이 말하고자 했던 이야기에 대한 개괄적인 아이디어를 가지고 있었을 것으로 추측된다는 것이다. 즉 그들은 고정된 플롯 대신에 주변에 모여든 사람들의 반응에 따라서 이야기를 만들고 다듬었을 것이라는 이야기다. 이는 인터랙티브 스토리텔링의 초기 형태가 고대로 거슬러 올라간다는 사실을 잘

---

4) 캐롤린 핸들러 밀러(Carolyn Handler Miller, 2004), 조셉 캠벨(Joseph Campbell, 1904~1987), 그렉로치(Greg Roach) 등.

설명해주는 대목이라 할 수 있다. 그러나 고대의 스토리텔러들이 오디언스의 관심에 따라 이야기하는 것이 사실일지라도, 이러한 캠프파이어에 참여한 오디언스들이 그 스토리에 얼마나 많이 참여하고 통제할 수 있었는지는 의심의 여지가 있으며, 그 인터랙티비티의 형태도 매우 미미했을 것으로 보인다.

2) 〈디오니소스 페스티벌〉

캐롤린 핸글러 밀러[5]에 따르면, 술과 다산의 그리스 신, 디오니소스의 신화를 개작한 〈디오니소스 페스티벌〉도 인터랙티브 스토리텔링의 초기형태라고 했다. 고대 그리스에서 연간 두 번 행해진 이 행사는 대지의 죽음을 상징하는 겨울과 기쁜 부활을 상징하는 봄을 기념한다. 이 페스티벌은 신의 삶에서 중요한 사건들을 묘사할 뿐 아니라, 특히 디오니소스와 밀접한 관련이 있는 식물인 포도덩굴의 죽음과 재탄생처럼, 계절의 주기와도 밀접하게 관련되어 있다. 디오니소스 의식에는 악기 연주와 춤 노래 등이 포함되어 있다. 남자 참가자들은 사티로스(satyrs), 즉 반은 인간이고 반은 신과 관련된 동물 중 하나인 염소처럼, 또는 만취한 색마처럼 옷을 입는다. 반면에 여자 참가자들은 신께 열광하며 시중을 드는 광란의 여성 역할을 한다. 일부 그리스 공동체에서의 페스티벌은 잔인한 요소를 포함하고 있다. 참가자들은 살아 있는 소(신을 상징하는 또 다른 동물)를 죽이고, 그 소를 이빨로 물어뜯는다. 결국 이러한 페스티벌은 좀더 진지한 의식으로 발전한다. 그 의식에서 그들은 디오니소스에게 '디티람브(dithyrambs)'라는 노래를 바친다. 이

---

5) 캐롤린 핸들러 밀러 저, 필자 외 6인 옮김, 『디지털미디어 스토리텔링』, 커뮤니케이션북스, 2005, p.5.

러한 합창곡은 고전 그리스극의 비극, 희극으로 진화한다. 이것은 초기 종교의식에 계속해서 영향을 주었다. '비극(tragedy)'이라는 단어는 사실상 그리스어인 '트라고이디아(tragoidia)'에서 유래되었고, 이것은 '염소 노래'를 의미한다.

〈디오니소스 페스티벌〉이라는 고대 의식의 가장 큰 의의는 오늘날에 아주 인기 있는 다중 접속 온라인 게임(Massively Multiplayer Online Game : MMOG)과 유사하다는 점에 있다. MMOG의 참가자들은 다른 등장인물이 되어 다른 플레이어들과 상호작용하고, 특별한 목적을 달성하기 위해서 노력하는 것처럼 디오니소스 페스티벌의 참가자들은 각각의 목적을 갖고, 다른 등장인물이 되어, 서로 상호작용하며 이야기를 만들게 된다.

3) 강강술래

인터랙션 스토리텔링은 한국에서도 그 사례를 들 수 있다. 강강술래가 그 대표적인 사례라 할 수 있다. 주로 남해안 일대에 전승되어 오는 민속놀이로, 전라도의 해안지방을 중심으로 하여 경상도의 영일, 의성, 북쪽으로는 황해도 연백까지 분포되어 행해졌다. 현재는 전라남도의 해남, 완도, 무안, 진도 등지에서 행해지고 있으며, 잘 알다시피 우리나라 여성놀이 중 가장 정서적이며 율동적인 놀이이며, 또 그 즉석에서 스토리를 만들어 노래화하는 특성이 있다. 대개 팔월 한가위 달 밝은 밤에 젊은 여성들이 중심이 되어 손에 손을 맞잡고 원을 그리며 뛰어 논다. 강강술래가 언제 어떻게 하여 시작되었는지 유래를 알기는 어려우나 고대 부족사회의 공동축제 등과 같은 모임 때 참가자들이 서로 손을 맞잡고 뛰어 놀던 단순한 형태의 춤이 그 기원이 되는 것으로 추측하고 있다. 또한 조선조 임진왜란 때 충무공 이순신의 전술과 결부되어 강강술래 놀이가 행해졌다는 이야기도 있다. 이 집단 원무의 성격은 우선 놀이 주체가 성인여자들이며, 연행 시기가 8월 한가위에 중점적으로 행해졌음을 볼 때 그 제의성(祭儀性)에 주목하게 된다.

강강술래의 놀이 방법을 보면 바닷가 모래밭이나 마을의 넓은 공터 혹은 추수가 끝난 빈들에서 수십 명의 부녀자들이 손을 맞잡고 둥그런 원을 지어 무리를 이룬다. 이들 중 목청이 빼어난 사람이 앞소리를 매기면 나머지 사람들은 뒷소리를 받으면서 춤을 춘다. 노래는 처음에 느린 가락의 진양조로 시작하다가 점점 빨라져 춤 동작도 여기에 따라 변화한다. 원을 돌 때는 대개 오른쪽으로 돌며, 따라서 발도 오른쪽 발부터 먼저 앞으로 디디고 뛰게 될 때에는 아무 제한 없이 마구 뛴다. 발을 디딜 때는 보통 걷는 동작으로 한다. 강강술래의 노래 가사는 따로 정해져 있는 것이 없고 아무 민요나 4·4조에 맞으면 부른다. 앞소리꾼이 아무 민요나 즉흥적으로 지어서 부르면 나머지 사람들은 받는 소리인 '강강술래'만 부른다. 노래 가사는 오래 전부터 구전되어 내려오는 것들도 있고 그때그때 지어서 부르기도 하여 그 종류가 헤아릴 수 없이 다양하다. 이처럼 강강술래는 가사가 정해져 있지 않으며, 그때그때의 환경에 따라 새로운 이야기가 놀이로 승화되곤 한다. 이는 현재의 비선형성 스토리텔링의 좋은 사례라고 할 수 있다.

5. 고대 MMOG의 형태에 기반을 둔 현대 디지털미디어의 구조

1) 다중 접속 온라인 게임의 초기 형태와 디지털 미디어

〈디오니소스 페스티벌〉은 오늘날의 인터랙티비티 게임 및 디지털스토리텔링의 초기 형태라 할 수 있다.

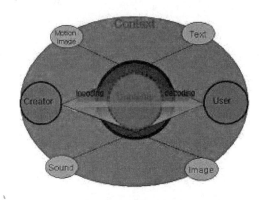

〈그림 3〉 디지털미디어의 구조 I

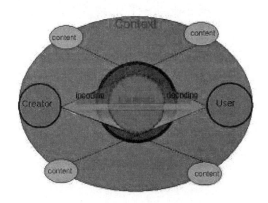

〈그림 4〉 디지털미디어의 구조 II

이는 오늘날 디지털미디어의 구조와 스토리텔링의 관점에서 볼 때, 매우 중요한 시사점이 있다. 즉 '상호작용'의 구조 속에서 스토리가 생성되고, 또 참여자의 몰입을 이끌어낸다는 것이다. 이는 디지털미디어의 커뮤니케이션 구조와 매우 흡사하다.

〈그림 3, 4〉는 디지털미디어의 커뮤니케이션 구조를 다이어그램화한 것이다. 이 다이어그램에서 보듯이 크리에이터의 메시지는 인코딩되어서 디지털미디어의 콘텐츠가 된다. 이는 곧 디코딩되어서 유저에게 보내지는데, 크리에이터와 유저는 항상 상호작용하게 된다. 이처럼 콘텐츠는 미디어를 통해서만 그 내용을 알 수 있기 때문에 콘텐츠는 미디어를 전제로 하지 않고서는 설명을 할 수 없다. 이를 과정별로 다시 설명하면, 크리에이터들에게서 제작된 콘텐츠가 미디어라는 창을 통해서 애니메이션, 캐릭터, 게임, 모바일, 사운드, 웹, 전자출판 등의 콘텐츠로 유저들에게 전달되는 것이다.

콘텐츠로 합성이 되기 이전의 콘텐트(그림 3 참조)라고 할 수 있는 사운드(Sound), 문자(Text) 등은 미디어라는 창을 거치지 않을 경우에는 사운드, 문자, 이미지, 모션이미지 등의 콘텐트로 남게 된다. 그러나 이들은 크리에이터를 통해서 다시 콘텐츠로 합성할 수 있으며, 이와는 반대로 유저를 통해서도 다양한 콘텐트가 만들어질 수 있다. 그런데 이들 콘텐트들은 저작권이 있는 디지털 상품으로 재생산되어서, 새로운 의미의 콘텐츠 개념을 생성하게 되는 것이다.

이 구조는 디지털미디어의 구조를 다이어그램화한 것인데, 여기에서 중요한 것은 디지털 시대에는 크리에이터와 유저가 미디어를 통해서 다양한 인터렉티브가 가능하며, 인터렉티브를 통한 커뮤니케이션은 새로운 콘텐츠 제작을 가능할 수 있도록 해준다는 것이다. 마치 〈디오니소스 페스티벌〉에 참가한 참가자(크리에이터와 유저의 구별이 거의 없음)들이 각각의 목적을 갖고, 다른 등장인물이 되어, 서로 상호작용하며 이야기를 만드는 것과 같은 양상이다. 또한 '강강술래'의 사례를 보더라도, 참여자들이 노래를 통한 상호작용이 그 즉시 일어나는데, 이 노래에 관한 스토리들은 그 상황에 결정되어진다. 이는 오늘날 디지털미디어에 통용되는 스토리텔링과 매우 깊은 관계를 갖고 있다. 뿐만 아니라 이러한 고대의 놀이와 디지털미디어의 게임을 비교할 때에, 크리에이터와 유저의 구분이 없고 함께 상호작용하는 참여자가 존재한다는 것도 현재의 디지털미디어 환경과도 매우 유사하다.

위의 다이어그램에서는 다양한 콘텐츠들이 미디어 밖에서도 존재를 하는데, 이 콘텐트들이 크리에이터를 통해서 미디어에 인코딩되면, 그 즉시 퍼블리싱의 기능을 갖게 되고, 이는 콘텐츠라고 불리게 된다. 또한 이 다이어그램에서의 'Context'는 크게 보면 사회, 경제, 정치, 문화, 기술, 개인 등을 둘러싼 환경을 의미하지만, 작게는 개인의 감정과 다양한 컨텐트 즉, 사운드와 이미지, 텍스트, 무빙 이미지들의 조각을 의미한다고 볼 수 있다. 이들도 디지털미디어의 요소로 포함되어져서, 하나의 트렌드가 되기도 하고, 또 크리에이터를 자극하여 콘텐츠를 합성하도록 만들어준다. 이 역시 초기 형태의 인터랙티브 미디어의 구조처럼, 그때그때의 상황 논리에 따라서 이야기가 만들어지는 것과 매우 흡사하다. 이러한 'Context'가 미디어의 총아라 할 수 있는 콘텐츠의 개념을 만들었다고 보는 것이다.

2) 선형적 스토리텔링의 법칙성

이처럼 초창기의 인터랙티브 스토리텔링은 종교적인 원형적 스토리에다, 서로 상호작용하는 이야기들이 덧붙여지고 있는 것이다. 그런데 현재 스토리에 기반을 둔 전통적인 미디어의 스토리텔링은 대부분 선형적이다. 다시 말하면 한 가지 사건이 논리적, 고정적, 발전적 순서로 또 다른 사건을 창출해 내는 식이다. 즉 구조적인 경로는 단 하나의 직선처럼 하나의 선을 이루고 있다. 이렇게 선을 이루는 구조를 우리는 서사적이라고 부르며, 서사 양식의 대표적인 장르로서의 신화나 설화의 경우는 하나의 스토리 법칙을 만들어낼 수 있다.

이러한 스토리법칙은 소설이나 영화와 같은 선형적 스토리를 가진 창작물과 게임 같은 비선형적 스토리를 가진 디지털미디어에서도 발견된다. 즉 극적인 상황, 강한 서사 잠재력을 가진 상황의 가정을 창작의 출발점으로 삼고 있다는 것이다. 누군가 어떤 일을 하려고 대단히 노력하는데, 그것을 성취하기는 매우 어렵다. 이것이 극적인 상황의 기본이라 할 수 있다. 한국의 신화는 이러한 요소가 더욱 극명하게 드러나며, 사건의 전개에는 법칙성이 드러난다. 이를 간략히 소개하면, 발단 과정에서는 주인공의 기이한 출생이 두드러지며, 전개 과정에서는 고난의 성장 과정을 겪게 된다. 그리고 절정에 이르러서는 통과의례를 겪게 된다.

예를 들어서 심청이는 물에 빠져야만 뭔가를 쟁취할 수 있다는 것이 그것이다. 여기서 물은 하나의 통과의례라 할 수 있다. 이러한 통과의례는 신화나 전설에서 승리를 쟁취하기 위한 하나의 관문처럼 형성되어져 있다. 그리고 이를 통해서 승리를 쟁취하게 된다. 선형적 구성은 대부분의 태생인 신화와 전설 등의 소설류와 서론, 본론, 결론 등의 구조를 기본으로 하고 있어서, 이들의 모든 이야기를 하나의 구조로 설명하는 데에도 어렵지 않다. 이를 도표화시키면 다음과 같다.

〈표1〉 신화의 스토리텔링 구조도

스토리텔링의 요소	제목, 시대 배경, 주인공	초목표의 징조 적대역의 출연	통과의례	주제 설정
스토리텔링의 전개 과정	발단	전개	절정	결말
서사(선형) 과정	기이한 출생의 과정	고난의 성장 과정	통과의례 과정	승리의 과정
서사 내용	庶子 출생 卵(알)생 신체의 변이 (아기장수)	천대를 받고 성장 친구의 도움 기인을 만남	물, 불, 토 등 엄청난 시련	쟁취

대부분의 스토리의 구조는 위의 도표에 나온 구조와 다르지 않은데, 이는 선형적 구조가 '만약 ~이라면'에서 출발하여, 불가능을 가능한 일로 만들어서 성공하는 이야기를 기본 구조로 하고 있기 때문이다.

3) 선형적인 기반위에 세워지는 비선형적 구조

이처럼 스토리를 기반으로 한 전통적인 엔터테인먼트 소재는 거의 언제나 선형적이다. 다시 말하면 한 가지 사건이 논리적, 고정적, 발전적 순서로 또 다른 사건을 창출해 낸다. 즉 구조적인 경로는 단 하나의 직선 모양을 하고 있기 때문에 우리는 이를 선형적 구조라고 부른다. 반면에 인터랙티브 작품들은 언제나 비선형적이다. 설사 인터랙티브 작품이 중심 스토리라인을 포함하고 있더라도, 플레이어 또는 사용자는 매우 유동적인 방법으로 소재와 상호 작용하며, 이것으로 통하는 다양한 길을 만들어낸다. 뉴미디어 산업계의 많은 전문가들은 인터랙티브 작품 안에서 전개되는 선형적 이야기를 '주요 스토리 경로'라고 부른다. 플레이어가 전체 스토리를 경험하고 의미 있는 종착점에 도달하기 위해, 이 경로는 반드시 경험되어야 하고 관련된 모든 정보는 반드시 획득되어야 한다.

이처럼 인터랙티브의 구조속의 스토리텔링은 이야기를 새롭게 생성하는 형식이다. 스토리와 게임의 차이에 대해서는 게임 디자이너 그렉 로치[6]의 설명이 설득력을 얻고 있다.

〈표 2〉 스토리와 게임의 차이

스토리	게임
필자가 소비하는 인공물	필자가 그 속으로 들어가 인공물을 창조하는 과정
미리 구성된 소재들의 덩어리	더 융통성 있게 구성하는데 도움을 주는 어떤 것
영화와 같은 인공물	거대한 입상(granularity); 아주 작고 많은 조각들로 구성된 상태
소금덩어리 같은 하나의 덩어리(인공물)	가능한 아주 작은 조각들로 이루어짐
정보자체에 규정되어짐	정보의 조각들은 캐릭터나 환경, 행동이 됨

그는 게임과 스토리를 두 개의 매우 다른 형태의 인공물로 보는데,

---

6) 그렉로치의 의견은 '캐롤린 핸들러 밀러 저, 필자 외 6인 옮김, 『디지털미디어 스토리텔링』, 커뮤니케이션북스, 2005, p.32'를 재인용했다.

인공물이란 인간에 의해 창조될 수 있는 대상이라고 했다. 로치는 인터랙티브 스토리를 가지기 위해서 "당신은 입상과 덩어리 사이에서 균형을 발견해야 한다. 또한 네러티브로 통하는 가장 좋은 길, '충격중심'[7]을 발견해야 한다. 이것은 적당히 다양해야 한다."라고 주장했다. 어드벤처 게임의 경우는 스토리텔링과 입상을 모두 포함하고 있으며, 또한 가장 풍부한 스토리를 가지고 있다는 것이다.

디지털 미디어의 스토리 속에는 원형적인 스토리가 존재하며, 이 스토리는 수십 개의 조각으로 부서지고 또 재창조된다는 것이다. 서론, 본론, 결론이라는 일반적 방법으로 진행되었던 서사 방식이 비선형적 방법을 사용함으로써, 스토리는 완전히 혼란에 빠지게 되는 것이다. 만일 이 스토리를 롤플레잉 게임으로 변화시킨다면, 춘향전의 경우로 설정해서 이야기를 전개한다면, 사용자가 춘향이로서, 또는 이도령으로서, 또는 방자나 월매로서 게임을 한다면 이야기는 전혀 예측하지 못하는 형태로 전개되고, 게임은 한층 재미있어지는 것이다. 이처럼, 비선형적 스토리는 전혀 예측할 수 없게, 유저를 콘텐츠에 끌어들이며, 한층 실감나는 몰입의 세계로 유도하는 것이다.

6. 인터랙티브 스토리의 특성과 스토리 만들기

선형적 스토리에 비해서 비선형적 스토리의 구조는 눈에 확연히 보이지 않지만, 그 구조는 인터랙티브 엔터테인먼트 작품을 조직화하는

---

7) sweet spot : 역주—공을 쳤을 때, 가장 잘 날아가는 공의 부분

매우 중요한 방법이다. 하나의 프로젝트에서 구조적인 뼈대는 플레이어가 만나는 살과 같은 모든 요소를 뒷받침해 주고, 인터랙티비티의 성격을 결정하는 데 도움을 준다. 뼈대가 잘 조립되었을 때 몸의 기능이 잘 발휘되고, 플레이어는 즐거운 경험을 하게 된다. 인터랙티브 스토리텔링의 구조는 선형적 구조의 처음, 중간, 결말의 3막 구조가 적용될 수 있다. 그러나 비선형 구조는 플레이어가 선택을 하거나 행동을 실행할 수 있도록 뼈대를 만들어야 한다. 또한 그들은 무엇을 할 수 있는가? 무기를 사용할 수 있는가? 캐릭터들과 이야기할 수 있는가? 사물을 재배치할 수 있는가? 그들이 어느 건물에 들어갈지 어떤 세계를 방문할지 자유롭게 선택할 수 있는가? 거시적 단계에서 가장 큰 단위 또는 구획의 특성을 작업해야 한다. 이런 구조에서 플레이어들은 그들의 방법으로 마지막 목표까지 도달하며 단계별로 상승한다. 또 다른 프로젝트들은 임무에 의해 구성되며, 플레이어에게 한 번에 하나씩 완수해야 하는 임무가 부여되는 것이다. 이처럼 비선형적 구조에서 유의해야 할 점은 제4의 벽[8]이 존재하고 있지 않다는 점이다.

이처럼 인터랙티브 미디어의 캐릭터는 우리에게 직접 다가오고, 그들의 가상 세계로 우리를 초대하는 것이다. 또한 웹 기반 게임의 가상 주인공들은 우리에게 이메일과 팩스를 보내고, 심지어는 우리와 직접 메시지를 주고받는다. 또한 스마트 토이가 우리와 놀아주고 생일도 기

---

8) 제4의 벽은 연극에서 객석을 향한 가상의 벽을 일컫는 말로서, 프랑스의 D.디드로가 주장하였다. 무대는 하나의 방으로 되어야 하고, 여기에서 한 쪽 벽은 관객이 볼 수 있도록 제거된 것뿐이며, 이것이 가상적인 제4의 벽이라는 것이다. 따라서 배우들은 이 속에서 관객을 의식하지 않고 실재의 방에서처럼 연기를 할 수 있다고 하였다. 디드로는 이러한 효과를 거두기 위해서 무대 그림은 완전히 자연스러워야 한다고 하였다. 이 제4의 벽은 현재에도 대부분의 연극에 적용되고 있지만, 제4의 벽을 깨려는 시도도 많이 행해졌다. 일반적으로 극장과 영화에서는 제4의 벽을 무너뜨리기가 쉽지 않지만, 인터랙티브 미디어에서는 빈번하게 나타난다.

억해 준다. 이러한 인터랙티비티는 이전의 미디어를 통해서는 결코 얻을 수 없었던 보다 개인적인 방식으로 가상의 세계를 친밀하게 경험하게 해 주고 있다. 그러므로 인터랙티브 작품에서는 플레이어/사용자/참여자는 소재와 연결되고, 통제하며, 이를 통해 이동할 수 있는 방법이 필요하다. 플레이어/사용자/참여자는 영화나 TV를 보고 있는 것처럼 수동적으로 방관할 수 없고, 스토리가 그들에게 다가오기 때문이다. 이는 '인터랙티브(interactive)'의 단어가 갖는 의미를 통해서도 그 스토리의 특성을 잘 이해할 수가 있다. '인터랙티브(interactive)'는 단어 자체의 의미가 그러하듯, 인터랙티브 스토리텔링은 '활동적인 경험'을 시켜준다는 뜻이 내포되어져 있다. 즉 플레이어 또는 사용자가 뭔가를 하고 있다는 뜻이다. 또한 '인터(Inter)'란 접두사는 '사이(between)'란 뜻을 의미하는데, 이것은 사용자와 콘텐츠 사이의 활동적인 관계를 뜻한다. 즉, 상호적인 교환(two-way exchange)적인 의미이며, 사용자가 뭔가를 한다면, 콘텐츠는 사용자 또는 플레이어가 한 것에 대해 반응하고, 또 무언가를 요구하게 된다는 의미이다. 물론 이에 대해 사용자는 어떤 방식으로든 반응하게 된다는 것이다.

이처럼 인터랙티브 스토리텔링은 서로 반응하고, 또 만들고, 또 경험하는 것을 뜻한다. 마치 선사 시대 스토리텔러들은 비록 고정된 플롯(plot)은 아니지만, 그들이 말하고자 했던 이야기에 대한 개괄적인 아이디어를 갖고, 이를 종교의식으로 승화시키고, 모여든 사람들의 반응에 따라서 이야기를 만들고 다듬었던 것처럼, 디지털스토리텔링은 사용자의 관점에서 출발해야 한다는 점을 잊지 말아야 할 것이다.

현재 디지털미디어의 발전과 더불어 콘텐츠 산업이 전 세계적으로 부흥기를 맞고 있다. 디지털미디어가 더욱 발전할수록 콘텐츠 산업은 그 부가가치가 더욱 높아질 것이며, 이에 따른 스토리텔링에 대한 관심은 더욱 높아질 전망이다. 최근 한국의 콘텐츠 산업은 하청 제작 구조를 벗어나기 위해서, 산학연이 시스템적으로 움직이고 있고, 또한 한국문화콘텐츠진흥원을 비롯한 단체들이 조직적인 움직임을 보이고 있다. 이러한 움직임을 통해서 한국적인 스토리의 브랜드가 탄생되고, 그 브랜드를 통해서 다양한 미디어가 개발되어 한국의 스토리가 세계에서 당당히 자리메김하기를 기대해 본다.

참고문헌

1. 단행본

캐롤린 핸들러 밀러, 변민주 외 6인 옮김, 『디지털미디어 스토리텔링』, 커뮤니케이션북스, 2006.
변민주 외 2인, 『UIT디자인 환경에서의 컨텐츠 디자인 교육프로그램』, 국민대학교출판부, 2005.
최예정, 김성룡, 『스토리텔링과 내러티브』, 글누림, 2005.
이인화 외 7인, 『디지털스토리텔링』, 황금가지, 2003.
김정배, 『마음을 움직이는 콘텐츠디자인』, 디자인네트, 2002.
김영기, 『The Contents—콘텐츠가 보인다』, 이디자인, 2002.
심상민, 『미디어는 콘텐츠다』, 김영사, 2002.
유승호, 『디지털 시대와 문화 콘텐츠』, 전자신문사, 2002.
손경석, 『디지털 콘텐츠 산업』, 남두도서, 2002.
고중걸, 조은진, 지경용, 『콘텐츠 유통기술의 혁명』, 진한도서, 2001.
고욱, 권은숙, 김하진, 이만재, 『디지털 컨텐츠』, 안그라픽스, 1999.
아놀드반게넵(Arnold van Gennep), 『통과의례』, 을유문화사, 1985.
Harris, Lesley Ellen, 『Licensing Digital Content』, Amer Library Assn, 2002.
Hurst, Carol Otis, 『Storytelling』, Sra, 1997.
Mellon, Nancy, 『The Art of Storytelling』, Words Distributing Co, 2003.

2. 협회 간행물 및 출판

디지털콘텐츠 편집부, 『Digital Contents』, 한국데이터베이스진흥센터, 2004.

한국게임산업개발원 편집부, 『Cross Platform 환경 하에서의 게임콘텐츠 개발전략』, 정일, 2003.

문화콘텐츠진흥원, 『문화콘텐츠 산업발전을 위한 '예술과 인문학의 역할' 세미나』, 2001.

— 컨텐츠웨어 중심의문화예술 교육과 정책의 방향

— CT와 문화콘텐츠 산업의 새로운 방향

— 디지털미디어 기술과 문화컨텐츠 산업

3. 논문

Byun-Min ju, Jean-Seung kyu, 『A Study on Evolution of digital contents meaning』, 2004 ADADA(2004 Asia Digital Art And Design Association).

Byun-Min ju, Jean-Seung kyu, 『Character Types Study Of Korean Representative Characters』, JSSD(일본 디자인학회).

이성식, 「콘텐츠 개발을 위한 디자인 프로세스에 대한 연구」, 《조형논총》 22호, 2003.

전승규, 「문화적 고유성을 통한 디지털 컨텐츠디자인 차별화 연구」, 《조형논총》 21호, 2002.

이성식, 「디지털컨텐츠의 개념설정에 대한 기반연구」, 《기초조형학회지》 vol.2 no.2 , 2001.

이성식, 「디지털미디어를 위한 컨텐츠디자인 교육과정 연구」, 《조형논총》 20호, 2001.

4. 웹사이트

http://kdaq.empas.com/koreandb/life/knori/knori-woman4.htm

제4부 창작을 말한다

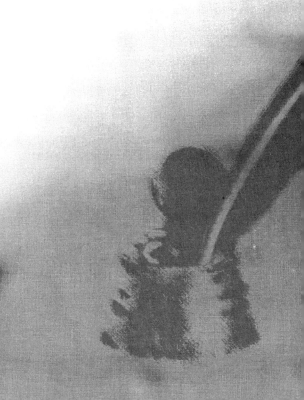

상응적 상상력과 창작의 실제

장옥관
(시인, 계명대학교 교수)

1. 서론

한국현대시는 왜곡된 역사의 흐름 탓으로 바람직한 미학적 전통을 마련하지 못하였다. 주지하다시피 현실과 미학은 문학의 양대 축이다. 하지만 한국현대시사에서 양자가 조화를 이룬 시편은 그다지 많지 않은 것 같다. 이러한 문제점을 해결하려면 새로운 창작방법론을 끊임없이 탐구해야 할 것이다. 이와 같은 문제의식을 바탕으로 상응적 상상력을 원리로 삼은 창작방법론을 모색하게 되었다. 상응적 상상력은 이원론의 양극을 팽팽하게 맞세우면서 변증법적으로 융합을 이루어내는 데 핵심이 있다. 그런 점에서 이 창작방법론은 현실과 미학 어느 한 쪽의 일방적인 단일미학에서 벗어나 통일 속 모순의 긴장 관계를 유지하여 시적 탄력성을 높이는 데 본 연구의 궁극적인 목표를 두고 있다.

한국 근대시사는 근대사와 맞물리면서 시대 상황에 대응하는 시적 전략을 모색해왔다. 그러나 한국 근대시는 출발부터 불행했다. 외세의 폭력적 근대 이식(移植)으로 시적 전통이 자연스럽게 이어지지 못하고 많은 부분을 서구 미학에 기대어야 했기 때문이다. 순수서정시와 리얼리즘, 모더니즘이라는 우리 시의 세 가닥이 1930년대 '기교주의 논쟁'에서 비롯되었다는 것은 널리 알려진 사실이다.[1] 이 세 가지 경향은 표현론과 모방론, 구조론으로 나눌 수 있을 터인데, 각 유파의 입지점이 다르기 때문에 이 논쟁에서는 입장 차이만 확인했을 뿐 생산적인 논의를 이끌어내지 못했다. 이들은 어느 한 쪽의 편향된 관점에서만 시를 바라봤기 때문에 일방적인 단일 미학을 지닐 수밖에 없었다. 한국 현대시의 음풍농월, '뼉다귀시', '언어세공파'라는 달갑잖은 전통은 여기에서 기인했다고 본다.[2] 이러한 해묵은 과제는 1960년대 "참여와 순수 논쟁" 이후 다양한 논의를 통해 어느 정도 해결의 실마리를 마련했으나 아직도 미진한 부분이 많이 남아 있다. 특히 1990년대 이후 한국시 일각에서 나타난 신서정 계열의 지나친 내면성 추구는 외적 현실을 축소하는 부정적인 측면을 지닌다. 그런가 하면 전위적이고 파격적인 형

---

1) 임화와 김기림, 박용철 간에 전개된 세칭 기교주의 논쟁은 우리 문학사 전체에 걸쳐 중대한 의미를 지닌다. 1935년 12월 임화가 《신동아》지상에 발표한 「담천하의 시단 1년」으로 촉발된 이 논쟁은 처음에는 김기림과 임화가 중심이었으나 나중에 박용철이 가세하면서 문단 전체로 번졌다. 이 과정을 통해 박용철은 언어 지상주의를 바탕으로 한 '생리시론'을 펼쳐 모더니즘과 변별되는 시문학파만의 독자성을 확보한다. : 한계전 외, 『한국 현대 시론사 연구』, 문학과지성사, 1998. pp.157~165 참조.
2) 한국시의 병폐는 한국 근대사의 왜곡된 흐름에서 비롯되었다고 보는 것이 옳다. '계급모순'과 '민족모순'이라는 민족적 과제 앞에서 문학이 담당해야 할 부담감이 시각의 불균형을 초래한 것이다. 이러한 근대시 초창기의 병폐는 해방 후까지 고쳐지지 않아 1960년대 신동엽의 글에도 나타난다. 「육십년대의 시단 분포도」라는 글에서 신동엽은 당시 시단을 두 갈래의 큰 흐름으로 설정했다. 사회적 현실에 육성으로 저항해보려는 경향과 예술지상주의적 경향이 그것이다. 전자는 "도시 소시민적 생활시인"과 "역사에의 저항파"이고 후자는 "이조적인 향토시의 촌락"과 "문명도시적인 현대감각파"와 "순전한 언어세공파"이다. 이 다섯 경향 중에서 그가 긍정적으로 보는 것은 '시민시인'과 '저항파'이다. "향토시 촌락"과 '현대감각파'와 '언어세공파'는 현실을 사상(捨象)하고 있다는 점에서 비판적으로 바라봤다. "이조적 양반의 연장인 영탄문화"와 "구미 식민세력의 앞잡이에 묻어 들어온 명동 사치품 문화"가 문단의 주류를 이루고 있음을 그는 통탄하고 있다. : 신동엽, 『신동엽 전집』, 창작과비평사, 2002. pp.372~378 참조.

식실험이 무조건 창조성을 담보한다고 여기는 '속류 기교주의' 시인들도 있다. 이러한 문제의 근본 원인을 서정시의 특질인 자기동일성 원리에서 찾을 수 있을 것이다. 자기동일성은 주체와 객체를 분리하는 것을 전제로 한다. 그러다 보니 내면세계를 중요시하고 외적 현실을 종속적인 것으로 여길 수밖에 없다. 반대로 외적 현실에 비중을 두면 주체의 정서가 고갈되고 내용에 비해 형식이 소홀해지는 경우가 많다. 특히 자연을 대상으로 삼는 서정시에는 주체가 전면에 나서는 시가 적지 않다. 주체 위주의 시는 자아의 주관적 관념이 대상의 현실을 압도하게 마련이다. 인간 삶의 진실은 대상인 현실과 인식 주체의 교호 작용을 통해 드러나게 된다. 이를 외면할 때 현실은 역동적인 힘을 잃어버리고 자아가 추구하는 가치를 드러내기 위한 수단으로 전락하고 만다. 따라서 1990년대 이후 한국시에 나타나고 있는 자기동일성 회의는 이러한 문제의식에서 비롯되었다.[3] "주체와 타자의 수평적 연대와 대화가 가능한 '복합적 동일성'의 미학"[4]이 나오는가 하면, 순수서정에서 벗어난 "서정의 개념적 확장"[5]과 "신체적 글쓰기"에 의한 "경계의 시학"[6]이 논의되기도 한다. 개념의 정의는 다소 다르지만 문제의식의 기반은 크게 다르지 않다. 전통적 서정시의 규범인 절대적 동일성의 시학이 더 이상 허락될 수 없다는 것이다.

---

3) 유성호는 1990년대 이후 나타난 시적 주체의 자기동일성 회의에 관해 다음과 같이 이야기하고 있다. "'내면/외계', '주체(의식)/객체(대상)', '동일자/타자', '인과율/우연성' 같이 그 동안 이 항대립적 경계에 의해 확연하게 구분되던 사물(개념·현상)들의 관계에 대한 탈근대적 재인식이야말로, 누대의 지적 사업이 간과해온 것이면서 이 시기의 커다란 인식론적 전회를 주도한 패러다임이다." : 유성호, 「서정시의 모반, 그 반어적 가능성」, 『침묵의 파문』, 창작과비평사, 2002, p.17.

4) 최현식, 「갈라진 혀, 그리고 동일성」, 『시를 넘어가는 시의 즐거움』, 창작과비평사, 2005, p.63.

5) 유성호, 위의 책, pp.70~74 참조.

6) 오형엽, 「전환기적 모색, 현대와 탈현대의 경계에서」, 『신체와 문체』, 문학과지성사, 2001, pp.37~38 참조.

최근 한국시는 전환기를 맞이하고 있다. 자기동일성이라는 전통적인 서정시의 세계관이 부정되는 가운데 압축과 집중이라는 미적 형식이 해체되는 양상을 보인다. 현실과 환상이 넘나들고 서사성이 주요한 구성 원리로 부각되기도 한다. 이러한 전환기에 일방적 단일 미학에서 벗어나는 복합적인 미학체계를 탐구하는 것은 매우 의미 있는 일이라고 본다. 위와 같은 문제의식 아래 주체와 객체, 내용과 형식, 현실과 미학 같은 대립적 요소가 긴장관계를 형성하면서 궁극적으로 융합되는 상응적 상상력의 창작방법론을 모색하게 되었다.

2. 상응적 상상력의 전개 과정

상응적 상상력은 이원론을 전제로 한다. 이원론은 동서양을 막론하고 오랜 역사를 가지고 있다. 플라톤에서 발원하여 데카르트로 이어지는 지적 전통이 이원론에 근거를 두고 있으며, 동양사상의 정수인 『주역(周易)』도 따지고 보면 이원론에 기초를 두고 있다. 20세기를 주도한 언어철학이 이원론의 '차이'에서 시작되었고, 레비 스트로스(Claude Lévi-Strauss)의 구조주의 역시 이원론에 바탕을 두고 있다. 이처럼 인류의 지적 전통에는 이원론의 그림자가 짙게 드리워 있다.

이원론은 문학에도 깊은 영향을 미쳤다. 서구 근대미학의 기초를 마련한 보들레르(Charles-Pierre Baudelaire)의 시세계는 선과 악, 미와 추, 빛과 어둠, 영원과 순간 같은 이원적 인식 구조에 바탕을 두고 있다. 보들레르는 이원론이야말로 모든 철학과 문학, 나아가서는 인류의 보편적인 진실이라고까지 말한다. 그렇다면 이원론의 개념을 좀 더 분명히 해야 할 필요가 있다. 이원론이 인류의 보편 진실이라면, 거의 모든 문학작품이 이원론적 요소를 내포할 것이므로 그것을 따지는 일 자체가 별 의미가 없게 된다. 그러므로 이원론을 무턱대고 확대 적용하기보다는 개념을 제한하여 사용할 필요가 있다. 유평근의 주장처럼 서로 대립하는 "양자를 총괄하거나 통일시킬 수 있는 상호 관계를 발견할 수 없거나 아니면 발견하고자 하는 의도를 보이지 않을 경우"로 한정해야 한다.[7] 이런 기준으로 보면 보들레르가 과연 이원론자인가 하는 의문이 생긴다. 앞질러 말하자면 그가 주장하는 '상응 이론'은 일원론이라고 해야 옳을 듯싶다. 보들레르는 이 세계가 물질계와 정신계라는 이원적 구조로 되어 있다고 보았다. 그에 따르면, 물질계와 정신계에는 단절이 있지만, 시인은 시적 몽상의 도움으로 "상징의 숲"을 가로질러 공감각의 경지에 이르게 되어, "영혼의 거의 초자연적인 어떤 상태"에 도달할 수 있다는 것이다. 이것이 그가 늘 주장했던 '상응(Correspondances)'의 개념이다.[8] 하지만 "현실의 이편"에서 벗어나 "초월의 저편"으로 넘어가는 일은 물질계와 정신계가 통합되는 것이므로 일원론이 되는 것을 의미한다. 그런 점에서 보들레르에게 큰 영향을 주었다는 18세기 비교주의(秘敎主義) 사상가 스웨덴보르(Emanuel Swedenborg)의 상응 이론이나, 인간의 절대 의지를 통해 영혼과 육체를 통합할 수 있다는 브론스키의 이론도 일원론으로 포섭될 수 있다.[9] 하지만 보들레르의 세계관은 분명히 이원론에 기초를 두고 있다.[10] 그런 점에서 그는 이원론자인 동시에 일원론자라고 봐야 한다. 이 모순은 해결할 수 없는 문제처럼 보인다. 하지만 생각의 폭을 넓히면 이해

---

7) 유평근, 「보들레르 연구―이원론을 중심으로」, 『상징주의 문학론』, 민음사, 1982, p.249.
8) 김붕구, 「예술론의 변증법」, 『보들레에르』, 문학과지성사, 1977, p.407.
9) 유평근, 앞의 책, pp.253~254 참조.
10) G. 뿔레(George Poulet)는 보들레르의 시 세계에 대해 다음과 같이 말하고 있다. "복합적인 자신의 성질 속에서 화해할 길 없는 두 개의 근본 즉 선함과 악함, 아름다운 것과 끔찍한 것 그리고 빛나는 것과 어둠을 결집시키고 있다." : 유평근, 앞의 책, p.255 재인용.

에 도달하지 못할 것도 없다. 대립하는 두 요소가 독자적인 성격을 유지하면서 균형을 이루고 궁극적으로 대립항을 넘어선다면 넓은 의미에서 이원론이면서 동시에 일원론이라고 부를 수 있을 것이다.

한국 현대시사에서 상응적 상상력이 나타나는 대표적인 사례는 서정주의 『화사집(花蛇集)』이다. 서정주의 초기 시가 서구적인 "육체의 시학"에 크게 경도되어 있다는 것은 널리 알려진 사실이다. 김기림, 김광균 등 모더니즘 유파가 사용한 장식적인 수사와 인공적인 작위성을 극복함으로써 자신의 입지점을 마련한 그는 추상적인 이지의 세계에서 벗어나 피와 살의 실감이 있는 육체의 세계에 머무르고자 했다. 이는 "인간의 육체에 대한 긍정을 강조한 니체와 육체의 밑바닥 체험을 중시한 보들레르의 영향을 받은 것"으로 평가되고 있다.[11] 상응적 상상력의 또 다른 전범은 김수영의 시학이다. 절제와 은일에 바탕을 둔 청록파의 비현실적 세계와 '속류 모더니즘'의 경박한 태도에 반기를 든 김수영은 일상성에 기초한 산문정신으로 전통 서정시의 문법을 해체했다. "온몸의 시학"의 핵심은 시적인 것과 비시적인 것의 조화, 사랑과 죽음의 변증법적 통일, 낡은 것과 새로운 것의 순환과 같은 이항 대립적 요소의 합일에 있다. 당대 현실의 부조리와 병리 현상에 대한 그의 치열한 대결의식이 범속한 제재와 비속어, 일상어 등 비시적 요소들을 끌어들이게 했던 것이다.[12]

---

11) 엄성원, 「화해와 순응의 시학」, 김학동 외, 『서정주 연구』, 새문사, 2005, pp.648~650. : 하지만 『화사집』을 보들레르를 통해 읽는 것은 오류를 범하는 일이 될 수 있다는 의견도 있다(김학동, 「서정주의 시에 미친 보들레르의 영향」, 박철희 편, 『서정주』, 서강대학교출판부, 1998, p.197.) 「화사」에서 꽃과 뱀이 만나는 지점은 정신과 육체가 하나로 만나는 곳이었으며, 아름다움과 징그러움, 이성과 관능, 증오와 사랑, 물과 불의 모순적 요소들이 팽팽하게 맞서는 공간이었다. 이러한 모순적 의미를 중층적으로 결합시킴으로써 성적 충동과 죄의식 사이의 갈등을 미학적으로 형상화한 것이 이 작품의 내재적 의미이다.

12) 노철, 『한국현대시 창작방법 연구』, 월인, 2001, pp.72~79 참조. : 그러나 그의 진정한 시적 가치는 모순을 그대로 보여주는 것이 아니라 그것을 지양하고 극복하려는 자세에 있다고 해야 옳다. 그것이 형식과 내용의 일치를 이루고자 했던 "온몸의 시학"으로 나타나게 된 것이다.

형식과 내용, 현실과 미학, 주체와 객체의 대립은 이원론의 산물이라고 할 수 있다. 이원론의 양극을 하나로 통합하여 일원론으로 가기 위해서는 대립항 자체를 무화해야만 한다. 하지만 대립항은 여간해서 지울 수 없다. 인간의 기본적인 인식구조가 이원론으로 되어 있기 때문이다. 소쉬르의 언어이론이 밝혀주듯이 모든 대상은 그 자체로는 독자적인 의미 자질을 가지지 못하며, 한 대상이 제 나름의 의미를 지니려면 비교로 획득한 변별적 자질이 반드시 있어야 한다. 따라서 흔히 운위되고 있는 일원론은 대개 한 요소가 다른 요소를 억압하거나 배제한 경우라고 해야 옳을 것이다. 그러므로 섣불리 이원론을 해체하여 일원론으로 가기보다는 보다 적극적으로 이원론을 받아들이는 태도가 필요하다고 하겠다. 이를 통해 서로 다른 요소들이 팽팽하게 대치하며 척력 관계를 형성함으로써 긴장감 넘치는 복합적인 미학체계를 수립할 수 있을 것이다. 이것이 곧 상응적 상상력의 근본 원리라고 하겠다.

3. 언술 방법과 상응적 상상력의 원리

시 의식과 시작 방법은 따로 떼어서 살필 수 없다. 시작 방법은 작품을 창작하는 과정에서 자연스레 형성되며, 작품을 생산하는 과정에서 시 의식은 작품의 내적 구조를 통해 드러난다. 따라서 시 의식과 시작 방법은 서로 떼려고 해도 뗄 수 없는 불가분의 관계라고 할 수 있다. 절대적인 시작 방법이 먼저 있고 그 이론에 맞춰 창작을 하는 사람은 드물 것이다. 시라는 창작품은 하나의 유기체이므로 의도성이 드러날 경우 금세 파탄이 생기기 때문이다. 이런 점을 고려하여 이 장에서는 시적 상상력을 형상화할 구체적 언술 방법을 살피고 그 연관성을 따져

보기로 한다.

1) 구어체·일상어 어법

언어는 보통 입말과 글말로 구분한다. 입말은 청각적인 음성 기호로 이루어진 언어이고, 글말은 입말이 시각적인 문자로 재현된 언어이다. 지금까지 글말은 입말에 비해 상대적으로 권위와 힘을 갖고 있었다. 언어학에서도 입말을 제외하고 글말만 연구 대상으로 삼는 경우가 많았다. 하지만 20세기에 들어와서 입말은 그 가치가 새롭게 부각되고 있다.[13] 본질적으로 글말은 입말을 재현한 것에 불과하며 의사소통을 위한 기본적인 수단은 입말이라는 인식이 확산되었기 때문이다. 입말은 글말에 비해 다양하고 즉각적이며 표현적이다. 친교성과 더불어 구체성을 지니고 있으며, 동태성과 비격식성이라는 특성을 지니고 있다. 따라서 시 또한 의사소통의 한 양식인 만큼 글말보다는 입말이 효과적인 표현에 더 유용할 것이다. 김수영은 당대의 부조리와 병리 현상에 대응하기 위해 범속한 제재와 비속어, 시사어 등 일상어를 시에 적극 도입했다. 이는 "현실의 이곳"을 도외시하고 "저쪽의 초월"을 꿈꿨던 당대 시 문법에 대한 심각한 도전이자 기존 시의 단아함에 대한 반역이었다. 이러한 비시적 언어 사용은 범속한 제재와 긴밀하게 상응하는 것으로서 당대의 "모순된 삶을 형상화하고, 그 모순된 삶을 극복하려던 시인의 의식을 반영"하기 위한 방법이었다.[14] 산문적 요소로 간주되던 일상적 사물과 언어를 시에 도입하는 일은 그 자체로 '낯설게 하기'

---

13) 이 항목의 내용은 박용한의 논문을 주로 참조했다. 박용한, 「입말/글말 텍스트의 스타일 연속체 연구」,《한민족어문학》 제45집, 2004, pp.145~164 참조.
14) 권오만, 「김수영 시의 기법론」,《한양어문 연구》, 1996, p.345.

의 효과를 내면서 "기호의 촉지성"을 높임으로써 시적 효과를 극대화하게 된다.

이러한 점을 감안하여 이 창작방법론에서는 되도록 일상적 제재를 채택하고, 구어체·일상어 어법을 활용하여 현실의 역동적인 모습을 드러내는 데 역점을 두었다. "농짝에 뭉쳐 끼여 놓은 양말짝"(「봄날이었다」)과 같은 어구나 "사타구니 붉은 시울에 달라붙은 저 수많은 겹눈들"(「맨드라미, 닭 벼슬 붉디붉다」)과 같은 표현이 그 예라고 할 수 있겠는데, 이는 곧 한국 서정시의 '아어체(雅語體)' 전통에서 벗어나 상응적 관계를 이루는 일이 될 것이다. 이것을 달리 말해 절제 어법과 파격 어법의 상응이라고 할 수 있다.

2) 근접감각의 공감각적 이미지

시에서 관념과 사물은 이미지를 통해 만난다. 일반적으로 이미지는 "감각적 대상과 그 특질"을 가리킨다. 이미지가 감각과 관련되어 있다는 사실은 시적 형상화와 관련해 상세한 고찰을 요한다. 감각(sensation)은 외적 및 내적 감관에 가해진 자극으로 말미암아 생긴 지각 현상이다. 가령 서정주의 초기시는 근육감각에 비중을 두고 있으며, 김광균과 박남수 등 모더니스트들은 시각 이미지를, 시를 노래와 등가로 생각했던 김영랑은 청각 이미지를 즐겨 사용했다. 또한 백석은 유년기에 경험했던 미각적 이미지를 통해 잃어버린 민족공동체의 원형을 탐구한 바 있다. 감각은 크게 근접감각과 원격감각인 두 가지로 나눈다. 근접감각이란 촉각, 미각, 후각 등 신체의 반응과 결부된 감각이고, 원격감각은 시각, 청각 등 이성의 통제와 관련된 감각이다. 대상과 거리가 가까우냐 아니냐에 따라 혹은 직접적이냐 간접적이냐에 따라 근접감각과 원격감각으로 나뉘게 된다. 근접감각이 자연적인 것에 가까운 반면, 원격감각은 이성적 사고 작용의 지배를 받기 때문에 문명적이라고 할 수 있다. 따라서 생생한 감각을 풍부하게 내장한 몸의 감각, 곧 근접감각이 이성의 통제 아래 있는 원격감각보다 정서적으로 강렬한 느낌을 주는 경우가 많다.

문학적 상상력은 기억을 자양분으로 삼고 있다. 이 기억의 현상학도 근접감각을 통하느냐 원격감각을 통하느냐에 따라 큰 차이를 보인다. 유년기의 자전적 기억이 근접감각과 관련되어 있는 데 반해, 졸업, 승진 등 성인기의 사회적·공적 기억은 원격감각과 관련된다. 마르셀 프루스트(Marcel Proust)의 소설 『잃어버린 시간을 찾아서』에서 마들렌 과자의 향기가 어린 시절의 기억을 이끌어내듯이 유년의 경험은 맛, 냄새, 촉각 등 근접감각에 의해 생생하게 복원된다. 자전적 기억의 감각적 경험이 어린 시절의 기억을 구체적이고도 총체적으로 복원해내는 데 반해, 공적 기억의 경험은 총체적으로 과거를 재구성하기가 어렵다. 어린 시절의 자전적 기억이 시 쓰기에 큰 영향을 미친다는 점을 감안할 때 이러한 사실은 많은 시사점을 던져준다.[15]

샥텔(Ernest G. Schachtel)에 따르면 사람이 기억을 떠올릴 수 있는 것은 경험·기억도식이라는 일종의 틀이 있기 때문이라고 한다. 그는 범성욕설에 의한 유아기 기억 상실이라는 프로이드(Sigmund Freud)의 주장에 반론을 제기하면서, 어린 시절의 왕성한 호기심과 풍부한 경험에도 불구하고 기억이 저장되지 않는 까닭은 기억도식이 만들어지지 않았기 때문이라고 밝힌다.[16] 기억도식의 형태는 상투화가 본질이다.

---

15) 유종호는 유년기에 익힌 제1언어는 특유의 정서적 충전력을 지닌다고 있다고 말한다. 어린 시절의 체험은 '두려움과 희열과 호기심과 인지의 즐거움 등'이 얽혀 있어서 개인사의 기층을 이루기 때문이라는 것이다. : 유종호, 앞의 책, p.254.

기억이라는 것은 경험 자체가 아니라 그 경험을 끄집어내는 도식이며, 그 도식은 그 사회의 세계관을 형성한 문화에 의해 결정된다. 따라서 기억 과정은 기억과 경험의 규격화요 상투화라고 할 수 있다. 본래의 실제 경험이 관습적으로 수용되는 상투어에 의해 왜곡된 기억으로 변모하는 것이다. 즉 "있는 그대로 보고 느끼는 능력"을 "기대하는 것을 보고 느끼는 경향"이 대체하는 셈이다.[17] 이 같은 상투적 기억도식에서 벗어나기 위해서는 관념의 주관성을 버리고 사물과 정황을 "있는 그대로" 보려는 노력이 필요하다. 그것은 근접감각에 의해 형성된 자전적 기억을 총체적으로 복원하는 일에서부터 출발해야 할 것이다.

3) 자유 연상과 연쇄적 진술방법

글쓰기에 관한 책들이 창작의 전제 조건으로서 공통으로 지적하는 점은 정신의 의식적인 통제를 제거함으로써 내면의 깊은 곳에서 올라오는 잠재의식을 해방시키는 일이다.[18] 사회적 자아가 지시하는 윤리적·도덕적 부담감을 덜어내고 "자신이 진실로 느끼는 것, 진실로 원하는 것, 진실로 믿고 있는 것, 진실로 결심하는 것들에 대해 솔직하게" 써야 자신의 진정한 목소리를 들을 수 있다는 것이다.[19] 의도성이 개입한 글이나 타인의 눈과 목소리로 쓰는 글은 독자들을 감동시키지 못할

---

16) 샥텔(Ernest G. Schachtel)은 유아 기억상실증이 오이디프스기의 억압 때문에 생겼다면 성욕을 제외한 다른 기억조차 떠올릴 수 없는 까닭과 정신분석 치료를 하고 난 뒤에도 잊었던 기억을 떠올리지 못하는 점에 관해 의문을 제기하고 있다. : 유종호, 「시원 회귀와 회상의 시학」, 『다시 읽는 한국시인』, 문학동네, 2002, p.246 재인용.
17) 유종호, 앞의 책, p.248.
18) 브라이언트(Roberta Jean Bryant)는 "창조성을 억누르는 요인 가운데 하나가 바로 검열이다. 실제로든 가상으로든, 끊임없이 감시당하고 끊임없이 평가되고 있다는 느낌을 받을 때 우리는 굳어버린다."고 말하고 있다. : Roberta Jean Bryant, 승영조 역, 「글쓰기의 실제」, 『누구나 글을 잘 쓸 수 있다』, 예담, 2004, p.76.

뿐더러 자기 자신을 속이는 글이 될 가능성이 높다. 자신의 내면 깊숙한 곳에 숨어 있는 생각이나 감정을 이끌어내기 위해서는 자유로운 직관적 글쓰기가 필요하다. 직관적 글쓰기는 잠재의식으로 통하는 지름길이며 "참신한 이미지와 다양한 리듬의 역동적 원천"이 된다.[20] 직관적 글쓰기 기법은 자신에 대해 판단하지 말고, 말과 글이 흘러가는 대로 내버려 두는 일이다. 이른바 이성복이 이야기한 "글도, 글 쓰는 자도 없고 종이와 필기구의 거의 비물질적인 만남, 한없이 가벼운 성적 접촉만이 지속되는 상태"가 그것이다.[21] 자기가 미처 생각하지 못했던 생각과 느낌, 놀라운 표현은 대개 이러한 직관적 글쓰기에서 나온다는 사실을 우리는 손쉽게 확인할 수 있다.

직관적 글쓰기를 구사할 수 있는 방법은 여러 가지가 있다. 문학과 심리학에서 두루 구사하고 있는 자유 연상과 의식의 흐름, 자동기술법, 적극적 상상력의 기법이 모두 직관적 글쓰기에 속한다.[22] 한국 시사에서 직관적 글쓰기를 실천한 사람이 김수영이었다. 그는 반복과 비약을 기법으로 한 연쇄적 진술 방식을 즐겨 사용했다. 고정된 시상을 바탕으로 시를 만드는 것이 아니라 시를 써나가는 동안 형성되는 의식

---

19) 산도르 마라이(Sandor Marai)는 "흠잡을 데는 없지만 삭막한 시를 쓰는 시인들이 있다. 대범하거나 요란한 시, 고상하고 장중한 시들. 우리는 그 내용을 기억할 수 있을지는 모르지만, 단 한 줄도 마음에 새기지 못한다. 그런 시들은 흥미 있으며 때로는 아주 아름다울 수도 있다. 그러나 진실한 시는 아니다. 그런 시들에서는 시인의 오성이 아니라 정열, 영감, 가슴, 비전으로 창조한 '시행'이 없다. 그런 시행이 없어도 훌륭한 시는 쓸 수 있겠지만 진정으로 참된 시는 절대로 남길 수가 없다."라고 말한다. : Sandor Marai, 김인순 역, 『하늘과 땅』, 솔, 2003, pp.223~224 참조.
20) 골드버그(Natalie Goldberg)는 "세계는 불변이 아니라 끊임없이 변하고 있으며, 논리적으로 설명할 수 없는 사실들로 가득하다. 그러므로 만약 당신이 자신의 의식 차원을 넘어선 글을 쓸 때, 그것은 있는 그대로 사물의 진실을 나타낸 것이 된다. 그래서 이런 글은 에너지가 넘칠 수밖에 없다."라고 밝힌다. : Natalie Goldberg, 권진욱 역, 『뼛속까지 내려가서 써라』, 한문화, 2000, p.29.
21) 이성복, 「나는 왜 비에 젖은 석류 꽃잎에 대해 아무 말도 못 했는가」, 『나는 왜 비에 젖은 석류 꽃잎에 대해 아무 말도 못 했는가』, 문학동네, 2001, p.189.
22) Tristine Rainer, 장호정 역, 『창조적인 삶을 위한 명상의 일기언어』, 고려원, 1991, p.65.

의 흐름에 따라 떠오른 언어들을 가감 없이 그대로 표현했던 것이다. 그의 시에 돌발적인 낱말이 나타나고 갑작스러운 연상의 비약이 이어지는 까닭은 이런 시작 방법에서 기인한다. 반복과 비약의 기법은 속도감을 불러일으켜 시적 긴장을 조성하게 된다.[23] 가령 「사랑의 변주곡」에 나타나고 있는 시어의 열거, 시행과 시행 사이의 비약은 호흡을 급박하게 만듦으로써 사랑의 열도를 효과적으로 표현하는 수단이 된다.[24] 김수영의 시적 방법은 직관적 글쓰기의 전형적인 사례라고 할 수 있다. 그것은 또한 글쓰기의 본령에 닿아 있는 기법이라고 생각된다. 직관적 시쓰기는 잠재의식적 시쓰기이자 무의식적 시쓰기이다. 모든 글쓰기는 소원 충족의 한 방편이라는 프로이드의 말이 아니라도, 제대로 된 글은 자신의 무의식 깊은 곳에서 올라와야 한다는 사실을 우리는 경험을 통해 알 수 있다. 내부의 검열자를 제거하고 쓰는 글, 잠재의식 저변에서 올라오는 무의식적 욕망을 끌어올리는 일이 필요하다.

4) 이야기 요소의 도입

1990년대 이후 한국시의 큰 변화 중 하나가 전통적 규범의 서정적 양식에서 서술화 경향으로 이행하는 현상이다.[25] 사실 모든 시에는 어느 정도 서술성이 들어 있다. 아무리 시적 자아의 정서 표현이 위주인

---

23) 사고의 흐름을 이미지로 바꾸는 김수영의 시작 방법에 대해 처음으로 주목한 사람은 김현승이다. 그는 「참음은」에서 "구절과 구절의 연결이 급박하여 의미보다는 읽는 속도가 감성을 끌고 가는" 현상을 주목했다. 김현승은 "이러한 시(「참음은」)에서 의미의 관련이 없는 이미지와 이미지를 비약적으로 전개하는 슈르의 수법을 분명히 볼 수 있다. 의미의 관련을 붙잡을 수는 없으면서 이미지의 건축은 읽는 사람에게 보다 광분하고 쾌적한 느낌을 주고 있다"라고 말한다. : 노철, 앞의 책, p.83에서 재인용.
24) 노철, 위의 책, p.34.
25) 도정일, 『시인은 숲으로 가지 못한다』, 민음사, 1995, pp.144~159 참조.

시라 하더라도 어떤 정황이 설정되는 이상 이야기 요소를 가지지 않을 수 없기 때문이다. 흔히 서술성이 서정시와 대립적 관계인 것으로 생각하지만 그것은 잘못된 관점이다. 서구 시학이나 동양 시학에서 서정시 양식은 시적 자아의 주관적인 표현이라는 전통적 규범을 기반으로 삼고 있다. "자아의 세계화"나 "세계의 자아화"라는 동일성의 시학이 바로 그것인데, 그것은 시인 자신의 주관적인 감정을 전달하는 데 초점이 있다. 따라서 내밀한 정서를 효과적으로 전달하기 위한 수단으로서 운율성과 묘사적 이미지 추구에 매달리게 되었던 것이다. 그러나 근대에 이르러 서정시는 안정된 운율을 버리고 "반서정적 산문성"을 받아들여야 했다. 그것은 기존 서정시 양식으로는 현실의 역동성을 담아내는 데 한계가 있었기 때문이다. 특히 장르 해체가 본격화한 1990년대 이후 서술성은 시의 내적 구성 자질의 주요 요소로 부각되고 있다. 서술성을 비시적인 요소로 취급하고 서술시가 서정시보다 격이 낮다고 평가하는 관점은 압축과 집중 같은 정제미를 절대가치로 여겼던 전대의 규범에 근거를 두고 있다. 하지만 비동일성이 지배하고 있는 오늘날과 같은 현실에서 서술성은 새로운 가능성을 보여준다.

이야기 요소를 도입하게 되면 삶의 실감이 한층 커진다. 이야기와 생활은 유기적인 관련을 갖고 있다. 이야기에는 실제 생활 체험이 자연스럽게 우러나오기 마련이다. 김종철에 따르면 오늘날 이야기꾼이 사라지고 이야기가 소멸한 까닭과 근대적 삶의 변화는 맞물려 있다고 한다.[26] 이야기를 만들어내고 수용하기 위해서는 삶의 여유가 필요한데, 경쟁적 자본주의의 삶은 그러한 여유를 허락하지 않는다는 것이다. 그 결과 이야기가 담고 있는 삶의 경험은 정보로 대체되었다. 시에 채용

---

26) 김종철, 「이야기꾼의 소멸」, 『시적 인간과 생태적 인간』, 삼인, 2000, pp.383~389 참조.

하는 이야기는 일반 서사 장르의 내러티브가 아니라 시적 의도를 구현하기 위한 하나의 미학적 방법이다. 이런 점에서 이야기는 서술성과 서정성 사이의 긴장을 통한 새로운 미학을 만들어나갈 수 있는 가능성을 가지고 있다. 이 창작방법론에서는 일반적인 이미지 중심의 정태적인 의미구조에서 벗어나 행위와 사건 중심의 동태적인 의미구조를 적극 수용하고자 했다. 이야기가 담지하고 있는 생활의 실감과 삶의 구체적 실상을 표현함으로써 독자들의 관심과 흥미를 유발할 수 있을 것으로 기대한다. 이것은 또한 시와 산문, 서정과 서사, 시어와 비시어의 상응관계를 형성함으로써 서정시의 외연을 크게 넓히는 효과를 얻게 될 것이다. 이를 달리 말해 이미지와 서사, 응축과 이완의 상응적 언술 기법이라고 부를 수 있을 것이다.

4. 상응적 상상력의 형성 구조

상상력이란 말은 문학, 예술은 물론 철학과 과학 등 인간의 모든 정신활동과 결부되어 폭넓게 쓰이고 있다. 과학이 이성적 인식에 뿌리를 두고 있다면 예술은 상상력의 기능에 그 맥이 닿아 있다. 일반적 의미에서 상상력의 기능은 크게 두 가지로 나눌 수 있다. 현실에서 만날 수 없는 세계, 즉 지각에도 없고 기억에도 없는 새로운 세계를 구체적으로 표현하는 기능과, 감각·정서·의미 등 체험의 잡다한 요소들을 융합하게 하고 생기를 주어 창조를 가능하게 하는 기능이 그것이다. 예술 창작에서 상상력은 이 두 가지 기능을 복합적으로 작동한 상응적 상상력의 전개 방향 네 가지로 나누어 분석하고 본 논자의 작품을 실제로 들어 설명하였다.

1) 초월과 일상의 상응

한국 현대시의 해묵은 병통이 '미학적 분리주의'와 "초월의 미학"에 있다는 것은 누구나 공감하고 있는 사실이다. 이런 문제점의 해결책을 마련하기 위해서는 무엇보다 초라하고 범속한 일상 현실을 시 속으로 불러들여야 할 것이다. 하지만 산문적인 주제를 다루거나 단순히 시적인 단아함을 제거하는 것만으로는 아무런 의미를 얻을 수 없다. 조악한 현실을 도입하는 진정한 의미는 단순하고 친근한 일상의 이미지를 "숭고하고 찬란한 몽상"으로 승화시키는 일에 있기 때문이다. 세계의 은폐된 진실을 드러내기 위해서는 단순하고 친근한 이미지, 지리멸렬한 일상의 삶을 다루되, 그 속에서 우리가 미처 눈치 채지 못했던 삶의 본질을 찾아내야만 한다. 일상 속에 숨어 있는 우리의 세속적, 무의식적 욕망의 꿈틀거림을 들춰내고 그것을 언어로 표현할 때 참된 의미의 시적 진실이 드러날 수 있을 것이다. 그것이 '현실과 초월의 상응'이 지니는 진정한 가치라고 하겠다.

소줏집에서 등골 안주가 사라졌다 광우병 탓이다 광우병의 잠복기간은 5년, 올해 86세 친구 아버지 광우병 파동 뉴스 본 뒤엔 퇴근길 아들이 사 들고 오던 등골에 젓가락 일절 대지 않더라고,

또 이런 이야기; 아파트 노인정에 나가는 게 유일한 낙인 82세 장모님 며칠째 칩거하시는데 사연인즉, 말기암에 걸린 그 할마씨 점심상에서 얼굴 마주하면 도무지 밥덩이가 넘어가질 않아서,

아흔을 넘기고는 끼니마다 밥공기에서 밥 덜어낸다는 시인의 외할머

니, 며느리 볼일 보러 나간 밥상에서는 식은밥 한 공기 말끔히 비우신다
는 할머니, 같은 사람일까 다른 사람일까

아, 그랬던가 무릇 生이란
쥐면 꺼지는 봉곳한 뽕브라처럼 속이 비어서
산수국 헛꽃에 죽자고
달려드는
저 겹눈의 허기에 바닥은 없다

— 「쥐면 꺼지는 봉곳한 뽕브라처럼」 전문

이 시는 기존 서정시의 단아함을 의도적으로 거스르고 있다. "전아함의 시학"이라는 시적 전통으로부터 벗어나 범속하고 조악한 현실을 시의 제재로 적극 끌어들이고 있다. '뽕브라'와 '할마씨' 같은 비속어는 전통적인 서정시의 아어체에 대한 반발이면서 동시에 일상적인 리얼리티를 드러낸다. 이야기를 전경화 하는 수법도 압축과 절제라는 서정시의 문법을 거슬러보려는 의도에서 비롯되었다. 앞 장에서 언급한 바와 같이 시에 이야기 요소를 도입하게 되면 삶의 실감이 한층 강화된다. 이야기 속에 실제 생활의 국면이 자연스럽게 우러나오기 때문이다. 노래가 사람의 정서에 직접 호소한다면 이야기는 인식적 판단을 요구한다. 이야기를 통해 사건의 전말을 되새기며 그 의미를 따져보게 만드는 것이다. 아무리 연치가 높아도 결코 단념할 수 없는 생에 대한 애착, 일상적 현실이 숨기고 있는 삶의 비루함을 독자들이 스스로 들여다보도록 하기 위해서는 비판적 지성이 필요하다. 채워지지 않는 "겹눈의 허기", 욕망의 결핍 구조에 빠져 허우적거리는 존재가 인간이다. 자신이 살고 있는 이 세계가 자신이 만들어낸 관념의 헛간이라는

걸 깨닫지 못하고 "쥐면 꺼지는 봉곳한 뽕브라"의 환상을 쥐려고 허우적대는 어리석음과 같이, 헛것에 집착하는 인간의 우매함을 깨뜨리기 위해서는 관습적인 시 형식을 파괴해야 한다. 직유의 보조관념을 제목으로 채택하는 방법도 일종의 '낯설게 하기' 수단이라고 할 수 있다.

한여름 일요일 한낮
싱싱한 계란이 왔어요오, 굵고 싱싱한 계란이 한 판에 사암천 원! 마이크 소리 성가시게 달라붙는가 했더니, 갑자기
목소리 톤이 바뀌면서

삼식아, 삼식아! 너 삼식이 맞지!

날계란 한 판이 몽땅 깨지듯 조여드는 느낌!

— 무슨 일일까,
— 돈 떼먹고 달아난 고향 친구일까?
— 봉순이 엄마 꼬임에 넘어가 도망간 막내일까?

2.5톤 트럭 문짝 탕! 닫히는 소리, 계란 속 병아리들 일제히 눈 뜨는 소리, 더위 먹어 늘어진 전깃줄 팽팽하게 당겨지는 소리, 소금 절여놓은 배추 퍼들퍼들 살아나는 소리, 돋보기 속 흐릿한 글자 무릎뼈 한 번 더 펴는 소리

삼식아!

횃대 위에 활개치는 저 소리

십 년 묵은 녹 벗겨낸 생철 같은 저 소리

무정란 계란 같은 내 맘에 왕소금 뿌리는 저 소리

—「날계란 한 판이 몽땅 깨지듯이」 전문

'낯설게 하기'는 이 시편에서도 나타나고 있다. 형태적으로 고딕체 활자를 사용하거나, 시적 자아의 상상적 국면을 직접적인 언술로 제시하는 어법은 흔치 않은 방법이다. 1연에서 시적 자아의 느린 호흡으로 시작된 언술 형태는 2연에서 갑자기 계란장수의 "마이크 소리" 육성으로 바뀌면서 아연 활기를 띠게 된다. 이어지는 시적 자아의 상상. 짧은 순간에 숱한 연상 장면이 겹치면서 시의 국면이 팽팽하게 부풀어 오른다. 굵은 고딕체 활자가 그것을 뒷받침하고 있다. 유사한 형태의 구문이 반복 제시되어 급한 호흡의 리듬감을 형성하는 것도 이채롭다. 이러한 음률의 급격한 변화에 의해 "퍼들퍼들 살아나는" 시적 긴장이 유발되고, 그것은 곧 "무정란 계란 같은 내 맘에 왕소금 뿌리는" 시적 자아의 심리적 변화를 이끌어낸다. '선경후정'의 상투성에서 벗어나기 위해서는 언술 방법도 중요하지만 무엇보다 시의 소재를 자연에서 취하지 않고 범속한 일상에서 가져와야 한다.

이처럼 시의 제재를 지리멸렬한 일상에서 취하는 일은 그 자체로 '미학적 분리주의'와 '초월미학'이라는 한국시의 오랜 병통에서 벗어나기 위한 시도가 될 수 있다. 이는 곧 갈등과 모순의 양상을 지니고 있는 현실세계를 과장하거나 왜곡하지 않고 있는 그대로 드러내는 방법이라고 하겠다. 그것이 초월과 일상의 상응적 상상력이 지니는 궁극적 의미라고 할 수 있다.

2) 정신과 육체의 상응

몸 담론은 1990년대 이후 문학뿐만 아니라 문화와 사회 전반에 걸쳐 크게 유행하고 있는 사유 체계다. 몸 담론이 이처럼 흥성하게 된 까닭은 몸이 생물의 차원이면서 동시에 사회적이고 문화적인 다양한 코드들이 만나는 장소이기 때문이다. 사람은 몸을 통해 존재하고, 몸을 통해 세계와 관계를 맺는다. 그러므로 사람은 단순히 "몸을 가진 존재"가 아니라 "몸에 의한, 몸의 존재"라고 할 수 있다. 일반적으로 몸은 육체와 동의어로 쓰인다. 그러나 엄밀하게 따지자면 육체와 몸은 뉘앙스에 미묘한 차이가 있다. 오형엽에 따르면 몸은 정신과 분리된 육체로는 다 담을 수 없는 부분이 있으며, 육체가 '물화(物化)'의 차원에 있다면 몸은 의식이 개입한 "육화된 의식"이라는 차원에 있다. 기실 몸은 근본적으로 통합적인 성격을 지닌다. 몸이란 "의식과 대상, 정신과 육체, 사유와 감각, 주관과 객관, 능동성과 수동성, 내용과 형식 등을 구분하는 이성적 인식 이전에 존재하는 근원적인 영역을 의미"하기 때문이다.[27] 진정한 예술이 빚어내는 감동은 "몸에 의한, 몸의 발견"에서 나온다. 이성을 토대로 만들어낸 "가공된 것"이 아니라 있는 그대로의 '날것'을 취해야만 쉽게 공감이 생긴다. 우리는 대개 감각보다 관념을 통해 세상을 받아들이는 경우가 많다. 하지만 "참된 생각의 집은 머리가 아니라 몸이다."[28] 이런 점에서 시의 언어는 몸의 언어가 되어야 한다.

---

27) 오형엽, 『신체와 문체』, 문학과지성사, 2001. p.6.
28) 이성복, 「행복한 글쓰기」, 『예술의 거울』, 강의노트, 2006, p.262.

혼자 쓰는 작업실

생수 담는 피티병에 오줌을 누기도 하는데,

오줌 누러 갈 때 보는 수수꽃다리 꽃구름도 좋고 오줌 누며 보는 옷고
름 풀어헤친 구름꽃도 가끔 좋지만

뿌리내린 의자처럼 만사 귀찮고 다 귀찮을 때는

앉은자리에서 그냥 오줌을 눈다

오늘 문득 오줌을 담아 놓은 묵은 피티병 들여다보니

허옇게 곰팡이꽃이 피어 있다

어라, 내 몸이 꽃을 피웠구나

내 몸에서 빠져나온 꽃향기 깊이 들이쉬니 암향(暗香)이 그윽하게 향
그럽다

나 죽어 땅에 묻히면 이 흰 꽃들 먼저 찾아와

아득히 내 몸을 덮어주리라

—「오줌꽃」전문

오줌은 더러운 물질이라고 한다. 하지만 오줌은 95% 이상이 물로서
"붉은피톨이 없는 피"라고 할 수 있다. 오줌이든 가래침이든 몸에서 떠
날 때 더럽지 제 몸에 있을 때는 더러운 줄 모른다. 기실 오줌은 푸성
귀 따위를 키우는 생명의 원천이 되기도 한다. 이렇게 본다면 '오줌'에
대한 부정적인 인식이 말끔히 걷힌다. 따라서 '오줌'에 핀 '꽃'에 코 갖
다 대고 그윽한 '암향'을 들이마셔도 하등 이상할 게 없다. 묵은 오줌

위에 허옇게 피는 '곰팡이'는 왜 꽃이 아니겠는가. 사람이 '죽어 땅에 묻히면' 제 먼저 알고 찾아오는 게 '곰팡이꽃'이다. '내 몸이 피운 꽃' 이 '오줌꽃'이다. 이 '오줌꽃'은 삶과 죽음의 경계를 뛰어넘는다. 이것 은 또한 정신과 육체 사이를 가로지른다. 관념의 영역에 머물러 있던 죽음을 육체의 차원으로 가까이 당겨 보여주는 것이다. 관념을 담는 그릇이 육체지만, 육체 또한 관념에 의해 직접적으로 영향을 받는다. 그것은 우리가 언어라는 상징체계에 갇혀 있기 때문이다. 구조주의 관 점에 따르면, 언어의 구조가 인간의 의식을 지배한다. 의식은 언어가 무의식을 불러낼 때 비로소 형성되기 때문이다. 무의식에서 올라오는 언어는 강력한 에너지를 내장하고 있다. 이 작품의 핵심은 마지막 연 2 행의 반전에 있다. "오줌/몸"이 피워낸 '곰팡이꽃'이 "나 죽어 땅에 묻 히면" 먼저 찾아오리라는 생각이 그것이다. 그것은 당연한 상식인데도 미처 생각하지 못했던 사실이다. 자신의 몸에 필 곰팡이를 떠올리기란 쉬운 일이 아니다. 자신을 객관화해서 볼 수 있게 만든 것은 "어라, 내 몸이 꽃을 피웠구나"란 발견 때문이다. '내 몸'이 피운 '꽃'이 환기하는 죽음의식, 정신과 육체가 만난 장소에 피어오른 꽃이 '오줌꽃'이다. 덧 붙이자면 '오줌'에 핀 '곰팡이'를 내 몸이 피운 '꽃'으로 인식하는 태도 에는 자기연민의 감정이 묻어 있다. 정서적 공감은 거기에서 묻어나온 다. 여기에 "—구나", "—주리라"와 같은 정감어린 어조를 구사하여 효과를 더하고 있다.

　옛 애인에게서 전화가 왔다 보험 하나 들어 달라고— 성대도 늙는가,
　굵고 탁한 목소리 십 년 전 이사을 때 뭉쳐놓았던 고무호스, 벌어진 채 구
　멍 오므라들지 않던 호스가 떠올랐다

오후에 돋보기 맞추러 갔다가 들은 이야기; 흰 모시 치마저고리만 고집하던 노마님이 사돈집에 갔다가 아래쪽이 조여지지 않아 마루에 선 채로 그만 실례를 하셨다고—

휴지 가지러 간 사이에 식어버린 몸, 애걸복걸 제 몸에 사정하는 딱한 사연도 있다 조이고 싶어도 조일 수 없는 불수의근(不隨意筋), 늙음이다. 몸 조여지지 않는데도 마음 사그라지지 않는 난감함,

늙음이다 시니피앙과 시니피에가 실은 남남이듯 몸과 마음 하나가 아니라 둘이라는 깨달음, 찬물에 발바닥 적시듯 제 스스로 느끼기 전엔 도무지 알 수 없는 사실, 그것이 늙음이다

— 「돋보기 맞추러 갔다가」 전문

이 시는 세 가지 에피소드를 통해 몸과 마음의 연관성을 탐색하고 있다. 세 가지 에피소드를 하나로 묶는 것은 '구멍' 이미지이다. 사람의 구멍에는 성대와 항문, 요도 외에 눈, 코, 귀도 있다. '구멍'은 오래되면 늙거나 낡아서 제 기능을 발휘하지 못한다. 이 시에는 늙는다는 것은 곧 낡아가는 것이라는 인식이 내포되어 있다. '늙음'이 '낡음'으로 물화(物化)되어 나타나고 있는 것이다. 이 같은 자본주의 이데올로기에 사로잡혀 있는 한 '늙음'은 스스로 비루한 삶의 굴레에서 헤어날 수가 없다. 그래서 오랜만에 걸려온 '옛 애인'의 전화 목소리에도 하필이면 "벌어진 채 구멍 오므라들지 않던 호스"를 연상하고, '흰 모시' 옷을 고집하던 정갈한 '노마님'이 "마루에 선 채로 그만 실례를 하"시거나, 음담 수준의 "휴지 가지러 간 사이에 식어버린 몸"만 떠올리게 되는 것이다. 이 냉소적인 시각은 세속적인 욕망에 사로잡혀 있는 우리의 일

그려진 자화상이라고 할 수 있다. 이러한 비판적 사유를 깔고 있기 때문에 묘사의 압축미에 기대는 대신 이야기 형태의 서술구조를 취하고 있다. 이야기를 통해 독자들의 자발적인 판단을 유도코자 한 것이다. 산문적인 전언의 느슨함을 피하기 위해 '불수의근(不隨意筋)'과 같은 생물학 용어를 차용하여 일종의 변이 형태를 만들어내고, "오후에 돈 보기 맞추러 갔다가 들은 이야기;"처럼 부호를 이용하여 산문성을 강화한다. 특히 일반적인 시행 처리 방법을 무시하고 3연과 4연의 의미 단락을 폭력적으로 구분하는 방식은 일종의 "행간 걸침" 효과를 통해 의미의 강세를 이루어낸다. 3연의 '난감함'이 4연의 "늙음이다"로 건너뜀으로써 시행의 의미를 긴밀하게 결속하는 효과를 얻고 있다.

몸담론에서 육체를 전면에 내세우는 것은 그동안 육체가 정신에 비해 상대적으로 소외되어 왔기 때문이지, 이성을 전면 부정하고자 하는 것은 아니다. 이것은 또 다른 의미의 왜곡이 되고 말 것이다. "정신과 육체의 상응"이 추구하는 상상력의 궁극적인 목표는 어느 한쪽을 강조하는 데 있는 것이 아니라 몸을 통해 이성과 감성, 사유와 감각의 통합을 이루려는 데 있다고 할 수 있다.

3) 의식과 무의식의 상응

한 편의 시를 짓는 데는 두 차례의 시적 상상력이 발현된다. 시적 영감으로, 곧 상상력의 일차적 발현이다. 뒤이어 지금의 장면과 과거 체험을 결합하여 통일하려는 정신적인 움직임이 나타나는데, 이것이 상상력의 이차적 진행이다. 첫째 상상력의 발현이 직관에 가깝다면, 둘째 과정은 감각과 체험을 결합하여 창조적 통일성으로 구성하는 지적 상상력에 가깝다. 한 편의 작품은 이런 영감과 지적 상상력의 활동에 따라 나타나는 복합적인 구성체라고 할 수 있다. 이런 글을 달리 말해 "직관적 글쓰기"라고 할 수 있다. 직관적 글쓰기는 무의식적 자유 연상에서 나온다. 창조 단계의 무의식적 혼란스러움은 둘째 단계에서 이성적 의식이 개입하면서 빼고 넣고 다듬고 재배열하게 된다. 이를 통해 작품의 일관성을 확보하고 설득력을 높일 수 있다. 이러한 두 단계의 창작 과정이 곧 "무의식과 의식의 상응"이다.

은행 따위, 호두 따위 견과류는 과육이 없다 과육이 없으니 깎아먹을 수가 없다 그렇다고 호두알을 빨아먹는 바보는 없을 터, 먹을 수 없는 호두 두 알을 손아귀에 쥐고 만지작만지작

혀 갖다대 한 번 핥아본다

입 안에 집어넣어 한 번 굴려본다

뭔가 좀 찜찜하다, 한번은 이런 일이 있었다:

어느 한여름 오후 만원버스 안에서 어떤 허름한 사내가 등 뒤에 바짝 붙어서 내 목덜미에 더운 김을 내뿜고 있었던 것

지금 그 사내의 호두알을 빨았다는 느낌!

정말 궁금한 일은 남자들이 그것을 빨아본 경험이 있을까 하는 것, 자기 것을 자기가 빠는 일은 결단코 있을 수 없지만 남자가 다른 남자의 것을 빨 수 있다는 걸 왜 나는 몰랐을까?

라고, 써놓고 다시 보니 가슴이 쿵쾅거린다

귓불이 홧홧 달아오른다

아내가 이 시를 읽는다면? 아이들과 아우와 장모님이 이 시를 읽는다면?

오물 묻은 입 헹구고 정좌하고 들여다보니

보인다, 호두 두 알 쥐고 손사래치며 물러서는 한 사내, 고무장갑 낀 줄

도 모르고 젖꼭지를 애무하는 어떤 좀팽이 서정시인이―,

―「호두 두 알」 전문

　이 시는 호두와 고환의 유비(類比)에서 발상이 나왔다. 크기와 형태가 닮았고, 주름과 색깔이 닮았다. 도입부에서 해학을 가미한 말놀음이 시상을 이끌어낸다. "호두 두 알을 손아귀에 쥐고 만지작만지작" 하듯 언어를 만지고 노는 모습을 보여준다. 이런 과정은 내부의 검열자를 제거하는 작업이다. 이 단계에서 "무엇을 쓸 것인가"는 필요치 않다. 그래서 하나의 이미지만 붙들고 자유 연상을 펼쳐놓는다. 1행이 길어지는 것은 이러한 연상 과정을 보여주기 위한 장치라고 할 수 있다. 자유연상을 펼쳐놓으면 무의식적 리비도가 따라붙게 마련이다. 프로이드에 따르면, 리비도는 대개 성적 에너지와 연관되어 있다. 리비도의 충동을 따라 자유연상을 펼친 결과, 기억 속에 잠재해 있던 어떤 장면이 의식의 통제를 뚫고 올라온다. 그것은 우선 "내 목덜미에 더운 김을 내뿜"는 감각적 체험으로 다가온다. 시의 체험은 구체적인 심상을 통해 이루어진다. 그 결과 "호두 두 알 쥐고 손사래치며 물러서"서 누구나 납득할 수 있는 수준으로 시의 의미를 마무리한다. 그것은 동성애와는 아무 상관이 없는 시적 진정성의 문제이다. 이러한 일련의 과정에 비판적 자아가 간여하고 있음을 보게 된다. 이 시가 나름대로 통일성을 유지하고 설득력을 가질 수 있는 것은 퇴고 과정인 이차 작업이 제대로 수행되었기 때문이다.

　사람들 붐비는 서울역 광장
　양복 입은 사람 몇, 불볕 아래 확성기 볼륨을 최대한 올리고 찬송가를
부르고 있다 숨쉬기에도 벅찬 팔월 염천 짜증스런 눈길 아랑곳하지 않고

복음을 노래하고 있다

　만질 수 없는 복음을 물상으로 바꾼다면
　꽃이 아닐까

　노래처럼 꽃을 늘 머리에 꽂는 여자가 있었다 '동지 섣달 꽃 본 듯이 날 좀' 봐 달라는 뜻이었을까

　꽃을 꽂은 아름다운 그녀
　한 번도 찡그리는 걸 본 적이 없다 꽃을 꽂는 마음 곱기만 한데 막다른 골목길에서 맞닥뜨리는 그녀를 사람들은 왜 섬뜩해하는 걸까

　억머구리 울음주머니 같은 기도소리
　거친 발자국 지나간 시골 부흥회 담벼락에 달맞이꽃이 환히 피고, 동네 조무래기들이 들춰낸 그 여자 감춘 희디 흰 몸에 핀
　새카만 꽃 한 송이
　복음도 피해간 멀쩡한 몸꽃 한 송이였다

― 「꽃을 꽂는 여자」 전문

　사물은 그것이 놓이는 시공간의 맥락에 따라 전혀 다른 의미를 띤다. 모델이 패션쇼에서 머리에 꽃을 ꂷ는 것은 하등 이상한 일이 아니지만, 평범한 주부가 백화점 슈퍼마켓에 붉은 꽃을 ꂷ고 나타났다면 어떻게 될까. 단박에 미친 사람으로 취급받을 것이다. 기호학에 따르면 커뮤니케이션 모형에서 핵심적 요소는 상황과 코드이다. 귀로드 (Guiralud)는 코드란 "기호를 위한 명료한 사회적 관습의 체계"[29]라고

말한다. 사회적 코드에 의해 한 사회의 문화적 교양은 성립한다. 따라서 백화점에 가면서 머리에 꽃을 꽂는 것은 사회적 코드를 위반하는 행위가 된다. 그런데 한국사회에서는 다 같이 사회적 코드를 위반한다 하더라도 사안에 따라 허용 범위가 달라진다. 종교와 관련해서는 비교적 폭넓게 이해되는 것 같으나 성적 정체성의 영역이나 정신병리 영역에서는 엄격한 잣대를 들이대는 것이다. 2005년에 개봉한 〈웰컴 투 동막골〉이라는 영화에서는 사이코시스트를 "꽃을 꽂은 여자"라고 지칭하고 있다. 얼핏 생각하면 "꽃을 꽂는" 아름다운 마음이 왜 광녀가 되는지 납득되지 않는다. 눈, 코, 입과 팔다리까지 육체적으로는 전혀 하자가 없는데, 어째서 "사람들은 왜 섬뜩해하는 걸까." 이 시는 "꽃을 꽂는 여자"라는 말이 갖고 있는 표층적 의미와 내포적 의미가 충돌하고 있는 지점에서 빚어지고 있다. 그러나 이 시를 단순한 진술 차원에서 벗어나게 만드는 것은 마지막 5연의 반전이다. 4연까지 장면 묘사와 시적 자아의 진술이 이어지다가 5연에서는 갑자기 충격적인 장면을 제시한다. 시골 "동네 조무래기들이" 장난삼아 겹겹으로 입은 속옷을 벗겨냈을 때 드러난 시커먼 음모. "그 여자 희디 흰 몸에 핀/새카만 꽃 한 송이"에서 "멀쩡한 몸꽃 한 송이"로 이어지는 연상은 매우 이질적인 장면이다. 이 시에서 가장 에너지가 넘치는 부분이다. 이러한 돌연한 이미지는 대개 무의식적 글쓰기에 의해 이루어진다. 비판적 자아가 활동하는 각성 상태에서는 "즉흥적인 것, 줄곧 뜻밖인 글, 놀라운 것"이 올라오지 않는다. 결말이 미리 정해진 글에서도 "창조의 의외성"이 생성되지 않는다. 그러므로 바람직한 글쓰기에서는 무의식과 의식의 조응이 중요하게 작용한다.

---

29) 김경용, 『기호학이란 무엇인가』, 민음사, 1994, pp.103~104. 재인용.

4) 현실과 환상의 상응

환상의 문제는 21세기에 들어와 문학을 비롯하여 철학, 심리학 등 문화 전반에 걸쳐 폭넓게 논의가 이루어지고 있다. 포스트모더니즘의 해체이론 도입과 IT산업 발달에 따른 사이버스페이스의 확산은 현실과 비현실의 경계를 점차 지워나가고 있다. 이러한 문학 환경 때문에 환상에 대한 논의는 앞으로도 더욱 무성해질 것으로 보인다. 문학과 관련을 맺고 있는 환상의 개념을 파악하기 위해서는 정신분석 이론과 문학 이론을 따로 살펴야 한다. 프로이드에 따르면 모든 문학 작품은 작가 개인의 소원 충족에서 탄생한다. 문학 작품은 꿈, 환상과 마찬가지로 욕망 타협의 결과물로 나타나며, 그 근원에는 무의식적 소원 충족이 내재한다는 것이다.[30] 앞서 설명한 바와 같이 로렌스(Lawrence, David Herbert)의 시학은 강력한 종교적 신비주의에 바탕을 두고 있다. 그는 무의식 상태에서 만물과 교감할 수 있다고 주장했다. 그 무의식은 "어떤 지성 이전"의 상태이자 모든 유기체 속에서 자연적으로 발생하는 생명 동인이라고 할 수 있다. 그것은 근대 이후 분열된 "자아와 자아가 하나로 통합되는 공감 체계"[31]이다. 이러한 공감 체계는 닫힌 리얼리즘의 외적 현실에서 벗어나 창조적 상상력으로 새로운 현실을 만들어냄으로써 가능케 된다. "현실과 환상의 상응"은 이처럼 현실에 굳건히 뿌리를 내린 채 새로운 현실을 창조하는 상상력이다. 그런 가운데 인간과 자연의 교감, 영혼과 영혼의 교류, 꿈과 현실의 경계 지우기가 이루어질 수 있을 것이다. 이것은 그 자체로 물신화한 속악한 현실을 비판할 수 있는 미적 기능을 수행한다고 하겠다.

---

30) S. Freud, 정장진 역, 「작가와 몽상」, 『예술, 문학, 정신분석』, 열린책들, 2004, p.154.
31) 이광운, 「로렌스 시의 상응적 상상력」, 《영미어문학》 제75호, 한국영미어문학회, 2006, p.26.

경주 남산 달밤에 가오리들이 날아다닌다
아닌 밤중에 웬 가오리라니

뒤틀리고 꼬여 자라는 것이 남산 소나무들이어서
그 나무들 무릎뼈 펴 둥싯, 만월이다

그럴 즈음은 잡티 하나 없는 고요의 대낮이 되어서는 꽃, 새, 바위의 내
부가 훤히 다 들여다보이고 당신은 고요히 자신의 바닥으로 가라앉을 것
이다
그때 귀 먹먹하고 숨 갑갑하다면 남산 일대가
바다로 바뀐 탓일 게다

항아리에 차오르는 달빛이 봉우리까지 담겨들면
산꼭대기에 납작 엎드려 있던 삼층석탑 옥개석이 주욱, 지느러미 펼치
면서 저런, 저런 소리치며 등짝 검은 가오리 솟구친다
무겁게 어둠 눌러덮은 오랜 자국이 저 희디흰 배때기여서
그 빛은 참 아뜩한 기쁨이 아닐 수 없겠다

달밤에 천 마리 가오리들이 날아다닌다

골짜기마다 코 떨어지고 목 사라진 돌부처
앉음새 고쳐앉은 몸에
금강소나무 같은 굵은 팔뚝이 툭, 툭 불거진다

—「가오리 날아오르다」 전문

이 시편은 환상을 통해 현실이 확장되는 국면을 보여준다. 1행부터 "달밤에 가오리들이 날아다니는" 환상적인 장면을 보여줌으로써 독자의 호기심을 강하게 자극한다. '경주 남산'과 '가오리'의 거리는 "참 아뜩"하다. 전혀 이질적인 대상을 폭력적으로 결합시키는 것은 현실과 비현실의 경계를 지우고 황홀한 우주율의 환상 공간을 그려내겠다는 의도를 숨기고 있다. 현실과 환상의 경계를 뛰어넘을 수 있는 것은 '달밤'이라는 몽상적인 시간대가 있기 때문이다. 요철이 분명한 모노크롬의 세계에는 우주의 비의(秘意)가 깃들 수가 없다. 신화와 설화가 숨쉬는 공간, 달밤에 일어나는 일들은 인간의 인식 범위를 벗어난다. 보름날 환한 달빛 속 떠오르는 남산은 그 자체로 하나의 신비로운 우주적 교감의 장이다. 달빛은 보송보송한 은모래가 되어 계곡에 넘쳐나고, "뒤틀리고 꼬여 자라"던 소나무들도 '무릎뼈'를 편다. 그런 순간에는 "새, 꽃, 바위의 내부가 훤히 다 들여다보이고" 우주 만물이 복화술로 나누는 대화까지도 들을 수 있다. 그럴 때 천년 석탑이라고 어디 고정된 외피를 고집하겠는가. 만고풍상에 시달리던 "삼층석탑 옥개석"은 "등짝 검은 가오리"가 되어 날아다니고, "골짜기마다 코 떨어지고 목 사라진 돌부처"의 몸에는 "금강소나무 같은 굵은 팔뚝이 툭, 툭 불거"질 수밖에 없을 터. 이때 신라 천년의 경주 남산은 현실의 외피를 벗고 삼국유사의 신화가 숨 쉬는 눈부신 초월의 공간이 되는 것이다.

　　동해 영일만(迎日灣)은 불씨를 안은 아궁이
　　그 중에서도 내밀한 곳은 일월(日月) 품고 있는 칠포 포구인데
　　그 물굽이, 이름 그대로 하루씩의 햇덩이를 맞이하는 초례청이어서 수
　수억년 파도와 바람이 애무한 둥그스름 구릉은
　　애솔조차 없는 밋밋한 억새 언덕

가느스름 실눈에 들어오는 실루엣이 틀림없는 여근곡(女根谷)이다

이끼류 습기 늘 축축한 계곡

구릉 갈라지는 옴팍한 치골에 하필이면 누가 기호를 새겨놓았나

쪼그리고 앉아 더듬더듬 만져보니

어라, 화살 박힌 방패 그림

화살촉이 뚫고 들어갔는데 나온 흔적은 없으니 이를 데 없는 모순, 청동빛 근육의 떨림이 손바닥에 아득히 전해오고

화살이 박혀드는 그 순간

땅에는 뱀이 울고 바다에는 고래가 춤을 추어

알곡 쏟아지는 모습처럼 대낮에

북두칠성이 쏟아져 내리고 캄캄 천길 어둠 속 불덩이 뜨겁게 끓어올랐겠다

밀고 당기는 일월이여

아궁이 숨 불어넣는 풀무질이여

은비늘 멸치 떼 안겨드는 봄바다 사타구니 그곳을 나도 모르게 불끈, 움켜쥐느니

— 「일월(日月) — 칠포리 암각화」 전문

경북 영일군은 삼국유사에 나오는 '연오랑 세오녀'의 전설이 있는 고장이다. '영일(迎日)'이라는 명칭이 말해주듯 이 지역은 해와 관련된 전설과 민담이 많이 분포되어 있다. 그 중에서도 칠포리에 있는 암각화는 우리의 관심을 끌기에 충분하다. 바다와 육지가 만나는 야트막한 구릉지대에 있는 암각화는 두 점인데, 거기에는 방패와 별자리가 그려져 있다. 청동기 시대에 그린 것이라고 추정되는 방패 그림은 풍요와 다산을 기원하는 뜻이 내포되어 있다. 방패는 여성의 생식기를 뜻하는

데, 거기에 화살이 꽂혀 있으니 곧 성행위를 상징하는 셈이다. 관심을 끄는 것은 그 그림을 새긴 바위의 위치가 함의하고 있는 상징성이다. 여체를 닮은 굴곡 많은 구릉 한가운데 실개천이 흐르는데, 거기에 사람의 음핵처럼 생긴 바위가 두두룩하게 솟아 있는 것이다. 하필이면 왜 그곳에 방패와 화살을 새겼을까. 문화인류학에서는 어로와 농경의 풍성한 수확을 기원하는 뜻이라고 해석할 것이다. 하지만 그것은 협소한 시각이라고 할 수밖에 없다. 청동기 시대라고 해서 어찌 우주의 비의를 눈치챈 사람이 없었으랴. 서정시 규준의 자기동일성 문맥으로 읽자면 하늘과 땅, 바다와 육지가 몸을 열고 교섭하는 광경이 아닐까. 또한 눈길을 끄는 것은 별자리를 새긴 암각화다. 북두칠성을 비롯한 밤하늘의 형상을 옮겨놓은 이 그림은 수천 년 시공을 건너뛰어 전설과 신화가 우리 곁에 있다는 사실을 일깨워준다.

5. 결론

이 연구는 시 작품과 그 창작 원리인 상응적 상상력의 시적 의미를 검토하고 있다. 주지하다시피 문학의 양대 축은 현실과 미학이다. 시대감각을 지니는 일과 시를 시답게 쓰는 일은 동전의 양면과 같다. 진실이 담보된 긴장감 넘치는 시편은 현실과 미학이 서로 배척하지 않고 조화를 이룬다. 하지만 한국현대시사에서 양자가 조화를 이룬 시편은 그다지 많지 않다. 이러한 문제점을 해결하려면 문제의 근본 원인을 밝히고 새로운 창작방법론을 끊임없이 탐구해야 한다. 상응적 상상력은 이 문제를 해결하는 실마리를 제공한다. 상응적 상상력은 이원론의 양극을 팽팽하게 맞세우면서 변증법적으로 융합을 이루어내는 창작방법론의 핵심이기 때문이다.

1990년대 이후 한국시는 전환기를 맞이하고 있다. 자아동일성이라는 전통 서정시의 세계관을 부정하고, 압축과 집중이라는 미적 형식을 해체하는 경향이 강하였다. 현실과 환상이 넘나들고 서사성이 주요한 구성 원리로 부각되기도 한다. 이러한 전환기에 현실과 미학, 내용과 형식이 상응하는 중층적인 미학 체계를 모색하는 것은 뜻있는 일이라고 본다. 나아가 이 상응적 상상력의 창작방법론이 '감정 일원주의'와 '미학적 분리주의' 같은 한국시의 묵은 병통을 해소하는 데 보탬이 될 수 있을 것으로 기대해본다. 그러나, 상응적 상상력으로 이 논문에 실은 모든 작품의 미학적 구조를 온전히 해명하기는 어려울 것이다. 그것은 창작과 이론의 딜레마에서 비롯한다. 앞 장에서 언급한 바와 같이, 절대적인 시작 방법이 먼저 있고 그 이론에 맞춰 창작을 하는 경우는 드물다. 시작 방법은 오히려 작품을 창작하는 과정에서 자연스레 형성된다. 다시 말해, 창작방법론은 논증하거나 추론할 수 있는 범위를 벗어나 있다. 따라서 이 논문은 창작방법론의 보편적인 측면을 내포하고 있지만, 일정 부분은 개인의 특수한 사례로 적용할 수밖에 없는 한계를 지닌다고 하겠다.

참고문헌

한계전 외, 『한국 현대 시론사 연구』, 문학과 지성사, 1998.

권오만, 「김수영 시의 기법론」, 《한양어문 연구》, 1996.

김경용, 『기호학이란 무엇인가』, 민음사, 1994.

김붕구, 『보들레에르』, 문학과 지성사, 1977.

김종철, 『시적 인간과 생태적 인간』, 삼인, 2000.

김학동, 「서정주의 시에 미친 보들레르의 영향」, 박철희 편, 『서정주』, 서강대학교출판
부, 1998.

노 철, 『한국현대시 창작방법 연구』, 월인, 2001.

도정일, 『시인은 숲으로 가지 못한다』, 민음사, 1995.

박용한, 「입말/글말 텍스트의 스타일 연속체 연구」, 《한민족어문학》 제45집, 2004.

신동엽, 『신동엽 전집』, 창작과 비평사, 2002.

엄성원, 「화해와 순응의 시학」, 김학동 외, 『서정주 연구』, 새문사, 2005.

오형엽, 『신체와 문체』, 문학과 지성사, 2001.

유성호, 『침묵의 파문』, 창작과 비평사, 2002.

유종호, 『다시 읽는 한국시인』, 문학동네, 2002.

유평근, 『상징주의 문학론』, 민음사, 1982.

이광운, 「로렌스 시의 상응적 상상력」, 《영미어문학》 제75호, 한국영미어문학회, 2006.

이성복, 『나는 왜 비에 젖은 석류 꽃잎에 대해 아무 말도 못 했는가』, 문학동네, 2001.

_____, 『예술의 거울』, 강의 노트, 2006.

최현식, 『시를 넘어가는 시의 즐거움』, 창작과 비평사, 2005.

Tristine Rainer, 장호정 역, 『창조적인 삶을 위한 명상의 일기언어』, 고려원, 1991.

Natalie Goldberg, 권진욱 역, 『뼛속까지 내려가서 써라』, 한문화, 2000.

Roberta Jean Bryant, 승영조 역, 『누구나 글을 잘 쓸 수 있다』, 예담, 2004.

S. Freud, 정장진 역, 『예술, 문학, 정신분석』, 열린책들, 2004.

Sandor Marai, 김인순 역, 『하늘과 땅』, 솔, 2003.

불교적 상상력과 창작의 실제

김기리
(시인, 아동문학가)

1. 일여(一如)의 길

가끔 사찰의 일주문을 들어서다 보면 "입차문래 막존지해(入此門來莫存智解)"라는 문구를 볼 수 있다. "이 문을 들어서면 분별해 알려고 들지 말라"는 뜻으로 세간과 출세간의 경계가 다르다는 것을 알리고 있는 경구이다. 다른 말로 바꾸어 받아들이면 일주문을 들어서는 순간 분별 혹은 경계는 없다는 뜻으로도 이해할 수 있다. 물론 이런 문구는 모든 사찰 일주문에서 다 볼 수 있는 것이 아니라 선종을 표방하는 사찰에서나 볼 수 있다.

눈발이 날리자
순식간에 길들이 몸을 숨긴다
길 위에서 길을 찾아

두리번거리는 또 하나의 낡은 길

굵어진 눈발은 다시 길을 만들고 있다

흩어지는 길에서 다른 길이 흩어지고

또 다른 길을 따라가다가

멈춰선 자리, 그 길 위

길은 지워지고 다시 만들어지지만

본래 그 길임을

길을 잃고 나서야 안다

순간, 환해지는 세상!

—「경계」전문

  이 시에서는 존재하는 것들 사이의 경계 없음에 대해 이야기하고자
했다. '경계'는 '분별'을 만든다. '분별'은 "이것과 저것"을 나누어 비
교하고 대조하는 이성적 사유행위의 결과이다. 그것은 근본적으로 이
것과 저것이 다르다는 차이를 전제로 하는 이원론적 세계인식에 바탕
을 두고 있다. 사랑과 미움, 긍정과 부정은 본질적으로 인간의 마음작
용에 지나지 않는다. 만법을 조종하는 마음작용으로부터 자유롭기 위
해서는 무엇보다 참된 나의 발견이 요구된다. 참된 나를 발견하는 것,
즉 정각이야말로 불교의 목표이기도 하다. 도덕적 문제에 대한 선악의
구별, 객관적 사실에 대한 진위의 구분 등은 이원론적 선이 악보다 우
월하다는 가치 판단적인 사고가 밑바탕에 깔려 있다. 이런 가치 판단
적 사고는 인간과 신, 인간과 자연을 구분하는 데서도 마찬가지로 작
용되고 있다.

  과거 서구의 중세에서는 신 중심으로 사고하며 인간과 자연을 소외
시켜왔다. 그런 이후 르네상스를 거쳐 근대에 이르면서 인간 중심으로

사고하며 자연과 신을 소외시켜오고 있다. 인간 중심적 사고는 인간의 욕망을 극대화하는 과정에 자연을 정복과 지배의 도구로 받아들여 왔는데, 그 과정에서 인간의 이성이 도구적으로 사용되어왔다는 것은 익히 주지하는 바이다. 오늘날 세계적으로 문제가 되고 있는 생태적 위기도 인간중심주의에서 비롯되었다는 것에는 별다른 이견이 없다.

그러나 동양적 사고, 특히 불교의 선종에서는 인간중심주의를 용납하지 않는다. 불교에서는 근본적으로 이것과 저것이 다르며, 이것이 저것보다는 우월하다는 차이와 분별을 인정하지 않는다. 도대체 인간이 길가 풀이나 떠돌이 개보다 낫다는 객관적 근거가 어디 있으며, 그것을 어떻게 증명해 보일 수 있을 것인가. 인간과 풀이나 개는 그저 이우주 삼라만상을 이루는 다양한 개체 중의 한 존재일 따름이다. 따라서 서로 잘나고 못난 것을 따지는 일 자체가 부질없는 노릇이 아닐 수 없다. 인간의 오만한 생각으로는 자신을 만물의 영장이라 자부할 수도 있지만, 보기에 따라서는 인간이야말로 지구 생태계를 위협하는 가장 무서운 바이러스일 수도 있다.

불교적 세계관에서는 '주체'와 '타자'를 구분하여 생각하는 서구적 사유 태도와는 달리 '자아'와 '세계'의 관계를 연기의 개념으로 인식하고 있다. 우주 삼라만상의 존재나 본성이 연기의 법칙에 의해 이루어진다고 이해하는 것은 이 세상 모든 것들이 수많은 조건의 상호결합에 의해 이루어진다는 상호의존적 개념을 세계관적 원리로 받아들이고 있다는 것을 뜻한다. 눈발이 날리자 순식간에 길들은 몸을 숨긴다.

위의 시에서 나는 사라진 길 위에서 또 다른 길을 찾고자 한다. 눈발은 점점 거세지고 사라진 길들은 또 다른 길들을 만들고 그 길들은 다시 지워진다. 그리고 다시 길은 만들어진다. 이러한 이치를 깨달은 내가 눈이 내리는 길 위에서 길을 잃고도 세상이 환해지는 것을 느끼고 있는 것이 위의 시이다.

> 함부로 뱉은 말
> 함부로 들은 말
> 함부로 본 것들로
> 토막난 마음 주워 들고
> 일주문 들어서며 합장한다
>
> 처마 밑 나무 물고기
> 둥근 바람 만들며
> 마음 내려놓으라고 속삭인다
> 그때, 묵은 나뭇가지
> 내게로 길게 몸 뻗는다
> 삭정이뿐인 내 몸에
> 팽글팽글 푸른 잎들 돋는다

—「상생(相生)」전문

이 시에서 화자인 나는 "토막난 마음을 주워들고" 산사에 오른다. "함부로 뱉은 말"과 "함부로 들은 말", 그리고 "함부로 본 것들로"인해 나의 마음은 상처받고 토막이 난다. "일주문에 들어" 합장을 하니 "처마 밑 나무 물고기"가 "둥근 바람을 만들며/마음을 내려놓으라고 속삭"이고 있다.

여기서 일주문은 앞에서 살펴본 바와 같은 "경계 없음"을 상징하고자 했다. 그리고 "나무 물고기", "묵은 나뭇가지" 등은 죽어 가는 것들을 상징하려고 했다. 그러나 그것들은 '둥근 바람'이 불자 다시 나를 통해 푸른 잎을 틔운다. '팽글팽글' 아주 역동적으로 잎사귀를 터뜨린다. 더욱 놀라운 것은 푸른 잎을 틔우는 '내 몸'이 이미 죽어버린 '삭정이'라는 점이다. 그렇다면 푸른 잎을 틔우는 존재는 "마른 물고기"인가, 아니면 "묵은 나뭇가지"인가, 그도 아니면 "삭정이뿐인 내 몸"인가. 푸른 잎을 가진 것은 "마른 물고기"인가, 아니면 "묵은 나뭇가지"인가, 그도 아니면 삭정이뿐인 '내 몸'인가. 나로서는 그런 분별은 없다는 것을 드러내고자 한 것이다.

> 타향살이하는 자신 위해
> 가난한 등불 하나 켜 들고
>
> 밤늦도록 서성이다가
> 가파른 길, 손잡고 내려가는
> 노부부의 뒷모습,
> 마음 속 등 하나
> 곱게 밝히고 싶다
>
> 거센 바람에도 꺼지지 않는
> 불, 오래도록 밝히고 싶다
>
> ―「초파일 연등」 전문

위의 시는 연등설화를 바탕으로 쓴 시이다. 잘 알려진 바와 같이 연등설화는 한 가난한 여인이 부처님께 꺼지지 않는 등불을 공양했다는 이야기를 바탕으로 하고 있다.[1]

내 가족, 내 자식, 내 한 몸의 이기적 발복을 위해 등을 밝힐 것이 아니라 『현우경(賢愚經)』에 나오는 가난한 여인 난다의 등과 같은 "빈자의 등"을 밝혀야 한다. 난다가 그랬던 것처럼 "중생의 어두운 마음을 밝혀 달라"는 겸허하고 순수한 기원을 담은 등이라며 거센 바람에도 꺼지지 않고 오래도록 불을 밝힐 수 있을 것이다. 부처님 오신 날은 자신의 본 모습을 돌아보는 나리며 그 날 켜는 등은 자신의 마음을 밝히는 등불이라는 한 노스님의 말씀이 떠오른다. 이 시에서는 욕심과 미명으로 더럽혀진 마음을 환히 밝히는 등불을 달고 싶은 기원을 담고자 했다.

2. 윤회(輪廻)와 연기(緣起)의 길

우주의 창조가 절대적이고도 일회적인 것이라는 서구 기독교적 창조론과 달리 우주의 창조가 끊임없이 계속되고 있다고 믿는 것이 불교적 창조론이다. 그러한 믿음의 기저에는 윤회론이 자리하고 있다. 윤회론은, 간단히 말하자면, 전생의 행위가 이생의 삶을 결정하고, 이생의 행

---

1) 부처님께서 사밧타 성에 머물고 계실 때였다. 이 사밧타에는 가난한 한 난다라는 여인이 살고 있었는데, 이 여인은 너무도 가난했기 때문에 이 집 저 집 떠돌아다니면서 음식을 빌어 겨우 목숨을 부지했다. 그러던 어느 날, 성안이 떠들썩한 것을 보고, 지나는 사람에게 그 까닭을 물으니 "부처님께서 이 성으로 오신답니다. 오늘 밤, 파세나깃 왕과 시민들이 수만 개의 등불을 밝혀 연등회를 베풀고 부처님을 맞이한답니다."라고 말한다. 이 말을 들은 난다는 등불을 켜 부처님을 기쁘게 맞이하고 싶었으나, 아무 것도 가진 것이 없었다. 그래서 지나가는 사람에게 동전을 두 닢 빌어 기름집으로 갔다. 기름을 어디에 쓰려고 하느냐 주인이 묻자, 여인은 대답했다. "이 세상에서 부처님을 만나 뵙기란 참으로 어려운 일입니다. 나는 아무 것도 가진 것이 없으니 등불이라도 하나 밝혀 부처님을 맞이할까 합니다." 여인은 그 기름으로 부처님께서 지나가실 예정인 길목의 한 모퉁이에 등불을 밝혔다. 여인의 등불은 조그마하고 초라한 것이었다. 그러나 여인은 그 등불 앞에서 지극한 마음으로 발원했다. "부처님, 저는 가난해서 아무 것도 부처님께 공양 올릴 것이 없습니다. 오직 보잘것없는 이 등불 하나를 밝히오니, 이 공덕으로 저는 오는 세상에 성불하게 되기를 발원하옵나이다." 밤이 깊어지자 환하게 밝히던 거리의 등불이 모두 꺼졌다. 그러나 유독 가난한 여인의 등불만은 꺼지지 않고 밝게 빛나고 있었다. 등불이 다 꺼지기 전에는 부처님께서 주무시지 않을 것이므로 부처님을 신봉하던 아난다는 그 등불 곁으로 다가가 가사 자락과 손으로 등불을 끄려 했다. 그러나 끝내 꺼지지 않았다. 그 등불을 켠 공덕으로 오는 세상에서 성불하게 될 것이다 (『현우경』)

위가 내생을 결정한다는 '업(業)'의 논리에 입각해 있다. 업이란 조작(造作), 인위적 행위, 의지에 의한 심신의 활동, 즉 "무엇을 짓는다"의 뜻을 가지고 있다. 모든 유정물(有情物)의 경험이나 사유 등 일체의 행위는 훈습(薰習)된 종자의 형태로 저장되어 하나의 세력을 형성하는데, 이를 '업' 또는 '업장(業障)'이라고 부른다.[2] 이것이 원인이 되어 반드시 결과를 낳는데, 그것은 선인선과(善人善果)로 나타난다. 업을 달리 표현하여 인과응보(因果應報), 업보(業報)라고 하는 것도 바로 이 때문이다. 이처럼 업과 윤회는 동전의 양면처럼 불가분의 관계를 지닌다. 보르헤스(Jorge Luis Borges)는 고향 부에노스아이레스에서 행한 불교 강연에서 "내가 1899년 아르헨티나의 부에노스아이레스에서 태어난 것, 내가 만년에 눈이 먼 것, 오늘 밤 여러분 앞에서 이렇게 강연하는 것 등 이 모두가 내가 전생에 지은 업의 작용입니다. 현세에서의 나의 행동 중 전생의 행위와 무관한 것은 하나도 없습니다. 이것이 바로 업이라는 것입니다. 업이란 너무도 정교한 정신적 구조입니다. 우리는 우리 생의 행동, 잠, 불면, 그리고 꿈까지도 이 천을 구성하는 실이 됩니다. 따라서 우리는 잠시도 쉬지 않고 그 천을 짜고 있는 것입니다"라고 말한 바 있다.[3] 다음의 시는 이러한 업의 논리를 바탕으로 해서 쓴 시이다.

전생에 나는
봄날 처마 밑에 핀 수선화
함부로 꺾어 품은 죄로

---

2) Jorge Luis Borges, 김홍근 편역, 『보르헤스의 불교강의』, 여시아문, 1988, pp.132~133 참조.
3) 위의 책, p.212 참조.

초원을 떠돌며
들꽃의 아름다움 시샘해
함부로 짓밟은 죄로

전생의 나는
성난 마음으로 산길 걷다가
물오른 나뭇가지 뚝뚝 자른 죄로

추운 날 밤길 걷다가
전봇대 옆 쓰러져 있는 당신
그냥 스쳐 지나친 죄로

전생에 나는
뜨거운 당신 마음 알아채고도
모른 척 지나친 죄로

지금 눈멀어
아름다운 것 바라보지 못합니다
당신을 향한 나의 마음
가 닿지 못합니다

그러니 차가운 마룻바닥에
무릎 꿇고 참회할 수밖에 없지요

— 「전생에 나는」 전문

위에 인용한 시에서 '나'는 전생에 "봄날 처마 밑에 핀 수선화"의 아름다움에 취해 꽃을 꺾는다. 이 행위는 아름다움을 취하려는 '나'의 욕망 때문이다. 또한 나는 아름다움을 시샘해 초원에 피어 있는 무수한 들꽃들을 함부로 짓밟는다. 그리고 성난 마음을 주체하지 못해 생명력이 충만한 "물오른 나뭇가지"들을 아무런 이유 없이 부러뜨려버린다. 전생에 '나'는 추운 날 길가에 쓰러져 도움을 요청하는 한 사람을 못본 척 지나쳤고, 전생에 '나'는 나를 향한 "뜨거운 너의 마음"을 무시하고 지나친 죄를 짓는다. 욕망과 감정을 절제하지 못하는, 남을 배려하지 못한 업을 가진 '나'는 이 시에서 아름다운 것을 보아도 그것을 느끼지 못하는 형벌을, 사랑하는 마음을 타인에게 전하지 못하는 형벌을 받고 있다. 『법화경』을 보면, "욕지전생사 금생수자시, 욕지내생사 금생작자시(欲知前生事 今生受者是 欲知來生事 今生作者是)"라는 말이 있다. 전생의 일을 알려면 금생에서 받는 것을 헤아려 보면 되고, 내생의 일을 알려면 금생에서 짓는 업을 자성해 보면 된다는 뜻이다. 그러나 현생의 내가 할 수 있는 일이란 단지 바른 업과 바른 인연의 내세를 위해 "차가운 마룻바닥에/무릎 꿇고 참회"하는 길밖에 없는 것이다.

늦은 밤, 베란다를 서성이다
불빛에 흠칫 놀란다
누가 몰래 등불을 달아 놓았을까
가만히 몸 낮추고 들여다보니
화분 속 선인장, 안간힘 쓰며
진홍빛 등불 켜고 있다
어둠 속에 피어나는 한 줄기 불빛
일순, 세상이 환하다

길 잃지 말라며, 불빛

조용히 내 등 쓰다듬어준다

어두운 세상 터의 빛을 받는 나는

무슨 등불 내다 걸어야

다음 생에 너, 환히 비추어 줄까

— 「선인장 등불」 전문

불가의 가르침에 따르면 어둠을 밝히는 불빛은 평등의 세계로 가는 길을 밝히는 지혜이다. 이 시에서 화자인 '나'는 어느 늦은 밤 베란다에 켜져 있는 선인장 등불을 발견한다. 나는 가만히 몸을 낮추고 선인장 등불을 들여다보는데, 이 행위는 나를 낮추는 일이라고 할 수 있다. 나를 낮춤으로써 나를 밝혀주는 등불을 볼 수 있게 되는 것이다. 작은 선인장 꽃이 피어 베란다가 환해져 있는데, 환한 선인장 불빛이 나의 등을 쓰다듬는다. 어두운 세상에 나는 무슨 등불을 내다 걸어야 할까 고민을 한다.

이 시에서는 삶이라는 것이 연기[4]의 법칙에 의해 끊임없이 윤회 하는 것이라는 사상을 노래하고자 했다. 내가 살고 있는 공간은 어둠, 즉 무명의 세계이면서 동시에 끊임없이 '너'와 '나'가 교감하는 곳이라는 뜻이다. 따라서 '너'의 빛을 받은 '나'는 또 다른 '너'를 의해 등불을 내다 걸고 싶어 하는 것이 당연하다. 이는 결국 '나'의 발견을 '너'와의 관계 속에서 찾는 것이라고 할 수 있다. 마르틴 부버(Martin Buber)도 "나-너는 오직 온 존재를 기울여서만 말해질 수 있다. 온 존재에로 모

---

4) 연기란 불교의 기본적인 교리이거니와, 모든 존재는 그 자체로 존재하는 것이 아니라, 어떤 조건(인연)에 의해 잠시 그런 상태를 나타내고 있을 뿐이므로 아무것도 고집할 것이 없다는 이치를 말한다.

아지고 녹아지는 것은 결코 나의 힘으로 되는 것이 아니다. 그러나 나 없이는 결코 이루어질 수 없다. 나는 너로 인하여 나가 된다. 나가 되면서 나는 너라고 말한다. 모든 참된 삶의 만남이다"[5]라고 말하거니와, '너'의 만남을 통해서만 '나'는 찾을 수 있기 마련이다.

불교의 핵심적 교리인 연기설은 "이것이 있으므로 저것이 있다"는 관계의 법칙에 따라 모든 사물이 존재한다는 의존성의 원리라고 설명되고 있다.[6] 갈대는 서로 의지해야 한다. 만약 그들 가운데 한 개를 제거하면 다른 두 개는 설 수 없고 역시 나머지 두 개가 없으면 한 개는 설 수 없다. 세 개의 갈대는 반드시 서로 의지해 설 수 밖에 없다.

이를 좀 더 구체적으로 설명하기 위해 「원시경전(原始經典)」에서는 다음과 같은 논리를 사용하고 있다. "이것이 있음으로 저것이 있고, 이것이 일어남으로써 저것이 일어난다(此有故 彼有 此起故 彼故). 이것이 없음으로 저것이 없고, 이것이 멸함으로 저것이 멸한다(此無故 彼無 此滅故 彼滅)." 이를테면 이 책상은 나무와 못과 도료 등으로 이루어져 있다. 아니, 거기에 그것을 책상으로 이용하는 사람의 존재도 덧붙여 생각해야 할 것이다. 이 중 어느 것이라도 빠지면 이 책상은 존재할 수 없기 마련이다.

이처럼 모든 사물은 그것을 그것으로 있게 하는 수많은 원인과 조건이 복합적으로 상호 의존하는 가운데 만들어진 결과라고 보는 것이 연기설의 요지이다. 물론 그 상호 의존의 관계는 다른 원인, 다른 조건의 개입에 의해 얼마든지 변화될 수 있다. 다시 책상을 예로 든다면 그 위에 음식물을 차려 놓고 먹는 경우 그것은 식탁이 되기도 하고, 또 부수어 난로 속에 넣을 경우에는 연료가 되기도 한다. 따라서 불교는 사물

---

5) Martin Buber, 『나와 너』, 문예출판사, 1978.
6) 김동화, 『불교학개론』, 보련각, 1980, p.103.

의 본체라고 할 수 있는 자성(自性)을 인정하지 않는다. 즉 항구적 본체로서의 책상은 없다는 것이다. 여기서 공(空) 사상이 발생하게 된다. 본체가 없는 책상, 그것은 공으로서의 책상인 것이다.

연기설을 그 뿌리에 두고 있는 불교의 이 공 사상에 의하면 사물에 대한 차별적 인식은 부질없는 미망으로 규정된다. 차별적 인식이란 어떤 사물을 책상이라고 하고 다른 어떤 사물을 자동차라고 하는 것과 같은 분별적인 행차도 시간의 흐름에 따라 끊임없이 변할 수밖에 없는 사물을 어떻게 마치 항구적 본체나 되는 것처럼 이것은 책상, 저것은 자동차라고 차별적으로 인식한다는 말인가. 불교에서 분별의 초월을 지향하는 것은 바로 이 때문이다. 「반야심경」에 나오는 "물질이 곧 공이다(色卽是空)"라는 인식이야말로 분별을 초월한 경지라고 할 수 있다. 그 다음에 이어지는 "공이 곧 물질(空卽是色)"이라는 말은 분별을 초월했다는 사실마저도 초월한 경지를 나타낸다. 이러한 초월의 초월이 수행되지 않는다면 초월했다는 사실 자체가 또한 분별의 대상이 되기 마련이다. 그렇기 때문에 불교에서는 "공도 역시 공"이라고 말하고 있다. 이러한 경지에 이르면 "이것"과 "저것"은 구별될 수 없다. 이것이 저것이요, 저것이 또한 이것이라고 말할 수 있는 세계가 거기에 펼쳐지는 것이다. 그리하여 차별의 장벽이 모조리 철폐된 곳에서는 여럿이 하나로 수렴될 수밖에 없다. 그 하나는 또한 여럿과 대립되는 차별적 개념이 아니기 때문에 하나인 그대로 여럿과 통한다. 이것이 곧 하나가 곧 여럿인 것으로, 일즉다(一則多), 다즉일(多則一)의 논리가 바로 여기서 나온다. 수많은 물결이 곧 물이요, 물이 곧 수많은 물결이라는 말은 이 명제의 이해를 돕기 위해 흔히 사용되는 비유이다.

불교에서의 연기설은 고통으로 규정되는 우리의 삶이 어떻게 성립되고, 어떻게 소멸되는가 하는 것을 설명하는 인식의 틀이라고 할 수 있다. 삶의 모든 고통은 욕망에서 비롯된다는 것이 불교의 관점이다. 이들 고통의 원인은 무명에서 늙어 죽을 때까지의 연속적인 12연기[7]이며 이들 고통의 원인은 그 다음의 것을 규정짓는다. 특히 무명과 노사(老死)를 제외한 열 단계의 업은 윤회를 일으키는 중요한 원인으로 해석되고 있다. 이처럼 연기설은 고통으로서의 우리 삶을 설명하고 또 그 고통으로부터 벗어나는 길을 모색하려는 사상이라고 할 수 있다.

타닥타닥 보릿대 타는
매캐한 냄새
몸 비비틀어 하늘로 오른다

수많은 열매를 키우던 날들
그리워 사방으로
화려한 옷 입는 저 욕망 덩어리!

한 줄기 바람 불자
텅 빈 들판, 꼿꼿이 앉아
얼얼하게 타들어 가는 가냘픈 몸뚱이!

가고 오는 것이

---

7) 열두 가지 원인(十二因緣)과 조건 : 인생이 이 세상에 나게 된 근본원인에서 죽음에 이르게 되기까지의 인연으로, 인과와 원리를 십이 단계로 구분한 것인데, 생노병사(生老病死)의 원인이 무명이며, 무명의 뿌리인 애욕과 번뇌를 남김없이 끊어 버리고, 무명에 가려 빛을 발하지 못한 지혜광명을 드러내 최상의 깨달음을 얻어야 한다는 것이다. 무명(無命), 행(行), 식(識), 명(命), 색(色), 육입(六入), 촉(觸), 수(受), 애(愛), 취(取), 유(有), 생(生), 노사(老死)를 12연기라고 한다.

오고 가는 것이

뭐 그리 큰일이던가

시간이 지나면 다 사그라지고 말 것을

아직은 너털웃음으로

돌아와 쌓이는 저 수북한 육신!

─「보릿대가 타는 데요」 전문

　우리가 아득바득 살아가는 이승의 삶은, 부단히 거듭되는 윤회의 수레바퀴 자국으로 본다면 어느 만큼의 몫일까. 지금의 나는 전생에는 무엇이었으며 내세에는 무엇으로 태어날 것인가. 생각하면 한 순간이라도 헛되이 살 수 없다.

　끝없는 시간과 공간을, 즉 삼세십방(三世十方)을 윤회하고 있는 인간이 허덕이는 고해(苦海)[8]를 어디서 끝낼 수 있을 것인가. 이승에서 이루지 못한 성취는 어디에서 구할 수 있을 것인가. 오늘을 버리지 못하고 지금을 깨닫지 못하면 중생을 진실에 굶주린 아귀와 다를 바 없다.

　일찍이 부처님은 아난다에게 다음과 같은 일깨움을 주셨다. "비록 밝은 것과 어두운 것이 여러 가지로 차별되나 참 마음의 견은 차별이 없다. 돌려보낼 수 있는 것은 네가 아니지만 돌려보내지 못하는 것은 네가 아니고 누구이겠느냐. 그러므로 네 마음이 본래 미묘하고 밝고 깨끗하지만 네가 스스로 혼미하여 본래 미묘한 것을 잃어버리고 윤회하면서 생사 속에서 항상 떠다님을 알아야 한다."

　이러한 맥락에서 이 시의 화자인 '나'는 "오고 가는 것", "가고 오는

---

8) 고해는 사바세계를 뜻한다. 이 세상은 생로병사(生老病死)등의 4고, 8고가 있는 괴로움의 바다라는 뜻이다.

것"에 큰 의의를 두지 않으려고 한다. '나'는 여기서 늦가을 들판에서 타들어 가는 보릿대를 보고 있다. 매캐한 연기들이 몸을 비틀며 하늘로 오른다. 화자는 이 연기들을 바라보며 한때 수많은 욕망 덩어리를 키우던 날들을 잊지 못하고 그것을 또 다른 욕망의 징표로 생각한다. 여기서의 욕망은 본능적 충동으로 생각하도록 길들여져 있지만 사실 그것은 외부로부터 주어지는 자극에 의해서 규정되는 상품적 욕구일는지도 모른다. 그 상품적 욕구는 결국 가짜 욕망이다. 그 가짜 욕망의 충족을 위해 '나'는 계속해서 덜컹거리며 어디론가 끊임없이 달려가지 않으면 안 되는 처지에 놓여 있다. 멈추면 죽을 것만 같아 계속해서 덜컹거리며 숨 막히게 달려가는 나는 결국 어디로 가는 것인가.[9]

문득 한 줄기 바람이 불고 욕망 덩어리들은 소멸되어 수북이 한줌의 재로 쌓인다. 이 시에서 "한 줄기 바람"은 화자인 '나'를 깨닫게 하는 "한 소식"이라 보아도 좋다. 그러므로 화자는 욕심 없이 '너털웃음'을 지으며 수북이 쌓인 헛된 욕망 덩어리를 바라볼 수 있는 것이다.

---

9) 아사다 아키라(淺田彰)는 자본주의적 인간형을 편집증 형 인간형으로 보았다. 예를 들면 "아내를 성적으로 독점하고 태어난 자식의 엉덩이를 두드리며 가정의 발전을 도모한다. 이 게임은 도중에 그만주면 진다. 〈그만둘 수 없다, 멈출 수 없다〉를 계속하며 어쩔 수 없이 편집증 형 인간이 되어 버리는 것이다"라고 한다. 이를 그는 '정주(定住)하는 사람'으로 보았는데, 이후 등장하는 사람이 바로 '도망치는 사람'이다. 도망치는 사람은 가정이라는 중심을 갖지 않고, 끊임없이 경계선에 몸을 둔다. 재산을 부지런히 모으거나, 가장으로서 처자식 위에 군림하고 있지 않지만, 모든 것을 우연에 의한 직감에 맡기는 데 이를 분열증 형 인간이라고 이름한다. 곧 편집증적 인간에서 분열증적 인간으로, 정주하는 문명에서 도망치는 문명으로의 대전환이 진행되고 있다는 것이다. 그리고 그는 제안한다. 도망치라고! 슬슬 탈주의 여행에 나서라고. 아사다 아키라, 문아영 역, 『도주론』, 민음사, 1999.

3. 무상(無常)의 길

흐르는 것이 세월인 만큼 세상만사는 변하기 마련이다. 과거에 아무리 영화를 누렸다고 하더라도 인연이 다하면 쇠락(衰落)을 하는 것은 역사의 법칙이자, 지극히 당연한 시간의 숨결이다. 이것을 불교의 용어로 바꾸자면 '무상'(無常)이다. 무상은 말 그대로 이 세상에 항상한 것은 없고, 따라서 모든 것은 변한다는 뜻이다. 이는 부처님의 말을 빌릴 것도 없이 봄이 오면 개나리 샛노랗게 피고, 가을이 오면 코스모스가 형형색색의 알록달록한 자태를 뽐내듯이 자연 그대로의 법칙이다.

그럼에도 불구하고 부처님이 무상을 강조한 것은 변화한다는 사실을 직시해야 사물에 대한 욕심과 집착에서 벗어날 수 있기 때문이다. 무엇에 욕심을 내는 것을 살펴보면 그것만 손에 쥐면 천 년 만 년 살 것으로 착각하는 경우가 대부분이다. 하지만 세상 사람들은 순간에 죽고 순간에 살기 마련이다. 그것은 우리의 육체의 경우에도 역시 마찬가지이다. 이 세상 모든 것이 다 변하듯이 몸도 언젠가는 사라지게 되어 있다. 이것은 분명한 사실이다. 그런데 이 사실을 머리로는 접수하고 있으면서도 가슴 깊은 곳에서 삶의 원리로 받아들이지는 못하고 있는 것이 대부분이다.

이제는 하늘로 날려보내야지
큰 댐이 지나가니까

혼자만 외롭지 말아야지
모두들 외로우니까

처음부터 가진 것 없듯이
세상에 나의 것 없지

울지 말고 눈감아야지

태어나는 순간
죽어 가는 것이니까

화려했던 지난날들도
한줌 재로 남아
둥근 집속에 들어가 버리지

나의 인연 조각도
둥근 집 속으로 들어가버리고

—「둥근 집」전문

　이 시를 통해 나는 "태어나는 순간/죽어 가는 것이" 모든 생명의 존
재원리라는 깨달음을 노래하려고 했다. 다음의 시에서와 같은 발상을
담아내게 된 것도 이러한 생명의 존재원리를 받아들이게 되면서부터
라고 할 수 있다.

잘 익은 보름 달빛
마당에 흘러내려
발 그림자 적시는데

멀리서 들려오는
계곡 물소리
깊어지고 있구나

촘촘한 매화향기
어디선가
바람 타고 흐르는데

텅 빈 산사의 밤

낮은 풍경소리
아스라이 퍼져 가고 있구나

—「산사의 밤」 전문

이 시에서 읽어낼 수 있는 빛과 향기와 소리는 모두 깨달음의 촉매가 되고 있다. 달빛을 눈으로 보고, 꽃향기를 코로 맡고, 풍경소리를 귀로 듣는 것은 무엇을 말해주는가. 이 시 속에서 화자의 마음, 곧 인식의 주체는 달빛에 그림자가 젖어들 듯 자연에 스며들고 있다. 다만 자연이라는 대상과 주체의 합일이 "바라봄"이라는 행위의 흔적만은 남아 있다. "바라봄"의 생생한 체험을 수용하기 위해 그 전제로 "텅 빔"을 요구한다.[10] "텅 빔"은 일종의 몰입이며, 주체와 대상간의 이질성 때문에 발생된 거리를 삭제하는 행위이다. 그러므로 "텅 빔"에서 일어나는 "거리의 삭제"는 대상의 일체적 포용을 가리킨다.[11] 이는 어느 것과도

---

10) '바라봄'과 '텅빔'이라는 용어는 김현의 「바라봄과 텅빔」(『상징주의 문학론』, 민음사, 1982)에서 차용했다. 이 글에서 그는 '거울의 이미지'를 통해 불교적 경향의 한국시를 설명한 바 있다.

소통할 수 있는 가능성으로 발전해 가는 것을 가리키는데, 다시 말하면 이는 어느 것과도 소통할 수 있다는 뜻이 된다.

우리가 벗어나고자 하는 육신이라는 껍질은 쉽게 벗어날 수 있는 것이 아닐뿐더러 훌렁 벗어 던질 수 있는 것은 더더욱 아니다. 따라서 잘못 보고, 잘못 듣고, 잘못 느낀 착각과 오류에서 벗어나 진정한 세계를 획득할 수 있는 깨어 있는 마음의 새로운 자아가 필요하다. 인간은 자신이 연연해하는 육신이 한낱 허울임을 깨닫게 되면서 비로소 진정한 자유를 얻게 되는 법이다. 따라서 우리의 이목구비를 어지럽히는 미혹의 구름을 걷어내는 손길 또한 우리의 가슴 속에 고스란히 자라고 있음을 잊어서는 안 된다. 모든 선악의 실마리는 바로 인간의 마음속에 자리해 있기 마련이다. 어느 쪽의 가닥을 잡느냐에 따라 인간은 악이라는 파멸의 구렁텅이로 떨어지기도 하고 선이라는 아름다움을 찾게도 된다.

어둠을 가르고 날아오는 도량석
소리에 눈뜨는 새벽
산등성이에 걸쳐 있는 달
밤 새워 경전 읽어댔는지
낯빛 창백하다 새벽은
천천히 달빛 베어 물고
검은 장막을 거둬들인다
언덕 너무 높아 오르지 못해
두리번거리며 헤매다 오는 길 잃은 나는

---

11) 유임하, 「문학적 상상력과 선적 상상력」, 이원섭·최순열 편, 『현대문학과 선시』, 불지사, 1982.

다시 내게로 돌아오는 길 찾고자

오체투지로 묻는다

너의 옷 너무 두꺼운 것 아니냐고

정녕 무엇 하나 걸치지 않은

등 구부리고 매맞는 목탁

슬그머니 내게 묻는다

멀리서 혹은 가까이서 새벽 뻐꾸기 울어대는데

— 「새벽예불」 전문

　마음이 흔들리는 것을 두려워할 것은 없다. 그 마음의 갈기를 잡고 언제 어디서나 구도의 정신을 잃어버리지 않도록 깨어 있기만 하면 된다. 살아가는 일은 부단히 흔들림의 시달림을 지탱하는 자기 시련의 연속이라고 할 수 있다. 자기를 찾아 세우기 위해 도량에 나가고, 되찾아 돌아오고, 또다시 흔들리고, 그리하여 다시 도량을 찾는 우여곡절은 중생이 할 수 있는 성실한 삶의 모습이라고 해도 과언이 아니다. 그때 멀리 어디에서, 아니 바로 내 마음 깊은 곳에서 뻐꾸기 소리는 들려오는 것이리라.

4. 도오(道悟)의 길

　부처님께서 사슴동산(綠野園)에서 첫 번째로 다섯 비구에게 설법한 것을 불전문학에서는 초전법륜(初轉法輪)이라고 한다. 초전법륜 시에 부처님은 "비구니들이여! 삶은 고통이다. 태어나는 것, 늙은 것, 병드는 것, 죽어야 하는 것은 고통일지니라. 사랑하는 사람과 헤어져야 하는 것, 원한 있는 자와 만나지 않으면 안 되는 것도 고통이니라. 구하나 얻어지지 않는 것도 고통이니, 요컨대 번뇌의 수풀 위에서 뿌리박은 이 몸이 존재하는 것이 고통이니라. 무엇이 이 고통의 근본이랴? 성내는 것, 탐내는 것, 어리석은 것, 이 세 가지가 모든 고통을 유발하는 원인이니라. 고통의 소멸을 열반이라 하느니라. 갈래의 피안을 벗어나서 영원한 기쁨에 안주하는 것이니라"라고 말씀하셨다.

깨달음이란 자기 스스로를 아는 일이 무한하게 확대되어 세계가 세계 자신을 인식하는 일이라고 할 수 있다. 부처는 그 사람의 역사적 인물이었고, 그가 눈뜬 세계는 부처라는 개인을 초월하고 포용하여, 한없이 깊은 광명에 의해 비추어지고 구명된 것이라고 할 수 있다.[12] 그러나 깨달음으로 가는 길은 누구에게나 멀기 마련이다.

가동리 저수지 돌아
개천사엘 간다
자잘한 돌들 마구 뛰어드는 산길,
하늘은 쉽게 길 내주지 않는다
길가 나무 벽수 무심한 듯 서서
파도치듯 무성한 비자림 바람소리

귀 기울이며 서 있다
산문은 어디쯤일까
돌아가는 길 더 멀어 앞으로 나아가는 길

---

12) 한없는 세계의 실상은 『화엄경』의 내용이며 석가의 깨달음이다. 또한 한 없이 깊은 광명이란 『화엄경』의 중심 부처인 비로자나불로서 영원의 부처, 곧 석가의 깨달음의 본체인 것이다. 다마키 고시로, 이원섭 옮김. 『화엄경의 세계』, 현암사, 1993. p.11 참조.

스님은 오늘도 수행중인지

바람에 묻어오는 멀리 목탁소리

마음을 먼저 친다

끊겼다 이어졌다 하는 마음 한 토막

산사에 부려놓고

세속의 때 벗어버리고 싶지만

지워버리고 싶지만

자꾸만 멀어지는 하늘문

차마 들어서지 못하고

서성대는 이 두억시니!

— 「개천사 가는 길」 전문

　전남 화순군에 위치한 '개천사'는 말 그대로 "하늘이 열리는 절"이라는 뜻을 가진 천년고찰이다. 하늘이 열린다는 것은 마음이 열린다는 뜻이거니와, 마음이 열린다는 것은 나를 벗어 던지는 일을 뜻할 것이다, 그러나 나를 벗어버리는 일이 손쉬울 바에야 일찍이 수 없는 고행의 길을 걸어온 고승대덕의 발자취가 무엇을 의미하겠는가. 그러기에 참 의미를 거둔 자기의 행적보다는 미처 깨닫지 못하고 참담한 번민의 몸부림으로 점철된 내력으로부터 오히려 더욱 많은 교훈을 찾은 것이리라.

　인간은 무엇을 통해 어떻게 세속의 두겁을 깨뜨릴 수 있는가. 인간이 끝끝내 연연해 마지않은, 그리하여 지상의 한 버러지와도 같이 허울에 얽매여 괴로운 삶을 연명해 가는 굴레는 바로 인간의 감각이다. 마음의 눈이 열리지 않는 자는 어두운 발길을 헤매는 두억시니에 불과하다. 그렇다고 마음의 눈이 별도로 있는 것도 아니다. 따라서 아집에 사로잡힌 육체의 눈을 새롭게 뜨는 자각이 무엇보다 필요하기 마련이다.

뎅그렁뎅그렁 풍경소리
잘라먹는 선암사 뜨락
홍매화 몇 장
끄덕끄덕 졸고 있다
종종걸음 비구니 낯빛 닮았다

코를 내밀어 보아도
맡을 수 없는 향기
멀리서 바라볼 수밖에
지나는 바람에 몸 맡기며
한참을 서성이다가 되돌아선다

잠오지 않는 밤
가만히 창문 여니
방안까지 따라와
언 가슴 녹이는 여문 향기
웅성대던 내 마음
부끄러워 고개 숙인다

— 「선암사 홍매화」 전문

　이 시에서는 인간의 육체의 눈이 어떻게 새롭게 열리는지를 보여주려고 했다. 산사의 뜨락에 핀 꽃의 향기를 뿜아내게 하는 힘은 무엇일까. '향기'는 내 스스로 코끝으로 맡아내는 것이 아니라 어느새 온 방안에 은은하게 배어있는 것이다. 이는 무엇을 찾겠다는 욕심의 결과가 아니라 "지나는 바람에 몸을 맡기고" 욕심마저 다 버린 빈 마음일 때 비로소 가능한 것이다. 또한 그 꽃은 나의 밖에 있는 것이 아니라 나의 안에 있는 것이다. 나의 몸이 꽃을 느낄 수 있는 창정심으로 가득 차 있다면 언제 어디서나 불법의 높은 향기는 나의 온몸으로 받을 수 있다. 손에 잡히지도 눈에 보이지도 않는 미풍에 보일 듯 말 듯 흔들려 소리 내는 풍경의 소리, 이는 참 자아를 찾는 자에게 삼라만상을 새롭게 보도록 요구한다. 한껏 탐스럽게 만개하던 절정을 지나 이제는 제 몸을 스스로 허물며 안으로 굳게 여물어 가는 신심을 가다듬고 있는 꽃의 자태로부터 느끼는 인간의 아우성이 마냥 부끄럽기만 하다.

> 긴 그림자 늘이며
> 묵묵히 서 있는 돌탑
>
> 오래된 돌 틈,
> 푸른 저언 사이로 달빛 흐른다
>
> 흘러가고 흘러오는 것이
> 인생이라면
>
> 나는 어디서 흘러왔다가
> 어디로 흘러가는 것일까
>
> 문득 긴 꼬리 늘이며
> 한 세월, 빗금을 긋는다
>
> ─「돌탑」 전문

인간은 이승을 살면서 무엇을 짓고 남길 수 있는가. 차마 다 갚을 수 없는 참혹한 업만 짓고 남기는 것 아닌가. 최소한 한 줌 만큼의 선업이라도 남기고자 애써야 할 것 아닌가. 준열한 자기 성찰의 아픔만 계속될 뿐 아직도 나는 보잘 것 없는 미혹의 인간일 따름이다. 여전히 진리를 깨닫지 못하고 있는 나는 이 시에서 달 아래 서 있는 탑만을 바라보고 있다. 저 탑신 속에 깃들어있는 고귀한 말씀을 어찌 다 듣겠는가마는 이제는 이 한 몸을 어떻게 다스려야 할는지 짐작이 가기는 한다. 흘러가고 흘러오는 것이 세상만사라는 관점에서 보면 나 또한 흘러가고 흘러오는 티끌에 불과하지 않은가.

덧없이 하늘을 스쳐가는 한 줄기의 유성도 인간의 지식으로 계측하자면 실로 몇 억 광년인 것이 사실이다. 그럼에도 불구하고 인간은 그것을 한 찰나의 시선으로만 느낄 따름이다. 이처럼 우주 전체의 영원한 운행조차 미처 보지 못하면서 억만 겁 윤회하는 인생을 어찌 깨달을 수 있겠는가. 희로애락에 기우뚱거리는 인간의 한바탕 삶은 실로 보잘 것 없는 찰나의 한 토막일 뿐이다.

인간이 손가락을 꼽아 헤아릴 수 있는 시간은 얼마나 허망한가. 인간의 생에는 영원한 우주적 질서에 비하면 한 알 모래의 무게조차 되지 못한다. 한 알 모래의 무게조차 되지 못하는 인간의 생애라는 것이 얼기설기 엮어 짜내는 역사라는 것도 허망하기는 마찬가지다. 때때로 인간은 역사라는 것에 엄청난 의미를 부여하기도 하는데 이런 관점에서 보면 그것 역시 부질없기는 마찬가지이다.

해질 무렵 관음암엘 간다
어지러운 마음 자꾸만 길 놓친다
되돌아가라며 풀꽃들

자꾸 옷자락을 잡는다

대웅전으로 향하는 가파른 돌계단

송아지만한 백구,

괜찮다 괜찮다 고개 끄덕이며

앞장선다 예불이 시작되면

시방세계 향해 두루 퍼지는 종소리

두껍게 젖어 있는

어리석음 다독이며

햇빛에 검게 탄 바위틈

앉은뱅이 민들레꽃 속으로 잦아든다

얼마나 낮고 가벼워져야

화사한 옷 다 벗어 던질 수 있을까

백 팔 배로 으깨진 살덩이들

민들레 홀씨처럼 천지사방으로 날아가

낮은 곳 향해 몸 부리고 싶어한다

—「저녁 예불」전문

저녁 예불이 시작될 무렵 이 시의 화자인 '나'는 산사에 오른다. 욕심과 욕망을 버리고자 무릎이 깨질 정도로 백팔 배를 올린다. 낮고 가벼워지고 싶은 '나'는 "민들레 홀씨처럼 천지사방으로 날아가/낮은 곳 향해 몸을 부리고 싶어한다". 민들레에게는 홀씨가 날아가 닿는 곳이 바로 피안이 아닐까.

사람들은 왜 절에 가는 것일까. 그곳에 이름 있는 큰스님이 있어서 가는 것은 아니다. 거룩한 상호의 불상이 있어서 가는 것도 아니다. 자기 몸의 때를 말끔히 씻어보겠다는 진실 된 자세만 있으면 절을 찾는 사람의 마음에는 이미 자기를 건져낼 수 있는 지혜가 깃들어 있다고 해도 과언이 아니다.

나날의 일상을 살아가면서 우리는 내적인 성숙을 위해 얼마나 많은 고민하는가. 나는 본격적으로 불교를 공부하는 사람은 아니다. 다만 지금 이 순간 내가 살아있다는 것, 존재하고 있다는 것, 그 자체를 소중하게 느끼고 그것에 감사하고 있을 따름이다. 나 스스로에게 거룩한 무엇이 존재하고 있다는 것, 내가 부처일 수도 있는 것을 발견하고 깨닫는 것은 그 자체로 행복한 일이지 않을 수 없다. 따라서 나는 이승을 함께 살아가는 모든 존재물들을 공경하고, 그것들을 정성으로 보살피는 삶을 실천하는 것이 곧 깨달음을 이루는 길이라고 생각한다. 이렇게 생각하며 이승을 살아간다면 구태여 출가를 해 수행을 하지 않아도 충분히 부처님의 진리를 실천하는 것이지 않은가 싶다. 물론 출가의 유의미성은 아무리 강조해도 지나치지 않다. 하지만 범부들의 삶이란 항상 세속에서 이루어지는 것이니 만큼 기본적으로 그런 한계 안에서 진리를 살펴야 할 것이다. 문제는 세속에서의 삶이 갖고 있는 어리석음이나 화의 농도가 얼마나 짙은가, 엷은가 하는 점일 것이다.

일반적으로 이해하고 있는 세간과 출세간의 영역은 빗금을 치고 담장을 두른다고 해서 나눠지는 것이 아니다. 탐진치(貪瞋痴)의 농도, 즉 탐함과 성냄, 어리석음의 농도가 짙으면 그것은 세간이 되는 것이고, 그 농도가 엷어 마침내 맑은 물이 흐르면 출세간 혹은 출출세간이 되는 것일 뿐이다. "지금/이곳"의 삶. 즉 세속의 삶이 탐진치의 극한을 보여줘 그 농도는 짙어지면 "지금/이곳"의 삶, 즉 세속의 삶을 뛰어넘는 새로운 삶의 기획을 보여주어야 마땅하다. 새로운 삶의 기획을 위해서는 "나의 것", "가짜욕망"에서 탈주부터 시작해야 한다. 이는 불교에서 말하는 고(苦)의 발생이 소유와 집착에서 비롯된다는 인식과 함께 하는 바, 이의 해법으로 부처가 무아(無我)와 연기법(緣起法)을 제시한 것에서도 이는 잘 알 수 있다 .물론 여기서 말하는 탈주는 아주 낮은 단계로서 "만물에 나의 것이라고는 없다, 오직 서로서로 의지하는 관계 속에 있을 뿐이다"라는 무아(無我)적인 실천에서부터 시작된다. 물론 이 탈주가 더욱 높은 단계로 나아가기 위해서는 무아가 지향하는 곳으로의 또 다른 탈주가 시작되어야 할 것이다.

참고문헌

김　현, 「바라봄과 텅빔」, 『상징주의 문학론』, 민음사, 1982.

김동화, 『불교학개론』, 보련각, 1980.

유임하, 「문학적 상상력과 선적 상상력」, 이원섭·최순열 편, 『현대문학과 선시』, 불지
　　　사, 1982.

다마키 고시로, 이원섭 옮김, 『화엄경의 세계』, 현암사, 1993.

아사다 아키라(淺田彰), 문아영 역, 『도주론』, 민음사, 1999.

Borges, Jorge Luis, 김홍근 편역, 『보르헤스의 불교강의』, 여시아문, 1988.

Buber, Martin, 「나와 너」, 문예출판사, 1978.

묵호를 잊지 않겠습니다

정영주
(시인, 단국대학교 강사)

올 봄엔 살 오른 바람과 비가 유난히 잦습니다. 비와 바람의 혼용된 기운이 내 마른 몸과 마음을 감싸줍니다. 양양한 날보단 이렇게 물기 배인 때가 외려 위로가 됩니다.

이런 날이면 보고 싶은 이들이 많아지고 먹먹하게 그리워하는 일들도 늘어납니다. 나를 찬찬하게 품게 하는 것은 화창함보다 잿빛 비구름이 낮게 내려온 날이 더 맞춤인 듯 합니다. 그간 격조했네요 선생님, 평안하시지요.

"묵호를 절대 잊지 마라."

오늘따라 선생님의 이 말씀이 생각납니다. 지금의 내 어깨 위에 얹힌 시인이란 부표는 어쩌면 선생님의 말씀에서 비롯된 내 생의 깃발 같은 것이 아닐까 싶었습니다.

잦은 병치레와 어두운 가족사, 가난과 내적 혼돈에 허우적거리며 쓰러지고 흔들릴 때마다 어두워 오는 길모퉁이에서 선생님은 말씀하셨지요.

"너는 시인이 될 것 같구나. 너의 아픔만큼이나 상처받고 고통스러워하는 이들에게 위로와 격려가 되는 좋은 친구 말이다. 묵호를 잊지 않으면 그렇게 되겠지."

돌아보면 제가 막연하게나마 시인을 꿈꾸기 시작한 것이 선생님의 말씀에서 비롯된 것 같습니다.

"시인이 되어 볼셰비키처럼 이 비루한 망집에서 날 해방시키고 구원할 거야."

덕분에 저는 늘 이런 간절한 마음으로 십대와 이십대를 거쳐 지금의 지천명의 중턱까지 걸어왔습니다. 실은 시인으로서 사는 일이 어떤 의미인지도 모르고 말입니다.

부끄러운 일인지 모르겠지만 저는 시를 쓰면서도 구체적인 시론을 앞세우거나 시 창작에 관한 체계적인 학습을 받아들인 적이 없습니다. 시의 형식 보다, 앞서 사는 일이 절박했었지요.

문학을 전공했으면서도 창작이론이나 논리에 대해 그다지 따뜻한 눈길을 주지 않았습니다. 리얼리티의 한복판에서 내가 살아온 것만큼만 쓰려 했기 때문입니다. 게으름 탓도 있지만 이론을 세우지 못한 것은 늦은 밤 촉수 낮은 불빛아래서 고해성사를 하듯 무언가 기록해 나가는 걸로 소홀함을 대신 했지요.

유일하게 내 생을 압도하는 것이 '시'라는 것 때문이 아니었을까 합니다. 죽음처럼 밀려오는 생의 무게를 독기어린 마음들로 추스르며 어둔 밤을 푸르게 지새우곤 했었으니까요.

아버지의 부재를 찾아 유년의 한 때 난민처럼 떠돌다 부시도록 환한 동해바다 묵호에 닿았고, 선생님을 만났습니다. 저에겐 그게 행운이었습니다.

선생님은 제가 어릴 때부터 아버지를 죽도록 버리고 싶어 했다는 것을 아셨지요. 그 아찔한 충동. 제 마음의 그늘에서 비치는 살기를 선생님은 이미 알고 계셨던 걸 보면 말이에요.

그때까지 저는 바다를 본 적이 없었습니다. 대부분 도시의 후미진 달동네나 깡촌의 쪽방에서 살았습니다. 그 속에 똬리를 튼 가난과 아버지의 험한 언사와 말없는 어머니의 미욱함만이 삶의 전부인 줄 알았습니다.

나는 아버지가 무서웠고 두려웠습니다. 거친 욕지기와 폭력에 숨조차 제대로 쉴 수 없었습니다. 세상의 풍파에 밀려난 아버지는 작은 실수조차 용인하지 못했습니다. 그렇게 저는 아버지를 통해 세상을 이해했고 해석할 수밖에 없었습니다.

그러다 열두 살 무렵 동해와 검은 바다 묵호를 만난 것입니다. 내게 동해는 신생의 땅이었습니다. 묵호의 동해바다는 지금까지 막막한 생의 단애에 부딪힐 때마다 나를 위로하고 격려하고 지지해준 광막한 세계로서의 검푸른 대지였습니다.

그곳엔 바람의 감옥에 스스로 갇힌 아버지와 그곳에 몰려든 사내들의 청동의 낯빛과 검은 붕알 덜렁거리며 바다를 데리고 노는 때알빛 아이들, 밤을 밝힌 오징어잡이배와 동정의 일출, 비릿한 새벽 선창가의 묵호 그리고 선생님이 계셨지요.

광폭한 파도에 휩쓸려 바다가 돼버린 이들이 많은 곳. 바닷가의 숙명처럼 지아비를 잃은 어미들은 선창에 나가 갓 잡아 올린 오징어의 배를 가르거나 잡어를 추려내는 일로 생을 기대어 살고 있었습니다.

묵호와 나는 그렇게 아버지의 생이 던져 놓은 무모한 삶을 통해 상면하게 되었지요. 깜장빛 어둠에 깃들어 살던 나는 동해에 와서야 빛과 어둠, 그늘과 환함에 대해 처음으로 인식하게 되었습니다.

선생님, 60년대 묵호는 고대사회 막장인생들의 소도구역 같은 곳이 아니던가요. 야반도주를 했던 이들부터 사기꾼과 도박꾼들의 질긴 목숨이 저당 잡힌 마지막 입구이자 출구였습니다.

당시 묵호는 어둠에 사육된 짐승 같은 도시였고 검은 눈물을 흘리는 아비들의 마지막 갱도였지요. 배 위에서 부르트고 갈라진 몸으로 그물을 당기거나 천길 낭떠러지 지하갱도를 들고 나던 사선의 일터였습니다.

그곳에서 나는 사생아였던 내 자아와 어둠의 정체에 대한 근원적 목마름으로 『아버지의 도시』를 수태했고 지금도 늘 글쓰기의 원점의 공간으로서 존재하고 있습니다.

이제 묵호는 고통스러우면서도 그리운 도시로 다시 환치되고 있습니다. 묵호는 내게 시의 원천이자 불씨이며 상처의 공간인 것입니다. 그곳은 지금도 종양처럼 나 자신을 괴롭히기도 하고 가슴시린 서늘한 안도의 한숨을 동시에 가져다주고 있는 곳이기도 합니다.

아버지의 비극을 물려받을 수밖에 없는 자식들의 생활, 어둡고 음울한 내면의 상처를 치유하면서 조금씩 조금씩 나는 시를 쓰게 되었습니다. 묵호를 배경으로 한 나의 시는 검은 도시에서 발아된 빛의 씨앗, 생명력을 잃지 않았던 치열하고 적극적인 삶의 방식이었던 거지요.

묵호는 그렇게 굽은 어깨 위에 누대로 얹혀온 처연한 멍에와 혈흔이 내비치는 참담한 사람들의 눈빛으로 빛나는 아버지의 도시였습니다. 묵호사람들의 핍진한 삶의 풍경들은 제 시 속의 물기 젖은 서정의 풍경으로 시화되었습니다.

아버지가 뱃사람의 생활을 접고 홀연히 태백탄광의 막장으로 들어가면서 2년여의 묵호생활은 끝나게 되었지요. 비칠거리는 내 손을 잡고 아버지를 찾아 헤매던 선생님 생각이 납니다.

"묵호를 절대 잊지 마라."

막장에서 아비를 찾아 다시 작정 없는 길을 떠날 때 선생님은 예언처럼 말씀하셨어요. 그 말씀을 가만가만 제 손에 쥐어주시고 돌아서던 선생님의 뒷모습을 지금도 잊지 못하고 있습니다.

묵호를 잊지 마라는 말씀은 목을 타고 내려와 제 핍진한 마음을 꼬옥 안아주는 화주(火酒)였고, 저의 서시(序詩)가 되었습니다.

묵호는 제 삶을 수묵처럼 호사한 언어로 덧칠하지 않고 담담하게 때론 파도처럼 거칠게 바투도록 추동시켰고 나아가 내 시의 밭을 경작하게 했으며 종국엔 시의 열매를 추수하게 했습니다.

선생님, 시인으로서 살겠다는 저의 이러한 생의 의지는 어디에서 연유한 것일까요. 나는 다만 파란 했던 삶에 대해 스스로 냉담하지 않았던 것이 시인으로 살아가게 하는 근거가 되었다고 여기고 있습니다.

파란만장한 삶을 오히려 심화 확대할 수 있도록 부추겼던 것은 선생님의 말씀과 동해 묵호와 춘천의 다락방에서 싹튼 오랜 불임과 거세의 상처가 있어 가능했다고 고백할 수밖에 없습니다.

그러한 생각이 머물면 내 마른 망막의 한켠엔 자꾸 스미어 배드는 것들이 많습니다. 습작기 불면의 날들을 포함해 시인으로서의 살아온 삶이 결국 내 생을 허무의 늪에 빠지지 않게 했기 때문입니다.

선생님, 도저한 생의 광장에 시인이란 이름을 올려놓고 사는 일을 무어라 해야 할까요. 시인이란 사람에 대해 저는 대지의 땅 속에서 양양한 기운을 빨아올리며 제 여린 살점을 꽃으로 피워 올리거나 열매를 내거는 나무와 같은 것에 비유하는 것이 허용된다면, 이 땅의 많은 시인들은 삶과 시대의 부침 속에서 세상의 부조리에 아프게 눈여기며 나이테를 늘리는, 척박한 비탈에 가지런하게 몸을 튼 자작나무라 해도 되지 않을까 싶습니다.

선생님 제게 아버지는 엄혹한 이였습니다. 아버지가 만들어 논 세상의 어두운 시절들에서 벗어나지 못했습니다.

밝고 환한 길에 모여 저마다의 삶을 다투는 것이 세상의 이치듯 아버지도 한때 정치로 세상을 꿈꾸었습니다. 자유당 정권에 맞서 몸으로 부대낀 사내였으니 가능한 일이었다 싶습니다. 어떤 격랑에 의해 밀려나온 것인지 연유는 알 수 없으나 어느 날 아버지는 스스로 정치권력의 언저리에서 떨어져 나왔습니다.

그리고 그는 술 취한 야인이 되었습니다. 아버지의 칩거는 가족에 대한 포악의 시작이었습니다. 가난과 병마와 배고픔, 참을 수 없는 언사, 생사여탈의 힘을 휘두른 사나운 짐승이었습니다.

아이러니였습니다. 약체였던 나의 작은 가슴속에서 검게 피어오르는 그 살기는 나를 살아가게 하는 이유가 되어 버렸으니 말입니다. 살아낸다는 일의 즉물성에 있어 몹시도 남루하고 또한 그렇게 어둡고 한없이 우울했습니다. 너무 많이 살아버린 나는 이미 그때 겨울바람에 삭아가는 시래기처럼 늙어 버렸습니다.

아버지는 허랑방탕한 야인이었습니다. 삶의 변방으로 내몰린 뒤 그의 울분은 독기를 뿜을 뿐 세상의 밝고 환한 길로 나서지 못했습니다. 그 기운은 푸르스름한 독약처럼 뿌려졌고 집안을 자욱한 안개처럼 휘감았습니다. 대취한 날이면 어김없이 날아오는 거친 욕설과 울분과 냉소는 통음으로 날을 새게 했습니다.

그리고 시작되는 아버지의 부재. 야인으로서도, 가장으로서도 어쩔 수 없는 생의 두려움과 막막함에 스스로도 절망에 떨었던 아버지는 종적을 감추곤 했습니다.

서울에서 태어나 경기도 전곡과 평택, 춘천, 묵호 등 많은 곳을 떠돌아야 하는 유랑은 말했다시피 아버지의 부재에서 비롯되었습니다. 늘 무언가를 감내하는 어머니는 아버지에 관한 소식이 풍문에 묻어 들어오면 버릇처럼 짐을 꾸려 이삿길에 오르곤 했습니다.

어디서든 어머니는 바느질로 쌀을 구해 가장의 부재를 감당했고 하루를 건사했습니다. 한곳에 정주하지 못하는 아버지로 인해 늘 막장 같은 곳을 떠돌아 다녀야 했습니다.

아버지의 부재는 짧게는 몇 달에서 2년, 3년, 5년을 훌쩍 넘길 때가 많았습니다. 잠깐 동안의 해후와 반복되는 지아비의 부재에 어머니는 늘 말이 없었습니다. 다시 이어지는 부재의 침잠 위로 어머니의 배만 풍선처럼 부풀어 올라왔습니다. 어머니는 그렇게 침묵의 방식으로 한 시절을 넘기며 아버지를 그리워했고 사랑했던 조선의 여인이었습니다.

나는 그런 어머니에 대해서도 아버지만큼이나 동일하게 견딜 수 없었습니다. 천형과 같은 가난과 지아비의 부재를 묵언으로 감당하는 저 고요한 사랑이 불가사의했고 이해할 수 없는 기묘한 불균형이 또한 저주스러웠습니다.

그러나 그 부재의 시간은 나에겐 구원의 시간이었습니다. 잠깐의 자유로움은 다시 언제 들이닥칠지 모른다는 또 다른 공포를 동반하고 있어 불안감은 마찬가지였지만 잠시 동안의 평온과 자유함에 행복해 했습니다.

그러다 교통사고처럼 갑자기 아버지가 불쑥 낯선 얼굴로 들이닥치는 부닥침과 마주칠 때면 뱀과 개구리의 조우처럼 그 순간의 아득한 절망감에 혼절을 할 때가 많았습니다.

강원도 춘천시 요선동 162번지. 선생님도 기억하고 계시지요. 묵호를 떠나 자리잡은 곳이 요선동 시장통에 있는 쪽방이었습니다. 재봉틀이 놓이고 삯바느질의 작업장이자 안방인 예닐곱 평 정도의 단칸방.

그곳에 마술처럼 쪽방 위에 위태롭게 얹혀진 다락방이 있었습니다.

묵호가 창작의 원점이었다면 춘천 요선시장통의 다락방은 그 꿈꾸기를 가능케 한 제 마음의 텃밭 같은 곳이었습니다. 천장이 경사진 비좁은 두 평 정도의 밀실은 내 생을 인화할 수 있게 한 암실이 되었지요. 새벽부터 늦은 밤까지 시장 통에서 올라오는 소리는 좀 더 구체적으로 제가 세상을 읽는 언어로서 기록되어 갔습니다.

하루의 시름을 터는 옆집 국밥집의 풍경과 경춘상회의 맵찬 옷들은 나를 들뜨게 했고, 신발가게와 좌판에 엎드려 있는 각기 다른 표정의 인형들과 눈을 홀리는 장신구 등은 세상에 대한 상상의 힘을 불러일으킨 최초의 도구로서 다가왔었지요.

다락방, 그곳은 내게 백열등을 신문지로 감싸 도둑빛으로 책을 읽었던 사유와 몽상의 밀실이었습니다. 오빠 친구들이 가끔 다녀간 뒤엔 가끔 해독되지 않는 책들이 다락방 위에 놓여 있었습니다.

싸르트르와 까뮈, 카프카와 도스또예프스키의 책들. 운명의 부조리성과 존재의 불안과 무근저성을 통찰해 낸 실존적 체험을 극한까지 말해주던 글들을 걸태질을 하듯 읽으며 그곳에서 20대 중반까지 막막하고 두려움에 떨며 글을 읽고 썼습니다.

그런 의미에서 다락방은 어두운 내 삶을 긍정이게 하는 새로운 사유의 공간이었고, 수많은 장서가 내장된 나만의 도서관이자 박물관이었습니다. 특히 그곳에서 아버지를 눈을 피해 읽었던 멜빌의 백경과 성경의 요나서는 내게 말향고래 한 마리를 키우게 해주었습니다. 다락방의 말향고래! 그 밀실은 그 자체가 축소된 말향고래의 뱃속이기도 했습니다.

그 곳에 참담히 누워 무너지는 나를 견디면서 내가 할 수 있는 일은 닥치는 대로 책을 읽는 일, 그리고 상상력이 이끄는 대로 무작위로 시를 쓰는 일, 그 자체가 내가 키운 말향고래가 흘려주는 향기름이 아니었나 싶습니다. 지치고 아픈 몸에 그 상상의 향기름은 나를 치유할 수 있는 유일한 옥합이었던 거지요. 언젠가는 그 인고의 상자를 깨뜨려 내 분란된 내면과 세상의 썩고 문드러진 곳에 바르고 싶은 열망이 시인이라는 이름을 건네준 첫 걸음이 아니었나 하는 생각도 듭니다. 결국 내밀함이 보장된 그 다락방은 시인이 되기 위한 은밀한 꿈꾸기의 밀실이었던 셈이지요.

오늘처럼 비가 오는 날이면 손바닥만한 투명 유리창에 빗방울들이 소금빛 맑은 몸으로 내려와 앉곤 했습니다. 오촉짜리 어두운 불빛 안으로 스미어들지 못하고 바짝 엎드려 있는 빗방울들이 나를 닮아 있다는 생각에 눈이 젖기도 했습니다. 다락방에서 나는 내 고통과 상처의 빗방울이 강물처럼 흘러가 바다가 되면 좋겠다고 바랐었지요. 지금에 와서 다시 돌아보면 삶이란 그렇게 흘러가는 것이 아니라 더 작은 몸으로 더 깊이 자기상처에 배어들어야 하는, 자기구원의 한 방법이 되어야 한다고 여기고 있습니다.

시인이 되고 난 뒤 선생님은 제게 가스통 바슐라르의 "몽환의 집은 출생의 집보다 훨씬 심오한 주제다"라는 얘기를 들려 주셨지요.

"모든 사물들에게 꿈들의 적확한 무게를 줄 수 있을 때, 몽상적으로 거주한다는 사실은 추억에 의해 거주하는 것 이상이다."라는 말도 바슐라르가 미리 언급했다며 소리 없이 웃었습니다.

"열두 살 때 갇힌 다락방에서 나는 세상을 알았고 인간희극에 삽화를 넣었다"는 랭보의 시를 가리키며 이는 너를 두고 한 말이지 않겠냐며 고개를 끄덕이셨어요.

저 또한 다락방에서 수많은 군상들과 만났고 내 안에 인간들의 희비극인 삶의 삽화를 그려 넣을 수가 있었습니다. 그 모든 것이 지금의 시인이라는 이름을 달 수 있었던 문학의 근원지가 아니었을까 생각해 봅니다.

선생님, 요즘은 제가 선생님이라는 자리에 서서 아이들과 함께 삶과 시에 대해 이야기를 하고 있습니다. 강의하는 시간 속에서, 수시로 날아드는 이메일의 시편들을 통해서 선생님의 말씀과 저의 지나온 시간들을 들여다보며 제가 걸어왔던 해질녘 길모퉁이의 길들을 떠올리곤 합니다.

강의라는 것은 학생들을 가르치는 행위가 아니라 오히려 가르침을 받게 하는 일이었습니다. 저는 다만 살아온 나의 시간과 시와 함께 저물어갈 착한 노을 같은 회한들을 들려줄 뿐인 것이구요.

지금껏 내가 걸어온 길로 다시 돌아가 그들과 함께 부대끼며 수다를 떠는 시간은 행복합니다. 선생님이 그렇게 저를 보셨듯이 어쩌면 그만큼의 매무새로 저도 아이들을 보고 있는지 모르겠습니다. 20대, 참 좋은 나이에 문학의 길을 가겠다는 그들의 맑은 영혼이 아프게 다가올 때가 많습니다.

선생님, 그들만의 아픔과 상처들을 담아 강의실에서 혹은 이메일로 시가 뭐냐고 묻는 아이들이 늘고 있습니다. 어떻게 해야 시인이 될 수 있는 거냐고 지름길도, 샛길도 물어옵니다. 이에 저는 딱히 그들에게 답을 쥐어 주지 못합니다. 다만 또 다른 묵호를 잊지 말라고 슬며시 훈수를 둘 뿐입니다.

시는 누드라서 좀 더 구체적인 삶의 바탕에 발을 디디라고 부추깁니다. 그 질곡의 삶 발바닥에서 진흙과 눈물과 피를 보라고 말합니다. 살아가는 일들과 꿈에 대해 미학적 총체를 세워 설득력 있게 직조하는 것이 시이기 때문입니다. 그러기 위해선 외롭고 쓸쓸하게 혼자서 글을 쓰라고 선동합니다. 결국 방황하는 길의 미로에서 헤매다보면 저 멀리서 환해오는 빛의 통로가 있기 때문입니다.

저에게도 시는 좀체 손에 잡히지 않고 머물지 않는 바람과 물과 같이 흘러갈 때가 많습니다. 내 마음에 얼핏 비쳤다가도 사라지는 그림자, 쉽게 현상(現像)할 수 없는 그래서 시인은 그 운명을 기껍게 수용해야 하는 운명을 부여받은 존재지요. 자기만의 응시의 시선과 빛깔을 만드는 것이 요구되는 것이 시의 생래적 속성일터, 시인의 길은 필연적으로 방황을 전제한 사유와 서정의 풍경 위에 놓여 있게 되지 않을까요.

비록 거친 날것의 열망이라도 나와 세상을 함께 조응해내고 삼투시키면서 빚어낸다면 삶의 적요한 순간에 시는 비로소 태어나는 것이라 생각합니다. 그것의 고통스러움은 견딜만한 것이니 염려할 일은 아니지 않겠습니까. 쓸쓸한 자기응시를 통해 마음에 지도를 따라가면 가능한 일일 터지요.

아름답지만 감동이 없고, 가난하지만 눈물의 서정이 없다면, 시는 인간사를 더듬는 풍경이라거나 영혼의 밥이 될 수 없을 것이기 때문입니다.

이처럼 정리되지 않는 얘기들 속에서 아이들이 시심을 키우거나 높여갈 때 말할 수 없이 제 마음을 타고 번져오는 것들이 많습니다. 고행의 길. 그럼에도 불면의 밤을 뒤척이는 저 아이들이 있어 흔흔합니다. 선생님 '묵호를 결코 잊지마라' 하셨던 말씀 감사합니다. 묵호 잊지 않겠습니다.

나는 왜 문학을 하는가

안도현

(시인, 우석대학교 교수)

전업 작가가 되려는 마음을 품었을 때, 솔직히 나는 밥이 걱정이었다. 시인은 가난하게, 그리고 엄숙하게 살아야 된다는 통념이 널리 유포되어 있는 한국 사회에서 문학으로 밥을 얻겠다고? 그게 가당한 일이기는 할까? 내가 불순한 꿈을 꾸는 게 아닌가 하고 스스로를 의심한 적도 있었다. 문학에 비해 밥은 여전히 불경스러운 것처럼 보였기 때문이다.

그럼에도 청탁이 오는 대로 넙죽넙죽 받아서 밤새워 자판을 두드렸다. 호구지책이었다. 한 해 동안 이천 매 가까운 산문을 쓴 적도 있었다. 그렇게 하고 나니까 바닥이 보였다. 더 이상 물러설 데도 나아갈 데도 없었다. 기껏 한 공기의 밥을 위해 나를 소진시켜야 한다는 말인가. 또 다른 회의가 나를 짓눌렀고, 다시 시작하지 않으면 안 된다고 문학이 내 속에서 자꾸 꿈틀거렸다.

내가 문학을 여기까지 데리고 온 게 아니었다. 문학이 몽매한 나를 여기까지 끌고 왔다. 글쓰기란, 나라는 인간을 하나씩 뜯어고쳐 가는 일이었던 것 같다. 문학에 의해 변화된 내가 흔들릴 때마다 문학은 다시 나한테 회초리를 갖다 댔다. 문학은 나에게 늘 초발심의 불꽃을 일으키는 매서운 매였다. 문학은 엄하고 무섭지만, 그런 이유 때문에 나는 문학을 가르쳐 준 세상에 대해 고맙게 생각한다.

특히 나는 80년대와 함께 이십대의 청춘을 보냈다는 것이 더없이 고맙다. 80년대는 풋내기 문학주의자에게 세상이 모순으로 가득 찬 곳이라는 걸 충격적으로 보여주었다. 스무 살의 봄날, 시집을 끼고 앉아 새우깡으로 소주를 마시다가 계엄군에게 걸려 묵사발이 되도록 얻어터진 적이 있었다. 그날 이후, 시집보다 역사나 사회과학을 읽는 날이 더 많아졌다. 가슴에 "펜은 무기다"라는 문구가 쓰인 티셔츠를 입고 돌아다니기도 했다. 골방에서 광장 쪽으로 내 관심이 서서히 이동하고 있다는 것을 천연덕스럽게 드러내면서 말이다.

하지만 현실 속으로 머리를 들이밀수록 시대의 무거움이 버거워 나는 끙끙댔다. 그 끙끙대던, 그 전전긍긍하던 시간들을 나는 참으로 소중하게 여긴다. 문학이 현실 속에서 어떻게 긴장하고 현실에 어떻게 기여해야 하는가. 어떻게 보면 단순한, 그렇지만 한 번은 반드시 통과해야 할 그런 고민을 어깨에 얹어준 것만으로도 80년대에게 빚진 게 많다. 지금은 아무도 그런 빚을 얻으려고 하지 않는 세상이지만, 그 빚을 갚으려고 나는 쓴다.

눈 내리는 만경 들 건너가네
해진 짚신에 상투 하나 떠가네
가는 길 그리운 이 아무도 없네
녹두꽃 자지러지게 피면 돌아올거나

울며 울지 않으며 가는
우리 봉준이
풀잎들이 북향하여 일제히 성긴 머리를 푸네

그 누가 알기나 하리
처음에는 우리 모두 이름 없는 들꽃이었더니
들꽃 중에서도 저 하늘 보기 두려워
그늘 깊은 땅속으로 젖은 발 내리고 싶어하던
잔뿌리였더니

그대 떠나기 전에 우리는
목쉰 그대의 칼집도 찾아주지 못하고
조선 호랑이처럼 모여 울어주지도 못하였네
그보다도 더운 국밥 한 그릇 말아주지 못하였네
못다 한 그 사랑 원망이라도 하듯
속절없이 눈발은 그치지 않고
한 자 세 치 눈 쌓이는 소리까지 들려오나니

그 누가 알기나 하리
겨울이라 꽁꽁 숨어 우는 우리나라 풀뿌리들이
입춘 경칩 지나 수군거리며 봄바람 찾아오면
수천 개의 푸른 기상나팔을 불어제낄 것을
지금은 손발 묶인 저 얼음장 강줄기가
옥빛 대님을 홀연 풀어헤치고
서해로 출렁거리며 쳐들어갈 것을

우리 성상 계옵신 곳 가까이 가서
녹두알 같은 눈물 흘리며 한 목숨 타오르겠네
봉준이 이 사람아
그대 갈 때 누군가 찍은 한 장 사진 속에서
기억하라고 타는 눈빛으로 건네던 말
오늘 나는 알겠네

들꽃들아
그날이 오면 닭 울 때
흰 무명띠 머리에 두르고 동진강 어귀에 모여
척왜척화 척왜척화 물결소리에
귀를 기울이라

　내 등단 작품의 제목이 「서울로 가는 전봉준」인데, 왜 하고 많은 인물들 중에 하필이면 시에다 전봉준을 불러냈을까. 이유는 간단하다. 이 시를 쓰게 한 것은 역사책 속에 남아 있는 전봉준의 사진 한 장이었지만, '광주'로 일컬어지는 당대의 현실을 지나간 역사를 앞세워서라도 드러내 보이고 싶었던 것이다. 그게 이 세상한테 시로서 빚을 갚는 일이라고 생각했다.

　물론 이 시에도 상투적인 엄살이 눈에 거슬리는 부분이 있다는 것을 인정한다. 예를 들면 "이름 없는 들꽃"과 같은 표현이 그렇다. 너무 유치하기까지 해서 지금 들여다보면 몸 둘 바 모르겠다. 하지만 당시에는 나한테 그것보다 더 절실한 노래는 없었다. 한국에서 시 쓰는 자가 '어둠'이라는 비유를 자기 검열 없이 쓸 수 있게 된 시기는 그리 길지 않다. 채 20년도 되지 않는다. 그러고 보면 이 땅에서 시를 쓰는 일은 슬픔이자 또한 축복이라는 생각이 든다.

나 서른다섯 될 때까지
애기똥풀 모르고 살았지요
해마다 어김없이 봄날 돌아올 때마다
그들은 내 얼굴 쳐다보았을 텐데요

코딱지 같은 어여쁜 꽃
다닥다닥 달고 있는 애기똥풀
얼마나 서운했을까요

애기똥풀도 모르는 것이 저기 걸어간다고
저런 것들이 인간의 마을에서 시를 쓴다고

—「애기똥풀」전문

어느 날 문득 '이름 없는 들꽃'이 '애기똥풀'로 보이게 된 시기가 있었다. 해직교사 생활을 마감하고 복직을 했을 때였다. 복직은 모처럼 찾아온 기쁨이었지만, 그것은 다른 한편으로는 씁쓸한 절반의 승리였다. 전교조 활동을 하지 않겠다는 각서를 쓰고 신규 채용 형식으로 학교로 돌아간 것이었다. 우리는 거리에서 머리띠를 두르고 싸웠으나, 돌아간 학교는 변한 게 아무 것도 없었다. 세상이 벽처럼 느껴졌다. 그 벽을 무너뜨리는 싸움을 다시 시작한다는 것은 무모한 일이었다. 무엇보다 나는 지쳐 있었다.

동지는 간 데 없고 깃발만 나부끼는 참담한 세월 속에서 내가 유일하게 할 수 있었던 것은 그나마 시를 쓰는 일 뿐이었다. 돌아보면 80년대는 현실의 신명과 시의 신명이 일치하던 시기였다. 현실과 시는 서로 앞서거니 뒤서거니 하면서 마치 기관차처럼 내달릴 수 있었다. 시가 예술성의 울타리를 넘어 탈선을 감행해도 용인을 해주던 시대가 끝나자, 기관차도 기관사도 승객들도 모두 길을 잃고 망연히 철길 가에 주저앉아버렸다.

삶과 문학, 두 가지를 앞에 놓고 나는 뭔가 전환의 기회로 삼지 않으면 안 된다고 나 자신한테 주문했다. 그 주문의 목록은 대충 이런 것들이다. 시에서 지나친 과장과 엄살을 걷어낼 것, 너무 길게 큰소리로 떠들지 않을 것, 팔목에 힘을 빼고 발자국 소리를 죽일 것, 세상을 망원경으로만 보지 말고 때로 현미경도 사용할 것, 시를 목적과 의도에 의해 끌고 가지 말고 시가 가자는 대로 그냥 따라갈 것, 시에다 언제나 힘주어 마침표를 찍으려고 욕심을 부리지 말 것, 시가 연과 행이 있는 양식이라는 점을 분명히 제고할 것…….

그러자 바깥에서 또 다른 주문이 들어왔다. 이 세상은 복잡하고 갈등으로 얽혀 있는 곳인데, 당신의 시는 그런 갈등을 드러내는 것보다는 너무 편안하고 화해하는 쪽으로 한 발 앞서가 있는 게 아닌가? 당신의 시는 낭만적인 구름 위에서 거친 땅으로 좀 내려와야 하지 않겠는가?

그 주문에 나는 이제 대답을 해야 한다. 하지만 술자리에서 취중에 떠들거나 어줍잖은 산문으로 나는 대답하지 않을 생각이다. 오직 시로 나는 말해야 한다. 그리고 서두를 필요도 없다. 시는 천천히 오래도록 쓰는 것이기 때문이다.

한 편의 시를 위해서 무엇보다 오랜 시간이 필요하다는 것을 나는 안다. 그래서인지 시를 쓰는 동안에는 시간이 잘 간다. 마치 애인하고 함께 보내는 시간처럼. 남의 시를 읽을 때도 시인이 장인적 시간을 얼마나 투여했는지 유심히 살펴본다. 시간을 녹여서 쓴 흔적이 없는 시, 시간의 숙성을 견디지 못한 시, 말 하나에 목숨을 걸지 않은 시를 나는 신뢰하지 않는 편이다.

시를 읽고 쓰는 것, 그것은 이 세상하고 연애하는 일이라고 종종 생각한다. 연애 시절에는 나뭇잎 떨어지는 소리 하나에도 예민하게 반응하고, 연애의 상대와 자신의 관계를 통해 수없이 많은 관계의 그물들이 복잡하게 뒤얽힌다는 것을 생각하고, 그리고 훌륭한 연애의 방식을 찾기 위해 모든 관찰력과 상상력을 동원해야 한다. 연애는 시간과 공을 아주 집중적으로 들여야 하는 삶의 형식 중의 하나인 것이다. 가슴으로만 하는 연애, 손끝으로만 하는 연애도 나는 경계한다. 가슴은 뜨겁지만 쉽게 식을 위험이 있고, 손끝은 가벼운 기술로 사랑을 좌우할 수도 있다. 가슴과 손끝으로 함께 하는 연애, 비록 욕심이라 할지라도 내 시는 그런 과정 속에서 태어나기를 꿈꾼다.

문학은 여전히 외로운 자들의 몫이라고 생각한다. 외로움을 모르는 문학이 있다면, 외로움의 거름을 먹지 않고 큰 문학이 있다면 그 뿌리를 의심해 봐야 한다. 글을 쓰는 일은 외롭기 때문에 아름다운 일인지도 모른다.

그런 점에서 문학하는 일은 헛것에 대한 투자임이 분명하다. 미국의 어느 교육 심리학자가 "태양에 플러그를 꽂는 일"이 창의성이라고 말한 것처럼 시를 쓰는 일 또한 그와 별반 다르지 않다. 아무 것도 손에 잡히지 않는 헛것인 줄 알면서도 그것을 쫓아가는 동안 나는 시인이다.

환경생태학적 상상력과 동화 창작

— 장편동화 『구리구리산 너구리 전설』의 창작과정을 중심으로

조태봉

(동화작가)

1. 환경생태학적 상상력과 동화 창작

1) 환경문제와 『구리구리산 너구리 전설』의 창작 동기

인간과 자연이 공존·상생한다는 것이 과연 가능한 일일까? 가능하다면 인간은 어느 정도까지 자연을 개발하고, 또 자연은 인간의 침범을 어느 정도까지 허용할 것인가? 인간과 자연이 공존할 그 접점은 어디인가? 우매해 보이기조차 한 이러한 질문은 이 동화를 창작하는 내내 머릿속을 맴돌던 화두였다. 여기에서 자연이란 인간을 둘러싸고 있는 환경과 지구상에 존재하는 모든 생명체들을 의미한다. 인간은 그들을 정복하고 지배하는 존재로서 군림하고 있다.

지구의 역사에 비해 인간의 역사는 그야말로 걸음마 단계에 불과하다. 더구나 인류 문명이 시작된 것도 불과 몇천 년 전이다. 인간이 자

연을 정복하고 가공하기 시작한 역사는 더더욱 얼마 되지 않는다. 그러나 인간은 이미 자연으로부터 너무 멀리 벗어나왔다. 그 짧은 기간 동안 인간은 자연을 파괴하고 재생불능의 상태로 만들어 놓았다. 자신도 자연의 일부이며 자연으로부터 벗어나서는 한순간도 존재할 수 없다는 것을 망각한 채 자연을 파헤쳐 인공의 구조물을 세우고, 인간중심주의와 자본의 논리로 생태계의 파괴를 계속하고 있다. 결국 산업화가 시작된 지난 200년간 인간은 30억 년을 존속해온 자연을 엄청난 규모와 속도로 파괴하여 오늘날 생태계의 위기까지 불러온 것이다. 어쩌면 인류는 자연의 대재앙을 눈앞에 두고 있는지도 모른다.[1]

지구 생태계의 심각한 파괴는 인류 생존의 문제로 직결되고 있다. 그러한 문제의식이 진지하게 받아들여지고, 그에 따른 자연에 대한 인식의 전환이 이루어진 것은 1960년대 후반부터 1970년대 들어서면서였다. 1970년 영국 BBC는 생태학의 시대가 도래했다고 방송했고, 3년 후 노르웨이에서는 철학자 아르네 네스(A. Naess)가 환경문제의 시각을 근본적으로 전환하자는 성명서를 발표했다. 이때부터 서구에서는 생태 패러다임에 대해 논의하기 시작해 환경운동이 활발히 일어나고 생태학적 인식이 대중에게 확산되기 시작했다. 한국에서는 산업화와 경제개발 논리에 밀려 뒤늦게 1989년 〈한살림 선언문〉으로부터 생태학적 관심이 일어나게 되었다.[2]

서구형 발전 모델과 근대적 세계관에 근본적인 물음을 제기하는 것으로 시작된 〈한살림 선언문〉[3]은 생태주의 운동의 밑바탕이 되었다.

---

1) 그러한 조짐은 오존층 파괴, 지구 온난화 현상, 이상 기온에 의한 폭설이나 집중호우 등으로 예견되어 왔으며, 얼마 전 수많은 사상자를 낸 동남아시아 해변을 휩쓴 해일이나 미국의 뉴올리언즈를 강타한 허리케인 등을 보면서 생태학적 재난에 대한 우려의 목소리가 높다.
2) 문순홍 편저, 서문, 『생태학적 담론』, 솔출판사, 1999, p.9.

이전에는 생태학적 논의와 실천이 개인, 지역, 부문 운동 수준이었으나, 이 선언 이후 지금에 이르기까지 생태주의 개념의 정의와 실천 영역은 지속적으로 확장되어 왔다.

장편동화 『구리구리산 너구리 전설』은 이러한 생태주의적[4] 인식을 토대로 구상되기 시작했다. 어느 도시 근교에서 살고 있는 너구리들이 자꾸 커져 오는 도시에 밀려 생활 터전을 잃고 방황하는 이야기를 통해 인간중심주의와 자본의 논리를 비판하고, 나아가 너구리를 비롯한 자연의 모든 객체들이 인간과 함께 자연의 주체로서 공생해야 한다는 메시지를 담고 싶었다.

그렇다면 왜 너구리인가? 많고 많은 동물들 중에서 중심 소재를 너구리로 한 것은 너구리라는 동물이 동화에 잘 어울릴 뿐만 아니라 생태계 문제를 구체적으로 깊이 생각해 볼 계기를 만들어 주었기 때문이다.

몇 년 전 MBC TV에서 양재천에 나타나는 너구리들을 취재해 방송한 적이 있다.[5] 그 너구리를 촬영하기 위해 진행을 맡은 개그맨이 밤늦

---

3) 〈한살림 선언문〉은 한살림 운동의 이념과 실천 방향을 확립하기 위해 가진 모임과 토론회에서 합의된 내용을 장일순, 박재일, 최혜성, 김지하가 정리하고 최혜성이 대표 집필한 것이다. '생명의 지평을 바라보며'라는 부제가 붙어 있는 이 선언문에서는 산업문명이 처한 위기를 7가지 측면에서 그 원인을 찾고 있다. 첫째는 핵 위협과 공포, 둘째는 자연환경의 파괴, 셋째 자원 고갈과 인구의 폭발, 넷째 문명병의 만연과 정신분열적 사회 현상, 다섯째 경제의 구조적 모순과 악순환, 여섯째 중앙집권화된 기술관료체제에 의한 통제와 지배, 일곱째 낡은 기계론적 세계관이 바로 그것이다. : 위의 책 참조.

4) 생태주의(ecologism)는 '환경'이나 '생태학'보다 큰 개념으로 '환경주의'를 합쳐서 일컫는 용어에 해당한다고 볼 수 있다. 즉 생태주의란 매우 포괄적인 것이어서 환경, 녹색, 생명 등의 개념을 모두 포함하고 있는 것이다. 한마디로 생태주의는 지구 생태계가 부분과 전체, 개체와 환경이 서로 깊이 연결되어 있는 유기적 통일체라는 사실에 깊이 뿌리를 박고 있다. 이런 생태주의에 대한 개념 아래 환경(environment)이란 "생물을 둘러싼 외적 조건"을 뜻하며 생태학(ecology)이란 "생물 상호간의 관계 및 생물과 환경과의 관계를 구명하는 학문"을 말한다. 여기서 우리는 환경과 생태학이란 개념이 지닌 중요한 의미의 편차를 확인할 수 있다. 그것은 '관계'라는 말이다. 생물과 생물의 관계, 생물과 환경과의 관계를 연구하는 것이 생태학이다. : 이정석, 「생태 동시문학 정립을 위한 소고」, 《아동문학담론》 7호, 청동거울, 2004, pp.22~23.

5) 〈다큐멘터리 이경규 보고서〉, 느낌표! 2001, MBC, 2001. 11~12. 방송.

도록 잠복 취재하는 장면을 보면서 신기하다는 생각을 했다. 도심 한복판에서 너구리들이 살고 있다는 것도 그렇고, 동면에 들어갔어야 할 너구리들이 겨울잠도 자지 않고 나돌아다니는 것이 신기하고도 이상했다. 그런데 얼마 후 다른 방송사에서 방영한, 도시에 사는 너구리를 집중 취재한 다큐멘터리를 보고는 생태 문제의 심각성을 느끼게 되었고, 이 동화를 창작하는 동기가 되었다.

그 다큐멘터리에 나오는 너구리를 내레이터는 '도시 너구리'라고 불렀다. 도시 개발로 서식지를 잃고 먹을 것을 찾아 도시로 흘러 들어온 것으로 추측했다. 그 너구리는 구로구 독산동의 하수구에서 처음 발견되었고, 여러 마리가 함께 무리지어 살고 있었다. 그후 몇 개월간 하수구 안에서 살고 있는 너구리의 생태를 취재했는데, 더러운 하수구에서 살다 보니 건강 상태가 몹시 좋지 않았다. 그 안에서 새끼를 낳기도 하는데 대부분은 얼마 살지 못하고 병에 걸려 죽는다고 했다. 그리고 그 너구리들은 겨울잠을 자지 않는 것으로 확인되었다. 열악한 환경이 너구리의 생태까지 변화시켜 놓은 것이다. 이들 너구리들은 이 동화에서 '도시 너구리'로 고스란히 재현되었다.

2) 동화와 환경생태학적 상상력

환경생태 문제의 심각성에 대한 문학적 대응으로 나타난 것이 바로 환경문학, 생태문학, 녹색문학, 생명문학, 생태환경문학, 생태주의문학 등 여러 가지 용어로 혼재해 사용되고 있는 환경생태문학이다. 이러한 용어상의 혼란은 이들 용어에 대한 개념 정의가 명확히 이루어지지 않았기 때문이다. 그 이유는 지구상의 환경문제가 너무 광범위하고, 눈에 보이는 직접적인 환경 파괴 문제에서 아직은 눈앞에 닥치지 않았지만 지구의 생존에 관여된 문제까지 아주 다양하기 때문이다. 또한 직접적인 생태계 파괴뿐만 아니라 이러한 문제를 불러일으킨 물질문명과 인간중심주의, 자본의 논리 등의 문제에까지 이르게 되면 환경문제는 현상적인 오염의 문제를 넘어서 우리의 생활방식, 의식구조, 욕망, 윤리적 측면 등의 매우 근본적인 문제에까지 확대된다. 따라서 환경생태 문제를 어느 시각에서 어느 부분을 강조하고 어디에 주안점을 두느냐에 따라 환경생태문학의 의미가 달라지고 용어상의 차이도 생기게 되는 것이다.

그러나 이러한 문제는 작품을 창작하는 데 있어서는 그다지 중요하지 않다고 본다. 단지 작품을 창작하면서 직·간접적으로 영향을 미치게 되고, 나아가 작품 속에 투영된 인식의 문제, 즉 환경생태 문제에 대한 인식의 차원을 명확히 해둘 필요가 있기 때문에 나름대로 개념 정리를 해두고자 할 뿐이다. 본고에서는 용어상의 혼동과 개념의 편차가 있음에도 불구하고 환경생태에 관련한 문학을 '환경생태문학', '환경생태학적 상상력'이라는 용어로 총괄해 사용하려 한다. 이는 환경생태 문제의 각 국면들이 따로 떨어져 일어나는 것이 아니라 서로 인과 고리를 형성하고 있기 때문이다. 환경문제를 고발하는 수준에서 그치면 '환경문학'이고 생태적 인식을 드러내고 있으면 '생태문학'이라는 구분은 창작자에게 불필요한 용어상의 혼돈일 뿐이다. 자연과 인간이 하나로 어우러진 새로운 삶을 꿈꾸지 않는 환경생태문학은 있을 수 없기 때문이다. 물론 생태문학 쪽에서는 "생태문학은 생태계 문제를 성찰하고 비판하며 그 원인을 생태적 인식을 바탕으로 따지고 더 나아가서 새로운 생태사회를 꿈꾸는 문학을 의미한다. 이때 생태적 인식을 너무 엄격한 기준으로 보지 말고 폭넓은 개념으로 이해하는 것이 중요하다"[6]라고 하면서 환경문학을 생태문학 속에 수용하자는 주장도 있다.

환경생태문학에서 생태적 인식은 매우 중요한 창작 태도이다.

인간은 다른 생물, 무생물과 함께 지구의 생태계를 이루는 하나의 생물체이므로, 이들 다른 생물들과 함께 살아가는 공생의 법칙을 찾아낼 때 비로소 우리는 물론 다른 생물체도 존속할 수 있는 가능성을 얻게 된다. 생태적 인식은 따라서 인간은 지구라는 거대한 집에 다른 생물들과 함께 세들어 사는 존재임을 인식하고, 공생의 관계를 위해 노력하는 것을 의미한다. 다시 말해서 생태적 인식이란 유기체가 "서로서로 얽혀 있으며", 바로 그렇기 때문에 유기체를 개별적으로 고찰해서는 안 되고 "환경과 연관지어" 총체적으로 파악하는 사유 태도를 일컫는다.[7]

생태적 인식은 환경문제를 그 자체에만 국한시켜 바라보지 않고, 나아가 생명과 환경, 생명과 생명 사이의 관계를 중요한 인식의 고리로 탐색하게 한다. 지구상의 모든 생명과 사물이 서로 유기적인 관련을 맺으면서 지구 생태계를 이루어 왔듯이 모든 존재들의 공생의 길은 그러한 유기적인 관계에 대한 재인식에서부터 열리게 될 것이다. 따라서 그러한 인식에 기반을 둔 환경생태학적 상상력을 토대로 쓰여진 환경생태문학은 단순히 환경문제, 환경 파괴의 고발에 머무르는 것이 아니라 지구 생태계를 유기적인 관계로 인식함으로써 모두가 소중한 생명체이고 의미 있는 존재라는 사실을 재발견하고, 결국 인간성 회복의 길로 나아가게 한다.

물론 "환경생태학적 상상력에는 비판의식이 내재할 수밖에 없다. 비

---

6) 김용민, 「생태사회를 위한 문학」, 신덕룡 편, 『초록생명의 길 2』, 시와사람사, 2001, pp.34~35.
7) 앞의 글, p.30.

판이란 세계를 인지적으로 환원시키려는 전략의 하나이기 때문이다. 그런 비판의식을 보다 구체적이고 적극적으로 수용할 수 있는 양식이 동화이다."[8] 서사 장르의 하나인 동화는 다른 서사와 마찬가지로 인물들 간의 대립과 갈등을 기본으로 하고 있다. 이야기 속의 인물들이 대립구조 속에서 갈등하면서 문제를 풀어 나가게 된다. 대부분의 동화는 선과 악이 미리 정해져 있는 경우가 많다. 어떤 이유로든 선은 악으로 인해 고통을 받다가 그 상황을 이겨 나가게 되는데 그 과정에서 동화의 미학이 우러나오게 된다. 이는 동화가 다른 서사 장르와 달리 서사성과 서정성을 함께 지닌 장르라는 특성에서 기인한다. 동화가 처음에는 대립구도에서 시작되어 궁극엔 갈등을 극복하고 화해를 이루어 가는 과정에서 풍겨 나오는 서정성이 아름다움을 자아내게 된다. "소설의 서사가 자아와 세계의 대결을 조장하는 것이라면, 동화의 서사는 자아와 세계의 화합을 모색한다. 동화는 선과 악의 이분법적 구도를 지니면서도 끝까지 대결과 대립으로 이끌어 가는 것이 아니라, 그 극복의 아름다움을 보여주는 문학인 것이다. 이와 같은 동화의 미적 구조는 환경생태적 세계관을 수용하기에 적절하고도 유용한 양식"[9]이라고 볼 수 있다. 인간중심주의와 자본의 논리에 따라 개발을 일삼아온 인간은 자연과의 대립 갈등 관계에서 악의 입장에 놓이게 된다. 따라서 자연의 파괴를 막고, 파괴된 자연을 복원함으로써 자연과 인간의 상생을 추구하는 환경생태적 세계관은 대립 갈등에서 화해를 모색해 가는 동화의 미학과 맞닿아 있다. 그것은 자연의 복원임과 동시에 인간 자신의 회복을 의미한다. "동화는 그런 의미에서 인간성 복원을 위

---

8) 김용희, 「어린이로 돌아가자—생태학적 상상력 탐구에 붙여」, 《아동문학담론》, 청동거울, 2004, p.16.
9) 위의 글, p.17.

한 절묘한 문학의 하나"[10]라고 할 수 있는 것이다.

2. 『구리구리산 너구리 전설』의 창작 과정

1) 설화 「천 년 묵은 너구리와 감찰 선생」의 차용

『구리구리산 너구리 전설』은 경상남도 거창군 북상면에서 전승되는 설화 「천 년 묵은 너구리와 감찰 선생」을 차용, 창작의 모티프로 삼고 있다. 물론 설화의 중심 골격을 가져다가 재창작을 한 것이다. 본래의 설화는 미물인 너구리가 사람으로 둔갑을 해 세상을 혼란하게 하는 것에 대해 경계하고 이를 물리침으로써 사회질서를 바로잡고자 하는 의도를 담고 있다. 또한 하찮은 미물의 둔갑술에 속아 사위로 삼기까지한 정승의 이야기를 통해 양반 사회의 어리석음을 풍자하는 내용으로 볼 수도 있다. 어느 면으로 보나 이 작품의 주제의식과는 동떨어진 인간 중심적 이야기이다. 그러나 환경생태적 주제의식에 맞게 변용함으로써 이 설화는 작품에서 매우 중요한 역할을 해내고 있다. 바로 동화에 판타지적 성격을 부여해 주는 근거가 되며, 또한 구리구리산이라는 가상공간에 너구리 마을이 존재할 수 있는 당위성을 제공해 주고 있다.

이 설화의 내용은 천 년 묵은 너구리 한 마리가 사람으로 둔갑을 해서 서울로 올라가 정승의 사위가 되었는데, 서울 장안에 둔갑한 너구리가 있다는 사실을 알게 된 감찰 선생[11]이 서울 관문을 지키는 장승의

---

10) 위의 글, p.17.

얼굴 씻긴 물을 둔갑한 너구리에게 먹여 죽였다는 간단한 이야기이다. 설화의 한 부분을 소개하면 다음과 같다.

옛날 산중에 <u>너구리가 한 천 년을 먹었어.</u> 천 년을 먹은 놈이, '내가 사회에 나가가지고 <u>사람의 행동을 한 번 취해 보겠다.</u>' 이런 마음을 먹고는 <u>아, 참 인간이 되가지고 떠억 나오잉께.</u>

(…중략…)

<u>서울 장안으로</u> 이리 저리 귀경을 해보인께, 그 산중에 있다가 그 장안 안 겉은 데 귀경을 한께, 꽤 할 만하거덩. 그 한군데는 설친께 참, 이정승이라고 하까, 김정승이라고 하까 그런 정승이 조회 갔다 나오시다가, 그 아이를 본께 인물이 참 귀맴(귀한 몸)이라. "저런 삼(사람)들을 갖다 데리다가 공부를 시기면 장래 갖다가 대과 급제를 할 터이니, 델꼬 가서 공부를 좀 시기야겠다."

그래, 딜꼬 가서 공부를 떠억, 이놈이 공부가 천재라, 어떻기 잘하던지. 그 짐승이 변해가지고 갖다가, 사람이 되인께 그거 천재일뻬기는.

그, <u>그 정승이 사위를 삼았네.</u> 사윌 떠억 삼아 놓고 있는데

(…중략…)

그놈을 마시고 나잉께 <u>고만 죽어뿌맀어. 너구리가.</u> 그래 정승이 깜짝 놀랜다 말이라.

"요고뿐 아이라, 딸님 뱃속에 너구리 새끼 여섯 바리 들었습니다. 여섯 바리가 들었으니, 요 물을 갖다 마시시오. 요 마시면 사람한테는 아무 지

---

11) 조선시대 사헌부의 정6품 관직. 1392년(태조 1) 20명을 두었다가, 1401년(태종 1)에 25명으로 늘렸으나, 세조 이후에는 그 수를 줄여 문관 3명, 무관 5명, 음관(蔭官) 5명, 도합 13명으로 하였다. 이들은 국고출납·사제(祠祭)·조정예회(朝廷禮會)·과거(科擧) 등 모든 면에 걸쳐 감찰하여 기강을 세우고 풍속을 바로잡는 일을 맡아보았다.

장 없고, 너구리 새끼만 쏘옥 빠질 테잉께. 그래 갖다 믹이시오."[12]

위 인용문에서 밑줄 친 부분을 골격으로 해서 설화는 재구성된다. 즉, 인간이 되기를 염원하는 너구리가 천 년을 기다린 끝에 사람으로 둔갑을 할 수 있는 재주를 얻게 된다. 사람이 된 너구리는 양반집 사위가 되어 관직에도 등용이 된다. 그러나 반대파에 몰려 죽을 고비를 넘기고 쫓겨나는데 한양살이에 대한 미련을 버리지 못한 채 한양 근교의 구리구리산에서 숨어 지내게 된다. 구리구리산 너구리 마을의 시조가 된 셈이다. 이로써 몇백 년이 지난 지금 구리구리산 너구리들이 "특별한 너구리"라는 당위성을 얻게 되는 것이다.

또한 너구리가 동굴 속에서 천 년의 기다림 끝에 사람이 되는 둔갑술을 익히기까지 많은 어려움을 겪게 되는데, 이는 너구리가 치러내야 할 재생제의(再生祭儀)[13]에 신성성을 부여하기 위한 것이다. 너구리는 동굴 속에서 쑥과 육모초, 그리고 이슬을 받아먹으면서 사람이 살아가는 법 세 가지를 깨닫기 위해 천 년 동안 도를 닦아야 했다. 단군신화에서 곰이 사람이 되기 위한 통과의례를 거쳐 재생제의를 치러낸 것과 같은 맥락이다. 너구리는 그러한 의식을 통해 한 번 죽고 다시 재생해야 했던 것이다. 이러한 과정을 치러낸 그는 명실공히 구리구리산 너구리들의 시조로서 후손들에게 추앙받을 만한 인물이 된다. 이를 통해 설화「천 년 묵은 너구리와 감찰 선생」에서 차용된 부리부리 이야기는 작품의 저변을 관류하는 줄기가 되어 환경생태학적 상상력에 생동감을 더해 주게 된다.

---

12) 최정여·강은해 편,「천 년 묵은 너구리와 감찰 선생」,『한국구비문학대계 8-6 경상남도 거창군편(2)』, 정신문화연구원, 1981, pp.107~110, 밑줄 인용자.
13) 윤철중,『한국의 시조신화』, 서울, 보고사, 1998, p.36.

2) 너구리의 생태적 특징

이 동화의 중심 소재인 너구리의 생태 연구는 가장 기본적이면서도 중요한 일이다. 백과사전이나 너구리 관련 책자들에서 사전 지식을 습득하고 사진 자료를 구해 외모의 특성을 세밀하게 확인해 두었다. 그 후 동물원에 갈 기회가 생겨 실물을 보려 했지만 그곳엔 너구리가 없어서 보지 못하고 텔레비전의 동물 관련 프로그램에서 너구리가 나올 때마다 실제 움직이는 모습을 틈틈이 관찰해 둠으로써 행동거지의 특징을 익히려 애를 썼다. 이러한 기본 작업이 잘 되면 각 인물들마다의 개성을 손쉽게 살려낼 수 있다. 반면에 잘 아는 동물이라고 해서 방심하다 보면 종종 잘못 알고 있던 부분이 드러나 작품의 오점이 되는 수도 있다.

백과사전에 기록된 너구리의 생태적 특징을 옮겨 보면 다음과 같다.

너구리는 식육목(食肉目) 개과에 속하는 포유류이다. 분포 지역은 유럽·러시아·일본을 비롯해 중국 동북지방과 한반도(대흥안령·소흥안령·의정부·지리산·설악산 등 전역) 등에 분포한다. 수명은 7~10년이다. 주로 서식하는 장소는 삼림·계곡이다. 비교적 청결한 곳을 좋아한다.

몸 길이는 50~68cm, 꼬리 길이 15~18cm, 몸무게 4~10kg으로, 개과 중 원시적인 동물이다. 몸은 땅딸막하고 네 다리는 짧으며, 귓바퀴도 작고 둥글다. 주둥이는 뾰족하며, 꼬리는 굵고 짧다. 몸의 털은 길고 황갈색이며, 등면의 중앙부와 어깨는 끝이 검은 털이 많다. 얼굴·목·가슴 및 네 다리는 흑갈색이다.

야행성 동물이지만 가끔 낮에도 숲속에 나타날 때가 있다. 낮에는 숲이나 바위 밑, 큰 나무 밑의 구멍이나 자연동굴 속에서 자다가 밤이 되면 나와서 들쥐·개구리·뱀·게·지렁이류·곤충·열매·고구마 등을 먹는 잡식성이다. 나무에 올라가서 열매를 따먹기도 하며, 식욕이 대단해 한꺼번에 많은 양의 먹이를 먹는다.

개과에 속하는 동물 가운데 겨울잠을 자는 유일한 동물로, 11월 중순에서 3월 초순까지 동면하지만, 간혹 한겨울에도 발견된다. 번식기는 3월이고, 임신 기간은 60~63일이며, 한 배에 3~8마리의 새끼를 낳는다. 경계심이 부족하기 때문에 쉽게 덫에 걸리며, 짧은 다리에 비해 몸집이 비대하기 때문에 빨리 달리지는 못한다. 모피는 주로 방한용(防寒用) 모자를 만드는 데 사용된다.

다소 둔해 보이는 외모 때문에 의뭉스럽고 미련한 동물로 인식되기도 하며, 의뭉스럽고 능청스런 사람에 비유되기도 한다. "여우·너구리·두꺼비 키재기"라는 동물담(動物譚)에서는 지능이 가장 낮은 동물로 등장한다.

너구리와 관련된 속담도 여러 가지가 있는데, 서두르는 사람을 보고 "너구리굴 보고 피물(皮物) 돈 내어 쓴다" 하고, 보기보다 실속 있는 일을 "너구리 굴에서 여우 잡는다", 미리 생각해서 빠져나갈 수 있는 준비를 하라는 말로 "너구리도 들 굴 날 굴이 있다"고 한다.[14]

이외에도 너구리에게는 아주 중요한 생태적 비밀이 있다. 너구리는 깜짝 놀라면 기절을 잘한다는 것이다. 죽은 듯이 누워 있다가 얼마간 시간이 흐르면 다시 슬그머니 일어나 도망을 친다. 이는 너구리의 혈관 속에 사는 '필라리아'라고 하는 실국수 모양의 기생충 때문이다. 너구리가 놀라서 심장의 박동이 빨라지면 필라리아는 뇌에 산소를 보내

---

14) 네이버 백과(두산동아백과사전) 참조.

는 혈관까지 흘러와 피를 막아 버린다. 그러면 뇌에 일시적으로 산소 공급이 중단되어 기절을 한다는 것이다. 시간이 흘러 필라리아가 움직이면 너구리는 의식을 되찾게 된다. 옛날부터 너구리에게 홀렸다라든가 너구리가 둔갑을 한다는 말이 있는데, 이건 바로 필라리아 때문이 아닌가 추측된다. 방금 전까지 죽어 있던 너구리가 잠시 한눈을 파는 사이에 사라지고 없는 걸 경험해 본 사람들에게서 유래한 말인 것 같다.

그리고 도시 너구리는 겨울잠을 자지 않는다는 것도 추가해 두어야겠다.

3) 스토리와 구성

(1) 스토리

이 동화의 스토리는 꼬마 너구리 나리를 중심으로 전개되고 있다. 도시 근교 야산인 구리구리산의 너구리 마을에서 아빠 왕구리와 엄마 나와두리, 그리고 동생들과 함께 살고 있었다.

너구리 마을은 수백 년 전, 부리부리라고 하는 천 년 묵은 너구리가 인간으로 둔갑하여 정승이라는 벼슬까지 지내면서 생명을 존중하는 바른 정치를 하려다 반대파에게 쫓겨난 후 정착한 곳이다. 이 마을의 너구리들은 모두 그의 후손인 셈이다. 따라서 너구리로서의 자부심과 명예심이 유별난 너구리들이다.

그런데 나리는 겨우내 어디선가 들려오는 괴성 때문에 겨울잠을 잘 수 없었다. 동굴 밖으로 나가 무슨 소리인지 알아보려 해도 그 소리가 무서워서 나갈 수가 없었다.

마침내 봄이 오자, 봄의 유혹을 못 이겨 밖으로 나온 나리는 친구 어쭈구리와 함께 이리 저리 돌아다니다가 괴성의 정체를 알게 된다. 그것은 바로 겨우내 산의 앞쪽을 파내던 소리였다. 그리고 지금은 아파트 단지 조성 공사가 한창이었다.

이 사실을 알게 된 너구리 마을은 일대 소동이 일어난다. 인간들에 대한 두려움은 물론 인간들의 자연 파괴를 막아내고 마을을 지켜야 한다는 성토 과정에서 강경한 대응을 주장하는 너구리 뭉구리와 인간을 피해 이주하기를 주장하는 나리의 아빠 왕구리가 맞서게 된다.

하지만 너구리 마을의 족장 너와구리는 뭉구리의 편을 들어 인간들을 혼내 주자는 결의를 하게 된다. 이에 너구리들은 아파트 공사장으로 몰려가 둔갑술로 경비들을 놀라 달아나게 하고 나서 공사장을 아수라장으로 만들어 버린다.

나중에 이 사실을 알게 된 건설회사 사장은 공사장 주위에 그물을 치고 덫을 깔아 놓고는 너구리들이 몰려오기를 기다린다. 너구리들은 다시 공사가 시작되는 걸 알고는 서둘러 공사장으로 몰려간다. 결국 인간들이 파놓은 함정에 걸려든 너구리들은 몰매를 맞고, 도망을 치다가 그물이나 덫에 걸려 많은 희생을 당하고 말았다.

이때 나리는 그물에 걸린 친구 어쭈구리를 구하려다 그만 덫에 걸리고 만다. 그러나 근처에 있던 한 소년의 도움으로 풀려나 소년의 집으로 가게 되었다.

한쪽 다리에 장애가 있는 소년은 지금의 공사장 자리에 있던 허름한 집에서 삼촌과 함께 살았다. 하지만 개발 때문에 집이 철거되고 인근으로 이사를 했다. 소년은 집 나간 엄마가 돌아오면 이사 간 집을 찾아오지 못할까 봐 매일 공사장이 보이는 산언덕에서 엄마를 기다리는 것이었다. 그러던 중에 나리를 만나게 된 것이다.

나리와 소년은 같은 처지이다. 둘 다 도시 개발로 살던 곳을 잃게 되었으니 말이다. 나리는 소년의 집에서 소년과 삼촌의 극진한 간호를 받게 된다.

그런데 삼촌은 아파트 공사가 한창인 곳에서 너구리가 발견된 걸 이상하게 생각했다. 그래서 환경운동 단체에 신고하자 생태 보호를 위해 공사를 중단길 요구하는 운동이 번지게 된다. 삼촌은 또한 직접 너구리 마을을 찾아내고는 이 산이 너구리 서식지라는 걸 알게 된다. 그리고 언론에 이 사실을 알림으로써 여론을 형성해 이 지역을 '너구리 보호 구역'으로 선정해 너구리를 보호하려 든다.

한편 건설회사 사장은 이 산에 너구리가 살고 있다는 사실이 알려질까봐 전전긍긍하게 되었다. 게다가 시 당국이 의회와 환경운동 단체의 압력에 밀려 갈팡질팡하게 되자 신도시 개발 계획이 취소될까봐 두려워하게 되었다. 이에 궁리를 하던 중 너구리 서식지가 사람들에게 알려지기 전에 너구리들을 쫓아낼 생각을 갖게 되었다.

결국 사장은 사냥꾼들을 고용해 너구리 사냥을 시키고 만다. 이때 뭉구리는 사냥꾼과 싸우다 죽게 된다. 그 외에 많은 너구리가 죽었다. 다음날 소년과 삼촌, 그리고 환경운동단체 회원 몇 사람이 서식지를 찾아갔다가 이 사실을 알고는 분노하게 된다. 살아남은 너구리를 찾아보았지만 허탕만 치고 말았다.

사냥꾼의 추격을 피한 너구리들은 다른 가족들의 죽음을 슬퍼하고, 또한 인간들에 대한 분노로 치를 떨었다. 하지만 나리는 인간들에 대한 기대를 버리지 않았다. 눈이 선한 소년과 같은 사람은 믿을 만하다는 사실을 알고 있었다. 족장 너와구리마저 부상으로 숨을 거두게 되자, 왕구리가 너구리들을 이끌고 평화롭게 정착할 수 있는 땅을 찾아 떠나는 것으로 이야기는 끝을 맺고 있다.

(2) 구성

이 동화는 대체로 시간의 흐름에 따라 스토리가 전개되는 단순한 구성 방법을 취하고 있다. 나리가 겨울잠에서 처음 깨어났을 때 이야기와 수백 년 전 부리부리 할아버지의 이야기가 중간에 끼어든 것과 작품 말미에 삼촌이 너구리 마을을 찾아내는 부분 말고는 모두 현재 시점에서 진행되는 일들이다.

이야기를 현재 진행 위주로 비교적 단순하게 구성한 것은 동화라는 장르의 특성상 복잡한 구성보다 단순 구성이 아이들이 읽고 이해하는 데 용이하다는 생각에서이다. 그런 이유에서 문장도 가급적 간결하게 구사하고자 노력했다.

이는 문학성에서조차 단순하고 간결하게 처리했다는 뜻은 아니다. "동화는 간결하고 단순하면서도 그 사상에 있어서 심오함을 가지고 있다. 동화는 아이들이 이해할 수 있도록 간결하고 단순한 구조로 되어 있지만, 문학이라는 관점에서 심오한 예술성을 내포하지 않으면 안 된다. 구조가 단순하고 간결하다는 것과 주제가 심오하다는 것은 상호대립적이기보다 상호보완적인 관계로 보아야"[15] 한다.

(3) 인물

이 동화에서 중심인물은 나리, 왕구리, 뭉구리, 어쭈구리이다. 이들은 개성적인 성격의 소유자들로 그 성격이 이름을 통해 드러나도록 설정했다.

---

15) 김자연, 『아동문학 이해와 창작의 실제』, 청동거울, 2003, p.93.

나리는 영리하고 귀여운 암컷 너구리이다. 생기발랄한 성격의 소유자인 나리는 주인공으로서 이야기를 재미있게 이끌어 나가도록 설정되었다. 너구리 마을이 위기에 처했을 때는 누구보다도 앞장서 주도적인 활약을 하기도 한다. 어린이들에게 용감하고 진취적인 인물형을 보여주고자, 여성적 이미지보다는 적극적으로 자기 세계를 개척해 가는 주인공으로서의 강한 이미지를 부각시킨 것이다.

어쭈구리는 약간은 멍청하면서도 엉뚱한 사고뭉치 너구리이다. 하지만 어쭈구리는 너구리 마을의 위기를 겪으면서 제법 의젓하고 철이 든 너구리로 변화해 간다. 어수룩하고 소극적인 모습에서 현실 문제에 스스로 당당하게 맞서 나가고자 하는 의식의 성장 과정이 이야기의 또다른 재미를 주기도 한다.

뭉구리는 우직하면서도 과격한 성격의 소유자이고, 나리의 아빠인 왕구리는 현명하고 지혜로운 너구리로 너구리 마을을 이끌고 갈 지도자급 인물이다. 뭉구리와 왕구리는 인간의 자연 파괴에 대해 서로 대립되는 견해를 대변해 주는 인물이다. 뭉구리는 인간과 싸워서라도 너구리 마을을 지키려 하는 반면, 왕구리는 인간과 대립하기보다는 상생적 입장을 지닌 인물이다. 이 작품에서 너구리와 인간의 대립 갈등과 함께 뭉구리와 왕구리의 대립은 이야기를 풀어나가는 데 있어서 중심적인 위치를 차지하고 있다.

반면에 인간들은 모두 익명으로 처리했는데, 이는 이 작품이 너구리들을 중심으로 전개되기 때문이다. 이 작품에서 인간들은 선과 악의 이중적인 면모를 보이고 있는데, 악으로 상징되는 인간은 환경 파괴의 주범으로서의 다수 인간을 대변하고 있고, 선의 입장에 선 인간들은 환경 파괴 문제를 지적하고 환경을 보호하려는 다수 인간들 중 하나이다. 그들을 모두 익명으로 처리함으로써 그들 하나하나가 다수자를 의미하도록 한 것이다. 또한 서로 대립하는 너구리와 인간 중에서 너구리에게 이름을 주고 그들 중심으로 이야기를 전개함으로써 그들의 취지에 손을 들어 주고자 하는 뜻도 내포되어 있다.

4) 작품의 판타지적 특성

(1) 가상공간의 설정

구리구리산은 현실에서 존재하는 산이 아니다. 굳이 현실에서 찾자면 양재천에서 너구리들이 나타나는 것을 보면, 미루어 짐작하건대 청계산 정도가 이에 해당되지 않을까 싶다. 하지만 청계산에 둔갑하는 너구리가 살고 있다는 얘기는 들어본 적이 없다.

이 동화의 스토리 특성상 구리구리산이라는 가상공간 설정은 불가피하다. 이 가상공간은 수백 년 동안 둔갑하는 너구리들의 집단 거주지로써, 산을 밀어붙이고 도시를 건설하려는 인간들에 맞서 대항한다는 비현실적인 이야기를 현실적인 이야기로 받아들이게 한다. 가상공간이 현실에 대한 비유적 상징으로 작용하기 때문이다.

이 산의 이름도 그렇다. 구리구리산을 자꾸 되뇌다 보면 너구리로 연상작용이 일어날 법도 하고, 작품에서 구리구리산으로 오르는 등산로의 이름은 '너구리 고개'로 불려지고 있다. 사람들 사이에서 그렇게 불려지고 있다는 것은 과거에는 그곳에서 너구리가 서식했다는 사실을 입증하는 것이고, 당시 사람들이 그 사실을 알고 있었다는 것이 된다. 그런데 작품에 나오는 현재의 사람들은 그곳에 너구리 마을이 있었고, 현재도 존재한다는 사실을 전혀 모르고 있다. 이는 '너구리 마을'이 구리구리산이라는 가상공간 속에 존재하는 판타지 공간이기 때문이다.

작품에서 보면, 너구리 마을을 다음과 같은 가상공간으로 설정해 놓고 있다.

오래 전부터 족장 할아버지는 신통한 도술을 부려 너구리 마을을 산그늘 속에 감추어 놓고 있었습니다. 사람들의 눈에 보이지 않게 한 것입니다. 너구리들이 외부의 침입자들에게 해를 당하거나 잡혀가는 일이 종종 일어났기 때문입니다.

그 후로 밝은 대낮에 마을 밖으로 함부로 나돌아 다니는 너구리는 없었습니다. 어쩌다 마을 밖으로 나갔다가 인간에게 쫓겨 도망 온 너구리가 있긴 했지요. 하지만 너구리를 잡으러 쫓아왔던 사람들이 무엇에 홀린 듯이 마을 입구를 헤매다가 그냥 내려가곤 했습니다.

너구리 마을은 인간들과 공존하고 있으면서도 인간들로부터 차단된 너구리들만의 세계인 것이다. 이는 인간과 너구리, 나아가 인간과 자연이 화합하지 못하고 그 관계가 와해된 실상을 보여주는 것이다. 또한 가상공간 속에서 앞으로 일어날 대립과 갈등을 암시하고 있다.

(2) 너구리와 인간의 대립구도

이 동화의 대립 갈등은 너구리와 인간 사이에서 일어난다. 너구리들은 환경을 파괴하면서까지 도시를 개발하려는 인간들에 맞서 싸우게 된다. 공사가 계속 진행된다면 자신들의 삶의 터전인 너구리 마을까지 잃게 될 것이기 때문이다. 이에 격분한 너구리들은 공사장으로 달려가 공사 현장을 아수라장으로 만드는 등 둔갑술을 동원해서 인간들을 골탕 먹이게 된다.

현실의 세계에서는 있을 수 없는 일이다. 물활론적이고 판타지적인 세계에서나 가능한 일이다. 그러나 판타지가 "창조적 상상력에 의해 비현실적 세계를 텍스트 안의 내적 질서를 바탕으로 하나의 구체적인 현실로 바꾸는 작업"[16]이라고 할 때, 이 동화의 비현실성은 작품 밖에서나 비현실일 뿐 작품 내의 질서 속에서는 현실이 된다.

작품의 내적 질서 속에서 너구리와 인간의 대립은 또 다른 차원의 대립을 내포하고 있다. 즉, 크게는 너구리와 인간의 대립이지만, 그 테두리 속에서 너구리와 인간은 각기 다른 대립을 하고 있다.

너구리의 경우에는 인간들과의 싸움을 주장하는 뭉구리와 평화적 해결을 주장하는 왕구리가 서로 대립하고 있으며, 인간들 속에서는 환경을 파괴해서라도 개발을 하려는 사람과 이를 막으려는 사람들이 서로 대립하고 있는 것이다.

이를 도식화해 보면 다음과 같다.

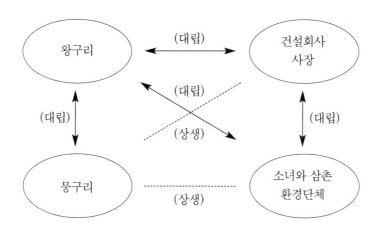

16) 김자연, 앞의 책, p.185.

인간 사이의 대립은 이 작품의 현실감을 살려주는 역할을 하고 있다. 실제 있을 법한 인간들 사이의 대립이 너구리와 인간의 대립이라는 비현실적인 설정에 현실감을 더해 주고 있다. 나아가 인간들 사이의 대립은 너구리와 인간이 대립 구도를 해결하고 상생의 관계로 나아갈 수 있는 가능성을 열어 두게 된다. 너구리와 인간의 대립은 환경을 파괴하는 인간과 너구리의 대립일 뿐이기 때문이다. 소년과 삼촌, 환경단체 사람들처럼 환경을 보호하려는 인간들은 이미 너구리들과 상생관계에 놓여 있다. 특히 왕구리와 환경을 보호하려는 인간들은 자연과 인간이 함께 어우러져 살아가야 한다는 생태적 인식을 공유하고 있다. 이 작품의 결말 부분에서 뭉구리의 죽음을 통해 건설회사 사장의 몰락을 암시하고 있는 것은 왕구리와 환경을 보호하려는 인간들, 나아가 너구리와 인간 모두가 상생의 길을 모색해 가도록 하기 위한 생태적 인식의 발로이다.

(3) 둔갑하는 너구리

구리구리산의 너구리들은 둔갑을 할 줄 안다. 이는 그들의 시조인 부리부리로부터 조상 대대로 물려받은 그들만의 특기이다. 그런데 너구리들이 모두 다 둔갑을 할 수 있는 것은 아니다. 부리부리가 물려준 비법에 따라 연마를 해야 얻을 수 있는 기술이다. 그 연마의 정도에 따라 차이가 난다. 그리고 둔갑을 한다고 해서 누구나 사람으로까지 둔갑할 수 있는 것은 아니다. 너구리 마을에서 사람으로 둔갑할 수 있는 너구리는 족장 너와구리뿐이다. 하지만 아무리 족장일지라도 함부로 사람으로 둔갑할 수는 없다.

부리부리는 후손들에게 다른 둔갑술은 다 물려 주었지만 사람으로 둔
갑하는 방법만큼은 알려주지 않았습니다. 단지 너구리 마을을 이끌어갈
족장에게만 사람으로 변할 수 있는 능력을 남겨 주었습니다. 너구리 마을
에 위험이 닥쳤을 때 다른 너구리들을 보호할 수 있게 하기 위해서였습니
다. 그렇다고 해서 함부로 사람으로 둔갑할 수는 없었습니다. 사람으로
둔갑을 할 때마다 족장은 몸의 기운이 약해져 수명이 줄어들기 때문입니
다.

인간 세상에 나가 사람들과 어울려 살기를 바란 부리부리는 둔갑을
해 사람이 되었지만, 결국 인간 세상에서 쫓겨남으로써 천 년 동안 품
어온 꿈이 좌절되는 시련을 겪게 된다. 인간들을 피해 구리구리산에
숨어든 부리부리는 인간 세상에 나가려는 생각을 버리게 되는데, 후손
들에게도 인간 세상에 대한 경계심을 일깨우기 위해 사람으로 둔갑하
는 비법을 물려주지 않았다. 단지 족장만은 예외이지만, 거기 또한 금
기를 만들어 놓았다. 그래서 너구리들은 자신의 노력 여하에 따라 들
쥐나 뱀, 새, 곤충 따위로만 둔갑을 할 수 있게 된 것이다.

작품에서 둔갑술에 제한을 둔 것은 이야기 전개상 필요한 정도까지
만 둔갑술을 허용함으로써 이야기가 망상이나 공상으로 빠지지 않게
하려는 의도에서이다. 만약 모든 너구리에게 사람으로 둔갑할 수 있는
재주를 주었다면 이 동화는 전혀 다른 이야기가 되었을 것이다. 인간
보다 약한 존재인 너구리들이 인간에게 맞서기 위해서는 그들만의 특
별한 능력이 필요했고, 그 능력을 극히 제한적으로 사용하게 함으로써
이야기 진행에 긴장감과 재미를 더해 주게 된 것이다. 일반적으로 동
화에서 판타지적 요소가 문학적 상상력을 확장시켜 주고 재미를 더해
주듯이 이 동화에서 둔갑술은 읽기에 재미를 불러일으키는 중요한 요

소이다. 작품에서 인용한 다음 대목은 나리가 사람으로 둔갑할 수 없다는 것을 깜빡 잊고 예쁜 여자 아이로 둔갑하겠다는 욕심을 품었다가 낭패를 보게 되는 장면이다.

"내가 예쁜 여자 아이로 둔갑을 해서 물어 볼 테니까 너는 그냥 구경이나 해."

나리는 소년이 있는 근처로 살금살금 다가가 휙 하고는 공중제비를 돌며 둔갑술을 부렸습니다. 그 순간 소년이 나리 쪽을 보더니 기겁을 하고는 비틀거리며 자리에서 일어났습니다.

"으악, 이게 뭐야!"

둔갑한 나리가 엉뚱하게도 들쥐가 되어 버린 것입니다. 소년은 웬 들쥐가 난데없이 자신에게 달려오자 깜짝 놀란 것입니다. 이 모양을 멀찌감치서서 지켜보고 있던 어쭈구리는 배꼽을 잡고 뒹굴었습니다.

5) 환경생태적 인식에 나타난 상생의식

이 동화의 주제의식은 생태적 인식에 맞닿아 있다. 인간에 대한 너구리들의 대항을 통해 환경문제에 대한 경각심을 저변에 깔면서 모든 생명과 자연, 생명과 생명이 공존 공생해야 한다는 의식을 담고 있다. 그것이 서로가 서로를 살리는 상생의 길이다. 이러한 의식은 너구리와 인간 간의 대립 갈등 구도를 지양해 가면서 화합과 화해의 관계를 모색해 나가는 과정에서 드러나고 있다.

구리구리산 너구리들은 현재는 인간과 대립 구도에 놓여 있지만 본래 대립보다는 상생적 삶에 더 익숙한 존재들이다. 그것은 구리구리산 너구리들의 태생적 특징이다. 즉 그들이 애초부터 인간과 공존 공생하는 삶을 꿈꾸었던 부리부리의 후손이기 때문인 것이다. 천 년의 기다림 끝에 사람이 되는 재주를 얻게 된 부리부리의 인간 지향은 그 출발부터가 상생의식적이다. 사람이 되고 싶다는 열망에 오래도록 도를 닦은 부리부리에게 하늘님은 '사람이 살아가는 법 세 가지를 깨달으면 사람이 되는 재주를 얻을 것'이라고 말한다. 그 깨달음을 얻기 위해 부리부리는 천 년 동안 동굴 속에서 도를 닦는데, 결국 그가 깨달은 이치는 다음과 같다.

문득 세상은 하늘과 사람과 땅이 함께 살아가는 게 아닐까 하는 생각을 하게 되었습니다.

그러다가 부리부리의 머릿속에 번쩍하고 스치는 게 있었습니다. 사람은 하늘의 이치를 따르고, 땅이라는 자연의 순리를 따라 살아야 한다는 것이었습니다. 그리고 사람은 서로 사랑하고 존중해야 하며, 나아가 사람과 자연은 모두 평등하다는 것이었습니다.

'풀 한 포기, 나무 한 그루, 산짐승 한 마리도 모두 사람과 똑같이 귀중한 생명체야. 그러니 모두 함께 어울려 살아가야 하는 거지. 사람이 살아가는 법이란 바로 이런 게 아닐까?'

이런 생각을 하는 순간, 부리부리는 자신의 몸에 내리비치는 밝은 빛을 느낄 수 있었습니다. 온몸이 하나의 깃털처럼 가볍게 허공 속으로 떠오르는 것 같았습니다. 드디어 부리부리가 둔갑술을 얻게 된 것입니다.

여기에서 "하늘과 땅과 사람이 함께 살아간다"는 것은 생태적 상생의식의 또 다른 표현이다. 천지인(天地人)이 하나라는 동양적 세계관에서 보면, 신과 인간과 자연이 모두 하나이고 모든 생명은 소중하며 평등한 것이다. 부리부리는 이러한 생태적 상생의식을 깨달음으로써 사람으로 되는 재주, 즉 둔갑술을 얻게 되고 인간 지향의 꿈을 펼치게 된다. 그러나 인간들과의 대립을 이겨내지 못하고 패배해 구리구리산으로 숨어들게 되면서 부리부리는 대립과 상생이라는 딜레마에 봉착하게 된다. "다시는 인간 세상에 나갈 생각을 하지도 않았지만 한양살이에 대한 미련을 못 버려 한양 근처 구리구리산에 정착"하게 된 것이다. 결국 그가 풀지 못한 매듭(대립과 상생)은 고스란히 그의 후손들에게 넘겨진다.

구리구리산 너구리들은 인간과의 대립을 해결하고 상생의 길을 모색해야 할 위기에 놓이게 되었다. 그 해결 과정에서 너구리들은 대립을 표방하는 뭉구리와 상생을 추구하는 왕구리로 나뉘게 된다. 또한 그들도 선과 악이라는 두 부류의 인간을 대면하고 있다. 환경을 파괴하고, 너구리들의 삶의 터전을 빼앗으면서까지 도시 개발을 하려고 하는 인간중심주의와 자본의 논리를 악이라고 한다면, 이들과 투쟁하면서 너구리들과의 관계를 이해하고 그들을 자연 그대로 살게 해주려는 인간을 선이라고 할 수 있겠다.

결국 너구리들이 인간에게 패배해 쫓겨 가지만, 화해의 가능성이 아예 사라져버린 것은 아니다. 인간들처럼 너구리들도 내부에서는 두 갈래 길이 대립하고 있었기 때문이다. 즉 인간과의 대립에 맞서려고 하는 뭉구리와, 인간과의 관계를 수용하려는 왕구리는 서로 맞서고 있었다. 즉, 너구리의 패배는 뭉구리의 패배가 되었으며, 인간 악의 승리도 완전한 것은 아니다. 작품 말미에서 인간 악의 패배를 여운으로 남겨두었으며, 쫓겨 가는 너구리 나리와 왕구리도 인간에 대한 믿음을 버리지 않고 있다.

왕구리는 너와구리의 마지막 유언을 따르지는 않기로 했습니다. 당장은 인간들로부터 자유로운 곳, 너구리들의 평화로운 세상을 찾아가야 할 처지였지만 인간을 미워할 필요는 없다고 생각했습니다.

사실 왕구리는 낮에 산 속을 헤매는 삼촌의 모습을 멀리서 지켜보고 있었습니다. 사냥꾼들을 피해 마을을 빠져나온 너구리들이 안전한 곳에서 몸을 숨기고 있을 때였습니다.

삼촌은 안타까운 표정으로 산 속 곳곳을 헤집고 다녔습니다. 다른 두 사람도 보였습니다. 왕구리는 그들이 자신들을 도와주려 한다는 걸 느낄 수 있었습니다.

'그래, 모든 인간이 다 나쁜 건 아니야!'

하지만 왕구리는 삼촌 일행이 그냥 돌아가기만을 기다렸습니다. 어차피 너구리들은 스스로의 힘으로 야생에서 살아갈 수밖에 없기 때문입니다. 서로에게 해를 주지 않고 자연의 순리대로 살아가는 것이 바로 함께 어울려 살아가는 거라고 왕구리는 생각했습니다.

위의 대목에서 왕구리는 인간을 믿지 말라는 너와구리 족장의 마지막 유언을 부정하고 있다. 인간들로부터 크나큰 시련을 당했으면서도 인간에 대한 믿음을 버리지 않고 있는 것이다. 이는 왕구리가 인간과의 대립을 통해서는 얻을 수 있는 것이 아무것도 없을 뿐 아니라 오로지 상생의 길만이 살 길이라는 뜻을 드러내고 있는 것이다. 나아가 인간이든 너구리든 간에 지구상에 존재하는 모든 생명체는 소중하다는 인식 아래 각 개체들마다의 고유한 삶의 영역을 인정하고 이해함으로써 화합과 화해의 길을 찾아가게 되리라는 것을 암시하고 있다.

3. 결론

이 논문은 환경생태학적 상상력을 토대로 창작된 장편동화『구리구리산 너구리 전설』의 실제 창작 동기와 과정을 정리한 것이다.

『구리구리산 너구리 전설』은 생태적 인식에 토대를 두고 있는 환경생태문학 작품이다. 생태적 인식은 환경생태문학에서 매우 중요한 창작 태도로서, 환경문제를 그 자체에만 국한시켜 바라보지 않고 생명과 환경, 생명과 생명 사이의 유기적 관계를 중요한 인식의 고리로 탐색하는 것이다. 그리하여 지구상의 모든 생명과 사물은 모두가 소중한 생명체이며 의미 있는 존재라는 사실을 인식하고, 서로가 공존·공생할 수 있는 상생의 길을 모색해 가야 하는 것이다. 이 장편동화는 어느 도시 근교 야산에서 살고 있는 너구리들이 자꾸 커져 오는 도시에 밀려 생활 터전을 잃고 방황하는 이야기를 통해 인간중심주의와 자본의 논리를 비판하고, 나아가 너구리를 비롯한 자연의 모든 객체들이 인간과 함께 자연의 주체로서 공생해야 한다는 주제의식을 담고 있다.

이 동화는 너구리들을 중심으로 이야기를 전개하고 있다. 개발 논리를 앞세워 무분별하게 자연을 파괴하는 인간에 맞서는 너구리들을 통해 인간들의 환경 파괴를 비판하고 너구리와 인간이 공생할 수 있는 상생의 길을 찾아야 한다는 인식을 드러내기 위해서이다. 작품에서 구리구리산 너구리들은 신도시 개발로 수백 년 동안 살아온 너구리 마을을 잃게 될 위기에 놓이게 됨으로써 인간들과 대립하게 된다.

사실 너구리들이 도시 개발을 막기 위해 인간들과 대립한다는 것은 지극히 비현실적인 이야기이다. 이 비현실적인 이야기에 현실감 있는 당위성을 불어넣기 위해 구리구리산이라는 가상공간을 설정하게 되었다. 또한 경상남도 거창군 북상면에서 구전되어 온 설화「천 년 묵은 너구리와 감찰 선생」을 차용해 와서 이 작품의 모티프로 삼게 되었다. 사람으로 둔갑해 정승의 사위까지 되었다가 너구리라는 것이 발각되어 죽임을 당했다는 천 년 묵은 너구리 이야기를 변형시켜 사용한 것이다. 즉 수백 년 전 천 년 묵은 너구리가 사람이 되려고 도를 닦다가 사람이 되는 재주, 즉 둔갑술을 얻게 되었는데, 사람 행세를 하면서 정승 벼슬까지 올라 바른 정치를 하려다 반대파에게 몰려 죽을 고비를 넘기고 한양 근처 구리구리산에 숨어 살게 된다. 인간들의 도시 개발에 맞서 싸우는 너구리들은 바로 부리부리의 후손들이다. 그들은 자신의 노력 여하에 따라 둔갑도 할 줄 아는 "특별한 너구리"들이다. 이렇게 작품 내적 질서 속에서 현실감을 강화하다 보니 전체적으로 판타지적 요소가 강하게 작용하게 되었다.

작품에서 가장 문제적인 것은 신도시 개발을 둘러싼 너구리와 인간의 대립, 그리고 그 해결 과정이다. 크게 봐서는 너구리와 인간의 대립이지만 너구리와 인간은 각기 내부적으로도 대립하고 있다. 즉 너구리들은 인간과 맞서려고 하는 뭉구리와 인간과의 관계를 수용하려는 왕구리가 대립하고 있으며, 인간들은 자연 환경을 파괴하면서까지 개발을 하려고 하는 인간과 이를 막으려고 하는 인간이 대립하고 있다. 인간의 경우 전자를 '악'으로, 후자를 '선'으로 구분할 수 있을 것이다. 결국 인간 악의 폭력에 의해 너구리가 패배하지만, 이는 엄밀히 말하면 뭉구리의 패배일 뿐이다. 또한 인간 악의 승리도 완전한 것은 아니다. 작품 말미에서 인간 악의 패배를 여운으로 남겨 두고 있기 때문이다. 반면에 왕구리와 인간 선은 상생의 관계에 놓여 있다. 살아남은 너구리들을 이끌고 평화의 땅을 찾아가는 왕구리는 족장 너와구리의 유언에도 불구하고 인간에 대한 믿음을 저버리지 않는다. 이는 곧 너구리와 인간, 나아가 자연과 인간이 대립을 해결하고 상생의 길로 함께 나아가야 한다는 것을 암시하고 있는 것이다.

참고문헌

건국대학교 동화와번역연구소 편, 『동화와 설화』, 새미, 2003.

김용희, 「어린이로 돌아가자―생태학적 상상력에 부쳐」, ≪아동문학담론≫ 7호, 청동
　　거울, 2004.

김용희, 『동심의 숲에서 길 찾기』, 청동거울, 1999.

김용희, 『디지털 시대의 아동문학』, 청동거울, 2005.

김자연, 『아동문학의 이해와 창작의 실제』, 청동거울, 2003.

김현숙, 『두 코드를 가진 문학 읽기』, 청동거울, 2003.

문순홍 편저, 『생태학적 담론』, 솔출판사, 1999.

민영현, 「동학과 선, 그 인간관과 생명사상에 관하여」, ≪동학학보≫ 제9권 1호(통권 9
　　호), 동학학회.

박상재, 『동화 창작의 이론과 실제』, 집문당, 2002.

서정오, 「옛이야기 다시 쓸 때 지킬 것과 바꿀 것」, 『우리 어린이문학』 2호, 우리교육,
　　2005.

신덕룡 편, 『초록생명의 길 2』, 시와사람사, 2001.

윤철중, 『한국의 시조신화』, 보고사, 1998.

이성훈, 『동화의 이해』, 건국대학교 출판부, 2003.

이정석, 「생태 동시문학 정립을 위한 소고」, ≪아동문학담론≫ 7호, 청동거울, 2004.

정선혜, 「동화문학에 나타난 생태의식」, ≪아동문학담론≫ 7호, 청동거울, 2004.

최정여·강은해 편, 『한국구비문학대계 8-6 경상남도 거창군편(2)』, 정신문화연구원,
　　1981.

니시모토 게이스케, 『세계 걸작동화로 배우는 동화창작법』, 미래M&B, 2001.

릴리언 H. 스미드, 김요섭 역, 『아동문학론』, 교학연구사, 1966.

마리아 니콜라예바, 김서정 옮김, 『용의 아이들』, 문학과지성사, 1998.

브루노 베텔하임, 김옥순·주옥 역, 『옛이야기의 매력』, 시공주니어, 1998.

페리 노들먼, 김서정 옮김, 『어린이 문학의 즐거움 1, 2』, 시공주니어, 2001.

폴 아자르, 햇살과나무꾼 역, 『책, 어린이, 어른』, 시공주니어, 1999.

미끄러운 길 위의 노트

— 소설 작품이 완성되는 과정을 중심으로

해이수

(소설가, 단국대학교 강사)

들어가며

등단한 지 6년이 넘어간다. 6년이 넘도록 미끄러져 넘어지기만 했다. 그동안 겨우 중단편 소설 열편 가량을 발표한 신인 작가에게 '창작 수업시대'를 기술할 만한 역량이 있을지 자못 의심스러울 따름이다. 그러나 그동안 걸어왔던 길도 또한 엄연히 부인할 수 없는 길이었던 만큼 뒤이어 올 분들께 내가 넘어졌던 자리는 되도록 딛지 말라는 심정으로 펜을 든다.

한 작품이 만들어지기까지의 과정을 언어로 설명하는 일은 쉽지 않은 작업이다. 설명되는 부분보다 설명되지 않는 부분이 많을 뿐더러 설령 간신히 이해시킨다 해도 이는 온전히 개인적인 상황에 불과하기 때문이다. 그럼에도 불구하고 이 과정을 한번쯤 객관화하는 작업은 타자를 위해서나 무엇보다 본인을 위해서 상당히 의미 있어 보인다. 본고에서 나는 작품의 창작 단계 즉, 발상-구상-집필-퇴고에 관한 주관적 경험을 밝히고 마지막으로 발표 및 출판에 관한 개인적인 의견을 덧붙이고자 한다.

1. 발상 : 그 한 발의 총성

한적한 호숫가를 거닐다 보면 수많은 새떼들이 마치 오래 전부터 그곳에 있던 돌이나 자갈처럼 보이는 경우가 있다. 물위에 떠있는 새떼들을 심지어 쓰레기로 착각할 경우마저 있다. 그러나 호수의 정적을 깨뜨리는 한 발의 총성은 죽은 듯한 이 풍경들을 순간 생명력이 충만한 공간으로 뒤바꿔 놓는다. 무생물처럼 보였던 그것들은 일시에 공중으로 떠오르며 장관을 연출하는 것이다.

잠자는 모든 것을 일으키는 단 한 발의 총성. 무의미하게 흩어져 있는 것들을 여백의 공간에 예술적 형태로 배열시키는 작업의 단서. 이것이 내가 믿고 있는 발상의 정의이다. 발상은 순간적으로 오고 신기루처럼 손짓하다가 펜을 집어 드는 찰나 가뭇없이 사라지기도 한다.

언제 어디서 그 격발의 방아쇠가 당겨질지는 모른다. 언제 어디서 심장을 뚫고 지나갈 단 한 발이 날아들지는 모른다. 그것은 때로 꿈속에서도 오고 기억 이전에서도 오며 무의식중에도 오고 만취 상태에서도 온다. 보고 듣고 맛보고 떠들고 만지고 부딪쳤던 일들에서 온다. 웃다가도 오고 울다가도 오고 고함을 치다가도 꾸중을 듣다가도 온다.

졸작, 「우리 전통 무용단」은 타국에서 만난 대학 선배의 이야기를 듣자마자 집으로 달려와 써내려간 단편 소설이다. 선배의 우스갯소리에 낄낄대며 맞장구를 치는 동안 머릿속에서 그림이 그려졌다. 해외여행

가이드에 관한 에피소드를 전에도 메모한 적이 있어서 그것들을 훑어 보자 소설 한 편이 순식간에 작성됐다. 선배는 마치 이 단편을 완성하 라고 누군가 보내준 사람 같았다. 잃어버렸던 퍼즐 한 조각을 그가 주 워왔던 것이다.

*

잊지 말아야할 것이 있다. 가장 관통력이 뛰어난 한 발의 총성은 오 직 준비된 자에게만 온다는 사실. 흩어져 있던 많은 단상들, 삶의 지식 이 될 수도 없는 너저분하고 시시콜콜한 에피소드들, 너무 오래 묵어 쓰레기로밖에 여겨지지 않는 케케묵은 사건들……. 그것들을 한 순간 에 꿰뚫고 지나가 질서를 부여하는 그 격발은 늘 긴장하는 뇌에서만 감지된다. 따라서 책을 읽고 사유에 잠기고 창작 노트에 끝없이 메모 하는 이 모든 행위들은 '명중'을 기다리는 자가 할 수 있는 최선의 준 비자세인 것이다.

*

물론 발상이 온다고 해서 모두 작품화 되거나 인정받는 것은 아니다. 소설가는 자신이 쓰려는 글이 장차 훌륭한 작품이 될 것이라 확신한 뒤 글을 시작하지는 않는다. 좀 더 거칠게 표현하자면, 소설가에게 "이 것이 과연 작품화의 가능성이 있는가?"라는 판단은 그야말로 나중 문 제일지도 모른다. 일단 발상이 들어오면 작가는 신기루처럼 사라지는 이미지를 붙들기 위해 집요하게 뛰어들기 시작한다. 비상하는 새가 허 공에 찍고 간 발자국을 카메라에 담는 심정으로 미지의 꼭짓점을 향해 단거리 주자처럼 숨을 참고 달려간다. 결승선을 끊고 들어간 뒤 펼쳐진 땅이 기대했던 꽃밭이 아니라 사막이거나 벼랑이어도 좌절할 필요는 없다. 어떻게 항상 꽃밭을 향해서만 뛸 수 있겠는가.

*

한 때는 소설의 발상을 위해 이런 문장을 적은 종이를 책상 앞에 붙여놓은 적도 있다.

현존의 것들을 해체시키고
삭제된 것들을 재생시키며
건설된 것들을 와해하고
산재한 것들을 봉합하라.

2. 구상 : 자신을 뜨거운 돌솥으로 만든다.

대학을 졸업하고 습작에 매진하던 무렵이었다. IMF의 경제 불황 속에서 벗들이 밥줄을 찾으려고 안간힘을 쓰고 있을 때, 나는 시골의 오두막에서 창작의 늪 속을 허우적대고 있었다. 어느 날 한 무리의 소설가들 틈에서 술잔을 기울일 기회를 얻었다. 한참 취기가 돌자 나는 소설가 강홍구에게 이런 질문을 했다.

"소설가들은 도대체 어디서 그 많은 소재들을 얻어서 그렇게 글을 쓸 수 있죠?"

그는 내 말을 듣고 한참 키득키득 웃더니, 갑자기 목소리에 힘을 주고 선문답을 했다.

"비빔밥이다."

난데없이 웬 비빔밥?

"비비밥이라뇨? 그게 뭡니까? 어떻게 끝없이 글을 쓸 수 있는가를 물은 건데요."

그는 검지손가락 끝으로 자신의 머리통을 가리켰다.

"이것저것 한 데 넣고 비비면 된다. 그러면 다 맛이 난다."

그러더니 한 손을 정수리 위에 놓고 휘휘 젓는 시늉을 했다.

굉장히 인상적인 말이었다. 내 심각한 표정에 주위의 몇몇 소설가들은 껄껄대고 웃었지만, 나는 그 말을 마음에 새겼다. 그 이후로 내게는 구상 작업이 전보다 훨씬 편하고 쉬워졌다. 구상이 잘 안될 때는, 소설가 강홍구의 목소리를 크게 흉내 내는 버릇마저 생겼다.

"비빔밥이다. 이것저것 한 데 넣고 섞으면 된다. 그러면 다 맛이 난다."

그리고 맷돌을 갈듯 손을 휘휘 저어 본다. 조화롭게 결합하고 녹기를 바라는 일종의 퍼포먼스인 셈이다. 평자들이 내 작품 중 성장소설 시리즈로 간주하는 「출악어기(出鰐魚記)」, 「몽구 형의 한 계절」, 「환원기(還院記)」 등의 작품은 경전을 읽던 도중 마음에 든 문장들을 기억해두었다가 주위에서 채집한 소재들과 결합하고 극대화시켜 허구화한 것이다. 초고는 형편없었으나 자꾸 한 데 넣고 예술적 감각으로 비비다 보니 결국 작품으로 나오게 되었다. 문제는 어떤 식으로 섞고 녹이느냐에 달려있다.

*

아웃 라인을 잡는 과정에서 잊지 말아야 할 것은 구성의 효과이다.

수미상관식, 액자식, 옴니버스식, 피카레스크식, 반전적, 역순행적 구성 등의 다양한 그릇 중에 본인이 쓰려는 내용을 가장 잘 담아낼 용기를 집어 들어야 한다. 우리는 와인을 놋사발에 담거나 피자를 양푼에 담아서 손님을 접대하지는 않는다. 주인이 아무리 훌륭한 크리스털 잔을 사용할 여력이 있다 해도 막걸리를 담아 대접한다면 손님은 어색하고 민망한 기분을 감출 수 없을 것이다.

소설 쓰기에 있어서 구성의 핵심은 음식을 어디에 담을 때 최대의 효과가 나는지 상을 차리며 염두에 두는 일이다. 적절한 그릇에 잘 담을 경우엔 내용물의 맛이 약간 떨어지더라도 그 어울림 자체로 손님은 감탄할 수도 있다. 물론 음식의 맛과 이를 담은 그릇의 조화가 이루어진다면 손님은 그 식탁을 잊지 못할 것이다.

*

아웃 라인을 짤 때 점검해야 할 부분은 '이야기의 장악력'이다. 즉 필자가 "쓰려는 이야기를 처음부터 끝까지 장악하고 있는가"라는 질문을 상기해야 한다. 예를 들면, 일정 넓이의 땅을 준 뒤 "집을 지으시오"라는 명령을 받았을 때, 무작정 콘크리트 블록을 쌓는 사람은 그야말로 무모하다. 물론 그 사람 역시 벽돌을 쌓는 동안 대충 어떻게 벽을 만들고 어디에 방과 화장실을 만들 것인가에 관한 막연한 그림이 있을 것이다. 어쩌면 턱을 괴고 책상에 앉아 설계도를 반복해서 그리고 지우는 경쟁자보다 신속하게 집을 완성할 수 있을지도 모른다.

그러나 '막연한 그림'만으로는 위험하다. 언제 어떻게 기분이 바뀌어 어느 쪽으로 균형이 무너질지 알 수 없는 노릇이다. 채광을 고려해 어느 방향으로 창을 내고 어느 위치에 방을 만들며 동선의 길이를 고려해 화장실과 거실, 현관의 위치를 철저히 계산해도 부실공사의 위험은 항상 도사리고 있다.

따라서 아웃라인은 대충 어떻게 이야기를 전개시킬 것인가에 관한 메모가 아니라 서두부터 결말까지 철저히 파악한 설계도여야만 한다. 그러므로 목적지를 찾아가는 여로의 고단함을 덜기 위해서는 행인이 포장지 쪼가리에 그려준 '약도'가 아니라 몇 번의 검증을 거쳐 작성된 전문가의 '지도'가 훨씬 유리할 수밖에 없다. 물론 때로는 잘못 든 길이 지도를 만들기도 한다. 어쩌면 이것이 예술의 묘미일지 모르겠다.

3. 집필—돌격, 책상 앞으로

기발한 발상과 구상을 통해 구체적인 아웃 라인을 확보했다 해도 가장 고통스러운 작업은 문장을 쓰는 일이다. 아무리 뛰어난 조감도와 정확한 설계도가 있어도 실제 현장에서 '물타기' 따위의 날림을 한다면 그 구조물은 붕괴되기 십상이다. 소설가의 큰 형벌이란 이 부담을 누구와도 함께 질 수 없고 오로지 혼자서 축조해야 한다는 점에 있다.

상상해보라. 저기 황무지에 한 사람의 초라한 노동자가 서 있다. 주위에는 연장들이 나뒹군다. 그는 혼자서 골조를 세우고 벽돌을 져 나르고, 시멘트 포대를 풀러 모래와 섞는 삽질을 한다. 밤낮 삽질을 하고 벽돌을 쌓으면서도 그는 자신이 궁극적으로 만들 '공간'에 대해 집요하게 골몰한다.

정작 이 노동자가 이룩할 것은 한 채의 단순한 구조물이 아니라 그 구조물이 형성해 낼 '공간(space)'이다. 그의 고통은 건설 과정을 끝까지 감당해야 하는 육체적 피로에도 있지만 자신이 벽을 잇대 붙여 이룩한 '공간의 의미망(meaningful space)'이 설득력과 감동을 내포할 수 있느냐는 데에 더욱 큰 괴로움이 있다.

괴로움에 빠져드는 순간 온몸에 힘이 빠지며 그는 곧 미끄러지기 시작한다. 자신의 작업에서 미끄러지고 일상생활에서도 미끄러져 갈팡질팡한다. 간혹 독주(毒酒)에 취해 이유 없는 행패를 부리거나 시비를 걸다가 나동그라지는 이 노동자를 향해 저잣거리 사람들은 손가락질을 하기도 한다.

"그 요상한 짓거리를 왜 하고 있냐? 아서라, 밥이 나오냐, 떡이 나오냐?"

저잣거리 사람들은 장님이나 다름없다. 그의 머릿속에 있는 '의미의 공간'을 엿볼 수 없기 때문이다. 이 '의미의 공간'은 오직 그의 정신 높은 곳에만 존재하며 현실에서 문장으로 쌓지 않으면 그 누구도 엿볼 수 없다. 따라서 이 노동자는 육체적 정신적 피로를 감내해야 함은 물론 저잣거리의 편견과 맞서 싸워야 하는 고독한 투쟁자의 역할까지 겸해야 한다.

"되나 따나 써라!"

소설가 심상대는 자주 이렇게 외치곤 했다. 이 표현이 속어인지 방언인지 모르겠으나, 노련한 십장다운 구호임에는 분명하다. 되든 안 되든 무조건 쓰라는 것이다. '삽질'과 '공간'에 짓눌린 이 노동자의 절망은 오직 삽질을 통해 다시 극복된다는 뜻이다.

중편 『돌베개 위의 나날』을 타국에서 6개월간 집필하며 나는 이 노동자의 심정을 철저히 체험했다. 300매가 넘는 글을 지루하지 않게 전개하며 의미망을 형성한 상태에서 설득력 있게 문장을 쓰는 작업은 지난한 과정이었다. 당시 나는 밤이 되면 아르바이트로 미쯔비시 딜러숍에 나가 세 시간씩 마룻바닥에 마포걸레질을 했고 낮이 되면 글을 썼다. 내 인생에서 전무후무할 정도로 완벽한 육체노동자로서의 삶이었다. 섭씨 40도를 넘나드는 남반구의 폭염 속에서 대여섯 시간씩 글을 쓰다 일어나면 엉덩이가 축축하게 익어 있었다.

작품에 마침표를 찍고 난 뒤, 나는 이력이 붙을 대로 붙은 일용직 노동자처럼 턱이 억세졌고 팔 근육에 굵은 힘줄이 돋아나 있었다. 그리고 나를 비난하는 사람들을 향해 이죽거리며 거친 욕설로 맞받아칠 줄도 알게 되었다. 육체적 노동은 때로 한 개인의 정신마저 단련시킨다. 나중에 이 작품이 심훈문학상을 수상했을 때 노동의 대가까지 톡톡히 받게 되었다.

*

신기하게도 일부 작품들은 어떻게 썼는지 기억이 하나도 나지 않는 경우가 있다. 쉽게 말하면, 어느 날 문득 내 이름이 프린트된 소설 한 편을 책상 위에서 발견했을 때, 도대체 이 긴 글을 내가 어떤 과정을 거쳐 썼는지 떠올릴 수 없는 것이다. 가장 절실하게 창작에 매달린 시기일수록 그 집필과정을 송두리째 잃어버리기 쉽다. "아침에 일어나보니 어느새 유명한 시인이 되어있었다"는 바이런의 말은 이런 맥락에서도 일부 이해된다.

나중에 등단작이 된 중편, 『캥거루가 있는 사막』을 쓰고 나서 나는 이런 증상을 경험했다. 당시 나는 대학 4학년이었고 졸업 후의 진로에 대해 막연한 시기였다. 여름 방학 때 친구의 자취방과 학교 도서관을 오가며 지난 겨울에 떠났던 호주 사막 여행기를 천천히 써내려갔다. 방학이 끝날 무렵 탈고를 한 뒤 긴 잠에 빠져 들었고, 어느덧 일어나 책상 앞에 앉아보니 작품 한 편이 완성되어 있었다. 글을 읽어본 지인들은 훌륭하다며 칭찬했다. 계속 훌륭한 글을 쓰고 싶어서 이 소설을 어떤 과정에 의해 어떻게 썼는지 꼼꼼히 따져보려 했지만 도무지 기억할 수가 없었다.

오랜 세월 수많은 시행착오 끝에 간절히 고대하던 황금 제조에 성공했는데, 그 레서피(recipe)를 기억할 수 없는 연금술사처럼 당혹스러웠다. 일부 문예이론에 의하면 작가는 작품을 탈고한 순간부터 '제 2의 독자'가 된다고 한다. 그러니까 그 순간 나는 '완벽한 제 2의 독자'로 돌변해 있었다. '오늘의 나'가 '어제의 나'와 같을 수 없듯 '기억을 시도하던 나'는 '이전의 내'가 이룩한 의미의 경계에서 멀리 튕겨나가 있었다.

*

집필을 완성했다 해도 불식되지 않는 의구심이 있다. 얼마나 더 바꿔 쓰고 다르게 써야할지 감을 잡을 수 없는 경우가 그러하다. 그렇다고 하나의 작품을 하릴없이 붙잡고 있을 수만은 없는 노릇이다. 특히 신인 작가일수록 멈춰야 할 때를 알지 못한다. 등단 초기에 나는 작품을 완성하고도 지금 발표를 해도 될지 아니면 퇴고를 더 해야 할지 고민이 많았다. 소설가 최용운은 이 부분에서 잊을 수 없는 조언을 했다.

"권투 선수가 연습을 안 하면 경기에서 질 게 뻔하지만 연습을 너무 많이 해도 링 위에 올라가서 제대로 싸우지 못한다."

단편 「출악어기」와 「몽구 형의 한 계절」은 이와 같은 조언이 없었더라면 발표의 용기를 내지 못했을 것이다. 평론가 김윤식 선생은 연이어 게재된 두 작품을 《문학사상》 '이달의 문제작' 코너에서 호의적으로 다뤄서 그 뒤로 자신감을 갖게 되었다. 그러나 '권투선수의 그 적당한 연습량'이란 오직 본인만 알 수 있는 일이어서 여전히 풀지 못한 숙제로 남아있다. 신인 작가일수록 적절한 연습보다는 풀리지 않는 궁금증에 더욱 목이 마른 법이다.

4. 퇴고 : 삭제와 재개편을 통한 의미의 "S라인"

형상은 덧붙여서 만들기도 하지만 깎아서도 만든다. 퇴고를 할 때 나는 항상 전체의 윤곽을 생각한다. 몸의 기름을 최대한 빼내고 근육만을 남기는 일 즉, 의미망의 'S라인'을 만드는 일. 퇴고 작업 도중 스스로에게 자주 이렇게 말한다.

"이렇게 만나서 저렇게 사랑했다가 그렇게 헤어진다. 따라서 이 메시지를 중점으로 한다. 그렇다면 필요 없는 것은 무엇인가?"

그 다음 빨간 펜을 들고 무조건 지운다. 일단 지우고 나서 나중에 읽어보면 한 때 문장을 다듬느라 아등바등했던 부분이 지워지는 경우도 많다. 지나고 나면 아무 것도 아닌 일에 아등바등했던 적이 많았던 사람일수록 내 말을 쉽게 이해할 것이다.

졸고 「관수와 우유」라는 단편을 읽은 사람들은 대체로 이 글이 굉장히 짧은 것 같다는 평을 하곤 한다. 작품성의 높고 낮음과 아무런 관련이 없는 이 평을 들을 때마다 나는 기분이 유쾌해진다. 왜냐하면 이 단편의 실제 분량은 120매이기 때문이다. 이 글을 집필하고 난 뒤 나는 사건을 중심에 놓고 쓸데없는 부분을 과감하게 삭제했다. "이렇게 지우다가는 독자가 무슨 뜻인지 모를지도 몰라" 중얼거리며 붉은 펜으로 신나게 지웠지만 아직까지 "무슨 뜻인지 모르겠다"는 독자를 만나본 적은 없다. "스피디하게 읽힌다"라는 표현이 중론인데 의도했던 바가 그것이어서 유쾌한지도 모르겠다.

＊

일단 완성된 작품은 재개편된다. 경영구조를 갖춘 기업들만 M&A를 감행하는 것이 아니다. 작가들도 작품의 효율과 감동을 위해 집필한 작품들을 수정 개편한다. 지난한 작업이다. 따라서 소설가들은 본인 작품의 가장 잔인한 독자이며 둘도 없는 냉혹한 CEO라 할 수 있다.

마침표를 찍은 텍스트를 놓고 재검토가 시작된다. 이 과정에서 발상-구상-집필-퇴고의 단계를 무수히 반복할 수 있다. 헤밍웨이는 『노인과 바다』를 수백 번 고쳐 쓴 것으로 유명하다. 200번을 고쳐 썼다는 말도 있고 500번을 고쳐 썼다는 말도 있다. 문장을 고쳐 썼다는 것인지, 소설 전체를 고쳐 썼다는 것인지, 도대체 그 숫자는 어떤 방식으로 도출된 것인지, 정확히 알 수는 없고 알 필요가 없을지도 모른다. 다만 확실한 것은 소설을 수십 년 동안 쓴 대가들도 퇴고 단계에서 끝없는 재개편과 삭제가 이루어졌다는 것을 추측할 수 있을 따름이다.

단편 「어느 서늘한 하오의 빈집털이」는 내 작품 중 삭제와 재개편이 가장 심하게 이루어진 글이다. 처음엔 250매의 중편으로 완성된 상태였는데 대학원 졸업 직전 레포트 마감에 쫓기는 상황에서 두 잡지사로부터 동시에 청탁이 들어왔다. 세 가지를 동시에 소화할 만한 여유가 없었으므로 일단 나는 250매의 중편을 120매로 축약하여 한 군데를 빠르게 처리했다. 그리고 발표 후에 제목을 약간 다듬고 결말 부분을 재구성하여 작품집에 실었는데 지금 생각해도 현명한 판단이었다고 믿는다.

＊

바둑에서는 '끝내기 30집'이라는 격언이 있다. 초반-중반-종반을 거쳐 끝내기를 어떻게 하느냐에 따라 30집이라는 어마어마한 집을 잃을 수도 있고 따올 수도 있다는 뜻이다. 실제로 이창호 같은 프로기사는 끝내기에 신출귀몰하여 한 집이나 두 집 심지어는 반집승을 하는 경우도 적지 않다. 근성을 가지고 마지막 한 점까지 집중력을 포기하지 않은 사람만이 획득할 수 있는 지극의 경계일지도 모른다.

작품집을 한 번 정도 출간한 소설가들은 모두 깨닫는다. 퇴고가 얼마나 극도의 집중력을 요하는 작업인지를. 예를 들면, 유수 문예지에서 원고 청탁이 올 경우 작가가 아무리 퇴고를 해서 작품을 보내도 발표 전에 잡지사와 원고를 주고받으며 두 번 정도의 교정을 본다. 편집부 직원에 의해 빨갛게 줄이 간 문장들을 두 번씩이나 다듬는 일은 부끄럽기까지 하다.

그런 과정을 통해 발표된 중단편 소설들을 한데 모아 작품집을 엮을 때, 작가들은 전체 퇴고를 해서 출판사로 보낸다. 그러면 출판사에서는 1차 교정을 해서 작가에게 다시 보낸다. 작가는 이때 또 다시 편집부 직원의 빨간 줄을 보며 문장을 다듬는다. 이 과정에 이르면 작가는 자신의 문장에 대한 오만함을 버리게 된다. 2차 교정에서 이 절차를 마지막으로 반복하는데 최종 원고를 넘긴 후에 작가는 술에 취하지 않고는 견뎌낼 재간이 없다. 자신이 실수가 많은 나약한 존재라는 사실을 인정해야하기 때문이다.

문학 판에서 '끝내기 30집'에 가장 유능한 선수들은 다름 아닌 출판사 편집부 직원이다. 최근 여러 문학상을 수상한 어느 소설가는 자신의 문장력을 향상시킨 8할이 편집부 직원이라고 고백했다. 다시 말해,

그들은 현장 제 일선의 직업인으로서 퇴고의 효과를 누구보다 잘 알고 있는 것이다. 이런 프로세스를 거쳐도 오타와 비문이 때로 발견되는 일은 무슨 연유인가.

5. 발표와 출판 : 인내와 기다림의 결실

해외에 체류하는 5년 동안 작품을 완성하면 서울로 우송했다. 프린트 된 내 소설을 실은 비행기가 태평양을 건널 무렵이면 "게재할만한 글을 쓴 것일까?" 하는 막막함에 하늘을 보며 줄담배를 태운 적도 많았다. 심지어 청탁을 받아서 글을 보낸 뒤에도 "작품의 질이 낮아서 욕이나 얻어먹고 안 실어주면 어떻게 하나"하는 걱정마저 들었다.

결과는 다섯 번에 네 번은 실어줬다. 한 번 실리지 않은 그 작품도 나중에 다른 잡지사에서 실어줬다. 나중에 알아낸 사실이지만 글을 실어주지 않는 이유는 신인이거나 무명이거나 안면이 없어서가 아니라 그 작가를 보호하는 차원에서였다. '수작'이 될 만한 글을 '태작' 상태로 발표시키는 것보다 한 번쯤 반려하여 퇴고할 시간을 준다는 개념이었다.

그러나 막상 잡지에 글이 발표되면 신경이 곤두서곤 했다. 독자들이나 평자들이 내 글을 읽고 어떤 반응을 보일까 두려웠던 것이다. 반응이 좋으면 다행이지만 악평도 각오해야 했다. 옆에서 누가 뭐라고 하는 사람이 없는데도 곧잘 위축감을 느끼곤 했다. 최선의 방책은 작가 본인이 최선의 작품을 썼는가, 하는 점이다. 최선의 작품을 썼다면 두려워할 이유가 없다.

서머셋 모옴(Somerset Mougham)은 "평론가들의 평이란 그저 오리

깃털 위에 떨어지는 물방울과 같다."고 했다. 오리는 물에서 생활하지만 절대 물에 젖지는 않는다. 한번 깃털을 펼쳐 후다닥 털어내면 그만이라는 뜻이다. 이문열 선생 또한 이런 두려움에 빠진 후배 문인들에게 "권투 선수가 두들겨 맞는 걸 두려워해서는 안 된다"고 격려하시곤 한다. 맞는 말이다. 권투 선수가 한 대도 맞지 않고 이길 수 없는 것처럼 창작자 또한 악평을 피해갈 수 없을지도 모른다.

＊

등단 4년이 넘도록 사실상 나는 중단편집 출판을 포기하면서 지냈다. 이국에서 인터넷 상으로 접한 한국의 출판 시장은 '단군 이래 최악'이라는 평까지 나오고 있었다. 이런 상황에서 국외에 체류하는 작가의 책을, 그것도 별다른 문제작을 양산해내지 못한 신인의 작품집을 선뜻 내주겠다는 출판사는 없었다. 나 역시 원고를 묶어 이 출판사 저 출판사에 보내는 일 따위는 가급적 하지 않았다. 등단한 뒤에 글을 많이 발표해서 분량이 되면 알아서 창작집을 내주겠지 하는 생각은 참으로 순진한 발상이었다.

그러나 기회는 엉뚱한 곳에서 왔다. 어느 기업의 문예 지원금을 신청했는데, 구비서류로 작품집 한 권 분량을 제출해야만 했다. 그동안 발표한 작품들을 퇴고하여 보낸 뒤 얼마가 지나자 심사를 맡았던 분에게서 연락이 왔다. 그 심사위원은 내 작품을 처음부터 끝까지 완독했고, 작품집 발간 검토를 적극적으로 하겠다고 했다. 일 년에 두 명을 선발하는 문예 지원금 수혜자 명단에서는 탈락했지만 나로서는 엄청난 기회가 아닐 수 없었다. 최근 발간된 작품집, 『캥거루가 있는 사막』은 이런 과정에 의해 세상의 빛을 보았다.

이 때 분명히 깨달은 점은 준비만 되어있으면 기회는 언제든지 온다는 사실이었다. 누군가는 항상 눈을 밝히고 괜찮은 작품들을 기다리고 있다. 따라서 좋은 작품을 쓰고 있다면 희망을 버리지 말아야 한다. 의도했건 하지 않았건 간에 당시 내가 견지했던 '낮은 자세로 수준 높은 작품을 쓰며 때를 기다린' 태도가 결실을 맺은 셈이었다. 돌이켜 보면, 습작기 때부터 등단 후 발표를 하고 작품집을 발간할 때까지 내가 잃지 않았던 정신은 '집필과 인내'였다. 실질적으로 국내 혹은 국외에서 그 자세 외에 달리 취할 수 있는 방법이 내겐 없었다. 그리고 그 결과가 그렇게 나쁘지 않은 것을 보면 그런대로 나쁘지 않은 태도였던 것으로 판단된다. 여기까지가 현재 내 상황에서 말할 수 있는 최대적정선일지도 모른다.

나오며

요약하자면, 이 글은 등단한 지 6년이 넘어가는 신예 소설가의 미끄러짐의 기록이다. 부끄러움을 무릅쓰고 그 간의 체험을 토대로 작품이 만들어지는 과정을 나름대로 기술해보았다. 이는 온전히 사적인 기록이지만 앞서 말했듯 뒤이어 올 분들께 내가 넘어졌던 자리는 되도록 피해가라는 심정으로 써내려갔다.

작품의 창작 단계를 발상-구상-집필-퇴고 네 가지로 나누어 살펴봤는데, 첫 단계 '발상'에서는 오직 준비된 자에게만 관통할 만한 한 발의 총성이 들려온다는 것이 핵심이다. 두 번째, '구상'에서는 적절한 결합, 내용에 맞는 효과적인 구성, 아웃라인의 철저한 계산에 대해 서술하였다. 세 번째, '집필' 단계에서는 의미 있는 공간을 창출하기 위해 감내해야 할 노동의 피로와 때로 불가해한 집필의 매력에 대해 언급했다. 네 번째, 퇴고에서는 삭제와 재개편의 효과에 대해 설명했다. 마지막으로, 발표 및 출판에 관한 사견을 덧붙였다. 최선의 작품을 양산하기 위한 자세가 우선시 된다면 반드시 기회가 온다는 사실을 개인적 경험을 바탕으로 피력했다.

지금까지 기술한 창작노트는 기존의 창작 이론서와는 사뭇 거리가 멀다. 논리적이고 분석적이기 보다는 다분히 주관적이고 감상적인 데가 없지 않아 있다. 그러나 때로는 과학적이고 이론적으로 정형화된 고견보다 체험적이고 고백적인 진술이 갖는 진솔함이 훨씬 흥미로울 수 있으리라 기대된다. 문학적으로 더욱 성숙해진 뒤 앞으로 기회가 된다면 더욱 심도 있는 깨달음의 기록을 전할 수 있게 되기를 바란다.

먼지 자욱한 오르막길 걷기

— 나의 창작수업시대

송재창

(소설가)

미완성의 포르노 소설

부끄럽게도 내가 소설이란 것을 쓰기 시작한 것은 대학에 들어와서
부터다. 소설 읽기 역시 자랑할 것 없는 수준으로 그저 세계 명작선 정
도를 훑듯 넘겨본 것이 고작이랄 만큼 문학적 소양이란 애당초 없었다.

글깨나 썼다는 친구들은 고교 시절부터 문예반 활동이니 전국백일장
출전 같은 경력을 들먹이곤 했지만 내게는 내세울 거리가 없었던 것이
사실이다. 학창 시절의 기억이라고는 고작 친구들과 어울려 록 음악을
찾아 기웃거리거나 담배를 피우다 들켜 학생 주임에게 두들겨 맞았던
것뿐이다.

물론 '글'이란 것을 전혀 써보지 않은 것은 아니었다. 고등학교 1학
년 때엔가 교실에서 돌려보던 포르노 소설을 흉내내본 적은 있다. 노
트 맨 뒷장부터 써나간 X등급 수준의 화류 소설은 서너 페이지 쓰다가

폐기처분되고 말았다. 방 청소를 하던 어머니의 분노한 손끝에 발기발기 찢긴 채로 말이다. 덕분에 내 최초의 소설이랄 수 있는 화류 소설은 세상의 빛을 보기도 전에 미완인 채로 사라지고 말았다. 그 탓에 고교 동창 놈 하나는 요즘도 이렇게 농을 던진다.

"포르노 소설은 잘 되 가나?"

사정이 이러하니 대학이란 곳에서 처음 배운 창작론이 얼마나 생소할 것이며 두툼한 원고지 뭉치를 들고 한 칸 한 칸 메워 나가는 일은 얼마나 고통스러운 작업이었겠는가?

목동(牧童)에게 한 수 배우기

나는 거짓말을 잘 못한다. 내 거짓말에 두 번 이상 속은 사람은 없다. "차가 막혀서 늦었어"는 단 한 번만으로 소임을 다하는 거짓말이다.

한가로운 들녘 풍경에 심드렁해진 탓에 다분히 즉흥적으로 거짓말을 했을 이름 모를 변방의 목동조차 '늑대의 출현' 따위 어설프기 짝이 없는 소재로 마을 사람들을 두 번이나 속였다. 그러고 보면 나는 변방의 목동만도 못한 거짓말 솜씨를 가졌다.

내 거짓말이 먹히지 않는 가장 큰 이유는 거짓말을 할 때 식은땀을 흘리거나 말을 더듬는다는 것. 거짓말쟁이들이 갖추어야 할 가장 기본적인 덕목조차 갖추질 못한 셈이다. 내가 '소설'이란 것을 쓰게 된 원인은 바로 거기에 있다. 식은땀을 흘리거나 어눌하게 말을 더듬지 않아도 거짓말을 할 수 있다는 거다. 소설 창작을 위해 기울였던 나름의 공부와 노력은 결국 보다 완벽한 거짓말을 위한 것들에 다름 아니다.

가와바다와 습작생

소위 사기꾼이란 작자들은 공통적으로 말을 잘 한다. 물론 어눌하고 느릿한 말투로 뒤통수를 치는 사기꾼도 종종 만날 수 있지만 그는 일반적인 사기꾼의 수준을 넘어선 자라고 해도 틀리지 않다. 즉 이미 말 잘하는 정도의 단계는 뛰어넘었다는 말이다. 결국 사기의 기본은 말〔言〕이다.

낯모를 이들을 대상으로 사기를 치기 위해 제일 먼저 시작한 노력은 문장 공부였다. 문법에 맞는 정확한 문장 구사는 예나 지금이나 어렵다. 오문(誤文)은 상대에게 불신감을 심어주는 치명적 결점이 될 수 있으므로 늘 주의해야 했다. 춤을 잘 추기 위해서는 끊임없이 스텝을 밟아야 한다. 문장을 잘 쓰기 위해선 끊임없이 끄적여야 한다. 나는 원고지의 네모칸 없는 하얀 뒷장에 무언가를 끊임없이 끄적였다.

그럭저럭 틀린 문장에서 조금씩 벗어나기 시작할 무렵에는 사물을 그려냈다. 읽기만 해도 대상이 눈에 떠오르도록 세밀하게 그려나가는 묘사. 역시 쉽지 않다. 사람을 그리고 사물을 그리고 풍경을 그린다. 내게 가르침을 준 어느 교수님은 가와바다 야스나리〔川端康成〕의 「설국」 초입에서 시마무라가 기차 안에서 차창에 비친 옆자리 여인 요오꼬를 관찰하는 장면의 묘사를 예로 들었다. 「설국」의 핵심은 소설 초입의 차창 거울로 바라보기에서 찾을 수 있다. 이야기의 모든 것은 시마무라의 감각을 통해 수집돼 전달된다. 초입의 저 장면은 그래서 의미 있다. 그러나 고전 읽기에 게을렀던 당시의 나로선 「설국」을 읽지 않아 아쉽게도 절실히 와 닿는 바가 없었다.

하지만 얼마 지나지 않아 그가 제시한 또 다른 예문을 듣고서야 묘사의 오묘함을 깨달았다. 그것은 가와바다의 발가락 때보다도 못할 무명씨가 끄적여 낸, 「설국」에는 비교도 할 수 없는 하찮은 습작 소품 속의 묘사로, 화자인 한 여자가 애인과 이별한 후 집으로 돌아가는 버스 안에서의 바깥 풍경 묘사였다. 버스 밖 일상의 풍경이 여자의 혼란스런 심경으로 하나하나 대변되는 치밀한 묘사는 가히 혀를 내두를 만했다. 훌륭한 서사 구조만으로 완성되는 것이 소설의 전부는 아니다, 라는 극히 기본적인 명제를 깨닫는 순간이었다.

버려지는 원고뭉치

사기의 성공 여부는 얼마나 치밀하게 사전 계획을 짜느냐에 달려있다. 그러나 삶이 컴퓨터 프로그램처럼 정해진 룰에 의해 흐르지 않기에 사전 계획에는 늘 몇 가지의 변수에 따른 각기 다른 대응법이 등장한다. 때문에 A안, B안, C안이 암호화된 이름으로 갈래를 친다. 물론 결과 또한 달라질 게다.

완벽한 사전 계획을 마친 소설에는 변수가 없다. 주인공이 불만을 토로하거나 이야기 속에서 갑자기 사라지는 일은 없다. 매일 새롭게 씌어지고 방영되는 일일연속극이라면 인터넷으로 댓글을 달거나 전화항의를 하는 열렬한 시청자와 누리꾼 덕에 끊임없이 변화, 변종, 변태하지만 소설은 다행히 그런 외부의 압력 따위에 신경 쓸 일이 없다. 변화가 있다면 작자의 마음일 것.

습작기(지금이라 해서 습작기가 아닌 것은 아닐 터)의 내 일상은 스토리 구성의 연속이었다. 늘 애용하는 원고지 뒷장은 언제나 에피소드가 나열돼 있고 그 옆으로는 몇 번을 지웠다 쓴 흔적이 역력한 숫자(순서)들이 어지럽게 돌아다닌다. '1'이었던 것이 '5'가 되고, '5'가 '3'이 되고,

'3'이 '9'가 되고…… 숫자가 바뀌거나 숫자 옆의 이야기가 바뀐다. 더이상 바꿀 것이 없다 싶을 때야 비로소 소설의 첫 문장이 씌어진다. 덕분에 내게는 첫 문장조차 씌어지지 않고 휴지통으로 들어간 무수한 메모들이 있었다.

소설의 플롯을 세세하게 구상하지 않은 채 글을 쓰는 것은 매우 위험한 일이었다. 대체로 두 가지 위험에 빠지는데 하나는 어느 시점에서 더 이상 글을 써내려갈 수 없게 된다는 것이고 다른 하나는 끝도 없이 나가다가 정말 끝을 낼 수 없는 지경에 이른다는 것이다. 전자의 경우라면 다시 처음부터 고쳐나가면 되겠지만 후자의 경우라면 '본전생각' 탓에 억지스런 결말이라도 내려는 무모한 욕심에 사로잡히거나 빼곡히 채워나간 원고지 백여 장을 버려야 하는 상황을 연출하게 된다. 어느 경우라도 손해는 막심하다. 특히나 자괴감이라는 정서적 손실로 인해 방황의 길을 걷는 치들도 종종 봤다. 물론 나도 그들 중 하나다.

구성을 완벽하게 짰다 하더라도 종종 내 스스로를 주인공화 해버리는, 도대체가 근거를 알 수 없는 몰입으로 인해 이야기가 완전히 다르게 전개되는 경우도 허다했다. 거짓말에는 감정을 개입해선 안 된다. 철저한 속임수에는 냉철한 이성이 필요했다.

"사람 좀 죽이지 말거라"

나와 함께 공부한 몇몇 친구들은 내가 문장 쓰기 연습을 할 무렵 이미 소설의 '소'자를 떼고 자기만의 작품세계를 나름대로 이어가던 치들이어서 종종 그들의 (습)작품을 만날 수 있었는데 스무 살 무렵의 치기어린 습작생들의 작품이 대체로 그러하듯 어둡고 그늘지고 죽음의 냄새가 자욱한 내용이 주를 이뤘다. 주인공은 늘 문제적 자아였고 근거 없이 윗대에서부터 물려받은 불행의 연속선을 달렸고 사랑에 실패하고 끝내 죽음으로 치닫는다는 내용이 주요 골자다. 이러한 당시 습작생들의 소설 행태에 대해 내게 가르침을 주신 교수님은 이렇게 말씀하시기도 했다.

"얘들아. 제발 사람 좀 죽이고 다니지 마라."

그러나 처한 현실이 늘 불만스러울 수밖에 없었던 우리들은 주인공 혹은 주변인을 죽이거나 지독한 절망의 구렁텅이로 빠뜨리거나 하루키〔무라카미 하루키(村上春樹)〕식의 쿨한 사랑을 그려내는 식의 매력적인 스토리를 포기할 수 없었다. 그러나 결국 절망의 구렁텅이에 빠지는 건 내가 그린 소설 속 주인공이 아닌 나 자신이었다.

나도 모르고 남도……

주변을 돌이켜 보건데, 일찍이 사회문제에 관심이 놓은 치들은 빈부의 문제, 하층민의 삶, 정치적 음모론 따위에, 쓰디쓴 실연의 잔을 들이켜 본 치들은 이뤄질 수 없는 사랑이라든가 불륜, 이별의 아픔 따위에, 철학서 몇 권 들춰본 치들은 도무지 알쏭달쏭한 철학적 사색, 실존주의적 절망에 따진 현대인을, 종교적 신념에 가득 찬 이들은 고해성사의 몸부림이나 종교적 귀의의 당위성을, 가정사가 복잡다단한 치들은 남 얘기 하듯 제 가족사를, 소설사의 흐름을 꿰고 있다 자부하는 치들은 뭔지도 모르면서 당대의 스타일을 좇는 식의 나름대로의 주제의식을 갖고 소설을 써댔다.

그러나 어디에도 속해 있지 않은 나로서는 도대체가 무엇을 써야하는가 하는 문제에 늘 봉착할 수밖에 없었다. 삶 자체가 깊이가 없고 나름의 철학도 없었으며 흔한 연애 한번 제대로 못해봤으니 다들 하나쯤은 품에 안고 있을 "무엇을 써야겠다"는 저 광채 가득한 보석 하나 가지고 있을 리 만무했다. 나는 일찍이 "소설은 작가의 인생이 투영된다"라는 작가론적 명제를 믿었다. 그러나 내 인생은 얼마나 허접한가. 굴곡진 드라마틱한 삶도 아니고 수채화 같은 아름다운 삶도 아닌 그저 그런 인생이었다.

허니 어쩌겠는가. 처음부터 '거짓말'을 작정했으니 있을법한 거짓말도 아닌 아예 모든 것을 A부터 Z까지 지어내는 수밖에. S·F까지는 아니더라도 나도 모르고 남도 모르는 거짓부렁을 지껄이자. 그렇게 해서 쓴 소설이 모 지방 일간지 신춘문예 공모에서 당선됐던 것이다.

나름대로 성공한 거짓말

무엇을 쓸 것인가,라는 고민 앞에서는 나는 과감히 '깨달음을 위한 여정'을 쓰자,고 결정해 버렸다. 스스로 결정하고도 참으로 무난한 주제라는 생각이 들었다. 이처럼 두루뭉술하고 보편적이면서도 귀에 걸면 귀고리 코에 걸면 코걸이인 주제가 없다.

역마살을 갖고 태어난 주인공은 일생을 떠돈다. 그 중심에는 얼굴은 물론이고 존재조차 확실치 않은 어미가, 그리고 변두리엔 아비가 아닌가 싶은 늙은이가 있다. 이제 떠돌이 주인공의 설정 문제가 남는다. 여러 가지 설정이 가능하다. 악사일 수도 있고 장터를 옮겨 다니는 광대이어도 좋다. 그도 저도 아니라면 그냥 거렁뱅이 정도로 끝내도 좋다. 구수한 타령 곡조나 제법 뽑아낼 줄 안다면 만사형통 아니던가. 이런

저런 고민 끝에 점쟁이로 낙찰된다. 여기저기 기웃대며 점치는 흉내로 밥 빌어먹는, 거렁뱅이보다는 조금 더 고상한 존재. 주인공을 키운 이는 점집 할아범, 그 밑에서 어깨 너머 배운 말주변으로 거짓 점을 치며 밥 빌어먹는 주인공. 그 자체만으로도 생동감 있는 캐릭터라 생각하며 나 스스로 최면을 건다.

소설은 주인공이 한 마을에 들어서면서 그 마을을 떠날 때까지의 사흘, 즉 이틀 밤 동안의 이야기다. 마을에 들어서면서 비가 오고 마을을 떠날 때 비가 그친다. 플롯을 미리 구성한 뒤 나는 첫 문장을 썼다.

그리고 일 년 반을 썼다. 고작 원고지 이백 매 분량의 소설 한 편에 일 년 반이라니……. 막히면 던져두고 좋은 문장이 생각나면 다시 붙잡았다. 매일 모니터에 소설을 띄워놓지만 단 한자도 쓰지 못하는 날이 더 많았다. 거짓말은 진실을 말하기 보다 더 어렵다. 모니터 앞에 앉을 때 난 철저한 거짓말쟁이가 되어야 했다. 내가 아닌 남이어야 했기에 난 문장을 써내려갈 때 입으로 한 단어 한 단어 내뱉으며 썼다. 머릿속으로 되뇌는 문장은 나 스스로의 감정에 동화되기 쉬었던 탓이다.

그런 이유인지 몰라도 내 졸고를 당선시킨 심사위원 중 한 분은 감사의 전화를 건 내게 대뜸 나이부터 물으셨다. 스물여섯입니다. 아직 젊네요. 우린(심사위원이 네 분이셨다) 연세 지긋한 노인께서 쓰신 글이라고 생각했거든요. 이쯤 되면 거짓말이 제대로 먹힌 셈이다.

현재진행의 창작수업

밑천 없는 놈팡이가 투전판 기웃대다 지린내 고약한 고쟁이까지 벗어 판돈으로 건 꼴이다. 축 처진 아랫도리 감추고 비틀비틀 남의 집 담 벼락이나 짚으며 되돌아가는 심정이긴 하나 이런저런 밑도 끝도 없는 주절거림 끝에 스스로에게 얻을 수 있었던 것은 소설 쓰는 삶은 여전히 지속되고 있고 쓰기 위한 공부 또한 지속되고 있음을 다시 한번 되새길 수 있었다는 점이다.

창작의 길이란 끝이 없고 비포장의 먼지 자욱한 길인데다가 평지보단 오르막이 더 많은 험한 산길이란 사실은 분명하다. 일상을 살면서 번쩍, 무언가 멋진 소재거리들이 수시로 머릿속에 떠오르지만 이를 하나의 소설로 엮어내기란 참으로 녹록치 않다.

이쯤 되면 나 자신의 소설가적 역량에 대한 의심부터 일기 시작한다. 나아가 치기어린 한 때의 도전쯤으로 내 소설 인생을 치부해 버리고 이젠 남들처럼 먹고사는데 필요한 글자와 문장들만 조합하면서 살아가는 게 속 편하지 않을까 싶은 생각도 무시로 하게 된다.

그러나 슬프게도 나는 아직 소설이란 요 요망스런 놈의, 열기만 하면 거짓부렁인 혀를 통해 하고 싶은 말이 많이도 남아있다. 아니 남았다기보다는 아직 단 한마디도 제대로 못했다는 표현이 더 정확하다. 그러니 어쩌겠는가? 내가 만들어낸, 소설 속의 저 빌어먹을 팔자를 타고 난 떠돌이 점쟁이 놈처럼 겨자씨만한 불빛 하나라도 품에 안을 때까지는 쓰고 또 쓰고 걷고 또 걸어야지 않겠는가?

그러고 보니 이제껏 주절거린 '나의 창작수업시대'는 과거형으로 쓰여 질 것이 아닐뿐더러 평생을 다 한 뒤에라도 쓸 수 없는 이야기가 아닌 듯싶다. 나의 창작수업은 죽어 없어지는 순간에야 비로소 '뎅뎅' 마지막 수업종이 울릴 테니 말이다.